U0021872

SINOPHONE MALAYSIAN
LITERATURE

A History through Literary and Cultural Texts

馬華文學與文化讀本

張錦忠、黃錦樹、高嘉謙

——主編

Tee Kim Tong, Ng Kim Chew, Ko Chia Cian, eds.

高嘉謙｜主編

目次

「浮羅人文書系」編輯前言　高嘉謙／007

推薦序　想像的「非」共同體　王德威／009

緒論一　季風帶的漢聲華語，回望百年文學家園　張錦忠／017

緒論二　南方　黃錦樹／025

一、南中國海的波浪　高嘉謙／029

南洋華人的漢語、文學與文化生產／031

碑銘和書寫：華人社會文化史　白偉權／032

傳教士與馬來亞中文印刷　邱繼來／037

清季外交官的南洋見聞　高嘉謙／040

使節與過客，移民與文學空間／043

漢詩「下南洋」：使節、過客與華人移民社會　高嘉謙／044

邱菽園與離散詩學　高嘉謙／050

十九世紀末至二十世紀的過番歌與民間方言歌謠　杜忠全／055

風俗歌詩在南洋　潘舜怡／062

南風吹遍綠洲：五四新文學運動後的星馬文學場域　張錦忠／066

科普意識與地方知識：一九二〇、三〇年代南來文人遊記的特色　張惠思／071

連士升及其五四風度　許德發／075

二　赤道線上的烽火　黃錦樹／079

戰爭傷痕與記憶／081

郁達夫的南來與失蹤　黃錦樹／082

傑出的抗戰作家：金枝芒與鐵抗　莊華興／085

在戰火中歌唱　潘舜怡／091

技藝救國・聲色救災　沈國明／095

依藤與其《彼南劫灰錄》　李有成／100

創傷書寫：有關新加坡淪陷時期的舊體詩　林立／104

戴隱郎在南洋與東北亞之間的文藝流動　莊華興／108

從山芭到故國：蕭村　黃錦樹／112

赤道上的赤子之心：韓萌與王嘯平　陳麗汶／116

杜運燮／吳進與其散文集《熱帶風光》　許德發／123

三、冷戰時代的地緣政治與南洋文學版圖　張錦忠／127

冷戰、僑教、在臺馬華文學　張錦忠／129

冷戰時期的友聯、《蕉風》、《學生周報》　伍燕翎／133

冷戰格局下：婆羅洲文化局的成立與中文書刊的出版　黃其亮／137

歸僑、左翼文學與冷戰：王嘯平的心靈史　張松建／141

劉以鬯：來自香港的南洋風景　鄧觀傑／145

黃崖在冷戰的年代　林春美／149

亞洲冷戰年代的抒情詩人：力匡、楊際光　張松建／155

文化冷戰與「南洋兒童」的建構：一九五〇年代以降《兒童樂園》與《南洋兒童》　徐蘭君／160

新村的文學記憶　廖卓豪／165

四、寫實主義與社會現實主義　黃錦樹／169

認同歸宿與個人風格的雙重追尋：戰前作家林參天的馬華書寫　曾昭程／170

此時此地：一九五〇年代方天與苗秀的寫實作風　黃國華／174

一九六〇年代馬華作家代表：韋暈　莊華興／180

個性化寫作的現實主義小說家：于沫我　莊華興／183

雨川的現實主義小說　劉泇嗦／186

威北華兩則短篇小說：當世界是一座橋　賀淑芳／188

方修和威北華　張景雲／192

馬華文藝的獨特性論爭　蘇穎欣／196

方修的文學史書寫　謝征達／201

「有一個人」：在南洋的鐵屋以魯迅為旗幟　張錦忠／206

華教、華校與舊詩文脈　高嘉謙／209

「現實主義」脈絡下的「方北方與馬華文學」　黃萬華／213

從野草到雜草：雲里風的南洋《野草》仿作　張康文／217

五、冷戰現代主義與馬華文學新浪潮　　張錦忠／221

馬華現代主義文學的起始　　林春美／223

洪鐘的現代詩藝　　潘舜怡／229

巨人言筌：一九六〇、七〇年代獨特的現代詩人　　黃琦旺／232

六八世代的（思想）「大逃亡」：李有成《鳥及其他》和梅淑貞《梅詩集》　黃琦旺／239

溫任平、天狼星詩社與現代詩選集　　張惠思／244

尋覓原鄉的異鄉人：王潤華的詩學之途　　黃琦旺／249

現代小說新聲浪的弄潮者陳瑞獻　　張錦忠／254

溫祥英：現代主義，或華人中產階級的微小困頓　　黃錦樹／257

被低估的先行者：菊凡的現代主義小說　　劉淑嗪／260

一九六〇年代的現代派張寒　　林春美／263

現代主義者洪泉　　張錦忠／265

六、風土、鄉土與地方感　　高嘉謙／267

蕭遙天自己的風　　方美富／269

建國時期馬華作家梁園　　莊華興／273

一九六〇年代馬華青年作家的鄉土書寫　　高嘉謙／277

冰谷的散文　　李有成／282

馬華鄉土文學小說家宋子衡　　張錦忠／286

陳政欣的小說與其武吉三部曲　　李有成／289

南洋的張愛玲：李天葆和他的「天葆」遺事　　王德威／292

七、犀鳥飛越神山：婆羅洲書寫　　張錦忠／297

石在、星籟、雲湧：繁花盛開的戰後砂拉越華文文學　　張錦忠／299

擎起馬華砂州現代文學的大纛：簡述「砂拉越星座詩社」（1966-2019）　李樹枝／304

沙巴華文文學發展概述（1950-2020）　　劉倩妏／309

廣府輓歌：砂拉越泗里街的「時文」　湯媚扁／313

吳岸的《獨中頌》　　謝征達／318

他在婆羅洲寫作：論梁放　　張康文／322

八、歷史、家國與認同　　黃錦樹／325

馬來（西）亞華人左翼政治之濫觴：馬來亞共產黨　　潘婉明／326

反革命的革命文學：讀金枝芒小說　潘婉明／333

「革命加戀愛」的正確與不正確：讀賀巾及其小說　潘婉明／337

南洋大學、左翼與「第三世界」視野　魏月萍／342

「國家文學」與承認的政治　莊華興／346

當記憶變成技藝：論小黑的家國書寫　施慧敏／349

丁雲小說中的移動與漂流　謝征達／353

黎紫書的敘事幻術　潘舜怡／357

族群和諧的想像：劉戈《漢麗寶》　陳志豪／360

商晚筠的異族小說與女性意識探索　莊華興／363

《昨夜星辰》：論潘雨桐的族群敘事　施慧敏／366

鏡子映照的表／背面：論賀淑芳的小說　劉雯慧／369

九、在馬哈迪時代抒情　黃錦樹／373

馬華校園散文　鍾怡雯／374

黃遠雄的詩與散文　李有成／378

生命在他方：一九七〇年代末詩人譜系中的沙禽、何啟良和張瑞星　黃琦旺／382

抒情與吶喊：游川與傅承得的政治抒情詩　葉福炎／387

家與國的後現代書寫：陳強華的藍色詩　葉福炎／392

童年的守望者：方路與辛金順的感傷情懷　胡玖洲／395

在邊陲書寫：林幸謙的離散詩與散文　張錦忠／399

馬華詩歌進入後現代　張光達／401

二十一世紀：新一代作者的詩歌與小說表現　張光達／406

少年感傷與永恆失落：論龔萬輝的小說　蔡曉玲／410

十、在臺：寫在家國之外　高嘉謙／413

閃耀臺北現代文學星河的星座詩社　張錦忠／416

神州詩社　黃錦樹／419

離散與多鄉帶來的挑戰：李永平　詹閔旭／425

雨林的殘酷劇場　黃錦樹／430

在自己的樹下：黃錦樹論　劉淑貞／435

敘事詩成長史：陳大為的神話歷史中國、南洋史詩與原鄉寫作　張光達／440

明媚陽光下的赤道幻影：論鍾怡雯　翁弦尉／444

學院馬華文學批評的起源——在臺馬華文學論述：一個旅美南洋學者的觀點　陳榮強／447

十一、多語、多元與華馬文學　張錦忠／453

峇峇馬來文學的班頓與翻譯小說　吳小保／455

狹縫中的華人國語文學　吳小保／460

未竟之業：華、馬翻譯文學的發展與成果　黃麗麗／465

當代華裔馬英小說家：歐大旭、陳團英與朱洋熹　熊婷惠／471

馬華文學的副刊研究　曾維龍／476

馬華文壇燒芭事件　張永修／479

花踪文學獎：歷史與認同　張光達／483

一個文學獎與一段文學史：花踪文學獎與馬華新生代文學　溫明明／488

馬華武俠　陳大為／494

占位、怨懟、願景：論馬華文學的科幻書寫　胡星燦／498

文學生成、書籍出版、文化傳播：紅蜻蜓書系與馬華少年小說　廖冰凌／502

少年愛尋覓不到愛 同志小說反同志戀情：翁弦尉與陳志鴻小說　許通元／507

感官碎語與蒙太奇拼貼：論許通元　張斯翔／512

十二、視與聽：電影、劇場、歌謠、書法　高嘉謙／515

早期馬華電影：從《新客》到《南洋小姐》的回顧　許維賢／518

大荒與蜂鳥：馬華獨立電影的兩種流徙表述　黃國華／523

電影，劇場，蔡明亮　林建國／529

要說的不只是「這裡」：馬華劇場與窮劇場　高俊耀／533

南洋娛樂文化先驅：「麗的呼聲」及其廣播歌曲　黃文車／538

同學少年齊齊來：從《學報半月刊》到《椰子屋》　張錦忠／542

彭士驎行書抒情性的文學涵養與文化底蘊　李乾耀／545

馬華文學大事記　張錦忠編／549

後記　暗淡藍點的馬華文學　高嘉謙／571

編者、作者簡介／575

「浮羅人文書系」編輯前言

高嘉謙

　　島嶼，相對於大陸是邊緣或邊陲，這是地理學視野下的認知。但從人文地理和地緣政治而言，島嶼自然可以是中心，一個帶有意義的「地方」（place），或現象學意義上的「場所」（site），展示其存在位置及主體性。從島嶼往外跨足，由近海到遠洋，面向淺灘、海灣、海峽，或礁島、群島、半島，點與點的鏈接，帶我們跨入廣袤和不同的海陸區域、季風地帶。但回看島嶼方位，我們探問的是一種攸關存在、感知、生活的立足點和視點，一種從島嶼外延的追尋。

　　臺灣孤懸中國大陸南方海角一隅，北邊有琉球、日本，南方則是菲律賓群島。臺灣有漢人與漢文化的播遷、繼承與新創，然而同時作為南島文化圈的一環，臺灣可辨識存在過的南島語就有二十八種之多，在語言學和人類學家眼中，臺灣甚至是南島語族的原鄉。這說明自古早時期，臺灣島的外延意義，不始於大航海時代荷蘭和西班牙的短暫占領，以及明鄭時期接軌日本、中國和東南亞的海上貿易圈，而有更早南島語族的跨海遷徙。這是一種移動的世界觀，在模糊的疆界和邊域裡遷徙、游移。透過歷史的縱深，自我觀照，探索外邊的文化與知識創造，形塑了值得我們重新省思的島嶼精神。

　　在南島語系裡，馬來－玻里尼西亞語族（Proto-Malayo-Polynesian）稱呼島嶼有一組相近的名稱。馬來語稱pulau，印尼爪哇的異他族（Sundanese）稱pulo，菲律賓呂宋島使用的他加祿語（Tagalog）也稱pulo，菲律賓的伊洛卡諾語（Ilocano）則稱puro。這些詞彙都可以音譯為中文的「浮羅」一詞。換言之，浮羅人文，等同於島嶼人文，補上了一個南島視點。

　　以浮羅人文為書系命名，其實另有島鏈，或島線的涵義。在冷戰期間的島鏈（island chain）有其戰略意義，目的在於圍堵或防衛，封鎖社會主義政治和思潮的擴張。諸如屬於第一島鏈的臺灣，就在冷戰氛圍裡接受了美援文化。但從文化意義而言，島鏈作為一種跨海域的島嶼連結，也啟動了地緣知識、區域研究、地方風土的知識體系的建構。在這層意義上，浮羅人文的積極意義，正是從島嶼走向他方，展開知識的連結與播遷。

　　本書系強調的是海洋視角，從陸地往離岸的遠海，在海洋之間尋找支點，接連另一片陸地，重新扎根再遷徙，走出一個文化與文明世界。這類似早期南島文化的播遷，從島嶼出發，沿航路移動，文化循線交融與生根，視野超越陸地疆界，跨海和越境締造知識的新視野。

高嘉謙，國立臺灣大學中國文學系副教授，著有《遺民、疆界與現代性：漢詩的南方離散與抒情（一八九五－一九四五）》、《國族與歷史的隱喻：近現代武俠傳奇的精神史考察（一八九五－一九四九）》、《馬華文學批評大系：高嘉謙》等。

推薦序
想像的「非」共同體

王德威

　　《馬華文學與文化讀本》堪稱是華語世界到目前為止，體例最為宏闊、內容最為豐富的讀本。這部讀本包含十二個單元，分別從馬華歷史譜系、政治遭遇、風土人情、語言文學等方面，呈現一百五十年來華人在馬來半島和周邊地區的行旅、移民、墾殖以及落地生根的經驗。撰寫者根據選題提供扼要文字，彼此串聯，形成有如星座圖般的敘述網絡，既有時間多維向度，也有重層地理、社會、人文的積累，在在可見用心。

　　讀本的三位主編都是重量級的旅臺馬華學者。張錦忠1981年來臺，專長亞美比較文學；黃錦樹1986年來臺，是當代華語文學最負盛名的評論者和作家之一；高嘉謙1993年來臺，深耕「現代」古典文學與華語語系文學。他們在臺灣多年，各有所成，但不能忘情所來之處。藉著這部讀本，他們向故鄉「致敬」，也銘刻個人輾轉移居的心路歷程。

　　馬華研究近年逐漸受到重視，延伸而來的南洋或東南亞研究也應運而生。這一現象除了兩岸政治與經濟的誘因外，也反映全球學界的「南方」轉向。然而在「一帶一路」、「南向政策」的風潮裡，許多研究不是見風轉舵，就是因襲窠臼而已。我們還沒有看見一部讀本集結如此多元視角，描述馬來半島及婆羅洲華人社群的種種：從移民、殖民到後殖民時期的歷程，對本土與「祖國」的抉擇，對宗族會社的向心力，對華文華語的堅持，還有「離散」和「反離散」的兩難……。然而對初識馬華的讀者而言，最基本的問題可能仍是，為什麼馬華？

　　華人來到馬來半島的歷史可以上溯到漢代，《水經注》已有記載。唐代華人與此區頗有商貿朝貢往來，元代則見定居、通婚現象。明代鄭和下西洋，曾多次在馬六甲停留。其後留駐者與地方來往日益密切，婚嫁、文化交流下也衍生出土生華人社群，即娘惹與峇峇，他們的語言文化雜糅華夷色彩，形成在地文化的一大特色。

　　清代中葉，中國沿海居民因為政經原因開始大批流向南洋；十八世紀以降更因歐洲殖民勢力入侵東南亞，墾殖開發需要大批人力，成為華人南來的動因。一

波又一波的移民潮直至二十世紀初達到巔峰。馬來半島正是「下南洋」的樞紐地帶，也造就了華人文化。二次大戰馬來半島和婆羅洲歷經「三年八個月」的日軍占領期，華人不能倖免，戰後殖民勢力、共產黨和土著民族主義者交鋒，華人依然首當其衝。1957年馬來亞聯邦獨立後，華人又被本土當權者視為芒刺，種種衝突釀成1969年「五一三事件」血腥暴動。

華人在馬來社會的遭遇如此不利，卻堅持保存了華語華文文化，而且綿延不輟。放眼東南亞從印尼、泰國、越南到菲律賓，甚至新加坡華人社群，這是絕無僅有的現象，但也不乏偶然因素。馬華文化一路受到打壓，卻未見如印尼一般趕盡殺絕的排華運動，也未見如泰國那樣兼容並蓄的同化政策。正是這樣的歷史因緣際會，使得這一傳統得以一枝獨秀。

目前南洋華人至少有三千四百萬。印尼約占三分之一，但因以往嚴厲排華政策故，除了信仰與方言，華文文化已快速消失。反觀馬來西亞華人堅持不懈，從學校教育到文化傳媒，從宗親社團到政治黨派，莫不可見以華語為宗，以華文是尚。這是華人自覺維持族群代表性及政治發言權的成果，但維持這一局面談何容易？種種抗爭與妥協、變通與失落、傳承與逆反的軌跡，在在見出這部《馬華文學與文化讀本》的視野。

本書三位編者都與馬華淵源深厚，但來臺日久，他們推出的這部讀本儘管鉅細靡遺，勢必引起以下討論。

首先，一本關於馬來西亞華文文學與文化的專書，何以不能由在地學者主導出版？這牽涉到長久以來留臺（旅臺）馬華學者與馬來西亞華語學界「既聯合又競爭」的微妙關係。一九六〇年代以來，大批馬華留學生來臺求學，學成之後有歸國者，有定居臺灣者，久而久之，自然形成「海外」別傳。對於馬來西亞在地同僑而言，來臺學者也許享有較多文化資源或優勢，但既然離開家鄉，即無越俎代庖，指指點點的立場。但對來臺人士而言，距離並未降低他們的鄉土情懷，何況旁觀者清，馬華社群的強項與盲點反而得到最好的檢視。多年前黃錦樹批判馬華的中國情結與現實主義論述，引起熱烈論戰，就是一例。

其次，在臺的馬華學者對馬來西亞華人社群的關懷也同樣引起臺灣本土主義者的側目。他們或被視為「外省第一代」，缺乏愛臺灣的真情實意，或被譏為閉關自守，消費以「離散」為名的苦肉計。就此，倡導「反離散」的學者恰恰發現最佳反面教材。但臺灣研究學界對這些新移民所來之地，或緣何至此，同樣興趣缺缺。「馬華文學」在臺至少有六十年傳承，雖然贏得注意，但研究方向多半從形式主義入手，少見更為厚實的歷史政治討論或關心。井水不犯河水，《讀本》

雖在臺灣編輯出版，但只要看看撰稿者仍多為馬華同鄉，即可思過半矣。這對「海洋立國」的內宣外宣，毋寧是個反諷。

再者，馬華文學與文化既然發生在馬來西亞，理應屬於其國家論述的一部分。但眾所周知，馬來（西）亞建國以來，華語華文一直是被壓制的對象，造成華人立場進退維谷。殖民時期的華人心向中國，一度成為愛國佳話，至今仍被視作海外「炎黃子孫」的樣板。冷戰時期馬共興起，華人扮演了積極角色，未嘗不是對社會主義中國的投射——雖然中共極力撇清。現今華人多已融入巫人統治的體制，當局顧及政經利益和人口比例，也每每給予口惠。但種族主義和宗教信仰畢竟是難以跨越的鴻溝。這使得華人不論過去或現在，在中國大陸、臺灣，和馬來西亞之間，總是被「包括在外」。他們感歎，「我愛咱們的國呀，可誰愛我啊？」[1]

以上這些問題卻不必是《馬華文學與文化讀本》的缺口。恰恰相反，這些問題引發讀本真正的動能。它促使我們三思目前體制裡的文學與文化邊界何在。在地馬華和旅臺馬華之間的關係其實說明華語語系文化及文學的流動本質。既然已經脫離了中原和正統的束縛，海外華人文化必然不斷重新整合定位的挑戰。黃錦樹當年對同鄉的提醒雖然語氣過於急切，無非點出馬華如希望落地生根，不論在意識形態上或文化實踐上就必須擺脫對中州正韻的戀物式依賴。但抽刀斷水，黃本人也未必能克竟全功。有心人可以反駁，大環境如此不利，失去了某種政治、文化符號的操作槓桿，未必更有助凝聚華人心力。

是在這樣對話中，馬華成為華語世界有關身分認同，文化傳承，和政治互動具體而微的焦點。張錦忠從「馬華」與「華馬」，「境內」與「境外」的觀點，提出多重體系的藍圖。[2]這藍圖也許只是處處接縫的拼圖，但無礙兩地馬華學者共同擬想未來的可能。《馬華文學與文化讀本》的生成，正是例證。

馬華與臺灣隱而不宣的張力一樣值得我們繼續探討。絕大多數選擇來臺的馬華子弟，無非基於同文同種的淵源，以及民主政治的嚮往。臺灣曾提供馬華文化創作者珍貴的平臺與資源，從「神州詩社」到《海東青》，從《黑眼圈》到《菠蘿蜜》，不論左傾或右傾，酷兒慾望遊戲或族群反動政治，都生動而多元。但如上所述，一種名叫「認同」的幽靈仍然徘徊島上。近年抗中保臺的焦慮變本加厲，有如回到反共年代。當此之際，我們能從馬華經驗學到什麼？

1　現代中國作家老舍（1896-1966）劇作《茶館》（1958）的名句。
2　張錦忠，《南洋論述：馬華文學與文化屬性》（臺北：麥田，2003）。

　　黃錦樹多年以前就指出，臺灣文學和馬華文學表面似無瓜葛，其實同屬「無國籍」華文文學，不為以國家為判準的文學聯合國所承認，也面臨相似族裔地理，文化取捨，甚至審美選擇的困境。[3]「芒果乾」們曾高喊「今日香港，明日臺灣」。也許有一天終將恍然大悟，今日「馬華」，明日「臺華」？「臺華」之於「馬華」原來只是五十步與百步之遙。果如此，《馬華文學與文化讀本》不妨看作盛世危言，值得愛鄉保種的覺青好好學習。在佩洛西專機和金廈無人機的盤旋後，在「黑熊勇士」和「保鄉神射」的招募中，我們可以從《野豬渡河》、「神山游擊隊」的故事中尋得啟示。

　　但《馬華文學與文化讀本》對「無國籍」論述最大的貢獻在於教育我們，華語世界文學與文化如此複雜多端，無從為國家定位所局限。這並非輕易否定「國家」的重要，而是強調文學／歷史發展千迴百轉，總已超過近代主權、疆域，或認同政治的設計。過去三十年來，「想像的共同體」（imagined community）成為全球討論「何為國家」的神奇詞彙。首創者安德森（Benedict Anderson）原意在解構國家迷思，指出現代國家的「誕生」有賴資本主義印刷媒體的橫向傳播，及其所導致的「人同此心」、相互鏈接的共識──或幻覺。[4]這一則現代「神話」效應無遠弗屆，尤其在學術第二、第三世界口耳相傳，幾乎窮斯濫矣。

　　然而安德森的理論無從解釋像馬華文學及文化的特例。無論相對於馬來西亞、中國或臺灣，馬華都是一個多變的參數，一個共同體無從妥善安置的「例外狀態」。我們可以辯論，如果安德森的理論有助於「共同體」的想像，就應該也有助於「非共同體」的想像。那「非共同體」是「國家」的裂縫，是（社群、族裔、階級、性別以及政治）危機意識的開端，也是文學與文化爆發力的起源。

　　馬華文學與文化因此不必總是妾身未明，淪為國家主義者到後殖民論述的談資，而是暴露任何奉國家之名的文學與文化者的想像力之不足。境內還是境外，島嶼還是大陸，離散還是反離散，主權還是人權，種種議題和討論都給予我們新的刺激。在這一層意義上，《馬華文學與文化讀本》的出版已經走出華語語系研究的範疇，成為世界文學研究的珍貴案例。

　　香港回歸後，馬來西亞成為臺灣之外，全球最大的華語社會。馬華文化過去一百五十年的發展自成一格，世事多變，未來仍充滿許多不確定因素。《馬華文學與文化讀本》此刻出版，當然有承先啟後的抱負。我與三位編者皆極為熟識，

3　黃錦樹，《華文小文學的馬來西亞檔案》（臺北：麥田，2015），167-206。

4　Benedict Anderson, *Imagined Communities: Reflections on the Origin and Spread of Nationalism* (London: Verso, 1983).

深知此書耗時八年，從構思到完成之不易。高嘉謙教授總理編務，尤其功不可沒。時報文化出版胡金倫總編輯也有大馬背景，為此書製作再添佳話。但如前所言，馬華文化的可長可久，除了在地者、原鄉人的奮鬥，需要有更多「局外人」的關懷支持。加入馬華這一「想像的非共同體」，請自此始。是為序。

王德威，美國哈佛大學東亞語言與文明系暨比較文學系 Edward C. Henderson 講座教授。中央研究院院士，美國國家藝術與科學院院士。

SINOPHONE MALAYSIAN
LITERATURE

A History through Literary and Cultural Texts

緒論一

季風帶的漢聲華語，回望百年文學家園

張錦忠

1957年，馬來亞獨立，我們於是籠統地說那是「有國籍的馬華文學」的開端。說「籠統」，是因為彼時的南洋華文文學中心新加坡，仍然在英國殖民政府手中，並未成為聯合邦的一州，兩年後才獲得自治，直到1963年才跟馬來亞、砂拉越、沙巴組成馬來西亞（1965年新加坡退出馬來西亞則是另一個「建國的故事」）。因此，如果就政治實體的文化彙編而言，「有國籍的馬華文學」，在新邦初建時，文庫其實相當空虛。但是，文學史的「馬華文學」，當然不全是地緣政治的產物，新加坡與馬來亞總已在「馬華文學」的視野裡——論述馬華文學，在新加坡生產的華文文學當然包括在內。到了一九七〇年代中葉以後，星馬華文文學才漸行漸遠，在各自的多語語系國度裡的「華語語系」文學環境各自運作，變成兩個「華文小文學」。

論者談作為「馬華文學研究」對象的馬華文學，勾勒那個南國疆土初開的歷史脈絡，通常會追溯到1840年鴉片戰爭前後的西方帝國與殖民主義東來，後清廷開禁，華工出海，開啟了十九世紀以降華人遷徙離散的一頁，這是馬華文學的史前史，一個「南洋華人場域」的近代開端。在這個殖民地時期星馬婆華文文學場域，華人移工人口日多，復有下南洋墾殖開芭者，後殖民政府任命華人甲必丹，清廷派駐領事，到了世紀末，維新革命黨人南來奔走活動，商業文教體系漸有規模，印刷文字於是派上用場，成為凝聚華人共同體的啟動者，文學的小草即在這樣的炎方荒地中萌芽、滋長。

從晚清到2022年，這個南洋熱帶文學場域的歷史早已超過一百年了，即使從1957年算起，迄今也有六十五年。因此，如何想像一個馬華文學的「時空體」（chronotope），勘繪一個熱帶的華文書寫場域，顯然需要我們回到文學、文獻、文化文本的故紙堆中去爬梳，然後閱讀一個在馬來世界的座標裡的華人史脈絡中的文學表述與表現，以理解十九世紀中葉跨過七洲洋的華南中國人及其後裔，在人種、語言、文化習俗、風土人情在在皆異於原鄉的南方半島與群島，尋找安身立命之地，除了物質生活之外，如何抒發情意，其精神現象與存有心靈表象如何

編織於文學文本之中。

在中國新文學運動展開之後，白話文運動蔓延殖民地星馬，到了一九二〇年代中葉，幾家報紙副刊空間，就已提供南來者以白話文作為為文章試寫的媒介語，以展現南洋色彩，表述地方感性。不過，在相當長的一段時間裡，這些文藝表現都是「南洋文藝」或「馬來亞文藝」，而非「馬華文學」。換句話說，「馬華文學」不是三〇年代星馬華文書寫的主要概念，基本上那是一種「有實無名」的狀況。鐵抗的〈馬華文藝論〉也是1940年的事了。到了戰後「馬華文藝獨特性」論爭才確立「馬華文學」的名與實。

1957年，馬來亞獨立，1963年，馬來西亞組成，兩者當然都是冷戰的產物。馬來亞在緊急狀態尚未結束就取得獨立，馬來西亞在美國正式介入越戰之前成立，以應對當時的地緣政治結構。但是，馬華文學成為「有國籍的馬華文學」的問題性，恰恰在於那個「華」字。問題性不在「馬華文學」、究竟是指涉「華文文學」還是「華人文學」，而在於「華人」、「華文」與「國家」、「國語」的依違關係。如果馬華文學不在「國家」與「國語」的視野裡，「有國籍的馬華文學」意味著什麼？還是那其實是「有國無籍的馬華文學」？有國無籍的馬華文學，要如何彰顯書寫者的身分或文化屬性與國族主義？這，正是馬華文學的困境，也是另一種「有實無名」的處境。

因此，為了兼顧歷史性與共時性，我們以歷史縱貫，以課題橫跨，將這部秉持文學、文獻、文化「三文主義」精神編撰的讀本內容分為下列十二個向度：一、南中國海的波浪；二、赤道線上的烽火；三、冷戰時代的地緣政治與南洋文學版圖；四、寫實主義與社會現實主義；五、冷戰現代主義與馬華文學新浪潮；六、風土、鄉土與地方感；七、犀鳥飛越神山：婆羅洲書寫；八、歷史、家國與認同；九、在馬哈迪時代抒情；十、在臺：寫在家國之外；十一、多語、多元與華馬文學，以及十二、視與聽：電影、劇場、歌謠、書法。

馬華文學故事細說從頭，便是一個「南洋華人場域」歷史現場的回望。話說明朝鄭和七下西洋，海上花開花落，到了十九世紀中葉，清廷不敵洋船夷炮，被迫開港通商，大批華南黎民跨過七洲洋，成為半島群島「被移殖的人」，也在彼時的盎格魯風與巫言馬來雙聲喧譁的「努山塔拉」馬來文明世界，墾拓了一個離散南洋的華言漢音歷史場域。這段超過一甲子的華人移動史，銘刻在墓碑、使節漢詩、耶教譯文、峇峇班頓、翻譯通俗說部、察世俗每月統記傳、尺牘日記、鄉親會館，南來文人等等「紋路」，舊體漢文與華夷南風在兩個平行系統裡吹拂。

在大清帝國的暮色裡，隨著洋船夷炮西潮登岸的是現代性，烽煙四起五十

載，從革命維新、起義建國、建黨清黨、抗日保國、到國共內戰，戰神的火戰車蹄聲達達火聲霍霍，中國的大戰場，折射到赤道線上，我們也看到南方半島與群島的煙硝烽火，大後方其實是小戰場，從清廷孫黨的周旋，國共黨人的角力，戰時戰後反日抗英的游擊，到緊急狀態軍方馬共的駁火，馬來亞新加坡的政治博弈、實戰鬥爭造成南洋的空氣中充滿火藥味。在文化場域，舊體詩文風俗歌詩自成系統，報館印刷文化南來文人另闢白話文新文學新文化的空間，播種耕耘，漸漸創建出南洋文藝花圃。在時間上，這個南洋文化場域的流衍，上溯響應北國五四運動的二十世紀初，下啟太平洋戰爭終了之後的一九四〇年代，登場的新文學文類除了新詩、小說、散文、隨筆之外，還有雜文，從南國風光到南洋地方色彩的意趣、新興文學、反殖抗英書寫、抗戰論述話語、戰後的創傷記憶，為此時期的書寫風貌。

遠東的太平洋戰爭結束，經歷歐洲戰事的歐洲殖民者重返亞洲，面對的是獨立鬥爭或呼聲，但同時也帶來西方國家在歐洲戰場戰事終了後的布局：進入「在冷戰的年代」，展開冷戰，繼續意識形態的鬥爭，以及殖民反殖民的局部戰爭。在星馬，重返的英殖民政府一方面扶植右翼親英政黨維穩，一方面發布緊急狀態法令進行剿共，將華人居民遷入新村，緊接著是馬來亞獨立與馬來西亞成立。戰後的馬華文學也迅速回應世局的巨變與歷史的斷裂。郁達夫死在南方，胡愈之等北返，南來者足音漸漸杳然，新中國成立，北歸者成為歸橋作家，落地轉籍、土生土長書寫者升起「馬華文學獨特性」的大纛，主張直面「此時此地」、高唱愛國主義，另一方面，流落香江文人有轉進南洋者，在美援資源挹注下辦刊辦報，傳承中華文化薪火，散播個體主義文學的種子。這群香港南來的詩人、小說家、編輯，可說是最後一批南來文人，他們在冷戰年代的馬華文學園地栽下不同品種的花樹，形成新的南洋風景。

馬來西亞成立，意味著馬華文學版圖擴張，跨越南中國海，融合婆羅洲的砂拉越與沙巴的華文書寫。英國殖民統治期間，在古晉設有婆羅洲文化局，出版華文雜誌《海豚》月刊，以吸引砂拉越、汶萊、北婆羅洲（沙巴）的讀者作者。砂拉越與沙巴曾經出現多家華文報，文藝副刊多由文藝團體組稿，一度有如繁花盛開。文藝團體加上副刊，成為推動文學的主力。一九六〇年代初，冷戰布局下提出的「馬來西亞計畫」在砂拉越的反對聲浪高漲，左翼政治與文學的聲音遭受打壓，「拉讓江畔詩人」吳岸也因鼓吹獨立而入獄。六〇年代中葉，現代詩在砂華場域冒現，或可視為紓解現實困境、反思存有僵局的出口，然而也招致寫實主義創作者的非議，筆戰烽火連三月。後砂拉越星座詩社成立，現代主義理念獲得新

生代作者接受。砂華作家地方感性強，七〇年代詩人田思更提出「書寫婆羅洲」的概念，以彰顯婆羅洲風土與文學的獨特性。沙巴的華文書寫也在「書寫婆羅洲」的視域裡。

　　文學創作，乃書寫者表現情意或情動力的產物，自有其生命經驗的環境世界中的現實或真實參照物件與事件，傾向於個人情感或性情者難免傾向浪漫主義，傾向模擬、再現或揭露外在世界社會偏多則為寫實主義，而止於似真或逼真。故大凡文學創作，多依違或擺盪於兩者之間。十八世紀以來，歐西文學總在古典主義、浪漫主義、自然主義、寫實主義之間徘徊，蓋因書寫者之視野、品味、人格特質、技藝等有所不同。無論如何，不是抒情表現，就是臨摹再現的模態（mode），可以說是文學傳統或常態。後象徵主義、現代主義興起，一反自然主義、寫實主義的文藝觀，強調主觀或感官經驗，著重表現方式的實驗創新，懷疑文字的透明，深入內心世界。第一次世界大戰後，蘇聯崛起，馬克思社會主義抬頭，社會主義現實主義（社會現實主義）成為主導文藝意識形態，主張文學反映普羅階級鬥爭，為社會人民服務，一九三、四〇年代的中國左翼文藝路線，即社會現實主義。在馬華文學的語境，書寫南洋的「環境世界」，表現生活所見所聞所思所感，落實「馬來亞化」，就是文藝風的「寫實」實踐。戰爭前夕的「馬來亞文藝」或戰後的「馬華文學獨特性」論爭、主張文學須反映「此時此地的現實」，是受〈在延安文藝座談會上的講話〉影響的總結、其他愛國主義文學、反黃運動者，無非也是「借殼上市」，以強調政治正確性。方修為馬華文學寫史，編纂大系選集，「以文證史」，貢獻良多，然其主要文學史觀，正是社會現實主義文藝意識形態的反映。

　　以往馬華文學論述或文學史話，總是以一種偏頗的二分法敘述馬華文學的結構，指馬華文學分為「現實主義與現代主義」兩派（簡稱「現實派」、「現代派」），視之為「左右對峙」。其實那是套用冷戰政治東西對壘的結構，於馬華文學表現可謂誤導多於實際，不見多於洞見，不見得禁得起書寫實踐的檢驗——馬華文學從來就不是只有「非現實派就是現代派」的選項或現象。現代主義之於馬華文學，其文學現代質地，不必始於《蕉風》於一九五九年後的「冷戰現代主義計畫」——不管是威北華或蔡洪鐘，泡蒂或方秉達，他們都有自己的現代開端——但是《蕉風》在冷戰的格局下，從白垚的現代詩運動開始發難，進而黃崖結合臺灣香港書寫者，建構一九六〇年代的華文現代主義文庫，推動了第一波馬華文學現代主義運動。然後才有後續的「三星」現代主義行動——兩個星座詩社（臺北星座詩社、砂拉越星座詩社），一個星洲的現代主義創世紀（《南洋

商報・文藝》、五月出版社）。（「創世紀」的象徵，來自完顏藉〔梁明廣〕的現代主義宣言文件：〈六八年第一聲雞啼的時候〉。）六〇年代末，陳瑞獻（牧羚奴）加入《蕉風》編輯群，主導了刊物之後三、四年的現代風貌，所以從一九六八年冒現的文學現代共同體到《蕉風》的改革，可以視為第二波馬華文學現代主義運動。文學運動其實就是一個點的爆發，形成一個共同體與事件，時間不會也不必長，然後留下若干資產，如此而已。七〇年代中葉之後，這個造就文藝五月、六八世代、蕉風改革等關鍵詞的星馬現代主義計畫就已完成了其歷史任務。其後，反教條式社會現實主義的書寫者，受過現代主義的洗禮之後，在現實政治環境與國家文化政策的排擠下，另闢想像空間，書寫自己的文化華夏符號邦城，是為黃錦樹所說的「現代—中國性」——但那其實已非關現代主義了。

　　一九七〇年代之前，女性書寫者在馬華文學當然不是沒有聲音或表現，漢素音與燕歸來即兩個響亮的名字（漢素音雖非以華文書寫，卻是翻譯馬華），但活躍文壇，或文藝園地或文社主事者，男性還是居多。六〇年代《蕉風》刊登不少女性書寫者的作品，但知名者幾乎都是臺灣女作家。謝冰瑩、孟瑤、凌叔華、蘇雪林等民國女作家或在半島，或在南洋大學，參與了馬華文學活動。其他活躍者還有彭士麟、黃美之。不過，《新加坡十五詩人新詩集》女詩人只有兩位。《大馬詩選》也僅有四位，比例相當低。七〇年代以詩聞名星馬文壇者有淡瑩、梅淑貞、李木香、莫邪、夏芷芳、石君等，一般女性書寫者多寫抒情小品散文。以《學生周報》為例，其文藝版即頗多散文出自女性作者手筆，編者悄凌寫而優則編，日後以不同文類揚名文林的方娥真、商晚筠、李憶莙、朵拉等人當時都在那裡寫抒情散文。七、八〇年代新生代女性書寫者崛起，加上永樂多斯、戴小華、艾萱自境外加入馬華女作家行列，那二十年間馬華女性書寫場域相當多姿多彩，有人擔任報刊編者（如唐彭、彭早慧、伍梅彩），有人當專欄作家（如商晚筠、葉寧），有人搞兒童文學（如愛薇），有人寫長篇（如柏一），各擅勝場。九〇年代以後，黎紫書、賀淑芳、劉藝婉、梁靖芬、翁菀君等人陸續冒現，資深作者如梅淑貞、李憶莙、朵拉、戴小華仍然筆耕不輟，女性書寫文庫到了新千禧年更見豐盛。

　　一九七〇年代及其後，國際與地緣政治版圖更新，星馬婆政經文教樣貌變易，歷史結構的巨變、現代性後果的力道不可謂不重。在冷戰的格局下，美蘇繼續角力，尼克森政府拉攏中共而與中國建交，中華民國二度失國（第一次丟失大陸國土，第二次失去聯合國席位），中國重登國際舞臺，美國越南戰爭敗北，越南柬埔寨寮國共產化，冷戰漸漸趨疲，最後隨著蘇聯解體、德國統一、

柏林圍牆拆除才終止。中國文化大革命十年動亂也進入倒數。在馬來西亞，馬哈迪時代登場，強化「新經濟政策」以來的種族政治（racial politics）與種族分化（racialization）政策，而以茅草行動大逮捕為高潮，一九九〇年代以後進入「大工程」時期，進行各種規模宏大的建設，許下2020鴻圖大展願景，然而唯種族論基本結構未變，歷史、國家、語言、族裔、文化與身分認同話語仍充滿禁忌，人民記憶被凍結。在舊世紀的最後三十年，馬華書寫進入後五一三時期，新世代創作者開始以文學正視文化屬性、家園想像等問題，文學成為國族寓言，家國歷史轉譯為創傷敘事。「馬哈迪時代的抒情詩人」固然貼切地描述了這時期以詩言志的馬華書寫者，但也是個充滿歷史哀爛泥（irony）意味的標籤。

　　另一方面，冷戰產物的中華民國僑教政策在實質上隔堵了南洋華裔學子北往中國之路，也開啟了一九五〇年代以來臺馬文學關係及寫在家國之外的離散馬華共同體。從早期參與縱橫詩社、海洋詩社，到組星座詩社、神州詩社、大地詩社，到參加文學獎備受認可，在臺灣出書、編書，形成「在臺馬華文學」及詮釋社群，既形同在境外營運馬華文學，也回答了七〇年代對旅臺書寫者究竟是「文化鄉愁」還是「文化回歸」的問題。不管留臺、旅臺、還是「在臺」，總是飛越南中國海，故實際上也是跨域書寫與離散他鄉。

　　跨域離散的路線，不必一定一路向北，也可能北西北（如林幸謙落腳香港），或飛越太平洋，成為「華美文學」或「亞美文學」書寫者（如未來的黎紫書）。同樣的，華裔社群另一群書寫者則是向西跨域離散，在倫敦、南非、紐約、伯斯，他們是跨越華語的邊界的馬英作家，他們寫在家國之外，但經常往返北美與亞洲，書寫星馬「英夷風」文學，例如林玉玲與陳文平；近年陳團英、歐大旭、曹維倩等人的小說頗受英美文學獎的肯定，備受國內文壇矚目。即使在馬來西亞境內，華裔書寫者跨越單語，華語之外，以英文或馬來文雙語書寫，人數或較僅以單語（華文、英文或馬來文）書寫者少，但對「華馬文學」版圖的構成也有一定的貢獻，值得一提。

　　馬華文學處於多族、多語、多元文化、生物多樣性環境，歷史、社會、政治、環境、日常生活、性別、情意、慾望、氣候劇變、護生等議題，在「後現代」、「後殖民」、「後認同」、「後人類」或「人類紀」的視野裡，應該有不同的文學或文化詮釋，本書在新紀元、新媒體時代編成，理應反映這些喧譁眾聲的關注。另一方面，文學形式、文類、呈現平臺、傳播載體、閱讀受眾早已有別於上個世紀的樣貌，閱讀文學的同時，其他文化、文類（如通俗類型）往往也在讀者或評論者的視閾之內，或為文化研究的對象，或為閱讀與論述之外的視聽向

度，或為文學文本的指涉互文，因此本書也納入若干篇相關文字。

　　歷史、事件、議題、人物在本書縱橫交叉貫穿，在在涉及文學、文獻、文化，然限於篇幅，未及周延之處仍多，除了在「多語、文學平臺與類型小說」卷擴大涵蓋面外，編者也在「視與聽」卷將眼睛與耳朵放遠拉長到電影、劇場、歌謠、書法等文學「姐妹藝術」的抒情或再現媒介。即便如此，我們也沒辦法或能力將馬華文學評論、史料、報導文學、文學社群或共同體等面向獨立成卷，給予更多關注。我們總是站在方修、李廷輝、苗秀、趙戎、謝克、楊松年等前行者的肩膀上爬梳史料，方修編《馬華新文學大系》與李廷輝主編《新馬華文文學大系》總結了馬華文學從開端到一九六〇年代中葉的成果。楊松年為馬華文學史書寫注入新解。七〇年代以後吳天才、馬崙、李錦宗、蔡增聰、田農等人的貢獻也有目共睹。他們整理文學資料，寫成年度或年代文學報表，或彙編成冊，或編纂書目、或編撰作家小傳、或書寫文學史紀，皆有助於馬華文學典律建構，保存文學記憶，替馬華文學與書寫者留影，值得一書。

　　報導文學、紀實書寫、非虛構寫作跨越散文與小說或新聞寫作的文類邊界，可謂一枝獨秀，近年來在馬華文學場域頗引人注目，花踪文學獎與編輯人協會的黃紀達新聞獎也設有報導文學獎項，馬華作家也經常獲得境外的華文文學獎報導文學獎。其中佼佼者為許裕全。許裕全寫詩、散文與小說，文字技藝圓熟，生活經驗豐富，相當投入深耕報導文學書寫，屢獲得花踪、全球華文文學星雲獎等文學獎的報導文學獎，出版作品多種，其中包括報導文學集《四十七克的罪愆》。2015年施薇拉娜‧亞列塞維奇（Svetlana Alexandrovna Alexievich）以記者身分獲得諾貝爾文學獎肯定，晚近華文文學書寫場域引進英文的非虛構寫作，對華文報導文學書寫者應該都頗有啟發。

　　戰後「馬華文學獨特性」與「僑民文學」的論爭，形成「馬華文學獨特性」檔案，應該要歸功於「星華文藝協會」舉辦的幾場文藝座談會。「文協」成立於1947年，成員有沈思明、苗秀、秋楓（吳荻舟）、普洛等，與「星華寫作人協會」同為戰後的馬華文藝團體，在緊急法令頒布後解散。「文協」對「馬華文學獨特性」的指涉與定調，見證了文藝團體對馬華文學流變的影響。本書未闢專卷論述刊物、出版社、文藝團體或社群，但並不表示這些文藝社會學或文藝建制化所探索的相關對象不重要。事實上，在許多地方，文學的推動往往有賴於文藝團體或社群的用心與努力。例如砂華文學場域，星座詩社等五團體為主要推動力量，副刊亦多由文社組稿。半島馬華一九六〇年代初期即有銀星、海天、新潮、荒原等文社，六〇年代末則有叔權等成立「霹靂文藝研究會」與馬漢、年紅、端

木虹等成立「南馬文藝研究會」，資深作者駝鈴、章欽等曾擔任霹文會會長，該會亦曾出版刊物《清流》。南文會則推動兒童文學不遺餘力。七〇年代溫任平組天狼星詩社，培養了一群傾向臺灣現代詩與散文書寫的年輕寫作人，而另一群作者則組「寫作人（華文）協會」（後改為「華文作家協會」），由原上草擔任首屆會長。此外，「華人文化協會」也在1977年成立。這三個團體可以說是彼時半島馬華推動文學的重要社群或共同體。七、八〇年代不乏同人文社與獨立出版刊物，從人間詩社到十方出版社，從《鼓手文藝》到《椰子屋》，文藝青年跨入九〇年代，進入新千禧年，新的紀元也迎來新的時代青年對文學運動的關注與介入，以文藝回應時代脈搏，燧人氏、有人也盜了不同的文藝火種，繼續傳薪。

　　從晚清到二十一世紀的今天，這個南洋華文書寫場域的歷史早已超過一百二十年，本書以一個宏觀的視野回望過去兩個甲子以來的文學事件、議題、人物、文本、運動、思潮、社團等，在不同撰寫者的書寫、檢視與敘述中自有微觀的評點與刻畫，我們希望可以提供讀者一幅見樹又見林的馬華文學圖像卷軸，讓讀者張看閱覽細品。至於未盡之處，肯定所在不少，然限於編者時間與能力，唯有留待他日增補了。

緒論二

南方

黃錦樹

　　馬華文學的存在，有它歷史的偶然性。很難說它和十九世紀傳教士的白話翻譯活動有什麼直接的關係，畢竟傳教士的活動很難說不是大英帝國殖民機器的一個部件，福音、大砲和條約一直是三位一體的，有它自身一貫的「啟智」議程；同時期清朝遊宦士人的舊體詩文，即便可視為華文文學複系統的一個次系統，也很難說是華文文學的源頭。在它南渡時，在它的發源地，它即將被全面的、系統性的替代。雖然，它被邊緣化後，作為中文文學的次系統，依然有相當強韌的生命力。

　　華文「新」文學和中華民國這亞洲第一個民族國家的形成、一種全新的國族自覺脫離不了干係。民國「國語」、「國文」之發明，白話文讀寫迅速體制化，在掃盲的同時，也大大減低了寫作的門檻，縮短了手與口之間的距離。但在很長的一段時間內，南來文人還是領航員，甚至一直延續到建國以後。中國現代文學的各種思潮、文學風格、主題、手法，也隨之南遷，持續影響著南方「邊疆」。而現代中小學華文教育體制在南洋小鎮的遍地開花，也有利於文學的生產和傳播，促長了以華語－華文為中心的民族自我認同。

　　緊緊跟隨著新文化運動，五四新文學內含的反封建、婦女解放、人的覺醒、啟蒙等命題，也隨著文人及白話文寫作南遷，甚至構成殖民地華文寫作之最原初的動機。1927年國民黨清黨後，左翼文人大量南下，更強化了反殖的面向。與「內地」論述亦步亦趨的左翼現實主義很快取得文化上的主導權，「反映現實」此後成了此地華文寫作的根本道義。

　　關切祖國抑或居住地、中國意識和本地意識之間的拉鋸也一直延續著，地方色彩、南洋色彩的本地意識寫作相較於「僑民文藝」（寫中國題材），這樣的爭論也一直是政治的。在殖民地時代，華文知識菁英主張南洋華僑的「雙重任務」（同時對居住地和祖國都有政治責任），也要到1955年萬隆會議新中國宣布不承認華人雙重國籍後，方被迫劃下句點。當馬來亞走向建國，雙重任務自然消解為單一，甚至唯一「任務」。本地意識也自然轉化為「馬來亞意識」（國家意識、

國民意識），不管什麼主義，均自然轉化為「愛國主義」。

南洋殖民地在二戰後二十年間紛紛獨立建國，那之後，民國的國語國文在那些新興的民族國家裡，只好去除其「國」字，表現為純粹民族化的形態。但它的政治性並沒有隨之淡化，甚至反而加劇。當華語文被排除在大馬官方語文之外，當民族國家確立了國家教育體制和文化的馬來化之後，華語文在國籍之牆內存在上的不政治正確，反而更形尖銳了。此後華語文的使用，帶有強烈民族自我認同的意味，是一點也不奇怪的。多年以後，在這凡事需考慮馬來人感受的國度，華語文即便和愛吃豬肉、用筷子、堅持祖先崇拜一樣，被歸類為頑固的外來性表徵，大概也不過是剛好而已。尤其是在那沒完沒了、令人疲憊的馬哈迪時代。

「五一三事件」後官方劃定的敏感問題──關於種族、宗教、馬來人特權、馬共等等題材，在馬華文學裡均長期的隱遁、缺席。這對以「反映此時此地的現實」為金科玉律的馬華現實主義而言，自然是個無情的反諷。現實既然如此，似乎也莫可奈何。如果不曉得隱微表達的技藝（舊體詩和現代主義其實都有那樣的裝備），就只能保持沉默。那集體的沉默確實令人心痛的反映了某種嚴酷的大馬現實。

如果從1920年算起，馬華文學的歷史到現在也超過一百年了。這期間爭論沒少過，但有文學史意義的或理性意義並不多，多的是無聊的爭吵。可以一記的諸如：1939年的「幾個問題」、1947至1948年的「馬華文藝的獨特性」／僑民文藝大論戰，一九六〇年代的現代詩論戰、九〇年代的經典缺席論爭、斷奶論等，多關涉馬華文學的自我確認、被認可、評價之類的「存在感」問題。

馬華文學的初始，是一種地方文學。地方感和地方特色、地方經驗彷彿是它最自然的本真狀態，也是文人用以確認馬華文學殊異性的初始要件，鄉土是它的另一個名字。但地方感經常是一種淺薄表面的歷史經驗。

馬華文學的地方色彩寫作開始得很早，從十九世紀晚清遊宦士人的竹枝詞，二十世紀南來文人的采風、「食風」，一直到建國後土生世代的鄉土寫作。它可以是一種異鄉異聞，也可以是一種本土意識、愛國意識的體現，一種最表面的「馬華文藝的獨特性」。

一九六〇年代開始，留臺（航向孤島民國）給馬華文學帶來不同的生機。但也有人認為它不夠本土──不夠土，不夠簡單，不夠樸拙，太過「文學性」。

悠悠百年，有名姓可考的馬華寫作人不只千人，累積的作品可以堆滿好幾個書架。但是否能超越地方文學的格局，還是很不樂觀。長期以來，它都太過關心社會、政治，沒什麼時間關心自己。

　　身處世界文學邊緣之邊緣的陰影地帶，馬華文學是否能超越地域的囿限一直是個艱難的問題。不少前輩先賢一直渴望用「自身的標準」來評斷馬華文學（「以馬華文學為方法？」），但拈出的現實主義論仍然是中共革命文學的拙劣模仿，一種「大國理論」的山寨版。其實我們所有資源都是外來的（當然，包括「小文學」論、離散論什麼的），幾十年間文學的細微演變動力也都來自外部資源，諸如現代主義，美食文學，旅行文學，性別寫作，到「後現代主義」。這些其實都不是問題，不必擔心它們會影響馬華文學的「純度」。把門都關上了才是問題。歷史證明了，那總是等待被反映的「現實」本身很難促進文學的自我更新。

　　百年來，在這塊季風吹拂的土地上，有人南來、有人土生；有人北歸，有人北漂；有人西遷，有人東移；或浮或沉；或不知所終，或葬於斯。其實很少人會去寫作，讀者也一直很少，編個相關讀本還是有必要的。

2022 年 4 月 16 日

一

南中國海的波浪

高嘉謙

從族裔遷徙和離散敘事的角度而言，「下南洋」或「南來」表現了中國南方在境外的經濟與勞力流動，並象徵一個值得探究的文化與文學播遷的地理軌跡。回顧早期的貿易和遷徙，南來華人的足跡和生活史，僅在物質性的墓碑、廟宇和會館的碑記、楹聯、匾額裡，留有見證。那是一個需要經過田野踏查重建和描述的現場。大航海時代的香料貿易，牽動了洋人在南洋和東亞周邊的經貿與殖民布局。十九世紀初洋人傳教士的東渡，在中國華南口岸城市和南洋的港埠之間傳播福音，間接推動了漢語的出版印刷。馬禮遜、米憐、麥都思等傳教士和助手梁發先後在馬六甲促成《察世俗每月統記傳》（1815-1822）創刊，成了世界最早的中文報刊。這是面向華人的報刊，也是傳教士介入馬來世界風土的轉折點。他們選擇介於文白之間的漢語翻譯《聖經》、編寫宗教冊子，在馬六甲英華書院出版。英殖民的新加坡和馬六甲短暫成為了漢語福音的營運中心，從語言轉換的翻譯實驗、木刻雕版到活字印刷，創辦義塾，藉由傳教完成了一次漢語與英語的相遇和轉化。

鴉片戰爭以後，西方帝國的工業發展和亞洲殖民地需要大量華工，平民出洋構成了華人大遷徙的熱潮，下南洋則是華工輸出的主要路線之一，知識人也隨著外交、貿易、私塾和報社的需求而南遷。中國使節和文人的南來形塑了早期新馬地區的文學生產，其中以漢詩寫作規模最為可觀。這些南來知識分子代表士大夫階層的境外離散和文化播遷，尤其部分南來文人兼具詩人和政治身分，他們流寓南洋期間的文化影響和文學實踐，都直接或間接形塑了我們理解殖民地時期新馬最初的文學風貌。

這些相對於新文學系而言的舊詩，可以置於一個宏觀的漢詩譜系和華人移民史的脈動來理解。漢詩形塑的海洋意象、中華帝國及其周邊國家的朝貢貿易歷史、走向世界的經驗變革、離散華人社會的脈動、中華教化與文化傳播、認同與鄉愁、殖民地體驗，以及近代中國的地理、外交、政經延伸的家國危機，在在成為別具面貌的境外漢詩特色。在新馬兩地而言，清末以降，除了詩名顯赫的南來

文人黃遵憲、康有為、丘逢甲、邱菽園等人,大量默默無聞的詩人作品散見於報刊,文社雅集也並不少見。這是馬華古典文學的生產,寓居、流動,進而在地扎根,漢詩或舊詩的言志抒情,已然是十九世紀末漢語離散詩學的一環。

除此,在中國的對外交通文獻資料裡,歷來史錄或抒懷的史書、遊記、筆記、日誌、詩文等著述,對南洋的描述難免有其寫作上的虛實,以及轉錄或實訪經驗的差異。在這條「海上絲路」和外交官使西路線上的必經航道,他們的南洋印象,天下觀的華夷之辨,不乏偏見。然而,風土見聞也在文化的接觸與碰撞裡帶出間距,在獵奇、采風、博物經驗裡,看出這些踏足南中國海波浪的寫作,所面對的局限和轉換。因而民間系統的認識尤其珍貴和難得。口傳文學裡的過番歌、俚曲,處處是方言群南來的鄉音,為落番、住番做了最生動的紀錄。隨移民南下的民間歌謠,還有十九世紀末在廣東地區發展的粵謳。這些粵謳不僅繼承固有的粵語形式,呈現在地生活經驗,接收維新與革命思潮,甚至混入當地馬來語、英語形成獨具南洋特色的新馬粵謳。這些俚俗為重的民間文學,調動方言語彙和民歌形式進行創作,在同屬韻文系統的漢詩譜系內,代表著境外共同的生產語境。粵謳和竹枝詞在早期南洋移民文學有其重要的生產活力。

二十世紀的一九二〇年代,新馬的報刊、書局等基礎文學建制漸趨完備,而文人群體南來,接續帶動了馬華新文學的興起。其中南來文人、報人透過報刊率先響應新文化運動的白話寫作,開闢白話文學副刊,在文學南方一枝獨秀。隨著新文學寫作的普及,「南洋色彩」,「反映此時此地生活」的倡導,最初揭示了馬華新文學地方性意識的思考。從南洋文藝、僑民文藝到馬來亞化、馬來亞文藝,這漸進推動的論述,凸顯馬華文學因應現實語境,扎根土地的特質。在此之外,二〇至三〇年代短期南來文人的遊記寫作和出版,異常蓬勃,卻同時展示了馬華社會與風土的地方意義。南來作者鋪展下的南洋印象與眼光,展示對異地的好奇和趣味,也同時建立遊記背後的知識視野與采風踏查。換言之,南來文人組成最初的馬華新文學系統,既有描摹風土環境,也在報刊鼓勵青年論學讀書。這是五四延續而來的文學啟蒙與風度。

南洋華人的漢語、文學與文化生產

碑銘和書寫：華人社會文化史

白偉權

華人移居新馬地區的時代非常久遠，若將鄭和時代的馬六甲剔除，保守地從1786年檳城開埠算起，華人在此距今已經超過兩百三十年。當今馬來西亞華人社會文化便是在這兩百多年的歷史長河當中不斷形塑而成。

無論是在歷史研究抑或是馬華文學的創作，這段歷史過程都為研究及創作者提供了豐富的養分。對於有志瞭解馬新華人歷史的人而言，如何貼近真實的歷史，一直是大家所竭力追求的。而最能帶領我們貼近歷史的，莫過於前人所留下的碑銘了。

碑銘指的是銘刻於石頭、木塊、銅器等固體器物上的文字，例如墓碑、廟碑，以及香爐、供桌、匾額等器物，這些都是華人社會中幾種常見的碑銘種類。相較於紙本，碑銘更容易被長久保留，歷久不衰，因此早期華人每當發生重要的事件，或有值得被長久紀念的事情時，都會選用銘刻的方式把事物記錄下來。換句話說，碑文出自時人的手筆，是最能夠透過當中的文字閱讀、感知甚至器物觸摸而直接把我們帶入歷史現場的重要對象。底下，我們將列舉墓碑、機構及廟宇等處的石碑、香爐器具以及匾額來探究它們能如何幫助我們直接與古人「近距離接觸」。

墓碑：認同意識、時代的印記

墓碑相信是我們日常生活最為常見的碑銘。對許多人而言，它就是先人過世後所立的一塊石頭，上面刻上了人名、生卒年、祖籍地等資訊，猶如一張逝者的「身分證」。然而除了紀念價值之外，若抱著批判思考的態度去仔細解讀，墓碑還隱藏了其他的資訊。像是墓碑抬頭上的欄位，刻於上面的祖籍地並非理所當然，若我們觀察臺灣的墓碑的話，會發現也有許多的墓碑刻的是姓氏堂號（當然馬新地區也有類似案例，但並不普遍），例如西河（林）、潁川（陳）等，這說明了華人在不同的環境之中，何種元素主導了人們的認同意識。在多元複雜的南洋華人社會，祖籍地則是華人認同意識的主旋律。

然而，若再進一步將不同時期的墓碑排列觀之，又會發現所謂的認同意識，會隨著不同年代以及社會組成而出現變化。以筆者在柔佛新山（Johor Bahru）綿裕亭義山所搜集到的一千五百餘個有效樣本來看。該地在十九世紀中葉開埠初期幾乎是個潮州人社會，而當時人們墓碑上的祖籍地名經常出現縣以下的小地名，像是城內、石鼓鄉、月浦、南門外、下溪頭、隴頭社等等。隨著時間的推移，人口組成結構的複雜化，這些小地名也相對較少出現在後來的墓碑上了。對於那些屬於小眾的群體，例如廣西人、河南人、浙江人，他們所使用的祖籍地地名一般會選用層級較高、較

標示縣以下小地名的清代墓碑（白偉權提供）

為人所知的大地名，例如直接標上「河南」。不像其他的福建和廣府人，除了有漳、泉；廣、肇之分，還細分為不同的縣分。這些細微的變化展現了不同時期華人對自己與對他人的界定和想法。

當然，墓碑的意義並不僅限於解讀個人或家族的意識，若將墓碑資料進行大量搜集，還可以展現出不同時代一地的人口規模、族群結構、性別比、風俗，以及人物故事。

機構碑文：細部社會觀察和語境展現

機構碑文指的是特定機構團體因為某些事件而銘刻於石頭或木板上，用於交代特定事物的碑銘文字。相較於墓碑所展現的個人意識及整體社會的人口情形，碑銘文字能更細緻地呈現社會運作與當時人們的思維。

以雪蘭莪加影（Kajang）廣東義山福德祠光緒丙午年（1906）的四塊「廣東義山碑記」的碑文資料為例，它是加影現存時間最早的碑文，是當地廣東社群在舊義山搬遷，籌建新義山的一次社區動員，這塊碑記便至少揭示了幾個重要訊息。首先，為先人妥善安葬遺骨是當時社會用以組織群眾的重要活動，在他們的觀念中，這項工作將能夠保佑地方的安定興盛。再者，山地的坐向，以及福德

「支番人斬巴執巴」的帳目記錄（白偉權提供）

祠的建立、福德正神的安座開光、法事的進行時間也被鉅細靡遺地記錄下來，放在碑記文字的開頭，說明了當時人們的風水觀及哲學觀。第三，這次新建義山的活動當中，基本上動員了該區的廣東社群，當地的人名、商號也因為捐資參與而通通出現在碑銘當中，裡面不乏一些著名的大僑領，例如「東興隆」便是本地區著名粵籍礦家陸佑的商號，香港大學典雅的歷史建築——陸佑堂便是由陸佑所捐建。如此一來，小地方便與馬來亞經濟發展的大歷史扣連起來了。類似的情形也常見於馬來亞各地，像是一些居住在海峽殖民地（新加坡、檳城、馬六甲）的巨富，他們的姓名經常也出現在馬來半島內陸的一些廟宇碑銘之上，成為商業與人物網絡的重要注腳。

第四，整個碑銘也以倡建總理、協理、勸捐值理的名單作為結尾。有趣的是，總理（二位）和協理（二位）的姓名前頭也特別註明了籍貫，像是：「新會」簡鉦、「歸善」曾魁、「香山」柳雲階、「番禺」羅海平，當中似乎透露了加影廣東社群的權力結構。而地緣身分對於看似單一整合的廣東社群而言，或許是內部劃分族群邊界的重要依據。

在這則碑文當中，也不乏一些有趣的地方，那就是把建立整個義山的收支帳目銘刻在上面，細緻地呈現了當時的物價和遷山所涉及的工作內容，例如清理森林、福德祠及牌坊的建築費、地皮購置、運輸費、戲班費、開井費、堪輿費、神像建造等。因此在閱讀碑文的過程中，彷彿被文字帶回了那個時代，算盤嘀嗒的聲音，在耳邊響起。

除了社會性質的觀察之外，碑文所呈現的是不同時代人們使用文字的習慣和當時的語境。像是這塊「廣東義山碑記」在帳目部分所出現的一句「支番人斬巴執巴」，便是十分在地化的粵語文字。「巴」在本地華人的語境中是林地之意，現今經常也寫成「芭」。「執」則是粵語發音的「zap」，為整理之意。番人則泛指馬來人或是其他的原住民。

馬來亞由於在社會、政治及地緣上存在著高度的複雜性，因此每個地區碑文上所能見到的語境都有所不同，像是在馬來屬邦的城市新山，當地民國十六年（1927）華僑公所所立的一塊紀念阿拉伯商人端亞山（Syed Hassan Ahmad Alattas）的捐地碑，便出現了一個表達英語及馬來語的土地面積單位——「英畝」的福建話發音

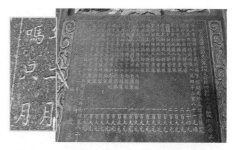

檳城極樂寺碑銘上的陽曆書寫—「嗎只月」（白偉權提供）

漢字——「于吉」（英：Acreage ／巫：Ekar）。華人對於這個文字的漢字用法不一，像是在霹靂太平（Taiping）大善佛堂所找到的1891年的碑記，便寫作「矣葛」，它同樣來自福建話的音譯。

太平由於地處北馬，當地社會早期也與暹羅（泰國）互動密切，在當地一間福德祠光緒二十五年（1899）的捐款碑文上，也見到了受暹語影響的漢字——「犮」，這是暹羅的貨幣單位「Baht」，北馬人發音作「*poat*」，當提及若干元若干角的時候，便會用「*poat*」字來替代「*kak*」（角）。在英殖民勢力較強的海峽殖民地和馬來聯邦，在西方陽曆日期的月分寫法上，本地華人也展現出獨特創新的見解，像是檳城極樂寺光緒三十二年（1906）的碑記中，便能見到人們將英文的三月（March），用漢字寫作「嗎只月」。

其他器物：社會關係的展現

除了墓碑和碑文之外，其他常見的碑文類型還有匾額、香爐、供桌、銅鐘等。這些器物多能夠在各大廟宇、會館、宗親會等機構以及社會領袖的宅邸當中找到。這些碑文的意義與義山墓碑和機構碑文有些許不同。一般上，當某一廟宇、會館、宗親會在建立館舍或是辦理盛大的週年慶典時，一些相關社團或個人便會致贈器物給該機構，以表達友好之情。這些單位或個人往往也會把自己的名字和致贈銘刻於器物之上，以作為紀念。因此每當踏入這些老廟或老會館，觀看牆上高掛的匾額時，便能夠浮現出該機構與外界社會關係的圖像。

此外，這些器物在重要性上有輕重之分，像是一間有著主祀神和配祀神的廟宇，主祀神大堂上方所懸掛的匾額以及其供桌前的香爐必然比其他配祀神的匾額和香爐來得重要。因此可想而知，誰所致贈的器物能夠出現在大位？這當中必然是一系列社會角力的結果。像是在新山主祀元天上帝（玄天上帝）的柔佛古廟，

柔佛古廟正廳上的「總握天樞」匾（白偉權提供）

該廟有另外四位配祀神，這五尊神祇分別由潮州、廣府、福建、海南、客家五大幫群所奉祀，其中，正廳元天上帝上方的「總握天樞」（1870）匾，便是由「中國潮州眾治子敬立」。此外，在一些缺乏文字史料記載的小地方，這些器物上所顯示的日期，往往成為解答地方發展起點的重要參考。

　　綜合上述有關墓碑、機構碑文、器物等碑銘的敘述，可以得知它們都是早期華人所留下的史跡，這是他們所製作、撰寫的材料，當中展現了特定時代人們的思想意識、事件細節、語境，以及社會關係，是開啟及瞭解華人社會文化史的一把鑰匙。隨著時代洪流的翻湧前進，加上人們普遍忽視它們的價值，導致這些器物快速散失，故應善加保存珍視。

延伸閱讀

白偉權、陳國川。〈認識早期華人社會面貌的視角 —— 新山綿裕亭義山墓碑普查的研究〉。《馬來西亞人文與社會科學學報》3.1(June 2014):53-75。

白偉權、陳國川。〈多重認同與族群邊界 —— 馬來亞柔佛新山華人祖籍地意識的變遷1861-1942〉。《華人研究國際學報》7.2(December 2015):29-53。

傅吾康、陳鐵凡。《馬來西亞華文銘刻萃編（一）》（吉隆坡：馬來亞大學出版社，1982）。

張少寬。《檳榔嶼福建公冢暨家冢碑銘集》（新加坡：新加坡亞洲研究學會，1997）。

莊欽永。《民族學研究所資料彙編12：馬六甲，新加坡華文碑文輯錄》（臺北：中央研究院民族學研究所，1998）。

傳教士與馬來亞中文印刷

邱繼來

馬來西亞中文印刷可追溯至1815年新教傳教士在馬六甲所設立的傳教基地，此前並沒有確切關於漢語出版印刷的紀錄。彼時傳教士們在中國大陸的傳教事業受阻，無奈之餘，傳教士計畫在新教國家所控制的殖民地建立傳教基地。構思創建這一傳教基地的是傳教士馬禮遜（Robert Morrison, 1782-1834），他們將構建傳教基地作為一項宏大傳教計畫「恆河域外傳道團」（The Ultra-Ganges Mission）的一部分呈現給他們所屬的倫敦傳道會（London Missionary Society）並獲得其支持。

馬禮遜雖然是傳教計畫的倡議者，但當時他亦肩負東印度公司職員的身分。在馬六甲負責建立傳教基地的是另一位傳教士米憐（William Milne, 1785-1822）。作為一項綜合傳教計畫的產物，馬六甲傳教站同時肩負教會禮拜、學校教育以及印刷出版等任務。幾乎在傳教站創立伊始，印刷出版的工作就開始了，《察世俗每月統記傳》就是當時的產物，特別是印工出身的麥都思（Walter Medhurst, 1796-1857）在1817年抵達馬六甲以後，印刷出版上因此步入正軌。在草創初期，他們所面對的問題則是中文內容產出的不足，有數年期間每月僅能出版單頁的內容，這些單頁的內容有時候也僅僅是複製馬禮遜和米憐過去的翻譯成果。

傳教站中的教育任務是雙向的，一方面為傳教士惡補中文及各地方言，另一方面也針對當地的華裔居民開班授課。作為當時少有可以教授英文的教育機構，對當地民眾而言有著不小的吸引力。據嘉慶乙亥年版的《察世俗每月統記傳》所記，面對華裔居民招生的「立義館告帖」於嘉慶二十年（1815）六月發布宣告七月開館，免去一切教材及學費。傳教士與當地居民也產生了一些有趣的互動，比如米憐費盡心力也無法阻止當地師生選在黃道吉日開學、分派寓意開啟心智的「開心餅」和在校園內張貼符咒，他唯一成功堅持的，則是禁止在學校內供奉孔子和文昌帝君的神像，守護了他基督教信仰的底線。

傳教士以中文進行教育與其出版事業有著共生關係。1817年期間以福建方

《察世俗每月統記傳》（高嘉謙翻攝提供）

言授課的中文班學生增加至五十七人，而當年新辦的廣東方言課程則約有二十三人入學。據米憐的說法，實際上課的人數會減少，平均每天在校生約五十五人。傳教士發現他們的課本無法滿足傳教的需要，特別是兒童的情況。因此他們會編寫一些適用的內容，如1816年印刷出版的《幼學淺解問答》。雖然傳教士致力於傳教，但這些努力在當時並不成功，甚至可謂是收效甚微。但是，來自中國的印工梁發卻值得注意，他在1816年在米憐的主持下受洗。他在1819年回鄉後因為其妻子施洗，散發傳教冊子而被捕入獄。在馬禮遜的積極奔走下獲救，但唯有再次回到馬六甲避難，一直到1823年被馬禮遜案立成為牧師。他經常往來廣東、香港、馬來半島等地傳教。據稱他所著的《勸世良言》是洪秀全創立「拜上帝會」並引發太平天國運動的濫觴之一。

　　依據米憐的《新教在華傳教前十年回顧》中一份自1811年截至1819年的印刷書籍目錄，僅馬禮遜一人的著作印數即高達37,999份，中文出版物總數為140,249份。值得一提的是，印刷所也印刷馬來文宣教出版品，總數為20,500份。隨著米憐在1822年的逝世，具有開創性意義的《察世俗每月統記傳》亦戛然而止，1823年在雅加達（荷屬巴達維亞）開始經營印刷所的麥都思亦帶有傳承意味地出版了《特選撮要每月紀傳》。相較前者濃厚的宗教氣息，麥都思為了吸引「唐人」閱讀，用心經營內部的欄目〈咬吧總論〉，主要取材自萊佛士（Thomas S. Raffles, 1781-1826）的《爪哇史》（History of Java）與一些華人傳記。蘇精推測，麥都思很可能是依據王大海的《海島逸志》，因為他在1849年的上海出版了這部由他所英譯的傳記。無論如何，〈咬留吧總論〉在吸引讀者方面非常的成功，傳教士出版期刊的世俗化應由此始，與麥都思交情甚深的郭實獵

王大海《海島逸誌》（1971），及麥都思的英譯本 *The Chinaman Abroad*（1849）（高嘉謙翻攝提供）

《東西洋考每月統記傳》（高嘉謙翻攝提供）

（Karl Friedrich August Gutzlaff, 1803-1851）所主持的《東西洋考每月統記傳》等更傾向世俗的角度，其影響力更可謂是十九世紀舉足輕重的一部期刊。這部《東西洋考》原在廣東出版，中途為迴避戰亂等因素改至新加坡堅夏書院出版，至十九世紀一九四〇年代後英國獲得香港的控制權後，英美傳教士退出今日的東南亞，新教傳教士所主持的英華書院與堅夏書院都遷至香港，傳教士在東南亞地區大量出版中文出版品的活動驟成絕響。

延伸閱讀

愛漢者等（編）《東西洋考每月統記傳》。黃時鑑（整理）（上海：中華書局，1997）。

段懷清。〈晚清新教來華傳教士語境中的literature概念——以米憐為中心〉。《杭州師範大學學報》no.1(2016):57-63。

Milne, William. *A Retrospect of the First Ten Years of the Protestant Mission to China (Now, in Connection with the Malay, Denominated, the Ultra-Ganges Missions)* (Malacca: Anglo-Chinese Press, 1820).

蘇精。《鑄以代刻：傳教士與中文印刷變局》（臺北：國立臺灣大學出版中心，2014）。

偉烈亞力（Alexander Wylie）。《基督教新教在華傳教士名錄》。趙康英（譯）（天津：天津人民，2013）。

莊欽永。〈新嘉坡堅夏書院主持人帝禮士(Ira Tracy, 1806-1875)傳略〉。《南方華裔研究雜誌》vol.5(December 2011):209-213。

清季外交官的南洋見聞

高嘉謙

十五世紀一九三〇年代前後，鄭和下西洋的航程中，隨行官員費信和馬歡留下《星槎勝覽》、《瀛涯勝覽》兩部遊記，大抵初步描繪了我們後來在各種中國人行旅寫作中看到的新加坡和馬來半島的景觀。費信停留馬六甲時，《星槎勝覽》留下的詩：

> 滿剌村寥落，山孤草木幽。青禾田少種，白錫地多收。
> 朝至熱如暑，暮來涼似秋。臝形漆膚體，椎髻布纏頭。
> 鹽煮海中水，身居柵上樓。夷區風景別，賦詠採其由。

王之春《使俄草》（高嘉謙翻攝提供）

詩句簡易清朗，屬五言古體，雖非竹枝詞常見的七言四句的形式，但描寫物種、氣候、人種膚色、生活習俗，基本內容和精神，實無異於竹枝詞的風土紀錄。中國官員從海上接觸南洋群島的視野，那被處理和描述的景觀，總已涉及在知識框架內的命名與辨識，這大抵是南來的行旅者聚焦和定調的風土眼光。

在「馬來群島世界」的貿易與殖民時代，馬六甲、巴達維亞、新加坡、檳榔嶼等幾個重要海港城市的開埠，大批中國海商、苦力、移民南來，構成華人、馬來人、南島語族、洋人、印度人和其他種族雜處的社會，展現了我們認知與辯證華夷交織的歷史脈絡。漢語寫作的遊記、筆記、日誌、詩文等著述組成的南海及周邊海域印象，藉由描述和記錄鋪陳了航路與「馬來群島世界」的文明與風土。

然而，十八、十九世紀以後當中國使節和海商再次走向南海航路，朝貢貿易體系已因為西方殖民勢力的東渡而消失。荷蘭、英國建立的東印度公司貿易體系，以及殖民地管理秩序，徹底改變和重新形塑中國人的南洋視野。1865年，清廷總理衙門奏派斌椿出洋，途經新加坡，《乘槎筆記》裡的南島土人印象「黑肉紅牙，獉獉狌狌，殊堪駭人」。隨行的張德彝反而著眼更細緻的風土和習俗，諸如土人顏色塗面以分貴賤。1875年郭嵩燾南來，《使西紀程》裡記錄僑領、英殖民政府的華民護衛司的接觸，同時籌設新加坡領事。隨行的劉錫鴻《英軺日記》把握的是殖民地景致。1876年曾紀澤出使英法大臣，途經南洋，展示的依然是外交視野。

饒宗頤（編）《新加坡古事記》（高嘉謙翻攝提供）

1890年準備前往歐洲的薛福成，出使路上綜覽南洋各埠商務民情，討論增設領事，可見其縝密的外交眼界。然而，他的南洋經驗依然從天朝大臣之姿，對南洋群島人種做出揶揄和鄙夷的判斷：

> 自過香港以後，歷觀西貢、新加坡、錫蘭島諸埠，雖經洋人懇闢經營，闤闠雲連，瑰貨山積，而其土民皆形狀醜陋，與鹿豕無異，仍有獉狂氣象。即所見越南、緬甸之人，及印度、巫來由、阿剌伯各種之人，無不面目黝黑，短小粗蠢，以視中國人民之文秀，與歐洲各國人之白晰魁健者，相去奚啻霄壤。（《出使英法義比四國日記》）

1894年11月王之春奉旨往俄國唁賀沙皇逝世及新皇加冕，航路途經新加坡。由於清廷早在1877年於當地設有領事館，故由領事接見遊覽，其中涉及新加坡之經歷有詩，記錄如下：

> 有道曾聞守四夷，新嘉坡上漢官儀。駕輕路熟車原穩（太守粵東人，曾在噶羅巴各埠歷練洋務，已三十年矣），馭遠鞭長馬不知。權轄梓鄉非易事，情通卉服見專司。終當借著殊庥代，再接清暉待後期。

　　要扼南洋屬此間，群番附近有新山（檳榔嶼亦歸管領）。地名柔佛難為國（前柔佛國王距此二十里，亦理民事），族聚唐人易轉圜（土著稱華人為唐人）。無上利權成斷壟，泰西風氣露全斑。園林竹石皆生色（此間四時皆夏，隆冬樹葉不凋），遊客身從畫裡還。（〈新嘉坡總領事張弼士太守率同翻譯等官來舟迎迓，即乘其馬車遊歷一周後達署，便訪左近部落〉）

　　外交出訪所做的航程日誌，除了增廣遊歷，所看所感落實於記載，自然含有外交知識生產的意義。故而談論各地國度的民情風俗、物產奇觀、人種文化、地理氣候、外交局勢皆屬基本內容。而使節留詩，補充了知識性敘述之外，帶有風土感性的觀察。上述詩作描述了當地清廷領事館，張弼士以候選總領事身分接待。王之春遊歷後的感受，恰可對應日記述及英殖民下的新加坡和馬來半島，清廷領事館的領事布局與安排。詩句表揚張弼士的代領事工作：「有道曾聞守四夷，新嘉坡上漢官儀」，確立了在英殖民地的清廷政統。因此領事工作任重道遠，僅能「終當借著殊庖代，再接清暉待後期」，眼前越俎代庖行領事職責，他日必能正式接任。因為意識新加坡位處地理要衝，「要扼南洋屬此間，群番附近有新山」、「無上利權成斷壟，泰西風氣露全斑」接連表明從新加坡到馬來半島，已是英殖民主導壟斷的海上貿易。

　　使西路線裡的南洋見聞，以及境外漢詩寫作，讓南來的流動遷徙路徑值得關注。中外交通史籍和近代旅外遊記是「中國走向世界」研究的重點，而箇中漢詩的生產脈絡，反而提供了一個檢視近代知識人出洋跨境的文學體驗和視角。這直接投映了一個時代交替的語言和感覺結構，其中新舊語言和價值體系、世界觀的碰撞尤其明顯。這類境外漢詩回應了近代以降的知識人遷徙情境，兼以隱喻性的海洋空間，鋪陳了漢詩與文明、疆界和自然的辯證。

延伸閱讀

高嘉謙。〈近代漢詩與南海視域〉。《臺大東亞文化研究》no.5(April 2018):119-136。

饒宗頤（編）《新加坡古事記》（香港：香港中文大學，1994）。

王之春。《使俄草》（長沙：岳麓書社，2016）。

薛福成。《出使英法義比四國日記》（長沙：岳麓書社，2008）。

周運中。《中國南洋古代交通史》（廈門：廈門大學出版社，2015）。

使節與過客，移民與文學空間

漢詩「下南洋」：
使節、過客與華人移民社會

高嘉謙

1881年首位由中國直接派駐新加坡的領事左秉隆（1850-1924）走馬上任，同年新加坡最早的華文報刊《叻報》創刊。使節到來，中國文人南來旅遊、訪友活動逐漸頻繁，文人之間的詩詞唱和透過報刊等公共領域流傳，一個由南來文人與本地士紳共同組成的「士階層」初步形成。流寓者投入漢詩寫作，表現了中國知識分子的傳統教養和文化雅興。其中，左秉隆創辦會賢社，每月在報刊開出課題，公布課榜，評選優異詩文，建立一套對華人移民啟蒙教化的文化機制。1891年接任領事的黃遵憲（1848-1905）將「會賢社」改為「圖南社」，眼光轉向南洋風土紀錄。每月課題中，關於南洋的題目就有「新加坡風俗優劣論」、「巫來由文字考」、「南方草木贊」、「新加坡草木雜詩」等。黃遵憲以「圖南」社名取自莊子大鵬南飛的典故，期勉社員大興文風，開啟南國的文學天地。

使節的派駐改變了南洋華人的政治環境，同時推動了當地的文化傳播與文學教化。二人不但是清廷派駐南洋頗受稱譽的領事官，且留下詩集。左秉隆駐新時間共有兩次，分別為1881至1891年，1907至1910年。《勤勉堂詩鈔》（1959）由後人結集，寫於新加坡詩篇約兩百至三百餘首，紀錄了前後兩次共十餘年駐新生涯的見聞。他曾有詩句：「乘興不知行遠近，又看漁火照星洲」，為此小島賦予「星洲」雅名，又以息力（selat）為題，特寫星洲開埠後作為東西方貿易的重要地理位置，卻又難掩自身派駐此異地的孤寂落寞感：

> 息力開新島，帆檣集四方。左襟中國海，西接九州鄉。
> 野竹冬仍翠，幽花夜更香。誰憐雲水裡，孤鶴一身藏。（〈息力〉）

尤其到了第二次駐新，清廷危機更重，領事的無力感可想而知，甚至有詩自嘲自己面對華人受侮時的態度：「世無公理有強權，舌敝張蘇總枉然。外侮頻來緣國弱，中興再造望臣賢」（〈華僑有以受侮投訴者作此示之〉）。箇中無奈，不言而喻。使節終究是過客，「經過冷署頻回首，蝶去樓空樹半傾」（〈舟過息

力〉），息力在這裡的韻味，特別彰顯出潛在的歷史變局。

黃遵憲的《人境廬詩草》（1911）收錄有關南洋的漢詩三十餘首。〈以蓮菊桃雜供一瓶作歌〉處理離散華人在殖民地的族群政治，觸及整體的華人歷史處境。〈新加坡雜事詩〉是一組典型的南洋風土書寫。其中名作〈番

黃遵憲與左秉隆詩集（高嘉謙翻攝提供）

客篇〉歷來被視為重現華人大流徙時代的移民「詩史」，強調其以民歌形式表現十九世紀末海外華人生活的歷史情境。

〈番客篇〉細寫南洋土生華人的婚禮過程和各族賓客匯聚的場面，儼然是南洋地誌。從婚宴的布置、飲食、擺設、服飾等生活日常細節展開敘事，以豐富多變的詩語言，表徵了南洋詩獨具特色的民間格局。詩人著眼中西元素並存、華洋雜處、族群互動，以寫實的華人婚禮，描述華人移居離散的環境。透過賓客不同的行業，從漁業、海運、礦業、種植業、貨殖、甲必丹等等發跡的華人，詩人筆觸靈巧，寫盡暴發戶、投機者、資本家的不同嘴臉，已是華人拓荒史的縮影。

處於帝國使節與殖民地華人的保護者的角色之間，黃遵憲筆下的「番客」更進一步道盡「番」民身分與「客」居的現實。他不但直指清廷政府海禁政策的錯誤，以及衍生的鄉人對歸僑的剝削和掠奪：「國初海禁嚴，立意比驅鱷」、「誰肯跨海歸，走就烹人鑊」、「堂堂天朝語，祇以供戲謔」，並同情華人異地生活的無根和邊緣處境：「譬彼猶太人，無國足安托」、「雖則有室家，一家付飄泊」。尤其生存在西方勢力底下的殖民地，勞動移民群體的文盲者，其終究無法表述自身的生存體驗：「一丁亦不識，況復操筆削」。而識字者，也在難以歸返祖國和西方權力階級的排擠之外：「識字亦安用？蕃漢兩棄卻」。這深刻透露出「番」在國境內外脈絡下被拋置的流離現實，「客」更非一般流寓者的「客感」、「客恨」，而是移民群體無法言及的飄零。

〈番客篇〉呈現了我們當今談離散華人（Chinese diaspora）的原初場景。因此「近來出洋眾，更如水赴壑。南洋數十島，到處便插腳。他人殖民地，日見版

李慶年《馬來亞華人舊體詩演進史》是馬華漢詩研究的開創之作（高嘉謙翻攝提供）

圖廓。華民三百萬，反為叢驅雀」直指使節眼下「被發現的南洋華人」，是如此一幅景觀：遭漠視的移民勞動群體，華人教育的匱乏、無力護僑的中國政府、壯大的西方殖民勢力和優越的白人統治階級。

彼時《天南新報》刊載民間詩人蕭雅堂的〈番客婦吟〉（1899）五古五首，描述番客在家鄉的多財形象，以及羈旅在外的飄零寂寞而另謀婚娶，展示華人移民的複雜身世和遭遇。詩人從廈門南來，遊走印尼、新加坡，擔任私塾教師。這首閨怨詩，盡訴南洋華人為衣食奔走的現實無奈：「床頭金欲盡，謀生又逼迫，新婚席未暖，別婦下番舶」，也指出洋牽動的閨怨：「君今適異國，妾自淚盈腮。古諺云去番，十去九不回。人前不敢泣，強作笑言陪」。更殘酷的現實，還屬「聞道娶番婆，私心費疑猜。郎心雖薄幸，且撫膝前孩」。於是，番客難免背負薄倖人的形象：「屢約不回家，怕上望夫石」、「縱有歸來日，會合不多時。依然出洋去，悠悠無定期」。怨婦最終成了棄婦：「薄命失姑嫜，歸寧依父母。父母相繼亡，良人況辜負。」〈番客婦吟〉揭示了出洋番客的雙鄉情結，蕭雅堂在〈有懷〉（1898）一詩亦表露了離散者不得不然的苦衷，異地成故鄉也變得順理成章：

> 異鄉花草故園春，歸去來時只此身。安得多情似明月，夜來長照兩邊人。
> 故鄉消息問梅家，以客為家又憶家。即使歸家翻似客，去來無處不天涯。

這已非羈旅客愁，而是更複雜的地方感表述。這是黃遵憲〈番客篇〉沒有觸及的飄零主體，恰恰是民間文人替南來漢詩補上異地風土的另一面。

1900年兩位晚清嶺南的著名詩家康有為與丘逢甲南來，替南洋漢詩形塑了迥異的風貌。丘逢甲（1864-1912）是從臺灣內渡廣東的抗日詩人，康有為

（1858-1927）是戊戌政變後流亡海外的逋臣，兩位名人為孤懸海外的新加坡島，帶來了巨大的文化光環及文教氣息。丘逢甲南來馬來半島，印尼各地演講與拜訪，這是一趟宣揚辦教創學堂的文教行旅，發表多篇倡導創建孔廟學堂的文章，鼓勵了當地的孔教運動。當地華人的熱烈響應和推崇，讓丘逢甲感到意氣風發的自豪。兩首〈自題南洋行教圖〉，最能看出氣勢：

> 莽莽群山海氣青，華風遠被到南溟，萬人圍坐齊傾耳，椰子林中說聖經。
> 二千五百餘年後，浮海居然道可行。獨倚斗南樓上望，春風迴處此瀾生。
> （〈自題南洋行教圖〉）

　　詩裡盡現熱烈的排場，展示一種文化自足。恰是這種萬人聽教的場景，激動詩人飄零枯竭的心境，彷彿找到了異域漢學復興的契機。從保教保種到興學，華人移民追求文化身分的安頓與確立，振興丘逢甲的教育事業，也牽動了孔教播遷的文化地理。

　　同年，流亡中的康有為接受了邱菽園的邀請，從香港來到新加坡避難，開始他在新馬地區的流亡生活。作為戊戌政變的出亡者，他前後七次出入新馬，留居時間相對也長。他在南洋創作生產的漢詩，足以組成他已出版詩集的三卷。戊戌變法時他走在帝國前端，變法失敗後他走在帝國境外，他自詡為帝國維新之師，卻又只能在絕域流離唔嘆，在詩裡化成一股鬱結的氣象：

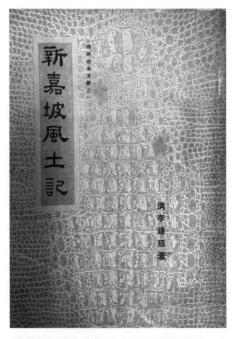

> 起視北辰星暗暗，徒圖南溟夜濛濛。
> 天荒地老哀龍戰，去國離家又歲終。
> 腸斷胡琴歌變徵，怒濤竟夕打艨艟。
> 亂雲遙接中原氣，黑浪驚回大

李鍾珏《新嘉坡風土記》（高嘉謙翻攝提供）

海風。

（〈己亥十二月廿七日，偕梁鐵君、同富侄、湯覺頓赴星坡，漁舟除夕，聽西女鼓琴。時有偽嗣之變，震蕩余懷，君國身世，憂心慘慘，百感咸集〉）

他將流亡狀態以詩賦形，同時「記史」。從宮廷鬥爭聯想海天塌陷，海路所見都是聳動意象——天荒地老、星暗暗、夜濛濛、亂雲、黑浪，排山倒海的壓迫感，早已置個人於流亡的大潮。詩的氣勢磅礴，筆力驚人，鋪張典故寄寓複雜的中原想像。儘管去國離家久遠，帝國的流亡者並沒有偏離核心，「北辰星暗暗」和「南溟夜濛濛」清楚對照君臣之間的距離和處境。他的君國情感，塑造了獨特的流亡文化地理。

當他避居馬來半島的森美蘭和馬六甲兩州邊境的丹將敦島（Tanjung Tuan），在海邊拾木之際，依然展示著自傲和歷史志向。

斷木輪囷棄海濱，波濤飄泊更嶙峋。他時或作木居士，後萬千年尚有神。
（〈丹將敦島拾古木甚嶙峋，題詩其上〉）

他從棄置的古木想像有朝一日可以刻成木頭偶像，在千萬年後供人膜拜的神靈。這當中曝顯了他對功業與自我學說的不朽追求，甚至隱含一種宗教性質的「教主」渴望。他十九歲鄉試落第，拜服孔聖，發憤讀書之際，早有「以聖賢為必可期」的抱負。民國以後宣揚「尊孔」為立國精神，更直言「吾少嘗欲自為教主矣」，強調要在孔子之外自為教主的原始慾望，因無法攻破其學問轉而尊孔。亡命之時，他的「教主」情懷，隱然牽動了他在南洋宣揚和發起的孔教運動。他在各地宣揚中華文化，鼓勵華僑興學，成功推動新馬和印尼新式華人教育的誕生。康有為親身參與了新加坡華人女子學校和馬來亞尊孔中學的設立，如同他在詩裡的激昂表述：「與君北灑堯台涕，剩我南題孔廟碑」。

1907年常熟詩人楊雲史（1875-1941）出任新加坡領事館書記兼翻譯官，前後四年餘，寫作的詩詞近二百首，著有《江山萬里樓詩詞鈔》（1926）。他取南溟為主題，以紀史姿態表現南洋華人移民和拓荒事蹟，尤其深入觀察和議論中國與西方殖民勢力在南洋地域的消長，開啟南洋漢詩的外交視域和地緣政治的書寫。其中〈哀南溟〉成詩於辛亥交替，有其政治現實脈絡。

他以紀史兼抒情的風格，點評南溟風土的內景，鋪陳華人稱王、征服、拓荒的歷史，帶有幾分豪情壯志的重建南洋史觀：

其間稱王十餘傳，或數十年或百年。一二故事但口述，考之文字殊茫然。
當時百蠻皆懾服，或以兵力或以賢。洪氏葉氏為最盛，洪武以後嘉道前。其
人類皆雄俊悲不遇，掉頭入海不回顧。……伏波銅鼓征南服，渡瀘深入文
身俗。但聞地角有干戈，不知天上何年月？南荒阡陌起人煙，斬棘披荊不計
年。大澤雲深驅象陣，春山日暖種桑田。

　　全詩透露出帝國末代外交官吏的憂患，他藉由中國跟南洋交流往返的歷史，
重估詩對「疆域」的思辨和回應。儘管楊雲史竭力以序、詩拉開帝國中心的南洋
視景，但箇中展示的「危機」和「鄉愁」，說明朝貢體系的瓦解，失去了界定夷
夏秩序與疆域的立足點。他大事著墨南洋華人殖民史，張揚民族主義立場，不也
同時凸顯「中國」遭遇世界，迫切調整與周邊國家的關係策略。因而中國在南洋
各地添設領事館，為詩人的南溟視域下了最好的註解。

　　使節、過客下南洋，是漢詩的播遷與跨境，也是詩人的在地寫作。這可視為
馬華離散詩學的起點，也是流動的馬華文學史的開始。

延伸閱讀

高嘉謙。〈帝國、斯文、風土──論駐新使節左秉隆、黃遵憲與馬華文學〉。《臺大中文學報》
　　no.32(Jun 2010):359-398。

高嘉謙。〈南溟、離散、地方感──楊雲史與使節漢詩〉。《成大中文學報》no.42(September
　　2013)：183-220。

李慶年。《馬來亞華人舊體詩演進史》（上海：上海古籍，1998）。

李鍾珏。〈新嘉坡風土記〉。余定邦、黃重言等（編）：《中國古籍中有關新加坡馬來西亞資料彙
　　編》（北京：中華書局，2002），183-197。

蕭雅堂。〈番客婦吟〉。《天南新報》，19 January 1899。

邱菽園與離散詩學

高嘉謙

1898年5月，維新變法的同一年，新馬著名南來詩人邱菽園（1874-1941）於新加坡獨資創辦《天南新報》（1898-1905），開始他的報人生涯。此前當地已有《叻報》（1881-1932）、《星報》（1890-1898），爾後維新、革命思潮傳播至南洋，兩大陣營各有支持的《中興日報》（1907-1910）、《總匯新報》（1908-1946）、《星洲晨報》（1909-1910）、《新國民日報》（1919-1933）陸續創刊，檳城亦有《檳城新報》（1895-1941）。報刊的蓬勃是文教建制的一環，除了響應政治思潮、鼓動民族情懷，亦有傳遞新知與登載文學的社會功能，一個新馬最初的文學生態已見雛形。

1896年邱菽園到新加坡繼承父親遺產，從此定居此地終老。他熱烈響應晚清維新運動，大力出資贊助庚子勤王，擔任保皇會新加坡分會的會長，實踐晚清文人辦報議政的精神。另外，他投入當地孔教復興運動，開辦女學，呈現了早期南洋移民知識分子的國族想像和身分認同。近代中國知識分子保國保種的作為，集中體現於邱菽園身上。他熱愛文藝，除了創辦文社鼓吹風雅，任職報刊期間主持多個文藝欄位，刊載南來文人的古典詩詞，廣交各地文友，展開跨越國境的詩詞酬唱與交流，形塑了早期新馬地區的文學風氣。雄厚的財力、文人的交遊、進步的思想、西學的認知、在地的人脈與社會位階，邱菽園典型呈現了知識分子隨著地理遷徙，流動的政治實踐與文化轉移。他一生創作大量古典詩詞，對晚清小說理論頗具見識，出版多部文集和詩集，有「南僑詩宗」之譽，可視為十九世紀末以降南洋最具才華的在地詩人。

邱菽園也作丘菽園。丘為本姓，因清初雍正朝避孔子聖諱，改為邱。邱菽園原名煒菱，字宣娛，號菽園居士、嘯虹生、星洲寓公等。他於1874年出生於福建海澄，受教於廣東、澳門，八歲來新加坡短住，1888年返鄉應童子試，鄉試中舉，曾到北京應試。父親邱篤信早年南來當苦力，後經營米糧致富，成為當地重要的米商，典型白手起家的僑領。23歲的邱菽園在父親逝世後繼承龐大財富，躋身新加坡移民社會的上流階級。他交際往來的圈子，除了流寓當地的文

人編輯與富商名流，更有峇峇林文慶（1869-1957）、宋旺相（1871-1941）等殖民地的知識菁英。他曾接受完整的傳統士大夫教育，當地友人的西學推介，形成獨特的文化資本。邱菽園成功經營豐厚的在地人脈，推動文教建設和政治理想。但他好客慷慨，縱樂奢華，1907年陷入破產困境。

《天南新報》從支持維新運動，轉而保皇、尊孔，成為他實踐個人政治興趣和民族情懷的最佳公共媒介。《天南新報》的辦報理想是「為宣傳進步思想提供便利，並闡明西方國家從過去所經歷的愚昧中獲得提升的方法」，由受英文教育的林文慶擔任歐

邱菽園1898年5月創辦《天南新報》（高嘉謙翻攝提供）

洲及國際政治事務顧問，在一定程度上召喚南洋華人理解自己在南洋、中國及國際之間的定位。但邱同樣藉助《天南新報》替自己的文學志趣，以及眾多南來的流寓文人開啟了舞臺。該報除刊登自己的著作，還刊載不少落腳星洲的詩人和外地文人的詩作。1900年2月邱菽園餽贈千金接應維新領袖康有為（1858-1927）到新加坡避難，開啟了他跟康有為的政治和文學因緣。同年接待以保商名義到南洋的丘逢甲（1864-1912），甚至丘逢甲還未南來，大量作品透過《天南新報》傳播，其形象和名聲已廣為人知。丘逢甲在新馬各地演講宣教，透過《天南新報》的宣傳，推動士紳階層對孔教運動的響應，形塑了二人南來的文化光環，也擴大了邱菽園的影響力。他開闢多個文藝欄位刊載藝文作品，同時向各地文友徵求詩作，名符其實成了當地文壇的推手。

後來庚子勤王失敗，支持維新的邱菽園在清廷恫言禍累家族和質疑康有為義款帳目不清的情況下，二人斷交。多年後邱康復交，但邱菽園政治立場已有轉變，承頂《振南日報》（1913-1920，後易名《振南報》），支持民主共和，投入梁啟超的進步黨。

另外，邱菽園在文教建設上最為稱譽者，當屬他創辦學堂、文社的熱誠與創作的才華。在新馬孔教復興運動期間，他熱烈投入和支持，並於1899年與林文慶、宋旺相合資創建新加坡華人女子學堂（Singapore Chinese Girl's School），

邱菽園及其詩集（高嘉謙翻攝提供）

推行現代體制教育。他還曾編定《新出千字文》（1902）為啟蒙讀物。除此，邱菽園繼承中國領事左秉隆（1850-1924）、黃遵憲（1848-1905）遺留的文社傳統，創立「麗澤」社，主持「會吟」社，鼓勵當地文士才人進行文藝創作和投稿。破產後他仍組織檀社（1924）和南洋崇儒學社，推動南洋詩鐘

活動，以詩人風雅延續斯文。尤其與詩僧、居士如瑞于上人、福慧和尚、李俊承等交遊和酬唱，在華人社會裡孕育了一個文人與僧人共存的宗教與情感空間。

　　邱菽園大半生定居南方島國，但他建立了與中原、臺灣地區的文人詩歌交遊網路。他個人著述和編輯的文學作品，更是分量不輕。其中重要的作品包括四部詩集《庚寅偶存》（1890）、《壬辰冬興》（1892）、《嘯虹生詩鈔》（1922）、《丘菽園居士詩集》（又稱《菽園詩集》，1949）。前二部詩集是少作，後重刻附刊於《菽園贅談》（1897）。第三部是由康有為出資刊印，可看作馬華文壇第一本正式的漢詩詩集。《丘菽園居士詩集》是邱菽園生前編成，身後由女兒女婿刊印。另外，邱菽園還有三部筆記《菽園贅談》（1897）、《五百石洞天揮麈》（1899）和《揮麈拾遺》（1901）。三部作品都是筆記體札記，內容含括人事鈎沉、敘說掌故、談詩論學、議論時政、生活事蹟的回顧，甚至還收錄保存大量流寓文人詩詞作品，算得上是內容極為龐雜的「合集」。至於他與文友間唱和編輯成冊的詩集，還有《紅樓夢分詠絕句》（1900）、《檀樹詩集》（1926）。前者是晚清文人跨境酬唱氛圍下的成果，集合中國大陸、臺灣與南洋詩人作品，且是第一本專以《紅樓夢》為主題的唱咏詩集。後者當屬馬華傳統詩社最早出版的社員雅集成果。

　　另外，邱菽園自號「星洲寓公」，詩集裡留有不少狀寫「星洲」的詩篇，諸如「連山斷處見星洲，落日帆檣萬舶收。赤道南環分北極，怒濤西下捲東流」（〈星洲〉），雜糅南遷歷史與地理脈絡，為星洲找到自身的書寫位置，突顯他不同於一般流寓者的眼光。然而，他的早期生活展現名士氣派作風，不忘寫作風月見聞、異族婦女的習俗，不脫傳統文人風流習氣。這些詩多屬豔體，收錄在《嘯

虹生詩鈔》。但邱菽園帶有星洲行樂的志趣，這些詩作在一定程度上呈現了南來文人的生活形態，尤其當他的眼界深入到移民社會冶遊背後的風俗經驗。無論是早年主持麗澤社的徵題，以及後期主編《星洲日報》的「遊藝場」專刊，他倡導「星洲竹枝詞」、「粵謳」，以民間歌謠和竹枝詞形式，擷取當地題材，建立自己的在地視域和眼光。值得注意的是，他以馬來語和英語入詩寫作的「星洲竹枝詞」，透過閩南語腔調模擬「夷語」，藉由朗讀，以二字一組的節奏，循此律動，貼近馬來語的鄉土世界。這是南來文人以舊詩形式貼近當地語言的文學戲仿，亦可看做改造漢詩的巧思。這不同於新派詩的音譯新詞，而是在竹枝詞裡狀寫異地風土的聲音，華／夷之間來回擺盪的「聲音」。換言之，透過詩語的轉換和轉譯，遊走文／體的疆界，形塑竹枝詞的在地趣味與風土新景觀。

　　邱菽園一生與報業關係密切，除了在新馬辦報投稿，他也曾在上海、廣州、香港多家報刊擔任副刊編輯或特約撰稿人。除此，他曾任職新加坡彭州十屬會館秘書，擔任同濟醫院和多所學校的董事，成為新馬社會少見多才多能的華人領袖。

　　作為南來詩人，他頗受嶺南著名詩家黃遵憲、康有為的稱譽，遺下一千多首詩可視為新馬重要的文學遺產。他曾以清麗淡雅筆觸描寫他這一輩南來移民落地生根的現實情境。

　　　　造林增野闢，築壩利車行。榛莽卅年易，芳菲百里平。
　　　　山低無颶患，舟集有潮生。烽火驚鄉夢，僑民漸學耕。（〈島上感事四首〉
　　　　之一）

　　透過邱菽園深入觀察南洋地理的人文風貌變遷，漢詩呈現出南洋從炎荒之地，變為建設有成的移民社會。只是末聯一句「烽火驚鄉夢」，讓讀者看到詩人隱藏的情緒張力。移民城市景觀的變化，對照原鄉喪亂動盪。移民所把握的在地感，已轉換成現實的「僑民漸學耕」。他們成了回不了故鄉的移民，只好在異地重建自身的文化教養。詩的地方色彩，已在邱菽園身上深化為在地生活感。

　　1937年邱菽園大病初癒，決定修築生壙，並題〈自題丁丑生壙〉詩紀念，詩的末聯：「弗信且看壙草去，年年新綠到天南。」他以壙前年年長成的新綠，安頓自己定居南洋五十二年的地方情懷，象徵一代南來文人落地生根的歸屬感。他晚年罹患瘋癲病和糖尿病，1941年歿，享年68歲。

　　從最初的流寓風雅，到深入南洋風土，邱菽園開創了獨特的南洋文人和報人

風采。他身上代表著南來文人特質的放大與集合。他有優質的士大夫詩學教養、移民先輩積存的財富、介入晚清政治的抱負，辦報興學的熱誠，以及傳統文人的風流雅興。邱菽園透過辦報回應了個人對近代中國政治的想像，卻同時推動新式學堂，為新馬華人提供知識教育的啟蒙。他一生愛好寫詩，書畫、印石，創辦文社推動早期新馬地區的文學氣象，建構了一個中國、臺灣、香港與南洋區域之間的漢詩人交遊譜系。他透過宴飲酬唱、詩文互通的疊錯網絡，呈現文人在新舊交替的時代感受。邱菽園主導的文學實踐，或建立的文學場，不應只視作個人事業。他收集和出版流寓文人作品，藉由公共資源，召喚和描繪一個離散的文學想像，為大時代中短暫易逝的流離感受，以及境外漢詩的生產環境，保留一個南方的文學譜系。而他詩裡的風土情趣，形塑了南洋漢詩的離散蹤跡與地方認同。從他展開的文學風景，是我們認識十九世紀馬華文學史的重要開始。

延伸閱讀

高嘉謙。〈流寓者與詩的風土──邱菽園的星洲風雅〉。《遺民、疆界與現代性：漢詩的南方離散與抒情（1895-1945）》（臺北：聯經，2016），393-434。

李元瑾。《東西文化的撞擊與新華知識分子的三種回應──邱菽園、林文慶、宋旺相的比較研究》（新加坡：新加坡國立大學中文系，2001）。

丘煒菱。《菽園詩集》（臺北：文海，1977）。

邱新民。《邱菽園生平》（新加坡：勝友書局，1993）。

楊承祖。〈邱菽園研究〉。《南洋大學學報》no.3(1979): 98-117。

十九世紀末至二十世紀的
過番歌與民間方言歌謠

杜忠全

華人南遷馬來（西）亞，如就馬六甲時期與明朝的交流而言，應可追溯到十四、十五世紀，甚至更早一些；如以1786年萊特登陸並開闢檳榔嶼而招攬華人前來經商與居住的歷史背景，則可以十八世紀後期為近代華人南來的濫觴。無論如何，就包括過番歌在內的民間文學性質而言，一般就只能追溯到十九世紀後期，其時馬來半島各地逐漸發現豐富的礦藏，當地的馬來土著與華人紛紛到礦區投入錫礦開採業，以海峽殖民地為基地的英國殖民勢力，也在這時以調解礦區的幫派械鬥為藉口，陸續介入半島的馬來土邦。所謂的海峽殖民地包括了檳城（1786）、新加坡（1817）與馬六甲（1824）三地。1874年《邦咯條約》簽訂後，也包括了霹靂含邦咯島在內的天定州，直到二戰前，天定州才在行政上復歸於霹靂。海峽殖民地是英國在馬來（西）亞的直接殖民地，馬來半島的其他馬來邦屬則只是不同層次的政治介入，不屬英國殖民部所轄。馬來半島的錫礦開採及同時發展的橡膠種植業，以及其時在白人拉惹治理下的砂拉越蓬勃發展的華人墾殖區，大量的勞力需求以及清末中國農村經濟的破落，這一「推力與拉力」的時代背景下，大量的華人湧湧前來。

一、過番歌

馬來西亞華人主要以華南的閩粵兩省為原鄉，清末直至民初時期，因原鄉經濟破落而離鄉出洋，叫做「過番」。譚元亨指出，過番歌「是漂泊史，也是情感史，更是一部生命史」，在馬來（西）亞獨立建國之前，華人南來北往，過番「淘金」，也有在東南亞得意或失意而返回原鄉的。按此，過番歌理應在東南亞與華南原鄉都廣泛地流傳。然而，在馬來西亞，包括過番歌在內的華人民間口傳文學，過去鮮為學界所重視，流失情況嚴重。馬來西亞較集中地研究過番歌的體制內學者，迄今只有馬來亞大學前主任已故蘇慶華博士，惟他的研究文本多仰賴中國學界的整理與發布，或新加坡學界與中國學者之聯合整理，馬來西亞自身所流傳的文本，只占其中的較少部分。以過番歌而言，姑且不論早期的過番客返回

劉子政編註《福州音：南洋詩・民間歌謠》（高嘉謙翻攝提供）

原鄉爾後在當地流傳的，就馬來西亞的出版品或現存文本而言，迄今整理而出的只得鳳毛麟角。目前所見，最早著手整理及發表民間方言歌謠的，是東馬砂拉越詩巫的劉子政（1931-2002）。

　　劉氏最早於1974年在砂拉越中文報之元旦特刊發表的〈南洋十怨〉及〈南洋詩本〉，是按當地的福州籍先輩口頭歌詠南來歷程的方言歌謠整理的，此即典型的過番歌。1996年，劉子政在詩巫出版《福州音：南洋詩・民間歌謠》，收錄了包括前述過番歌在內的福州方言歌謠，是馬來西亞較早出版的民間文學專書。劉氏所搜集之砂拉越詩巫的過番歌，反映的是二十世紀前半葉福州先輩過番到砂拉越參與當地開發墾殖場的歷史，〈南洋十怨〉曰：

　　第一怨：怨一生，生不逢時，
　　聽見說番邊地，何等出奇。

　　賣祖業做盤錢，飄洋過海，
　　背父母別妻子，哭淚相悲。
　　……

　　〈南洋十怨〉敘述福州番客出洋的過程，歷經廈門、汕頭、七洲洋等；當時的過番客搭船到東南亞各地，以船行經的南中國海為七洲洋。航程是先赴新加坡了再轉搭到詩巫，《福州音：南洋詩・民間歌謠》書中的〈南洋詩〉即敘述了從福州出洋到新加坡的一段，而長篇的〈南洋詩本〉則敘述過番客到了新加坡而轉赴詩巫再投入墾殖區從事割膠之勞力活的過程，其中新客到了婆羅洲的見聞，有如下的敘述：

　　新客上岸各處遊，看見拉仔馬來由，

……

言語不通我奈何，看見土人拉
仔婆，

身上毛衫又毛褲，嘴食老樂紅
膏膏。

這是有趣的華番初遇見聞，拉
仔即當地華人對達雅土著的稱呼，馬
來由即馬來人，而「毛」即福州方言
的無，「毛衫又毛褲」即沒穿衣又沒
穿褲，是從漢人視角看待達雅土著的
傳統穿著。至於「老樂」即栳葉，文
本中的「樂」字可能是「藥」字之誤
植。熱帶的東南亞群島，老一輩的馬
來人及土著，都盛行連同石灰粉和檳
榔嚼咬栳葉，咬了之後滿嘴血紅的
汁，因此說「紅膏膏」，即張嘴即見

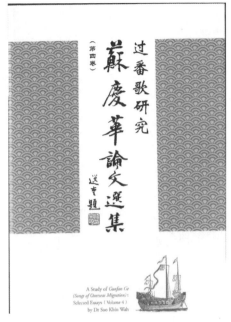

蘇慶華《蘇慶華論文選集・過番歌研究》（高嘉
謙翻攝提供）

通紅的意思。此外，還有〈南洋路引〉、〈南洋手巾〉、〈別妹去南洋〉、〈割梔
白扇詩〉等，其中的「梔」指樹膠，方音。按劉氏在當地的見聞，福州過番到詩
巫的先輩，其中包括了讀書人，但在家鄉難尋活路而南來從事勞力活，遂創作了
這一類反映過番心境與生活喟嘆的民間詩本。這樣的方言過番歌謠，按劉子政早
前所見，當地的老人家多有能熟背的，也有抄本在坊間流傳，版本不一，間有錯
落。劉氏自身也是南來人，故與過番的先輩自有一份心靈相契，因此致力搜集及
整理這些民間抄本，並陸陸續續在當地報刊發表，隨後結集成專書。

此外，客家籍文人張肯堂（1918-），也於2002年在吉隆坡自費出版了《河
婆客家山歌選輯》一書，收錄了一首多段式的男女對唱〈過番歌〉，其中既有港
邊攔阻及送別，也有臨別叮嚀，乃至船行大洋的過番客思親，以及在家鄉的妹子
思夫盼歸的情感噴發。該河婆〈過番歌〉的其中兩段如下：

女唱：阿哥出門去過番，

妹子趕到汕頭攔，

番邦舉目無相識，

　　　　去時容易轉時難。

……

男唱：汕頭出海七洋洲

七日七夜水茫茫，

船行七日無食飯，

記妹言語當乾糧。

　　這一類的過番歌，有出洋前的離情依依、船行茫茫大海洋的飢苦，或規勸鄉人莫憧憬出洋過番的，也有如前述的劉子政所整理者，對南來後勞力活動苦況的描述。至於過番客衣錦還鄉的喜慶團圓，或會在僑鄉找到，而不見於過番歌的「南洋腳本」。

二、方言歌謠

　　作為民間文學的籍貫方言歌謠，理應是隨著華人的南來，在社會生活裡流傳的。只是，過去人們並不以文學視之，只當它們是販夫走卒瑣碎生活裡的娛樂活計。然而，隨著二十世紀一九九〇年代以來，華人新生代的「華語化」，這一類方言文本面對消亡的危機，才引起有識之士的關注與整理。

　　社會大眾對方言民間文本的觀念轉變，與馬來西亞廣播電臺中文臺愛FM播音人張吉安於2006年推出的「鄉音考古」節目不無關系，該每週固定時段播出的電臺節目，引起老一輩人的共鳴，也讓年輕人重新認識方言文本的文化價值。此前，太平民間學人李永球在報章發表的田野采風系列文章，間而穿插民間文本之採錄，2007年出版的《字言字語》一書，即輯錄了部分相關內容，包括潮州念謠〈大狗兒〉及閩南語順口溜。檳城民間學人張少寬也在2007年出版的《南溟脞談》中，收

杜忠全《老檳城・老童謠》（高嘉謙翻攝提供）

錄了〈閩南人的生活諺語〉一文，這既是方言材料，部分也是民間生活智慧的結晶。當然，更不能忘記前述的前輩學人劉子政及張肯堂的成果，以及杜忠全於2010年結集出版其採集民間文學的成果《老檳城‧老童謠》。該書含四十四首以檳城為傳播中心的閩南童謠，是自2001年以降十年間的採集成果。此外，也有一些俗稱峇峇的檳城土生華人，以羅馬拼音的方式整理出版土生華人社群流傳的峇峇福建音方言文本，如Raymond Kwak出版 *Hokkien Rhymes and Ditties: Down Memory Lane* (2004)，*Ch'arm-Ch'arm Rhymes and Ditties: Down Memory Lane* (2005) 等等，以及Johny Chee的 *A Tapestry of Baba Poetry* (2007)。然而，對不諳檳城福建話的人而言，這些不帶調號的羅馬拼音文本，是不容易理解的。

　　馬來西亞的華人方言民間文學，最初的南來先民從原鄉帶來了「古調」，但在空間位移之後，會出現一些符號性的變化。以閩南童謠來說，檳城民間流傳著以下這一首：

搖啊搖
搖啊搖，
搖去唐山偷挽茄，
挽茄嘻嘻笑，
拍佮哀哀叫。

　　〈搖啊搖〉顯然是南來先輩帶來的原鄉「古調」，在閩南地區，都能找到類似的文本，但無「唐山」二字，而是閩南當地的具體地頭。檳城閩南人口裡的「唐山」符號，顯然是早年的南來人離鄉而思鄉，因而在流傳中將原鄉文本中的具體地頭替換成思念中的渺渺唐山，也因此在早年的移民社會引起更廣泛的共鳴，而文中的「挽」即閩南語「采」的意思。此外，在以檳城為中心的大北馬地區，人們都熟悉的〈火金星〉（或也作〈火金姑〉），尤其也能在福建閩南各地及臺灣福佬社會、新加坡閩南社群流傳，文本異出，有大同小異，也有起句相似，而發展成不同內容的文本。類似的情況也出現在雪隆、怡保一帶的廣府、客家社群所流傳的〈月光光〉，都能與廣東乃至港澳的粵方言民間文本一脈相承。這顯見，這一類的民間文本都是源自原鄉的「古調」，自華人南遷的十九世紀，即已在馬來（西）亞華人社會傳播，只要方言不消亡，它們就會繼續流傳。

　　另一方面，一些方言歌謠也刻烙了華人在馬來西亞的特殊生活經驗與記憶，其「本地製作」的痕跡明顯，如以下這一首：

《檳榔嶼大觀》記載的民俗俚歌（高嘉謙翻攝提供）

烏鴉

烏鴉烏鴉，番平阿嬤無綁骹；
來鵁來鵁，唐山阿嬤無食栳葉。

這是特定年代的產物，其中的「綁骹」即閩南語裏小腳的意思。在移民年代，一些南來人將原配留在原鄉，隻身出洋打拚，卻在經濟起色之後另建一頭家，後來取得本地娘惹妻室的諒解，將原配接到移居地一起生活。這樣，一個家庭裡有兩個祖母：一個是裹小腳的唐山祖母，另一個是不裹小腳但嚼食檳榔栳葉的娘惹祖母，兩個祖母不同的裝扮和生活文化，說話的口音也不同，這是兒孫輩眼見的差異，並將她們在童謠裡對比，留下了時代印記。

迄今所見，馬來（西）亞出版品中，最早有意識地收錄民間方言歌謠的，是1949年在檳城出版的《檳榔嶼大觀》。該書以地方采風的方式，載錄了檳城閩南社會流傳的一首順口溜：

扰蔥嫁好翁，
扰菜得一个好子婿，
扰棗年年好，
扰土豆食老老，
扰龍眼好尾景，
扰鼓娶好某，
扰箸娶一個好媳婦，
扰石頭起紅毛樓。

有趣的是，第一句「扰蔥嫁好翁」，與福建閩南地區及臺灣流傳的類似順口溜內容一致，即以閩南音「蔥」與「翁」來押韻，「翁」即閩南語丈夫的意思。2014年，拉曼大學中文系畢業生蕭淑蓉為其學士畢業論文習作進行田野訪

查時，也在雪蘭莪州烏魯音新村（Hulu Yam）發現這一「蔥／翁」對押的閩南童謠，與閩南原鄉地區流傳的文本一致。但是，至少在二十世紀一九七〇年代之後，檳城華人社會已不采「蔥／翁」對押，而以「抾柑嫁好翁，抾鼓娶好某」來流傳，並在九〇年代發展出元宵拋柑祈願的節日風俗。這一源自方言順口溜的節慶風俗，大致在2000年之後幾乎傳遍全國，甚至在南中國海彼岸的東馬，也能找到這樣的節日文化實踐。

　　這元宵拋柑祈願的風俗，可說是民間方言歌謠「一音之轉」而對馬來西亞華人社會的節日風俗予以創造性影響的實例了。

延伸閱讀

杜忠全。《老檳城・老童謠》（雪蘭莪：大將出版社，2010）。

杜忠全。〈從民間俗謠來探討馬來西亞元宵拋柑習俗之源與變〉。《亞洲文化》no.40(December 2016):97-105。

劉子政（編註）《福州音：南洋詩・民間歌謠》（詩巫：砂拉越華族文化協會，1996）。

蘇慶華。《過番歌研究：蘇慶華論文選集》（第4卷）（吉隆坡：商務印書館，2014）。

張肯堂。《河婆客家山歌選輯》（吉隆坡：作者自印，2002）。

風俗歌詩在南洋

潘舜怡

粵謳也稱為「解心」，屬短調，在清朝多由珠江廣東歌妓風月場所抒情傳唱。二十世紀初，粵謳作為清代傳統吟唱的歌體逐漸拓展成入報刊載的俗文學體式，內容不再拘束於歌女悲怨抒情生活之闡發，也涉及晚清民初境內、境外的政治時事動態的感觸表達。而在馬來亞，粵謳也常見發表於眾多報刊文藝專欄，屬於一九〇〇至一九三〇年代之間海外粵謳生產力龐大的區域之一。

馬來亞報刊所刊登的粵謳作品，多由中國文人或南來華僑所作，與該時代政治情境有著相應的聯繫——清末民初時期的政治動盪，如戊戌變法的失敗導致部分中國政治分子逃離海外，並在海外形成了兩股政治勢力，即尊孔保皇派以及推行國家民主運動的革命派。兩股勢力均在馬來亞創辦了具有政治意識形態的中文報刊，其中最早刊載粵謳的報刊為《天南新報》。《天南新報》是1898年5月26日由邱菽園創辦的保皇派報紙，在1901年1月25日刊登了兩首粵謳——〈粵謳解心〉、〈憂到有了〉，以感嘆戊戌變法失敗、漢口大通事件被鎮壓而作，自此掀開了馬華僑報刊登粵謳的序幕，隨後陸續出現中文報刊發表此類風格的粵謳，再現中國與南洋之間的知識分子政治聲音。約有十三家馬來亞報刊刊載粵謳，分別是《天南新報》、《檳城新報》、《叻報》、《中興日報》、《總匯新報》、《星洲晨報》、《四州日報》、《南僑日報》、《振南報》、《國民日報》、《益群日報》、《新國民日報》與《南鐸日報》。

值得注意的是，南洋粵謳的粵語書寫也混雜了南洋本土語言特色——這是文人在創作上透過跨語際實踐介入南洋物系統，展現漢詩謳歌傳播至南洋的路徑當中，從中國轉向異域語言文化與自然風土的接受視野。例如〈榴蓮果〉：

> 流連果，惹起我嘅謳歌。試想下家園風味，比較如何？人話你清香可愛，實在奇貨。乜事州府客嘅名詞，共你暗合得咁多？離鄉別井，本是情難過，顧名思義，轉覺得歲月蹉跎。自古話日食荔枝，三百顆。我地嶺南佳趣，倒系恨煞東坡。況且重有菊松三徑，想落都唔錯。何苦流連異地，拋卻古國山

河？雖則異味亦愛同嚐，正算得唔虧負我。獨惜你徒然異味，總不著的摩挲！世界系你滿口咁甜，亦怕唔止一個！唉，都睇破，心閑人懶惰。莫負家鄉，風月一螺（吾家小軒顏曰螺隱）。

——嘯作，《總匯新報》，1909 年 2 月 19 日

〈榴槤果〉借物起興，以南洋本土熱帶水果「榴槤」（Durian），作為粵謳的詠物主題。綜觀全詩，作者以中國嶺南視域窺探南洋風物與文化，試圖透過中國古典譬喻系統、方言土音闡發故鄉與異域之間風物系譜的斷裂與差異。本粵謳主題雖稱〈榴槤果〉，但內文實則使用雙關諧音「榴槤」－「流連」，指涉身在異域之鄉愁，即「流連異地」、「拋卻古國山河」的失落無奈之感。此外，詩人也展開諸如「荔枝」與榴槤果，「菊松三徑」與南洋異地的景物對比，展現了文人自我與他者文化的二元差異中，「華」與異邦「番」地的感知距離。

除了粵謳，另一種常刊載於近代馬來亞中文報刊的民間漢詩竹枝詞，也成為文人捕捉異域「風土」、展現「獵奇」眼光的創作媒介。康有為（1858-1927）在詩作〈題菽園孝廉《選詩圖》〉提及：

華夏文明剩竹枝，南洋風物被聲詩。蠻花鴃鳥多佳處，恨少通才作總持。
中原大雅銷亡盡，流入天南得正聲。試問詩騷選何作，屈原家父最芳馨。

十九世紀末，晚清文人或因流寓放逐、官務、政治、出遊、文教等活動跨境南來。文人來到南洋的蠻荒社會，詩之風雅或許已無法承載這片「蠻花鴃鳥」的風土情境。康有為提醒我們唯有透過民間歌體竹枝詞，方能展示華夏文明，進入「采風」的詩學魅力，即「南洋風物被聲詩」。易言之，從文體形式而言，竹枝詞具有

李慶年編《馬來亞粵謳大全》、《南洋竹枝詞彙編》（高嘉謙翻攝提供）

自由押韻形式，兼具方言口語、歌謠音樂之特色，恰好能夠讓南來文人更彈性地介入風土書寫，連結華夏與異地風土經驗，營造異域感覺結構，抒發「天南」正聲。

竹枝詞在南洋的創作產出，多集中在1888至一九五〇年代的馬來亞中文報刊藝文欄目。約有17家報刊刊登竹枝詞創作，包括《叨報》、《星報》、《檳城新報》、《天南新報》、《日新報》、《總匯新報》、《中興日報》、《南僑日報》、《振南報》、《國民日報》、《益羣報》、《新國民日報》、《南洋商報》、《光華日報》、《星洲日報》、《南僑日報》與《南僑晚報》。晚清民初著名詩人與報人如邱菽園、丘逢甲、葉季允、王恩翔、陳寶琛、蕭雅堂等均參與創作發表。其中多位更涉及關於「星洲」地景風俗主題書寫。例如程仰呂〈星洲竹枝詞〉：

> 長春不老萬千年，信是南洋別有天。熱帶旅行偏不熱，重重樹影作雲簾。
> 星洲風俗費疑猜，習相成風實怪哉！海上腥風聞不得，癡人偏為吃風來。

這首〈星洲竹枝詞〉原刊載於1926年5月13日的《叨報》「詩界」欄目，內容為詩人抒發南洋行旅「信是南洋別有天」之感，尤其對熱帶氣候與大自然風物的體認感受。在詩人接觸南洋「風土」的過程中，深感星洲「風俗」令人費解，似乎並未適應當地新奇的「習相」。詩文從「風俗」、「腥風」到「吃風」，展示了舊體漢詩中異域「風土」的文化想像，延續國風魅力。文人除了對南洋風土「物象」的捕捉，跨語際之「風土」也呈現在這些南渡文人之眼，如刊於1924年5月22日《南洋商報》，由方宗漢作的〈南遊雜感〉，透露南洋多元語言雜糅的現象：

> 小陽十九到星洲，擾擾營營漢子稠。把晤還須福建語，方言普及馬來由。
> 機關百種都齊備，社會壹行空應酬。麻雀洋煙相征逐，高歌醉舞出峰頭。
> 四達康莊真坦途，南洋首屆號名都。

詩作從旅人下南洋抵達星洲遊歷的觀看視角，描述在星洲的風土民情、所見所聞。有意思的是，作品提及在南洋「吃風」，需要具備「福建語」，而且方言普及馬來由（指馬來文）。由此我們發現境外文人處在南洋的「風土」認知系統中，基於當地多元族裔語言文化（包括英語、馬來語、方言）的雜糅現象，文人

必須重整、連結自我與他者語言譯介的符號書寫系統，以便能夠闡發自身對「陌異化」風物的感知。

　　關於舊體漢詩在南洋，上述兩類風俗歌詩粵謳與竹枝詞在馬來亞中文報刊的發表與展出，揭示著詩人從「采風」詩學傳統吸取資源，介入南洋民間「風土」的捕捉與接觸的過程，經過方言異音、地方景觀、政經人文的轉化與遷移，展現中國古典民間歌詩的詩風、詩語、詩體疆界在域外鬆動的可能與不可能。

高嘉謙《遺民、疆界與現代性：漢詩的南方離散與抒情（1895-1945）》（聯經出版）

延伸閱讀

高嘉謙。《遺民、疆界與現代性：漢詩的南方離散與抒情（1895-1945）》（臺北：聯經，2016）。
李慶年（編）《馬來亞粵謳大全》（新加坡：今古書畫店，2012）。
李慶年（編）《南洋竹枝詞匯編》（新加坡：今古書畫店，2012）。
潘舜怡。〈晚清詩界革命詩語、詩體重探〉。《中國文學研究》no.43(February 2017):87-116。

南風吹遍綠洲：
五四新文學運動後的星馬文學場域

張錦忠

五四運動在1919年發生，原是以國家富強為訴求的社會與學生運動，後形成新文化運動，但早在1917年，《新青年》雜誌就發表了胡適的〈文學改良芻議〉與陳獨秀的〈文學革命論〉，展開了一場引起極大迴響的新文學運動。1918年5月起《新青年》全面採用白話文，第4卷第5期即刊出魯迅短篇小說〈狂人日記〉，是為中國新文學史上第一篇白話小說。第4卷第6期的「易卜生專號」則刊出《娜拉》（*A Doll's House*）第一至第三幕；胡適譯了第三幕，還寫了〈易卜生主義〉。專號其他內容包括陶履恭節譯《國民之敵》（*An Enemy of the People*）、吳弱男譯《小愛友夫》（*Little Eyoff*），以及袁振英譯述〈易卜生傳〉。不過，胡適在1916年9月就已於《新青年》發表以白話翻譯的泰來夏甫（Nikolai Dmitrievich Teleshov）短篇小說〈決鬥〉（"The Duel"）了。1917、1918年，胡適、劉半農、沈尹默的白話詩也在《新青年》出現。職是，到了1918年，詩、小說、戲劇、散文都有了白話文的文本，新文學四路文類齊出，影響力開始發酵，加上中華民國教育部在1920年宣布落實國語政策，採用白話文教學與教材，宣告了一個白話文的新紀元的來臨。

五四運動與文學相關的關鍵詞有「五四文學」、「新文學運動」、「文學革命」或「白話文學運動」等。新文學運動或文學革命其中一個與傳統的斷裂是媒介語——以白話文取代文言文／古文。開始的時候，胡適打出「國語的文學、文學的國語」的口號，以「我手寫我口」界定何謂白話。胡適「明白如話」的新詩，顯然是他自己理念的實踐。五四時期提倡新文學，提倡寫白話文，因為是現代人，內容是現代的，理當用現代的媒介語來表達表述。因此「文學革命」，嚴格說來，其實是「文字革命」。夏濟安說「白話文運動一開始，就是一種『文章改革』運動」，就是這個意思。

南洋華文報紙在十九世紀末出現，到了1930年，星馬檳至少有《叻報》、《檳城新報》、《南洋時報》、《光華日報》、《南洋總匯報》、《新國民日報》、《益羣報》、《南洋商報》、《星洲日報》，以及其他小報多種。書店如商務印書

館、世界書局、中華書局、上海書局也在那個年代出現，成為散播知識與資訊的管道。1919年的五四運動發生後，《叻報》與《新國民日報》、《檳城新報》、《振南日報》均有報導，引起南洋華僑社會強烈反應，林克諧（林穉生）與張叔耐（痴鳩）分別在《叻報》與《新國民日報》撰文響

《新國民日報》、《新國民雜誌》（1919-1941）（高嘉謙翻攝提供）

應，提倡使用白話文，以啟民智，以開風氣。林克諧與張叔耐為早期報人，多寫政論時評；張叔耐雖是知名舊體詩人，卻無礙於他倡導新文學。

　　1919年10月6日，張叔耐在《新國民日報》的〈「新國民雜誌」例言〉寫道：「眼前我們報紙上應當講的，是極要緊極淺顯的話頭。……便是本篇用著白話，也是這個意思了。」他所編「新國民雜誌」除了舊體詩與說部外，也刊出或轉載白話譯文與創作。1924年10月25日，《新國民日報》創設「小說世界」，便聲明「文言語體並用」。後來陸續推出「戲劇世界」（1924）與「詩歌世界」（1925），也都是文言語體並用。新文學運動的迴響則要到一九二〇年代中葉才見效。1925年，拓哥編《新國民日報》文藝副刊「南風」全面採用白話文，譚雲山等編《叻報》文藝副刊「星光」，也發表新文學作品，論者多認為那是為馬華新文學的開端，之後才是禾風編的「浩澤」副刊。二〇年代下半葉到三〇年代初，星馬與檳城的報紙文藝副刊有如繁花盛開（南風、星光、浩澤、荒島、沙漠田、椰林、曼陀羅、綠漪、奠基、枯島、新月、荔、八月、先驅、綠洲、海絲、夏天……），一個殖民地時期的南洋華文文學場域於焉形成，在海峽殖民地與馬來聯邦（Federated Malay States）延伸中國新文學。這些文藝刊物多屬同人園地（「文藝刊物」為統稱，其實主要還是報紙「附張」或副刊，單行本或單獨出版刊物較少），並非報館自設副刊，往往壽命不長。苗秀（盧紹權）在《馬華文學史話》裡指出，這時期的華文文學主要潮流為「移民文學」。

　　根據苗秀的《馬華文學史話》，《新國民日報》文藝副刊「南風」編者拓哥原姓金，寫詩，也寫小說，「南風」是借《新國民日報》版面的同人平臺，約半

月一期，1925 年 7 月 15 日創刊，出了七期就停刊。不過，作為第一個全面採用白話文的文藝副刊，「南風」自有其文學史意義。拓哥在「南風」第 1 期刊出代發刊辭的長詩〈南風之歌〉，希望副刊有如南風吹遍，「沁入詩人心房，／詩人快把詩釀；／釀成滿目琳琅，／鮮豔美麗詞章。」其中第二章一節如下：

> 南風吹，
> 　　吹到南，
> 　　　　南方人民汗流乾，
> 血染絳蕉添豔色，
> 海濱之夜聽潮談，
> 本來又是南方客，
> 當使我們更歡悅！

接著下半節是歌謠體：

> 「願得南風吹，
> 吹掉瘴癘魔！
> 願得南風吹，
> 月夜看潮回！」

　　〈南風之歌〉本身即是詩的實驗之作，有文言有語體，首章是每節四行、每句六言的「豆腐干體」，每節後二句在下一節重複為疊句，有點像馬來班頓的連鎖句（pantun berkait），旨在以形式喻南風連綿不絕吹拂，頗見用心。第二章以下階梯式三行起始，然後以四行七言體連接結尾的五言歌謠體。第三章則是四言的六行詩，近似詩經體。

　　《叻報》的文藝副刊「星光」編委會有譚雲山、周鈞、段南奎、鄒子孟等多人，他們在副刊發刊詞中自稱「特於這個黑暗寂寥的當中燃了一點小小星光，在這小小的星光之下，來向大家喧嚷喧嚷著」。「星光」稿件分四類，「文藝」僅是其中一類，因此論者像苗秀就認為禾草所編的「浩澤」是彼時「更堅實的文藝刊物」，是「馬華文藝史上第二個純文藝的刊物」。「浩澤」於 1926 年 12 月 6 日在《新國民日報》發刊，主要同人有吳仲青、季蒼、冷樵等。吳仲青刻畫杏壇春秋的著名短篇〈辜負了你〉就刊在「浩澤」副刊。

黃振彝、朱法雨、張金燕等編的「荒島」副刊，則於1927年1月28日在《新國民日報》發刊。「荒島」提出「專把南洋的色彩，放入文藝界裡去，來玩些意趣」。1928年，許傑抵達吉隆坡，擔任《益群報》主筆，推出「枯島」副刊，提倡新興文學，認為當地的文藝工作者應當寫「反映此時此地生活的文藝作品」。「荒島」與「枯島」可以說振揚「南洋色彩」與「此時此地」主調的先聲。1929年，陳鍊青編《叻報》副刊「椰林」，主張「創造南洋的學術與文藝」以「創造一種南洋的文化」。陳鍊青所想像的範式為美國的英國移民所建立的美國文化；顯然他的看法受到〈學術文化與南洋華僑〉一文的作者黃僧（黃征夫）

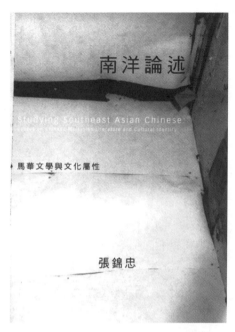

張錦忠《南洋論述：馬華文學與文化屬性》（麥田出版）

的影響（黃僧主張「我們應當像英僑在北美一樣，創造出他底學術文化來與歐洲對抗」）。同一年，曾聖提編《南洋商報》副刊「文藝周刊」，提出應在「高椰膠樹之外，以血與汗鑄造南洋文藝的鐵塔」，並提倡馬來文學與文化的譯介。這些「南洋文藝論述」，也打造了一個「中國－南洋」雙重意識語境的開端。

除了張金燕之外，拓哥、禾草、許傑、段南奎、鄒子孟、譚雲山、黃振彝、陳鍊青、曾聖提等人都屬於「南來文人」行列，他們多半是在一九二〇年代中葉加入清末以來即發生的那幾波下南洋潮。這一批南來文人的文學傾向頗多屬浪漫主義，受創造社、郭沫若、郁達夫的影響，寫詩的人則多以冰心為師，故當時寫小詩的人特別多。當然也有鼓吹普羅文學者，如許傑。陳鍊青則是幼兒時期就南來。其中有些人來來回回，有些人後來北返，有些人就留下來了。苗秀說這些人很像十九世紀丹麥的法國「流亡者」，也不無道理。

儘管是離散南來的「移民文學」，這批文人所寄寓的地方自有其風土人情，一旦環境世界跟生命經驗合體，人漸漸習慣熱帶生活，地方感性漸生，就有了「現實的新觀感」（蕭遙天語）。處身華人、英國殖民者、馬來人、印度人等多族雜處的環境，身分認同與文化屬性的問題也成為重要關注點。因此，這段期間的

關鍵詞為「南洋地方色彩」也就不意外了。換句話說，對這些離散南來的中國文人來說，寫什麼，怎麼寫，在一九二〇年代，就已經是「作為書寫的人」的大問題了。這，在我看來，正是「南洋論述」的起點。有了這個起點，日後的南僑文藝、華僑文藝、僑民文學、在地化、馬來亞化等論述才有可能。

　　馬來亞華僑社會裡南來文人的本地知識、地方感性與在地認同的集聚過程是漫長的。到了一九三〇年代，「南洋」一詞漸漸被「馬來亞」所替換，「馬來亞地方文藝」（丘士珍語）或「馬來亞文藝」（曾艾狄語）也取代了「南洋文藝」而成為主流話語。近三十年後，在另一批南來文人創辦《蕉風半月刊》，在他們的「純馬來亞化」編輯計畫中，馬來文學與文化譯介也是落實方案。而在刊物所刊載的另一代南來文人蕭遙天的「食風樓隨筆」系列文字中，我們又看到南洋氣候（〈馬來亞的天氣〉）、南洋人情（〈熱帶女兒〉），以及南洋水果（〈椰與榴槤〉）的描寫，不過彼時南洋的場景已不是中國文學的延伸空間，或「中國文學的新途徑」，而是一個新興民族建國的土地。華人離散族裔的華僑、僑民身分屬性也面臨轉換成「公民」、「國民」的大問題，馬華文學在這個新邦初建的時空，前方正是進入有國無籍境況的臨來。

延伸閱讀

方修（編）《馬華新文學大系（一）：理論批評一集》（新加坡：星洲世界書局，1972）。

方修（編）《馬華新文學大系（十）：出版史料》（新加坡：星洲世界書局，1972）。

苗秀。《馬華文學史話》（新加坡：青年書局，1968）。

夏濟安。〈白話文與新詩〉。《夏濟安選集》（臺北：志文，1974），64-82。

張錦忠。〈馬華文學與文化屬性 —— 以獨立前若干文學活動為例〉。《南洋論述：馬華文學與文化屬性》（臺北：麥田，2003），95-110。

科普意識與地方知識：
一九二〇、三〇年代南來文人遊記的特色

張惠思

二十世紀一九二〇、三〇年代，很多文人南來馬來亞、新加坡與婆羅洲等地，撰寫遊記、見聞錄與旅遊隨筆，記錄在南洋的所見所聞。這些遊記包括侯鴻鑑的《南洋旅行記》、梁紹文的《南洋旅行漫記》、鄭健盧的《南洋三月記》、王志成的《南洋風土見聞錄》、江亢虎的《江亢虎南遊回想錄》以及羅井花寫給兒童閱讀、筆觸充滿童趣的《南洋旅行記》等。這些南來文人遊記主要在上海出版，少數在香港印行，然後售賣到南洋。這些遊記在描述風土人情之外，更多著墨於地方知識，意在常識的發掘，夾帶濃厚的史地科普意味。這與旅者懷抱不同的旅遊目的有關。

早期遠遊或歷險，大都有其目的。其中，近代著名教育家侯鴻鑑（1872-1961）素以好遊聞名，是少見的中國旅行者。他在《西南漫遊記》中自白：「余好遊，以遊為自學計，以遊為鍛鍊身體及腦力計，頻年奔走，服務省教」，曾以詩賦志「靜極應思動，交深益見情，長風今萬里，任我獨縱橫」，也發豪語：「余昔日以遊遍全國為幼稚園畢業，遊遍世界為初小學畢業」。他體力甚佳，不僅遊歷全中國，足跡亦遍布世界多地。可以說，當時正值壯年的侯鴻鑑南遊時，身兼地方士紳、教育家、南社文人以及世界旅行者等多重身分標籤。他於1918年自廣東省城乘火車到九龍，渡海到香港乘華暹公司輪船，七天後抵達新加坡，展開馬來亞、婆羅洲與印尼之旅，撰寫了《南洋旅行記》。他抱著考察教育的旅行目的，並不熱衷於參觀名勝景點，因為他念茲在茲的是各地教育境況。

侯鴻鑑在《南洋旅行記》中寫下大量的學校參訪記錄。就新馬兩地，他參觀了好多學校。他參訪的新加坡華僑學校涵蓋道南、養正、華僑、端蒙、育英、崇正、應新、崇文、愛同、鼎新等校，也到公立南華女校、南洋女學校、南洋女學校第一分校、崇福女學、新加坡英語學校與英華學校等考察。在檳榔嶼，他遍訪鍾靈、華僑、中華、時中、同善等校，拜訪璧如、毓南、務內等女學，走訪謝氏、王氏、楊氏、胡氏等姓氏學校，也到商務學校、職業學校、女子補習學校等觀摩。即便在吉隆坡逗留半天，他也爭取時間參觀尊孔學校與巴生的中華青年學

梁紹文《南洋旅行漫記》（高嘉謙翻攝提供）

校。可以說侯鴻鑑這部以遊走於各類學校線路為景點的遊記，展現出南洋華校鋪蓋面之密集。

　　作為新式文人，侯鴻鑑在教育概念與管理上既能存有理想要求，又能務實處理。他對課程與學校組織有新式的追求，也能以開放的胸襟去觀察各種地方教育的異同。他留意到理科、實驗器材、南洋自然特產圖畫標本、體操教育與史地材料。針對各校不足之處，他也往往會直接提出自己的看法、認真交流，展現了誠懇的辦學精神。由於侯鴻鑑放眼於華僑學校的考察，在短短行程中馬不停蹄地考察多所華僑學校現狀，因此遊記中充滿著各校辦校細節、組織、主事人、師資、學生人數、課程結構以及教學重點。侯鴻鑑採日記體遊記文體形式，以到此一遊的空間移動與時間順序為基本框架，在內容上呈現出遊歷中的所見所聞、教育考察成果、地方史地實業與詩文唱和，呈現出多文體並置之情貌。侯鴻鑑甚至列入學校組織圖表、上課時間表、實業資料、植物標本記錄、募捐款項數據等。這些在遊記中穿插圖表與資料的寫法，使《南洋旅行記》在文體上增添了多樣性，而知識與資料的進入也使侯鴻鑑的遊記出現教育家專業而理性的面目。唯一行文間更多呈現一種簡白的科普寫法，省略掉文學性元素，遊記性質被教育科普知識所淹沒。

　　1920年春天，另外一位重要的遊記作者搭上了前往南洋的大英公司甘馬郵船（S. S. Comer），即中國少年學會成員梁紹文。梁紹文歷兩個月餘，遍遊新加坡、檳榔嶼、怡保、吉隆坡、芙蓉、馬六甲、麻坡、爪哇、棉蘭、泗水、巴達威、日惹、萬隆多地，完成近三百頁的《南洋旅行漫記》。梁紹文的遊記並非逐日記敘行程，而以遊歷中所遇到的景物、事件、人情、風土等為核心，分章撰寫，完成一百三十三篇南洋漫談。梁紹文使用流暢白話與輕鬆口吻記敘旅程中的所見所聞，力求行文間的趣味與鮮活。梁紹文漫談南洋種種情況，內容形形色色。他有如一般遊記，也分章描繪與形容極樂寺、黑風洞、三寶山等景點，對遊歷過的麻坡與芙蓉等

江亢虎《江亢虎南遊回想記》（高嘉謙翻攝提供）

羅井花《南洋旅行記》（高嘉謙翻攝提供）

地的地方特色進行介紹。在這些地方史地敘述中，其行文間亦攜帶赤道科普與常識分享的意味，如沖涼的重要性、「風是鬼，水是神仙」的緣由、南洋天氣特色、鱷魚猴子等動物傳說等。

然而作為早期的南洋遊記，梁紹文對南洋這片陌生地的發現與挖掘的興致更多是在於人，以致在遊記中占據著更多的篇幅的，始終並非是自然景色，而是人文景觀。《中國新文學大系‧史料索引》便曾有按語：「此書在遊記文學中，當時算是最好、最有社會性的一部。」在遊記中，梁紹文觀察苦力「豬仔」、洋車夫、碼頭扛運夫、礦工、橡園農役、工廠藝徒等酬勞與生活情狀，留意印度人、土著、爪哇歌女、土生華僑等的習性，評介南洋社會的殖民政府、華民政務司、華僑總商會、領事署、資本家、教育會等，提起華人社會中同德書報社、華僑學校、中國市場、群益報社等華人聚集地的生活場所與日常狀態，記載旅行當中遇上的在地慶典如盂蘭節、當地婚禮等。尤為特別的是，他在遊記中記錄當時活躍於馬來亞的著名華人政要、文化人、教育家與生意人，如沈鴻柏、陳禎祿、曾江水、林義順、張弼士、林推遷、邱菽園、葉（亞）來、陸佑、謝怡盛、黃典嫻、劉韻琴、戴淑原、余佩皋等，記錄與他們相見的真實情況，還原了逐漸消散在歷史中的人物情貌，十分珍貴。

此二部遊記之外，還有江亢虎在南洋多地「遊觀百日之影事，回想而補記之」的《江亢虎南遊回想記》、羅井花的兒童版本小遊記《南洋旅行記》，以及鄭健盧奉中華書局陸費伯鴻先生之命「南遊英、暹、荷各屬，調查教育，視察業務」寫下的《南洋三月記》。這些遊記固然各具特色，但書寫的關注點大都不脫侯鴻鑑與梁紹文遊記中涉及的範疇。《江亢虎南遊回想記》一書先刊出南洋各地照片，如星嘉坡華僑教育界歡迎會、吉隆坡坤成

《南洋旅行記》中的學校組織圖表與上課時間表

女學歡迎會、吉隆坡培德女學校長李少玲、檳城極樂寺、回教堂之圓頂等二十三幅照片，確是遊記體例。然而，遊記正文中有很多史地科普的內容。遊記中第二編寫的是柔佛馬來王宮、回教大堂，也述及學校、工廠，交通、歷史沿革、建築、教育與貿易等。第三編寫吉隆坡，寫的是葉阿來事蹟、華民談話，遊觀街市、名勝、學校、益群報館與錫礦。第四編寫巴生，涉及的是樹膠公所與巴生港口。第五編寫檳榔嶼，從檳城大略狀況寫起，轉而敘述學校報館、華民談話等。鄭健廬遊記的寫法和梁紹文類似，較為細緻地描述了南洋習俗，如「叫茶文化」與「番婆菜」等。羅井花於1932年出版的小遊記中，以一位夢想到南洋遊歷的上海小女孩韋梅為敘述者，描繪到南洋一遊的經歷。此遊記雖以孩童的天真、誇大的口吻來書寫，但遊記內容也依舊以各種南洋常識為核心。

　　這種具有鮮明科普意識與地方知識書寫的遊記寫法，固然是接續了近代域外遊記的寫作模式。民國初期，上海出版景況繁盛，域外遊記紛紛出現。馬來亞夾雜在歐、日、東南亞等國，在民國域外遊記熱潮中成為其中一小版塊。若溯至更大的時代背景，遠至西方列強進入中國、掀起五四啟蒙以及現代性的開啟等時代思潮中，西學東漸。無論是自然科學、社會與人文科學、哲學歷史等知識體系，經由翻譯不斷傳入，中文書的世界幾乎開始了現代性轉型，其中也涵蓋了為「以開通民智，養成世界人民的新知識為公責」的百科式寫法。這似乎也成為新知識分子與文人的普遍意識。因此，當這些南來文人撰寫遊記時，會有意無意間展開對陌生地的史地觀察，有時會取消主觀的遊人心態的情緒描繪，彰顯了較為客觀的記錄者面目。

延伸閱讀

侯鴻鑑。《南洋旅行記》（無錫：錫成公司，1920）。
江亢虎。《江亢虎南遊回想記》（上海：中華書局，1928）。
梁紹文。《南洋旅行漫記》（上海：中華書局，1924）。
羅井花。《南洋旅行記》（上海：中華書局，1932）。
王志成。《南洋風土見聞錄》（上海：商務印書館，1931）。
鄭健廬。《南洋三月記》（上海：中華書局，1935）。

王志成《南洋風土見聞錄》（高嘉謙翻攝提供）

連士升及其五四風度

許德發

連士升（1907-1973），福建福安縣人。早年接受古典教育，後因年少失怙失侍，即離開家鄉入讀教會辦的霞浦縣作元漢英學校與鶴齡英華書院，打下了英文基礎。1927年，他到北京燕京大學經濟系就讀，1931年續讀研究所，開啟了他人生中重要的「旅食京華十年」時期。此時作為新文化中心的北京，儘管五四運動已退潮，但啟蒙、新文學、新思想、新學術等現代話語卻已形成，對他不免產生了深遠影響。到了燕大，他自覺地追讀五四以來八、九年間所出版的書籍刊物。他在北京遇到顧頡剛、陶希聖等人，而他的「晚到」使他沒有沾溉到五四的激烈態勢，但在五四遺風的熏染下，他被塑造為一位關心政治、熱愛國家的知識分子，同時又是一位具有高度文化自覺，講究純學術和純文學的自由主義式學人，兼備西方現代人文精神與民族歷史和文化的情懷。

然而1937年七七事變使他的生活軌道發生重大轉折，連士升攜眷輾轉逃出北平，告別「旅食京華十年」，經天津搭船去了香港，任職《國際通訊社》編輯、兼課於嶺南大學。二戰前後十年他可說四處漂泊，曾輾轉避難、求職於香港、澳門、越南、重慶與南京等地，1947年出任新加坡《中興日報》特派員與南京《中央日報》特派員，這為他後來到《南洋商報》工作，以及舉家遷居新加坡提供了機緣。他原想局勢平穩後舉家搬回北京，重操舊業，但由於中國局勢丕變，1949年他從短暫僑居變成正式定居新加坡，從學人轉為全職報人，替《南洋商報》主持筆政，直到1971年退休為止。造化弄人，在這二十二年新馬生活中，作為「知識分子的旅者」，他可謂將其前半生知識積累與理想實踐於這片異文化的南洋，同時必須移情於新馬，最終竟成為新馬兩地一九五〇、六〇年代最具影響力的報人與作家之一。南治國指出，從連士升早期的遊記，到中、後期的書信集、名人傳記來看，這都和他報人身分和編輯工作密切相關。其寫作深受他報人身分的影響，報人身分為他提供了題材、視域與呈現技巧。

連士升被廣稱為「南洋魯迅」，實屬不妥，因為在文字上他更接近「梁啟超」，他在南洋可說體現了「梁啟超」的某一面向。他曾並論梁啟超與胡適，

連士升《海濱寄簡》（高嘉謙翻攝提供）

「就說論文，梁遠勝胡，因為文章除需要深刻的學理，豐富的常識外，最重要的是情感。……論文章的生動，梁任公仍是此中能手，值得後人一讀再讀呢。」實際上，這似是他的自我寫照，其文字既有梁的平易近人、情懷，兩人也都曾從事報業，文章皆重普及與啟蒙。他基本如梁啟超那樣，可為學者，卻不能為作家，故此他只能將早期學術訓練與知識積累以報人身分加以實踐，文章追求實用、啟迪與淺易。當時的讀者就有言道，「連士升先生的雜文，就是言之有物的好文章，雖然過去他在國內或其他地方寫過專門性的長篇文字；但自從他到了馬來亞以後，他就不斷地改寫短篇的雜文、書信、傳記、散文集、遊記等類之文字。每當他的書籍出版之後，在短期間內即告售罄，這說明了連先生的作品很受歡迎。而過去所印行之一些他的著作，到現在只不過是幾年的光景即告絕版。」在論述郁達夫1938年南下的經歷時，他說「從1938至1945被害那一年止，這悠悠的八年間，他的成就並不算太多。從此可見南洋這個地方，對於商人固然是利藪，對於文人未免太殘酷了。」這是在論人，也在說己。正如他自己說的，他寫社論之餘又寫起隨筆與散文的動機，「這並沒有什麼大道理，主要的是給報紙副刊做補白。」顯然，報人身分使他為南洋華人寫下了二十多本著作，包括六本遊記、書信集《海濱寄簡》八冊、傳記四冊以及其他散文集四種，新馬作家恐怕無人可出其右。

　　初來的幾年他在《南行集》自序道，「夜闌人靜，蟲聲四起，這彷彿助人的嘆息。為消除失眠的痛苦，有時得拿起筆來，學寫文章」，道盡了個人際遇的苦悶與悲哀。在他眾多的隨筆中，出於個人生命體驗，他時常感嘆南洋文化闕失，「在歐美，學術演講像音樂會和演劇一樣，要收入門券。有些學者或藝術家，就靠這種公開演講來謀生。南洋各地，學術荒落。賽球跑馬，雖然有很多人肯掏腰包，但是學術演講根本沒有人注意。假如要收入門券，恐怕大家都望而卻步了。」他也惋惜南洋舞臺太小，但卻未自我卑薄，他嘗以美國為例子勉勵馬來亞華人。「我固然知道，在南洋，無論哪個角落，文化舞臺實在小得可憐，不但第一流的名角請不到……。話又說回來，人固然是環境的動物，而環境卻是人

造的。目前比較富庶的美國，它的祖先十九都是歐洲各國的亡命客。現在相當安定的澳洲，它的祖先十九都來自英格蘭。在國內接受先人的遺產是個辦法；到了新環境去掀天揭地，創業垂統，也是個辦法。」南洋大學創立後，他更寄予厚望，甚至斷言，認為各方名士逐漸集中於新加坡，再過十年二十年，前途大可樂觀，那時南洋所出的人才，將車載斗量，而風尚也將大受影響。

連士升《南行集》（高嘉謙翻攝提供）

他初到南洋之時，曾到各地逛了兩三個月，得到的結論是：「論財力，南洋一千多萬僑胞比較國內同胞充實十倍；論風雅，卻不到十分之一。習俗移人，毫無辦法。要作移風易俗的工作，一面須具備極大的魄力，一面還需要相當時間……」這或許使他自覺的將力氣轉向專注對年輕人讀書之鼓勵，寄希望於未來，其實這何嘗不是他的五四精神的運用？他自述，「自《閒人雜記》出版後，蒙讀者的愛護，時常來信慰勉，並且希望我繼續寫下去；……我知道我的朋友以青年占大多數，為什麼不用書信的體裁，跟他們懇懇深談？主意一定，我就決定每星期發表一篇，並且用『子雲』的筆名，開個『新戶口』。可是自第一封信刊出後，各地的朋友便寫信來討論各種問題，其中有些才高學博的國文教師指導學生將拙作拿來作課外讀物。這種精神上的鼓勵，使我增加了不少勇氣，不得不努力向前。」由此他開始長期撰寫與青年論學的《海濱寄簡》，正如郜元寶指出的，值得注意的是在連士升全部散文創作中，八部書信體散文占三分之一強。現代作家大多喜歡採用書信這一傳統體裁，但卻很少像連士升這樣有意為之，持之以恆的。

得益於自身的五四學養，連士升相當熟悉中國現代文學，他積極的介紹新文學。對中國現代作家也常有自身的思考，或許因為他自己也是「後五四」的一分子，有一種切身的認知。在他的《南行集》裡，他說「我覺得中國新文學有介紹的必要。因為馬來亞是個多元民族的國家，最好把每個民族的文化的精華介紹過來，冶為一爐，造成馬來亞獨特的文化，像新大陸的盡量吸收舊大陸的文化一樣。」實際上，一九五〇、六〇年代是左翼狂飆的年代，殖民宗主退場，政治風雲詭異，連士升所論述的新文學已為「革命文學」所取代，他可說是與時代悖逆，但客觀上這為新馬社會保留了一股相對自由、從容、文化的、非政治的文學源流。基本上，我們不能以純文學來要求連士升，更難以政治來歸類他。

在左翼流行之際，青年人都被時代席捲，他卻淡然的懷抱啟蒙話語，與青年清談學問、漫談文化、雜談文學歷史。在政治左右拉鋸中，他的非共立場並不討好，他自覺「年來因萬方多難，現實問題不好寫，所以我的興趣又集中於歷史和傳記上邊」，促使他也寫起傳記文學。他認為「傳記比歷史更富有人情味」，因為介乎歷史和小說之間，卻沒有歷史的枯燥與小說的虛構。在好友馮列山的慫恿下開始撰寫傳記，花了十五年撰寫了《太戈爾傳》、《甘地傳》與《尼赫魯傳》等，成為馬來亞最早的傳記開創者。1957年他在南洋大學演講，他從中國傳記文學發展滯後出發，鼓勵南大生從「此時此地著手，光就南洋而論，檳城的辜鴻銘先生、新加坡的林文慶先生、印尼的李登輝先生，不但是南洋華僑瑰寶，而且也是中國甚至世界的知名之士。可是這幾位出類拔萃的前輩已經去世，關於他們的傳記的寫作，與其希望國內的文人學者去做，不如由我們自己來幹，更易見效。」除了自我實踐，他也是新馬最早提倡傳記文學之先驅者。

　　簡言之，早期的深厚國學基礎與史學訓練使他深具底蘊，其研究及翻譯外國經濟學名著則給了他國際視野，命運之流離卻使他將所學施報於南洋。他的精神與學養基本來自五四，秉持著寬容的自由主義風度，他避開政治漩渦並在左翼氛圍籠罩下，使五四啟蒙精神得到某種程度的保存。在青年人都熱血沸騰談反殖、革命時，他卻反其道地鼓勵青年追求新知，激勵他們上進，對青年品性的陶冶、影響極為深遠。方修在《戰後馬華文學史初稿》中只簡短的評述連士升，將他歸類為「避免觸及當地的重要現實，而向次要的問題動腦筋」的作家。方修認為，連士升「思想內容貧弱，和時代思潮差距太大」，批評他談學者還在談顧頡剛、論讀書仍在論曾國藩，也批評他向青年推介左宗棠，最後斷言連士升的清新文筆不能滿足讀書界，「青年人對於這些高論似乎不太能夠欣賞」。可見連士升在時代大潮中獨排眾流，以其特有的進路建設新馬華人文化，為自己身後建立了一道豐碑。作為報人，他也不負其本分，在二十多年間，以筆尖呈現其視野，為許多華文報讀者開拓了宏觀的視界，提供了讀者對周邊發生的事件比較平衡的解讀。

延伸閱讀

連士升。《連士升文集》（五冊）。許福吉（編）（北京：北京大學出版社，2011）。

廖文輝。〈試論連士升在馬新的歲月（1948-1972）〉。《學文》no.7(January 2015):13-23。

南治國。〈連士升的文學遺產〉。《怡和世紀》no.25(2015):85。

二

赤道線上的烽火

黃錦樹

戰前、戰後的二十五年間（1930-1955）是馬華文學史非常重要的段落，未有國籍的馬華文學進入關鍵的轉型期。中間那三年八個月的空白是日本南侵，暴力輕易的撲滅了文學活動。二戰前，1927年國民黨清黨後左翼文人大量南下，革命文學論述迅速在星馬掌握文化主導權。三位奠立馬華現實主義論述的文人都在一九三〇年代南下，殷枝陽（周容，金枝芒）1935年南下新加坡，次年（1936）鐵抗亦南下新加坡，又兩年（1938），方修南下吉隆坡。其中鐵抗和金枝芒除以論述確立馬華現實主義文學的方向外，還兼具非凡的小說才能，留下了小說經典。方修的成才則在多年以後，以現實主義視角建構了未有國籍的馬華新文學史，且以過人的毅力整理、保存了大量文學史料。

1937年7月7日「七七盧溝橋事變」，中日戰爭爆發，作為「後方」的星馬文壇也進入抗戰動員，抗戰動員涉及文藝的各個領域，所有文類都義無反顧的往激情表演、通俗化、大眾化的方向發展，詩歌、話劇功能優先於審美，高亢的吶喊取代了靜穆的沉思。抗戰讓華人和中國產生更緊密的聯結，有的被鼓動而「回歸祖國」參與革命，有的因被英殖民政府懷疑參與馬共的行動而被「遣返中國」，因而產生了「歸僑作家」，一種反諷的離散，他們寫的是一種難以歸屬的文學。「歸僑」中，只有杜運燮作為九葉詩人之一在中國現代文學裡有一席之地，而戴隱郎的移動路徑最為複雜。

1938年後，著名中國作家郁達夫、國際問題專家胡愈之、畫家徐悲鴻等頂級菁英也因此南下馬來半島，郁達夫更以他1945年在蘇門答臘的失蹤給南洋無國籍華文文學留下一筆意義不明的象徵遺產。但日本侵略給馬華文學造成最嚴重的損失應是殺害了年僅二十九歲、才華洋溢的鐵抗。所幸，若干「日本手」的倖存者也為馬華文學留下有限而痛苦的見證——以散文，甚至舊體詩。死在南方的郁達夫，亦遺下舊體詩見證大難中的惶恐無助。

戰爭傷痕與記憶

郁達夫的南來與失蹤

黃錦樹

郁達夫（1896-1945），杭州富陽人，創造社的發起人之一。在中國抗日的烽火裡，他於1938年12月28日抵達新加坡，受聘於《星洲日報》，那年他不過四十二歲，正值壯年，在獅城總共待了三年多。1942年2月4日日軍占領新加坡後，他被迫匆匆流亡荷據印尼群島。其後隱居蘇門答臘逾三年，1945年9月日本戰敗前夕失蹤。

郁抵星時，星馬受中國全面抗戰的局勢影響，文藝因朝向戰爭動員而顯得緊繃。郁達夫抵達星洲後不久，訪問檳城期間，在地的文藝愛好者就向他提出了「幾個問題」，向這位來自祖國的文學巨匠尋求指引。其中包括南洋經常照搬中國問題（時人謂之「搬屍」者），南洋文藝如何在地方性的基礎上建立自身的特性，南洋是否該來趟新的啟蒙運動，文藝大眾化、通俗化、利用舊形式等問題。郁達夫一一提出答覆，包括天真樂觀、不切實際、緩不濟急的「大作家」論——「南洋若能產生出一位大作家出來，以南洋為中心的作品，一時能好好的寫它十部百部，則南洋文藝，有南洋地方性的文藝，自然會成立」（〈幾個問題〉）。郁達夫的答覆左翼青年並不買帳，人稱「馬共第一支筆」的黃耶魯即寫了〈讀了郁達夫先生的〈幾個問題〉以後〉針鋒相對的提出反詰，不客氣的表達了對郁的失望。在郁回應後，陸續有人撰文，形成了一場小論戰。

大體而言，星馬文青期待的是個能領導抗戰文藝運動的戰士，但郁達夫顯然不是。郁根深柢固的個人主義、文學感性上的浪漫傾向、對文學自主的要求，在那個趨向大眾化、通俗化的「火的吶喊」的時代，都顯得不合時宜。更何況，在星馬還是殖民地的年代，祖國和「僑居地」之間行動和使命的主從、輕重、先後，也不是初來乍到的「新客」郁達夫所能瞭解的。

那他究竟給馬華文學留下什麼呢？大量的政論（或許不算）、若干雜文（常被忽視）、散文（〈檳城三宿記〉、〈覆車小記〉、〈馬六甲記游〉等常被選進華文教科書的名篇）、文藝雜談（〈幾個問題〉等）及舊詩（〈毀家詩紀〉、〈亂離雜詩〉等）。

身為最負盛名的「南來文人」，他卻沒在這多雨的南方留下任何小說——即便南洋的異國情調和陰鬱明亮原該是最富於浪漫色彩的（如他的晚輩劉以鬯十多年後在星馬發表的那些異色的熱帶風情小說）。其實南渡前，郁達夫的小說生涯就已經結束了。進入一九三〇年代，革命文學話語在中國漸漸掌握文化主導權，集體主義凌越了個人。那也意味著郁達夫既有的文學路徑顯得無法回應時代的要求，很難繼續再走下去。即便無法滿足南洋青年的期待，他還是努力為抗日盡一分心力，那百餘篇分析當下國際、國內情勢的政論即是明

新馬出版的郁達夫各類選集（高嘉謙翻攝提供）

證。簡而言之，在戰亂的壓力之下，郁達夫的寫作也做了相應的調整，可能他也意識到（和晚年的魯迅類似），能立即回應現實的只有不需複雜形式裝置的隨筆而不是小說。因而那三年他的寫作，不受文學選本青睞的、「回應當下現實」的雜文遠多於〈檳城三宿記〉之類閒適意味的純文藝寫作，實用性的考量顯然先於文學性。譬如每年按例紀念「九一八事變」（〈紀念「九一八」〉、〈今天是「九一八」〉、〈十年教訓——「九一八」前夕〉）；〈送峇華機工回國服務〉、〈再送回祖國服務的機工同志〉關涉南洋青年回祖國支援抗戰；〈圖書的慘劫〉談杭州淪陷後當地藏書家和自己風雨茅蘆多年收藏的中外文書籍遭受的劫難；〈在警報聲裡〉、〈談轟炸〉、〈空襲閒談〉等則和大難前夕的南洋讀者分享他在中國的戰爭體驗；而模仿鄒韜奮之倡議徵集《中國的一日》（茅盾主編，1936）徵集《馬來亞的一日》——集子中有多篇關於《馬來亞的一日》徵稿啟事，徵集平民百姓一日之經歷感受，更有動員的意味。從1941年7月14日至1941年9月9日，共募得近兩千篇，允諾擇優在報上刊出。然而再過幾個月，太平洋戰爭爆發，英殖民者迅速撤僑，駐新英軍閃電投降，一千華人就淪為日軍的俎上肉了。

那三年，郁達夫還成為南洋學會的發起人之一，且在《南洋學報》創刊號（1940年6月）上發表文章〈馬六甲記遊〉；但好友林語堂委託他譯為中文的

在新加坡出版的郁達夫舊體詩詞集（鄭子瑜編《達夫詩詞集》〔1947〕〔高嘉謙翻攝提供〕）

《瞬息京華》卻沒了影兒。發表〈毀家詩紀〉趕走了妻子，但很快就有了年輕美麗的新歡。在地青年文友多年以後在回憶文章裡說，前輩精力彌滿，經常嫖妓。

而今為逃避日軍的屠刀，他只好再度拋棄一切，和胡愈之、沈茲九、巴人等流亡蘇門答臘，蓄了鬍子，化名趙廉、化身「生理人」（商人）。「避地真同小隱居」，「閒來蠻語重新學」，苦中作樂，不無微趣。他很快就掌握了印尼語、荷蘭語，為了逼真，更重新娶妻生子。興來，以舊體詩紀亂離，燈下私語：「地名未旦埋蹤易，楫指中流轉道難」；「茫茫大難愁來日，剩把微情付苦吟。」（〈亂離雜詩〉）提心吊膽的過了三年。

郁達夫自己其實沒料到，他其實活進了他未曾探索過的一種小說類型裡。那類驚險小說，有時為了戲劇張力，是不惜犧牲主人公的性命的。如果那設定源自命運，就只能說是悲劇了。

郁達夫海外文集的最後「作品」，是真偽難辨、以簡明文言文寫就的〈遺囑〉。它的第一段就充滿疑義：「余年已五十四歲，即今死去，亦享中壽。天有不測風雲，每年歲首，例作遺言，以防萬一。」文末署乙酉元旦，即1945年1月1日。1896年生的郁達夫，1945年應是四十九歲或五十歲（依中國人的算法），「余年已五十四歲」，其實有濃濃的小說味，那「已」是他未曾抵達的未來。

延伸閱讀

秦賢次（編）《郁達夫南洋隨筆》（臺北：洪範，1978）。

溫梓川。《郁達夫別傳》。欽鴻（編）（銀川：寧夏人民，2006）。

郁達夫。《郁達夫文集》（十二卷）（廣東：花城，1984）。

郁風（編）《郁達夫海外文集》（北京：生活・讀書・新知三聯書店，1990）。

傑出的抗戰作家：金枝芒與鐵抗

莊華興

無可否認，左翼文學對寫作有很鮮明的立場與態度。黑格爾指，立場與態度決定它是否屬於左翼而不是依據，這個基本觀點產生了一股文學思潮。在文學現實功能上，左翼文學有強烈的社會使命感；在社會的認識上，它瞭解到壓迫者與被壓迫者之間的對立，進而對被壓迫者的生活的關注以及對其遭遇的同情；在文學的認知上，它強調現實生活的真實性與社會本質，因此，有「反映現實生活」和「為社會而藝術」的說法。約言之，左翼文學是「被壓迫者的文學」（literature of the oppressed），它為被壓迫者服務，其思想也深受被壓迫者所形塑。

左翼文學在馬華文壇有一段頗為悠長的歷史。根據方修，戰前1927年馬華新文學便出現新興文藝作家與作品，這顯然受中國革命文學思潮的影響。左翼文學的服務對象因社會發展而產生變化。早期馬華左翼文學主要的書寫對象是社會底層民眾如被剝削的華工，然而在今日社會，被壓迫者不限於工、農或勞工階層，在跨國企業普遍化與資本橫行的當代，更多的是打工族或工薪中產階層都面對各種形式的剝削與壓迫，除了薪資與工作時間問題，工作環境與福利問題亦成為當下常見的社會問題。

金枝芒簡歷與創作

金枝芒是馬華著名左翼作家。原名陳樹英，1912年生於江蘇常熟。幼時在家鄉農村學校受教育，初小畢業後，入縣城高小讀書，畢業後再考入江蘇第一師範的鄉村師範科。時年十七歲。受五四啟蒙與革命運動影響，級任老師傾向教白話文，並介紹閱讀革命文學書籍。在校期間曾參加國民黨臨時行動委員會（時稱第三黨）的活動，對他後半生產生很大的影響。臨畢業前他與同校女生周文琴相識相戀，因而反抗家人幼年時安排的婚事。周文琴畢業後亦逃婚，與金枝芒在杭州結婚。後經友人介紹，於1937年南來。抵達星洲後，即爆發七七事變。他們倆北上霹靂州濱海小鎮督亞冷同漢學校教書。

金枝芒的一生創作分三個階段。第一階段是戰前抗戰時期，其次是戰後初期

金枝芒著作（高嘉謙翻攝提供）

抗英時期，第三階段是地下活動時期。第一階段的寫作受中國抗戰的影響，在執教初期三、四年間，創作量比較高。他以殷枝陽、金枝芒、乳嬰等筆名在《星洲日報・晨星》（主編郁達夫）、《南洋商報・獅聲》（主編張楚琨）、《星中日報・星火》（主編葉尼）等副刊寫雜文、小說、散文和評介。除了寫抗戰作品，金枝芒也投入其他抗戰活動。轉入地下多年以後，他在自撰簡歷中透露：「在救亡運動中，幫助當地青年演戲籌賑，也因吳天關係幫助辦過文藝刊物和為進步刊物寫點文藝作品，最後由姓陳的同事介紹，參加了『抗援』的活動。」

　　耳聞目睹與實際的參與給他提供了不少寶貴的創作資源。〈新衣服〉、〈八九百個〉、〈小根是怎麼死的〉、〈姐弟倆〉、〈逃難途中〉、〈弗琅工〉是本時期的重要作品，作品見於《星火》、《晨星》、《獅聲》、《世紀風》、《南洋週刊》、《文藝長城》等副刊。1938年4月至10月，他連續寫了幾篇評介，如〈給孩子們介紹一個好童話——文件〉、〈《清償》〉、〈大家應讀的《家書》〉、〈《大地的海》〉、〈《山靈》〉。他曾在《星洲日報・晨星》發表散文〈那樣的一些好書〉，透露個人的閱讀愛好與選書：「就好像我瞭解我的朋友都是好的朋友，我知道它們都是些好的書。有時是從一些書評裡去獲得這些瞭解，而最多的卻還是直接上的偏愛。我為什麼偏愛它們，那就是因為它們的主人——可尊敬的作家們及其他——為我所偏愛的原故。」在他閱讀與推介的作品之中，有蘇聯作家如班臺萊耶夫的童話《文件》、《列寧家書集》等，也有評介中國的作品，如白朗抗戰小說《清償》、端木蕻良長篇小說《大地的海》、胡風翻譯朝鮮臺灣短篇小說集《山靈》。這對他在戰後寫文學評論有所助益。

　　日軍侵占馬來亞期間，經校友介紹，金枝芒在曾吉甸鐵船公司的鐵廠當燒焊學徒，並參加由馬共領導的「抗日同盟會」。1943年，生活的拮据與形勢愈嚴峻，他轉移到農村黑水港開芭。這時期他加入馬來亞共產黨。戰爭結束後，他先後擔任太平《北馬導報》和《怡保日報》編輯，這兩報都是公開出版的報紙。1946年初，《怡保日報》被查禁，金枝芒奉調到吉隆坡，先是擔任抗日軍退伍

同志會機關報《戰友報》編輯，後進入《民聲報》任副刊編輯，1948年《民聲報》被查封以前，其黨內領導李安東亦於該報任記者，「魯迅青年」周金海、陳普之，還有曾任加影華僑學校校長的張天白（一署張曉光）曾與他共事，可謂濟濟多士。《民聲報》創立於1945年8月下旬，為馬共中央機關報，社長為李少中（李浩揚），總編輯為林芳聲。

　　戰後初期，他以筆名周容開始寫文學評論。1947年12月26日，他在《戰友報》發表〈談馬華文藝〉，引發僑民文藝的批評與論爭。1948年1月17、19、20、21、23、24日，他在自己主持的《民聲報・新風版》發表長文〈也論僑民文藝〉，批駁以沙平（胡愈之）為首的中共地下作家，並提出「書寫此時此地」的觀點。參與討論者頗眾。上述兩篇文章對中國中心主義提出嚴厲的批評，宣告馬共和中共在文化觀點上的公開決裂，金枝芒的「此時此地」論開啟了馬來亞華人思考「馬來亞化」諸問題。毋庸質疑，這些思考是由左翼人士領頭發起的，然後才有一九五〇年代中期《蕉風》雜誌的「純馬來亞化」之說。1956年以後，美國對東南亞華人的冷戰宣傳政策進行調整，從反共、鼓勵親臺到鼓勵華人融入當地社會，甚至與當地文化同化。應對這種宣傳攻勢，左翼人士表面上配合英殖民者大力推動「馬來亞化」理念，實際上隱含脫殖獨立，自主自決的訴求。

　　1948年6月20日，殖民政府頒布戒嚴令，馬來亞共產黨被列為非法組織，反政府與左翼人士被逮捕、拘禁乃至驅逐出境。金枝芒轉往彭亨，隸屬第十二支隊，負責宣傳與教育工作，1953年隨部隊輾轉抵達馬泰邊區。1961年，受組織之命經越南赴中國。從1948年6月至1961年，金枝芒正值壯年時期，也是他的寫作高峰期。結合他的戰鬥經驗與戰友們的故事，他在本時期完成了代表作抗英戰爭長篇小說《飢餓》，1959年由火炬出版社油印出版，翌年10月1日由吉檳州北星社第二次印刷出版。1958年，他主持編輯系列戰鬥故事叢書《十年》，共十四集，並收錄金枝芒的中篇抗英戰爭小說《烽火中的牙拉頂》和《甘榜勿隆》。金枝芒的代表作《飢餓》一直到2008年，才得以公開流傳。馬華文壇對乳嬰／金枝芒／周容並不陌生，但他寫於部隊中的作品與他的隱匿身分一樣，長時間處於存而不在的狀態，與馬華文學處境頗為應合。

　　孟繁華在〈左翼文學與當下中國文學〉一文指出「我們在當下文學中已經很難再讀到浪漫和感動。而左翼文學的最大特點可能就是它的浪漫精神和理想主義，是它的批判精神和戰鬥性」。無可否認，金枝芒的作品有無產階級文學強調的階級批判與革命戰鬥性，但也不失左翼文學的浪漫精神和理想主義。然而，一般評論者只強調前者而忽略後者。須知，金枝芒的時代是中國左翼文學還未

鐵抗作品及研究（高嘉謙翻攝提供）

被歷史化以及被納入制度化的時代，因此金的寫作並未遵循中共建政後的做法，即無產階級文學自我經典化，反而堅持著左翼文學的浪漫精神和理想主義，他寫於戰前的短篇〈八九百個〉已見端倪，到長篇《飢餓》臻達高峰。閱讀金枝芒作品，不難感知他孜孜追求的是理想的社會與完好的人性。

這是金枝芒留給馬華文壇最可貴的遺產。

　　1968年，金枝芒赴湖南益陽四方山參加創建「馬來亞革命之聲電臺」，1969年11月15日任職電臺中文部主編。期間編纂完成《華語馬來文對譯簡明詞典》。

　　1981年6月30日，電臺結束後，他擔任馬共中央海外代表團祕書。這期間他嘗試擴寫中篇《烽火中的牙拉頂》，已完成三十餘萬字，2011年21世紀出版社出版，書名《烽火牙拉頂：抗英戰爭長篇小說》。1988年1月28日因心臟病發，逝世於北京醫院。

鐵抗簡歷與創作

　　鐵抗是新馬抗日時期另外一位突出的作家。鐵抗原名鄭卓群，1913年廣東潮陽出生。他於1939年（二十六歲）由重慶南渡新加坡，先在華文小學執教，一邊在《星洲日報・晨星》發表文章，後加入報界，先後擔任《星洲日報》服務版主編、《總匯報》和《世紀風》文藝副刊編輯，同時與戲劇家吳天、黃克等人創辦文藝雜誌《文藝長城》，成為戰前左翼南來文人集結與發表作品的文藝重鎮。鐵抗使用的筆名有明珠、君羊、金鐵皆鳴、金鑑、金劍等。他在新馬抗戰期間出版的小說集包括《白蟻》、《洋玩具》，文藝理論集《馬華文藝叢談》，還有不少作品散落在各報文藝副刊。戰前，文人以筆參與抗戰救亡運動，使新馬文藝界達到空前的活躍。方修把本時期（1937-1942）稱作繁盛期，金枝芒與鐵抗便是本時期的重要作家。

　　鐵抗的抗戰小說《白蟻》最有代表性。作者藉小說暴露救亡陣營中趁火打

劫的各種民族敗類，包括到處兜售抗戰領袖肖像、徽章或游擊戰教程之類的小冊子，表面上籌款助賑，暗地裡矇騙以中飽私利。有者藉口要到延安讀抗日大學，以假古董向鄉親們籌川資。欺詐手段層出不窮。在人物描寫上，鐵抗小說有很好的表現，現實意義也頗突出。其中篇小說《試煉時代》是馬華抗戰（抗日）小說中規模最大，技巧也最突出的一部作品。小說分十五章，論者形容它氣魄宏大，感情深沉，描寫細膩，情緒激昂，並拿它和茅盾的小說進行比較。

　　筆者以為鐵抗的小說具有非常鮮明的戰鬥性和批判性，他的小說處處可見對人性的批判，筆觸峭刻而深沉，如馬華開山之作《白蟻》。對於文中人物蕭思義的單純和拙劣、王久聖的老練深沉、陳鵬舉缺乏自知之明、林德明的市井流氓本色、蕭伯益的虛偽慳吝，著墨頗深，形成了大時代的浮世繪。至於故事情節，作品主題思想則以人物塑造為前提，是戲劇之筆，在敘事的本質與立意上與希臘亞里士多德從戲劇的角度來定義文學如出一轍，是為馬華小說第一階段的成長態勢與範式。鐵抗小說的戰鬥性與戲劇性也體現在對當時政治局勢的激情呼應。中國抗戰思潮影響下的馬華社會的民族定位在文學表現上獲得重視，這是鐵抗在《試煉時代》之後創作取材轉向比較合理的解釋。影響所及，作家在馬華文化個性的塑造有了自覺與自省，也為戰後馬華文藝獨特性的論爭預設了理論基礎。

　　除了小說，鐵抗對馬華文學的另一項貢獻是理論建設。他的理論指導他的寫作實踐，也是寫作實踐的經驗總結。他在〈人物的描寫〉一文所闡述的意旨，在《白蟻》中獲得某種程度的貫徹，譬如人物的社會性與典型性在小說中的五個人物身上頗有典範意義，是名副其實的人物小說。在人物擬真（以真人做模特兒）方面，他從細節入手，頗能凸顯人物的特殊性。對於王久聖這麼一個善於審時度勢、觀言察色者，作者透過對人物的小動作交代出來，寥寥數筆，卻有血有肉。鐵抗的某些理論如今看來毋寧是超越時代的。這跟他的藝術操守不無關係。在多元種族與文化的社會中，馬華文藝應該如何自處、定位？他認為「馬華文藝，因為他是在『人種陳列所』的馬來亞建立起來的，他和印度僑民的和馬來土著的文藝有一致的地方，同為馬來亞文藝的一環……由於階級相同，各民族問題早就有了生活上的共同要求，或者經濟上的共同理想。這種要求和理想自然是馬華文藝所要反映，所要推動的。這一來，就不得不將其他民族的活動也都反映了。這是必然的，因此馬華文藝應該是超族界的……唯有這特質──超族界的特質的存在，才能保證馬華文藝內容的豐富與進路的正確」。

　　鐵抗在馬華文壇的貢獻可從三個方面來理解，即成熟創作技巧的示範；理論批評的建樹；文藝運動的推動，尤其是文藝通訊以及文藝刊物的編輯。不過，馬

華抗戰小說的篇幅以短篇為主，長篇則很少見。

　　1941年年杪日軍侵馬，鐵抗聞訊於1942年離開邦咯島南下新加坡，不幸在日軍大檢證時遇害。他在馬來亞的活動只有短短數年，卻給馬華文壇留下了優秀的作品。

延伸閱讀

方修（編）《鐵抗作品選》（新加坡：上海書局，1978）。

金枝芒。《飢餓：抗英民族解放戰爭長篇小說》（吉隆坡：21世紀，2008）。

駱明（編）《鐵抗研究專集》（新加坡：新加坡文藝協會，2006）。

丘柳川。《中國抗戰文藝與新馬華抗戰文藝的比較研究》（新加坡：新加坡文藝協會，2004）。

周力（金枝芒）。自撰簡歷，15 December 1960。

周容。〈那樣的一些好書〉。《星洲日報‧總匯報聯合版‧晨星》，27 May 1946:2。

在戰火中歌唱

潘舜怡

1928年，中國音樂教育家黎錦暉在新加坡僑商劉廷枚的協助之下，重新組合已關閉的上海「中華歌舞專修學校」，改名為「中華歌舞團」。同年5月，黎錦暉率領「中華歌舞團」成員沿著下南洋路線，漂洋航行至香港、暹羅、荷屬東印度群島、英屬馬來亞等地巡迴演出。

「中華歌舞團」作為二十世紀初首個從中國跨境至東南亞演出的歌舞團體，恰好聯繫了中國與南洋兩地之間的現代中文流行音樂版圖──黎錦暉的「黎式」上海現代流行音樂創作隨著巡演進入南洋觀眾視域，展現早期中文音樂文化「跨域」的現代性動能。這場看似音樂家在南洋對「黎式」歌舞技藝的展演之旅，實則另有政治企圖心──為了向南洋華人推廣中國「國語」、灌輸中華民國的民族意識，即透過歌曲創作與傳播宣揚「救國」主張與「愛國」精神。其中由黎錦暉作曲、戴傳賢作詞的〈總理紀念歌〉，多次在新加坡、馬來亞巡演中演唱，受到當地觀眾熱烈迴響。黎錦暉這趟南洋巡演除了打開「大中華」（Pan Chinese）音樂文化的互動網絡，也開啟了中國愛國歌曲流入馬來亞的最初途徑。

邁入一九三〇年代，中國的反日抗戰情緒牽動著馬來亞華社。1928至1945年，中國發生了「濟南慘案」、「九一八事變」、「七七盧溝橋事變」等抗日戰事，受到馬來亞華社的關注──馬華本土宣揚救濟中國理念，許多抗日活動如抵制日貨、義演募款等正如火如荼進行。與此同時，在中國多個具有國民政府支持的藝術表演團體也藉抗日募款為由南下至馬來亞巡迴演出。例如1938年12月，音樂家夏之秋帶領「武漢合唱團」來到新馬兩地表演，由新加坡南僑籌賑總會會長陳嘉庚接待，試圖透過歌詠、戲劇、演講等表演方式向當地觀眾宣傳中國救亡理念。

「武漢合唱團」的其中一項海外演賑目標為「以正確動人愛國歌詞，擴大救亡宣傳」──揭示了「愛國歌曲」作為救亡巡演的主要呈現音樂類型。該合唱團一共演唱了四十六首愛國歌，當中包括夏之秋作曲的〈歌八百壯士〉，也有鼓舞軍人士氣的〈救國軍歌〉、〈游擊隊歌〉，激勵新青年的〈上前線〉、〈女青年戰

林佟、槐華編《歌唱在旗下》（2003）（高嘉謙翻攝提供）

歌〉，訴說農民思鄉的〈思鄉曲〉、〈松花江上〉、〈長城謠〉等。夏之秋在「武漢合唱團」巡演結束發表的「告僑胞書」中曾提及「最具體的還是努力地建立一個嶄新中國，自由解放的三民主義共和國。只有新中國的建立，才是革命之母的僑胞所要的物體」，展現了該藝術團對南洋「僑胞」革命政治宣傳的重視關係。綜觀1928至1938年間，從黎錦暉與「中華歌舞團」在南洋透過愛國歌宣傳國民政府的「三民主義」思想，到夏之秋與「武漢合唱團」這場以愛國歌演唱宣揚「愛國救亡」的抗日巡演，均顯示了該時期海外巡演藝術團向南洋華社灌輸「遠距式」中國民族主義意識的嘗試。

另一方面，自一九四〇年代起，南來巡演的藝術團也不乏共產意識傾向，如「新中國劇團」與「中國歌舞劇藝社」。「新中國劇團」由上海左翼電影演員趙丹領隊，於1940年正式在新馬兩地演出歌劇，演唱曲目包括〈盧溝問答〉、〈放下你的鞭子〉等抗日歌。至於「中國歌舞劇藝社」則是於日軍投降後的1946年來到新馬表演，屬於二次世界大戰日侵結束後，仍然活躍巡演於新馬並傳唱中國愛國歌曲的演藝團。該團巡演透過戲劇表演與歌曲詠唱宣揚共產革命、反日意識，核心演唱曲目同樣有〈放下你的鞭子〉、〈中國不會亡〉、〈黃河對口唱〉、〈日軍暴行〉等。

前述國共兩陣營的演藝團南來巡演，不僅開啟了新馬華社對中國愛國歌的認知，更鼓吹了新馬本土創立愛國歌合唱團、提高愛國歌創作的風氣。例如，1938年中國左翼音樂家任光和安娥在新加坡建立「銅鑼合唱團」，參與者以年輕學生為主，旨在培訓中國革命愛國歌演唱與創作的本土人才，曾受邀至百代灌唱片。該團的抗日創作歌曲如〈松花江上〉、〈畢業歌〉、〈大刀進行曲〉受到本地熱烈迴響。此外，在1942至1945年的抗日期間，馬來亞共產黨（簡稱馬共）支援的「馬來亞人民抗日軍」部隊也創作了不少抗日歌曲，展現了對抗日本法西斯主義

的批判精神。馬共成員如楊勵的成名作品〈保衛馬來亞〉表達著馬共保衛馬來亞的抗敵意識，而楊勵於1941年11月被英政府驅逐出境前夕，也寫了〈告別馬來亞〉表達對馬來亞風土的不捨之情。

　　有意思的是，〈保衛馬來亞〉這首作品也成為了「星洲抗敵動員總會」以及由馬共林江石領導的「星華義勇軍」的內部成員抗敵、外部華社宣傳的進行曲。爾後，1942年馬共文工團青幹班的班歌也改編了來自延安的〈抗日政大學校歌〉：

槐華編《歌典　南洋之歌 1939-2011》（2013）（高嘉謙翻攝提供）

　　　　星河之濱，集合著一群中華民族優秀的子孫

　　　　人類解放，衛馬的責任，全靠我們自己來擔承……

　　歌詞中「星河」、「衛馬」（指保衛馬來亞）改自原作的「黃河」、「救國」──詞彙的改動彰顯了馬共將抗日、捍衛領土中心從「中國」轉向「馬來亞」。此類具有馬來亞風土特色、民族身分意識的馬共歌曲創作屢見不鮮，具有本土化或「馬來亞化」的創作傾向。

　　1945年後，日軍戰敗撤離馬來亞，馬共成員受到英殖民政府以「反共」為由，淪為通緝犯。這使得馬共建立「馬來亞解放軍團」，旨在對抗英殖民政府。直到1948年英殖民政府頒布緊急法令、「六二〇」抗英事件爆發，馬共隨之創作了抗英代表作──〈馬來亞民族解放軍進行曲〉（節錄）：

　　　　前進吧前進祖國的兒女，英勇向前進！英帝國主義百多年奴役已不能忍熬，如今英帝又瘋狂屠殺我同胞，胸中的舊恨新仇正在熾烈燃燒！

　　在戰火中歌唱的馬來亞解放軍團一方面反抗英帝國主義，一方面正提出建立

「馬來亞人民民主共和國」、討論成為馬來亞公民的條件，即「以馬來亞為永久家鄉和效忠對象的各民族人民，得為馬來亞公民」——馬共組織透過愛國歌宣示對馬來亞的身分認同，目標在於從英殖民政府手中奪取在地政治談判的話語權，塑造「馬共」模式的馬來亞國族認同史觀。

由是觀之，在一九三〇至四〇年代末的階段，馬來亞華社裡的抗戰愛國歌曲發展正好連結、展示了馬來亞獨立前的離散華人文化、國族身分認同關係的混昧狀態。邁入五〇年代，英殖民政府頒布的「華人新村政策」更讓村民有感而發，創作了多首關於膠林生活與控訴政府之歌，如杜邊作詞的〈樹膠花開〉、莫澤熙作詞的〈膠林，我們的母親〉等，屬於該時代膠林新村華人集體記憶的抒情表述。這亦是馬華愛國抗戰歌曲的傳播與接受史中，「聲音媒介」作為政治性、民族性的對話與想像的再現空間。

延伸閱讀

陳劍。《馬來亞華人的抗日運動》（雪蘭莪：策略資訊研究中心，2004）。

林佚、槐華。《歌唱在旗下1940-1990》（香港：當代文藝，2003）。

麥留芳。《虛擬認同：早期馬來亞華人的愛國歌曲》（新加坡：新加坡華裔館，2012）。

潘舜怡。〈眾「聲」喧「華」——論愛國歌曲之南洋跨域（1930-1960）〉。熊婷惠、張斯翔、葉福炎（編）：《異代新聲：馬華文學與文化研究集稿》（高雄：中山大學人文研究中心，2019），23-54。

文平強。《馬來亞華人與國族建構：從獨立前到獨立後五十年》（吉隆坡：馬來西亞華社研究中心，2009）。

技藝救國・聲色救災

沈國明

一、時代背景

人在演戲，人在看戲，人也在幕後做戲。戲劇離不開人，人扮演的角色離不開靈魂、血肉和生活。戲終人散，是否有人依然記得劇中人物的訴求、吶喊、掙扎？

十九世紀中期，已有文字書寫中國戲曲在馬來亞演出的記錄。當時的戲劇表演，主要是以廟會、節日等慶典儀式出現。1907年，吉隆坡有文明戲班演出革命志士的故事《徐錫麟》。隨後，馬來亞僑民已逐步將戲劇作為「移風易俗、針砭社會、提高人民智識」的有利工具。

中國《抗戰戲劇》創刊詞中指出：「在民族抗戰中，戲劇運動只有一個特殊的任務，就是：動員全民族，為中華民族的生存，起來抗戰。」一九三〇至四〇年代的馬華戲劇中，話劇除了肩負抗戰的使命之外，傳統地方戲曲也肩負救亡與籌賑的任務。馬來亞僑民在響應中國抗戰的時代中，應用戲劇作為橋梁，把華社各籍貫、幫派和新舊移民群體聯繫起來，透過劇中人物的情感、故事情節和舞臺美術，完成戲劇啟蒙和救亡的目標。

1931年初，檳城一批戲劇工作者發起「南洋新興戲劇運動」，掀起了馬來亞抗戰戲劇的先聲。他們的目的，是要建設新的劇本內容和形式，以戲中人物激起群眾的憤怒和希望。同時，應用演劇與觀眾進行情感連結，將之轉化為一股力量來抵禦一切的壓迫。同年，「九一八事變」在中國爆發後，馬來亞華僑的抗日情緒暴漲，掀起反帝反殖的熱潮。為了開啟僑民的救亡思想，馬來亞社會各階層紛紛組織劇團，推行演劇進行全面宣導，籌款救濟中國祖國。

1937年7月7日，中國「七七盧溝橋事變」發生後，日本全面展開侵華戰爭。頓時，馬來亞成為救濟中國的大後方，成為支援中國抗戰的一條重要生命線。南來的中國戲劇家帶領馬來亞僑民演劇，不少劇社也隸屬於中國的政黨和組織，聽從指示以完成演劇的目的。於是，「抗戰戲劇」的文化運動，在馬來亞掀

起空前絕後的戲劇熱潮。

　　劇本要如何喚起馬來亞華僑的救亡意識？劇場如何感染僑民捐輸，加強援助中國祖國的抗戰？劇運如何實現馬華同胞精神總動員，達到「力量集中，意志集中」？無論如何，戲劇在馬來亞已成為傳達社會時局最有效的民眾動員途徑和宣傳教育。

二、發展情況

　　1937年，日本侵華戰爭爆發後，抗戰和救國的呼聲響遍全馬。馬來亞各大城小鎮的愛國華僑領袖，紛紛在籌賑會裡組織宣傳隊和戲劇組，定期舉行演劇籌賑救濟祖國難民，策動僑胞，鋪天蓋地展開「抗日援華」的戲劇運動。

　　二戰前，馬來亞的華僑人口約兩百萬，估計有兩千個劇組成立。除了學校成立劇組之外，地緣性、血緣性、業緣性的社團組織，也紛紛成立救亡劇團。其中，星洲業餘話劇社、馬六甲晨鐘勵志社戲劇組、加影前衛劇社、和豐興中劇社、檳城鍾靈劇社、怡保新生話劇社等，皆是馬來亞有名的劇團，且跟「馬來亞抗敵後援會」有直接或間接的關系。

　　抗戰時期的一大劇運特色，就是成立流動劇團下鄉演出各種方言劇。其中，杜邊領導的「南島旅行劇團」以及朱緒領導的「馬華巡迴劇團」，在馬來亞窮鄉僻壤的街頭、遊藝場和民眾場所，上演各種類型的活報劇和國防劇，達致「技藝救國，聲色救災」的效果。演劇也直接或間接「警醒國魂」，擊中敵人的胸膛，刺破敵人的面孔。

　　不少劇團在演劇前，也選擇在各華文報章發表戲劇宣言，呼籲同胞支持演劇助賑。此外，領導性的劇團也發表了《馬來亞戲劇運動綱領草案》，戲劇工作者清譚發表《馬華抗戰戲劇的組織和任務》等，皆有利於以戲劇作為鞏固華僑援助中國祖國抗戰的救亡陣線。為了實現「抗戰戲劇」的成功，馬來亞各劇團曾聯合起來成立「劇本流通處」以解決馬來亞劇本荒的問題。同時，各劇團也成立話劇界的統一組織，建立戲劇理論來指導劇運的開展。

　　此外，從中國南來的劇團頻密地在馬來亞巡演，壯大了劇運的聲勢。其中，包括夏之秋領導的「武漢合唱團」，金山和王瑩帶領的「新中國劇團」，既籌獲巨額，也提高了馬華演劇的藝術水準。

　　由於當時的馬來亞英殖民政府與日本的外交上採取「綏靖政策」，因此馬來亞抗戰戲劇在英政府的限制下展開。從事劇運者，也常被視為仇日、反帝反殖的分子。當集體演出無法實踐，劇人便展開戲劇游擊戰，上演街頭劇。當「抗日援

華」的呼聲轉向「抗日衛馬」時，馬來亞人民不分種族膚色和語言，一起合作演劇支持「援英」遊藝大會。馬來亞淪陷後，劇團仍在槍林彈雨中繼續肩負抗日的任務，在森林中組織「軍民聯歡會」和「參軍動員會」演出現實的話劇，以汗、淚、血、火交織的感人劇情，激揚了群眾的抗日情緒。

第二次世界大戰結束後，抗戰戲劇運動已宣告一段落。然而，劇人對於反帝反殖的運動卻沒因此落幕，各政黨更紛紛組織劇團和派出演劇隊，宣揚自身的政治綱領和鬥爭目標。其中，馬來亞新民主主義青年團在各地成立的話劇組影響較大，一些演劇內容強調馬來亞人民做馬來亞的主人。最終，馬來亞新民主主義青年團被英殖民政府列為非法組織。

日本戰敗後，英國重返馬來亞進行治理之際，華僑組織因國共內戰已出現嚴重的分裂、各族群關係日益緊張、華文教育發展更加坎坷。進步思想的話劇運動遭到遏制，民間劇團發展舉步艱難，職業劇人為了生計，不得不「露腿」演出。馬華劇運在帝國的高壓治理下，劇人依然秉持戰鬥的精神繼續前進。

三、作品、人物

一九三〇年代的抗戰劇本選擇，需要強調抗戰救國、呼籲民眾積極籌款、發揮中華兒女的精神，同時也期待劇作能激起民眾反法西斯、反奸與發揮「大義滅親」的情操。「七七盧溝橋事變」之後，馬來亞華僑紛紛響應中國全面抗戰，但是，仍然有一部分自私自利者，與從事諜報活動的日本人勾結，破壞抗日救亡運動。為了杜絕漢奸，馬來亞演出了不少「大義滅親」的劇作，如《東北之家》在馬來亞被改編成不同版本，描寫其胞妹大義滅親毒死成為漢奸的胞兄；《漢奸爸爸》寫其子將父親做漢奸的情形報告給特務隊；《真正的兒孫》寫父親出賣軍情情報，其子女大義滅親的慘劇。另外，也有一部分戲劇工作者推行反毒運動，要求僑眾免沉溺於墮落，負起救助中國祖國的責任。

其中，中國南來戲劇家吳天編寫的《傷病醫院》是馬來亞最早演出的救亡戲劇作品之一。吳天原名洪為濟，筆名高哥、丹楓、天、田、馬蒙、方君逸、吳江帆、葉尼等。他是「星洲業餘話劇社」的創辦人之一，也是該劇社的導演。《傷兵醫院》演出後，與蔡白雲的劇作《怒濤》發生「南洋地方性劇本」的爭論，對後來上演的劇本重視馬來亞現實問題，起了一些作用。另外，曹禺的劇作《日出》在馬來亞上演時，也爆發「社會劇」與「救亡劇」的爭論，反映了馬來亞社會現實殘酷的一面，同時表現了馬來亞戲劇工作者提高戲劇文本創作的理想，以及追求舞臺藝術的努力。這些論爭和評論觀點，對探索馬華戲劇在抗戰時期的發

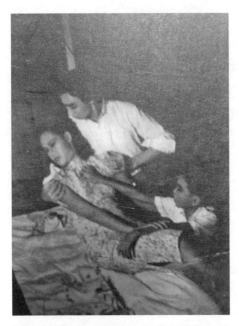

《明天的太陽》於20世紀1940年代在馬來亞公演
劇照（沈國明翻攝提供）

展，皆有特殊的研究意義。

1940年，雪蘭莪萬津馬來市的華僑，曾集合一群人用馬來語演出《萬津五十年前故事》。此劇敘述了各籍民眾開闢萬津披荊斬棘的功勞，籌募款項援助英殖民地政府保衛馬來亞，向日本帝國主義作戰的故事。馬華話劇開始突破自己的群體，立足馬來亞本土，文本應用跨語言的藝術表現和向友族伸出橄欖枝，展現各族齊心團結、共同捍衛馬來亞的精神。

另一名重要的馬華劇作家是杜邊，生於1912年，原名潘學良，又名蘇仲人，筆名有杜邊、力一、丹鳴、許涯、潘托夫、蘇夫等。他除了創作多幕劇《活路》，還編演了《巨魔》、《愛國心》、《情與法》、《萬惡公司》和《戰地淚花》。抗戰期間，杜邊組織了「南島旅行劇團」、「實驗流動劇團」和「茶花歌劇團」公演救亡話劇。他被稱為「馬來亞三〇年代最重要的戲劇家」。

杜邊在戰後的劇作《明天的太陽》，是馬華文學界一致公認的代表佳作。該劇描寫了知識女青年非非，戰後淪為「高級娼妓」，育有一名七歲的女兒平平，為了生活選擇淪為私娼過活，並期待丈夫劉萍回來。所謂「高級娼妓」是指她接待的客人大部分是富翁或知識分子。劇中出現的兩名客人，一名是富家子弟大學生陳自，另一名則是雜貨店老闆吳春輝。劉萍在抗日期間走到前線作戰，醉心於抗日活動。當馬來亞淪陷時，非非選擇照顧孩子不跟隨劉萍走到前線，這件事一直讓劉萍耿耿於懷。一天，當流氓上門與陳自發生衝突後，陳自決定邀請記者前來揭露流氓的惡行，這名記者正是非非的丈夫劉萍。夫妻相見後重提往事，劉萍因著急回報社發新聞稿，當趕回來見非非時，她已吞下鴉片膏……非非留下了遺書對劉萍說：「天快亮了！妳該忘記我，快帶著，這新的生命，走上新的道路，去！去迎接明天的太陽！」

幕終前，隔壁的鄰居還在高聲喊著：「他媽的！別吵死人好不好！」這句臺

詞，顯然具有雙關的暗喻，既不要吵醒隔壁鄰居們的睡眠，也暗喻了一個人的生活痛苦，死，也許是最好的解脫，別吵「死人」好不好？劇作表現了馬來亞多數人民對英殖民地政府重新治理馬來亞感到失望，必須渴望明天太陽的到來。此外，杜邊的其他劇作如《寶星》和《野心家》，皆揭示馬來亞人民向殖民主義展開鬥爭，爭取做馬來亞自由的人的旨意。

　　「抗戰戲劇」也稱為「國防戲劇」，是「負起教育大眾，組織大眾走向抗戰的使命，去粉碎敵人的野心和一切封建遺孽」。上世紀一九三〇至四〇年代的馬華戲劇，無論是戰前的「抗戰戲劇」或戰後的反殖反帝的「抗英戲劇」，作品皆含有強烈的啟蒙與救亡，以及反抗與鬥爭的思想意識。

杜邊《明天的太陽》（沈國明翻攝提供）

延伸閱讀

方修（編）《馬華新文學大系（五）：戲劇集》（新加坡：星洲世界書局，1971）。

方修（編）《馬華新文學大系（八）：劇運特輯一集》（新加坡：星洲世界書局，1971）。

方修（編）《馬華新文學大系（九）：劇運特輯二集》（新加坡：星洲世界書局，1971）。

沈國明。《從「中國話劇」到「馬來西亞話劇」：馬華話劇的身分轉換研究》（雪蘭莪：心向太陽劇坊，2019）。

沈國明（編）《戲劇：文學・歷史・戰爭：我們站在馬來西亞的土地上發聲（上／下）》（雪蘭莪：心向太陽劇坊，2021）。

依藤與其《彼南劫灰錄》

李有成

日本自1931年的「九一八事變」之後，開始以大規模軍事行動占領中國東北，翌年3月1日更在東北成立滿洲國，並扶植滿清遜帝溥儀登基稱帝。1937年爆發「七七盧溝橋事變」，日帝藉機發動全面侵華戰爭，甚至揚言三月亡華。不料事與願違，中日鏖戰數年，中國軍民頑強抵抗，不斷拉長戰場，日帝反而深陷戰爭泥淖。由於久戰無功，日本本土物資日缺，後方補給困難。日帝見歐洲諸國忙於歐戰，無暇兼顧其亞洲殖民地，因此覦思染指，以搜刮更多戰爭資源。1941年12月8日日帝不宣而戰，突襲美國珍珠港海軍基地，拉開太平洋戰爭的序幕。兩、三週後，英屬新加坡和馬來亞也陸續遭到日軍鐵蹄蹂躪。

歷史事件多半環環相扣，互為因果，以上的簡單敘述無非為了說明依藤的名著《彼南劫灰錄》複雜的歷史背景。依藤，本名汪開競（1912-1976），常用筆名有陶然、南島居士等，大半生任教於檳城鍾靈中學，任該校華文教師，其專長為中國古典小說，著有《舊小說新談》、《舊小說講話》等。其散文集《彼南劫灰錄》被列為趙爾謙所主編的鍾靈叢書第二號，初刊於1957年9月。從1941年12月25日至1945年8月15日，日軍占領依藤所居的檳城三年八個月；「彼南」正是日本帝國主義者賜給檳城的新名字（新加坡則改稱「昭南」），《彼南劫灰錄》一書所記實為日據時期檳城的日常生活與精神狀態，以及日本統治者種種倒行逆施的乖張行為，史書筆法，生動詳實，有敘有議，讀來令人動容。

《彼南劫灰錄》雖然不是一部歷史著作，但是書中所敘血淚斑斑，對各民族在日據時期的不同遭遇頗多著墨，尤其對誰參與抗日，誰心存觀望，據實記錄，足為歷史殷鑑。此書除趙爾謙和蕭遙天的序文，以及作者的〈後記〉外，其主體為敘事散文四十四篇，敘事時間自日本向英美宣戰，正式發動太平洋戰爭始，而以廣島與長崎挨美國原子彈轟炸，導致日本無條件投降終。這四十四篇散文內容各有關懷，整體視之則明顯構成一部蒙難實錄，記載了檳城居民——尤其是華人——在日據期間所遭受的屠殺、暴刑、羞辱等苦難，坐實了日本法西斯主義者的殘暴不仁。從這個角度看，《彼南劫灰錄》無疑是一本抗議的書——抗議三

年八個月期間日本法西斯主義者慘無人道的的燒殺擄掠。從登陸前不分青紅皂白的轟炸，到幾次肅清行動的濫捕濫殺，到監獄中各種鞭笞、灌水、炮烙等令人髮指的酷刑，到「勤勞奉仕隊」的勞力剝削與精神迫害，日本侵略者的整個統治無異於全然建立在恐怖主義上，但知威嚇壓榨，無能生產與建設，檳城居民的生活不僅全面倒退，到了日據末期，整個檳島甚至瀕臨破產。日據三年八個月，財產損失，身心創傷不說，據《彼南劫灰錄》一書的估計，光被濫炸屠殺的居民至少在一萬至一萬五千人之間，那可是當時檳城總人口的5%左右。

依藤《彼南劫灰錄》（1957）（高嘉謙翻攝提供）

　　日本右翼法西斯主義者對發動太平洋戰爭自然有其一套說法，他們將此侵略戰爭美化為解放戰爭——要將亞洲各殖民地自西方強權的殖民統治中解放出來。當然這只是個託辭和謊言，無非為了掩飾或合理化其侵略行為而已。西方殖民主誠然被打敗了，可是取而代之的日本統治者，其殘忍凶狠卻變本加厲，非但未將亞洲各地解放，反而把這些西方前殖民地推進另一個更為黑暗的地獄深淵。在《彼南劫灰錄》一書裡，依藤對英國殖民主的顢頇無能語多揶揄。英國人萊特（Francis Light）於1786年8月11日登陸檳榔嶼，將之改稱為威爾斯親王島（Prince of Wales Island），至日軍全面占領為止，英國實質統治檳城已超過一百五十年。一般而言，英國殖民主但求殖民秩序——政治的、經濟的與文化的——不會受到挑戰，利益獲得維繫，對居民的日常生活與活動是不太干涉的。漫長的殖民統治也造成了居民的依賴心理。依藤在全書首篇〈十二月八日這一天〉裡就點出這種心理：「大概由於一百年來傳統心理的作祟吧，他們對於大英帝國的力量估計得很高。」

　　不過嚴酷的事實是，大英帝國的殖民軍隊——主要由英國、澳洲與印度軍人組成——根本不堪一擊，經日軍數日轟炸，英軍未經交戰即倉皇撤退，還留下不少米糧與器械。依藤在〈天堂地獄〉一文裡，對這個情景留下頗為生動的

南洋華僑籌賑祖國難民總會編《大戰與南僑》
（1947初版，2007再版）（高嘉謙翻攝提供）

敘述：「一個不敢令人置信的謠言到底逐漸證明為事實：駐軍在神不知鬼不覺中撤走了。接著是行政人員捲起舖蓋，都在晚上偷偷溜走了；兩天以後，島上已難得見一個『白皮』，雖說仍有幾個不願馬上離開。」整個馬來半島與新加坡的英軍，後來被日軍俘虜的竟達十萬名左右，其畏戰怕死，簡直匪夷所思。英國殖民軍隊兵敗如山倒的不堪事實無疑是殖民史上的經典笑話，連邱吉爾也深覺不可思議。當時未及逃離檳城的英國官民，接下來的遭遇頗為難堪。日本軍機在連續幾天轟炸之後，檳城市街不僅斷垣殘壁，滿目瘡痍，街頭更是屍體散落，乏人處理，在熱帶的高溫下，面目全非，臭氣熏天。清理這些遺體的工作最後竟然落在這些英國官民身上。在〈「皇軍」登岸側寫〉一文中，依藤這麼描述當時的景象：「白皮俘虜在這幾天裡大概將是他們一生中最難過的時候。因為這些俘虜，有的是以前殖民地的文官，有的是派頭十足的紳士、醫生或律師，更有的是平時吃慣牛油雞蛋的勇士，他們大部分為了來不及逃走，結果被東洋人截住了；現在卻在刺刀尖下勉強幹起他們最不願幹的下賤工。而且最難堪的，他們更須在旁邊站滿黑皮膚，棕皮膚，黃皮膚的亞洲人面前接受東洋佬的命令，而不敢反抗。」

《彼南劫灰錄》全書架構大體上是以事為經，以人為緯，人事交錯，編織成一部淪陷時期檳城的社會史。日據三年八個月不但造成生靈塗炭，民不聊生，在日本統治者的淫威之下，人性更是遭到扭曲。全書對日本統治者的蠻橫暴虐固然語多撻伐，對日據期間形形色色的眾生相也頗多描繪。其中包括了趁火打劫的所謂「亂世英雄」、神通廣大的「文化人」、在《彼南新聞》中大發偉論的「彼南紅人」、各民族協會的領袖新貴、檢舉無辜同胞的冒牌「地下工作者」、在大肅清中出賣親友的「新女性」等等，群醜亂舞，不一而足，亂世偷生，是非顛倒，價值淪喪，即使指鹿為馬，也只能以見怪不怪視之。最讓人感到突兀的是作者筆

下部分定居檳城的臺灣人。他們通曉日語與檳城居民通用的福建話（閩南語），此時正好派上用場，可以居中通譯，協調溝通，只是其中卻也不乏狐假虎威之輩，甘為新政權的鷹犬，對同文同種的華人時加迫害，並且從中謀利。這類臺灣人多半自視為「皇民」，立場有別，他們為日本統治者賣力也是理所當然的事。

　　《彼南劫灰錄》無疑也是一部警世之作，書中事證歷歷，無不在痛詆法西斯主義的殘暴無道，造成多少家破人亡，人性沉淪。今天重讀《彼南劫灰錄》，其中關懷仍不失其當代意義。雖然時過境遷，只是殷鑑不遠，歷史的創傷記憶猶新，《彼南劫灰錄》字字血淚，其實隱含底層人民的痛苦呻吟，對當下某些右翼民族主義者心胸褊狹，枉顧史實，妄圖泯滅人民記憶的愚昧與驕橫，依藤這本書容或還有若干澄清的作用。

延伸閱讀

李有成。〈《彼南劫灰錄》五十年後〉。《文化研究月報》no.90(2009):115-118。

李有成。〈三年八個月 —— 重讀依藤的《彼南劫灰錄》〉。鍾怡雯、陳大為（編）：《馬華文學批評大系：李有成》（桃園：元智大學中國語文學系，2019），23-36。

南洋華僑籌賑祖國難民總會（編）《大戰與南僑》（吉隆坡：隆雪中華大會堂、馬來西亞紀念日據時期殉難同胞工委會，2007）。

依藤。《彼南劫灰錄》（吉隆坡：隆雪中華大會堂、馬來亞二戰歷史研究會，2018）。

創傷書寫：
有關新加坡淪陷時期的舊體詩

林立

1941年2月，日軍攻陷新加坡，將之易名為「昭南島」，展開了為期三年半的黑暗統治。占領之初，為報復華人對抗日活動的支持，日軍進行全城「大檢證」，屠殺了至少二萬五千名華人。嗣後又推出連串奴化、高壓政策，新加坡人民惶恐終日，加以物資匱乏、糧食短缺，生活極為艱苦。這段慘痛的經歷，在不少史籍、回憶錄中都有所記載。此外，還有大量的華文舊體詩詞，採用敘事和抒情的筆法，從各方面反映了華人社會集體與個人的創傷經歷。其中三部詩集尤其值得注意，包括李西浪（1898-1972）的《劫灰集》、鄭光漢（1909-1971）所編的《蘭花集》和謝松山（1891-1965）的《血海》。

淪陷之前，新加坡華人的抗日情緒已十分高漲。1937年「七七盧溝橋事變」後，新加坡華社在同年8月成立「新加坡華僑籌賑祖國傷兵難民大會委員會」，復於1938年10月聯合南洋各地華人，成立「南洋華僑籌賑祖國難民總會」，致力支援中國的抗日戰爭。另有抵制日貨、拒絕為日資企業工作、醫藥援華和機工回國服務等行動。知識分子則掀起一場抗戰文藝運動，以淺白的文體和語言，向華僑宣傳抗日救國。舊體詩方面，亦有大量鼓吹抗日之作。《劫灰集》、《蘭花集》的作者，不少即曾投身於抗日運動之中。如李西浪在怡保創立《中華晨報》，宗旨是鼓勵華僑團結抗日。《蘭花集》的其中一位作者李鐵民（1898-1956），曾協助陳嘉庚統籌救國運動。而曾任《星洲日報》、《南洋商報》編輯的胡浪漫、傅無悶等，亦在報刊上不遺餘力地宣傳抗日。明乎此，便可以理解他們為何在淪陷時期組成志同道合的唱酬群體，一同在詩中抒發反日情緒了。

《劫灰集》收錄李西浪由壬午年（1942）四月起，至乙酉年（1945）夏止共一百二十首的詩作，另附李鐵民、傅無悶、沈逸史等的和作十三首，於1946年出版。這些作品描寫了淪陷時期「朋輩間痛念家國，感懷身世之心情」。其中一些作品屬於在鄭光漢思漢齋的唱酬，被收錄於《蘭花集》。李西浪身為雅集的成員，每次都有參與，且被眾人視為盟主。他在詩中往往將日據時期的新加坡，描寫成一「人間地獄」或「鬼域」：

〈曉鐘染恙詩以慰之〉:「可憐地獄中,藥物苦獨少。」

〈雨後書感〉:「纍纍新塚鬼含冤,滿眼淒涼隔故園。」

〈王齋小集以春城無處不飛花為韻拈得處字〉:「縱橫鬼畜行無路,舞爪張牙情可怖。」

他又抨擊一些趁亂世謀取私利,自願媚敵者,如〈次韻浪漫壬午歲暮書懷〉二首其二云:「可憐新貴多如鄉,爭道溫柔住有鄉。未必背無芒刺在,也應日覺死生忙。金夫只許談黃白,名姓何關說臭香。太息薰蕕誰足辨,寡廉鮮恥已平常。」

李西浪《劫灰集》(林立提供)

1966年出版的《蘭花集》,收錄了鄭光漢、胡浪漫、李西浪、傅無悶、李鐵民等十位詩人的作品。淪陷期間,鄭光漢因寓所思漢齋中盆蘭七度開放,遂招集友人賞花飲酒,共同詠吟。他們以鄭思肖等南宋遺民為榜樣,透過詠蘭,寄託家國之思,並書寫其抑塞無聊的情態。拚酒是他們經常吟詠的題材,如:

傅無悶〈蘭宴〉:「主人此日鏖酒兵,旁挑側擊氣縱橫……李侯病醒甘退卻,胡生興發不示弱。我本酒國退伍兵,隨緣附驥共一搏。」

李西浪〈次韻傅老〉:「大敵當前誰敢卻,壁壘森嚴肯示弱。」

李西浪〈次韻光漢酒後見贈〉:「不甘談敗北,稱霸競為東。」

酒可以讓他們暫時忘卻精神上的創傷,使其飽受煎熬的靈魂得以重現雄風,又可以刺激他們的創作欲。在現實生活中,這些詩人不能披甲上陣,於是拚酒便隱含了與敵周旋、不肯投降的象徵意義。

《血海》的作者謝松山,曾以浩劫餘生的筆名,在1946年於《南洋商報》連續發表了五十一首〈昭南竹枝詞〉。作品以七言絕句的形式,附以詳盡的注文,追述日占時期暗無天日的生活和種種畸形的社會怪狀。例如強迫華僑繳納五千萬

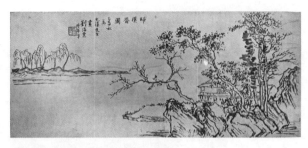

劉海粟所繪《師漢齋圖》（林立提供）

元「奉納金」，日文教育的施行，娼妓業和賭博業的盛行，以及各種經濟上的壓榨手段等。當然，在此惡劣的環境下，最基本的溫飽問題也無法解決：

> 飢餓難捱秪雜糧，木茨無奈太多嘗。人人缺乏維他命，腳腫如椽又潰瘍。

據注文的解釋，因為糧食短缺，新加坡人只能以木茨充飢，但多吃木茨會染上腳氣症，加上缺乏藥物治療，很容易導致腳部潰瘍。又如描寫日軍勞役新加坡民眾的〈勤勞奉仕隊〉一詩：

> 勤勞奉仕隊名新，此是天皇大國民。差幸孔方能作祟，金蟬脫殼已經旬。

「勤勞奉仕隊」的工作，是到日軍指定的地點挖戰壕，或築防空避難室等。「差幸孔方」兩句，指富裕之華人以金錢僱人替代，或賄賂區內隊長以求免役，但期限一至，又需想辦法應付。

1947年，新加坡臨時戰犯法庭審判日軍策動「大檢證」的七元凶。謝松山根據證人的供詞和法庭的判決，再寫成五十首同樣附有注文的詩作，加上原來的〈昭南竹枝詞〉，以〈昭南紀事詩〉的名稱，分上、下兩卷發表於《南洋雜誌》1948年5月第2卷第3期及7月第2卷第4期。這些有關大屠殺的作品，讀來令人不寒而慄，如以下兩首：

> 來時滿載去空空，薏萇村前血海紅。弱女教師齊畢命，秪餘嗚咽泣寒蛩。

> 綑縛成行向死神，陳尸海岸聽沉淪。潛蹤縱許如鳬鳥，回首已如隔世人。

1950年，謝松山改以《血海》的名稱將以上作品集結成書，曾在同一年三度再版，足見有關日占的創傷書寫，在當時的華社引起極大的迴響。

時至今日，淪陷時期的創痛已然愈合，甚至被忘卻。然而前車可鑑，重讀

《劫灰集》、《蘭花集》和《血海》，可以引起我們對戰爭的回憶與反思。而透過作品中挪用的傳統抒情和紀事手段，以及作者對其國族身分的認知，亦可讓我們重新審視新加坡華人的文化根源、脈絡與身分演變的歷程。

延伸閱讀

林立。〈劫灰與蘭花──新加坡日據時期的兩部舊體詩集〉。《中國文化研究所學報》no.63(July 2016):237-265。

林立。〈血海──描述新加坡日占時期的舊體詩集〉。《清華學報》47.3(September 2017):547-589。

林立。〈創痛記憶──新馬兩地有關日占時期的舊體詩〉。《華人研究國際學報》11.2(December 2019):27-44。

謝松山《血海》（1950）（高嘉謙翻攝提供）

戴隱郎在南洋與東北亞之間的文藝流動

莊華興

抗戰至二戰的爆發，促成了第三世界知識者與文人的越界流動，並被賦予新的身分，因而有了「南來文人」與「歸僑作家」之稱謂。這兩種左翼文人的流亡（與再流亡）、離散（與再離散）把大陸－香港－南洋－臺灣聯繫起來，形成了二十世紀上半葉的一個意義網絡。

戴隱郎是抗戰時期出現的一位出色的歸僑作家。1906年戴隱郎出生於英屬馬來亞雪蘭莪州沙戥，祖籍廣東惠陽。曾用筆名戴英浪、英浪、戴隱郎、隱郎、戴逸浪、戴旭峰、英、朗、朗朗、Inlong、殷沫、馬康、疾流等。他青年時代在馬來亞怡保南洋美術研究所學習，1931年到上海國立藝專學習西洋美術。1935年，返回南洋之前，他聯合幾位青年藝術家舉行全國木刻聯合展覽會，巡迴北平、天津、濟南、漢口、太原、上海等地，此次展覽共展出木刻作品四百一十四件，戴隱郎展出的作品是〈瞠目〉，獲得唐弢的讚賞。

大約在這時候，他已收拾行裝，準備經香港返回南洋。在港期間，他與劉火子，以及上海國立藝專的同學溫濤在香港成立深刻木刻社，以戴英浪為名發表美術作品，由此初見其理想。這期間，他曾任教香港南粵中學，並和劉火子、李育中合編出版《今日詩歌》，收有他的評論〈論象徵主義詩歌〉及詩作〈黃昏裡的歸隊〉。此外，他也在《南華日報・勁草》、《時代風景》等副刊、雜誌發表詩作和評論。

在〈論象徵主義詩歌〉一文，他分析了象徵主義詩歌的產生背景和技法之後，便對中國象徵主義詩歌的前路提出批判。他點名批判在《現代》發表詩作的幾位詩人，包括李金髮、施蟄存、侯汝華、林英強、鷗外鷗、林庚等。對於中國象徵主義詩歌的存在與前路，他認為「象徵主義詩歌是以靈境的幻象為出發點的，取材已迴避現實，表現技法更主張用純暗示，和不可思議的詞句。這麼一來，它底本身特徵對目前的統治者是萬分適合的，所以自然是應時而存在了」（鄭樹森、黃繼持、盧瑋鑾編《早期香港新文學作品選》）。作為左翼詩人、藝術家，他的現實主義觀點強調文藝作品對現實社會的針對性，並指出當前現實問題

之所在。

戴隱郎返馬後寓居怡保，以繪畫為生，並與畫友創辦南洋藝術研究社。抗日戰爭爆發前，他移居星島，不久積極參與該地美術活動。戴隱郎在新加坡美術界活躍的時期介於1936至1938年之間，參加的團體主要是青年勵志社和星洲華人美術研究會。

戴隱郎主編〔文漫界〕創刊號（1936年5月24日《南洋商報》）（高嘉謙翻攝提供）

戴隱郎主編〔文漫界〕魯迅紀念專號（1936年10月25日《南洋商報》）（高嘉謙翻攝提供）

初抵新加坡時，他在民眾學校執教，1936年5月24日，入《南洋商報》編副刊《文漫界》。這個版位專門刊登木刻、漫畫作品與探討木漫理論的文章，並於該刊第2期發表〈木、漫在南洋〉，呼籲副刊編者正確看待木刻與漫畫，容納這些作品，不遺餘力提倡木漫，藝術眼光超前。他本身雖然立場左傾，但《文漫界》的選稿是開放的。1936年，馬來亞共產黨在共產國際的指示下，與民間非共產黨人士合作，組織了一個統一陣線進行抗日鬥爭。其時戴隱郎為共產黨外圍組織效勞，而當時南洋的國共勢力仍壁壘分明。《文漫界》的創刊以及園地的公開，無非是為了抗戰統一陣線的策略性需求。

《文漫界》創刊之初，他身體力行，一口氣創作了八幅單圖漫畫和一幅素描。他的漫畫除了宣揚抗日，也把畫筆瞄準社會黑暗面。

魯迅於1936年10月19日因病逝世於上海，他當即於10月25日《文漫界》發表兩篇紀念文章〈悼導師魯迅先生〉和〈導師・魯迅〉，前者署名戴隱郎，後者署英浪。毫無疑問，他是魯迅革命精神的追隨者，可見左翼魯迅對他影響之一斑。

1937年7月1日，傅無悶接任《南洋商報》經理與編輯主任，大事改組編輯部，戴隱郎不久去職，自創辦《大眾周報》，兼寫兼畫漫畫。

他在這段期間開始倡議和組織了後來成為馬來亞抗敵後援會（抗援會）的重要宣傳工具之一——星洲業餘話劇社，這是一個馬共抗日外圍組織。該年7月，

戴隱郎木刻〈推進〉（1936年5月24日《南洋商報》）
（高嘉謙翻攝提供）

他因《南洋商報》改組而離開，進入業餘話劇社，曾在《星洲日報‧現代戲劇》寫稿，根據發刊號的編後語，該刊側重於演劇理論的介紹和技術的建立。這時候，他在新加坡《電影與文化》以戴隱郎筆名發表不少的詩、詩論和一些散文。詩有長詩〈六叔〉、〈夥伴〉、〈壯行曲〉、〈別了，未來時代的主人〉；詩論有〈詩人的態度和動向〉、〈一個輪廓〉、〈抬頭、舉目、開步走〉、〈論象徵主義詩歌〉；散文有〈海洋底話〉、〈偉大的讚美〉、〈生之插曲〉、〈孩子的心〉。他的抒情散文和雜感文字散見於《南洋週刊》、《星洲日報‧現代戲劇》、《新國民日報‧新流》、《南洋商報‧文漫界》、《今日藝術》、《獅聲》、《今日青年》、《今日文化》、《今日婦女》等。

　　1938年，他加入馬來亞共產黨，是年8月領導馬來亞共產黨外圍組織——馬來亞各界抗敵後援會，成為總務，積極投身抗日。他也在這一年，參加了英國皇家畫家學會展獲銀質獎章，開始展露出色的繪畫天分。

　　太平洋戰爭爆發之前，戴隱郎的任務主要是抗戰。這時候，除了西方勢力在東北亞與東南亞的擴張，東方的日本軍國主義勢力亦侵占了中國東北、朝鮮半島以及東南亞區域。1938年在星島的戴隱郎，以漫畫作為一種武器，領導群眾進行抗日。

　　1940年2月，戴隱郎被英殖民當局逮捕，同年5月被強制遣送出境，輾轉到達上海，從此開啟了他在東北亞之間的流動與流寓。到上海翌年（1941年）的2月8日，魯迅藝術學院華中分院（簡稱華中分院）在江蘇鹽城西北角的貧兒院舊址成立，戴隱郎加入該校任教務科副科長，兼美術系教員，這是為新四軍提供美術教育的學校。他於此時轉為中共黨員。後來，他也以八路軍的

戴隱郎漫畫〈賣雜錦豆的印度小販Kachang Puteh〉（1936年5月24日《南洋商報》）（高嘉謙翻攝提供）

身分活動。

1945年，日本投降以後，臺灣歸還中國。從1945至1949年間，除了大批接收官員和部隊進駐臺灣外，文化界人士如劉海栗、馬思聰、田漢、歐陽予青、張正宇等均曾赴臺舉辦畫展和演出。同時期，也有部分木刻家赴臺，其中有黃榮燦、楊漢因、朱鳴岡、荒煙、黃永玉、麥非、章西厓、王麥桿、汪刃鋒、劉侖河、陳庭詩等。1947年8月，戴隱郎在朱鳴岡的引薦下來臺。戴隱郎連同其他大陸來臺的木刻版畫家，曾在臺召開臺畫家聯誼會，極力推介木刻與漫畫。

如果上世紀一九七〇年代掀起的臺灣鄉土運動在美術上標榜鄉土寫實風格，可以說戴隱郎的臺灣左翼美術畫作是鄉土寫實的前驅之作。他留下的水彩畫作不多，所知包括〈北投山麓〉、〈高雄港口〉、〈赤崁城遠眺〉和〈雪霽〉，後者曾入選1947年第二屆全省美展（也稱省展），當時他以戴逸浪的名字參展，於臺北市中山堂展出十天。據資料，翌年他曾應邀參加第十一屆臺陽美展。在臺期間，戴隱郎留下的作品不多，都是臺灣風景畫，一方面是因二二八事件以後，省政府對大陸來臺木刻家開始起疑，他畫風景是出於掩護身分的考量，另一方面，借著遊覽臺灣各地山水之便，考察臺灣形勢。

1955年1月31日，他在上海《文匯報》發表〈臺灣的美術界〉一文，全文四千字，介紹臺灣狀況。同年2月23至24日，又在同樣刊物連載〈臺灣周圍的島嶼〉，很明顯的，他對臺灣地理形勢之熟悉與他於1948年在臺的祕密活動不無關係。臺灣美術界對他給予正面的評價。他對臺灣的關懷，帶有一個自南洋越境、流亡的雙重邊緣者（相對於殖民統治者和文化母國）對地方與鄉土特有的情感認知。

在1957年的反右派鬥爭中，戴隱郎與中央美術學院華東分院的其他教師被劃為反黨反社會主義的「資產階級右派分子」，在文化大革命期間，受盡折磨。後獲平反，在浙江美術學院工作，至1985年6月8日在杭州病逝。

延伸閱讀

陳正卿（整理）〈愛國畫家、抗日老戰士戴英浪的坎坷一生〉。上海市歷史博物館（編）：《都會遺蹤》（上海：學林出版社，2012）。

江蘇古籍出版社（編）《版畫紀程：魯迅藏中古現代木刻全集》（上海：上海魯迅紀念館，1991）。

謝里法。〈中國左翼美術在臺灣〉。《我的畫家朋友們》（臺北：自立晚報，1988），243-265。

鄭樹森、黃繼持、盧瑋鑾（編）《早期香港新文學作品選》（香港：天地圖書，1998）。

朱緒。〈關於戴英浪〉。《星洲日報‧文化》，27 January 1980:14。

從山芭到故國：蕭村

黃錦樹

蕭村，本名李君哲，1930年生於新加坡，幼年隨父母返福建晉江新店，在那裡長大，受了幾年私塾教育，後輾轉畢業於福建省立師範。1946年秋天國共內戰期間，為避國民黨拉伕南渡星洲，在星馬兩地華文中學教書。一直到1950年6月被英殖民政府以涉嫌共黨活動逮捕為止，在星馬居留的時間只有四年左右（多數時間在星）。同年底被遣返中國，成了「歸僑」。

1947年下旬，他開始在星馬華文報發表散文、短篇小說。那三年多發表了十多萬字的作品，頗獲文學史家肯定，方修編的《馬華新文學大系‧戰後2》（1979）即收了〈中秋〉、〈山芭〉；苗秀主編的《新馬華文文學大系5》（1984）收了〈國術師〉、〈山芭〉、〈半天娘娘〉三篇小說。其實蕭村十八、九歲在星馬那些年也就寫了十來個短篇。那三年多的作品由他人整理在香港結集出版時，蕭村已回到了中國繼續深造。結集為小說集《國術師》（學文書店，1951年7月）、散文集《山芭散記》（學文書店，1952年11月）、小說集《椰子園裡》（赤道出版社，1952年8月）。簡而言之，蕭村只當了三年多的「南來作家」，後半輩子卻都成了「歸僑」。

和那時的許多左傾的文藝青年類似，蕭村服膺的是現實主義理論，尤其是以揭露醜惡現實為職志的「批判現實主義」。在南洋寫的那幾篇少作多凝視底層，掙扎度日的工農階級，那些被流氓無賴、神棍騙子欺壓剝削至幾乎活不下去的小人物。被流氓神棍設局連任當爐主以致被迫賤賣掉五隻豬還不夠賠償損失的李七伯（〈中秋〉），被債務逼迫得只能出賣肉身的火柴廠女工烏賴嫂（〈山芭〉），被窮困逼到只能賣小孩的媽媽（〈椰子園裡〉）……但蕭村那些作品之所以有力量，相當程度還因為年輕的蕭軍能拿捏「現實的邏輯」與「現實主義的邏輯」之間的分寸——努力貼近現實，而不只是體現對現實主義的信仰；後者在揭露，控訴之餘，還要搞教化、頌揚什麼的理念。他在晚年的回顧〈文學：終身伴侶〉（2006）提到了那幾個題材的由來，它們各自的現實依據。年輕的蕭村也曾像幾年後的方天一樣，在教書餘暇下鄉考察相關的「現實」（寫於南洋的《山芭散

蕭村小說集《國術師》(1951)(高嘉謙翻攝提供)

記》寫了割膠、錫礦場、琉瑯工、牛車夫、老番客、水手、碩莪工、算命佬等「異鄉異聞」)。那分寸,是文學的,因此需要相應的文學技術。譬如〈中秋〉、〈山芭〉、〈國術師〉等名篇,基本上是透過不同角色的戲劇化表現,作者的介入是有限的;即便是「壞人」,也盡量展現他們為惡的內在邏輯,而不是急著去評斷、批判它。〈國術師〉、〈半天娘娘〉更是全著眼於為惡者,受害者反倒似是被擠壓到敘事的邊角去,這樣的操作讓故事產生更大的張力。寫於1950年的〈一千分〉(收在《椰子園裡》)政治表態相當明顯,歌頌中共取得勝利,甚至頌讚土改的正義。因此蕭村會被有心人檢舉(共黨同路人?),並不奇怪。而要貼近人物的口吻和意識,難免就要用上大量的方言土語(甚至汙言穢語),蕭村這方面的嘗試是相當出色的。在人民共和國的「普通話」興起前,南來文人寫南洋異鄉的「鄉土文學」時,語言上總是努力貼近現實。而從馬華文學史的角度來看,〈國術師〉處在從鐵抗到方天的「馬華鄉土小說」的延長線上;放寬視野,也可說是在魯迅－臺靜農－彭家煌等中文鄉土小說的延長線上。

　　1950年蕭村回返中國成為「歸僑」後,在紅色中國沒有選擇職業的自由,歸僑更帶著「海外關係」的原罪,雙重的不自由。三十多年的沉寂,改革開放後始能恢復寫作,寫了字數超過其南洋時期數十倍的中長篇小說,題材離不開華僑,明顯欲藉此重新確認自己的文學身分。他的文學身分,當然已不是「馬華作家」,而是一種新身分:「歸僑作家」——其位置在文學史的夾縫中。

　　拜其南洋經驗之賜,雖然只有短短數

蕭村散文集《山芭散記》(1952)(高嘉謙翻攝提供)

蕭村《僑鄉人家》（2008）（高嘉謙翻攝
提供）

年，卻像烙印一樣，給他原有的國民身分烙
上一個永遠也擦拭不掉的外部性（1950年後
的二十多年內，這種烙印在政治上叫做「海
外關係」）。毫不奇怪的，在重獲寫作的自
由之後，他寫的是傷痕文學。據蕭村自述那
是對文革的控訴：「中篇小說《雅寶路重逢》
（反映歸僑因套著海外關係枷鎖而有情人難
成眷屬的悲劇故事）、《往事如煙》（反映文
革時期一對歸僑模範夫妻，因堅持真理、抵
制階級派性，而家破人亡）（〈文學：終身伴
侶〉，《蕭村文集・文學卷・下》，新加坡文
藝協會，2006年，2218頁）。這兩個中篇後
者寫於1979年，發表於1985年；前者發表於
1988年，連載於馬來西亞《南洋商報》。接
著中篇《僑鄉人家》（1991年連載於《南洋商
報》）是個自傳式的故事，蕭家四代均有人過番謀生。選擇在大馬華文報刊出，不
無重返馬華文壇的意味。

　　但他最富野心、篇幅最大的作品，是
兩部長篇；二十餘萬字的《柔佛海峽兩岸》
（寫於一九八〇年代，1993年出版，後易名
《椰子肥，豆蔻香》）和七十餘萬字的《故
國尋夢》（2005）。前者可以說是部較不為
人知的「馬共小說」。故事時間設定在1947
年，出生於新加坡的「覺醒」華裔知識青年
李杰，父親是殉難的抗日軍，為了反殖反帝
而一步步走上革命的道路，和廣大革命群眾
在一起，冒死抗英。小說寫了紅毛頭家形形
色色的惡狀、馬共與政府軍在森林裡的激烈
交戰，著力刻畫三大民族聯手爭取國家獨
立。意圖「悼念長眠的英靈，慰藉健在的勇
士」，如該書〈後記〉所言：「（本書）是
馬、華、印三大民族同舟共濟、患難與共、

蕭村長篇小說《故國尋夢》（2005）（高
嘉謙翻攝提供）

爭取自主自立的頌歌。」

　　《故國尋夢》更貼近蕭村自身經歷。以1950年初冬一艘洋輪從巴生港口把一群被英殖民政府拘留的左傾華裔青年接往中國為開場，鉅細靡遺的敘寫新加坡出生的二十歲文青李子平和諸多星馬「歸國難僑」在祖國重新學習當一個中國人、歷經共和國自身三十多年間的各種磨難考驗的故事。作者在〈跋〉中自陳：

> 　　小說的時間跨度長達半世紀，以在人民共和國土地上所發生的三反五反、抗美援朝、一化三改、反「右」運動、三面紅旗（總路線、大躍進、人民公社化）、三年自然災害、文化大革命、「四人幫」覆滅、改革開放等重大歷史事件為背景；以機關、學校、工廠、農村為人物活動、故事發展的廣大空間，來描寫與敘述以三位歸僑為中心的及其周圍的146位有名有姓的人物，在錯綜複雜關係中所發生的矛盾糾葛及其結局，絕非空穴來風無中生有，其中不是作者的親歷就是發生在親友身上的。因此，拙作是遵循現實主義創作方法而撰寫的。（《蕭村文集・文學卷・中》1402頁）

　　這部篇幅浩大的小說，彷彿想窮竭1950年後的歸僑在祖國所經歷的一切「典型經驗」。黨牢牢控制了所有可說的領域，因而所有文青歸僑都被迫歷經三十年的沉默（甚至迫害）。即便改革開放了，經驗的真實性似乎是唯一還可能擁有表述的正當性的角落，那是傷痕文學自我設定的角落。故事被迫退縮回生命自身的陰影地帶，小我被大我「碰傷」的歷史。相較於共和國「可歌可泣」的宏大歷史，個人渺小的痛史往往微不足道。更何況，共和國現實主義的邏輯其實是沉默。存史的目的顯然遠大於小說本身的《故國尋夢》，其實是個夢碎的故事。藉虛構作為假面，如其篇名，夢碎的完成式只能表述為它的未來式──尋夢，即便已到了暮年。彷彿夢還未醒，還有夢，前方還有路。但那已是過去式。祖國已成了「故國」。小說承載的，是被耗盡的時間。

延伸閱讀

孫愛玲。《論歸僑作家小說》（新加坡：雲南園雅舍，1996）。
蕭村。《蕭村文集・文學卷》（新加坡：新加坡文藝協會，2006）。

赤道上的赤子之心：韓萌與王嘯平

陳麗汶

「父母在，不遠遊」的古訓，在那個時代南洋青年是感到可笑，沒有出息的。蔣光慈的《少年漂泊者》，郭沫若的《漂流三部曲》，伏爾加流浪漢的「高爾基」，回祖國上前線奔西安，入抗大陝北公學，才是他們認為超塵脫俗、鶴立雞群的高尚生活，壯麗人生。我也終於離家出走了。（王嘯平〈愛的折磨與榮耀〉）

南洋青年的離家與北歸

2014年，上海雜誌《世紀》第1期刊登了題為「王安憶之父：南洋歸雁的傳奇」的特輯，收錄了由王安憶整理的父親王嘯平（1919-2003）的暮年遺作。王嘯平是一位歸國華僑（簡稱「歸僑」）作家，該特輯旨在讓讀者「窺見一位對祖國充滿赤誠之心而毅然回國投身革命事業的歸國華僑終生不渝的理想與激情」。其中收錄的散文〈愛的折磨與榮耀〉描述了王嘯平二十八歲時毅然告別母親，從新加坡啟程回中國的經歷。祖國的連天烽火和母親的留戀不捨，都阻擋不住這位南洋青年追逐心目中的「壯麗人生」。

王嘯平出生於新加坡，祖籍福建同安。他年輕時是一位熱血的抗日青年，除了積極在新加坡的華文報紙上發文聲援抗戰，亦參加了由業餘話劇社組織的馬華巡迴歌劇團，負責該團的宣傳工作。他從事救亡工作期間，結識了吳天（1912-1989）、戴英浪（1906-1985）等南來的地下共產黨員，埋下了左翼思想的種子，強化了北上中國修讀戲劇和抗戰的決心。

對於王嘯平與其同代南洋左翼文藝青年而言，「回祖國上前線」是一趟響應時代感召的神聖之旅，亦是華僑「落葉歸根」的重要洗禮。二十世紀的戰亂導致華人史無前例的大遷徙，歷來學者往往聚焦南下或橫渡海峽的中國人，而忽略了這批選擇北歸、以中國作為自己終身居住地的海外華人。王賡武形容歸國華僑為「過去的海外華人」，並且強調他們當中雖部分人是自願回歸中國，但也有許多人是出於非其所能控制的理由而被迫定居中國。中國在建國初期非常歡迎這批

海外華人，以「歸僑」、「僑眷」等標籤將他們組織起來，給予特殊便利，協助他們適應國內生活。不過，這些標籤不僅無法協助歸僑融入中國社會主義的大家庭，反而更突顯其華僑身分。與此同時，他們放棄了「第二故鄉」的居留權，不被當地政府所承認，因此陷入身在「家鄉」為「異客」的曖昧處境。

　　據出生於新加坡的歸僑作家李君哲（1930-，筆名蕭村）統計，定居中國的歸僑作家有百位左右，大多來自東南亞，回國後從事業餘性質的文學創作活動。他認為歸僑作家的作品是「海外華文文學的延伸」，亦是「大陸對外（特別是與國際華文文學界交流）的重要紐帶」。此話突出了歸僑介於兩個國家、兩個民族之間的特殊歷史地位。故此，歸僑的離散經歷與作品可供我們重新審視馬華文學、中國文學與華語語系研究之間的辯證關係。這些歸僑作家年輕時都曾參與南洋的左翼文藝運動，不論是寫作、戲劇、出版或報刊編輯，他們以文字耕耘革命理想、以歸程實踐中國人身分，從邊陲的南洋步入中國的腹地。綜觀這批歸僑作家年少和暮年之作，他們的故事都交織著濃烈的自傳色彩，南洋青年的離家和北歸始終為其作品的重要母題。近年來，華語語系研究的「反離散」論述強調「離散有其終時」，而這群選擇「回歸」中國以結束離散生涯的歸僑作家，其「歸途」能否亦算是「反離散」的表現？

韓萌的赤道出版社：南洋娜拉的出走與抉擇

　　1949年9月19日至27日，新加坡華文報紙《南僑日報》的副刊《南風》連載了馬來亞作家韓萌（原名陳君山，1922-2007）的短篇小說〈飛〉。小說描述了優柔寡斷的南洋千金小姐何金玉受到周圍女同學的影響，瞞著家人密謀從南洋返回中國讀書。雖然一群年輕人乘坐郵輪順利抵達香港，但他們因邊境封關而無法前進。何母得悉女兒滯留香港後，立即飛往香港將女兒接回家。何金玉隨母返家後，深刻意識到自己重返了「樊籠」，表姐更悄悄告知父母正為她籌辦婚事，對象是一位「連中國的首都也硬說是在倫敦」的英校生胡阿狗。何金玉這時才真正覺悟，面嚮北方，下定決心再次離開家庭，做一位真正「向著光明自由的新女性」。小說聚焦一群南洋女學生的境遇，反映南洋女子即便有機會受教育，但依舊是受到家庭與婚姻束縛的娜拉，並非真正的獨立自由。小說按典型社會主義成長小說的情節模式發展，其結尾暗示何金玉覺醒後的唯一出路，便是抵抗父母的婚姻安排，離開家庭，北上中國走入群眾。

　　〈飛〉完稿於1949年8月，隔月連載，正是中華人民共和國成立的前夕。韓萌在小說中描述了「祖國」此刻對這群漂流「異鄉」的南洋青年的吸引力：「新

韓萌《海外》（1950）（高嘉謙翻攝提供）

生的祖國，正像一塊新出土的磁石，把『海外孤兒』們底心緊緊吸住，有熱血的生命，如同一葉葉的小舟，爭先揚起了新帆，指向蒼綠的彼岸了」。北歸的旅途對他們而言，勢在必行。

　　有趣的是，韓萌將〈飛〉收錄在1950出版的短篇小說集《海外》時，修改了小說的情節，以強調青年留在南洋的必要性。修訂版的〈飛〉中，表姐通知何金玉婚禮的消息之後，建議何金玉在訂婚的前天離家出走，到她任職的學校工作。表姐更是語重心長地勸她留在南洋，因為為人民服務「不一定要回祖國」，南洋同樣有需要幫助的僑胞以及各民族的人民。

　　與其說兩個版本的結局互相矛盾，我們不如視小說的結尾為當時南洋左翼青年的兩條出路：留在南洋抑或回中國為人民服務。這不僅是南洋左翼青年所面臨的重要人生抉擇，也是戰後南洋左翼文藝工作者曾熱烈爭辯的核心問題：馬華文藝應該服務當地的反殖抗爭或是中國的左翼革命？

　　韓萌雖然未參與1947年這場「馬華文藝」對壘「僑民文藝」的筆戰，卻也深受影響，當年與友人聚會時，話題總離不開這場論爭以及如何創作反映當地現實的文學作品。韓萌出生於馬來亞吉打州，十三歲時隨父親回中國廣東普寧縣接受中學教育，抗戰時期曾在桂林和貴州任職記者和編輯。1946年因父母病逝，經泰國返回馬來亞安頓兄妹，其後在新馬的華校如青雲學校和興中中學執教，也經常在當地的華文報章上發表作品。

　　作為穿梭於中國和南洋的華僑，韓萌早已意識到兩地的革命與民生息息相關，認為南洋文藝工作者須肩負中國人民解放鬥爭以及為南洋各地人民爭取利益的「雙重任務」。新加坡作家苗秀（1920-1980）曾稱韓萌的中篇小說《七洲洋上》（1949）為「折衷派小說」，意指作者在小說中將中國題材與馬華社會現實聯繫起來描寫，而非偏頗一方。韓萌憑藉少年時在南洋的見聞和潮汕的經驗完成了《七洲洋上》，故事雖然設定在主人公唐番仔乘船離開汕頭航向七洲洋的幾日旅途，但讀者卻能從中一窺唐家這個華僑家庭從南洋北歸後，在抗戰與國共內戰下的苦況。唐家三兄弟的慘遇亦是戰時華僑命運的縮影；大兒子唐大峇

在南洋欲參與抗日，遭家庭阻止後發瘋，回中國後被拉去當壯丁，在軍中被折磨至死。二兒子唐番仔在家耕田維持生計，內戰爆發後，他為了逃避徵兵決定逃回南洋，卻死在航行在七洲洋的船上。三兒子唐少武離家後加入韓江抗日隊伍，但最終也難逃一死。此作曾在1949年末於新加坡《南僑日報》的副刊《南風》和泰國的《中原晚報》上連載。連載後，韓萌將小說的剪稿寄給中國作家于逢（1915-2018，當時任香港《大公報》文藝版主編），經于氏的介紹，和龍良臣（1917-2013）創辦的香港左翼出版社求實出版社搭上關係。求實於1950年出版了《七洲洋上》的單行本，小說深受歡迎，同年再版。

韓萌《韓萌華僑題材小說選》（1992）（高嘉謙翻攝提供）

　　南洋文藝的「雙重任務」不僅體現在韓萌的小說中，亦反映在他創辦的赤道出版社與其編輯理念上。1948年，馬來亞英殖民政府頒布緊急法令遏制共產主義的傳播，冷戰的帷幕在新馬正式拉開。英殖民政府的嚴格審查，再加上許多左翼文人為了避嫌而相繼離開南洋回中國，使戰後逐漸復蘇的馬華文壇再次蕭條萎靡。韓萌將視野轉向香港，希望利用當地的出版條件編印南洋的文藝作品，把南洋優秀的作品介紹給海外讀者。1949年，韓萌與友人從新加坡避居到馬來亞霹靂州，在興中中學任教。期間，韓萌為了創立出版社，除了積極創作和搜集南洋各地的文藝創作之外，還以招股的方式籌集約四千港幣的資金。他繼《七洲洋上》後和求實再次合作，以「赤道出版社」的名義，嘗試編印了一本「為華僑大眾的利益服務」的海外文藝叢刊。叢刊於1950年4月在香港出版，由求實經售。

　　1950年6月，韓萌隻身離開馬來亞前往香港，擴展赤道出版社的業務。他編輯了「赤道文藝叢書」，搜集的小說從1950年下半年開始陸續出版，其中包括了印尼黑嬰（1915-1992）的中篇小說《紅白旗下》、泰國蕭天的短篇小說集《湄南河邊岸》、馬來亞米軍（1922-2004）的詩集《熱帶詩抄》、新加坡蕭村的短篇小說集《椰子園裡》以及韓萌的中篇小說《紅毛樓故事》和短篇小說集《海外》。這套叢書旨在介紹戰後南洋各地的左翼文藝作品，編選的內容皆展示海外華僑的現實生活與血淚史，肩負起中國和南洋革命的雙重任務。赤道出版社當時最暢銷

的書籍為韓萌主編的《南洋散文集》（1950年9月），集子收錄了三十五位來自中國和南洋作家的散文，共再版兩次，銷量近一萬本。

在冷戰的氛圍下，赤道出版社的左傾刊物自然引起香港和新馬英殖民政府的注意。韓萌遭香港英殖民政府拘留審問，住處被搜查。由赤道出版社出版的書籍如《南洋散文集》、《海外》、《第一次飛》等等，後來也被馬來亞政府列為禁書。韓萌只好匆匆結束赤道出版社的業務，將未完成的出版計畫交付予其他香港出版社如學文書店和中華書局後，1951年3月便離開香港，回到廣州，從此定居中國。韓萌所主持的赤道出版社歷史雖然短暫，卻是當時南洋左翼作家的重要樞紐，亦見證了早期冷戰南洋與香港左翼文化的跨國互動。更重要的是，赤道出版社的作家群中也不乏和韓萌一樣的歸僑，如黑嬰、米軍、蕭村等人，都抱著革命的熱忱，選擇扎根中國。

王嘯平的赤子之心：歸僑的「尋根」

誠然，歸僑定居中國後的生活並非一帆風順。歸僑除了需要適應異於南洋熱帶的北方生活，也常常因其海外背景而與中國社會格格不入。1940年，二十八歲的王嘯平終於抵達他朝思暮想卻又素未謀面的祖國，但發現想入讀的中法戲劇學校已關閉。其後，王嘯平加入了蘇北新四軍的文工團，1945年正式加入中國共產黨。他結識了太太茹志鵑（1925-1998），二人婚後育有二女一男，其中一個女兒便是中國當代小說家王安憶（1954-）。王嘯平因其海外背景難逃1958年的反右運動，直到1978年才得以平反，恢復黨籍。據兒子王安諾回憶，父親一拿到補發的工資就立刻補交了二十年的黨費，可見他即使受到了種種磨難，仍舊保持對理想的忠誠，就如王安憶形容：「他始終保有浪漫的熱情，是『五四』新青年的精神遺存，也是海外歸僑通常見得的赤子之心。」

回國近半個世紀以後，退休的王嘯平書寫了他的「歸國三部曲」——《南洋悲歌》（1986）、《客自南洋來》（1990）、《和平歲月》（1999）。他以自身歸國經歷為藍本，描述南洋青年方浩瑞從新加坡回到中國的心路歷程，反映一位歸國華僑在中國追逐其革命理想與融入中國社會的各種挑戰。小說的主人公方浩瑞和王嘯平一樣，皆生長在新加坡的熱血左翼青年，因加入當地的救亡演出劇團認識了導師馬仲達，萌生了北返抗戰的念頭。方浩瑞最終因參與抗日活動遭殖民政府驅逐出境，告別了出生地新加坡，啟程前往中國，殊不知接下來的旅途將更艱辛；第二部《客自南洋來》中的「客」字，就明示了方浩瑞作為歸僑融入中國的挑戰。

「歸國三部曲」的第一部
《南洋悲歌》出版於1986年，是
一本有關海外華人一九三〇年代
末支援中國抗戰的左翼現實主
義小說，其中展現了南洋青年
的抗日與革命熱忱。這份革命
熱忱不僅是王安憶所謂的海外
歸僑通常見得的「赤子之心」，
也是中國現代文學「感時憂國」
（obsession with China）的精神
在南洋場域中的衍生。「赤子之
心」裡的「赤」字，除了暗示他

王嘯平《南洋悲歌》（1986）、《客自南洋來》（1990）
（高嘉謙翻攝提供）

們生長於赤道和其熱情純樸的品性，同時影射了南洋青年所接受的左翼思想與政
治啟蒙。王嘯平在小說中反映中國左翼文化和五四新文學如何在二十世紀初的南
洋華社中傳播，影響了一代青年。他們接受華校教育，閱讀中國新文學，接觸南
來知識分子所傳播的左翼思想，逐漸拼湊出對祖國的印象，塑造其中國人的身分
認同。對於方浩瑞那代南洋青年而言，實踐「中國人」這個身分的唯一辦法，就
是踏上北歸的路途。現實生活中，王嘯平便以這樣的方式實現了他的祖國夢。

　　值得注意的是，王嘯平書寫的「歸國三部曲」和其他歸僑作家的暮年之作如
黑嬰探討印尼華僑抗戰的《飄流異國的女性》（1983）、白刃（1918-2016）描述
華僑青年一九三〇年代在菲律賓當學徒的《南洋漂流記》（1983）等等，構成了
中國八〇年代文壇一道有趣的「熱帶現象」。當中國作家以「尋根文學」回應文
革後與經濟改革開放的非常時期，中國境內的歸僑作家相繼在晚年依憑自己的生
平經歷書寫成長小說。他們回溯在改革開放巨浪中逐漸被遺忘的三〇、四〇年代
的海外華人革命史，以不合時宜的方式堅守這段歷史與左翼現實主義路線。歸僑
曾在文革時因其海外背景，被看做是「資產階級」與「資本主義」的傳播者。文
革結束以後，他們書寫小說回顧二十世紀海外華人的革命史，除了填補中國國內
「華僑」文學與研究的空缺外，也嘗試修復文革時期被扭曲的華僑形象。他們通過
小說為當年回國的選擇做辯護，更替歸僑「中國人」的身分正名。雖然這些作品
不論從內容或是創作風格上都延續了文學服務階級政治的左翼路線，也缺乏當代
尋根文學的反思精神，但這些充滿著南洋家鄉回憶與地域描述的歸僑「尋根」作
品，突顯了歸僑與「祖國」充滿張力的關係，更反映了海外華人「落葉歸根」論

王安憶《傷心太平洋》（高嘉謙
翻攝提供）

述中的「盤根錯節」，一樣具有重大深遠的歷史意義。

歸僑的雙重離散

　　王安憶在小說《傷心太平洋》中追尋其父親從新加坡到中國的足跡，認為父親真正被放逐的日子，乃是新加坡的獨立之日。新加坡獨立於1965年，那年王嘯平早已離新二十五載，在「一個中國人的生涯中，已走得太遠」。王嘯平一生都在追尋身分的歸屬，實際上卻又不停地被放逐。不論是成長在南洋的中國海外孤兒，或是生活在中國的南洋歸僑，他都難逃「離散」的命運。王嘯平的「雙重離散」不僅是一代歸僑命運的縮影，更提醒了我們「回歸」與「祖國」在華人移民史與馬華文學論述中的複雜含義。

　　作為介入馬華文學研究的問題意識，「歸僑」的離散歷史與文學作品有助於我們突破遠離中國中心的單向離散想像，譜出更為錯綜複雜的馬華文學版圖與行旅路線。二十世紀是一個動盪時代，中日戰爭、第二次世界大戰、新中國的成立、東南亞各地的獨立民族運動與排華事件、冷戰、文革等等的政治局勢，無不深深地影響了一代南洋華人，促使他們反思與出生地和祖國的關係。華語語系研究近年來的「反離散」論述強調「離散有其終時」，主張文化和政治實踐應該基於在地，抗衡祖國召喚的向心力，所有移民的後代理應被給予成為「當地人」的機會。此論述的初心雖好，卻忽略了複雜的歷史因素——「離散」未必是如此容易終結的人生境況，韓萌、王嘯平與其他歸僑恰恰就是此論述的「反例」。年輕的他們拒絕在南洋「落地生根」，嚮往回中國「落葉歸根」，而他們的文學作品和人生軌跡的「盤根錯節」，便是體現二十世紀華人離散經驗的複雜性的最佳例子。

延伸閱讀

韓萌。《韓萌華僑題材小說選》（廣東：汕頭歸僑作家聯誼會，1992）。

李君哲。〈海外華文文學的延伸〉。《海外華文文學札記》（香港：南島，2000），192-205。

Peterson, Glen. *Overseas Chinese in the People's Republic of China* (New York: Routledge, 2012).

王安憶。《傷心太平洋》（臺北縣中和市：印刻文學，2007）。

孫愛玲。《論歸僑作家小說》（新加坡：雲南園雅舍，1996）。

杜運燮／吳進與其散文集《熱帶風光》

許德發

杜運燮以其「九葉詩人」身分著稱於中國現代文學史上，然而他也曾以「吳進」之名在他二戰後短暫回歸馬來亞時，為馬華文學留下了雕印上深刻雙向身分印記的散文作品《熱帶風光》（1951），並被方修寫入《馬華文學史》。我們要瞭解他的這些散文，就得先從其生平與身分切入。他成長於馬來亞，被當地文化所涵化，卻又留學中國，親炙五四文人，重要的是他在西南聯大的經歷奠定了他的文學修為與情感結構。

杜運燮（1918-2003）生於馬來亞霹靂州實兆遠（Setiawan），念完初中後被家人送回祖居地福州讀高中，基於「農業報國」之志考入浙江大學農藝系，但因抗戰爆發未能入學，後在中國教育部通令各省收容戰區失學青年下，他轉入長汀的廈門大學外文系。在廈大，他選修中文系王庚的散文與新詩習作課，受到啟發與鼓勵，也因廈大外文系只重語言、不重文學，他在王庚推薦下，於1939年轉入昆明的西南聯大外文系二年級。當時清華校長梅貽琦實際主政聯大，他奉行學術自由原則，於是自由主義、激進分子和共產主義者都可以在校園裡找到自己的舞臺，組織各種社團與活動。在這樣的氛圍下，杜運燮作為「冬青社」的骨幹，他結識了穆旦及王佐良、楊周翰等現代主義詩人，同時接觸了「冬青社」導師聞一多、馮至、卞之琳、李廣田等這些成名於一九二〇、三〇年代的「五四」著名詩人。杜運燮也與中文系的沈從文建立師生關係，早在四〇年代初，沈就曾經幫他推薦發表稿件。實際上，聯大凝聚以北京為中心的學者、作家，故與京派淵源頗深，可謂戰時「京派文化大本營」，仍延續京派創作風格與文化理想。京派與五四相關連，其風格可說是五四新文學中所分化出的「非激情」的筆調，其中又不得不追溯到周作人。這可能也對杜運燮造成影響。

戰時聯大校園最大的「政治」是抗日，1941年7月中美軍事合作抗日，急需配備翻譯人員，聯大動員學生擔任翻譯，尤其是外文系學生。1943年10月中國遠征軍第二次入緬作戰時，從指揮部隊到基層作戰營聯軍派有美軍顧問以訓練中國士兵，急需譯員。故此，杜運燮於1943至1945年間遠赴印度、緬甸參加中

杜運燮在新加坡和故鄉馬來西亞霹靂出版的作品（高嘉謙翻攝提供）

國遠征軍，為美國訓練中心當通譯員，在「飛虎隊」任翻譯。此戰爭經驗開拓了杜運燮的精神視野。當目睹死亡可以是瞬間之事時，個人反而從政治囿域中解放，個人的生存感覺和體驗更為實在，這影響了他的文學思考。西南聯大的訓練讓他得以自然、生動地融合傳統文化與西方的自由獨立，在他們身上看不到五四一代的分裂與糾結。

戰後1947至1950年間，他回到馬來亞，這表明他對出生地的情感之深。杜運燮在新加坡南洋女中和華僑中學任教，寫下他留在馬華文學史中的散文集。他的馬來亞身分與經歷，使他遠比同時代南來作家具備深厚的本土知識，同時聯大與戰爭的經歷則使他能做出許多具有學術價值的民俗文化考據工作，以及通過文學發掘自己的生存體驗與在地認識。個人雙向經歷之交融，使他跟馬華文學史發生關係，更使得他成為第一位對馬來亞風土民情進行有系統的書寫，而且達到相當藝術水準的作家。《熱帶風光》收錄了十五篇散文，基本書寫了馬來亞的植物、水果、歷史與風土民情等，他大量地運用中國文化視角對比地描述這些題材，因此論者推測他在創作前已預設中華圈讀者為其對象。然而，這顯然未能盡解杜運燮的散文實質，因為其對本土的考證其實超越了本地華人的本土知識，甚至有意建構一種屬於南洋風物的文學景觀書寫，這一說法也無法說明杜運燮散文裡重考究、傾博物的風格淵源。

在〈熱帶三友〉一文中，杜運燮開頭即描寫南洋常見的、但卻是深具文學性的風景畫：「窗外有兩個綠。左邊，十幾顆椰樹，右邊，三叢芭蕉。它們彷彿是掛在我家牆上的一幅畫。早上，是水彩；中午，是攝影；黃昏，是油畫；月夜，是粉畫。中午及有好月亮的夜裡，椰影的整齊細線條，印在柏油路上，有如圖案畫，蕉影飽滿縱姿的筆致，則令人想起木匠出身的畫家齊白石的特有風格。」由此他聯想起「歲寒三友」，將之連接到熱帶植物，對比了松樹與椰樹、蕉與竹，並追尋梅的對應物——木棉，建構了他心中的「熱帶三友」。文中他引述晉

朝崧含《南方草木狀》裡的民間傳說，
加強了讀者對椰樹的想像，頗有周作人
的博物與散文底蘊的風格。在敘述竹子
與香蕉的關係時，他又引述《聖經創世
紀》所提及的「禁果」，擴大了讀者的
想像，可見其外文系的底子。這裡要說
明的是，杜運燮善於引經據典，除了來
自中國古籍，也含有大量西方著述，意
圖通過典籍的層次去構築熱帶景觀，將
常見的本土風光提升至一種人文意境，
這顯然具備高度的文學雄心。

　　在寫〈清爽的亞答屋〉時更見其
博引的勁道，並將引文融匯到文學敘述
中。他寫住在亞答屋內，微雨使人覺得
如在有群魚嗒喋的湖濱，雨霽後零落雨
點聲則更是一曲引起奇異感覺的音樂，
還常不禁想起中國古詩「疏雨滴梧桐」

吳進散文集《熱帶風光》（1951）（高嘉謙翻攝提
供）

的境界，讓讀者有一種置身其中的體會。如果說那是顧及中華圈讀者，不如說那
是他運用自己熟悉的古代文學鑑賞術語，以意境化他所欲建構的南洋敘事。他
亦以中國茅屋比附亞答屋，寫著又考究起馬來高腳屋飛簷的歷史淵源，並引述
了《馬來紀年》的傳說，在極盡史料追究之餘，又多了一份文學語言的優美、雋
永。顯然，杜運燮之文意在將古今打成一片，增加了文章的雅趣。他在敘述當中
串聯古籍中的南洋、本土中的馬來知識，並徵引英國的文學輯錄以及調動當代的
其他相關知識，將其書寫主題與古今引文同置、交互穿引，融會成一幅人文與史
地的景觀。然而，這些寫作風格都不是偶然的，更非將目的限囿於只為了「中華
圈」讀者。他的〈醍醐灌頂般的沖涼〉也值得一提，他先以北方中國人的「洗
澡」對比，形象地描繪了讓他印象深刻的南洋華人的「沖涼」。他說「沖涼」中
的「沖」，動作較疾速、乾脆、痛快，好像沖開水、「沖」鋒、怒氣「沖」天
等；相形之下，「洗」動作就緩慢得多，停留較久的時間，且含有「在其中」的
意思。這些敘述都頗見細緻的個人觀察與比喻，之後又再引謝清高《海錄注》，
考究南洋歷史上的「沖涼」：「地多瘴癘，中華人至此，必入浴溪中，以小木桶
掏水自頂淋之，多至數十桶，俟頂上熱氣騰出然後止……」，寫盡華工勞動後滿

身臭汗、頭重腳軟情況下見水的喜悅，彷彿每沖涼一次即重生一次。作者最後不忘強調，「但此中樂趣也只有到過或住在熱帶的人才能心領神會」，顯見其個人的在地體驗，歷史與個人體驗相交匯。

他的〈峇峇〉一文最深入歷史肌理。他先引張禮千《馬六甲史》對峇峇的定義，認為其解釋不夠完整，開始追究「峇峇」的歷史起源，概括了「峇峇」的本質，認為他們更恰當的稱法是「歐化的馬來化華人」。他進一步追問「峇峇」一詞起源，以各種資料包括《烏爾都語英語辭典》及引述《華人的風俗習慣》一書作者渥恩（J. D. Vaughan）的說法加以論證，認為「峇峇」來自印度話的說法可信。杜運燮也引述宋旺相對峇峇與華人異同之描繪，同時依據自己的觀察對峇峇的語文形態提出個人意見。文章最後還附錄了《海峽時報》的文章，做參考之用。此文的歷史考究甚至可謂為學術隨筆，所舉史實更超越學者論文。方修在《戰後馬華文學史初稿》中，實已發現杜運燮散文的考證特色與文藝性，但在其「現實主義」文學史框架中，卻將杜運燮歸類為「避免觸及當地的重要現實，而向次要的問題動腦筋」的作家行列，只簡短地引〈峇峇〉原文評述其散文的思想基礎與觀察力。然而，這卻側面說明杜運燮散文超脫了政治框架，體現了現代性與個人的美學體驗意涵。這其實與其另一個「九葉詩人杜運燮」身分的現代性風格是共同的。

他的人文地誌散文其來有自，似乎繼承了他在聯大所連接到的五四散文傳統，浸浸然具周作人的散文風格。周氏強調小品文須「有知識與趣味的兩重的統制」，追求趣味的豐富性，另一方面受民間文學的影響注重俗趣。杜運燮之文何嘗不也具備知識與俗趣，並將馬來亞地方風俗文化提高至一種人文歷史的層次？他的散文不也是將民間的史地通過古籍、西方文學與在地傳說寫得既雅又有趣？只是讀其文，比讀周作人多了一份幽默。這又使得我們必須回溯其身分與文學之奠基，他可以如此信手拈來國學與西學，並自然地融合至他熟悉的地方知識描寫上，顯然得利於其華僑身分背景與五四、京派之聯繫及外文系的訓練。

延伸閱讀

杜運燮。《熱帶風光》（香港：學文書店，1951）。

許文榮。〈搭建中國與南洋的鵲橋〉。《陝西師範大學學報（哲學社會科學版）》43.6(November 2014):73-79。

鍾怡雯。〈杜運燮與吳進——一個跨國文學史的案例〉。《國文學報》no.51(June 2012):223-240。

三

冷戰時代的地緣政治與
南洋文學版圖

張錦忠

一次世界大戰終了，國際政治權力重新洗牌，美蘇各立陣營，形成東西對壘的冷戰局面，直到 1990 年柏林圍牆開始拆除，1991 年蘇聯解體，才宣告結束。冷戰不僅是軍事實力對峙，更是意識形態、政治、經濟以及社會制度的差異。在亞洲，太平洋戰爭結束不久，胡志明建立越南民主共和國，法越開戰，中國國共內戰開打，1949 年，中華民國敗走臺澎金馬，中華人民共和國在大陸建國，韓戰在 1950 年爆發，後南北韓分立，1954 年春法國在印度支那奠邊府之役敗北，東亞兩個陣營的對壘局勢於焉形成，加上戰後東南亞地區的反殖獨立聲浪高漲，美國與英國主導的西方民主陣營亟思圍堵共產主義向南方擴散，在軍事政治支持各地非左翼政府，美國更在文化上展開美援政策，提供接觸美國文化產品的管道，並透過亞洲基金會等代理組織資助非共人士從事藝文活動，試圖以強調自由、尊重個體的思想隔絕滾滾而來的共產意識形態紅潮。

另一方面，國共內戰以來，不少非國非共人士或愛國之士出走大陸，在香港形成第三勢力，例如友聯社，他們的反共理念與美國政策合拍，也成為其中一所接受亞洲基金會援助的機構。一九五〇年代中葉，友聯人到新加坡拓展事業，成為另一批南來文人。他們在那裡創辦《學生周報》與《蕉風》，提供青年學生與文藝青年表現與實現自我的活動與發表創作的空間。論者咸認為，友聯人南來，回應南洋熱帶風土，主張純馬來化路線，相當接地氣，二刊早期發表的作品也多屬寫實主義。友聯除了二刊外，還出版《少年樂園》，經銷香港友聯出版的《兒童樂園》，提供不同年齡層的讀者精神糧食。

這一批冷戰時代南來的文人中，方天、姚拓、黃崖、黃思騁、白垚是《蕉風》或《學生周報》編者，或兼編二刊。值得一提的是，白垚先是由港留臺深造，畢業後才下南洋，算是第一批「僑教政策」出身的南洋文化人。臺灣的「僑教政策」正是美援文化的產物。黃崖也是小說家，從 1961 年底起任《蕉風》編

輯七年有餘。二人主張文學現代主義，經常全馬走透透，主導學友會活動，舉辦文藝座談，鼓吹學友成立「海天社」等文社，執行友聯以文會友的作風。實踐的正是人本與個體主義、現代主義的文學主張。

友聯人之外，戰後南來文人中非友聯人不少，例如蕭遙天、徐訏、劉以鬯、力匡、楊際光、鍾文苓。其中劉以鬯在新加坡與吉隆坡報社擔任編輯，返港後成為知名小說家。力匡南來前已是香港重要詩人，來星後繼續發揚格律體新詩，其「力匡體」風行一時。楊際光任職報館，在香港出版的詩集《雨天集》為馬華現代詩經典之作，編輯、寫作之餘，也是重要譯者。

馬來亞在1957年獨立，是時英殖民政府在1948年頒布的緊急狀態法令仍未結束，馬共的抗英戰爭仍是進行式。緊急法令的其中一項產物是新村。新村為迫遷計畫，政府在全馬各地設立新村，將附近華人居民集體遷入，以防堵馬共獲得食物補給；村民進出受到管制，形同集中營。以書寫此時此地為己任的馬華作家也在作品留下新村記憶。

1963年組成的馬來西亞聯合邦也是冷戰時代的產物。英殖民政府以「馬來西亞計畫」主導婆羅洲的英屬殖民地與馬來亞、新加坡合組聯合邦，以防共產勢力滲透。砂拉越與沙巴都是文化多元的地方，主要族裔為伊班、卡達山－杜順、華人、畢達友、馬蘭瑙、馬來人等。殖民政府在古晉成立婆羅洲文化局，以利出版品流通北婆羅洲諸邦。婆羅洲文化局亦獲得亞洲基金會援助，曾出版華文雜誌《海豚》，並舉辦徵文比賽，出版獲獎作品；知名小說家李永平的《婆羅洲之子》即為文化局出版物。

冷戰、僑教、在臺馬華文學

張錦忠

1945年，太平洋戰爭結束，中國國共內戰爆發，不到五年光景，國民政府就兵敗如山倒，1949年，中華人民共和國建國，中華民國退守臺澎金馬，國際社會主義陣營版圖聲威俱增，大有赤化東南亞洲之勢。在其他亞洲地區，重返印度支那的法國殖民政府潰敗，英國殖民政府頒布馬來亞緊急狀態法令，接著韓戰在1950年爆發，美國強勢介入，亞洲地緣政治局勢丕變。為了防堵共產意識形態向東南亞蔓延，在美國的援助下，國民政府強化原有的華僑教育政策，1951年由僑務委員會訂定「海外僑生保送回國升入大專學校辦法」，積極招收港澳與南洋華人子女赴臺就學。本文中用「僑生」一詞即依此脈絡，不另加括號。1953年，美國副總統尼克遜訪臺，之後美援機構投入各種資源，包括興建臺灣大學的僑生宿舍、信義路的國際學舍。馬華「新詩再革命」鼓吹者白垚1953年秋由香港赴臺北就讀臺灣大學歷史系，就住過這兩棟宿舍。

白垚在臺大的那些年，並沒有投入臺北當時已頗熱鬧的詩壇活動，只是參與校園刊物編務，替中國僑政學會編《僑生徵文選輯》（臺北：海外出版社，1957），文藝類選錄北婆羅洲僑生黃任芳的獲得徵文首獎的小說〈仙特娜〉；黃任芳彼時為師範大學僑師科學生，後來再以〈歲寒的松柏〉獲得《臺灣新生報》小說徵文首獎，開始在臺灣報刊發表詩文，並由海外出版社出版小說集《稚子心》。她大概是首位在臺灣文壇登場的「婆羅洲來的人」。

早期留臺馬華僑生的兩種文學活動模式為（一）參加僑教或僑務相關單位、教育部的徵文比賽，以及（二）參與以僑生為主的校園文藝社團。第一種模式除了黃任芳之外，政治大學中文系張子深（張寒）是另一個例子，他於1958年赴臺，曾獲教育部主辦大專文藝創作比賽小說組首獎，短篇集《夢裡的微笑》1962年由僑務委員會出版。

第二種模式的例子為海洋詩社、縱橫詩社及星座詩社。海洋詩社由臺大香港僑生余玉書創辦，1957年出版《海洋詩刊》；縱橫詩社創辦者為劉國全、盧文敏、楊熾均（羊城）、江聰平、黃懷雲、劉祺裕等港越馬僑生，《縱橫詩刊》於

《星座》詩刊（高嘉謙翻攝提供）

1961年創刊；星座詩社由港馬僑生王潤華、張錯、畢洛、葉曼沙於1963年成立，翌年出版《星座詩刊》（66年改為《星座》季刊）。三刊皆有臺灣詩人或本地生參與。值得一提的是其間之傳承、重疊、跨社、跨校關係——

劉祺裕既與黃懷雲等編《縱橫詩刊》，也編過《海洋詩刊》，星座成員香港僑生黃德偉後來主編1966年第6卷第3期的《海洋詩刊》，星座成員翱翱、淡瑩、王潤華、葉曼沙等人的詩作即在該期發表。在臺北期間，黃懷雲出版了詩集《流雲的夢》（縱橫詩社，1963），劉祺裕出版了《季節病》（中華文藝社，1963），比在1966年才出版詩集的星座詩社馬華成員早了三年，實宜視為馬華留臺人以結社出版進入臺灣文學場域的開端。

　　早期留臺馬華僑生的這兩種文學活動模式在一九七〇年代有了2.0版：即神州詩社、大地詩社與兩大報文學獎。星座詩社出版了林綠、陳慧樺等人的詩集共十三種，《星座詩刊》也出版了十三期，在1969年夏停刊。1972年，星座若干成員重組，陳慧樺、李弦（李豐懋）、林鋒雄、余崇生（余中生）、翔翎等另組大地詩社，出版《大地詩刊》、叢刊《大地之歌》、《大地文學》。大地的出版活動一直持續到1982年。

　　從一九五〇年代到八〇年代，在那個冷戰的年代，文學生產與表現在臺灣被自我表述為「中國文學」、「自由中國文學」，實質為「民國文學」的延異版。「中國」、「中國認同」在臺灣成為文化與文化政治符號，以及文學的當道或宰制文化符碼。五〇年代國民政府初遷臺，以國家機器鋪天蓋地推動反共文學。在文學場域，現代詩冒現，現代主義橫向移植入境，存在主義登陸。然而，反共文學的戰鬥性顯然無法覆蓋百萬軍民流亡、離散來臺的現實環境，以及這些存有個體背後的不安、疏離、鄉愁、孤寂、記憶，因此對文藝青年而言，擁抱現代主義與存在主義成為「沒有出口」的出口。

　　同樣是「來臺」，儘管同樣是來自「反共的國度」，留臺馬華人無意也不可能書寫「反共文學」與延異的「中國時間」，但受彼時的時代氛圍與文壇風氣感染，縱橫詩社與星座詩社的馬華詩人，多半在這個遲延（belated）的華語現代主

義（Sinophone Modernism）的文學語境與框架下表現，追求現代詩的技藝。

1974年，霹靂美羅的天狼星詩社社員溫瑞安、方娥真、黃昏星（李宗舜）、周清嘯等赴臺，並在臺北出版《天狼星詩刊》，1976年初與天狼星詩社母體決裂，另創神州詩社，出版《神州詩刊》與「神州文集」多種。神州詩社後改為「神州出版社」，並另組社出版《青年中國雜誌》，顯然已以發揚「文化中國」理念為己任了。書寫成為想像中國或慰藉文化鄉愁的方式，文學取代了現實地緣政治實體，成為「想像中國」與感時憂國的虛擬空間。神州詩社在1980年底因溫方二人被下獄後驅逐出境而瓦解。

在一九七〇年代，中華民國在聯合國的「中國」身分已被中華人民共和國所取代。臺灣在國際政治現實（美國拉攏中共對抗蘇聯以延續冷戰）壓力下，失去的不僅是聯合國的「中國」席位，更是想像中國的空間與歷史。臺澎金馬的居民面臨身分危機與認同焦慮，不得不正視現實，重新「發現臺灣」，反思文化。保衛釣魚臺運動、民族主義興起、現代詩論爭，鄉土文學論戰、重新發掘本土文化、民主化與黨外政治運動發酵，七〇年代在臺的馬華文藝青年，身處的正是這麼一個漸漸失去「中國認同」的環境世界。

在「動盪的一九七〇年代」，臺灣文學呼應時代的劇變，朝向多元發展，在高信疆與瘂弦的主持下，《中國時報》與《聯合報》的文藝副刊成為重要文學空間，實踐文學行動主義，改革副刊內容，舉辦文學獎，主導文學方向，簡直是一場「文學寧靜革命」，改變了解嚴以前的臺灣文學面貌。在臺或曾留臺的商晚筠、李永平、張貴興恰逢其盛，屢奪文學大獎，引起臺馬文壇矚目。三人當中，商晚筠畢業後返馬，在臺時出版了第一本小說集《癡女阿蓮》。張貴興獲得時報文學獎後出版小說集《伏虎》，等於取得進入臺灣文壇的門票。二人也因留臺經驗而從「《學生周報》作者」轉換為小說家身分，完成作家的「成長儀式」。李永平早在1976年就已在臺出版短篇集《拉子婦》，獲得《聯合報》文學獎後出版的《吉陵春秋》更備受推崇，也開啟他爾後三十年的小說家之旅。潘雨桐五〇年代末留臺，七〇年代初曾在臺任教，八〇年代初多次獲得聯合報文學獎，後來在臺出版小說集《因風飛過薔薇》等書。

潘雨桐的《因風飛過薔薇》出版那一年，1987年7月，臺灣國民政府宣布解除長達三十八年的戒嚴令。此後各種政治、社會、文化能量陸續釋放，全球化等新浪西潮不斷掩湧進來，網路等新媒介日漸取代紙媒空間，臺灣文學場域樣貌也隨著時代的腳步而快速變易。林幸謙、黃錦樹、陳大為、鍾怡雯、黎紫書在一九八〇年代末至九〇年代抓住臺灣報紙辦文學獎最後的黃金時代，摘下文學獎

得主桂冠,在臺北的出版社出書,受到臺灣書肆讀者肯定,稍後的辛金順、賀淑芳、龔萬輝等也循相同路徑成為「臺灣製造」的馬華作者。上述諸人中,林幸謙後來移居香港,黎紫書非留臺人,辛金順、賀淑芳、龔萬輝畢業後返馬,賀淑芳近日重返臺;黎、賀、龔都是臺灣國藝會「馬華長篇小說創作發表專案」補助得主。近年吳道順、馮垂華、鄧觀傑在校園內外文學獎脫穎而出,成為在臺馬華文學後浪;鄧觀傑在2021年出版了短篇集《廢墟的故事》。

　　「在臺馬華文學」曾以「旅臺馬華文學」、「馬華旅臺文學」、「境外馬華文學」、「臺灣熱帶文學」等稱謂出現在不同的論述裡。一九九〇年代中葉以後,「在臺馬華文學」在臺灣文學複系統裡頭漸漸形成一道熱帶風景,儘管位置相當邊陲。誠如陳芳明在《臺灣文學史》(臺北:聯經,2011)裡頭所說:「〔在臺〕馬華文學及其論述如果從八〇年代以後的歷史脈絡抽離,臺灣文學必然出現巨大的缺口」。另一方面,對馬華文學複系統而言,在臺馬華文學可能是失根的大紅花,離散他鄉、遠離本土、甚至是臺灣化的,但是這條在境外營運的文學生產線,卻又不時以不同方式,像鮭魚返鄉那樣,歸返馬華文學場域。

延伸閱讀

陳大為。《最年輕的麒麟:馬華文學在臺灣(1963-2012)》[臺灣文學史長編 31](臺南:國立臺灣文學館,2012)。

杜晉軒。《北漂臺灣:馬來西亞人跨境臺灣的流轉記憶》(臺北:麥田,2022)。

黃錦樹、張錦忠、李宗舜(編)《我們留臺那些年》(八打靈再也:有人,2014)。

張錦忠。〈(八〇年代以來)臺灣文學複系統中的馬華文學〉。《南洋論述:馬華文學與文化屬性》(臺北:麥田,2003),135-150。

冷戰時期的友聯、《蕉風》、《學生周報》

伍燕翎

1945年8月，太平洋戰爭結束，美國和蘇聯的政治對峙促使東南亞隨即捲入大國的冷戰漩渦之中。跟其他東南亞國家致力於國族構建、追求獨立自主一樣，馬來亞自1948年起經歷長達十二年的緊急狀態，奮起抗爭，並於1957年走向獨立。這段全球冷戰時期，不僅衝擊了馬來亞的政治格局，同時也帶給文教領域深遠的影響。

馬華文壇上兩本重要的雜誌《蕉風》和《學生周報》，皆是這時期的文化產物。1954年，香港的友聯機構在新加坡設立分社，約於1959年4月，《蕉風》遷至吉隆坡承印和出版，創立友聯出版社。友聯從香港移植到南島，同時引渡了不少南遷的文人，如黃崖、姚拓、方天、燕歸來、黃思騁等，他們隨後在這片土地上根植和散播文學種子，對馬華文學本土化有著奠基性的意義。

友聯出版社於1955年先於新加坡總部創辦《蕉風》半月刊，隔年出版新馬版《學生周報》。1957年，姚拓主持大局，主編《學生周報》，也參與《蕉風》的編輯工作。兩本雜誌前後創刊，《學生周報》後來易名《學報月刊》和《學報半月刊》，1979年第960期的《學報半月刊》上還註明與友聯單位聯繫，直至一九八〇年代停刊；而《蕉風》的出版則長達四十三年至1999年初休刊，並於2002年由南方大學學院馬華文學館復刊至今，皆是一代文化人不可或缺的精神糧食。按姚拓追憶，《學生周報》從最初每期印刷九千份，到最後一度銷量近一萬八千份，算是非常有影響力的文學刊物，這對文學事業還在起步的馬華文壇而言，曾是輝煌的存在（《學生周報》的發起與沒落）。

這兩本文藝刊物特別是在一九六〇和七〇年代，對推進馬華文學在地化、本土化，起著非常關鍵的角色。進而言之，它們在培養文藝青年的努力上，同時加強國民／本土意識，建構新一代馬來西亞華人的國族認同。

相對於被視為「反共」的《中國學生周報》，新馬版的《學生周報》打從開始即站穩於多元文化的國土上來策畫其出版方向和內容，於此，創刊號的封面即刊載了第一屆馬來亞文化節各族群活動，雜誌內容更是趨向多元和現代化。除了

《學生周報》的不同開本（高嘉謙翻攝提供）

詩文創作之外，還有馬來民間傳說，童話、科學世界等，體現出「五四」新文學以來的現代意識。《學生周報》所持的出版路線基本上是現代和自由主義的文學思潮，其中不乏翻譯文學、現代電影、科學新知等，甚至在一九六〇年代末，還另闢馬來文學習的版位，試圖履行馬來西亞公民的基本責任。

　　很可惜，《學生周報》不像《蕉風》至今仍保留實體或電子版的完整期刊，以致研究者無從展開更深入的探索。然而，從今日不少馬華寫作人尤其當年曾參與友聯出版社組織的「學友會」同仁，皆紛紛表示他們那一代最難以忘懷學友會給予的文學養分。不可否認，友聯當時在全國各州啟動的學友會、生活營、歌樂節、遊藝晚會等等，而《學生周報》作為現代文學的溫床，培育了無數出色的馬華作家。其中包括牧羚奴（陳瑞獻）、英培安、李蒼（李有成）、賴瑞和、沙禽、邁克、早慧、梅淑貞等。

　　友聯出版社設立以來，正是馬來西亞從殖民走向獨立的後殖民時期，也是緊急法令腥風血雨的年代，馬華文學處在一片呼籲反黃和愛國浪潮聲中。這時，友聯帶有組織性的文學團體在這文化貧瘠的馬來（西）亞，倒是起了一定的作用。學友會在全國設立分會，深入中學生群體，帶動創作、鼓勵投稿，直至一九六〇年代，影響了更多文學社相繼成立，例如綠洲詩社、天狼星詩社等。儘管友聯是冷戰時期下的產物，卻以純文學的姿態填補了彼時相對蒼白和質樸的文學場域，加速了馬華文學本土化進程，直到《學報半月刊》於1984年停刊，這四十五年間，馬華文學已趨向更多元化的發展。

　　除了一週一期的《學生周報》之

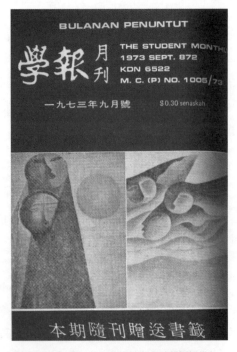

《學報月刊》1973年9月號（高嘉謙翻攝提供）

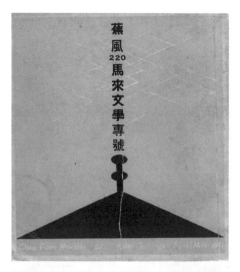

《蕉風》第220期馬來文學專號（張錦忠翻攝提供）

外，友聯旗下另有同時期創刊的《蕉風》半月刊。從創刊號發刊詞〈蕉風吹遍綠洲〉鏗鏘打出「創辦一份純馬來亞化的文藝刊物」的出版理念來看，意味著這一代文化工作者抱著堅定不移的心志立足本土，通過深耕馬華文學／文藝建構本身的國族和本土認同。誠如發刊詞所聲明：「在今後悠長的歲月裡，我們還要與其他馬來亞民族協調的生活在一起。那麼，對於我們生於斯、居於斯、葬於斯的馬來亞，如果不夠瞭解，豈不被人引為笑談！」《蕉風》同仁無疑是希冀馬華文藝可以直接指向「社會的內層」和「實際生活之中」，如此才可以踏踏實實地去瞭解一個地方、一個民族。

為朝向「馬來亞化」的出版方針，《蕉風》不管是文學創作還是評論均站穩本身立場，絕大多數的小說、散文和詩歌都以馬來亞社會為主要創作素材，當中還特別增設這片土地上的地方掌故、馬來傳奇、寓言和神話、馬來文學作品翻譯、各族群的風土習俗、民間野史等等。至於評論文章，也多以在地華人視角對「馬來亞化」提出論點，例如慧劍的〈馬來亞化是什麼〉（16期）、馬摩西的〈馬來亞化問題〉（18期）、海燕的〈馬來亞化與馬來化〉（18期）等等，彰顯了這一代作家對家國和民族的本土論述。

草創時期的《蕉風》已窺見絕大部分作家對「馬來亞化」的認同，不管是寫實派還是現代派的寫作人，都是朝此方向定位自己的寫作基調。誠如創刊號〈稿約〉說明：「凡以馬來亞為背景之文藝創作」一律歡迎。《蕉風》不同時期領導群倫的文藝推手，如創刊主編方

《蕉風》各期封面（高嘉謙翻攝提供）

《學生周報》第651期（1969年1月8日）（高嘉謙翻攝提供）

天，一九六〇年代主持編委最久的黃崖，後來的姚拓、白垚、牧羚奴和李蒼等，其實都努力栽培本土作者，推動華人對本土化之認同，通過各種創作文類反映了當時的華人社會、華文教育等議題。

此外，友聯出版社亦出版了《友聯活葉文選》中學教科書，納入中國古文、詩詞經典，五四新文學作家作品等，同時作為當時馬來西亞教育文憑考試華文科適用書，對馬來西亞華文教育貢獻不少。1964年，友聯旗下還出版了《少年樂園》，姚拓擔任社長至一九八〇年代停刊，都是一代人不可忘卻的記憶。

友聯出版社雖是南渡文人自香港輸出的文化資產，然而，抵達馬新之後，友聯諸子共同攜手加速落實本土認同的構建。《蕉風》和《學生周報》並駕齊驅，編輯理念步履一致，在馬華文學尚算不得蓬勃發展的冷戰時期，這兩本核心刊物卻給馬華文壇這片土壤注入了養分，真真實實開出熱帶國度的果實。

延伸閱讀

白垚。《縷雲起於綠草》（吉隆坡：大夢書房，2007）。

林春美。《〈蕉風〉與非左翼的馬華文學》（臺北：時報文化，2021）。

伍燕翎。〈從《蕉風》（1955-1959）詩人群體看馬華文學的現代性進程〉。《西方圖像：馬來西亞英殖民時期文史論述》（加影：新紀元學院馬來西亞與區域研究所〔馬來西亞歷史研究中心〕，2011），83-96。

姚拓。〈四十二年來的蕉風〉。江洺輝（編）《馬華文學的新解讀》（八打靈再也：馬來西亞留臺校友會聯合總會，1999），76-81。

姚拓。《雪泥鴻爪：姚拓說自己》（吉隆坡：紅蜻蜓，2005）。

冷戰格局下：
婆羅洲文化局的成立與中文書刊的出版

黃其亮

婆羅洲文化局（簡稱文化局，英文原名Borneo Literature Bureau）成立於1958年9月15日，正值東南亞冷戰意識形態最高漲時期。在成立之初，它曾獲得砂拉越政府、北婆（沙巴）政府、亞洲基金會（Asia Foundation）、納斐基金會（Nuffield Foundation）等資金專案的援助。根據該局1960年的年報，成立初期宗旨有三，即（一）協助政府部門出版技術、半技術或教育性質的書籍；（二）鼓勵本土作家積極創作，發行與代售他們的作品；（三）建設書刊銷售網路，以推廣本土或海外出版的適宜讀物。到了1963年，砂拉越參組馬來西亞聯合邦計畫以後，該局又加入另一項新宗旨，即協助政府鼓勵人民廣泛地使用馬來西亞語。自投入運作以來，該局的出版業務主要以婆羅洲三邦，即砂拉越、沙巴和汶萊為市場，出版品亦供應到各大城、小鎮及鄉區售賣。從搜集的文獻資料來看，這些出版品頗受當時文化界、教育界與知識青年們的歡迎。

一九五〇、六〇年代砂拉越社會是一個多事之秋的年代。由於受到新中國成立的衝擊，加上國際政治生態丕變，不少思想左傾的時代青年的政治意識出現了顯著變化，他們義無反顧地投入政治鬥爭洪流。此一時期，他們通過組織社團、創辦報刊、成立書店與書報社，乃至文藝創作等形式，向廣大社會階層宣揚左傾政治思潮。接著又把勢力延伸至工運、農運、學運和民運，並與新聞媒體輿論力量相結合，聲勢一時無兩，致使殖民政府窮於應付。為扭轉不利局面，英殖民當局制定或修訂了一系列針對性的法令與條例，力圖抑制左傾思潮的滲透與滋長。據劉子政《砂拉越五十年代史事探微》，殖民地政府曾於1950至1963年8月間頒布了至少上百項法令來對付左翼與反殖反帝運動者，包括緊急法令、煽動法令、拘留人身法令、禁止出版物法令、集會結社須知法令、不需要人士（修正）法案、不良分子法令、報紙出版法令、印刷機牌照（修正）法令、限制居住法令、印刷出版法案等。與此同時，殖民地當局亦落力貫徹文教圍堵政策，嚴禁中國與香港出版的書籍在砂拉越社會流通、傳播與收藏。尤其在五〇年代中後期，當局屢次在憲報頒布禁書列表，造成市面上出現讀物短缺現象，一度導致華裔的文化

中文版《海豚》1961年11月創刊號封面（蔡增聰先生提供）　《海豚》第111期（高嘉謙翻攝提供）

傳承面臨斷層之虞。

中文《海豚》雜誌

中文《海豚》即在亞洲基金會的資助下，於1961年10月創刊問世。它主要的閱讀對象為高小與初中華校生，高中生或離校生（畢業或輟學）更是重要的潛在讀者。這是因為此階段的學生年紀尚幼，涉世未深，容易對新事物產生好奇心，更缺乏辨別的能力，極易成為冷戰氛圍下被拉攏的對象。至於內容方面，既有地方、各族群與風俗介紹、名人傳記、歷史掌故、國、英語園地、算術、常識習題、習作新芭、青年園地、填字遊戲、笑話、猜謎語、攝影等，又加插漫畫，文圖並茂，一方面滿足了青年學子的興趣，也填補了讀書市場的真空。從內容選輯來看，《海豚》欄目設置較為全面和廣泛，涉及的內容較為豐富且貼近生活，不失為一份可讀性和娛樂性兼具的讀物。在創刊初期，中文《海豚》刊登了頗多翻譯文章，如〈猴子與月亮〉（第1期）、〈環遊世界——荷蘭〉（第2期）、〈為什麼熊只有短的尾巴〉（第4期）等。這類文章或圖照皆由砂拉越學校廣播服務、紐西蘭教育部出版處、北婆新聞處、砂拉越新聞處、馬來亞新聞處等官方機構提供，冷戰時期西方同盟國之間的資源流通於此可見一斑。與此同時，編者亦開放《海豚》版位，呼籲讀者們踴躍撰稿，鼓勵與拉攏手法雙管齊下。《海豚》每月都準時出版，間中從未脫期，顯然是文化局重視且重點出版的讀物。直至1977年9月停刊為止，共出版了一百九十一期。

對於《海豚》雜誌的評價，可以從讀者來稿略知一二。1964年第32期的一篇署名劉會長的讀者來函：「我覺得海豚是小學生們最適合的讀物。尤其是六年級學生們更需要海豚，因為海豚裡含有各種的作品，使讀者閱讀了，不但會增加知識，而且對作文也會有很大的幫助，總之海豚裡所刊登的本邦知識是我們最需要認識的」。再如1973年第137期讀者劉秀蘭來函：「我是貴刊的讀者，對於海豚的認識已將近三年的時間了；雖然我現在是一個初中生，但對於海豚，我仍然喜愛閱讀。因為海豚的內容健康，材料豐富，是學生最好的課外讀物」。由此可

見，在英殖民政府與砂拉越聯盟政府雷厲風行的禁書令前提下，《海豚》雜誌儼然已成為當時莘莘學子汲取新知與培養本地意識的一道重要視窗。

文化局出版的中文書籍《砂拉越與其人民》（黃其亮提供）

各類中文書籍

自私塾教育開始，華僑華人的文化滋養即須依靠母國文化的輸入與供給，且沿襲至戰後一九五〇年代。1959年2月出版的《砂拉越中等教育報告書》，點出了華校課本和讀物存在過於「中國化」的問題。質言之，站在殖民者的立場來看，該書籍內容實際上是無助於貫徹和培養婆羅洲鄉土意識，尤其在左右兩股勢力相互鬥爭的年代。此時作為殖民時期唯一一所官辦的文化機構，文化局遂著力投入編纂與出版具有本土色彩的華文書籍。在眾多書籍之中，《砂拉越與其人民》（*Sarawak and Its People*）尤為值得一提。此書原著是英殖民教育司狄遜（M. G Dickson），譯者楊啟明，共四冊。全書內容介紹砂拉越風土人情、地理位置、人口分布、氣候環境、產物、貿易、大事記等，並附插圖、地圖和圖表，是當時華小課堂上必備的教材。根據這些內容編輯方針，大致可窺見其目的是要知識青年多探索、多認識、多瞭解居住地的鄉土與人民，一方面鼓勵族群之間彼此互相理解、包容與尊重，另一方面把華族和當地其他民族聯繫在一起，避免產生離心，這是冷戰期間實施的「統戰」策略之一。除此之外，一些書籍如《砂拉越簡史》、《砂拉越民族叢書》、《我們的鄉土》、《長屋裡的生活》等，大致出於同樣的考量。

文化局出版的徵文作品集（蔡增聰先生提供）

徵文比賽作品集

文化局的另一項工作計畫，即定時舉辦年度徵文比賽，再從中遴選優秀作品，編印成書。根據該局1964年的年報，舉辦年度徵文比賽的三大宗旨為：（一）發掘新作者，協助出版適合的作品；（二）鼓勵作者和徵文比賽優勝

者繼續從事創作；（三）發揚本土民間故事，用文字保留並編印成書，以不至於失傳。在反殖反帝運動熾熱高漲的年代，文藝作品也無可避免地成為政治鬥爭的宣傳工具。這時期的左翼報刊和刊物十分蓬勃，新崛起的作者奉行左翼現實主義創作手法，把諸多不合理的、腐敗的、黑暗的現象訴之筆端。因此，創作題材多聚焦於描述社會底層人民的生活實況、控訴社會內部弊端、宣揚反殖反帝鬥爭理念等，文壇大有被左翼文學主導之勢。為避免文壇被左翼文學壟斷或獨占，文化局舉辦徵文比賽活動，重塑和制約新生代作家的文化想像，為文壇注入一股全新氣息。在短短十餘年間，該局舉辦的年度徵文比賽不僅在婆羅洲三邦掀起一股創作熱潮，亦為文壇培育了一批優秀的青年作家。諸如李永平、煜煜（李佳容）、鍾濟祥、鍾濟源（夢羔子）、黃琳芬、黃任芳、俞雪凝、紫雲（溫玉華）、李荷軒（李懋安）等，有些在日後成為文壇知名作家。其中李永平早年即憑中篇小說〈婆羅洲之子〉榮獲1966年度徵文比賽首獎。這篇小說以達雅長屋為背景，敘述一位華伊混血青年糾結於個人身分的故事。據統計，在將近二十年的出版期限中，該局出版了約八十多本華文書籍，包括教科書、翻譯著作、民俗介紹、徵文比賽作品集等。

　　隨著砂拉越、北婆、馬來半島與新加坡組成馬來西亞聯合邦政體（新加坡於1965年被逐出），文化局在1977年1月1日併入國家語文出版局砂拉越分局，結束了它在冷戰初期最重要的使命，以及它對婆羅洲三邦子民的「貢獻」。在這期間，它經歷了美蘇兩大國主導的冷戰鬥爭、英殖民政府為了隔離共產思想滲透而實行的「民族統戰」、各民族反殖反帝反馬來西亞動盪時期及馬來西亞建國歷程等重大事件。在殖民地當局及後來的砂拉越聯盟政府嚴厲管控人們閱讀選擇及讀物支配的情況下，該局大規模的出版、鼓勵本土創作、貫徹熱愛鄉土意識，構成了一九六〇、七〇年代婆羅洲文化場域的一道特殊景觀。雖然文化局的成立有美援文化（亞洲基金會資助）的背景，但它對文壇的貢獻是有目共睹的，其貢獻亦不容抹殺。因此，審視砂華文學史時，文化局的角色不應被忽略。

延伸閱讀

Borneo Literature Bureau Annual Report for the Year 1960-1976 (Kuching: Sarawak Government).

黃予（黃俊賢）。〈婆羅洲文化局與其雜誌《海豚》〉。《馬來西亞日報・藝盾》No.7(June 1993)。

劉子政。《砂拉越五十年代史事探微》（詩巫：砂拉越華族文化協會，1992）。

McLellan, David〔D. 麥利蘭, C.M.G〕。《砂拉越中等教育報告書》（古晉：砂拉越新聞處，1959）。

田農（田英成）。《砂華文學史初稿》（詩巫：砂拉越華族文化協會，1995）。

歸僑、左翼文學與冷戰：
王嘯平的心靈史

張松建

王嘯平（1919-2003）出生於新加坡。由於經濟危機，家道中落，他在小學畢業後，即開始走上社會。根據他的晚年自述，他在青年時有強烈的「海外孤兒」、「亡國奴」、「賤民」的心態。「九一八事變」、「七七盧溝橋事變」以後，中國民族危機日趨嚴重，這大大地激發了海外華人的救亡熱忱。1936年，王嘯平組織「星洲業餘話劇社」。1938年，他參加「馬華巡迴劇團」宣傳抗戰救亡，不遺餘力。

根據楊松年的研究，從1937年到1940年，王嘯平以多個筆名在新加坡的報章雜誌上至少發表了兩百多篇作品。方修主編的《馬華新文學大系》也收錄了王的若干作品，包括評論、散文、小說、雜文、劇本。散文〈失火〉記述新加坡的一間大型棧房由於出售日貨而被愛國華僑憤怒地燒毀了，眾人圍觀沖天的火光，宣洩民族主義的復仇快感。雜文〈征服這悲哀的時代〉批判甘做順民奴才、缺乏愛國心的部分海外華人。短篇小說〈碼頭上小天使〉敘述華人兒童小明的英雄行為，傳達抵制日貨的主題。劇本《救國團》講述南洋華人參與抗戰救亡的故事。這齣戲劇是典型的救亡文學，採用忠奸對立、因果報應、改過自新的敘事模式，在劇烈衝突的情節中表達王嘯平的民族主義。劇本《忠義之家》聚焦於救亡背景下的血緣親情和民族大義之間的衝突，講述新加坡一個華人家庭大義滅親的故事。

1940年3月，出於民族主義熱情，王嘯平毅然返歸中國，他在臨行前夕寫出一篇聲情並茂的散文，當晚發表在新加坡的報章上，其中有這樣熱情洋溢的段落：

> 我是愛這長年是夏的熱帶，這裡是我的第二故鄉，在這裡有我的兄弟和親娘，更有那些具有這熱帶的特徵的熱情友人，他們像一團火，時刻的、永遠的燃起我生命的力量，時刻的、永遠的給我生命的溫暖，給我覺察到這世界是多麼值得留戀的啊！

　　然而，現在我要離開這一切了！踏著遙遠的路程，去尋找隱藏在我靈魂中，一個無限美麗的夢。那夢便是和一切年青人一樣所憧憬的，投進祖國的懷抱。現在我是跑上了回到這我還沒有見過面，這層流了我的愛液的親娘的大地了！因此，我雖是帶著離別的悲苦，但也更帶著熱情的喜悅和興奮！（〈向朋友們告別〉）

　　雖然文筆有點粗糙和煽情，但是真誠表達了對馬來亞的地方之愛和對血緣親情的眷戀。王嘯平視他的出生地新加坡為「第二故鄉」，毫無在地化、落地生根的念頭，他的惜別之情被一種憧憬和狂喜壓倒了，那就是一位民族主義者，決意走向從未謀面的「祖國母親」，走向意義的中心地帶和神聖的價值源泉。王嘯平返歸中國後，首先到達上海，不久後在蘇北地區加入新四軍文工團，以「歸國華僑」的身分參與救亡圖存的事業。抗日戰爭結束後，他隨軍參加國共內戰。在新四軍文工團中，他與作家同事茹志鵑結婚，後來育有兩女一男，次女王安憶是知名作家。1947年，「冷戰」在全球範圍內拉開序幕，王嘯平作為左翼作家和中共黨員，自然會竭盡全力，在文藝活動中宣揚政見。中華人民共和國成立後，他最初在南京軍隊文工團擔任編劇和導演，導演劇本《海濱激戰》、《霓虹燈下的哨兵》、《薑花開了的時候》、《紅鼻子》、《灰色王國的黎明》、《深深的愛》。他創作的劇本有《永生的人們》、《回到人民隊伍》、《繼續為祖國戰鬥》、《海岸線》等。

　　王嘯平在反右運動和文化大革命中遭受迫害，在一九八〇年代初期被平反。退休後的王嘯平，不甘寂寞，他回顧平生，百感交集，在十多年時間內一口氣寫出三本帶有自傳色彩的長篇小說。《南洋悲歌》寫一個「民族主義者」的形成；《客自南洋來》寫一個「共產主義者」的造就，這是王嘯平左翼思想的連續和新變。《和平歲月》寫主人公在人生暮年的還鄉經歷，以及他在新中國歷經政治磨難，但是不忘初心，一如既往。

　　《南洋悲歌》講述一大批新加坡華人從事救亡運動的動人故事：英雄兒女，青春熱血，感時憂國，義薄雲天。結局是主人公方浩瑞被驅逐出境，返歸祖國，繼續追逐「想像的共同體」。這部小說的主人公是一對戀人方浩瑞和鄭莉英，前者出身於敗落的中產家庭，後者是富家小姐，兩人在火熱的救亡宣傳中相識相惜，也因為深度介入政治而鬧得家庭不寧，最後是飲恨分別。《南洋悲歌》繪聲繪色地描寫與抗戰救亡相關的活動：聲勢浩大的遊行示威，抵制日貨和懲治奸商，籌賑和義賣。「民族主義」把這些海外華人有力地凝聚在一起，使其煥發出

驚人的政治能量和道德責任感，甚至連一些負面人物也迷途知返，天良發現，找到了作為中國人的自尊心和尊嚴感。本書在1984年完稿，兩年後由北京的作家出版社出版，此時正是文革結束以後、蘇東劇變和冷戰終結之前，王嘯平的自我總結、重申信念的姿態，毫不含糊，一目了然。

王嘯平《和平歲月》（1999）（高嘉謙翻攝提供）

短篇小說集《馬少清和他的連長》（1950）收錄五個短篇小說，表現抗日戰爭和國共內戰期間發生在共產黨根據地的故事，主題是肯定中共政權的合法性、戰鬥力和光輝形象，宣傳血緣親情和男女之愛都敵不過階級感情，個人主體在革命思想的感召下煥發出巨大的政治能量。

《客自南洋來》講述歸國華僑、知識青年方浩瑞抱著抗戰救亡的理想，加入新四軍，歷經戰地考驗和思想整風，從民族主義者成長為共產主義者的人生歷程。主人公通過身體的跨國流動和生活世界的考驗，完成自我認同的轉變和政治理想的實現，迎來人生的高光時刻。《客自南洋來》描寫了不少革命政治的內卷化現象，例如共產黨內部的思想整風、肅反內訌和政治迫害。本書的落款是「一九八九年七月五日脫稿」，這個日期耐人尋味。當時，東歐正在劇變，蘇聯即將解體，冷戰大幕即將落下，在這個世界歷史的轉折關頭，王嘯平揮筆寫下這本小說，它是青春文化和成長小說，也是國族敘述和政治宣誓，作者刻意為之，讀者豈可大意？

《和平歲月》由兩條交錯進行的敘事線索構成，一是遲暮之年的方浩瑞受到姐姐的邀請，踏上還鄉之路，前往闊別了四十年的新加坡，探親訪友，祭拜先人；二是連接《客自南洋來》主人公方浩瑞的中國故事，講述他在新中國成立後，捲入「反右」運動和「文化大革命」當中，身心備受折磨。值得注意的是，儘管如此，在全書結尾處，主人公撫今追昔，總結一生，再次確認他對左翼政治理念的堅守，無怨無悔，至死不渝。最後，方浩瑞來到海邊與這個島國告別，看到波瀾壯闊、雲蒸霞蔚的海景，他彷彿回到了青春年少的時代，他的憂鬱、苦悶

和一切不愉快的情緒都被呼嘯的海濤沖洗淨盡了 ——

> 方浩瑞站在這海岸邊，望著那矗立雲霄的烈士紀念塔，心中感慨良多。我
> 死後還能被人敬仰麼？我的骨灰將安放何處？真的到了那一天，我……他
> 忽然想起一句詩來：
> 我正直的一生得到了報酬
> 死去時面對著上升的太陽。
> 他雖然是滄海一粟，是紅塵裡的小人物，卻一生光明磊落，與人為善，正
> 直做人，胸懷坦蕩，沒有虛偽，沒有陰險。生前可以向著陽光敞開心扉，死
> 後也要面對太陽。生前沒有被鬥臭，死後更不該把骨灰弄髒。只要有太陽
> 升起的地方，都是我骨灰安葬之所，生時面向太陽，死後也要面向太陽！
> （〈和平歲月〉212頁）

人生暮年的主人公把個人的歷史地位和道德品格視為重中之重，他自喻為
「滄海一粟」，認為自己的一生是清白做人，奮鬥搏擊，求仁得仁，甚感欣慰。
本書出版於1999年，這時的世界政治格局進入了「後冷戰」時代，中國改革開
放已經進行了二十年，這是一個「後革命」和「後社會主義」的時代。王嘯平用
自我激勵的話為三部曲作結，似有大限來臨、蓋棺論定的味道，重新肯定了他追
逐一生的左翼理想自有不可磨滅的價值。

延伸閱讀

王嘯平。《南洋悲歌》（北京：作家，1986）。
王嘯平。《客自南洋來》（上海：百家，1990）。
王嘯平。《和平歲月》（長沙：湖南文藝，1999）。

劉以鬯：來自香港的南洋風景

鄧觀傑

在一九五〇年代前後，許多中國知識分子為了躲避戰爭而逃離中國，輾轉南下到香港、臺灣和新馬。這些南來文人的旅行和文學活動，讓新馬和香港文學一度形成緊密的共同體，深深影響了馬華文學今天的風貌。而這裡要談到的劉以鬯，就是其中最具代表性的人物之一。

劉以鬯是香港現代主義文學的重要推手，一生寫下的小說與散文無數，其中代表作《酒徒》以意識流聞名，作品曾經啟發王家衛導演改編成《花樣年華》與《2046》兩部電影。除了創作成就傲人，劉以鬯同時是資深的文學編輯，經營文學副刊和雜誌、提攜文壇後進，對於香港文學的貢獻不可磨滅。

但在香港聲名顯赫的劉以鬯，也曾經在新馬落足，還在這裡結識了後來的妻子。這個故事是怎麼開始的呢？

劉以鬯是誰？

劉以鬯成長於華洋雜處的上海，早年就熟讀中國現代文學，致力於出版和編輯工作。一九四〇年代末國共內戰嚴重，因為上海的生活艱難，劉以鬯只好到香港尋找新機會。

當時大批難民聚集在香港，找工作並不容易。劉以鬯憑藉自己過去的經驗，好不容易找到了副刊編輯的工作，卻因為跟報館上司起了爭執，工作並不順利。在他對香港心灰意冷之際，恰好新加坡《益世報》邀請他擔任主筆和副刊編輯，劉以鬯重新燃起了希望，再度南下。

1952年，劉以鬯開始了為期五年的馬來亞生活。在編輯之餘，他也用令狐冷、葛里哥等筆名大量寫作，留下很多描寫新馬生活的文學作品。

如果我們對比劉以鬯描寫香港和馬來亞的作品，會發現一個有趣的差異。劉以鬯筆下的香港墮落勢利，文字中流露出他對當時香港的厭惡之情；但相反的，在描寫馬來亞的時候，劉以鬯的筆觸卻往往浪漫抒情。

譬如在中篇小說《星嘉坡故事》中，他這樣敘述眼中的南洋：「這綠色的城

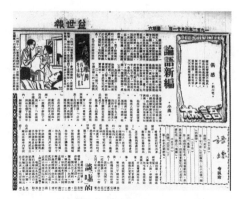

劉以鬯任職新加坡《益世報》以本名和筆名令狐玲發表作品（高嘉謙翻攝提供）

劉以鬯於《益世報》發表小說〈一件旗袍的故事〉（1952年6月20日）（高嘉謙翻攝提供）

市卻有著太多的腰肢，一曲『望卡灣梭羅』、一幅馬來女人的紗籠……都能逗起我無限的好奇，我甚至有意嚐一嚐風味別具的馬來飯……」。

劉以鬯的南洋書寫

劉以鬯在新馬五年，短篇作品散見於多份副刊，還出版了三本小說集《第二春》、《龍女》和《雪晴》，產量非常驚人。而這些南洋作品的風格，和一九三〇、四〇年代上海流行的「傳奇小說」非常相似，強調作品的娛樂功能，內容大多為浪漫、奇情與懸疑類型。

在劉以鬯筆下，南洋成為慾望與危機並存的空間。比如說短篇小說〈過番謀生記〉中，男主角亞祥從中國的家庭到南洋謀生。他因為金錢與性慾的誘惑，跟當地的馬來富孀結婚，最後卻發現自己被下了降頭，在中國的家庭也早已四分五裂。這類型的小說折射出移民對南洋的慾望與排拒：他們雖然享受著新世界的物質生活，但卻對自己拋棄的中國心懷愧疚，陷入認同掙扎之中。

乍看之下，劉以鬯的寫作放大了南洋的「異國情調」，極力渲染南洋的奇觀，跟過去的中國文人手法沒有太多差異。但是劉以鬯的南洋寫作還有其他的面向，在另一些作品中，他努力調和「中國移民」與「南洋本土」的差異，鼓勵移民們認同當地。

劉以鬯書寫的南洋認同，首先表現在他的小說語言上。他的南洋小說幾乎是炫耀般大量運用新馬當地語彙，譬如「弄迎」（馬來舞蹈）、「羔呸」（咖啡）、「五扣六」（妓女）等等，連馬來亞在地的作家馬漢，都一度誤以為他是新馬華僑。劉以鬯在新馬短短幾年，能那麼快地掌握新馬語彙，自然也是刻意努力的成果。

除了語言之外，劉以鬯也在小說中批判對故鄉念念不忘的移民，從中看見移民認同轉變的可能。譬如在〈瞬息吉隆坡〉中描寫的南來富商，他瀕死前對唐山

念念不忘，但他的妻子卻指向窗外的實物，細數他在馬來亞的建樹，最後總結說：「這裡是你的家，這裡有你的一切，回到唐山去，你只是一個普通的陌生人。」

小說藉由女性的聲音，以一語道破男性移民「落葉歸根」的虛幻嚮往。移民對故鄉的執迷讓他們忘了自己半生的經營都在「他鄉」，小說在這樣的虛實對比間，已隱然指向移民認同流變的必然。拒絕認同南洋的富商在唐山夢境中過世，可是他的身體終究還是死在南方。劉以鬯將移民夢境、回憶與現實並置，並陳他對南來移民的同情與批評。

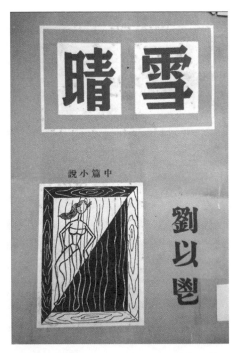

劉以鬯在吉隆坡出版的《雪晴》（1952）（高嘉謙翻攝提供）

劉以鬯部分書寫南洋的作品（高嘉謙翻攝提供）

劉以鬯這些書寫南洋的作品，常常透露他藉由小說達成馬來亞族群融合的企圖。除了作品中大量出現異族戀愛的情節，他也曾經在一篇叫〈我為何寫馬來姑娘〉的文章中明確表示，馬來（西）亞種族問題將會是一個重要的衝突，因此「小糾紛如果不消除，日子一久，可能會變成發展的障礙」。當時劉以鬯已經敏銳地預見這個新近獨立的國家，在一片樂觀的景象下潛藏的矛盾。這是不是他毅然放棄新馬國籍，回返香港的考量之一呢？

重返香港

　　儘管在劉以鬯筆下，馬來亞的生活浪漫美好，但現實卻往往和理想有一段差距。劉以鬯在馬來亞的工作同樣不順遂，一開始聲勢浩大的《益世報》沒多久就倒閉，劉以鬯短短幾年就換了五家報館，在新馬四處搬遷漂泊。

　　1957年馬來亞獨立前夕，劉以鬯帶著新婚妻子再次回到了香港，開始了他下半生的文學事業。但即便回到香港，劉以鬯也沒有遺忘這段馬來亞經驗。他不但寫下《星嘉坡故事》和《蕉風椰雨》等以馬來亞為背景的中篇小說；甚至在描寫香港《對倒》、《島與半島》和《香港居》等多部作品中，馬來亞故事和角色也經常出現，成為他思考香港的重要參照。

　　劉以鬯在香港與馬來亞兩地的經驗，一方面讓我們看見華文文學社群之間多元的連接，另一方面也向我們揭示不一樣的「本土」想像。對居住地的認同與貢獻，並非只是「本土」的特權，移民同樣也能為「本土」帶來積極作用。

延伸閱讀

陳麗汶。〈上海摩登的南移——劉以鬯一九五〇年代的南洋足跡〉。《澎湃》（https://www.thepaper.cn/newsDetail_forward_2258809）。

鄧觀傑。〈建構香港的視線——劉以鬯小說中的南洋與上海〉。《中國文學研究》no.48(July 2019):285-320。

黃錦樹。〈香港－馬來亞——熱帶華文小說的兩種生成，及一種香港文學身分〉。《香港文學》no.365(May 2015):8-15。

劉以鬯。《熱帶風雨》（香港：獲益，2010）。

劉以鬯。《酒徒》（臺北：行人，2015）。

黃崖在冷戰的年代

林春美

黃崖，1959年南來，供職於有美援背景的友聯機構，主編《蕉風》將近十年，最終使它成為一九六〇、七〇年代馬華文學最具代表性的現代派刊物。如此背景，自然容易讓人理解為冷戰年代意識形態對峙、兼之利益輸送的必然結果。本文主張黃崖之思想與價值觀或另有其淵源與傳統，而這也極可能是其他一些與他類似的南來文人所共有的。

黃崖南來之後的著作甚多，其中最值得關注的，我以為是他以本地政治或歷史為題材的幾部長篇小說：《烈火》及其續集（1965，1967）、《煤炭山風雲》（1968）和《金山溝的哀怨》（1976）。這幾部小說雖不脫黃崖一貫的通俗格調，但對本土現實卻又不乏思考，對人物心理的刻畫也不乏細膩之處；再則，這幾部作品寫作時間前後橫跨十餘年，不同作品當中某些前後一貫的態度與立場，或可在某種程度上說明冷戰年代文人的心理結構，亦可讓我們從中窺探黃崖的思想意識與文學觀。以下僅以《烈火》為例以論述之。

《烈火》二部作於《蕉風》東南亞化時期。在他所編的刊物偏離「馬來亞化」創刊初衷最遠的時候，他的小說反而比他之前任何將馬來亞地理作為背景的作品都更加貼近馬來亞。此書亦尤能顯見馬來亞政治現實和黃崖親身經歷與感受的融合。他在〈後記〉中說到自己中學時被兩個政治團體爭取的經驗，升大學那年逢大陸變色，也曾每天參加四小時政治學習，直至十個月後逃離故土，去到「不屬於任何中國政權統轄的香港」；幾年之後南來，得知本地青年正經歷與他從前相同的試煉，於是決定寫這部小說。此書將小兒女的愛情置於1959年馬來亞首屆全國大選、彼時學校內外左右思想之鬥爭、家庭糾紛等等大語境中來書寫，個人幸福／愛情的抉擇，在其中與個人人生路向緊密關聯。小說主線之一是沈國基與王寶珠之間的情路坎坷。因為階級背景不同，兩人戀情面對各自家庭的激烈反對。意識形態的鬥爭，是黃崖認為深深銘刻在他與同代青年生命中的「時代的烙印」；他在書中借寶珠之弟寶源、與國基的堂弟國光之口，對此做了較理論性的思辨。唯物論的信徒寶源，認為歷史背景與個人的思想意識密不可分，堅信「客

黃崖《烈火》（1965）（高嘉謙翻攝提供）

觀環境總會決定主觀一切的！」而對左右兩方思想都有意深入理解的國光則質疑此說，認為人的客觀環境可能改變，因此歷史背景——或言階級——就不可能是個人思想形成的決定性因素。他以華人在南洋的經歷說明「歷史背景」的可變易性：

在南洋，我們更清楚的看到一個事實：所謂「資產階級」，在兩代或三代以前都是「無產階級」。而且，我們也相信一件事：現在所謂「無產階級」，可能在兩代或三代之後會變成「資產階級」。（《烈火續集》頁311）

既然人的階級屬性可以改變，那麼又何來由階級而生的所謂「階級性」呢？更何況，人類有愛，而「愛是沒有階級的」。小說借一資產階級的情婦不為「銀彈策略」收買，反而最後為愛刺殺情夫復自殺的小插曲，說明人的情感不能以所屬階級來判定。而國基與寶珠為了長相廝守不惜背離自己的階級，離開家庭、自力更生，更是對毛澤東「在階級的社會裡，只有階級的愛」一說的否定。相對於左派常說的「階級仇恨」，《烈火》更強調愛。小說反覆提到人的生存不能以仇恨作為基礎，反之只有彰顯愛，才能使人類達致和諧。如果愛被否定或剝奪，那麼因婚姻遭反對而致精神失常的國光三姑的下場，則就是最好的警示。

階級決定論的荒謬性，在小說許多人物的言行舉止中多有所見；人的某些情感、心態，在其間是無法以左右來作為判

黃崖《烈火續集》（1967）（高嘉謙翻攝提供）

准的。比如左傾的王寶源與劉亞明，他們認為所有小資產階級都是資產階級的走狗與幫凶，其主張固然是偏激的；然而國光之弟國明認為左傾分子反殖民主義的主張即意味著反對馬來亞獨立，卻未嘗不也是偏激。又比如國基的資本家爺爺與寶珠的無產階級父親，雖然兩人反對國基與寶珠結合的理由不同——前者是基於對王家的成見，後者則由於男方是「階級仇人」——可是

黃崖部分著作（高嘉謙翻攝提供）

兩人在這件事情上的偏執與專制態度，則無二致。

一九五〇年代末馬來亞的政治與文化氛圍，在白垚遺作《縷雲前書》中，是「非左即右，沒有中道」的。然而黃崖《烈火》卻顯然在在否定簡單的非左即右之合理性。主角國光對其弟國明「你不靠右，就是靠左；你不支持什麼，就是反對什麼」的說法甚不以為然；他認為「沒有說『喜歡』，就未必會說『不喜歡』」，因為「在『喜歡』與『不喜歡』之間做一個選擇是不簡單的」。許多事情無法截然兩分，究其根源，與人性本身的複雜性有關。黃崖小說對人性主題向來多所著墨，《烈火》一書更是體現了他對探索人性之複雜多面的熱衷。我們且以寶源和國光的爺爺這兩個階級背景完全對立的人物為例作為說明。寶源基於本身的階級立場而仇視資產階級，覺得與國基戀愛的姐姐是階級叛徒，但因感念姐弟之情，始終沒有堅決阻止他們來往。雖然他認為對姐姐處境的同情將使他陷入自己所輕蔑的「溫情主義」的陷阱，而且也視戀愛為具腐蝕力的「小資產階級意識」，但最終還是答應幫姐姐去說服父親。他對國光也一樣。雖然在階級立場上國光屬於理應被打倒的資產階級，而且實際上寶源也曾利用他來掩飾左翼學生組織的政治色彩（而使國光極為不快），但他對國光卻仍存有真摯的友情。當寶源的家人因與馬共有所牽連而相繼被捕時，他甚至勸告前來探望的國光與他家保持距離，以免惹上不必要的麻煩。至於國光的爺爺，雖然在國光眼中是個自私自

利、冷酷無情的人，但國光也目睹了他不計利害幫助一個中國來的戲班子，甚至還熱心為他們籌到一筆可觀的盤纏的事實。爺爺平時多有種種不近人情的言行，就在國光因而覺得他是個使人憎惡的資本家時，爺爺為捐助學校建立科學館而慷慨解囊的真誠之舉，卻又讓他不得不反省自己對他的評價，並深刻認知善惡是非之間是難以輕易分界。

　　人性複雜，人的思想立場自然也如此。比如在國州選舉中，爺爺對助選、投票等民主程序是積極參與的，然而這並不表示他就熱情擁抱了民主。他強迫家人遵從他的政治選擇，甚至要他們發誓把票投給聯盟的做法，已說明了他對民主的違背。他對操縱兒孫終身大事的獨裁姿態也是對民主的諷刺。另一些人，比如國光同學黎志清的父親，也是資本家，曾贊助兒子成立一支籃球隊以對抗校內左翼學生籃球隊。從表面上看，他是社會主義政治路線的死對頭；然而實際上他不僅無黨無派，甚至對政治不感興趣，他所考量的，只是維護自身的生存與利益不受侵害而已。另一方面，對主張社會主義政治的那一方人馬，說他們反對馬來亞獨立，或如他們自己所說，馬來亞仍在殖民主義與極權主義的治理下、尚未真正獨立，在國光看來，都是把事情一刀切而導致的偏狹武斷之見。

　　上述諸端雖然盤根錯節，但個中存在的價值評斷卻並非模糊不清。小說主角國光對冷戰時期兩個相互對峙的意識形態的探索歷程，在某個程度上大抵折射了作者本身的想法。國光本有意進一步瞭解左翼思想，因此跟寶源提出參加他們組織的要求。不過由於他出身資產階級家庭的「歷史背景」的關係，儘管經受組織的觀察、考驗，但接受他加入的批准遲遲沒有下來。這樣的經驗讓國光覺得，左翼對人的「歷史背景」的過分強調，不啻淡化了人作為個體存在的價值；而更糟糕的是，對組織權威的絕對服從，亦將導致人與人之間失去可能的相互理解、信任等較人性的情感，而人與人之間關係異化的結果，則是人將他人變成了（可加以利用的）工具。黃崖《烈火》中的這些思想，與他主編《蕉風》時期非工具論、反附庸性的文學主張是一致的。

　　相對於輕蔑個人價值的社會主義，小說指出了那個時代另一個可能的選項：自由主義。在故事尾聲，作者借瘋狂的三姑放火燒家以報復獨裁父兄長久以來剝奪自己婚戀與人身自由之舉，極具象徵性的在小說中點燃一把自由主義的「烈火」。而對人生路向的尋尋覓覓，則透過主角國光的思索有所表達。國光否定以抵押個人自由為獲得平等待遇／地位的可能，並認為當人的生活與勞動完全被外在的權力操縱時，平等是不可能發生的。在他看來，自由主義者與個人主義是不可分開的。而個人主義，即如他所尊崇的老師黃士偉所言，其「最簡單扼要的解

釋是：自尊，尊人」；人唯有尊重自己與別人的權利，容忍不同思想的存在，做有限度的犧牲，才能夠與他人和諧相處。和諧，是《烈火》幾番強調的一種圓滿狀態與價值。國光當神甫的四叔就幾次表示，人與人若能和諧相處，「天國」就降臨了；這與黃士偉在一次與國光討論時所言，只有在和諧的環境中，人類才能夠獲得「最高的自由」同義。正因如此，國光對左右兩派同學之間相互破壞、繼而又相互報復的做法都極力反對；他最終也因為左翼組織訴諸暴力的鬥爭手段而徹底拒絕了社會主義。

實際上，和諧也是黃崖貫徹始終的文學主張之一。他在一九六〇年代在《學生周報》的系列文章中就一再提到，文學美感的基本原則是和諧（包括內容與形式、作品與讀者、讀者與社會之間）。到了八〇年代，他在〈漫談文藝創作〉一文中依然將和諧列為構成「美」的首要條件。這篇連載於當時重要現實主義園地《文藝春秋》的文章，還提及諸如「表達」與「傳達」等與他二十年前發表於《蕉風》、《學生周報》上的文章完全相同的看法。黃崖1969年與友聯決裂，十數年後在現實主義刊物上發表的文學觀依舊如昔、未有更易，可見不是什麼「集團立場」。

因此，黃崖在一九六〇年代對現代主義的推崇與推動，不能因其自由主義立場而論定是與友聯的政治目的抑或策略相關。對這種新近流行的文學思潮的熱情，一方面可能是出自他本身對意味著進步的「新」潮流的傾慕；另一方面，其自由主義立場也許讓他覺得應該任由這種文學思潮「自由」發展。儘管他在小說寫法上力求跟上「描寫心理、輕蔑情節」的新／現代的潮流，但在精神上卻還是以五四那種以人文主義為前提的「人的文學」為倫理目標的。「為人生」的文學觀的影響，使黃崖即便是格調通俗的小說，都帶有「反映現實」的使命。這尤其體現在其小說之故事背景與敘述者的選擇上。他南來後的許多中短篇小說都以馬來亞具體地方為背景，而不少故事都出現一個黃姓的敘述者。雖然其地方背景多數都缺乏實際意義，但作者通過真有其地、親歷親聞的元素來打造一種——哪怕是最表面的——現實感的意圖則甚明。六〇年代中期以降他寫了好幾個以本地現實為題材的長篇小說，而八〇年代則在《文藝春秋》發表以本土下層社會人物為題材的「小人物系列」，及以轟動一時的大盜莫達清事件為藍本的長篇《半個太陽》。雖然這些小說多數寫得並不成功，但作家的人文主義關懷倒還是可以肯定的。人文主義的立場，使人與人性一直都是他作品的核心關注。他在《烈火》中表示，「如果能夠喚醒人性的覺醒，什麼困難都會消除」。他那時即已主張人性對階級約束的超越性；而到了八〇年代，他在〈漫談文藝創作〉中也依然

強調人性的普遍性，認為「人性是可以突破時間與空間」的。這一點使他與友聯諸人沒有根本的差異。在白垚多年後的回憶錄《縷雲起於綠草》中，五〇年代末陳思明所提倡的「人本文學」主張，與徐東濱所鼓吹的「新人文主義」理念，都被溯源至五四時期張揚人的覺醒與個性解放的人道主義基礎上；而他自己的〈新詩的再革命〉，亦是「借五四的火把，照當下的天空」。由此可見，黃崖與友聯諸人所體現的，其實是五四知識分子傳統的其中一面。對他們而言，五四——中國知識分子首次擁有「重新估定一切價值」（胡適〈新思潮的意義〉）的自由與正當性的分水嶺、嶄新的「個人主義的人間本位主義」（周作人〈人的文學〉）之倫理與價值確立之開端，比之六〇年代的現代主義，更可為彼等「現代」之源頭。

延伸閱讀

白垚。《縷雲起於綠草》（吉隆坡：大夢書房，2007）。

黃崖。《烈火》（香港：高原，1965）。

黃崖。《烈火續集》（香港：高原，1967）。

林春美。〈非左翼的本邦——《蕉風》及其「馬來亞化」主張〉。《世界華文學論壇》no.94 (January 2016):71-77。

謝詩堅。《中國革命文學影響下的馬華左翼文學（1926-1976）》（檳城：韓江學院，2009）。

亞洲冷戰年代的抒情詩人：
力匡、楊際光

張松建

1949年，在內戰中失敗的中國國民黨政府放棄大陸，退保臺灣。中華人民共和國建立，兩岸分治的局面出現。此時有大量的中國人逃離大陸，許多人流亡到香港，這些流亡者當中有一部分是文化人，所謂「南來文人」。在冷戰的大背景下，這些文人表面上從事文教工作，實際上採用公開或隱蔽的手法，接受美國政府的資金援助，致力於反共宣傳，例如，徐速主編的《當代文藝》，友聯出版社的《中國學生周報》，亞洲出版社、高原出版社、人人出版社。在一九五〇、六〇年代，有兩位南來作家——力匡、楊際光，以文字直接或間接地介入文化冷戰，表達漂泊離散、眷念家國的情懷。

力匡（1927-1991）原名鄭健柏，原籍海南文昌，生於廣州。畢業於中山大學歷史系，1951年流亡到香港，創辦高原出版社並出任總編。1958年5月，離開香港，南下新加坡，終老於此。香港八年是力匡文學創作的豐收季。他主編《人人文學》和《海瀾》，聲名鵲起，當時的文學青年大都受其影響。他在香港出版了詩集《燕語》（1952）、《高原的牧鈴》（1955）、散文集《北窗集》（1953）、短篇小說集《長夜》（1954）、中篇小說《阿弘的童年》（1955）、長篇小說《聖城》（1956）、神話故事集《諸神的復活》（1958），詩論集《談詩創作》（1957）等。

《燕語》收錄新詩四十六首，分為三輯，第一輯「燕語」書寫漂泊者的憂鬱感傷，懷念美好往日。第二輯「和平」表達力匡的冷戰意識形態。第三輯「幸福」的主題是詩人尋獲愛情之後的喜悅和幸福。這部詩集繼承新月派諸子的風格，講究句的勻稱和字的均齊，隔行押韻，流利婉轉，字句曉暢，在香港和東南亞贏得了廣大讀者。《燕語》追憶少年時光和故國人物，在時空錯置中經歷自我認同的危機。短詩〈燕語〉使用戲劇性獨白結構全篇，抒情主體自比為遷徙南國

1　本文是張松建《華語文學十五家：審美、政治與文化》一書的相關章節的摘要，感謝秀威資訊出版社授權。

的燕子，漂流瀚海，來寄修椽——

> 我此刻歇息在你梁上，
> 為了疲倦於長途的飛翔，
> 你說我像是個外地的客人，
> 是的我正來自遙遠的異鄉。

　　後來，「北國」的嚴霜降臨，燕子因為有高遠的希望，不願愚昧地葬送自己，被迫拋棄伴侶，獨自流浪。燕子自言，它暫時棲息於陽光溫暖的香港，如果有朝一日，香港也變成了寒冷的季節，它會勇敢地做出再離散的選擇——

> 當那一天我又恢復了強健的翅膀，
> 我會再追逐於那花香日暖的理想，
> 飛向更南的地方。

　　力匡作為流亡者暫時落腳於香港，在短時間內無法讓身心自我與城市地理建立起情感的紐帶，導致迷失與錯位的感覺，對於居住地往往有負面印象，例如〈我不喜歡這個地方〉。

　　彼時的香港，冷戰的大幕剛剛拉開。力匡與美援文化一拍即合，介入冷戰宣傳。詩集《燕語》的一大主題就是冷戰政治，不少詩作或影射大陸的共產政權，或直斥中共和蘇俄的社會制度。有時出現著名的聖經典故，文學、政治和神學混雜在一起。力匡的第二部詩集是《高原的牧鈴》，大部分篇什是情詩，偶爾也有詠懷時事的作品。力匡的小說也與冷戰宣傳有隱約的關聯，例如長篇小說《聖城》。力匡的小說集《長夜》中的〈心曲〉、〈長夜〉、〈點路燈的人〉服務於冷戰宣傳。

　　力匡移民新加坡以後，家庭幸福，工作穩定，變成新加坡公民，有了國族認同和地方之愛。他的作品出現於《蕉風》、《南洋商報》、《星洲日報》、《聯合早報》、《新明日報》等報章。

　　楊際光出生於江蘇無錫，從聖約翰大學英文系畢業。一九五〇年代初，流亡香港，擔任《香港時報》譯員和編輯，他還是香港純文藝刊物《文藝新潮》的主要作者。楊還發表不少詩和散文，翻譯西洋文學，筆名有「貝娜苔」、「羅繆」等。1959年，移居吉隆坡，出任華文報《虎報》副總編。曾經擔任馬來亞電臺

高級職員、馬國《新明日報》總編。
1974年，移民美國，充當鞋匠，終老
於此。

　　楊際光拒絕在作品中進行政治
宣傳，偶爾含蓄展露社會意識，保持
謙抑、中性的立場，在文字世界裡馳
騁卓越的才情。楊際光是純文學的堅
守者。在《雨天集》的再版自序中，
他承認創作目的是發掘一己之內心感
受，獨抒性靈，表現自我。此乃歐洲
象徵主義文學的普遍特徵。楊際光進
而指出——

力匡詩集《燕語》（1952）（新紀元大學學院陳六
使圖書館提供）

　　　　但因為我的詩主要只是留給自
　　　己看的「日記」，並沒有把許多
　　　人估計為對象，我的寫詩也就只
　　　選擇自己認為最能表達當時思想
　　　與情感的方式，自由而忠實地把
這些思想與情感記載下來，只求能達到可能範圍內最完整的記錄。

　　我的詩，只是我情感與思想生活的記錄，由於我的創作是以詩開始，詩也
是我能更自由使揮的文字上的唯一工具，我常像別人寫日記那樣寫我的詩。

　　楊詩的文風更像是內心獨白（inner monogue）而非戲劇性獨白（dramatic
monologue），它不要求被公眾知曉聽聞，而純粹只是一些個人的內心記錄。
　　《雨天集》收錄新詩八十二首，分為五輯。總體上，楊詩綜合何其芳和李金
髮的風格：意象華麗繁密、跳躍性強，色彩濃郁，文字不太流暢，表達曲折繁
複，多用思想直覺化的技巧和大跨度比喻，有奇思異想，不乏晦澀難懂之處，見
出詩思的敏感纖弱。主題大多是美好愛情的詠吟、生命況味的幽思、複雜人性
的開掘，情感不以宣洩為快而是深沉內斂，有冷靜沉著、孤獨內省的氣質。在
一九五〇至六〇年代的香港文壇，楊詩以其現代主義的特質，引起評論家的關
注。像力匡一樣，楊際光對香港有負面印象，極少描繪香港的景觀建築，偶爾以

楊際光詩集《雨天集》初版（1968）與再版（2001）（高嘉謙翻攝提供）

隱喻方式寫都市墮落，例如〈禮拜〉。在離散流亡的狀態中，楊際光的現代抒情詩有不少傷逝懷舊的主題。〈雨天〉的文字精練簡潔，抒情沉潛內斂，體現典型的楊氏風格——

慢慢翻看記憶的書卷，
逐頁搜尋一聲親切的叫喊，
那曾淋濕過愛情的水珠，

倔強地依附於故居的門環。

流寓香港的楊際光在日常生活中發現詩意和溫情，玩味生命中的美好事物，獲得了短暫的樂趣，保持心靈的溫潤和灑脫。例如，〈桂枝〉有如此清新俊爽的筆觸：

我們細心精擇的桂枝尚未凋零，
釋出柔弱的溫暖，久久的幽香，
瀰漫於一室仲冬的寂寞，
在壁燈的寒影裡，掩住你孤傲的靦腆。

在「阿克塞爾城堡」（Axel's Castle）中低徊流連的楊際光，有時從象牙塔中探出頭來，把憂鬱的目光掃向社會現實，對冷戰表達關注，例如〈憐惜〉推出繁複密集的意象，充滿隱喻象徵，似有國族寓言的意味。楊際光的抒情小詩〈生命〉可以說是《雨天集》的壓卷之作，感性和知性兼備，完美表現出他一生追逐的「純境」詩學——

傾軋在創造和毀滅中間，
我手裡有初獲的幼種，

將長出不可知的花和葉子。
所以我能從無知裡，
對你說深奧的哲學，
且在冬天給你聽，
去春和明春的晚雪的聲音。

　　因為擁有了一枚「幼種」，所以雖然歷經政治劫難，依然深信會有枝繁葉茂的明天；能夠從狂暴的歷史洪流中承傳人類的智慧，也懂得在冷酷環境中憶念和珍愛一切美好的事物。毫無疑問地，這枚種子就是信心、希望與愛。

延伸閱讀

力匡。《燕語》（香港：高原，1961）。
楊際光。《雨天集》（吉隆坡：雨林小站，2001）。

文化冷戰與「南洋兒童」的建構：
一九五〇年代以降《兒童樂園》與《南洋兒童》

徐蘭君

上世紀一九五〇、六〇年代，新馬地區出現了大量的少兒期刊。無可否認，當時亞洲地區的冷戰政治讓這些刊物成為各種意識形態話語角逐的重要文化場域，「無辜」的兒童從而不再純潔如白板一塊，但對市場及讀者人數的考量使得書局和出版者又盡可能地在內容選取上保持中立立場以淡化其政治色彩。這也是新馬地區本土文化意識形成和發展的重要時期，而這些兒童刊物也呈現出比較多元複雜的身分認同。如法國學者菲力浦・阿利埃斯（Philippe Ariès）在《兒童的世紀：舊制度下的兒童與家庭生活》一書中所強調，「兒童」是一個歷史和文化建構的概念。通過對這個時期華語兒童刊物的細讀和分析，我們可以將「南洋兒童」的概念放置於戰後新馬的歷史語境之中，考察其發展的歷史脈絡，並追問以下一些重要問題：「兒童」作為一個有效的歷史和文化概念如何有助於我們理解戰後新馬地區的社會和政治想像？這些兒童刊物與戰後新馬地區新獨立的民族國家的興起、反殖民話語以及海外華人社會國家與族群認同等重要課題之間的關係又是什麼？當我們把新馬文學及文化中的兒童問題不僅放在「兒童文學」的範疇裡，而且將之放在整個亞洲區域的華語文學文化發展的語境中來討論時，它又將呈現出怎樣新的研究意義？值得注意的是，雖然不免有「左」「右」意識形態之爭，但這些兒童刊物名稱中的「南洋」和「世界」等概念、跨國的出版網路和讀者互動、以及相互呼應的欄目及主題的設置都在提醒我們冷戰氛圍下兩大陣營文化出版之間界線的模糊以及超越意識形態的互動關係。

《兒童樂園》和《南洋兒童》是當時在新馬地區影響非常大的兩份兒童刊物，都創刊於一九五〇年代，圖文並具，深受當時年幼讀者的喜愛。《兒童樂園》於1953年由香港的友聯出版社創刊出版，至1994年停刊，共出版了一千零七期，其讀者多數為六歲至十三歲之間的小學生群體（從刊物所刊登的讀者來信可推知）。談起友聯出版社的政治背景，曾是友聯出版社社長的王健武先生將之定義為「第三勢力」，在當時的香港屬於政治上的中間派（盧瑋鑾、熊志琴《香港文化眾聲道》，148-149頁）。另據為友聯服務多年的林悅恆先生回憶，「『友

聯』是政治性比較
強的團體，它的政
治主張是：民主政
治、公平經濟、自
由文化，這是它基
本的信念。我們覺
得在香港進行工
作，教育是很重要
的，故此希望在不
同的階層進行工
作，所以有《兒童
樂園》、《週報》、

《兒童樂園》（1953-1994）（徐蘭君翻攝提供）

《大學生活》、《祖國》週刊，這些雜誌的出版時間先後不是相差很遠，大家覺得
這幾個層面都必須包括在內。」值得注意的是《兒童樂園》創刊號開篇就是題為
〈新加坡的孤兒市：大家選舉出市長，自己來管理自己〉的文章。一份在香港出
版的兒童刊物，為什麼開篇講述的是新加坡故事？無獨有偶，第3期「歌曲」一
欄中出現署名為徐晉的《南洋歌》，以及第9期上的《神祕之島》，則配搭著完
整的南洋地圖；從刊物所列出的代理經銷商的地理位置來看，其銷售網路也是遍
布東南亞各個重要國家及城市，甚至遠銷到日本東京和美國芝加哥。可以說，這
是一份被跨國兒童群體所廣泛閱讀的雜誌，而新馬地區是其最重要區域。

　　友聯出版社在某段時期曾受到美國亞洲基金會（Asia Foundation）的財政支
持，因此《兒童樂園》儘管想保持一定的中間性，還是難免會不時呈現其美援文
化基底，內容編排上推崇「真善美」和「自由民主」等核心理念。例如創刊號直
接刊登了〈自由歌〉為標題的詩歌：

　　　　圖畫辭典裡，什麼字都有。最美麗的字，就是「自由」。什麼叫自由，大
　　家來研究。想一想！小朋友，籠裡鳥兒叫，網裡魚兒跳，叫不停，跳不停。
　　自由不自由？再想想！小朋友，鳥兒空中飛，魚兒水中游，來悠悠，去悠
　　悠，自由不自由？

　　詩歌對「自由」願景的推舉呼應了當時友聯出版社的政治追求。詩的配圖
就是一漁翁在海邊打漁的恬淡景致。「自由」的理念與畫中「海裡的魚」、遠處

《南洋兒童》第41期（徐蘭君翻攝提供）

航行的船以及空中飛翔的鳥等意象共同繪織出一幅與自然相關的理想烏托邦圖景，弱化了政治宣傳通常會有的生硬和刻板。另外，一九五〇年代《兒童樂園》由廣東南來畫師羅冠樵所繪的雜誌封面和插圖充滿濃郁的鄉村田園氣息，經常呈現「民俗中國」的文化想像。這種傾向直到六〇年代香港本土意識逐漸興起後才有所改變，開始更多地呈現西方節日習俗（如耶誕節）、外國童話故事和現代大都市生活場景。

如果說《兒童樂園》呈現出比較明顯的親美傾向，《南洋兒童》則相對左傾，創刊於1959年4月25日。這份雜誌前身是中華書局於1923年在上海創辦的《小朋友》。1949年以後重新出版的《小朋友》由於其明顯的共產主義傾向，無法直接發行海外。1953年1月，中華書局廣州辦事處所編的《小朋友》半月刊海外版在香港創刊，內容以文字為主，黑白印刷，遠銷新馬等地。1958年10月，英殖民政府直接禁止中國四十三間書局及香港十間書局的圖書進口新加坡，認為這些刊物可能會妨礙「效忠馬來亞的進展」。在被禁名單中，兒童讀物出版社、人民教育出版社和少年兒童出版社等主要從事青少年兒童教育讀物的出版社都赫然在列。其實在之前的一年，馬來亞聯合政府已經發出類似的禁令，香港版《小朋友》刊物因而無法在馬來亞銷售。新加坡殖民檔案的一份報告（1953年）也顯示這些在中國大陸及香港出版的兒童刊物引起了當地書籍檢查處的注意：「在中國和香港有越來越多的以兒童或青少年為主要對象的刊物出版。總的來說，印刷品質不錯，圖片也很吸引人，可是故事通常會激發馬克思主義思想，不過還不至於構成足夠的理由禁止它們入境。」也正因為如上

表一、《兒童樂園》、《小朋友畫報》和《南洋兒童》欄目比較

兒童樂園	播音臺	小圓圓	寶寶遊記	民間故事	歷史故事	科學知識	動物故事	生活故事	偉人故事	圖畫小習作	寓言	童話
小朋友畫報	彩色電視	小強的故事	小朋友遊記	民間傳說	歷史故事	科學知識	動物故事	生活故事	人物故事	小朋友畫室	寓言	長篇連載童話
南洋兒童	彩色電視	小強的故事	小朋友遊記	民間故事	歷史圖畫故事	不定期	動物故事	生活故事		益智故事畫	寓言	長篇連載童話

這些原因，1959年香港中華書局就以「小朋友畫報社」的名義再次改版《小朋友》刊物，學習《兒童樂園》更靈活有趣的內容編排，增用大量彩圖與連環畫，並分設兩個版本：在香港，以《小朋友畫報》的名義發行；在南洋，《小朋友畫報》易名《南洋兒童》，以「南洋兒童出版社」名義主銷東南亞各地。（霍玉英〈五十年代華文兒童雜誌的足跡〉）仔細比較分析，《小朋友畫報》和《南洋兒童》的許多欄目可以說是直接搬用《兒童樂園》（見表一），以圖畫為主，全刊彩色印刷，主動迎合香港以及新馬地區讀者的中產化和娛樂化的閱讀興趣。此類改變和模仿可以說是冷戰局勢和市場需求雙重壓力下的一種調整。同時，《兒童樂園》和《南洋兒童》雖然政治傾向不同，不過在建構未來理想公民以及社會「發展」話語等方面卻有不少共用部分，呈現一種相互作用的開放狀態。

　　同時，為了特別迎合東南亞的政治環境變化，《南洋兒童》逐漸呈現出比較強烈的一種馬來亞意識。比較典型的例子是其不少封面都與馬來亞獨立此政治事件相關。例如第41期，封面是一名馬來亞男孩身穿典型的馬來族服裝，站在一汽車上向周圍群眾致敬，特別突出的是覆蓋在車頭上的馬來亞國旗，在兒童與新成立的國家之間建立直接聯繫，預示了他們未來政治身分的歸屬。根據同期的正文介紹，這位男孩被稱為是「最勇敢的兒童」，他不顧個人生命危險在急流的河裡救起落水的兒童，因而被馬來亞聯合邦最高元首授予勇敢獎章。如果聯繫到香港《小朋友》在馬來亞禁售的問題，這樣強烈的在地化傾向在某種意義上可以理解為一種策略性地淡化中國意識的行銷包裝。不過在讀者的接受層面，具有明顯馬來亞色彩的雜誌對當時年幼一代的身分認同難免也會有潛移默化的作用。

　　綜上所述，一九五○、六○年代在新馬地區傳播與發行的兒童期刊，多數在

香港編輯和出版，而為了適應當地的政治意識形態以及讀者的需求，它們的內容及身分在持續地變動。不論是《小朋友》這樣同一份雜誌為了克服意識形態差異進行多次版本變身直到為新馬地區兒童量身定做的《南洋兒童》，還是《南洋兒童》與《兒童樂園》兩份政治傾向不同的雜誌在欄目編排上卻互相影響和滲透，這些期刊中所呈現和建構的「南洋兒童」概念始終處於一種流動、變化和發展的歷史動態中，呈現出這個時期所特有的豐富和多元性，值得我們將來進一步研究和討論。

延伸閱讀

菲力浦・阿利埃斯（Philippe Ariès）。《兒童的世紀：舊制度下的兒童與家庭生活》。沈堅、朱曉罕（譯）（北京：北京大學出版社，2013）。

霍玉英。〈五十年代華文兒童雜誌的足跡〉。曹蓉（編）：《世界兒童・童心永遠》（新加坡：大眾控股，2004）。

盧瑋鑾、熊志琴（編著）《香港文化眾聲道》，第1冊（香港：香港三聯書店，2014）。

徐蘭君、李麗丹（編）《建構南洋兒童：戰後新馬華語兒童刊物及文化研究》（新加坡：八方文化創作室，2016）。

新村的文學記憶

廖卓豪

新村是馬來（西）亞冷戰的遺跡，至今已經有七十餘年的歷史。1948年，英殖民政府宣布緊急狀態，為了切斷給予馬共的支援，英國政府實行了大遷移政策（mass resettlement），主要目標就是居住在郊區的華人。1948到1960年，超過五十萬的郊區華人被逼遷移與集居在後來改稱為「新村」的地區，失去了原有的屋子與生計。在緊急法令期間生活在新村的華人，經歷了種種的煎熬，他們受到監視與宵禁，失去個人自由。雖然如此，新村的歷史依然在國家敘述裡缺席。依照獨立後馬來西亞政府的冷戰劇本，以英殖民擊敗共產黨的立場為先，並沒有關注當時被逼遷移的郊區華人所承受的代價與損傷。

然而關於新村的文本與官方論述則相反，它們描述被迫遷移者的歷史創傷。這類文本一般根據郊區華人的口述歷史與民間記憶，尋求官方論述外的新村敘述，可歸為後殖民的回應。從技術上而言，文本創作與敘述者有尋根目的，以村民個人經驗呈現被忽略的歷史。它們追蹤歷史遺跡與創傷，這些詩歌、散文、小說或影片都呈現了時差，從瑣碎的觀點重構一個被邊緣化的空間。

漢素音的《餐風飲露》（*And the Rain My Drink*）是新村文本的典型取樣。這本於1956年冷戰時期出版的小說，提起新村敘事的幾個關鍵問題。小說描述遷移過程的影響，表露郊區華人的心聲，以一種自下而上，人民觀點為先的歷史敘述批判英殖民政府的遷移政策，引起當時英殖民政府的不滿。敘述者是一名在柔佛州工作的外籍女醫生素音。她觀察馬來亞殖民社會在戰爭陰影下的矛盾，探討殖民霸權與反共政策對當地華人留下的傷痕。小說的敘述者素音以觀察者的姿態，記錄當時柔佛州不同階級人物的行動舉止與情感。

《餐風飲露》把作者融入故事，以虛構處理歷史細節。小說的每一章描繪馬來亞各種階級的人物，其中包括官方員警、政治家、參與鬥爭的共產黨員，處在戰爭之間的郊區華人，以及外來醫生和牧師等。素音是小說中的連貫人物，透過她與當地人的互動啟動故事，間接顯示作者的敘述位置（subject position）。這同時反映了一個處理邊緣歷史的關鍵問題：作者與被敘述者之間的空洞，以及敘述

漢素音著，李星可譯《餐風飲露》（1958）（高嘉謙翻攝提供）

裡隱含的權威性。英殖民政府把華人劃入新村界線進行管制後，以各種宣傳手冊與影片理想化新村政策，隱藏了他們對郊區華人的各種偏見以及新村的實際情況。不同的是，小說敘述郊區華人在緊急狀態下生活在「火與水之間」，是官方與共產之間的受害者，無奈地成為了冷戰敘述中的一個空洞。

與此同時，新村政策也改變了馬來亞郊區華人原有的生活狀態，這是歷史上的另一個空洞。王潤華與冰谷的書寫把遷移的創傷轉述為華人失去家園和大自然受傷的過程。十歲被迫遷移的王潤華，以散文與詩歌，歌頌南洋華人遷移前在郊區的生態與風俗習慣。2003年英譯散文集 *Durians Are Not the Only Fruit*，收集歷年來有關南洋華人生態的散文，描述南洋華人跟熱帶雨林的淵源。王把南洋華人比喻成從拉丁美洲移植過來的橡膠樹，兩者都是被英國殖民政府大量運到馬來亞的外來人與外來植物。南來華人長居在熱帶雨林以後，在異鄉落地生根，與森林裡的生物互動而產生出新的文化。他以人類學的敘述方式

王潤華雙語詩集《新村》（2012）（高嘉謙翻攝提供）

描述華人吃生魚，使用蕨類，與橡膠樹相依為命的情節。所謂的「南洋文化」，是一個奇異、魔幻的本土文化。2012年雙語版詩集《新村》（*The New Village*）（1999年《熱帶雨林與殖民地》的翻譯與重版）則記錄郊區華人遷移後被迫中斷的生態。王把詩集比喻為墓碑，哀悼失去的南洋故鄉。英殖民政府建設新村，在其外圍建造籬笆與站崗位置，改變了他心目中浪漫的熱帶雨林。

冰谷的散文帶有為黑白的歲月填上彩色的風範，而敘述者始終是郊區的小孩。2015年的《辜卡兵的禮物》與2020年的《斑鳩斑鳩咕嚕嚕》都是作者「翻閱童年」，追憶與重現郊區童年生活之作。這些散文不追求南洋

英培安《騷動》（爾雅出版社，2002）

的群體代表性，敘述範圍僅限於霹靂郊區與鄉村的家人、鄰居與動植物。散文描繪童年生活的辛勞，以及因年老而逐漸失去的感官記憶，並且不斷重現回憶中的稻田、橡膠、野生植物、果樹、鳥和魚，在尋常的家庭故事中穿插大歷史的痕跡。《辜卡兵》則記敘緊急狀態頒布後，兵士經常在郊區出現，再加上遷移造成的轟動，無辜的童年也就此結束。自此敘述者「走上夢魘的開始」，領悟了戰爭的恐懼，於是新村既是一個成長空間，也是童年缺席的開始。作者只能在散文中掛念已模糊的往事以及被剝奪的少年生涯。

王潤華和冰谷的作品都屬於當事人對童年生活的寫作，他們回顧遷入新村之前的故鄉，重現較為本土的生活記憶。相較之下，年輕一輩的創作者在不同的領域與國家，重構新村想像。新加坡作者程異（Jeremy Tiang）2017年的《緊急狀態》（*State of Emergency*）把新村郊外發生的事物，延伸到新加坡的冷戰政治動亂。小說重現的新村與王潤華的作品相似（程異是王潤華散文的譯者），不難從中看到南洋的寫作譜系。這本小說與英培安2002年的《騷動》也有共同之處，兩者都敘述馬來亞森林與郊區暴動所留下的個人創傷，而新村成為亞洲冷戰的原罪。影像方面的新村文本有留臺導演廖克發2016年的紀錄片《不即不離》與居

留歐洲的新加坡藝術家沈綺穎（Sim Chi Yin）2021年的攝影書刊《*One Day We'll Understand*》，各自以新村生態與景觀為背景，追溯流離在中國、泰國、馬來亞左翼前輩的冷戰記憶。這些文本運用影像與聲音，把新村的生態與記憶連接成一個跨國的聯想，進入較為抽象的想像空間。由此可見，新村文本涉及了生態、記憶、與後殖民等多元議題，可以促進全球與亞洲對冷戰的理解，它作為一個邊緣的空間與生態，值得我們關注。

延伸閱讀

黃錦樹。〈馬華文學裡的橡膠樹〉。廖宏強、黃錦樹、張錦忠、冰谷等（編）：《膠林深處：馬華文學裡的橡膠樹》（居鑾：大河文化，2015）。

Liew Zhou Hau. "Ecological Narratives of Forced Resettlement in Cold War Malaya." *Critical Asian Studies* 52.2 (2020):286-303.

Tan Teng Phee. *Behind Barbed Wire: Chinese New Villages During the Malayan Emergency, 1948-1960* (Petaling Jaya: SIRD, 2020).

四

寫實主義與社會現實主義

黃錦樹

1948年爆發的「馬華文藝的獨特性」大論戰被同時代人稱做是「馬華文學的獨立宣言」（苗秀《馬華文藝史話》），方修的《戰後馬華文學史稿》也花了將近1/3的篇幅詳述它。這場由周容引發的論爭奠立了馬華文學的現實主義，以「僑民文藝」為對手，強調反映「此時此地的現實」，以促進革命動員。這場論爭帶著總結意味，但其基本論點並沒有超過鐵抗1940年的〈馬華文藝是什麼？〉〈馬華文藝的地方性〉〈馬華文學作品的口語〉這幾篇綱領性的文章，此後再也沒有什麼實質性的推進。方修的論述基本上也在這航道上，把這樣的反映論作為文學史判斷的基準。但所謂的「此時此地的現實」其實有它的主觀性，一旦不受「傾向性」的操控，主觀選擇的空間就更大。

自一九三〇年代以降，馬華文學現實主義（社會寫實主義）雖然一直自居主流（基本上依賴方修的論述和文學史敘事），然而在歷史的長期發展中，對很多作者而言，大概也就是盡力敘寫自己熟悉的、有限的現實而已。方天是少數的例外，他的「寫實」得力於田野考察。

林參天、苗秀，方天，方北方，韋暈，于沫我，雨川等，都各自以自己的方式實踐一己的「現實主義」寫作。鐵抗建議多用星馬華人的口語，以讓作品更為通俗生動，也不是每個人都能做到的。林參天，方天，韋暈，于沫我甚至和方天一樣短暫居留的劉以鬯，是箇中的佼佼者。

但也有像威北華那樣的作者，在寫實主義的視域之外，以自己的方式「再現現實」，同代人方修對他的漠視更道出了某種不可忽視的「政治現實」。另一方面，如果換一個視角，可以發現即便是舊體詩，也有它承繼自文類傳統的「反映現實」之道。

隨著左翼思潮的深化，魯迅在星馬的影響也加激。但它從來都不是文學的，不過是高度政治化的紅色魯迅。偶像崇拜加上勉強模仿的、化名攻訐的雜文，因此留下的文學遺產之貧乏，卻很深刻的反映了星馬華社的某種殘酷的現實。

認同歸宿與個人風格的雙重追尋：
戰前作家林參天的馬華書寫

曾昭程

因為史料稀缺而且鉤沉不易，今天的讀者對二戰前馬來亞華文作家的情況所知甚少。從一個特定的角度來說，林參天（1904-1972；筆名林莽）卻是個例外。經由作家留存的憶述文章與口述材料，讀者得以相對完整地瞭解他的創作軌跡和反思。本文聚焦其醞釀多年的長篇寫作計畫，希冀更深入細緻地看待這些材料，從而重新評量林氏的寫作實踐。

林參天原籍處州（今天浙江省麗水市一帶）。1927年3月自中國南渡之際，他尚未投身創作。然而，他的馬來亞經歷卻頗似許多南來文人，在初抵異鄉後即加入了在地的華僑教育工作。再者，他也和好些在報界與文教界耕耘的南來文人一樣，最早是在新加坡登岸。在島上他結識了一批馬華文藝的拓荒者，1927年下半年隨同譚雲山去了半島東岸的馬來屬邦丁加奴，在那裡的中華維新學校執教。

1929年，林參天離開丁加奴，去了馬來亞西海岸的另一所華校，並開始為馬華文壇的副刊園地供稿，文類最初只涵蓋戲劇和文化評論。在1932年落戶吉隆坡的三年後，他接到父親病逝的消息。當時他剛完成《濃烟》的書稿，原本打算在返鄉奔喪的旅程中再修訂一遍，後來卻決定在途經上海時寄發給出版社。書稿得到著名編輯傅東華的賞識，隔年被收錄於著名的「文學社叢書」，由上海生活書店發行。《濃烟》從此成為新馬文學史上首部刊印的長篇小說。

失怙後他在一篇於《星洲日報》副刊《晨星》上連載的悼念文章〈紀念先父〉裡，表達了對未能侍奉父親終老的愧怍，亦反思了個人漂泊的際遇：

> 近年來我對於這可詛咒的飄泊生活感覺到厭倦，常常想投到我親愛的祖國的懷裡去。南洋不是我久留的地方，它是知識界的墳墓。…然而我將怎樣能擺脫這墳墓呢？旅囊是這樣的拮据，祖國是那樣悽慘！我不能擺脫我內心的痛苦！

1935年的林參天在馬來亞已娶妻生子，卻仍說南洋並非他久留之地。開枝散葉但未落地生根的生命樣態反映的是他根深柢固的僑寓心理。耐人尋味的是，林參天一方面借緬懷父親的機會批判馬來亞（南洋）在地知識界的貧瘠，另一方面卻於其他文化評論中鼓勵地方作家深耕馬來亞文藝的園地。他在《星洲日報》1935年的新年特刊裡表陳：「我對於南洋文藝是抱著樂觀的態度。……這個艱苦的工作，全在我們的作家埋頭苦幹，才能使南洋文藝向前邁進！」如此矛盾的離散心緒折射了作家複雜的身分擺渡。對林參天而言，他既認同北方的

林參天（曾昭程提供）

「祖國」，卻也意識到個人身為華僑的文化承擔。從這個角度審視，強調文學書寫的在地色彩或許隱指文人某種向中國傳輸域外風土的使命，而未必可被視為徹底獻身南洋的實踐。

　　即便如此，解讀林參天一九三〇年代中期的馬來亞書寫不應只掂量其國族兼或地域認同的曖昧性。換個角度，我們亦可探究他從事小說創作的藝術考量。作家為《濃煙》首發版（1936）撰寫了一篇之後的版本均不收錄的自序，其中談及自己對文字形式的用心：

　　　　文字，卻採用了許多南洋流行的口頭語和俗字。比如：「嗎那格夠」這一句話，「嗎那」是馬來話「哪裡」的意思；「格夠」是廈門土話。南洋人聽來，這是非常順耳，但國內讀者看到，就會莫明其妙。「峇」字，本來讀作「溢」，但南洋人讀作「巴」，如「峇峇」、「峇都」，都是天天看到的字。「叻」字，本來也是南洋的俗字，但現在國音字典已收集去了。…如果國內想溝通中南的文化，那麼這些流行的南洋俗字，也應該要懂得一些。

　　果不其然，讀者若深入行文就會遇上小說再現當地語言風貌的各種形式。從採用在馬來亞通行的異體字和異讀字，到直接利用英文字符和粵語字符來表現對話，再到運用英文字符和中文字符來記錄馬來語，這些舉隅式的表現策略主要散落在小說前半部分，希冀能在文學語言的層面上體現地方性，其目的除了如作者自陳，乃為中國和南洋搭建相互瞭解的文化橋梁，實則也暗含他自立風格的意圖。林參天晚年發表了一篇創作論〈談我的寫作〉，交代了自己追求獨創性的寫作觀：

《濃烟》初版 頁封面（曾昭程翻攝提供）

從前有個愛好書法的人，摹擬各種碑帖，孜孜不倦，雖然他如此專心臨帖，但終究學得不到家。有一夜，他在牀上睡不著，便就地取材，在妻子的肚皮上一撇一捺的練習。他的妻子被他搞醒了，問他為什麼在她的身體上寫來劃去？他說：他在學字。他的妻子說：「你自己有身體，何必在我身體上學字？」這句話觸動了他的靈感，以後他獨創體例，自成一家了。

學字如此，寫文也是如此。創作的過程，固然要經過摹仿，如果專門摹仿他人的作品，而不自己獨創一種風格，至多被你學得像似，而失去自己的創作性…文章的風格，實在好像人的面樣，各各不同，別的姑且不談，單就魯迅、茅盾、郁達夫、老舍、張天翼這五位的作品而論，那種尖刻，綺靡，頹廢，幽默，活躍的筆調，顯示出不同的風格。他們的這種風格，都（是）具有獨特性的，是一種作者性格的表現，不是隨便摹擬可以成功的。

在這個頗具自省意味的片段裡，林參天借由一個寓言闡釋了「體」的兩重意象。首先，不同書法家的碑帖隱喻藝術的體裁與樣式，更讓人聯想到「體」在中國古典文學批評裡涉指的文類本質和個人風格，帶有典範建構的含義。如是觀之，林參天彷彿在對照人的身體與作品的風格（「體」的第二層含義）。若沿用古典文學批評的觀念發想——《文心雕龍》收錄了劉勰關涉「體」（作品風格）和「性」（作者性格）的論述——則故事的啟示或許在於闡明個別身體所涵養的人之心性乃培育創作個性的關鍵資源。

往前推衍，林參天將「學字」等同於「寫文」，提到自己通過比較的方法仔細研讀了許多五四作家的作品，最終把他們的創作風格類比為不同的人紛繁殊異的面相。饒有意味的是，劉勰在《文心雕龍》的〈體形〉篇裡亦曾述及「各師其心，其異如面」的觀點。緣此，劉勰所謂「夫情動而言形，理髮而文見，蓋沿隱

以至顯，因內而符外者也」，與林參天暗示的那個由表（身體）入裡（心性）、再形之於外（面樣）的創作歷練過程，似有共通的旨意。誠然，目前沒有文獻證明林參天汲取了《文心雕龍》的思想養分，然而那番援用「體」和「面」兩個概念的措辭說明他從未服膺簡單的現實反映論。《濃烟》的語言再現策略其實蘊含了他對形塑個人風格的思考。

換言之，除了承襲一貫的看法，將《濃烟》單純看作反映南洋華僑教育問題的小說，讀者不妨把小說視為馬來亞先驅作家踐行的一場文學實驗。儘管林參天的實踐不算成功，甚可謂是失敗的——小說敘事發展到中途，安排了一名「著者」打岔，宣稱此後多語的社會現實皆「直接用國語文」反映——讀者仍可從那場未竟的實驗中感受到輾轉徙居的他，如何意欲通過小說語言形式的探索，在馬來亞打造文地相宜的創作理想。

戰後新加坡的青年書局為林參天陸續出版了他的短篇小說集《餘哀》（1960）和第二部長篇小說《熱瘴》（1961）。同樣處理僑教題材的《熱瘴》其實亦完成於戰前，但並未像《濃烟》那樣，以較具規模的篇幅來反映馬來亞異言異語的聲音地景（soundscape）。其短篇作品在語言表達的層面上也欠缺持久的在地化經營。概因他後來對文學語言的看法有所改變，認為大量引用各族語言和各種方言會損害作品的藝術效果，林氏鍛造個人寫作聲腔的探索止於《濃烟》的嘗試，使他終其寫作生涯都未能凝結獨特的風格特質。

延伸閱讀

Chan Cheow Thia. "What is a 'Man from Greece?' The Micro-dialectics of Ethnicity in 1920s and 1930s British Malaya." *SOJOURN: Journal of Social Issues in Southeast Asia* 33.3 (2018):536-575.

郭秀女。〈長篇小說《濃烟》的多層面意義〉。羅福騰（編）：《新馬華文文學研究新觀察》（新加坡：新躍大學新躍中華學術中心、八方文化創作室，2012），135-176。

曾昭程。〈何處覓家國，文地求相宜——戰前作家林參天的寫作實踐〉。游俊豪（編）：《2019年文字現象：聯合早報〔文藝城〕文選》（新加坡：聯合早報華文媒體集團，2020），95-105。

此時此地：
一九五〇年代方天與苗秀的寫實作風

黃國華

一、提倡「純馬來亞化」的南來新客

　　方天（1927？-1983？），原名張海威，父親張國燾為前中共領導人之一，後改投國民黨。1948年以後，方天隨父親從上海遷至臺灣和香港，1955年南下新加坡從事刊物編輯和小說寫作，僅待數年便移居加拿大。作為短暫寓居南洋的新客，方天在馬華文學史的位置，竟為力推「純馬來亞化」。在星馬華人只能選擇一個國籍的建國之際，方天通過本土化的文藝主張：「真正的偉大的文學一定要從養育它的土地上生長起來」，推助當地華人國家認同的轉移，由僑民過渡至國民，惟自身卻因得不到公民權而最終離開馬來亞。

　　方天的馬華文學代表作，當屬蕉風出版社1957年出版的《爛泥河的嗚咽》（另在香港著有寓言劇集《黃鸝與杜鵑》和小說集《一朵小紅花》），集結1955至1957年間十一篇以馬來亞為背景的短篇小說，多部作品先刊登於非左翼的華文純文學刊物《蕉風》。在剿共和建國的敏感時代，志在詳盡描摹「此時此地」的方天，選擇淡化社會主義色彩的寫實風，作為「在地化」書寫的風格取向。縱然其作與一般左翼現實主義小說，一樣關注底層人民艱難的生存困境，曝露資本家對勞工階層的壓迫（賀淑芳認為方天小說仍有鮮明左翼元素），但方天更著力於探索寫實主義的文學性，並不積極輸出改造社會的革命理念，在相對安全的範圍內，精細地描繪以悲劇為基調的南洋華人生活圖像。

　　我們可將方天非共的寫實主義小說歸納出幾個寫作特點。第一，小說以不同「做工的人」為主角（〈暴風雨〉礦工、〈十八溪墘〉卸貨的苦力、〈一個排字女工的日記〉排字女工、〈豆腐檔邊〉攤販、〈爛泥河的嗚咽〉船工、〈膠淚〉割膠工），作者自言會親自考察各式勞動現場，還原大眾工作細節，追求敘事場景的真實感與細緻度，如〈暴風雨〉添入不少礦場術語，像「吊泵六角」、「加限」、「看電」等。方天除了在小說內曝光各行業勞動力的實際運轉，同時收納當地方言群和異族的多元聲音，呈現南方移民社會的語言生態，如〈暴風雨〉的

粵語「冇緊要」、「唔該你」、「敗傢伙」、〈十八溪垺〉的閩南語「查某運」、「真夠力」、「腳脒」（屁股），還有其他作品不時出現一些馬來語，再現出逼真的、喧譁的、混雜的馬來亞。第二，方天總不遺餘力地在小說中刻畫自然景觀，經營各種效果不一的情景互動，展示一位寫實主義者不俗的修辭能力。有時外景是人物命運的凶兆，如〈暴風雨〉男主角即將面臨工作和家庭雙重打擊前，作者先描繪一段令人不安的暴雨將至：「東邊和西邊的雲，像一個怪獸的兩片猙獰的血唇，大大的張著，要緩緩地將天吞噬。」有時外景與人物心境變遷呈同步化，像〈爛泥河的鳴咽〉在陽光漸從和煦轉向慘澹過程中，主角老榮伯

方天《爛泥河的鳴咽》（1957）（高嘉謙翻攝提供）

也在一日內經歷由平和到沉痛的情緒轉折：「在暗紅的光沉裡，剛釘好肋骨的船架，像從地底挖出來的一具恐龍的屍身，⋯⋯」有時作者則製造「天地不仁」情境，寂靜的自然或冷眼旁觀淒慘的眾生相，或時刻覷覦勞動者性命，大肆渲染人物不被天地憐憫的悲情。如〈膠淚〉寫道：「夜是這樣歇息著，但人中卻有未安睡的心。⋯⋯沉寂的夜，像一隻飽食的恐龍，邁著汗緩沉滯的步子，蕭索的寒風，像那龐大怪物的哮喘。」

第三，方天小說往往帶出無可反抗的宿命觀，悲劇表現不同於慣性「由下反上」的左翼現實主義寫作，前者鳴咽，後者吶喊。從〈暴風雨〉、〈十八溪垺〉、〈爛泥河的鳴咽〉、〈膠淚〉和〈三隻小貓〉，可看到所有人和動物一直苟活著，被家人身體傷亡、勞力隨時折損的陰影所籠罩。但方天小說沒有明顯擺出反抗姿態，強行製造善惡對峙、聲響統一、革命意念篤定的階級鬥爭，而是止於底層厄運無終時的哀嘆，集中勾勒不同勞動個體想奮力一搏又回天乏力的「爛泥」狀態。如〈爛泥河的鳴咽〉最後講述經歷兒子接連死傷的老榮伯，只能安慰孫子快高長大，延續家族生命力，卻暗示下一代極可能重複上一代人勞碌至死的命運。第四，當方天試圖摸索出更具生活深度、非口號式的現實主義美學，我

苗秀部分著作（高嘉謙提供）

們可從整體環繞寫實風的《爛泥河的嗚咽》，隱約窺見作者無意間做出現代主義的書寫轉向。如〈預感〉遠離階級和國家議題的關懷，從不尋常的狗吠聲反覆揣想各種尚未降臨的厄運，放大個體的悲觀意識和生存焦慮。〈我的博士論文〉和〈一個排字女工的日記〉同時以第一人稱視角，片段式記述一位都會衣料公司員工和排字女工的所見所思，分別引出人物內在幽微的孤獨感和無力感。

除了嘗試創作具本土特色的馬華小說，方天作為《蕉風》首任主編，亦在刊物草創時期貫徹「純馬來亞化」理念。這包括前十二期《蕉風》邀請南洋畫派製作馬來風格的封面，還不時刊登眾文藝界人士探討馬華「獨立文藝」的座談。此時《蕉風》更設置「采風」欄位，定時刊載關於南洋風土的「食風樓隨筆」，翻譯當地歷史、傳說和馬來文學，藉由重構自己的「史」，發動自己的「風」，短時間內發現或創造馬來亞國民共享的地方記憶。這群「采風者」不少是剛抵星馬並考慮定居於此的南來文人，通過「風」的采之食之，重組物知識，調整他們的地方感、身體感和認同感。例如方天在《蕉風》曾化名「辛生」，自行撰寫難辨真偽的民間傳說〈孕婦島〉和〈大肚國王與千里香——又名生命的水，是椰子的故事〉。這些故事關乎馬來亞地理命名和物產起源，其寫作意義乃藉由既驚奇又浪漫的傳奇文體，讓自己和讀者快速辨認構成南洋「地方」（place）的特點風物，隱晦而有力地製造華族與馬來亞土地的連結。

二、彰顯馬華文藝「地方性」的本土文人

除了南來文人方天在馬來亞建國前夕，主張將寫作的凝視對象從北方大陸轉向南方半島，早在一九四〇年代末，本地作家苗秀就已參與當時「馬華文藝獨特性和僑民文藝」論戰，比方天更早做出限定的、在場的本土時空表述。苗秀（1920-1980），原名盧紹權，生於新加坡，從小接受英校教育，從中國古典通俗

小說、五四新文學與西方文學（以俄國為主）自習中，打開富現實主義精神的華
文寫作。

　　比起短暫寓居馬來亞的方天，苗秀在新馬文壇留下更為豐碩和全面的成果，
除了小說寫作、報刊編輯和文學評論，還曾在南洋大學開設「新馬華文學」。
苗秀的創作高潮期為二戰結束後至馬來亞獨立前後（一九四〇年代末到五〇年
代），如開始發表中篇小說《古城裡外》（後改寫成《小城憂鬱》，1945）和長篇
小說《火浪》（1947）初稿，出版中篇小說《新加坡屋頂下》（1951）、《年代和
青春》（1956），短篇小說集《旅愁》（1953）、《第十六個》（1955）和《邊鼓》
（1958）等。六〇年代至七〇年代，苗秀出版物主要是文學批評和文學史論著，
包括雜文集《文學與生活》（1967）、《馬華文學史話》（1968），以及七〇年代
初編選《新馬華文文學大系》小說二集和理論。該大系收錄二戰後至新加坡建國
前（1945-1965）星馬各文體作品、文學評論與史料。由於編輯群苗秀、趙戎和
孟毅等多為現實主義美學擁護者和「馬華文藝獨特性」支持者，故大系大致延續
方修新馬華文文學史的史觀，以「現實」、「本土」、「愛國」作為取捨和評斷作
品的尺度，但仍保留些許空間予現代派作家（尤其是周粲編選的詩集卷）。簡言
之，苗秀是少數在戰後馬（新）華小說史和文學史建構工程，皆占據重要位置的
本地作家。

　　在〈論文藝與地方性〉（1963）一文，苗秀直接表明馬華文藝須剔除「僑民
意識」的立場，強調作品應突出地方色彩，並以當地華人艱苦鬥爭的生活為具體
內容。此一「本土現實主義」文學理念，貫徹到他個人的小說實踐，我們可從主
題內容和敘事表現兩方面，彙整出其與方天稍有不同的寫實主義小說特點。

　　從主題內容上來看，苗秀小說比方天更加靠攏左翼陣營，滲透出相對強烈的
反日反殖情緒。如《小城憂鬱》、《火浪》、《年代和青春》和《殘夜行》等觸及
日本侵略馬來亞三年零八個月的悲慘歷史，其餘作品則多處理二戰結束後，重返
新馬的英殖民政府帶來一發不可收拾的經濟和治安問題。於是，不同於方天關注
逐漸被壓垮的「做工的人」，苗秀小說經常看見生存在最底層，遊走法律邊緣的
「撈世界的人」，如《新加坡屋頂下》、〈夜〉、〈太陽上升之前〉和〈二人行〉，
皆以娼妓、扒手和舞女作為主角，渲染他們在陰暗裡求生的慘情。苗秀小說中人
物的身分位階與道德水平多呈反比，〈人畜之間〉（1958）和〈婚禮〉（1957）眾
多教育界與文化界人士，竟是唯利是圖的斯文敗類，底層人物反而綻放人性光
輝，如《新加坡屋頂下》的妓女賽賽是有母愛和羞恥心的，扒手陳萬具有劫富濟
貧的俠氣。透過這群有德之人的集體墮落與受難，作家進而將一切生活悲劇歸咎

於社會，完成批判意識裸露的典型現實主義寫作：「這完全不是我們自己的錯。我們大家都無罪的，是社會不好，它迫得我們落到咁樣地步！」（《新加坡屋頂下》）

其次，苗秀不少揭示現實黑暗面的小說，同時裏挾著男女戀愛的敘事線。如《新加坡屋頂下》故事主線為二人相戀過程，從各自隱瞞「黑」與「黃」非法身分到最後走向相知相惜，《小城憂鬱》亦是講述抗日亂世中才子佳人的戀愛悲劇。這一「浪漫＋現實」寫作模式，曾被強調社會價值的文論批判，如趙戎〈苗秀論〉一方面指出《新加坡屋頂下》浪漫蒂克的情節牽強，一方面認為《小城憂鬱》的文化青年不應把戀愛當做第一義，暗示苗秀現實主義寫作的不徹底和不成熟。但換個角度，像《新加坡屋頂下》這般通俗化的私情書寫，不僅擴大閱讀受眾範圍，更讓讀者得到一份非革命話語的救贖：當個體無力抵抗敗壞的世界，同是天涯沉淪人可彼此撫慰，顯現所剩無幾的生命力與情動力。

再者，苗秀小說引出兩種漂泊與離散課題，記錄一九五〇年代華人身分和身體的流動現象。其一，〈黃瓜嬸想不通〉（1959）講述逐水草而居的過番客黃瓜嬸，不再留戀了無生機和排斥外來者的新加坡，視中國唐山為最終依歸，斷絕在南洋落地生根的念想，揭示南來中國人難取公民權的困境。其二，苗秀更多小說，像《新加坡屋頂下》、〈旅愁〉（1953）和〈還鄉〉（1957），乃敘述主角從北馬來亞鄉村南下繁華的新加坡城，在承受「吃人的」都會層層剝削後，漂泊者偶爾憶起離開的故鄉，惟此「鄉」不再是大陸原鄉，而是半島家鄉，小說有意無意地展露出本土的認同意識。

而從小說整體的敘事表現來看，苗秀體現「地方性」的主要策略，與前面述及的方天，抑或是同時期于沫我、趙戎和白寒一樣，在人物對白和敘事者言語中運用大量方言。以代表作《新加坡屋頂下》為例，充斥大量源自作者籍貫的廣東話：搵食、利市、佢、蘇蝦仔、乜野、咁靚，有不少馬來語音譯詞彙：痧結（生病）、班藝（能幹）、卡周（找麻煩），其中還涵括一些江湖黑話和嫖妓術語。作者自言如此敘事語言（「大眾語」）才具有日常性、現實性和地方性，加強作品本土色彩。這種刻意去標準化和混雜化的語言表現，比方天小說有過之而無不及，曾招來一些論者質疑，陳世俊〈苗秀小說的藝術特色〉即批評苗秀小說濫用方言和自創不合語法的新詞。

此外，苗秀小說雖然也像方天那般，花不少筆墨描繪熱帶景物，但技法和成效相對單一，甚至重複。如〈旅愁〉和〈黃瓜嬸想不通〉同時寫道「粗豪的雨，鞭打著大地」和「巨大的雨點，開始憤怒地鞭打這城市」，敘事空間和人物心境

總是同步陰鬱，不似方天《爛泥河的嗚咽》時而做出情與景一動一靜的反襯。最後，我們不難發現苗秀現實主義小說在敘事技巧上一些不足之處，即有的情節設計太過巧合（如〈二人行〉）、重視事件的疊加推進而忽視人物的內在變化，以及結尾經常戛然而止，令人有故事線尚未完全收束之感（《新加坡屋頂下》和〈旅愁〉尤為明顯）。這可能是苗秀個人寫作造詣問題，也可能是「為人生而藝術」和仰賴生活經驗的現實主義文學理念，使得苗秀過於急切地展示一切「被侮辱與被損害的」（Humiliated and Insulted）情境，犧牲一些真實的生活或情感邏輯，同時無法負荷更為錯綜複雜的人事物，預示馬華現實主義的創作窘境。

延伸閱讀

方天。《爛泥河的嗚咽》（新加坡：蕉風出版社，1957）。

賀淑芳。〈方天在《蕉風》的寫實主義書寫〉。張錦忠、黃錦樹、李樹枝（編）：《冷戰、本土化與現代性：《蕉風》研究論文集》（高雄：中山大學人文研究中心，2022），99-136。

李琬容。《多元視角的現實主義再現：苗秀的小說世界研究》。文學士論文，南洋理工大學中文系，新加坡，2016。

林錦（編）《苗秀研究專集》（新加坡：新加坡文藝協會，1991）。

苗秀。《新加坡屋頂下》（新加坡：文工書店，1962）。

一九六〇年代馬華作家代表：韋暈

莊華興

韋暈（1913-1996），生於香港，祖籍山東濟寧。在香港官立澤文中學受教育，畢業後進入廣州美專學習。1937年，為了躲避日侵戰火而南來。1991年獲第二屆「馬華文學獎」。

他歷經抗戰、日據時期、戰後動盪時期與馬來亞獨立建國；從當小兵、輾轉各地，最後在南洋落腳。在馬來亞，他幹過各種行業，做過教師，販賣洋雜、雜誌，教科書編輯，巴士車公司經理，生活經驗與人生閱歷豐富，如他的散文集——《野馬隨風》的題意，天涯海角，自由馳騁。他創作五十餘載，不曾中輟，他的小說見證了一個苦難的大時代。他年輕時代寫小說，一九七〇、八〇年代轉而寫散文與遊記。戰後二十年，韋暈是馬新七位出版長篇小說的作者之一，作品是《淺灘》。其他六位是苗秀（《火浪》）、林參天（《熱瘴》）、方北方（《遲亮的早晨》、《刹那的正午》）、趙戎（《在馬六甲海峽》）、李汝琳（《漩渦》）、李過（《浮動地獄》）。因此，可以說韋暈是從僑民過渡到馬華身分的第一代作家。

他在新馬的創作可分為三個階段：戰前1933至1941年、戰後初期1956至一九六〇年代、七〇至八〇年代。收穫最豐的是第二個階段，他在本時期交出了最具代表性的長篇小說《淺灘》。戰前他以上官㝷為筆名發表《非英雄史略》、《小鬼頭孫三》，打響了文名。韋暈是個多產作家，已出版長篇小說《淺灘》（1960）、《海不變》（馬夫之主編，1997）；中篇《還鄉願》（1958）、《荊棘叢》（1961）、《隕石原》（1981）；短篇小說集《烏鴉港上黃昏》（1956）、《都門抄》（1958）、《舊地》（1959）、《春冰集》（1971）、《韋暈小說選》（1985）、《寄泊站》（1986）、《日安，庫斯科》（1991）、《流霞》（馬來西亞華文作家協會出版，1998）、《風過處，水無垠：韋暈小說選集》（臺灣：釀出版，2012）。《都門抄》初版不及一年再版。其他有散文《東海‧西海》（1962）、遊記《野馬隨風》（1975）、《文苑散葉：文壇軼事》（1985）和《餘塵集》（馬夫之主編，1998）。六〇年代曾完成一部長篇《太陽向東方沉沒》，列入筆農主編「六〇年

代馬華小說叢書」，惟不見出版。

韋暈部分著作（高嘉謙翻攝提供）

韋暈的小說題材廣泛，深入到社會各層面，因此小說人物多樣，有流落在星島的白俄將軍、流浪漢、妓女、老番客、抗日分子、幫派分子等，皆有很強的時代帶入感與現實意義。孤獨、無援、失落、疏離、流浪等是韋暈小說最常見的主題，尤其是短篇小說。韋暈擅長勾勒星馬移民群體的精神面貌，賦予作品鮮明的離散文學色彩。〈烏鴉港上黃昏〉、〈棲遲〉、〈都門抄〉、〈白區來的消息〉、〈舊地〉、〈再見在北回歸線上〉等處理孤獨與流浪的主題。韋暈對現實主義思想的認識僅限於反映現實生活，這當然是受五四以來感時憂國精神的影響。時局的紛亂，流落他鄉的僑民，老番客的身世，他鄉與故鄉……構成了他的作品基調。

在藝術層面上，韋暈的小說富有濃厚的馬華地域色彩（local color）。語言風格也反映出韋暈的特色，如用詞營造出恍惚、迷迷矇矇的感覺。他喜用長句，把生活困頓的人物勾勒得更真實。另外，他的小說人物對話常出現方言或外語詞彙，反映了多元的馬來亞社會現實。一九五〇、六〇年代，新馬人民如火如荼踐行著馬來亞化口號，韋暈的小說可說是呼應著上述歷史進程，無論在題材、人物選擇、語言風格都朝上述方向過渡。

一直以來，韋暈遵行現實主義的思想與表現方法，但到了後期，作品融入了非寫實主義的創作技巧，如《海不變》使用的意識流與象徵手法。寫實主義作家擅長描寫細節，韋暈也不例外，通過深描、烘托等各種手法，把細節渲染得愈真實。

雖然韋暈嘗試突破現實主義的限制，如結合浪漫主義手法，技巧也試著變化。然而，他的局限很大程度源自他對現實理解不足。韋暈只看到局部現實，而忽視其整體性（totality），韋暈沒把作品置於更深層的架構開展敘事，如殖民與

韋暈小說《流霞》（1998）、《海不變》（1997）、《還鄉願》
（1958）（高嘉謙翻攝提供）

後殖民社會體制，近代移民史問題等。也許韋暈在乎的是小人物的小敘事。見微
知著，以小見大，也許這是閱讀韋暈的最恰當方法。

延伸閱讀

陳鵬翔。〈論韋暈的中長篇小說〉。《華文文學》no.47(April 2001):41-45。
杏影。〈《都門抄》序〉。《南洋商報‧文風》，13 November 1957:13。

個性化寫作的現實主義小說家：于沫我

莊華興

于沫我，原名杜又明，1916年生於廣東省中山縣小欖鎮。1935年12月21日南渡新加坡，先後做過學徒、小販、報販、店員和書記等。作品發表在《南洋商報・文風》、《星洲日報・晨星》、吉隆坡《民聲報》、《通報・晨鐘》、《星期六週刊》、《星洲週刊》、《新明日報・青園》、《南洋商報・青年文藝》等多家文藝副刊與雜誌，創作量頗豐；他使用的筆名也很多，包括卞之門、曾起飛、冷樺、沙戫、李君平、冷沙、馮婦生等，以大白或袁之園較為人知。戰前，他主要寫雜文、散文和遊記，戰後集中寫小說。已出版十部小說集，計《線索》（吉隆坡：文化供應社，1956年10月）、《末流》（新加坡：青年書局，1959年8月）、《穀種》（星洲世界書局，1960年）、《雅會》（星洲世界書局，1971年8月）、《前車》（新加坡：新文藝生活企業公司，1972年8月）、《喜事》（星洲世界書局，1972年10月）、《名望》（星洲世界書局，1976年9月）、《撈起》（新加坡：聯合文學出版社，1977年12月）、《際遇》（吉隆坡：勝利書局，1983年）、《疑團》（八打靈再也：人間出版社，1986年6月）。另外，有《于沫我短篇小說選集》（新加坡：聯合文學出版社，1979年8月），由韋量編選；英文版 *Selection of Short Stories by Yu Mo-Wo*（1981年6月），由李慧垣、楊舜生合譯。

于沫我書寫最多的題材是小市民的生活。敘事手法上，他喜歡對小事物做詳盡、反覆的描寫，敷衍敘事，不疾不徐，或一連串的心理活動描寫，節奏緩慢。故論者說他的藝術技巧「囉里囉嗦，牽絲攀藤」，「拖泥帶水」。郁達夫曾給他勸諭，他也嘗試學習俄國契可夫，惟創作風格沒有多大改變。于沫我的小說人物多取自殖民時代的都市小人物如洋官員、小商人／頭家、小偷、少奶奶、妓女、船夫、三輪車夫、老乞丐等等。然而，在白描技巧的運用上，于卻是頗成功的。關於于的小說缺乏時代社會意識的說法，確實符合文史家方修的觀點，「這是現實主義作品中最低級的一種……這類作品的創作確實是從現實出發，但對現實的醜惡的鞭撻不夠有力。」

于沬我《末流》（1959）（高嘉謙翻攝提供）

　　顯然，于沬我有意走自己的現實主義道路，最大的不同是，一般的現實主義作家最終都選擇走上程度不等的社會主義現實主義寫作道路，即方修指的「批判的」、「徹底的批判的」，甚至是「新現實主義」創作。于沬我和韋暈卻另闢蹊徑，他們堅守反映現實的底線，在這個思想基礎上再尋求藝術突破。于沬我曾對甄供說：「每篇小說都有我的感情在裡面」。無論他把感性投射在哪一個人物或哪一個細節上，必然促成小說的個性化風格。這或許是瞭解馬華「老現們」（黃錦樹語）的一種方式。

　　于沬我作品的另一個特色是自覺地運用方言（尤其是廣府話）、土語，讓作品人物「講他們自己的語言」。這對於不熟悉本地方言土語的讀者造成一定的閱讀障礙，然而于沬我有自己的一套見解。他回答甄供的訪問說：「小說中的人物的對話，有了土話或方言，就更具有人情味、趣味化，使人興味盎然地看下去。不過，如果在記敘的過程中使用方言、土語，那就不對了」。譬如〈斜陽〉、〈漏洞〉、〈似女人的女人〉中人物使用的方言，頗傳神地勾勒出小市民的性格。此外，方言土語的使用也涉及文學的「在地化實踐」，于沬我自

于沬我《于沬我短篇小說集》（1979）（高嘉謙翻攝提供）

言：「如果不用一點方言，土語，就
沒有地方色彩。對話使用方言，不要
緊。」一九五〇、六〇年代，馬華文
壇的「馬來亞化」討論異常熱絡，作
家們嘗試在表現形式上進行實踐，適
當使用方言、土語是在這個背景下誕
生。韋暈和于沬我在這方面的試驗是
典型例子。

　　于沬我和韋暈是知交。韋暈曾
為他編成《于沬我短篇小說選集》，
並撰文推介——〈于沬我短篇小說選
集——讀稿者言〉（《星洲日報》，
1979年8月16日）。作品選自八個短
篇小說集，共收十二篇，英文版則由
作者自資請人翻譯。

于沬我《疑團》（1986）（高嘉謙翻攝提供）

　　于沬我也曾參與文藝作品編輯工
作，1945年，參加「九一社」（不久改
名「綠社」），出版《南方文藝》，于沬我是編委之一。馬新分家以後，兩地文
學界交往仍持續一段時間。1967年，張金燕發行文藝雜誌《新野》，苗秀主編，
于沬我、韋暈等任執行編輯。

　　從工作崗位退休後，他計畫再出版三本單行本，湊夠十二本，作為一生創作
的全集，卻不幸於1983年6月22日病逝，留下遺憾。

延伸閱讀

碧澄。〈于沬我〉。《南洋商報‧商餘》，18 December 2020。

方修。〈馬華文學的主流——現實主義的發展〉。《評論五試》（瀋陽：遼寧教育，1997）。

林言。〈本地創作小說評介〉。《星洲日報‧文化》，31 March 1980:26。

師尹。〈人生〉。《星洲日報‧晨星》，16 August 1979:23。

韋暈。〈于沬我短篇小說選集——讀稿者言〉。《星洲日報‧晨星》，16 August 1979。

雨川的現實主義小說

劉佽嗦

雨川，原名黃俊發（1940-2007），生於吉打州雙溪文池，其求學歷程因時局動盪與家庭貧困的緣故而幾經中斷，初中二即被迫輟學跟隨父親經營陶器業。僅得初中學歷的雨川，於1959年開始創作短篇小說、散文、詩歌，作品散見於《光華日報》、《南洋商報》、《星洲日報》、《海天月刊》等文學園地。一九六〇至七〇年代，其小說頻頻得獎，亦受邀編寫廣播劇，於馬來西亞廣播電臺播出。其出版著作有中短篇小說《生活的歷程》（1970）、《茁長》（1980）、《河誌》（出版時因繁簡轉換，改為河志。作者書稿寫河誌）（2002）、《廣福宮》（2003）、《沙河長流》（2007）及短篇小說集《埋葬了的鮮花》（1991）、《村之毀》（1991）、《輪椅上的琴聲》（2007）。雨川一生忠誠於寫作，直至生命最後一刻，抽屜裡仍有未發表的稿件。

這位終身以燒窯謀生的小說家，始終秉持著現實主義的文學精神，寫作關懷主要圍繞在華人移民於馬來亞拓荒、落地生根的故事，小說中常以磚廠、園坵、甘榜為背景，及農工商階層的人物為主角，與作家的生命經歷極其相似。早期著作如《生命的歷程》、《茁長》採馬華現實主義的傳統說故事方式，寫一群勞動階層的年輕工人在集體遭受資本家的打壓後，各自展開找尋生命出路的旅程，而在前方迎接他們的總是堅毅與勇敢帶來的陽光和希望。雨川的後期著作則可見其嘗試突破原來的敘事方式的努力。他以社會底層各行業人士的生活面貌拼湊出一幅充滿血淚的南洋拓荒史，短篇如〈羅記鐵鋪〉、〈鄭增壽〉轉向敘寫人物的內心世界，寫打鐵師傅、藥材店老闆人至暮年，憶昔撫今，對昔日南來、於斯地開枝散葉的一生感慨萬端；〈窯火〉、〈窯頭火·紅燒肉〉從親情的切面呈現燒窯工人艱苦的製陶生涯，〈窯火〉採第一人稱敘事，「我在懂事之後就跟著父親學製陶，終日都是埋首在泥堆裡……我是陶工之子」，不無自述意味。〈窯頭火·紅燒肉〉寫主人翁呂明在生活的困苦與對母親的孝心的夾縫間掙扎，希望的烈火在燒，窯頭外雨聲與母親的呻吟聲不斷交響，只要眼前這批窯貨順利燒成，呂明就有錢給母親買紅燒肉，可最終湧進窯頭的大水使「窯頭裡的烈火逐漸熄滅，

只剩下窯壁發出的暗紅色」，母親臨終前始終沒吃到念茲在茲的紅燒肉。故事中「窯頭熊熊的烈火」和「淅淅瀝瀝的雨」生動地渲染了守窯人困在宿命中對希望的守望，相較於前期平鋪直敘、缺乏藝術處理的表達方式，可見雨川後期在小說技法上的提升。

雨川部分著作（高嘉謙翻攝提供）

　　中短篇《河誌》看出雨川欲創新的企圖心，或可視為雨川後期的代表作。《河誌》的敘事手法頗具實驗性質，全篇透過故事人物與敘述者的後設敘事，以說書人的口吻現身說法，講述河邊椰園蘇光祖一家三代的家族史，從祖輩拓荒發跡到被不肖子孫敗光，時間從日據時期的馬來亞至千禧年的馬來西亞，其中涉及離散、身分認同與國家發展問題，屬相當龐大的故事架構，可惜雨川全篇僅以單一的敘事聲音呈現，似有心餘力絀之感。雨川的創作歷程可謂反映了許多早期馬華現實主義作家所面臨的書寫困境：在經濟資本與文化資本貧瘠的環境中，生存與書寫的困難疊合，要能堅持創作實屬不易。雨川單憑著一股寫作的熱忱在寫，儘管寫得不好，留下的作品卻也為我們展示了馬華第一個本土世代的精神和樣貌。

延伸閱讀

黃錦樹。〈書寫困難：困難意識／困難的書寫——小論雨川〉。《馬華文學與中國性》（臺北：麥田，2012），384-387。

黃錦樹。〈木已拱——我們的《百年孤寂》〉。《時差的贈禮》（臺北：麥田，2019），69-75。

《蕉風》no.498(August 2007):6-15。

威北華兩則短篇小說：當世界是一座橋

賀淑芳

我用極大的速度向後退，我見到的馬來半島便似一尾著了驚的鯨魚，迅速地離開了我們。（〈歸途〉）

在好幾篇寫及馬來亞遊記的文章，威北華通常只寫「北上」內地，很少寫「回去」。離開印尼以後，他似乎早就不復以馬來亞為家之歸宿所在。人其實無有永恆的復歸定點。我們賴以標定自我的記號，很多時候得靠想像來支撐。

1942、1943年他逃亡印尼，1948年定居新加坡。馬來亞雖然是他傾力彙輯史地知識的祖國，卻不一定是他身心眷念所在。相比之下，印尼似乎才是他生命激情之所繫。

在多篇散文裡，似乎他想回去的地方，總是印尼。雖說他也同時認同馬來半島與新加坡為「祖國」，但惟有印尼才是他寄寓「浪人」的空間地表。或許，他其實是在馬來亞獨立的政治氛圍中受到時代的感召，因而有了身體經驗和知性建構的分裂。印尼不只是青春野莽生命的情繫所在，也是因為他在那裡經歷了艱辛抗戰，加入軍隊，那種在棉蘭混亂的戰區裡，從失序狀態中倖存下來的經驗委實非比尋常。離開印尼以後，這莽野生命體驗不復再有。在後來的和平歲月裡，他似乎還滿常把眼下的生存時空與印尼山區的生活做比較。

在一篇題為〈生與死〉（〈雨落在平原上〉散文系列）的章節裡，他寫到父親的死亡以及妻子小產後，在醫院裡被草率對待的遭遇。儘管這些遭遇是如此艱苦又不合理，他卻因為意識到有更多人受苦之故，而制止自己繼續陳述下去。「生活的圖樣是不定的。」文筆就晃遠至海峽以南，晴朗炎熱的印尼山區。

「生活的圖樣是不定的。在不遠的地方，青山在烈日下曝曬著，空氣是乾燥而悶熱的，山麓早已開遍了血紅的花。……有時仍可聽到荒鷹在高空發出挑撥的尖銳呼聲，撕裂了曠野的緘默。」他先回想那個沒有他在場、可那印尼山區生活也許依舊乾燥曝曬如昔，然後才寫到這方的生活：「而在這方，偏偏要下著更大的雨，把人的聲音都淹沒了。當然，我們的生活就是充滿了此類的反常的矛

盾。它使我們失意，苦悶，也使我們警惕，興奮。」

　　說回他的出生地霹靂州。在散文〈萬里夢、憂鬱的夢〉裡，因親人表哥逝世，萬里望回憶起來更加悲傷，而且終於來到聯繫消散、可以告別的時刻。萬里望是他童年時期寄住舅舅家之處。他描寫萬里夢的筆法，宛如印象派的畫面那般感受強烈：錫礦場泥路上都是有如梵谷畫筆下斑駁、洶湧、紊亂的黃色爛泥。在天旱的日子，「大地龜裂的痕跡深刻可怕，有如生命死去的河」。

　　在二戰之後一段漫長的時間，當代華文作者似乎很難不受到進步、運動與身分認同的影響，而在創作中抑制個人憂傷的表達。比如那些在散文裡，那些寄語「灼」、「鳳」等信簡形式的文章，裡頭寫了一大堆勸告讀者把祖國認同從中國轉向在地的規勸。這些信裡的「愛情」，讀起來也較像把小我私情融入與集體信念同在的藥囊。

　　不曉得是不是因為意識到，散文通常被認為是「真實」的，大部分時候散文很少看到作家書寫那些不合乎社會預期的情感，比如不太會看到深刻痛楚、妒忌、情慾等負面陰鬱的情感。華文文學的散文觀，似乎相當抑制對情感、記憶、生命的探索，以至於一九五〇、六〇年代的散文，很多簡直就像是一套套遵循道德範本的平庸寫作，不斷重申各種合乎社會預期的話語。大部分題材都是傾向於美文抒情、風景描述，止步於實際狀態的事物表面，流水帳般的記敘。

　　但小說則因它允許虛構，使作者得以克服在書寫中自我暴露的焦慮，抒寫情慾。比如他的短篇小說〈南中國海的波浪〉，寫一個燈塔看守人的故事。「我不否認這個巨浪撞擊著大塊岩石的畫像，一定會在你的心中激發一些英雄觀念的幻想。」不過這篇小說的主人公卻沒什麼英雄特質，是個酒鬼。有一晚燈塔看守人與妻子吵架後，沿著退潮露出的潮間帶，從燈塔礁區走到島嶼沙灘的另一處。「潮水高漲的時候，沙灘是被淹沒的，只有潮退時，我才能行過去。但也要經過差不多十二哩潮濕的路，才能抵達這築在大海邊緣之綠洲。」

　　綠洲是指沙灘另一處的雜貨店式酒店，他在那裡喝冷啤酒，「好冷卻自己的靈魂」，卻在那裡認識了一個少女，他們很快就親密起來，不久他發現女孩已經結了婚，可是他已經無法自拔。表面上小說的語言相當簡潔，但環環符號扣接，像是圍繞著燈塔織成一張錯駁的語義之網。燈塔看守人難以忍受燈塔裡與妻子共處的生活，受不了時就從燈塔跑出來，他迷戀的少女卻迷上了他想逃離的燈塔，「忽然，我了解她愛燈塔的原因，那是因為燈光把夜的單調打碎了，把天空改造成萬花筒，瞬息萬變而有趣。」他們之間的情話非常可笑，為著少女喜歡燈塔，他就說「讓我做妳的燈塔吧」，可是每一次當他陪著她從海灘上，眺望燈塔的時

威北華《春耕》（1955）
（高嘉謙翻攝提供）

候，他又意識到，那座燈塔，他其實已經背叛了它。他得時時刻刻排除意識裡那座燈塔裡的妻子，跟自己解釋說，妻子對他而言老早變成一個不關輕重的符號。然而，越是說服自己她不重要，她就愈發在場……在這故事裡，情慾觸發一連串錯扣、勢必失落的意義，燈塔人得假裝自己處在一個自己實際上不在的位置。情慾冒泡的泉源不只來自肉體，還有彼此差異的生活，差異的生活會對雙方散發著夢幻他方般的吸引力，然而，燈塔人意識到，自己對少女的吸引力——燈塔與看守人——其本質薄弱，並不穩固。

儘管燈塔佇立在礁石上，可是看守人卻無法安定在裡頭；無法長期離群索居地面對淒清的海洋與妻子一同生活。

燈塔本身高處有火，可是他職務上必須點燃的火，對他卻沒有意義。對他有意義的，必須是那不可得的慾望：「終於像一隻燈蛾追逐著灼熱的生命之火」，「陷入交織著恐懼、懦弱，及嫉妒的情網」。

這不是一個典型的窮人人物，這角色顯然更多吸收現代小說裡頹廢浪子的特質。他自身生命的挫敗，並非出於階級窮困；主人公本身似乎也迷戀情慾帶來的折磨，因為這彷彿為他現實乏味的日常歧開異路，使他可以像一隻燈蛾逐火，可以離開燈塔走上那條潮間帶。但來到燈塔的外邊以後，卻從少女之眼，看見那火光的吸引力根本上是距離而來的想像。但更為複雜的，卻是他必須以偽裝（為掩飾自己想逃離燈塔的事實），來維持他作為可被那少女繼續投射幻想的對象，以一件自己其實已經無心待守的事物，來吸引那個少女。

慾望帶來如此荒謬的困境，一個人無法按照自己的意思誠實地生活。

威北華的小說常讓敘事停頓在問題懸置的狀況中。人物在某個狀態裡卡住，主人公發現自己很不快樂，無法活成自己想要的樣子，小說也就把問題背後，慾望的黑暗給呈顯出來。

很多時候他的小說敘述呈現生命中的閾限狀態，比如〈橋〉這部短篇小說，收錄在1955年《春耕》。

〈橋〉的第一節開頭寫作者困在橋上，望著底下的新加坡河，心裡卻熱烈地思念著印尼棉蘭的日里河。

他極欲想回印尼，欲歸而不得。他站在橋上看著新加坡河，一邊厭恨現代邊境對出入境行動的管制。後來他從腳下自身站立的位置，想到橋可以跨越障礙，銜接此岸與彼岸，想出了這個故事。

他想到的故事發生在印尼棉蘭，那裡也有一座橋，橋上也有一個當地女子羅莎蓮像他一樣困在橋上。

二戰結束後初期，棉蘭同時給日本、荷蘭與印尼共和軍三方勢力劃界分區，各自管理，形成一國三公的古怪區域。在這些政區走動出入時，需要出示證件。羅莎蓮就像敘述者「我」一樣，由於漏帶通行證，所以被困在印尼軍管轄與英軍管轄區之間的一座橋上。

羅莎蓮的身軀豐滿，當地兵士每個人都認識她，所以即使沒有通行證，印尼軍還是讓她通過了。但在她要越過英軍檢查站時，一個嚴厲恪守軍令的英軍少尉卻不允她通過。這使得她進退兩難地困在橋上，但這僵局也同時使得英軍陷入人道困境。

但是小說語調很輕快。後來年輕的英國兵士要羅莎蓮跟他一起合作，如此如此這般，最後終於成功地演出一場戲劇，繞過軍令，解除困境。

根據小說後尾的敘述者現身自道，他是為了克服現實裡的不自由，才想到了這個跟橋有關的故事。當時由於他在新加坡丟失了護照，無法出境回蘇門答臘東岸，經過兩個月的交涉，「還是弄不清楚，這使我惆悵不止。閒時，站在新加坡河口橋上，眼看流浪的船一次一次駛向勿老灣港區」，百般感傷中卻想起了從前在印尼山地的流浪經驗：

> 在破曉昏曚的黎明，在崎嶇幽晦的山徑，在深山流浪的青年人跑到溪流邊緣，偶然見到高大年邁的老樹橫過溪澗，心頭上便起了熾烈的生機而感覺寶貴。他開始懂得橋的哲理了。

當橋不能讓人離開，欲越界而不得，卻錯駁換來激情想像。雖然這其實也不能解決當前問題，不能以演一齣戲劇來繞過現代國家嚴格的出入境程序。故事似乎不能改變現實，可是卻已經從內在疏通當時苦悶。在百般困頓之中，想著生命與路該要如何持續下去，那時假若敘事能退得越遠，回憶就越可能深入到遺忘的過去，敘事就越可能從靈魂知道的地方，回應當下，回覆此刻以啟迪。

延伸閱讀

曾昭程。〈縫製美麗的旗的詩人的手〉。柯思仁、許維賢（編）：《備忘錄：新加坡華文小說讀本》（新加坡：南洋理工大學中華語言文化中心、八方文化創作室，2016），50-52。
張景雲。〈編者序〉。《威北華文藝創作集》（吉隆坡：有人，2016）。

方修和威北華

張景雲

方修先生有一篇長文，寫於1980年9月26日，專談威北華，文題為〈記魯白野〉，單單是這個題目就可以讓我們從側面看到方修對威北華的看法和評價。不過在這裡讓我們先看看（當然是從方修的視角）這兩位文友（我本來想說文學同道）是怎樣結識的：「我和魯白野的結識，也是從星洲周刊開始的。那是五〇年代初期，星洲周刊剛創刊不久，魯白野央人介紹，到來找我，洽談投稿事宜。他告訴我他在法庭當通譯，寫稿是他的愛好，他要知道周刊需要些什麼性質的稿件。」（見《游談錄》，大馬福聯會暨雪州福建會館聯合出版，1986年4月再版）從此威北華就成為星洲周刊的長期撰稿人，這種情況維持了四、五年之久，「他的一些詩文集，如《馬來散記》、《春耕》、《黎明前的行腳》等，裡面有不少作品就是在周刊上刊登過的。」

方文提到威北華當時的某些生活狀況，譬如為補貼生計而寫稿，擔心職業不安定，「熱衷於成名」、此事「始終使他念茲在茲，耿耿於心」，香港《文藝世紀》青年之頁事件，對批評認真甚至緊張，為一小枝節而「泡一夜辭典」，文藝圈謠傳他在蘇島曾當日軍走狗等等。

方文說，威北華對於方修的提點過度認真，以致使他「再也不敢隨便多嘴了」，「但這並沒有影響到我們之間的交誼；特別是他全職當了報館的電訊組翻譯之後，因為作息時間和我差不多相同，大家更是經常在一起。晚間八時左右下班以後，他還不時招我到芳林公園（當時似乎還沒有這個名稱）附近一家露天茶檔去喝啤酒聊天。」

威北華如何看待他倆的交情呢？方文說，「我們彼此的熟絡，終於達到幾乎無話不談的程度。他好幾次帶我到奧因律他的家去參觀他的『寫作環境』，也到過梧槽律一間商行去找他的老友余先生。魯白野在給我們介紹的時候說：『余先生是我印尼時期的舊雨，你是我現在在新加坡的新交。你們是我目前僅有的兩個熟人。此外，我是再也沒有朋友了。』」

熟絡，無話不談，交誼，然而就是說不上兩心相投，肝膽相照；讀方修先

生追憶故人的文字，特別是在壯年時期的朋友物故近二十年，本身已經開始進入老年的時候，這些文字讀來似乎讓人只感到淡漠，甚至冷峻，情感上似乎總是要保持一點距離，當然更談不上溫馨了。威北華是詩人，浪漫、熱情、天真，詩人性情（用今天的表述法）「爆表」，從幼年長期熬受苦難所造成的憂鬱、傷感，這些陰

威北華《黎明的行腳》（1959）、《流星》（1955）（高嘉謙翻攝提供）

暗面在各個情境中很快就會被那光輝的玫瑰色的情緒凌駕而壓下在底層。讀威北華，我總是想像他（像洋人所形容的）像一隻快樂／不知為何而快樂的小狗。反觀方修，他老成持重，不苟言笑，這個由無數個字句形塑起來的印象，誤讀的機率是不高的。或許不能說是明月照溝渠，但顯然像一對 odd couple 由於各方面可以互補而走在一起。

　　無論如何，方修對威北華的文學評價並不很高，或者索性可以說根本不高。威北華用這個筆名發表文藝創作，和出版文藝作品集子，然而方修寫這位老友，卻用魯白野這個筆名來稱呼他：〈記魯白野〉（《游談錄》）之外，《戰後馬華文學史初稿》（1976年初版，馬來西亞董總1987年4月再版）都是堅持用這個筆名。或許魯白野這筆名用來出書成事在先，但是《獅城散記》（1953年）和《馬來散記》（二集，皆1954年）是本地歷史掌故隨筆，這一層是毫無疑義的，撰寫文學史的人是否應該尊重作者的意向呢？當然，編史者也不妨用別樣的眼光和標準來圈定文藝作品，譬如方修就鑑識到魯白野筆下的若干史地掌故小品的文筆技巧具有創作散文的藝術性，實在就是「文字優美的小品散文」，然而就由此而否定威北華名下的創作，那就是另一個問題了。

　　《戰後馬華文學史初稿》基本上是用資料／文選的鋪陳來驅動論述的型制，以編年性的時期列序來串聯全書；在第七章〈緊急狀態初期的馬華文學〉的第三節，著者編選了五位散文隨筆作者和小說家的作品，魯白野被編排在「青年人……似乎不大能夠欣賞」（就是方氏本人不大欣賞）的連士升，和「向色情生

魯白野《獅城散記》、《馬來散記》初版與新編注本（高嘉謙翻攝提供）

活方面找題材」的姚紫之間。那一節說，「（魯白野）他搞方物誌，寫歷史散文，但也寫了不少遊記及回憶題材的小品。……其中以《馬來散記》比較能夠顯出他的特色。……」接著是選錄〈古城札記〉的三個段落。

威北華生前出版過三本個人創作集，方修先生只提過散文集《春耕》和詩文合集《黎明前的行腳》，惟獨對小說集《流星》絕口不提，何以故？威北華的小說創作，多數以印尼日據時期和解放戰爭為時代背景，但滲透著濃重的個人自由心靈之書寫，時代氣息含蓄而不受流行的意識形態的引導。反觀方修，他是一個全然意識

形態化的文學史家／文學隨筆作家，他的文學意識形態，在1965年他自己定下的政治年代分水嶺之後，在一個要朝第一世界邁進的新加坡，毋寧是成了一個不敢／不能直呼自己的名字的文學意識形態。但這不意味著方修的妥協，緘默不表示妥協。抗爭的另一種方式是只寫1965年之前，不寫之後，不寫星華（新華）。那麼，他不欣賞威北華的自由心靈書寫，《流星》也罷，《春》、《黎》二集的抒情散文也罷，那就不是那麼難以理解的了。

在當年的新加坡文藝界，威北華還有哪些朋友或舊識？「在新隆快車巴士站上，只見大家都有親友送行，只有自己冷清清地，除了身邊的兩本書，一本是杏影兄贈的羅伯‧林德散文集，一本是華典兄處借來的在東京出版的《文藝春秋》。」（《春耕‧內地去來》）林德（Robert Lynd）是二十世紀初年的英國散文名家。

除了杏影之外，還有苗秀：「本月之十二日，我在萊佛士圖書館和苗秀兄分手之後，便獨步到升旗山上的古墳場。我要去探求星加坡的秘密。」（《獅城散

記‧弔古墳場》）

　　此外，我們在有關姚紫的資料中也發現這位名作家兼傑出文學編輯主持的出版物，也採用了威北華的若干創作和翻譯。隨筆作家林瓊談他所收集的《文藝行列》月刊，「《文藝行列》是由新加坡南洋商報發行，……創刊號於一九五零年七月十八日出版。」林氏列出此刊物首四期的內容，其中第2期就收有魯白野的作品，唯未記篇名；第3期刊登威北華的〈一人的山〉，此短篇創作後收於《流星》；第4期發表魯白野的〈十月感想〉，這是一首詩作，後收入《黎明前的行腳》中。林氏資料見於新加坡文藝協會出版的《姚紫研究專集》（1997年12月版），劉筆農編，這是該會策劃編印的「新華作家研究叢書」之一種。

　　此姚紫專卷中，也刊出這位《文藝行列》主編若干期的〈編輯人語〉，我們在第2期的編後話〈賣花人自說花香〉看到魯白野的「印尼詩選」：「……魯白野先生在本刊介紹了幾篇他們的代表作，實在值得我們興奮和珍視。」然後就是「簡單介紹一下」幾位作家／詩人：〈日惹書簡〉作者多拉、曾參加解放戰爭的兩個農家子弟威和耶，以及女作家努爾山蘇。方修的〈記魯白野〉談威北華的交遊時說，「……據我所知，他在四十年代後期從印尼來到新加坡不久，就已交了好幾個朋友，而且是文藝上的同道，只是不知怎的，後來都鬧翻了。」在跟威北華鬧翻了的文藝同道之中，不知有沒有杏影、苗秀或姚紫？

（附誌）方修與威北華生卒年月

方修（吳之光），1922年2月9日誕生於廣東省潮安縣，2010年3月4日上午10時逝世於新加坡，享年八十八。

威北華（李學敏），1923年4月21日誕生於馬來亞霹靂州怡保市，1961年4月26日晚間病逝於新加坡，得年三十八。

延伸閱讀

魯白野。《獅城散記新編注本》（新加坡：周星衢基金，2019）。

魯白野。《馬來散記新編注本》（新加坡：周星衢基金，2019）。

威北華（編）。《威北華文藝創作集》（八打靈再也：有人，2016）。

馬華文藝的獨特性論爭

蘇穎欣

戰後社會背景

戰後初期可說是「馬來亞之春」，文化活動蓬勃，社會運動更是風起雲湧。各種群眾組織和文藝團體相繼成立和公開活動，許多復刊或新創的報章刊物上可見言論和思想交流的交鋒。社會上，戰後華巫種族衝突事件頻傳，各族群對新國家的建設有各種不同聲音；而中國境內的國共內戰爆發，不少馬來亞華人仍抱著「遠距民族主義」關心「祖國」發展。政治上，馬來亞共產黨（簡稱「馬共」）抗日有功，戰後得以公開從事活動、建立辦事處和出版書刊。英國人三年前撒手拋下殖民地，如今毫無羞愧地重返馬來亞，更準備建立新政體，為殖民地的獨立鋪好路。1946年的「馬來亞聯邦」（Malayan Union）計畫激起馬來人的空前反對，視之為剝奪馬來統治者（蘇丹）的權力和馬來人特殊地位，最後催生了馬來右翼政黨巫統（UMNO）。由巫統、馬來統治者和英殖民政府共同商議制定的新憲制「馬來亞聯合邦」（Federation of Malaya）隨之出臺，引起跨族群的左翼聯盟「人民力量中心－泛馬聯合行動委員會」聯合陣線（PUTERA-AMCJA）以大型反對運動抵抗。他們提出更為進步的「人民憲章草案」，並以1947年10月的全馬總罷市（Hartal）為高潮。在冷戰的背景下，左翼聯盟很快受到英國殖民政府的打壓，《馬來亞聯合邦條約》在1948年2月正式生效。同年6月，全馬進入緊急狀態長達十二年（1948-1960），馬共被宣布為非法組織，轉入地下進行森林游擊戰。

馬華文學史上最著名的一場論戰「馬華文藝獨特性論戰」於1947年年底展開，1948年上半年結束，絕非偶然。就內容而言，早在一九二〇、三〇年代已有書寫南洋色彩和在地現實的呼籲，而戰後這場文學論戰之所以規模如此甚大，華人的政治參與是重要導因。彼時新客華人從原本僑居於南洋的流寓心態，逐漸轉為落地生根，欲成為馬來亞一分子。然而，這種轉向過程仍是游移的，並不能斷言此時一般華人已有明確的馬來亞國家認同。《南僑日報》在1947年3月至6

月間一項涉及2萬逾人的民意調查中，發現高達95.6%的讀者表示願意「做馬來亞公民而不脫離中國籍」，僅有3.1%的讀者願意「脫離中國籍做馬來亞公民」。這意味著，大部分華人當時傾向同時擁有兩國的公民身分。遲至1955年周恩來在萬隆會議宣布中國不允許雙重國籍，南洋華人才選擇入籍或歸國。然而，1947年

《南僑日報・文藝》於1948年3月27日發表了〈關於馬華文藝獨特性的一個報告〉（高嘉謙翻攝提供）

的馬來亞政治鬥爭卻不允許這樣「左右逢源」的認同歸屬。根據馬共最後一任總書記陳平，馬共在1946年已訂下了明確的國家認同，敦促黨員不以海外華僑自居，而應把自己當做馬來亞的其中一個族群，效忠馬來亞。馬共政治鬥爭的發展與這場文藝獨特性論戰的發生息息相關。尤其，論戰主將周容即是馬共重要文宣金枝芒。作為政治組織的馬共，在二戰期間和戰後初期是促成華僑參與在地政治鬥爭、建立在地認同的主要管道。親國民黨的馬華公會在緊急狀態時期的1949年方才成立。

新加坡南洋大學創作社編《論馬華文藝的獨特性》（1960）（高嘉謙翻攝提供）

論戰的發生

「馬華文藝獨特性論戰」經常被視為本土意識確立的濫觴，在不同歷史時空一再被召喚。文學史家方修歸納論戰發起的原因有三：（一）本地獨立運動熱潮的高漲，導致社會對作家反映現實的要求更迫切；（二）當時中國的民主運動也要求馬華社群的參與，要如何解決兩者間的矛盾為馬華文藝界要解決的任

沙平主編《風下》第1期（1945年12月）（高嘉謙翻攝提供）

務；（三）抗戰時期和戰後初期南來馬來亞的作家不時有「大漢沙文主義」作風，更大量描寫中國題材，導致馬華文藝工作方向不明。

1947年10月在全馬總罷市的背景下，《南僑日報》和《星洲日報》副刊開始有作家就「馬華文藝獨特性」作文章。11月，星洲華人文藝協會舉辦座談會談論此課題，並在12月3日及10日於《南僑日報》發表整理自座談會的文章。不久，周容在《戰友報》刊登了措辭犀利的〈談馬華文藝〉，正式掀起論戰。這場論戰至1948年4月方告一段落，規模史無前例，直接參與者至少二十人，都是文藝界知名人物，連遠在香港的郭沫若和夏衍也為文回應。

論戰參與者就「馬華文藝」和「僑民文藝」的課題展開激烈辯論，尤以倡導「此時此地」寫作內容的周容和強調馬華文藝應參與中國革命的沙平（胡愈之）為代表。概言之，第一派論爭者如周容、凌佐、漂青、鐵戈、聞人俊（苗秀）、西檎（趙戎）等，呼籲馬華作家關注新馬社會現實，積極書寫「此時此地」的馬來亞現實內容。周容認為，馬華文藝形式可以「暫時是中國的」，但內容必須「永遠是馬來亞的」。第二派論爭者如沙平、李玄、洪絲絲、汪金丁、秋楓等被認為是「僑民作家」，強調以民族解放為前提，中國的反封建和反帝與馬來亞的反殖民鬥爭性質一致，因此馬華作家應該積極參與祖國的革命抗爭。兩派皆同意馬華作家有「雙重任務」，但最大的分歧是主次問題。學者如莊華興和謝詩堅指出，馬華文藝獨特性論戰的肇因是左翼內部鬥爭策略的分歧，也是馬共與中國民主同盟的交鋒。沙平、洪絲絲、汪金丁等人皆是民盟在南洋的成員。《南僑日報》和旗下刊物如《風下》便是他們的主要陣地，多是書寫中國內容。

文藝獨特性

論爭圍繞「獨特性」一詞展開，即馬華文藝有沒有獨特性的問題。周容在

〈談馬華文藝〉一文中，明確表明「一切文藝都是有獨特性的，沒有獨特性的文藝，是僑民文藝」。這說明了，相對於馬華文學的獨特性，另一面是被移植的中國文藝普遍性。若在馬來亞書寫普遍的中國文藝，則只是中國文藝的外延，沒有獨特性。然而，從周容的論述來看，馬華文藝獨特性其實尚未存在。他認為，馬華文藝沒有中國秧歌或馬來民間藝術等可採用的傳統形式，必須經過一番調查研究才能找出所謂的「獨特形式」。他更指出，要尋求和建立的不只是馬華文藝的獨特性，更包括馬來亞文藝的獨特性。周容當時也已考慮到馬華文藝對馬來和印度文藝的無知是個大問題，而馬來亞文藝的獨特性或許還不存在，也不應該糊里糊塗地定出三大民族共同的獨特形式，引導作家去創作發

沙平發表〈朋友，你鑽進牛角尖裡去了！〉於《風下》（第108期〔1948年1月〕）（高嘉謙翻攝提供）

展。因此，馬華文藝和馬來亞文藝的獨特性和主體性，其實尚未實質地成立，而是要去發現和創造的未來形式。這個未來的方向和前景，必定是要放下「僑民意識」才能達成。

　　與其說獨特性論戰在馬華文學的內容和形式上有具體而深入的闡述和實踐，倒不如說論戰的本質其實是確立立場和原則的問題，更是有關文藝如何服務現實政治鬥爭的論爭。周容直言：

　　　　一切文藝有獨特性，這是因為只有有「獨特性」的文藝，才是現實主義的有藝術價值和政治價值的文藝；這是因為只有有「獨特性」的文藝，才有此時此地的戰鬥作用，才能發揮文藝武器的力量，才能有力的幫助現實的政治鬥爭。

　　周容的文章旋即引起李玄（楊嘉）和沙平的回應。沙平於1948年1月在其主編的《風下》周刊發表〈朋友，你鑽進牛角尖裡去了！〉一文，對「文藝獨特

性」一詞頗為不滿。他認為「離開了中國化，便不能想像馬華文藝的獨特性」。
他說，很難指出某一國家和某一民族有某種獨特性，而只能說某個社會有某種獨
特性。因此，作為殖民地社會的馬來亞，任何書寫反映殖民地封建性剝削制度與
奴隸制度的文藝，都是反映馬來亞此時此地的現實的文藝。即使沒有來過馬來
亞的魯迅，其〈狂人日記〉和〈阿Q正傳〉也是反映馬來亞華僑社會的現實的作
品；不一定要書寫1948年的馬來亞才算是有獨特性的此時此地的現實。他也聲
稱，馬華作家在「文化水準低落的國家」，其角色是將中國作品翻譯成英文、馬
來文、印度文，協助「中國文藝的海外版」的出版與發展。顯然，沙平等「僑民
派」指稱的是包含在中國文藝內部的馬華文藝，與周容等「馬華派」指的馬來亞
文藝內部的馬華文藝，呈現出不同的民族與國家想像。

　　其時作家雖然沒有針對「馬華民族」一詞展開論爭，內容卻圍繞民族概念展
開。周容在論戰第二篇文章〈也論「僑民文藝」〉中，大篇幅批判「僑民作家」
的作品是「手執報紙而眼望天外」的虛構之作，無法服務於此時此地的馬來亞。
論戰期間的馬華派試圖開創「馬華民族性」的文藝內容，他們認可的具有「馬華
獨特性」的創作有林參天的《濃烟》、馬寧的《椰風蕉雨》、鐵戈的《在旗下》
和丁家瑞的《怒吼吧，新加坡》等書寫本地的作品，認為這些才是反映此時此地
馬華現實的作品。

　　緊急狀態頒布後，發表論戰文章的左翼報刊如《民聲報》、《戰友報》、《南
僑日報》、《風下》周刊等相繼被殖民政府查禁。周容「上山」進入森林參與馬
共武裝鬥爭，論戰另一方的作家也都北歸中國。此後，「此時此地」一說成了馬
華現實主義的代名詞，也不時成為論者就馬華（左翼）文學與政治關係過於緊密
的批判對象。

延伸閱讀

21世紀出版社編輯部。《緬懷馬新文壇前輩金枝芒》（吉隆坡：21世紀，2018）。

方修。《戰後馬華文學史初稿》（吉隆坡：馬來西亞華校董事聯合會總會〔董總〕，1987）。

蘇穎欣。〈論戰、現實與馬華革命文學──金枝芒的「此時此地」實踐〉。《文化研究》no.32
　　(2021):9-46。

謝詩堅。《中國革命文學影響下的馬華左翼文學1926-1976》（檳城：韓江學院，2009）。

莊華興。〈馬華文藝獨特性論爭──主體（性）論述的開展及其本質〉。朱文斌（編）：《世界華文
　　文學研究》，第2輯（北京：新星，2005），15-32。

方修的文學史書寫

謝征達

方修被視為整理馬華文學史的重要人物，同時也是多有爭議的人物。中國的古遠清教授便曾在〈方修：馬華文學史研究第一人〉一文中如此定位方修：「馬華文學自來無史；有之，則自方修始」。方修對馬華文學的貢獻良多，尤其是對於二戰前的馬華文學資料，他的編選和整理工作儼然已是現在馬華文學研究者（無論是批評或是認同他的人）都無法忽視的文獻。1922年出生於中國廣東潮安縣的方修，原名吳之光，另有筆名任辛、觀止等。他在第二次世界大戰前曾經擔任《新國民日報》實習記者與《中華晚報》的外勤記者。他在1946年從吉隆坡來到新加坡，並在1951年擔任《星洲日報》編輯。此外，他也在1966至1978年在新加坡大學中文系擔任講師。方修個人的作品可分成著述與纂輯兩大類型，著述的作品有三十二本，纂輯的作品則多達六十四本。整體而論，方修在馬華文學史的重要性可以從兩個層面來看。一、他是最早有組織性，且大規模地為馬華文學編纂眾多書目及文獻；另一方面，方修的馬華文學史（或者以他的主要論述「馬華新文學史」）書寫，從正面意義來看，資料的整合與出版，讓馬華文學成為可以被研究的學科。同時，也因為方修編纂的數量多，讓一些早期的資料得以保留。

理論：「馬華新文學」與「現實主義」

「馬華新文學」一詞語在方修的作品中經常出現，如《馬華新文學史稿》、《馬華新文學大系》、《馬華新文學簡史》、《馬華新文學史補》、《馬華新文學及其歷史輪廓》等。該詞語在方修的文學史系譜中是一個文學史的框架，除了是新與舊的交替，也代表著一種文學的突破與更新。在更大的程度上，馬華新文學一詞貫穿於方修的作品，是與他對該詞語背後所重視的文學理念有很大的關係。此外，該詞也不斷在書籍／書名中使用，如此大量且堅持使用的目前為止可說只有方修一人。方修曾撰文〈馬華新文學淺談〉，當中將馬華文學分成三個分期，其中很明確地解釋了他對馬華新文學在時間上的定位與屬性。一、舊文

方修其他文學史著述《馬華新文學簡史》（1976）、《戰後馬華文學史初稿》（1978）、《新馬文學史論集》（1986）（高嘉謙翻攝提供）

學時期（1815-1919）。方修強調第一個時期的馬華文學位處一個「無條件無選擇」接受中國文學「扶植」的狀態。因此這時期的馬華文學是中國文學的一部分。二、新文學時期（1919-1949）。這一時期也是方修作品中「馬華新文學」一詞貫用的時期。方修強調這時期的新馬華文文學已經是有「獨特個性的文學單位」，已經不再全部以中國文學為參照。三、時間點在北京政府成立後二十年（1950-1970）。方修認為該時期馬華文學已經是「整個世界文學的一環」。此時的馬華文學與世界文學有著平等的地位，不再屬於中國文學的一部分。

　　對於馬華新文學，方修進一步對其做出定義：「接受中國五四文化運動影響，在馬來亞地區出現，以馬來亞地區為主體，具有新思想、新精神的華文白話文學」。這一定義突顯了舊時期文學到新時期文學的過渡與繼承外，也明顯表達出馬華新文學的影響源頭來自中國。方修對馬華新文學中的中國影響直言不諱，他如此闡述：「馬華新文學」作品重視的兩個面向：一、反映新馬以至南洋地區的現實，富有南洋色彩的。如五四時期的反封建作品，一九二〇年代後期至三〇年代初期描寫工農大眾反壓迫反剝削鬥爭的新興文學，三〇年代後期至四〇年代初期描寫各階層人民抗日衛馬活動的抗戰文藝；二、反映與新馬地區有密切關係的現實或問題。如戰前中國的北伐革命，抗日戰爭，戰後的韓戰越戰等等。雖然我們目前是否能全盤接受此論點仍有商榷的餘地。這裡，我們可以知道方修對文學反映現實的強調，這也是方修在編纂文學史時所信奉的理論背景。

　　方修在〈馬華新文學的發展分期《馬華新文學史稿》出版緒言〉一文中曾對馬華文學中的現實主義做出宣言：「馬華文學創作的主要傾向一開始就是現實主義的，不是浪漫主義的，更不是自然主義、形式主義等。」對他而言，馬華文學中具有「現實主義的傳統」，是長期以來具有的文學屬性。與文學外在形式作為主義呈現的觀點不同，方修強調的現實主義是一種精神，並認為寫實只是現實主義作品中的「一個構成因素」，他主張人們應該把重點放在文學文本背後的「現

實主義的精神」。對此，方修在《馬華文學的現實主義傳統》一書中指出現實主義文學的發展過程是漸進式的，並闡述了五種形態的現實主義作品：一、客觀的現實主義作品；二、批判的現實主義作品；三、徹底的批判的

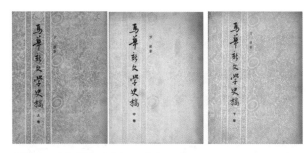

方修《馬華新文學史稿》三卷本（1962、1963、1965）（高嘉謙翻攝提供）

現實主義作品；四、新舊現實主義過渡期的作品；五、新現實主義作品。在對現實主義進行層次性的分類外，方修更強調了作品中需要有「體驗」，提出了「新現實主義作品」應該「更強調作者熟悉工農大眾生活，長期體驗生活」。「生活」一詞成為文學價值的標準之一。對方修而言，作者的生活「經驗」也左右了文學作品的高度。這也被看成是「方修的現實主義觀點」。則是一個從文學理念的內部關懷，提升到生活的、經驗相關的文學層次。因此，從文學史的角度來說，方修的文學史觀念，提出的是一種實踐的推崇，鼓勵創新的精神。

作品：《馬華新文學史稿》及其他

在方修的馬華文學資料編撰與整理中，他的《馬華新文學史稿》及《馬華新文學大系》（十冊）對馬華文學史的意義最為顯著，特別是在這兩部作品問世前，對這些文學史料的整理與評述可說近乎闕如。以《馬華新文學史稿》為例，新加坡文學史研究者歐清池（1943-2021）曾讚之為「劃時代的作品」。他強調，除了要從眾多作品中進行編選有難度外，也認為方修以一人之力「獨自」完成該作品實屬不易。《馬華新文學史稿》一共三卷的出版年代為一九六〇年代，上卷出版於1962年；中卷出版於1963年；下卷出版於1965年，三本論述馬華文學的著作在三年內完成，給當時的馬華文壇帶來動力。

就《馬華新文學史稿》的內容而言，我們可基本觀察到方修對於戰前馬華新文學（1920-1942）的文學與文學史的規畫，這些選擇與規畫影響深遠。一、發展與分期，即對文學史脈絡的梳理；二、作品與作者，即對經典作家與作品的選擇。而這兩個面向基本上也決定了方修後來對馬華文學史的影響面向，以及後來引起的爭議。在三冊的《史稿》中一共分成四編，每一編是一個文學史的時段，也是後來研究者論述中的「方修的文學史分期」。四編個別是「馬華新文學的萌

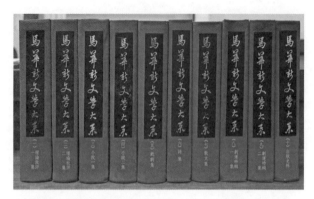

方修主編《馬華新文學大系（1919-1942）》（高嘉謙拍攝提供）

芽時期（1920-1925）」、「馬華新文學等擴展時期（1925-1931）」、「馬華新文學的低潮時期（1932-1936）」、「馬華新文學的繁盛時期（1937-1942）」。在每一編中，則是各式固定的三章，內容涵蓋該時期的「作品」、「作者」與「文學運動與論爭」。其中，方修在文中也對於馬華新文學早期出版物有所探討，指出報章如《叻報‧叻報俱樂部》、《新國民日報‧新國民雜誌》等對開啟新馬華文文學的重要性。在四組個別的「編」中，方修在「作者」的章節（第二、五、八、十一章）中個別選擇了二十至四十不等的作者進行討論，無論是早期報人如拓哥、曾聖提、張金燕到後期的王君實、鐵抗、老蕾等，方修在《史稿》中都選擇探討了具體作家以及他們的作品，這也可被視為方修對作者與作品挑選經典的開始。縱使選擇標準未必令人滿意，但《史稿》中，方修談論馬華文學事件也有助於後來文學史脈絡的呈現，例如「新興文學運動」、「地方作家問題的論爭」、「大眾運動及反復古運動」、「文學通俗化運動」等，都納入到史稿進行講述。在某種意義上，此舉在時間點上占據先機。況且，對當時的文壇而言，此等詳細論述相對罕見。因此，在一九六〇年代，乃至之後的二、三十年，戰前馬華文學資料編輯得最齊全的只有方修。縱然如此，站在文學史編選公平性及重視文學美學思考的學者則多有責難。如黃錦樹教授（1967-）曾批評方修，並直言道：「他（方修）這種『題材等同於文學』的價值觀」，反映的其實是一種「狹隘寫實主義的文學觀」。

　　在《史稿》之外，《馬華新文學大系》則是方修名字在馬華文壇留名甚久的一大因素，其貢獻在於對戰前馬華文學的整理與呈現。《馬華新文學大系》一共有十冊，當中包括理論批評二冊、小說二冊、戲劇集、詩集、散文集、劇運二冊，出版史料。縱使後來我們清楚意識到該著作有其編選上（無論是文學理念或個人價值觀）的偏頗，這部大系仍舊保有其文學史上的貢獻。此外，如果說前述的《馬華新文學史稿》與《馬華新文學大系》為當時的馬華文壇提供系統性的文學評述，《馬華新文學簡史》則是在《史稿》的基礎上，進一步鞏固了方修作為

馬華文學史家的位置。《簡史》建立在《史稿》之上，原是方修在新大中文系擔任講師的講稿，以及研究成果，更是論述戰前馬華文學史的權威著作，故也被稱作「方修一生中所撰寫的文學史書裡最為完美的一部」。

創作文學史的方修

宏觀而言，從方修的作品年代也可窺探出他對馬華文學史的關注與貢獻所在。從一九五〇到六〇年代，方修除了完成三冊《馬華新文學史稿》的出版外，也編著了《馬華文壇往事》（1958）、《馬華文藝史料》（1962）、等。同時期，方修也陸續編寫了《馬華新文學選集》四冊（1967-1970）、《馬華新文學大系》十冊。整體來看，方修此時已經初步完成了戰前的馬華文學史的圖景與輪廓。七〇年代之後，方修也撰寫了《馬華新文學簡史》、《戰後馬華文學史初稿》（1978），《馬華文學六十年集》十冊（1979-1980）等。此時，方修對前著進行「再整理」，題材上開始拓展，可觀察到的是，開始深入談論戰後馬華文學研究。到了八〇至九〇年代，方修又編寫《馬華新文學大系：戰後》四冊（1981）、《馬華文學作品選》八冊等作品，同時也出版了許多專著，如《游談錄》（1986）、《夜讀雜抄》（1988）等。顯然，不同年代的方修是有層次地推進自我的文學史與文學作品的研究。綜觀方修數十年人生，其對資料的整理、文學史脈絡的策畫、理論的開展，以及出版數量的快速與眾多，都是使他成為後來者無法忽視的馬華文學史家的原因。

延伸閱讀

方修。《馬華新文學史稿》（新加坡：世界書局，1965）。

方修。《馬華新文學大系》，十冊（新加坡：世界書局，1970-1972）。

方修。《馬華新文學簡史》（新加坡：萬里書局，1974）。

方修。《馬華文學的現實主義傳統》（新加坡：洪爐文化，1976）。

歐清池。《方修及其作品研究》（新加坡：春藝圖書，2001）。

「有一個人」：
在南洋的鐵屋以魯迅為旗幟

張錦忠

1954年，魯迅（周樹人，1881-1936）逝世十八週年那年，有一個人寫了一首詩紀念他，詩就題作〈有一個人〉，第二節如下：

> 有一個人
> 在我的生命中
> 是一盞長明燈
> 他照亮
> 我長夜裡崎嶇的荊途

那個寫詩的人就是吳天才，寫〈有一個人〉謳歌魯迅時還是個十八歲的中學生。之後他每年都寫「魯迅詩」，尤其魯迅逝世忌日前後。到了1991年，魯迅誕生一百一十週年，吳天才的魯迅詩已有四十首（含一題多首的舊體詩）之多，於是以「江天」之名結集出版《魯迅讚》（吉隆坡：東南亞華文文學研究中心，1991）。我們所知道的吳天才，是《馬華文藝作品分類目錄》的編者，華文－馬來文學譯介者（他巫譯馬華詩時就用 "Mahua" 一詞了），也是詩人「魯鈀」，一九六〇年代初就著有《流水行雲的夢》等新詩集五種。出版《魯迅讚》之前，吳天才已編有《魯迅頌》一書，收錄魯迅逝世後中國境內國外紀念他的詩詞。

取「魯鈀」這筆名很可能是「魯迅鐵粉」吳天才向他「生命中的長明燈」——「魯迅」致意之舉，就像他 1989 年的詩集題名《土地的吶喊》一樣。魯迅對馬華文藝青年的影響，吳天才當然不是唯一的案例。一九三〇年代的馬達（張天白）早已是魯迅論者最常提到的魯粉例子。章翰的《魯迅與馬華新文藝》還提到《魯迅書信集》有三封 1934 年魯迅回覆新加坡文青劉煒明的信。曹聚仁的《魯迅評傳》（1956）曾在《南洋商報》連載，可見魯迅在星馬極受重視。中國新文學對殖民地時期馬華文學場域的影響範式可以 1930 年為分水嶺，在這之前馬華文青所受到的啟發來自創造社、太陽社、郭沫若式的浪漫主義，以及冰

心、徐志摩的新詩，1930
年以後則是魯迅、普羅文
學與社會寫實主義。關鍵
顯然是「中國左翼作家聯
盟」（左聯）的成立與文
藝鬥爭路線的確立。

江天《魯迅贊》（1991）、方修《避席集》（1960）、章翰《魯迅
與馬華新文藝》（1977）（高嘉謙翻攝提供）

　　換句話說，魯迅的角
色在彼時馬華文藝青年的
想像中顯然是「戰鬥士」
（fighter）多於「書寫者」（writer）。作為鬥士（「戰士」），魯迅最常被引用的兩
句話是：「真的猛士，敢於直面慘澹的人生，敢於正視淋漓的鮮血」，以及「橫
眉冷對千夫指，俯首甘為孺子牛」。那是對青年頗有激勵作用的心靈雞湯，而魯
迅作為偶像、青年導師或（缺席的）「父之名」的形象也見於相關文章經常附上
的魯迅照片與畫像。影像顯然比魯迅憂鬱的文字更能直接散發「光韻」（aura），
同時也反映了彼時南洋華僑社會裡文青對鬥士、猛士、導師以及「硬骨頭」的盼
望。

　　魯迅在1936年10月病故，星馬華文報紙紛紛推出悼念專刊，後來更常在
各個忌辰週年刊載紀念文章。1938年，曾經聲明自己是「書寫者」多於「戰鬥
士」、而且被左聯開除會籍的郁達夫南下新加坡，不久就因〈幾個問題〉而與當
地文藝青年展開論爭，遂有文青對他表示「失望」或「不失望」；這多少也是彼
時馬華文青期盼導師與鬥士心態的反映。

　　雜文才是魯迅作為書寫者的遺物。他將雜感、隨筆「發明」成文字尖銳、冷
淨、簡練，語調幽鬱的「雜文」，犀利如刀的筆鋒指向他直面的民國時代動盪、
混亂、黑暗、病態的社會種種弊病、文藝議題，與文化現象，頗能發揮文學的嘲
諷批判功能，故其雜文實為諷刺文（satirical essay）的一類。戰後的馬華文學經
過「馬華文藝獨特性」論爭之後，主旋律為對「此時此地」的現實社會再現，雜
文亦為一當道、顯要文類，在各種文藝論爭筆戰中大量出現，而且雜文作為文類
也成為頗被關注的對象。例如方修1960年的《避席集》就收錄好幾篇談雜文的
雜文。

　　《避席集》以魯迅的側身剪影畫像當封面，用意自然也是向魯迅致敬。書中
收錄作者1955至1956年關於魯迅的雜文八篇。方修除了幾部馬新文學史的撰寫
與馬華新文學大系及選集的編輯之外，著有舊體詩集，以及《避席集》等雜文

馬新兩地紀念魯迅先生逝世的期刊（高嘉謙翻攝提供）

集多種，幾乎各集都有收錄若干篇涉及魯迅的文字，對魯迅的景仰流露無遺。這些雜文集或談文壇瑣事、文藝評論、作家軼事，或記讀書雜感，更不乏與人論戰的文字；就這一點而言，方修雜文集的書寫向度倒是相當接近魯迅的。

　　方修顯然以魯迅風的雜文為表述其「文學、報刊、生活」的體式。一九五〇年代至七〇年代之間，星馬華文文學圈內寫雜文的人族繁不及備載，他們多半以魯迅為旗幟。方修的雜文集之外，以鄭子瑜、杏影、李向、林臻、洪浪的雜文著作最為論者所稱道。

延伸閱讀

方修。《避席集》（新加坡：文藝，1960）。

江天。《魯迅讚》（吉隆坡：東南亞華文文學研究中心，1991）。

夏濟安。〈魯迅作品的黑暗面〉[1964]。《夏濟安選集》。林以亮（譯）（臺北：志文，1971），13-33。

楊澤。〈盜火者魯迅其人其文〉。楊澤（編）：《魯迅小說集》（臺北：洪範書店，1994），1-22。

楊澤。〈恨世者魯迅〉。楊澤（編）：《魯迅散文選》（臺北：洪範書店，1995），1-30。

章翰。《魯迅與馬華新文藝》（新加坡：風華，1977）。

華教、華校與舊詩文脈

高嘉謙

1948年英殖民政府頒布緊急狀態，馬來半島的華人被動遷徙至集中管理的「新村」，大批被認為左傾或反政府的華人被驅逐出境。1949年2月馬華公會成立，標示著華人參政，以及本地意識的抬頭。1949年10月兩岸分治的現實，一九五〇年代中期以後新中國取消雙重國籍的認可，華人面臨著國籍身分與國家認同的重新選擇。以上種種，揭示戰後華人意識的轉變與形塑。

從僑民到公民身分轉變的歷程裡，華人對華文教育的堅持和動員，掀起的華教運動，最能反映大馬華人扎根於斯的主體精神與現實困境。1949年10月華校教師公會成立，其時華人應對的教育環境異常艱鉅。1951年《巴恩教育報告書》（Barnes Report）出爐，獨尊英語和馬來語為形塑馬來亞國家觀念的國民學校。為壯大華文教育的力量，同年全國華校教師會總會（教總）成立，檳城鍾靈中學校長陳充恩擔任主席，華教運動由此捲入詭譎的政治風潮。1952年立法議會通過採納新教育法令，1955至1957年間殖民政府開始以特別津貼的優惠敦促華校改變教學媒介語，改制為國民型中學，大馬各地華校學潮興起。1955年華文高等教育的理想——南洋大學在新加坡成立。1956年《拉薩教育報告書》建議在維護和支持各族群的語言與文化發展的前提下，卻同時標舉以國語（馬來語）為教學媒介語的教育政策終極目標。大馬獨立後，《1961年教育法令》頒布，由此開啟了一個攸關華文教育存亡危機的政局，影響至今。

馬來亞和新加坡在殖民地時期的華文新式教育，跟晚清政治在海外的維新和革命運動、孔教運動休戚相關。檳城鍾靈中學是馬來亞時代校譽鼎盛輝煌的華校，前身為鍾靈學校，創辦於1917年。二戰檳城淪陷期間，鍾中師生殉難也已作為新馬華人民族記憶的一部分。戰前在檳城鍾靈中學任教的幾位華文教師，其中留有舊體詩詞遺世的就有汪起予、陳少蘇、管震民、李詞傭、謝松山、李弼師等人。這些具備古典詩文教養的華文教師，締造了鍾靈中學和檳城興盛的詩風。其中1934年南渡檳城的管震民，彼時偕同詩友許曉山（生年不詳—1945）推動檳榔吟社，有「北馬詩翁」的雅譽。然而，管震民兒子死於日軍在檳城的檢證，

鍾靈中學殉難師生紀念碑（高嘉謙攝影提供）

妻子、孫女同時病逝，憂憤異常。陳少蘇聽聞鍾靈師生被日軍逮捕毆打，營救無門，結果積憤成疾，1943年病逝。李詞傭（1904-1942）經歷最慘，在鍾靈師生被捕期間，死於獄中刑求。另外，寫作舊詩與新小說的饒百迎（1900-1943），被捕入獄，酷刑折磨後釋出，隔年病故。

　　鍾靈中學為華校翹楚，師生兵燹受難，管震民的《蘆管吟艸》、《綠天廬吟艸》等詩集，勾勒了他們在抗日援華，以及淪陷落難過程背後集結的抗日精神。華文教師的詩詞，既是個人憂患，也投映了華校師生在戰時的生存環境，以及背後積累的民族精神。其中以焚坑作為詩的關鍵意象，盡訴檢證之殘暴。

積悶填胸掃未清，苦無竹葉解餘醒。突聞令下嚴搜檢，樹上烏鴉亦噤聲。
通衢小巷斷人行，蒙馬虎皮眾目驚。祇恐當前頭一點，便將粉筆背書名。
犢子偏遭猘犬傷，無情縲絏肆摧戕。西河有淚從何灑，誰辨平生是俊良。
荊天棘地欲何之，檻鶴籠猿祇自悲。跬步不離防觸阱，鍾靈二字怕人知。
（〈檳嶼淪陷後於壬午四月六日大舉肅清焚坑之慘更不忍聞聊賦四絕以誌餘痛〉）

　　大檢證可謂檳島淪陷歲月裡，最激烈的殺戮。他的詩盡是紀實筆調，刻畫肅殺氛圍，帶出坑儒的歷史控訴，暗埋歷代知識人的悲愴，藉此檢視日軍對知識分子的戕害。沒有任何形象化的直白語言可以刻畫出面臨日本憲兵檢證時的生死一線：「祇恐當前頭一點，便將粉筆背書名」。因而「鍾靈二字怕人知」既顯露又傳神，重點在於「跬步不離防觸阱」那無所不在的偵察、告密和指證，鍾靈師生被指為共產黨、抗日分子成了塗抹不了的原罪。這四首絕句銘刻和見證1942年4月6日的創傷，及其對華校師生帶來的震慄和驚恐。在這肅清抗日分子的行動裡，鍾靈中學師生的遇難，加上淪陷初期日軍強制對中文書籍送檢和焚書，在象徵意義上形塑了戰前華文教育面臨「焚書」、「坑儒」的斯文斷絕。詩人筆下的「鍾靈」隱喻著受難的華人身體和精神。

　　戰前曾任鍾靈中學華文教師的謝松山，日軍入侵檳城前後避走新加坡。日後

刊印舊詩《血海》（1950），以系列竹枝詞題詠戰爭與戰後審判經歷，帶有紀史意義。同年，曾任波德申中華中學校長的吳太山，以瘦鶴筆名出版《驚弓集》（1950），寫作淪陷詩百首紀錄烽火歲月。這類以民族傷痕為基調的舊詩寫作，隱然綰結舊詩文脈與華人民族文化的關係。

管震民及其詩稿《綠天廬吟艸》（1949）（高嘉謙翻攝提供）

除此，1938至1939年間新馬及東南亞各地華人徵募三千餘名南洋機工回到中國，參與滇緬公路的戰時運輸。作為新馬抗日籌賑的記憶，這跟檳島淪陷後的創傷，結合為一道集體傷痕。戰後華社籌建「檳榔嶼華僑抗戰殉職機工暨罹難僑胞紀念碑」，管震民題寫碑記、紀念歌。這結合民族情操與創傷苦難的情結，在紀史與抒情之間，舊體詩詞作為文脈的一環，刻畫了華人情感政治的「痛史」，華人群體對華教認同與歸屬的象徵。

戰後的鍾靈中學的華文教師，先後有陳宗嶽、蕭遙天、陳蕾士、任雨農等擅於舊體詩詞，馳騁於馬華文壇，名聲響亮。1951年底陳宗嶽遭狂徒開槍殺害，彼時馬共鬥爭激烈，陳曾任馬六甲培風中學校長，文化人被政治影射，人身危機不容小覷。蕭遙天等三人有詩集存世，其中陳蕾士還是享譽世界的古箏名家，曾於香港、臺灣教學，任雨農則是書法名家。儘管他們任教於鍾靈中學的時間長短不一，但華校教師出身，遊走新舊文體，戰後激烈變化的時局與族群政治，投映了一代華文教師的文化本位和涵養，以及潛在的族群意識轉折。

1961年立法議會根據《拉曼達立報告書》而制訂通過的教育法令，旨在建立一個以馬來語為教學媒介語的國家教育制度。其中附帶深受華社憂慮的條文，賦予了教育部長逕直改變國民型小學為國民小學的權力。在一九五〇年代開始為華教爭取權益奮鬥一生的「族魂」林連玉（1901-1985），在華教組織和華教精神動員發揮關鍵角色。他在1925年南來，曾在印尼爪哇和馬來半島任教。在執教尊孔中學期間，捍衛華人母語受教權，投入華教運動，最終褫奪公民權，吊銷教師准證。他以民族立場出發，維護母語教育，同時呼籲平等權利，共存共榮，也顯見他的公民立場。因而他詩裡的華教鬥士形象，不屈不饒，如同魯迅式的抵抗與戰鬥：

飄零作客滯南洲，時序渾忘春也秋。幸有嶙峋傲骨在，更無暮夜苞苴羞。
橫揮鐵腕批龍甲，怒奮空拳搏虎頭。海外孤雛孤苦甚，欲憑隻掌挽狂流。

林連玉詩集《連玉詩存》（高嘉
謙翻攝提供）

華文教師的舊詩寫作既勾勒了戰爭與戰後時期華人社會認同意識，也揭示舊詩的安身之道。華校、華文在新馬面對嚴峻的存續空間，這是回應現實語境的本土書寫，以及投映抵抗精神的華校情結底蘊。

從一九五〇年代以降，舊詩的寫作、刊載、結集出版並不沉寂。除了如林連玉少數在種族政治困境內鬥爭的華教人士，其餘舊學根基厚實的華校教師、報刊編輯、僧人和文人，如李西浪、胡浪漫、潘受、李俊承、鄭子瑜、王宓文、彭士驎、方修、李冰人、周清渠、周慶芳、曾心影、張濟川、謝雲聲、竺摩、黃潤岳、張少寬、徐持慶、張英傑等人，仍堅守舊詩寫作。這個群體雖小眾，但人數也頗為可觀，無法一一介紹。這些文人雅士大多是戰前或戰後南來，或是在地出生。他們寫作的舊詩數量多寡不一，在慶弔頌輓、交遊酬唱的詩作外，不乏對時局變遷、地方意識的文化感興和寄託。目前可見的舊詩組織，包括馬來西亞詩詞研究總會（1975），其他地域性詩社有砂拉越詩巫詩潮吟社（1958）、檳城鶴山詩社（1970）、麻坡南洲詩社（1973）、怡保扶風詩社（後改名山城詩社，1992）、雪隆湖濱詩社（1981）、沙巴神山詩詞學會（1996）、馬六甲古城詩社（2008）等，亦見雅集、詩鐘活動，以及詩刊出版。這是當代馬華古典詩學的延續，亦可看作大馬華教內蘊的文脈，馬華文壇另一股生生不息的創造力。

延伸閱讀

高嘉謙。〈創傷、認同與華教記憶——論馬華漢詩人管震民〉。《成大中文學報》no.75(December 2021):131-160。

管震民。《綠天廬吟艸》（檳榔嶼：管震民先生七秩榮壽紀念壽管委員會，1949）。

林連玉。《連玉詩存》（吉隆坡：林連玉基金，1986）。

徐持慶。〈新加坡與馬來西亞舊體詩詞發展概況〉。黃坤堯主編：《香港舊體文學論集》（香港：香港中國語文學會，2008），411-418。

張少寬。〈二戰前的舊詩人〉。《檳榔嶼舊聞》（檳城：Federation of Ka Yin Chu Association of Malaysia，2016），228-230。

「現實主義」脈絡下的
「方北方與馬華文學」

黃萬華

一次大戰結束以後，馬華社會經歷了從「華僑社會」過渡到「華人社會」，又發展到「國民社會」的曲折過程，對文學仍然要求其與現實保持密切聯繫，一九二〇年代馬華文學先驅者們所取跟中國五四現實主義文學同一步調，立足於文學的社會現實層面的創作潮流，在五〇至七〇年代的馬華文壇占有主導地位。這推進了華文文學的馬來亞本土化，也讓馬華文學的現實主義傳統面臨嚴峻的挑戰。

1989年，數個馬來西亞華人團體聯合設立「馬華文學獎」，成為當時馬華文學的最高獎項。第一屆馬華文學獎授給了1928年南來馬來亞的方北方（1918-2007，原名方作斌，生於廣東惠來）。這位一九三〇年代就開始發表作品，先後出有三十一種作品集的作家，正代表了這一時期馬華現實主義文學創作的成就和危機。

方北方的成名作中篇小說《娘惹與峇峇》（1954）曾被譯成日文在東京出版，並被拍成電影，影響廣泛。其能一紙風行，就在於作品通過林娘惹及其兒孫居於「番腔十足」的峇峇文化圈內，受到多種文化的巨大壓力而產生的分化，寫出了華人文化認同的變遷史。小說以林細峇對「我」的講述，展現了一九一〇至五〇年代，一家三代（李天福、林峇峇、林細峇）的變化面臨的社會文化環境。李天福因貧賤而入贅富有的林娘惹家，生活的艱難磨損了他年輕時的朝氣，無論作為丈夫還是父親，都顯得低三下四；兒子林峇峇完全西化，沉迷酒色，日軍占領馬來亞時，他甚至為日本人所利用開設賭館以賺錢；林細峇則在接受了良好的華文教育後，成為了一名思想開明、剛直有為的新青年，於大是大非有錚錚鐵骨，於人倫親情有柔腸真意。很顯然，這樣一種三代人命運的設計，使得小說的題旨重在批判殖民教育而宣導華文教育，其真實描述的「峇峇華人」文化選擇的利弊得失發人深省。方北方就是這樣以對馬來亞華人命運的關懷崛起於五〇年代的馬華文壇。

馬華民族作為中華民族中漂泊海外、落地生根歷史長久而豐富的族群，最

方北方中篇小說《娘惹與峇峇》（1954）
（高嘉謙翻攝提供）

需要文學留存的就是其在馬來亞政治、經濟、文化歷史中的足跡，馬華文學始終在呼喚它的史詩性。而身處戰後馬來亞的方北方以「源自五四新文學傳統以來那種感時憂國的寫實主義」（陳鵬翔〈獨立後華人文學〉）回應了馬華文學追求的史詩性。

方北方小說的史詩性集中體現在他的長篇小說上。被稱為「馬華文壇第一套長篇三部曲」的《遲亮的早晨》（1957）、《剎那的正午》（1967）和《幻滅的黃昏》（1978，合稱《風雲三部曲》）是方北方抗戰期間返回中國時完成的初稿，描寫1937年到1949年中國大陸上一群熱血青年的經歷，雖是著眼於「為中國的抗日戰爭與民族自救運動，以及社會革命時代，留下一些歷史的真實史料」（方北方《風雲三部》‧總序》），但也包含有借中國大陸題材思考馬來亞華人命運之意，即馬華民族如何聚合成一個有內部凝聚力的南洋民族。他一九七〇年代後期開始創作的《馬來亞三部曲》（《樹大根深》、《枝榮葉茂》、《花飄果墮》）已「是氣魄宏偉的一部有關華人在大馬的開拓史詩」，方北方以自己在馬來亞生活半個多世紀，「由僑民化為公民」的心靈歷程，展開了馬來亞華人落地生根、參與馬來亞「建國」的歷史敘事。

《樹大根深》以仁義膠園華氏家族的盛衰沉浮，呈現華人南渡拓荒、日軍洗劫、馬共動亂、華區整肅等重大歷史變遷，意在以「根深柢固、樹幹堅實、綠葉糾結的三種形象，象徵華族的這棵歷史悠遠大樹，在馬來亞成長的過程」（方北方《樹大根深‧自序》）。小說以文學寫實的手法，講述了馬來亞政治、教育、宗教等當時被視為「敏感問題的題材」，從中塑造了華仁、華義等南洋華人拓荒者形象。《枝榮葉茂》（又名《頭家門下》）創作、出版在《樹大根深》之前。這部「以商人意識為經，教育制度為緯」的小說，圍繞商人史德林的子女對待家族商業遺產，尤其是史德林重視華文教育的公益事業的臨終安排的不同態度和行為，展開了馬來西亞華人經商創業的歷史畫面，映射出華人所受教育與其生存、發展的命運。墾荒和經商，是馬華民族生存、創業的主要方式。尤其在馬華民族政治上處於弱勢，甚至「無權」的狀況下，經濟參與會扭轉華族社會發展的

劣勢。《樹大根深》和《枝榮葉茂》，以文學形象再現了馬華民族形成的艱難歷程，有其重要的民族文學史價值。《花飄果墮》又名《五百萬人五百萬條心》，反映出作者對「『龍的傳人』確是歷來勇於相戕的民族」的深刻體察和對「花飄果

方北方「馬來亞三部曲」《樹大根深》(1985)、《頭家門下》(1980)、《花飄果墮》(1994)

墮」年代華人卻陷入相互「鬥得昏天黑地」現狀的深切焦慮。對「五百萬人一條心」的急切呼喚，使方北方在小說中採用了敘述、描寫、評論「混雜」的手法，將一九七〇、八〇年代華社華人活動的大量材料一一「實錄」在案，「立此存照」，力圖客觀地再現出馬華社會在外部壓力下仍自溺於內鬥的歷史定格。而這種幾近消解了小說敘事功能的寫法，也使小說陷入了「非文學的場域」。

　　方北方的短篇小說題材極其廣泛，其中甚為生動的是對社會病態現象、人物的犀利剖析。〈淑德流芳〉以幽默的筆調，多側面地寫活了出身商行使女的常太太身上奇特地混雜有主奴性的生活姿態，犀利諷刺了南洋殖民時期華商支配下的社會風氣。〈殘局〉以許七叔、彩香嫂的自盡、失蹤悲劇發生在同鄉會的彩票風波中的生動敘事，冰涼地展示了宗親同鄉文化傳統中的南洋華人社會的種種病態。《白燈籠》以兼有虛實的「白燈籠」呈現史叔公「喜歡聽歌功頌德」而讓家勢一蹶不振的情景。方北方一向嫉惡如仇，秉義敢言，到了《花飄果墮》，才會對華族文化的衰落、華人團體的懦弱等重大問題疾書坦言。在絕不讓文學淪為把玩、偽飾之物的現實主義原則上，方北方始終有著他的追求。

　　「文學是經國的大業」是方北方重要的創作觀念，用長篇小說的形象參與馬來西亞建國的進程，渴求改變當年一元的「國家文化政策」而謀求在一個多民族融合的社會架構中發展民族文學，是方北方創作最重要的內容。在現實主義的真實觀、典型論、歷史感、現實性和敘事模式等層面上，方北方堅持的是中國五四後傳統的現實主義，看重內容的健康和主題的正確，強調題材的馬來亞本土性和時代性，創作慣用寫實手法。方北方的小說，尤其是《馬來亞三部曲》，其文學價值各有褒貶，但《馬來亞三部曲》等小說，能以恢弘磅礴的史詩結構，從華人社會生存的重大問題（如華文教育、華社的團結等）切入，寫出幾代華人的命運變遷，探討華人文化的困境和出路，若非深厚的生活積累和置身其中的歷史思考

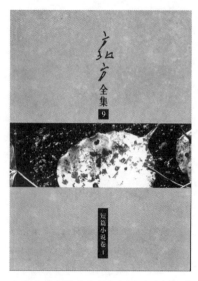

方北方《方北方全集》(2009)(高嘉謙
翻攝提供)

就無法實現這一努力。

　　方北方的努力,說明一九五〇年代後的中國南來作家(也包括一些在馬來亞出生的華人作家,如苗秀)開始以一種「只要是落地生根的地方就是自己的家園」的心態去尋求對南洋社會、文化的認同,脫出二〇年代以來馬華文壇整體上呼應於中國新文學的格局,展開在地化創作。這一背景下的現實主義成為五〇、六〇年代馬華文學創作的主流,湧現了一批對現實主義認知各有不同,創作各有成就的作家,如姚紫(1920-1982,1947年南來)的創作對人物個性歷史層面複雜性的把握,駕馭中篇小說所體現出的舒展開闊的藝術思路;韋暈(1913-1996,1937年南來)小說寫實中從容自如地融入現代小說技巧,人物命運的開放性結局突破了現實主義「懸念」的設置,呈現了多重漂泊中的「他鄉」的豐富意味,華、巫、印等多族群都被納入敘事視野,福建話、音譯馬來文等都被驅遣於敘事語言中,反映出與馬來亞土地日益密切的聯繫。他們和方北方的創作一起,構成二十世紀五〇年代後較長一個時期裡馬華現實主義文學的傳統,告誡人們:現實主義文學原本強調的三大要素,即在思想性層面上,強調批判現實、發出異議的思想高度;在社會性層面上,強調人生的現實關懷;在文學性層面上,強調其語言藝術的重要性,以鮮活的生活語言去構築文學世界,是具有豐盈生命力的。但如果將其封閉、狹隘,現實主義就會陷入困境,產生危機。

延伸閱讀

陳鵬翔。〈獨立後華文文學〉。林水檺、何啟良、何國忠、賴觀福(編):《馬來西亞華人史新編》
　　(第3冊)(吉隆坡:馬來西亞中華大會堂總會,1998),263-345。

方北方。《樹大根深》(吉隆坡:鐵山泥,1985)。

方北方。《方北方短篇小說集》(檳城:北方書屋,1986)。

黃枝連。《東南亞華族社會發展論:探索走向二十一世紀的中國和東南亞的關係》(上海:上海社會
　　科學,1992)。

從野草到雜草：
雲里風的南洋《野草》仿作

張康文

談及魯迅對馬華文學的影響，很多人想到的是雜文和現實主義小說這兩個文體。殊不知，魯迅基調最為陰鬱、藝術表現最為複雜的散文詩《野草》也為人所模仿，馬華作家雲里風早期的散文即明顯有《野草》的痕跡。

雲里風，原名陳春德，1933年生於福建莆田，1948年移居馬來半島，2018年逝世。他先後當過學徒、割草工人，1949年加入杏壇，曾任華校教師、校長。雲里風一九五〇年代開始創作之時即以《野草》為本，寫了數篇仿作。有趣的是，基於（左翼）現實主義風潮直接或間接的影響以及個人的浪漫情懷，他的《野草》仿作一改原作的基調與手法，呈現戰鬥化、明朗化的轉向。甚至可以說，其仿作偏離了散文詩的特色，倒向魯迅的雜文風格。

以仿寫〈過客〉的〈狂奔〉（1955）為例，它保留了原作中不斷前進的「過客」和保守、悲觀的「老者」，但添加了過客將老者推入河中的情節，過客因而顯得更加勇猛決絕。而且，過客並非孤獨前進，途中還有原作所沒有的青年隊伍。過客對其百般讚歎，並且不斷反省自己是否落伍，彷如進行思想鬥爭和改造。雲並非左翼作家，但這種崇拜青年群體的態度很難說沒有左翼的「文藝為工農兵」、「文藝應以勞動人民為中心」等觀念的印記。

同一年，雲以〈聰明人和傻子和奴才〉為本，寫了〈文明人和瘋子〉一文。文明人和瘋子這兩個角色分別代表著「高等華人」和平／貧民階級，前者意圖將後者同化，後者則明確抗拒。除了階級、民族意識十分明顯，對西化裝扮的文明人的拒絕多少也劍指文明人的效忠對象：英殖民政府，這種透過反洋奴來反殖民的設計常見於當時的馬華文壇。還有一點值得注意，文中的瘋子一絲不掛，唯一要求只是一雙草鞋。考慮到一九五〇年代草鞋在南洋並不普遍的事實，以及毛澤東和紅軍與草鞋的種種傳說，草鞋意象的使用就更讓人覺得別有意味。

雲里風的仿作之明朗體現在戰鬥思想與語言形式上。〈過客〉對前方不太樂觀，並深信有墳在等候，雲的〈狂奔〉則深信「前面的路會更平坦、更寬闊」。如果說前者的前進表現為反抗絕望，後者則是迎向希望，充滿理想主義。這種

雲里風部分著作《衝出雲圍的月亮》（1969）、
《黑色的牢門》（1957）、《夢囈集》（1971）

對未來充滿美好想像的心理是一九五
〇年代馬華文壇的時代特色，他們渴
望不再有壓迫和歧視，呼喚獨立和自
由，並且深信只要如此馬來亞就將是
人間樂土。另一方面，基於個人能力
且配合戰鬥、宣傳的需要，雲的《野
草》仿作也沒有（或未能）複製原作
跳躍、晦澀、拗口、陌生化的構句、
用詞，而是改以明白通銷的語句、樸
實透明的白話。在意識形態凌越文學
的時代，《野草》到了南洋失去了原
有的複雜、神祕與幽暗，「野草」終
演變成生命力頑強、時時迎向陽光的
「雜草」。

雲里風同時也創作短篇小說，
其小說也較為人所識。與上述散文相
似，雲的小說有很深的社會承擔和底

層關懷，他關注底層生活，意圖為社會照相，舉凡民生、社會問題如失業、賭
博、販毒、賣淫等都進入他的視野。這種揭出病苦，引起療救的注意之書寫宗
旨頗有「問題小說」的印記。另外，他的小說偶會觸及時代大議題對人民生活
的衝擊，如一九五〇年代登記入學措施的行政偏差和華族子弟的反應（〈火炬運
動〉）、國際橡膠價的下跌對市井小民的影響（〈發財夢〉）。作為教師，他的多
篇小說也關注教育問題（〈望子成龍〉的高材生主角因馬來文不及格而無法順利
升學）、教師的難處（〈出路〉敘及領取全津貼的華小不再直接聘請高中畢業生）
和問題教師的弊病（〈發財夢〉、〈崔哲光〉刻畫貪婪、不務正業的教師）。

評論者常從「忠實反映生活」、「反映現實」的角度肯定雲里風的小說，但
忽略了所謂的「現實」常是經過雲的「道德之眼」。其作品常透過典型正反面人
物（通常表現為貧－富、底層－上層之別）的對立、充滿道德規勸、議論的對話
以達到教化之用。另外，雲里風小說的批判力道主要用於華社自身，面對種種問
題，他常反求諸己、眼光向內，從華人自身尋找問題和出路。以〈望子成龍〉為
例，小說開始敘述高材生吳健民因高中文憑會考的馬來文科不及格而影響升學，
這個本可反思考試和語言政策的小說最終導向主角因旁人的誘惑和意志不堅定而

誤入歧途。至於其他關於失業、賭博、賣淫的小說，也多是歸咎於貪念、色慾等華族問題，並深信道德良知足以抵擋誘惑、面對挫折。這種「族裔性批判」或可視為一種既符合馬華現實主義要求，又不刺激當政者神經的安全之作，一種保守的現實主義。

延伸閱讀

潘碧華。〈呼喚社會的理智和良知 —— 評介雲里風選集〉。雲里風。《雲淡風清：雲里風選集》（吉隆坡：馬來西亞華文作家協會，2011），iii-xviii。

雲里風。《雲淡風清：雲里風選集》（吉隆坡：馬來西亞華文作家協會，2011）。

張康文。〈會戰鬥的南洋「野草」—— 論雲里風的《野草》仿作〉。《漢學研究》40:1(March 2022): 267-299。

五

冷戰現代主義與馬華文學新浪潮

張錦忠

1959年，白垚在《蕉風》發動「新詩再革命」，發出星馬現代詩的先聲。兩年後黃崖接編《蕉風》，鼓吹現代文學，匯集星馬港臺作家，打造刊物成為一個亞洲華文文學中心，形成一個「冷戰現代主義」的平臺，展開第一波現代主義運動。「冷戰現代主義」為論者如班海瑟（Greg Barnhisel）論述冷戰年代文學現代主義的角色時用詞，借用來描述一九六〇年代星馬婆非左翼編者及寫作人以現代主義、個體主義、自由主義書寫抗拒社會現實主義文學洪潮之舉，相當貼切。

不過，馬華現代詩潮其實是「多點爆發」。《蕉風》及其周邊文社之外，砂拉越的劉貴德、陳信友1966年在《中華日報‧綠蹤詩網》提倡現代詩，1970年劉貴德等成立「現代派」詩社砂拉越星座詩社。在新加坡，1967年梁明廣接編《南洋商報‧文藝》版，刊登譯詩〈星在疾行〉，開啟另一個域外現代詩窗口，同時發表牧羚奴（陳瑞獻）等人的作品，激勵了陳瑞獻更進一步成立五月出版社，集結其他追求自由創新書寫的文藝青年，推出《巨人》、《牧羚奴小說集》、《新加坡十五詩人新詩集》等現代文學叢書，形成「六八世代」之勢。翌年，陳瑞獻加入《蕉風》編輯陣容，改革刊物成為在地現代主義喉舌，「六八世代」在《蕉風》匯流，梁陳同時編《南洋週刊‧文叢》，《蕉風》連續推出幾個專號，是為星馬華文文學第二波現代主義文學浪潮。

當五月與「六八世代」平地崛起之時，牧羚奴也在《學生周報》發表現代詩，引起長堤對岸馬華詩人的迴響，包括李蒼與梅淑貞，後遂有犀牛出版社的成立，傳承了《銀星》的現代詩香火。《銀星》是一九六〇年代初秋吟、喬靜、李蒼等學友搞的刊物，也是現代詩在檳城的發軔現場。七〇年代初，犀牛推出詩集《鳥及其他》與《梅詩集》，砂拉越星座詩社出版李木香編《砂勝越現代詩選‧上集》，溫任平在1974年編《大馬詩選》，現代詩聲勢一時大振。溫任平在七〇年代初組天狼星詩社，與溫瑞安等推動現代文學不遺餘力。

臺北星座詩社成立的年代，正值臺灣冷戰現代主義全盛時期。星座詩人詩風

現代、西化、《星座詩刊》譯介當代歐美詩學，正是時代的產物。而在文學史脈絡，那是馬華現代主義的境外「現代現場」，而這個現場與臺灣冷戰現代主義場域重疊，正如黃崖主編時期的《蕉風》之於當時在那裡發表的臺港作者。

不過，馬華現代文學的散播路徑，除了蕉風的「冷戰現代主義」、銀星、五月、天狼星、砂拉越星座、臺北星座之外，不得不提幾個獨行者：洪鐘、楊際光、泡蒂、張塵因。前二者攜著一九四○年代李金髮、戴望舒、辛笛所傳的新詩薪火南來，分別在古晉與吉隆坡開出詩歌新路，後二人在島與半島提煉現代質地多年，雖僅得《火的得意》與《言筌集》二卷，已煉出詩的火種。

黃崖在《蕉風》提倡現代主義時，小說為其主要關注。現代小說刻畫人物內心、思索人的存有、人與世界的關係，年輕作者特別有感。牧羚奴寫詩之外，也以「新小說，新人」之姿冒現小說界。《蕉風》的小說專號中即有牧羚奴小說專題，同時刊出菊凡、張寒、宋子衡、謝清、蓁蓁、梅淑貞、李有成、麥秀、陳君等人的創作，儼然是「現代小說新浪潮」的陣容。謝蓁梅李以詩人身分兼寫小說，其他五人為彼時星馬現代小說創作佼佼者。菊凡、宋子衡與其他北馬作者在一九七○年代組棕櫚出版社，所推出小說集引人矚目。不在《蕉風》小說專號的棕櫚同人溫祥英則以《溫祥英短篇》奠定現代小說家地位。溫祥英小說語言生動，敘事實驗性強，題材日常，別具風格，是道地的馬華現代主義者。

到了一九七○年代中葉，新經濟政策與種族分化政策影響華社的政經文教結構甚鉅，加上臺灣鄉土文學風吹來，文學表現趨向更貼近現實，實驗性作品不多，加上六○年代冒現的作者創作漸少，「新人」鮮出，現代主義風潮漸退。商晚筠、李永平、張貴興等人則將寫作場域轉移臺灣，在那裡自我磨練成為成熟的小說作者。而在星馬，「最後一批現代主義者」柯彬、因摩、林山樓、葉誰、洪泉等穿越在小說叢林中，孤寂地尋找現代小說技藝的聖杯，後遂無問津者。那是八○年代初的事了。直至九○年代才有黃錦樹與冼文光對未竟的現代性計畫認真以對。

馬華現代主義文學的起始

林春美

「第一波現代主義」溯源

1959一般被認為是馬華現代主義文學運動的肇始之年，而白垚一般被認為是那場運動的領銜人物。那年3月，《學生周報》刊載白垚詩作〈麻河靜立〉；四月，其姐妹刊物《蕉風》刊登白垚以凌冷為筆名發表的文論〈新詩的再革命〉。〈麻河靜立〉被其同時代人如周喚、林也、溫任平等譽為馬華文壇的「第一首現代詩」。多年以後，陳應德以馬華文壇早在一九三〇、四〇年代已出現未來主義、象徵主義色彩的詩歌來質疑所謂「第一首現代詩」之說，然而，這是後話了。自言「詩心突變」的白垚，在3月之後還陸續發表了多首形式新穎的詩，如〈酋長之夜〉、〈鬼魂語〉、〈古戰場〉、〈長堤路〉、〈森林河〉、〈四月已逝〉等。

那是白垚創作力豐沛的一年。詩作之外，他在《蕉風》新詩編撰與論述上的用力，可能有過之而無不及。繼第一聲「再革命」的號角高姿態呼喚「中國新詩的運動，完成於馬來亞華人的手裡」的豪情之後，5月，他再發表一篇長文〈新詩的道路〉，歷數新詩演變歷程，從胡適的詩體解放，一直到這顆「漂到海外的種籽」落到星馬土壤的狀況。其後，6月號、9月號兩期，他參與編輯附贈的「蕉風文叢」《美的V形》及《郊遊》。這是《蕉風》自一九五〇年代末起至1964年轉型之前、每期隨刊附贈的總共七十餘期「蕉風文叢」中，僅有的兩冊詩選。這兩本在短短三個月之內出現的詩冊，選錄星、馬、港、臺詩人作品共五十餘首（其中包括幾首譯作），因風格獨特，故被人以「蕉風派」名之。然而要開創一條新路，光靠出版詩集是不夠的，還需有評論為新詩的天秤標示砝碼。白垚的文章充分展現了對此的理解。於是在上述兩本詩選出版後，他積極扮演評論者的角色，甚為及時的寫了兩篇文章，分別對之做出評論。那就是發表於8月號和11月號的〈新詩的轉變〉與〈新詩？新詩！新詩〉。

1959年的現代主義文學運動，自3月以後幾乎沒有冷場。然而，除了在白垚

《美的V形》（1959）（高嘉謙翻攝提供）

主持的《學生周報》「詩之頁」版出現一些少年學生的現代詩作在回應著這場運動之外，在《蕉風》，那幾乎就是白垚的獨角戲。

在《蕉風》，「新詩再革命」的迴響，要遲至隔年8月才出現。可是，那與其說是對白垚主張的回應，倒不如說是對杜薩在《南方晚報》一篇提及「蕉風派」的文章中，對一些詩歌「將句子拆得雞零狗碎」的非議的回應。這是新任主編黃思騁在第94期推出「新詩研究專輯」時，所交代的緣起。他非常鮮明表達了〈蕉風對新詩創作所採的立場〉，表示本刊作為以鼓勵創作為宗旨的文學刊物，「勢必在較為幼稚落後的新詩上，多加一點助力」；並且呼籲「文壇鉅子」踴躍提出意見。這個專輯一共持續了三期，然而非常諷刺的是，參與討論的「文壇鉅子」（有些還是特約）——包括馬放、林以亮、林音、童蒙、陸林、趙康棣、徐速、唐承慶、岳騫，卻是再三肯定了新詩革命之失敗。他們還相當一致的表示，詩的本質是音樂性，新詩（再）革命主張廢除格律、過度追求形式的自由，結果導致「詩格卑下」。而究其根本，他們之中不少人認為，是跟師法西方自由詩、忽略中國文字特殊性、拋棄古詩優良傳統有關。

繼黃思騁之後出任主編的黃崖——亦即上述專輯作者之一的林音，在他近乎十年的編輯時間裡，對新詩的現況與前途都不表示樂觀。他不止一次表示，新詩受人輕視，主要與詩人素質不佳及努力不足有關。他的〈編者的話〉讓我們知道，新詩是《蕉風》來稿中收穫最多、但平均水準卻又最差的文類。「新詩創作趨向低潮」是他反覆提出的觀察所得。他甚至向新詩作者放話：要擴大刊登新詩的篇幅，「請拿像樣的貨色來！」

現代詩在黃崖主編時期受到較大的關注與討論，是在1963、1964年之間。與黃思騁時期很相似，那是起於對他人責難的回應。在新加坡出版的《大學青年》，在其第11期刊登了葉長樓的文章〈一個呼籲：新詩往何處去？〉，對「現

代派」做出猛烈抨擊之餘，亦強烈暗示有美援背景的《蕉風》與《學生周報》以「藝術無目的論」誑騙文藝工作者，以達致其政治目的。對這個指責的回應在第133期《蕉風》以〈一個請教：致葉長樓〉掀開序幕，在其後幾期陸續出現迴響；在這期間，編者因覺本邦讀者與作者對現代詩的諸多誤解，特地刊登臺灣著名現代詩人余光中的作品評介。而這次討論的高潮，則是幾年前首舉現代詩大纛的白垚的五篇〈現代詩閒話〉。

現代詩再成眾矢之的，然而與幾年前遭全盤否定、處於挨打的情況大不相同，這次現代詩的支持者開始借論述之力，對批判做出正面反擊。而

《郊遊》（1959）（高嘉謙翻攝提供）

必須注意的是，這是發生在黃崖大力推動現代文學幾年後的事了。在這場文學革新運動中，詩歌看似肇其端緒的主要部門，可是矛盾的是它似乎又不特別被重視。1960年那場針對新詩改革而特闢的「新詩研究專輯」，在推出三期之後，就因《蕉風》第100期的改版造勢戛然而止。到了1964年，另一場有關現代詩的論爭頗有氣勢的開了個頭，可是自第138期林風提出〈百尺竿頭更進一步——給《蕉風》的建議〉，其後「文藝沙龍」一欄的討論重點，全都轉向刊物的改革之上；現代詩的大局，僅剩白垚一人獨撐。而在刊登白垚第五篇〈現代詩閒話〉之後的隔一期，《蕉風》完成改革，現代詩論爭在「東南亞化」大型純文藝期刊的新招牌下，無疾而終。

從「新詩」到「現代詩」

「新詩」和「現代詩」這兩個名詞，在早期的《蕉風》中大致是等義的。比如在第84期，目次頁以「新詩」為文體分類之目，但在該期所有「新詩」作品同排刊登的那一版上，標題卻是「現代詩選」。兩者似乎可以互相置換。而視之白垚1959與1964年的幾篇文章，二者的內涵也未見得有多大變異。

〈新詩的再革命〉就當時馬來亞華文的環境，提出五點再革命意見：一，馬

華新詩是從中國傳統文學中得來的遺產,故為舊詩橫的移植,非縱的繼承;二,廢除格律與韻腳;三,由內容決定形式;四,主知和主情;五,新與舊、好與壞的選擇,亦即詩質的革命。

再革命的對象,是當時星馬最普遍流行的兩種形式的詩歌:新格律詩,與「散文的分行」。前者是隨香港詩人力匡南來而風靡一時的十四行體,或也稱「力匡體」;後者包括走艾青現實主義路線、但過於平鋪直敘以致索然無味的過分散漫的自由詩。諸如此類的詩歌,在「現代詩閒話」裡被稱為「傳統新詩」,指的是自五四新詩運動之後就數十年不思變化、不求上進,而致自成食古不化的傳統的詩歌,與「現代新詩」相對立。

「現代新詩」,或可簡稱「現代詩」。後者是一九六〇年代初期開始逐漸普遍使用的名詞。白垚在〈藏拙不如出醜——現代詩閒話之四〉中對它做了明確的定義:「現代詩是當代的詩,是我們生命所存在的世界的詩。」對進化論的信仰,使白垚相信「現代」一詞乃是「不斷的隨時光充實」、因流動不居而永無止境的。而現代詩則被認為是詩歌隨時光演進的歷程中最能展現「我們生命所存在的世界」的一個里程碑,最足以代表詩歌藝術在那個時代的最新成就與精神,一如民主制度之於政治、太空飛行之於科學、癌症的征服之於醫學一般。故此,白垚認為,新詩的作者唯有「跳進現代詩的火場裡,接受一個火的洗禮」,方才可能獲得再生的希望(〈不能變鳳凰的鴕鳥——現代詩閒話之一〉)。

在白垚一九五〇、六〇年代文章語境中的「現代」,非指任何特定的文學形式,而是對傳統不斷改革與創造的力量的體現。因此他說,若在當代能創造超前於現代詩的詩作,詩人當努力為之;若現代詩成為創造的絆腳石,詩人亦當一腳將它踢開。與此同理,白垚主張文學作者不應固守所謂民族風格的傳統形式,或迷信其風格之純一。因為本民族之風格一經與其他民族交會,必將踵事增華,這是史上多見之事;更何況,任何民族風格都有其特定的時代性,而一個時代詩的風格之形成,乃得力於詩人對傳統風格之創造,而非模仿。有鑑於此,處於多元文化的多角鑽石內的馬華詩人,更不應以民族風格自我束縛,而應從各方吸入光線,「匯成一個屬於此時此地的光源,再向外發射」(〈多角的鑽石——現代詩閒話之五〉)。「多角鑽石」論,可說是對幾年前「文壇鉅子」以風格(或血統)的不純粹為新詩革命失敗之因的遲來的反駁。

對白垚而言,不斷創新,以求有別於從前、傳統,是現代詩形式之體現;其核心本質,是「時代精神」。正因如此,現代詩人不僅不與人生脫節,而且還表現了對「文物制度的存亡,文化精神的興絕」的無上關懷。而與此崇高大我情操

相對立的，則是對偏狹的政黨主義教條的盲目服從。他認為詩歌若如工具論者所言，是「最利害的鬥爭工具」，那麼「這把劍應該剖開人類的心靈，不應作為爭權奪利的武器」（〈蚊雷並不兆雨──現代詩閒話之三〉）。他極力主張詩與政治徹底分離，但卻不認為詩人應脫離政治現實而生活。反之，因為對人類文明（文物制度、文化精神）的關懷，現代詩人應該挺身對抗專制和暴力；他不以自己已獲自由創作空間為滿足，而是希望所有專制國家中的詩人共同奮起向獨夫挑戰，以爭取自由創作的環境。

　　總結白垚這個時期的看法，則文學的使命乃在緊扣時代脈搏、發抒人類心聲。而為能更好的承載這個時代──現代，「我們的生命所存在的世界」──的生活內容，作家勢必得覓求更新的表達形式。他的幾篇文論屢屢以文學／創作／詩之「進步」，與世界／時代之「進步」相提並論。他雖表示文學形式的問題非關好壞，而是「時代進步的新與舊的問題」；然而同時又認為「有新的創造才有進步」。其悖論背後的邏輯顯然是：新／現代＝進步／好。而求新，本質上也是一種求自由的表現。

「新詩的再革命」與「人的再發現」

　　從歷史的後見之明的角度回顧，我們知道這種對新形式的企求，在一九六〇、七〇年代最終將《蕉風》導向了現代主義的文學之路。然而，作為與傳統／舊式文學相對、具有籠統時間指涉的現代文學，與作為寫作手法的現代主義文學，至少在六〇年代中葉之前，其分界是模糊不清的。諸多《蕉風》同仁對「現代主義」一詞及其附帶意義多顯示一種保留態度。甚至連積極推介西方現代主義文學的黃崖，在其編輯任內都更常以含糊的「現代文學」指稱包含現代主義在內的、一切具創新意味的「非古典」文學。相對於在他看來前途未可樂觀的現代詩，黃崖更大力提倡的，是「現代小說」。他認為，慣常以情節和動作描寫為主的古典／傳統小說做法是落伍的，更具時代朝氣與創新意味的寫法，是記述人類內心和意識活動的，特別是他認為當時最流行的意識流小說。在他的推動下，六〇年代的《蕉風》出現了數量可觀的描寫心理的小說，其中有許多儘管與我們今日所認知的現代主義甚異其趣，但它們大體上都顯示了與當時馬華文壇主流強調政治鬥爭的現實主義小說的差異。黃崖對現代小說的推崇雖然多少有點追逐時髦的意味，但究其根本，卻還是立足於人文主義的關懷。

　　而「人本主義」，正是友聯社長陳思明在1959年《蕉風》第78期改革號上提出的理念。在那篇以本社名義鄭重刊於卷首的〈改版的話〉中，陳思明指出，

在「人的再發現」的時代，人本主義文學乃「馬華文藝的發展路向」。以中國歷史上數度因變亂而出現的文化由北向南伸展的現象／模式為參照，他將馬華文藝的發展解釋為中華文化（再度）南下伸展的結果，並且認為這種伸展的意義──「今天馬華文藝運動所具有的另一層意義」，乃是對暴力與極權的反抗，及對自由與人性尊嚴的覓求。若結合上節所言，洞察白垚的創新求變亦為一種對自由自主的訴求，那麼我們可說，「新詩的再革命」與「人的再發現」，乃二而一也。以《蕉風》後來作為馬華現代主義文學最主要與持久的發表園地來看，白垚〈新詩的再革命〉一文，不在其改革方案之內，卻機緣巧合的刊行於改革號上，不只耐人尋味的深化了改革的意涵，亦讓1959年權宜性的成為馬華現代主義文學運動理想的起點。

延伸閱讀

白垚。《縷雲起於綠草》（八打靈再也：大夢書房，2007）。

陳應德。〈從馬華文壇第一首現代詩談起〉。江洺輝（編）：《馬華文學的新解讀》（八打靈再也：馬來西亞留臺校友會聯合總會，1999），341-354。

林春美。〈身世的杜撰與建構──白垚再南洋〉。張曉威、張錦忠（編）：《華語語系與南洋書寫：臺灣與星馬華文文學及文化論集》（臺北：漢學研究中心，2018），35-54。

溫任平。〈馬華現代文學的意義和未來發展──一個史的回顧和前瞻〉。鄭良樹、周福泰（編）：《文學研討會論文集》（吉隆坡：馬來西亞華人文化協會，1980），85-109。

張錦忠。〈亞洲現代主義的離散路徑──白垚與馬華文學的第一波現代主義風潮〉。郭蓮花、林春美（編）：《江湖、家國與中文文學》（沙登：博特拉大學現代語文暨傳播學院，2010），219-232。

洪鐘的現代詩藝

潘舜怡

蔡洪鐘（1915-2003），出生於中國福建省莆田縣。1936年，他前往上海接受美術、音樂專業訓練，並於1941年南下至砂拉越詩巫定居，在古晉中華第一中學擔任美術、音樂中學教師。1978年退休後，他開畫室授課，也活躍參與砂拉越美術協會的藝術活動。

具有「砂拉越先驅畫家」美稱的蔡洪鐘，擅長繪製跨媒介、跨中西元素的抽象畫與中國畫。值得留意的是，除了積極參與美術創作，蔡洪鐘亦從一九四〇年代開始投入寫詩，筆名為「洪鐘」，共著有三本已出版詩集，包括1953年由香港朝霞文學社出版的《海潮集》、1992年由砂拉越華文作家協會以及砂拉越星座詩社出版的《池畔集》與《塑像集》。另外，他的四〇年代早期作品亦被收入田農編的《馬來西亞砂拉越華文詩選（1935-1970）》詩選集。

洪鐘早期詩作的主題方向常觸及「原鄉」與「南洋」的事物抒情，表達詩人自身對兩地風土文化差異的感知。例如寫於1942年10月5日的〈南洋的夢〉：

> 瀰漫床圍的熱帶氣氛／調勻呼吸的夜的誘惑／南洋的夢緊張而疲倦／／啊夜的聲調多麼生硬呢／／我的嘴唇／已被大雅克人的煙草軟化／多抽口多餘的太息／／這已不是做夢的時候／／醒來／為蚊子記筆血帳吧／啊拍死幾隻了

這首詩寫於詩人在婆羅洲砂拉越生活初期，詩人透過擬人技藝，帶領讀者進入他的「南洋的夢」——從熱帶的「夜的誘惑」到「我的嘴唇」被「大雅克人的煙草軟化」的緊張感，以及夢醒後「為蚊子記筆血帳」——均展現詩人對婆羅洲「物」與「人」日常文化的浮躁情緒。相隔一個月後，詩人亦寫了另一首〈呼聲〉（1942年11月9日）抒發思念原鄉之情：

> 從祖國飄流到蠻荒地方／回憶裡沒有平安／江南花草已經汙了顏色／家鄉

在砂拉越出版的洪鐘詩集（高嘉謙翻攝提供）

的夢戀也沒有歡欣／此地原非樂土／野人的鼓樂／溪流的唱和／誰有逸樂的心緒？／是被奪去土地的人群／又來一次血汗的榨取

　　此詩表達了詩人離鄉背井來到南洋的情思狀態——詩人對南洋投以陌生之感，形容南洋為「蠻荒地方」，更無心緒理會當地的「野人的鼓樂」、「溪流的唱和」。這皆因詩人所關心的「祖國」正處於抗日狀態——「回憶裡沒有平安」、「江南花草已經汙了顏色」。換言之，從〈南洋的夢〉到〈呼聲〉的詩語境皆隱藏詩人地方感與身體感的雙向迷失，以及南來文人視野中「華」與「番」的文化辯證。

　　相較於一九四〇年代的早期詩作，洪鐘六〇至七〇年代後的詩內容題材更多源自藝術、情愛等隱喻象徵，詩人試圖將他的美術涵養與哲思引進文學創作，詩風逐漸趨向現代美學思維，且詩句雕琢，錘鍊更顯精緻。例如〈化石〉（1973）：

　　腿豎直／成迎風搖幌的樹／腿蹲曲／成山谷幽邃的洞／／大理石的光滑面／你要在那兒刻些什麼／要在洞壁雕琢圖文呢／或者什麼都不要／／或者衹在看樹／看洞窟的影跡變換／感覺雕刀已生鏽／／以及／斑駁如化石／如僵冷的柱

以及〈塑像〉（1974）：

　　一種發光體的輻射／一種金屬在鏗鏘／激動的風響／瓣朵珠露晶瑩／／夢似的忻悅得失／自牆內外劃分／兩個世界的景象／戰爭與和平／不全在牆內／／繁殖郊野市街／庭院廳堂／誰在傳播不寧的唆言／柔雲陷落／雪泥融化／直至川流／呢聲蜿蜒而去／／在寺廟／在殿堂膜拜頂禮／或者豎立框式／或者塑造一種邪惡凶相／令人懾伏／／苦惱悲哀以及歡樂的珠串／在歲月的

經誦裡磨損／有若一環無休止的休止符／一頁晦澀的史詩／誰能領悟其真諦

〈化石〉透露了詩人在藝術雕塑過程的人生哲思啟發。詩中的敘述者「你」竊竊私語，斟酌著大理石上的圖文雕琢方向。詩人透過詩語言將雕刻活動連結為生命流逝的象徵，時間感深刻。當敘述者「你」正琢磨如何雕刻之際，卻「感覺雕刀已生鏽」，時間稍縱即逝。

第二首〈塑像〉則運用詩化的語言，把個人抒情和戰爭大敘事結合，呈現在混亂動盪的歷史時局底下，詩人對人性的思考與批判。詩題「塑像」可謂一語雙關，表面上指涉諸如〈化石〉裡的塑像藝術製作，但實際上此「塑像」非彼「藝術塑像」，而是作為詩句「兩個世界的景象」的譬喻——牆內牆外的「戰爭與和平」影響了「世界」的構成。詩人在詩的開端通過「一種發光體的輻射」、「一種金屬的鏗鏘」營造對於戰場中的光與聲音的想像，並於詩的末端以「無休止的休止符」象徵戰爭無止境，詩句富有音樂性。接下來，詩人為「兩個世界的景象」安排對話空間，包括郊野與市街、庭院廳堂與寺廟殿堂——「唸言」、「經誦」的對話產出正暗諷著人性的邪惡與善良的一體兩面，最終叩問「真諦」存在世間的可能。

洪鐘從一九四〇年代至九〇年代之間作品的轉向，展現了他的現代詩語言美學的實驗——試圖從詩境連結藝術畫境，在歷史與現代時空的擺盪瞬間，透露對人性批判的情感張力。

延伸閱讀

洪鐘。《海潮集》（香港：香港朝霞文學社，1953）。
洪鐘。《池畔集》（砂拉越：砂拉越華文作家協會，1992）。
洪鐘。《塑像集》（砂拉越：砂拉越星座詩社，1992）。

巨人言筌：一九六〇、七〇年代
獨特的現代詩人

黃琦旺

楔子：一九六〇、七〇年代馬來亞華文文學無可抗拒的現代性：
狂歡的《巨人》們與失語的《言筌集》

一九四〇、五〇年代世界文明在文學審美的領會上已經離傳統相當遠：反表現的繪畫、機遇音樂、自由詩、意識流小說，它們是藝術家於戰後混亂情狀的經驗反應，而「現代」這場運動本質上是國際性，它雖不是一種特定意識唯一的潮流，卻近乎主流。那是因為隨視野與對「真實」觀點與傳統的不一，文學審美重構的意義十分迫切。

超脫傳統主觀的、限制於權威的文學鑑賞，新批評既認為現代主義作家大多為「突如其來的成就而創見」，如同艾略特（T. S. Eliot, 1888-1965）「非個性化」（impersonality），理恰茲（I. A. Richard, 1893-1979）的「偽陳述」（pseudo-statement）到布魯克斯（Cleanth Brooks, 1906-1994）和沃倫（R. P. Warren, 1905-1989）的「不純詩」（impure poetry），都嘗試從語言形式和修辭的意義與傳統區別，而對戰後存在於現代文學的變革、叛逆、解體、崩潰現象提供一套能客觀的解脫傳統觀點的審美理論。

對長久以來處在亞洲經濟文化交會點的馬來亞，二戰後（1945）政治意識的相互制衡開始固定了：一、帶階級意識的民族觀念抑制，二、殖民政權轉換後的殖民後情境，三、國家民族相對於民主和自由的意識（至少）三種的模式，攪擾著華裔知識青年的精神與靈魂。有別於戰前把語言文字與民族文化的源頭畫上等號，國家獨立與公民意識需求理性與客觀，有智識的現代青年不為自己確立普遍風格，因為確立自己的風格就等於否定自己的現代性，他們伸出含混時代的觸角傾向於對充滿歧義的藝術現象做特別建構並進行無止限的探試。於是，詩人必須能使現實抽象化，置現實於想像之中，並給它一個虛構的實體或意義，這跟建構一個現代民主國家是同等重要的事情。於此，馬華文學的現代詩語言不可被置於等閒，一九六〇年代末，南洋大學作為基礎，很偶然的《蕉風月刊》於長時間提

供了這樣的審美重構一個平臺，催促了張錦忠所謂的馬華文藝的六八世代（冷戰世代）。開啟馬來亞華文文學新契機的是1967年《南洋商報》副刊的另類主編完顏藉（梁明廣）接替並轉型的南洋《文藝》，這開啟他與「一束音色分外刺耳，且分外悅耳」的「新聲浪」陳瑞獻狂歡式的現代創藝。二人正是畢業於南洋大學現代語文學系，而後者更因顯著和大膽的創意，在1969年接下了《蕉風》的革新重任。

然而，相對於這股狂歡式的現代，或者還得回顧戰後第一個十年，威北華以及《南洋商報》副刊《世紀路》主編姚紫浪漫主義向現代性文學的鋪墊，尤其當象徵主義風格仍屬戰後詩語言的大多數。而擅低吟風格的詩人張塵因對二人倍加推崇。由此可以說，閱讀這期間的詩語言表現，青年詩人陳瑞獻和張景雲的詩堪為當時現代性開展出兩種強烈卻又相悖的表現形式，很可以作為馬來亞華人文學現代主義建構的終極，啟迪馬（來西亞）新（加坡）華文文學兩種新生的形式：以牧羚奴為筆名的《巨人》呈現出喧囂的快感，而以張塵因為筆名的《言筌集》則以失語的靜態給六八世代的現代主義展開個別的新探試。而兩種傾向實可作為那個時代現代詩人相悖但一體的創作趨向。

戰前過渡到戰後，文學史觀一再放在「馬華文學的獨特性」，實際上就時代潮流無可抗拒的現代性，更應著眼於年輕文學書寫者：就世界共同的文學語言形式建構，於外——個我身分的認知，於內——自我價值的（審美）判斷，一九六〇、七〇年代的馬華詩語言其實可以讓我們觸摸到戰後初期現代性文學在文學審美上重構的成果。

一、《巨人》空間的狂歡：
形式與空間意義的身分體現 ── 打下你重磅指印

陳瑞獻1943年出生於印尼北蘇門答臘的哈浪島（Pulau Halang），祖籍福建南安，小學輾轉在印尼、馬六甲和新加坡求學，初中始定居新加坡，畢業於南洋大學現代語文學系。陳瑞獻集繪畫詩文於一身，創意獨特，是星馬難得的全方位藝術家。

《巨人》是「千年挑剔」的形構「可在指尖上旋動的雕塑」（牧羚奴〈恆在求索〉）。這個「雕塑」在1968年由五月——一夥當時年齡介於二、三十歲之間先鋒派格調（avant-garde）的新生代組成的出版社——出版：淡綠的封面靠右下側有隸體赤褐色（真巧，英文maroon有逃亡黑奴之意！）——書「巨人」二大字，人字底下「牧羚奴詩集」五個中號字，偏左下角一拓比字體粗大一倍的「重磅指

陳瑞獻詩集《巨人：牧羚奴詩集》（1968）封面、封底
（張錦忠翻攝提供）

印」烙出封面以外，而封底右下角（聊有趣味的）留一張肩背肌肉賁張的男人側像。這樣的設計就表面來看既具有相當鮮明先鋒派諸如達達，超現實等激進、創新的理趣——予以擺脫傳統或更確切的說擺脫束縛，表現出離異既定的秩序，從中宣布自己主體的風格，在馬來亞獨立之後，顯示出一個詩的新世代已經來臨。這個「打下重磅指印」（牧羚奴〈自序〉）的主體／巨人，印證「我是煉鋼廠／生長著硬度／生產著岳武穆的節操／我的動力很宇宙／一完竣，即現／彌天的工程」（牧羚奴〈巨人〉）。這樣一個巨人的熔鑄顯然可以就蘭色姆（J. C. Ransom, 1888-1974）本體論所謂的：一首詩的邏輯架構（structure）負載其肌質（texture）來為其創作做整體觀。《巨人》組成三十八首詩，以巨人為複題的有三首，第三首〈巨人〉是最典型的狂歡式空間的重構。且讀讀以下這首〈巨人〉：

　　赤熔岩，流出／自轉生輪／流入生之模型／鑄三度空間，然後立體／凹凸我的體格

　　我是煉鋼廠／生長著硬度／生產著岳武穆的節操／我的動力很宇宙／一完竣，即現／彌天的工程

　　從 Atlas 肩上／移來地球／到 Hercules 的搖籃／怡然逐蛇／在 Prometheus 的血胸上／剎鷹，以鷹翎／傳火，我的傲骨／如此田橫／五百士以外／齊以外／沒有田橫／即只一吻，也重量了千金／千金的吻，也壓扁／壓扁所有的玫瑰

　　膽，如蜂巢／密麻著炙手的火山群／我心常雲霄／一收腹，即有獅首昂起／而在紫色的華蓋下／坐著一個，兩個／坐著億億萬萬的釋氏

　　我是巨人／在現代誕生

　　這是帶著血挺立筋骨賁張肌肉的巨人，轉生自赤熔岩的提煉被鑄成硬度高的煉鋼廠，《巨人》的戲劇性組合終於完成——在現代誕生，扭曲詭異／魔幻（膽如蜂巢密麻著火山，收腹有獅首昂起），卻在心中準備備戰受考驗的坐著億萬個

佛的巨人。《巨人》的語境於此完成，「我是巨人」中的巨人語象是超現實的，巨人從有溫度的液態氣狀，經脈兀立到有「凹凸的體格」，好像確立了實像，然從其具有「移來地球」、「怡然逐蛇」、「殺鷹」、「傳火」、「傲骨田橫」，「一吻也重量了千斤」的超現實力量，鍊金的意味彰顯。牧羚奴〈自序〉有謂：

> 在技巧方面，我曾經受走在我前面的詩人們的許多影響。在精神上，這些債若能還清，我不必寫詩。我要再寫下去，因為我自信能夠成為一個靠獨資與人交易的不再告貸的人……

「語詞的巨人」實現了牧羚奴悲愴的「放發希臘風格的奴隸體格的英偉」（牧羚奴〈自序〉），《巨人》堆砌在它這場「嶙峋的詩劇」的華麗詞藻，既是那「一吻也重量了千斤」的現代語境，巨人不是受現代衝擊隨波逐流的一般現代人，而是現代語境熔鑄的賁張鋼的密度那樣的現代的、不可限量的、獨立自主的語詞組構成的生命體。我們不妨可以說，《巨人》整體設計以若指紋的高度個性化象徵（現代性）的詩人，讓人有身分屬性印證的身分證，甚或護照的意象。鍊就語言的有肌肉的柔軟度和精巧，予以顛覆「老舊」的語言視野。作為一則詩語言的實驗，以先鋒派似急劇變化的風格題材，瓦解了傳統詩及傳統語言模式。

閱讀《巨人》讓人意識到巨人是在特殊語境中塑立的身分屬性：「由於創造，你能成型從未有過的可能，或發明一種太陽，或塑起一座星雲，或繡成一面新旗，或雕刻一排趕月的山；打下你重磅的指印，任何暴力，也不能擦去你的存在」（牧羚奴〈自序〉）。

二、《言筌集》在時間中失語：
內裡痕跡抓成的時間 ── 如何從歷史逃亡到真相

張塵因即張景雲先生。1940年出生於緬甸丹荖（Myeik），在檳榔嶼長大，一九五〇年代末到七〇年代居星島十二年，後移居吉隆坡，在報界服務，以主筆聞名。他在兩本散文集的「自況」中說自己：十六歲輟學，不曾受過大學教育，但曾經進入雲南園 ── 在新加坡南洋理工大學學生宿舍工地當建築工人。曾當過臨時教員、灰料工人、獨中文員、小園主助理、家庭教師、鬻文匠、畫廊經理、夜總會樂隊經理等等。

張塵因《言筌集》是內心的沉吟，而敘述者以不雕刻不彩繪不喧囂不做出色痕跡的形式對永恆的美探望 ──

張塵因詩集《言筌集》（1977）（高嘉謙翻攝提供）

我孩子似的微小的靈魂／彷彿站臨於那古廟堂的門欄／懷著對未知的將來的恐懼／向內張望／又若鶴立於時間的中流，咀嚼著周際的「逝者如斯」

　　「微小的靈魂」，在古廟門檻不越過，懷著恐懼「向內張望」，而「又若鶴立於時間的中流，咀嚼周際的『逝者如斯』」，始終在本體外。「張望」和「咀嚼」的都是時間，一個是未來一個是逝者，鶴唯一的本能僅僅是咀嚼那叼到的魚（逝者如斯），這些魚從語境上讀起來，可能是古廟裡頭微小的靈魂張望的「祕密」。故《言筌集》的整體審美乃是這些「周際的魚」，得「魚」（語）而忘筌。筌在佛家語似有塵網之意，故作者張塵因於詩集〈扉識〉引《莊子·外物》：「筌者所以在魚，得魚而忘筌；言者所以在意，得意而忘言。」於塵網中得其「魚」，「語」中得所「言」（語言系統），然與「意」遠矣，乃以「言筌」自嘲！作者所謂「意」完全是時間性的。

　　這本六吋小書，用比中小學生練習簿更薄的土褐色牛皮紙做封面。封面右上角是一個黑色（不知是否作者繪）似「蟎」樣的符誌，左下中號黑字「張塵因言筌集」分上下兩行；封底靠右近書脊處直排一行黑字：言筌集。張塵因人間文藝叢書第一種，左上角一個墨印人頭影像，戴（近視）眼鏡，露出右邊一隻（諦聽）大耳（快速翻轉封面封底，面右上角的「蟎」和底左上角的人頭影像似乎可交疊）。〈扉識〉四則古今中外文人「語錄」，兩則從右邊直排，中文字書莊子言及卡夫卡：「在真際之前，我們的藝術是一片令人迷惑的掩飾。」下面是另兩則，以英文書寫：

What a gulf between the self which experiences and the self which describes experience. — Edmund Wilson

It doesn't make any sense / to me, / either......this business of poetry. / Who the hell cares / if an entire / life time is burnt up in a page? /.................. / The true poet suffers from aphasia. － R. Parthasarathy

　　從四則扉識大約可以閱讀到上文提的所謂「意」的指涉有真際（宇宙本體、佛境、真諦），也有經驗、實在的意義。作者似乎從經驗和敘述，詞語與意義之間探尋著真際，而一個真正的詩人（在審美的判斷中）在失語症中受難。詩集以少年軌跡－聽夜錄－避秦篇－歷練之歌四十九首分四部，大多短詩，最長二十八行，注重音節及旋律，辭風樸質似直書，正因此充滿悖論和反諷的功夫，帶出沉默的時間性質那樣的不可承受的輕。

　　《言筌集》以一個處在黑暗的「悲劇人物」為敘述，黑暗中他企盼著光芒。敘述者並非丑角，卻是一個嚴肅的執著的「人物」，這個使他站臨在黑暗與光芒之間，真相和真理之間越顯出著實的張力。黑暗是深邃的在夜和黎明交替的軌道運行，因此夜和晨在詩集中是敘述者引領讀者窺探黑暗的時空。我們可以從第一篇〈夜旅〉中讀到這個時空：

　　　我曾聽過你的歡笑和低泣／在無數個暗夜……今夜呵／叢林在冷冽晚風中微微顫慄……／列車在行進，聽軌聲／轟隆轟隆的奔向黎明
　　　我記憶你三百年的屈辱／在無數個暗夜－今夜呵／曠野浸濡著濛厚的白霧……／列車在行進，聽軌聲／轟隆轟隆的奔向黎明

　　夜旅是浪漫的行為，旅程的整個空間在「聽軌聲／轟隆轟隆的奔向黎明」。「聽」黑暗這個巨大的生命本體衝激著，時代（列車）的渺小若低泣若歡笑若屈辱、黑暗的無邊——讓「叢林在冷冽晚風中微微顫慄……」，讓「曠野浸濡著濛厚的白霧……」其實就是聽到了震耳欲聾的真相！夜是「黑暗」的影子嗎？像歷史的大背影？（大得只聽得，見不得）卻極度龐大。重讀一遍這首詩，我們會讀到細微的聲音和詭譎的場景，無聲的記憶和神祕的場景，交疊在迎面而來的列車行軌的轟隆巨響，夜旅的行為如同生命在這裡進行。

　　這樣一個震耳欲聾的真相，是《言筌集》以黑暗反諷本體主調的悖論，詩集裡充滿夜／黎明，暗／明，黑／亮的相悖意象，在不同的語境產生個別的反諷美學。張塵因於是受難於不得不用形式又不得不被形式掩飾的困境，而選擇謹慎命名墮入最基本的詩原則——反諷，它警覺於詞語的強制性和難制性，於是依靠

言外之意（implication）和旁敲側擊（indirectness）。張塵因的反諷格調看似傷感，然其中的傷感常閃過一抹幽默，像「叼」魚一樣，相當巧妙。就一首看似簡單的詩吧：

> 我用生命寫詩／寫愛，寫懺悔，寫懷念／寫恨與憤懣／寫憂鬱與哀傷／中夜從睡裡醒轉／驚悟我所寫的／全是死亡、死亡、死亡（張塵因〈寫詩〉）

相對於牧羚奴的自我認知，張塵因則透露了一個鬱鬱寡歡的詩人的落拓頹廢，跟他少年時追隨的浪漫主義詩人威北華以及推崇的小說家編輯姚紫同出一轍。一個「用生命寫詩」的「我」，就是一支逐漸被消耗掉的筆，書寫必然與死亡一路；因此「中夜從睡裡醒轉」進而「驚悟」，在語境的壓縮下就很自嘲了，於自嘲當中「寫愛，寫懺悔，寫懷念／寫恨與憤懣／寫憂鬱與哀傷」看起來很沉重的情感因素就被扭曲成一種被作弄的意味了。這樣的一個似非而是的戲劇性產生的意義是大於那合理性的感傷印象的。

小結

六八世代是馬華文學於馬來西亞及新加坡獨立十年後，建構起來的現代的表現形式的第一代。可以說是馬來西亞華文文學的第一代——牧羚奴和張塵因的書寫意識歷經二戰前、二戰後，仍帶著馬來亞時期的飄零身世，投入新國家興起的種種機遇當中，心靈與心理具有從廢墟裡興建的浪漫情懷。

延伸閱讀

方桂香。《巨匠陳瑞獻》（新加坡：創意圈工作室，2002）。

Makaryk, Ireana R.. *Encyclopedia of Contemporary Literary Theory: Approaches, Scholars, Terms* (Toronto: University of Toronto, 1993).

張景雲。《見素小品》（吉隆坡：燧人氏，2001）。

張景雲。《雲無心，水長東》（吉隆坡：燧人氏，2001）。

張錦忠。《馬來西亞華語語系文學》（八打靈再也：有人，2011）。

六八世代的（思想）「大逃亡」：
李有成《鳥及其他》和梅淑貞《梅詩集》

黃琦旺

馬來亞獨立成國家後，1958至59年《蕉風》遷到吉隆坡，白垚積極鼓吹現代詩的寫作，大膽的推動現代主義「反叛文學運動」。一九六〇年代中期已經與南洋《文藝》、五月出版社等前衛的青年編輯合作而讓《學生周報》改頭換面。十年後1969年近似正方形開本的《蕉風》第202期出現，可以說「反叛文學運動」已經有一定的聲勢和成員：編輯部姚拓、白垚加上李蒼（李有成）、梅淑貞等大力推薦「新聲浪」畫家詩人牧羚奴加入陣容，對新馬兩岸華文書寫的新生代不僅僅在「現代詩」，更在現代藝術審美上發揮了某種程度的效應。同一時期，一心嚮往現代畫的張景雲申請不到簽證，失去到紐約學畫的機會在新加坡浪跡天涯，曾到畫廊工作。張悉心設計，頗有心得以致於1972年（周喚、梅淑貞等為編輯團的時候）負責了三期《蕉風》的封面設計，風格獨具後現代格調。梅淑貞〈淡素的雲彩〉一文記述：「……1972年的初次會面時。那一天，陳瑞獻帶著我這個也是第一次見面的長期筆友，來到新加坡的『第一畫廊』（Alpha Gallery），會見張景雲和據瑞獻說是畫廊老闆的畫家丘瑞河先生。張先生那時是該畫廊的經理……」。

此次見面或許跟上文所述的封面設計有關，第234期的封面正是畫家丘瑞河的設計。繼1968年牧羚奴、英培安五月出版社，1969年《蕉風》也出版文叢、也用約七吋寬六點八吋長近正方形開本的創作集子影響並建構了一個六八世代。《蕉風》自牧羚奴、李蒼二位新生代編輯起始，接續的周喚、梅淑貞、川谷、悄凌、沙禽、張瑞星、賴瑞和等等自成一家；而張景雲1976年到吉隆坡遇上沙禽，與何啟良、飄貝零、黃學海等組成「人間詩社」仍以正方形刊物和叢書為其風格的標準，幾乎說明六八世代的模式──他們都是自由思想逃亡者，游刃於二十世紀末的馬華文學各領域。

這不免讓人想起張景雲2003年在《有本詩集》，題為〈語言的逃亡〉的序裡的兩句話：

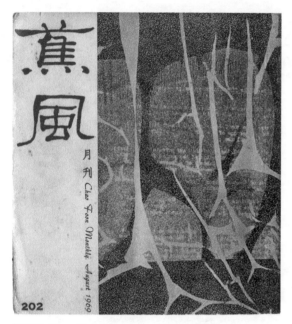

《蕉風》第202期（1969年8月）（高嘉謙翻攝提供）

John Berger 說：For us to live and die properly, things have to be named properly.

百年後的世界，萬人之中一人是統治階級，一人是自由思想逃亡者，其餘都是奴隸。

語言逃亡的行為，相對於肉身逃亡的行為，並非消極的，反而以《言筌集》所謂的「驚悟」但沉默的思想尋求（審美）的價值判斷，不盲從體系！

就半島來說，六八世代就有兩位思想逃亡者不可不說。兩位詩人都是馬來半島土生土長的北方人：李蒼和梅淑貞。與牧羚奴和張塵因的差異是二人皆出生於二戰之後一九四〇年代末，是沒有經歷過戰亂的冷戰初生代。

李蒼原名李有成，1948年出生於馬來亞西北部吉打州小漁村班茶。加入《學生周報》和《蕉風》之前，他的現代主義已在編《銀星》時萌生。《銀星月刊》、《銀星詩刊》（在1962、65年之間）也是現代主義文青組合，從各種資料知道當中有麥留芳、笛宇、喬靜、星雲、秋吟、陳應德、畢洛、李有成、麥秀、溫祥英、綠浪等詩人。1970年赴臺入國立臺灣師範大學英語系，畢業後繼續在國立臺灣大學完成比較文學博士。後投入文學研究與教授的工作，在文學批評與理論上多有成果。千禧年後再整理一九六〇、七〇年代詩作成詩集《時間》。

1970年在離開家鄉赴臺之前，李蒼留下了《鳥及其他》這本詩集給馬華文學的現代主義，觸角所及乃是很人文主義的價值關懷。集子裡至遠有關懷越戰的〈聖誕夜〉、〈趕路〉，至近也有記錄1967年檳城宵禁的〈死城〉；悼念外祖父的〈鳥〉以外，〈一隻年輕的死狗〉記錄微不足道的死狗。個人情愫、感懷和對愛情的感念的詩也不少。這些詩因思慮而溫暖，意象抽象，但都是靜謐舒坦。正如詩人自序所說的，集子裡有生活，感情和經驗，也有對時事的困惑，感受和思考，更有對未知的發掘和反思（李蒼〈作者的話〉）。這裡借〈鳥〉這首詩的

節錄來看李蒼溫暖別緻的
（人文南洋）意象：

梅淑貞《梅詩集》（1972）、李有成《李有成詩集：鳥及其他》
（1970）（高嘉謙翻攝提供）

　　牠唱著古老的歌
　　不是童年的海說那
久久以前
　　不是我的女孩已為
我孕了驕傲
　　牠唱著
　　牠唱著榴槤如何在
風雨中傷心地掉下
　　牠唱著未熟的山竹如何淌著母親的奶滴
　　牠唱著水菓的季節快要過去
　　牠唱著
　　牠唱著那賣沙爹的青年已經成長
　　牠唱著那老邁的浮腳樓
　　牠唱著我祖父的紗籠已經葬了
　　牠唱著新墓前的雞蛋花樹
　　牠的同伴在等待著有穀粒的陷阱

　　敘說外祖父的南洋逆旅，這是很有生存觸感的意象鋪敘——以榴槤為心理創傷的體現，山竹純白的果實替代失卻慰藉的母乳，依序層遞緩緩的敘說到異鄉物（沙爹、浮腳樓）伴著客身老朽而逝，紗籠做了最異域色彩的蓋棺論定，墳前雞蛋花為一生客旅的滋味發出的淡淡甜香，未逝者等著完成生命這場「等待著有穀粒的陷阱」。每一個意象都能具體化了南洋客鄉愁，一世的悲苦成就了風土，成了鳥的新鳴。這首詩很能體現遷徙與適應之間的生命情愫，或者就是李蒼意識裡「離散」生命力的啟蒙。

　　梅淑貞小李蒼一歲，同樣出生於馬來亞西北部——離李蒼家鄉班茶約八十公里的檳榔嶼喬治市。一九六〇年代末高中時期已開始寫詩譯詩，熱心參與《蕉風》、《學報》的文學革新，1972年《梅詩集》即由犀牛出版社出版。七〇年代初在吉隆坡拉曼學院修讀商學系的她，畢業後任會計師，但對文字書寫仍很向心，除詩外也寫小說、散文。1973年即出版與牧羚奴合譯的馬來詩人拉笛夫詩

牧羚奴、梅淑貞《湄公河：拉笛夫詩集》（1973）（高嘉謙翻攝提供）

集《湄公河》，1976年再出版六人合集《犀牛散文選》；八〇年代亦以筆名明珠、張媚兒在《蕉風》、《學報》繼續發表翻譯與詩作，並於1983年至1985年任《蕉風月刊》編輯。1985年人間詩社出版其散文集《人間集》。梅淑貞《梅詩集》在後記以小寫留了一句話：「but for shep, this book is born 50 years prematurely」，預告讀者這是早產五十年的詩集，可見正如牧羚奴的序所說的：「很少能像她以穩靜來表示對藝術的慧心，創作上的成績與所持的態度反映她的誠實以及對詩這回事有最根本的體驗與認識」。跟其他六八世代的詩集一樣，這本集子的確在五十年之後閱讀，仍帶著它時代的「驚悟」；跟李蒼一樣未滿二十歲的詩體驗有著特殊的早慧，她有五十年超前的格局。猶如她〈城中幽靈〉失名的魚這樣的意象，肉身被滾動的花崗石滯留在日復一日的城市／人世間，彷彿「老靈魂」。

　　詩中常遊走著詩人別具心裁的古典詞韻，有唱戲的格調。〈媽媽和孩子〉這首詩以母親頭髮的五種情狀穿梭出小女兒心裡的女人的一生，很可以讀到她既古又新的「穩靜的」內心格局。這本詩集裡的短詩寫得很深刻，意象特殊而犀利。比如〈小樓房〉把磚瓦寫成了血肉，〈觸冰〉擬人化的暴雨幾乎可以直接打在讀者身上：

　　　　果園悄然地引退
　　　　禽鳥離飛
　　　　緣煙中慢火輕燃
　　　　昔日的湖沼淺澤
　　　　漸失了交替的枯榮

　　　　我亦足且髮染囂塵

小小的樓房，

你新砌的瓦磚

沉沉的棟樑

印有幾許往返的烙痕

凝痕及血痕

〈小樓房〉

此座園林正囚於風雨中

柱柱皆寒涼

寒涼如是

像余之空臂

紛陳的掌紋

顫慄的細細娥眉

〈觸冰〉

小結

　　六八世代作為馬來亞華文文學的第一代，前有牧羚奴和張塵因敘說的飄零身世，歷經殖民和殖民後國家獨立的轉型，心靈與心理具有從廢墟裡興建的浪漫情懷；與陳張相差五到八歲之間的李蒼和梅淑貞是戰後出生的一代，已經進入追逑逝水年華的世代，在國家機制與冷戰的壓抑氛圍成長，多了理性和成熟。無論如何，這兩個階段的六八世代都清楚的給馬華文學開啟了文學對「真實」而非「現實」的認知。

延伸閱讀

李有成。《時間》（臺北：書林，2006）。

Makaryk, Ireana R.. *Encyclopedia of Contemporary Literary Theory: Approaches, Scholars Terms* (Toronto: University of Toronto, 1993).

梅淑貞。《人間集》（吉隆坡：人間，1985）。

張錦忠。《馬來西亞華語語系文學》（八打靈再也：有人，2011）。

曾翎龍（編）。《有本詩集：22詩人自選》（八打靈再也：有人，2003）。

溫任平、天狼星詩社與現代詩選集

張惠思

天狼星詩社作為一九七〇年代出現的文學社團，在某種程度上取代了1969年「五一三事件」後《學生周報》學友會消散的文學真空。「五一三事件」後，隨著新經濟政策、國家語言政策的推出，以及獨立中學改制等事件一再衝擊華社，牽動了馬來西亞華人的語言與文化危機感。這種時代氛圍下，溫任平與弟弟溫瑞安打造出以文化中國為底蘊、以古典意象形構現代詩特色的寫作熱潮之組織——天狼星詩社——帶動很多文學新人的出現。雖然天狼星甫創社兩年就出現兄弟失和、溫瑞安另起爐灶（即神州詩社）的變故，但溫任平在張樹林等的協助下勉力維持天狼星詩社的名號，出版了很多文學書刊，尤其致力於選集的出版，其中最具有代表性的便是《大馬詩選》與《天狼星詩選》。

溫任平（1944-），原名溫瑞庭，出生於霹靂州怡保，在中學任教多年。和弟弟溫瑞安一樣，溫任平得自父親溫偉民的薰陶甚深。溫偉民跟隨過葉劍英元帥打仗、下南洋後擔任過華文教師、做點小買賣，還連帶給人看相算卦、收徒教授洪拳、家裡還有一些《七劍十三俠》、《五虎平西》等線裝書。溫偉民這些生命際遇在後來也重現在溫氏兄弟的謀生方式上。此外，溫任平的英校經歷，讓他對赫胥黎、毛姆、亨利‧詹姆士、海明威、伍爾芙等英文作家作品與現代主義等理論並不陌生。同時，他廣泛涉獵余光中、葉珊、葉維廉、周夢蝶、徐速、英培安等現代文學作品，因此在金寶小鎮與周圍地區的文學青少年群中，顯得更有文學資源與知識儲備。

溫任平於1958年開始寫作，在《通報》發表第一篇短詩〈晚會〉，1970年出版第一本詩集《無弦琴》，收錄五十二首詩，詩裡充滿了溫任平自己在序文中所說的「感情的宣洩」。在散文集《黃皮膚的月亮》中，溫任平提及處於中文氛圍濃郁的家中，他往往被叔伯認為是擁抱英文的人，然而在英校任職的同事群中他則被認為是中文的古板擁護者，因而覺得自己彷若是「傳統與現代、東方與西方的夾縫的一株掙扎著的小草」，是一個邊際人（Marginal man）。在〈緘默是不可能的〉一文中，溫任平以卡繆句子作為引言：「掙扎上山的努力已足以使人的

心裡充實。我們必須想像
西弗斯是快樂的。」在文
中，他認為自己無論「在
美羅河畔或是在斯文丹河
畔，都是絕不例外的一艘
孤舟」，工作之餘在學校
假期中回到美羅老家最大
的安慰便是可以和弟弟縱
論詩文、一起讀文學、渴

溫任平詩集《流放是一種傷》（1978）、《無弦琴》（1970）、散文
集《黃皮膚的月亮》（幼獅文化，1977）（高嘉謙翻攝提供）

望「因各人文學觀的歧義而引發的多場美麗的爭辯」，並有不能再緘默下去的自
我覺醒。因此，當溫任平發現溫瑞安創立綠洲社、全力以赴地編寫《綠洲期刊》
手抄本時，便覺得應該給予弟弟支持。

　　溫瑞安於1967年創設綠洲社，主要成員是黃昏星、廖雁平等受溫瑞安武俠
世界與文學想像所感召的同學。他們編手抄本、結識同好、推廣文學想法、辦
節日聯誼與文學比賽、組辯論社與剛擊道，嘗試以豐沛的精神凌越貧瘠現實而努
力。到了1969年，綠洲社已有四十多位社員，頗具規模。對於綠洲社的文學活
動，溫任平支持與鼓勵他們，特地返鄉參與他們的活動，或協助載送，或分享文
學書籍等等。溫任平給予的認可與實際行動上的支持對當時綠洲社這樣一個沒能
有正式名目的中學生活動來說，無疑是及時而可貴的。因此，在1973年當溫任
平從彭亨調返霹靂冷甲任教，回到美羅老家後，溫任平就和溫瑞安整合了綠洲社
與其他地方的文學小青年，創立了天狼星詩社。

　　天狼星詩社為溫任平所命名，寄託著溫氏兄弟對於文學事業的自我期許。溫
任平任總社長，溫瑞安任執行編輯。天狼星詩社成立之初，溫氏兄弟關係密切。
他們在書寫上同樣呈現濃烈的內在中國抒情傾向，奉現代主義為圭臬，視文學為
志業，也一樣因中國政治現實局勢情況與現代主義傾向而趨近港臺文壇。溫任平
以詩起家，早期的詩風受何其芳和力匡影響，爾後更願意靠近余光中、楊牧等的
古典現代詩主張。然而，他的詩主要是以屈原為象徵符碼來呈現內在流離情狀而
揚名。溫瑞安的詩則大都將古典詞彙、中國山水與武俠套式糅合成兒女情長的現
代詩。溫任平的詩作謹慎斟酌痕跡易現，溫瑞安則大開大合、側重於詩中的情緒
與節奏的流動。兩人的古典現代詩與主張受到社員的追捧與模仿。

　　溫任平的加入與掌舵對綠洲社的擴大與在文學界的崛起，起了一定實際作
用。詩社甫創立那兩年，溫氏兄弟整合、成立了綠洲、綠林、綠原、綠野等九

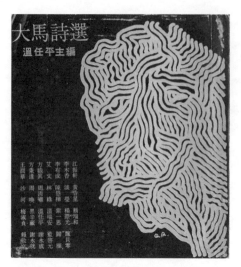

溫任平主編《大馬詩選》（1974）（高嘉謙翻攝提供）

個分社綠流。詩社廣招社員，大力挖掘寫作新人。分社間互相往來非常頻繁。黃昏星曾提及，他們不惜路途遙遙，赴各地與文友結識與交流。從文學活動層面來說，詩社社員們大多數為中學生，溫任平的老師身分在實際操作上起了安穩人心的作用。此外，溫任平有意建構文學論述，以文學批評介入文壇，其志在於建立詩社在馬華文壇乃至中文文學的影響力。他曾豪言「天狼星詩社一定在馬華文壇眾目所矚」。他嘗試銜接葉珊、余光中等對於現代詩與現代散文的論述建構，對馬華文壇上的詩人與散文創作者提出自己的細讀與分析，也對文學文化現象做專欄式即時評述。他赴臺參與世界詩人大會，對一眾少年社員來說，有很大的激勵作用。他留意詩社成員在《蕉風》與《學報》上的文學評述與作品的刊登率、與《學報》、《蕉風》等編輯結識、策畫專輯與座談會，亦追求能在港臺發表作品。詩社舉辦各種名目的文學聚會，尤其重視端午與中秋這兩個不被國家接納為公共假期的節日。他們在每年6月詩人節舉辦文學聚會，也舉辦中秋節月光會以及邦咯島詩社大聚會，以致後來編《天狼星詩選》時，會出現比例不少的端午詩。

　　然而，活躍、熱鬧的早期詩社生活，仰賴更多的還是溫瑞安與綠洲社核心社員奮不顧身的熱情。相比於溫任平想致力於文學影響力的擴大，渴望建立論述來成為馬華文壇領頭人，溫瑞安更熱切地締造江湖兒女的詩化生活。他延續綠洲社時期做法，挑選各分社社員以手抄本或油印本方式製作分社社刊。他更關注於處理振眉詩牆、練武術、唱歌，一起生活的文學日子。如溫瑞安在《坦蕩神州》中所說的「創社立道」，他想立的「道」是從文學延伸到其他形式、取消古今差異的架空的文化中國之道。溫任平的詩社想像始終與溫瑞安文學幫派生活追求迥異，加上溫任平採取的強人式管理亦引起溫瑞安等不滿，溫氏兄弟之間的裂痕很快浮現。實際上，天狼星詩社甫成立，溫瑞安即高中畢業、赴臺讀大學，只不過是因為割捨不下詩社，一個月後又返馬。隔年，溫瑞安再次赴臺讀書，黃昏星、廖雁平、方娥真同行。他們的相續離去，幾乎一下子抽空了詩社的能動力，

造成詩社真空與運轉的困難。剩下來協助溫任平主持詩社運轉的殷乘風受到遠在臺灣詩社同仁生活熱鬧的強烈吸引，拒絕聽從溫任平的勸阻，以從學校二樓躍下的激烈方式表達赴臺意願，被溫任平開除社籍。1976年，溫瑞安率領在臺社員集體退社。由此開始，溫氏兄弟分道揚鑣。

天狼星成員張樹林主編《大馬新銳詩選》（1978）、沈穿心主編《天狼星詩選》（1979）（高嘉謙翻攝提供）

　　1976年之後，溫任平繼續維持天狼星詩社的運作，重啟文學座談會、研討會、文學辯論會，並在1977年主辦過兩屆「大馬現代詩獎」全國現代詩創作比賽。這個階段詩社中較為活躍的社員，則屬張樹林、黃海明、沈穿心、孤秋、朝浪、謝川成與林秋月等人。從1976至1980年這十四年間，詩社以出版個人結集與合集為目標，一共出版了十九種書籍。這其中，包括溫任平最重要的詩集《流放是一種傷》與《眾生的神》以及詩論《精緻的鼎》的出版之外，也包括了張樹林的詩集《易水蕭蕭》、藍啟元的詩集《橡膠樹的話》等個人第一本詩集的刊印。重要的合集則除了沈穿心編的《天狼星詩選》，還有張樹林編的《大馬新銳詩選》。這本詩選和詩社在1974年出版的《大馬詩選》都具有重要意義。

　　《大馬詩選》為馬來西亞第一本現代主義詩選。這本選集從1971年開始編，至1974年出版。詩集中收錄大馬現代詩人二十七人，一百三十四首詩，其中除了六位詩社中人即溫任平、溫瑞安、黃昏星、方娥真、藍啟元與周清嘯之外，其他二十一位皆是馬來西亞一九五〇年代至七〇年代馬華文壇中重要的現代派詩人，包括李有成、艾文、王潤華、淡瑩、陳慧樺、林綠、周喚、沙河、賴瑞和、楊際光、紫一思、梅淑貞、謝永就、謝永成、飄貝零、賴敬文、江振軒、李木香、方秉達、黑辛藏與歸雁。溫任平在選集序文中提及，這二十七位詩人的存在，「才漸漸蔚成今日略具雛形的大馬中文文壇的現代詩運」，並在序中直接批判馬華文學中的現實主義詩為非詩。溫任平通過《大馬詩選》的編選，展現了捍衛現代主義詩歌的堅定立場，堅持現代詩的美感與價值追求，有意建立現代詩典律的意圖。四年後，詩社再接再厲，由張樹林編《大馬新銳詩選》，收錄了包括

沙禽、何啟良、張樹林、沈穿心、張瑞星、子凡、黃海明、林秋月、洪而亮、楊百合等二十三位新銳詩人的詩作。這兩本選集合起來，縱然或不一定完整，卻可一覽現代主義詩派自馬來亞獨立以來的整體展現，如溫任平所說的，「從兩部詩選的比較與辨識過程中隱隱感覺到詩史的延續意義」、「可以窺見現代詩近二十年來的縱切面底輪廓」。

　　沈穿心於1979年編的《天狼星詩選》收錄了三十七位詩人作品。由於1976年溫瑞安、方娥真、黃昏星等的離開，此詩選並無法全面彰顯詩社詩選的整體風格與創作特色，只能集中展現了詩社1976年後詩社的面貌。《天狼星詩選》選入了溫任平、楊柳、張樹林、藍啟元、雷似癡、林秋月、風客、川草、陳強華、謝川成等的詩作。詩選中大部分詩作都充滿著古典詞語與意象，尤其是屈原與端午的主題與意象，頻頻在詩選中的詩作中出現，如林秋月〈水月〉、川草〈劍氣橫江〉、陳強華〈落江——焚給屈原〉、江敖天〈端午〉、杜君敖〈端午〉等。此三部選集雖流通不太廣泛，然而卻甚具意義。

　　天狼星詩社延至一九八〇年代，依舊招攬了好一些文學少年少女加入，如林若隱、程可欣、張嫦好、徐一翔、吳緩慕、張允秀、游以飄、張芷樂、胡麗莊、廖牽心等。八〇年代，詩社與陳徽崇合作，把現代詩譜曲，製作成〈驚喜的星光〉唱片與卡帶，期望「有井水處即有人吟唱現代詩」。然而1980年中期，溫任平離開金寶，遷往怡保、繼而調派到吉隆坡執教，謝川成到安順的中學執教、詩社很多年輕一代的社員進入大學，詩社向心力逐漸減弱，於1989年宣告停止運作。直到2014年，天狼星詩社重新註冊為文學團體，溫任平為社長、黃昏星（李宗舜）、廖雁平、藍啟元、張樹林、謝川成、林秋月、程可欣、吳慶福、鄭月蕾等不同階段的社員回歸，又復招收新社員、籌辦文學聚會、出版《天狼星科幻詩選》、《大馬詩選2.0》等。時移事往，然文心依舊，足見詩社生命力之堅韌。

延伸閱讀

溫任平（編）《大馬詩選》（安順：天狼星，1974）。

溫任平。《黃皮膚的月亮》（臺北：幼獅文化，1977）。

溫任平。《流放是一種傷》（美羅：天狼星，1978）。

謝川成。《馬華現代主義文學的傳播（1959-1989）》（臺北：秀威資訊科技，2019）。

張光達。《馬華現代詩論：時代性質與文化屬性》（臺北：秀威資訊科技，2009）。

尋覓原鄉的異鄉人：王潤華的詩學之途

黃琦旺

　　一九六〇年代周喚主編《學生周報》〈文藝三版〉和〈詩之頁〉，聚攏了牧羚奴、英培安、溫任平、梅淑貞等現代詩的大將，同時新加坡《南洋商報》文藝副刊編輯：出身南大的完顏藉也在六〇年代中開始推動現代文學創作。這兩股氣勢，還結合了六〇年代初，一群臺灣留學詩人──王潤華、淡瑩、林綠、畢洛、葉曼沙、洪流文、陳慧樺等現代詩人積極的回饋效應，使六〇年代中、末儼然有了一場「文學革命」（白垚引王潤華語）。詩人王潤華既是在留學異鄉這股現代氣勢開始他創作的長河，自留學臺灣、美國，再返原鄉。他在《王潤華詩精選集》自序很形象化的說出自己的創作：流過四十多年的歲月，流過熱帶雨林、英殖民地的橡膠園、繞過挖掘錫礦產金山溝和鐵船的周邊、反殖民地戰爭的槍聲也落在河中。

　　1941年出生於馬來亞霹靂州小鎮地摩（Temoh）的王潤華，自金寶培元獨立中學畢業後，1962年赴臺灣國立政治大學修讀西語系，翌年即與政大第五宿舍的張錯及來自新聞系的畢洛（張齊清），加上當年駐防木柵的軍中詩人藍采創辦《星座》詩刊。詩刊很快加入港臺大馬師友李莎、林綠、淡瑩、陳慧樺、黃德偉等人，融進臺灣現代詩「小盛唐」的盛況，直至1971年停刊。這期間他更因翻譯《異鄉人》倍受矚目而恆以「異鄉人」開啟其創作的風格情境。

　　這個時候的他，跟一九六〇年代的臺灣同步，「雄心萬丈，拚命奮鬥，塑造自己」，與林綠等旅臺詩友一樣，努力的成果讓他們解除刺耳的「僑生」這個「一直是代表『壞』」的稱謂。實踐並渲染現代主義的當兒也在臺灣詩歌「橫的移植」的行列中辯證反思。隨著星座詩刊1964到1969年完成的十三期，從留臺到留美，在五、六年的時間裡締造了足以「名揚海內外」華文文學的現代主義語境。按現代性：個體挫折的、異化的、不斷的對自我進行抗拒的詞語序列，作為外在標籤的「僑生」和內在意識的「異鄉人」身分，詩人以詩的語言重新「定義」。詩集《患病的太陽》（1966），《高潮》（1970）循著存在主義的思路再創，表現詩人／知識分子團體強調主體深感時代的疏離與排拒的美學策略。

王潤華《南洋鄉土集》（時報，1981）、《橡膠樹：南洋鄉土詩集》（1980）（高嘉謙翻攝提供）

翱翱（張錯）評王潤華《高潮》：「在抒情詩，戲劇詩及史詩內利用第二身（personae）來融合作者身分與劇中人身分來表現水乳交融的境界」並指出詩人要從神話原型中反思，除卻神性反思人性，像葉慈「基本人與反對人」（primary man, antithetical man）彼此消長。以同名詩〈高潮〉為例：

　　只聽說有一湖深奧的艷麗／重陽節，眾多皇城的王孫便奔向／以花為主義的雲雨峰／／山神廟的守門人未醒／太陽與我們皆被那推不開／原始森林的黑暗／糾纏得落葉一般疲倦／／追溯水源，我走入飢渴中／遠望鏡的深處／古老的烏鴉仍然在尋找／放生池湧不出的另一瓣蓮花／／待眾人走出虛無的雲霧／我又獨自迷失於深山的夜雨／慾望墮落，而且毀滅／隱沒於胡姬花爭妍的山谷／向觸及天堂的頂峰呼叫一下／遂進入另一個美麗的高潮

　　如集子裡的其他詩，詩人的情感反覆在思索神退場後，人們得依循理性尋找自我的光和水源，纏繞在原始、黑暗、雲霧以及慾望這樣「一湖深奧的艷麗」，主體／欲望是遠望神聖的頂峰，卻深藏在深淵裡的生命表現。

　　一九六〇年代末七〇年代留美轉入威斯康辛大學攻讀碩博學位，深受導師周策縱教授的漢學研究與五四創作精神啟發，王潤華開始綜合中西比較詩學，按漢學觀點閱讀古文獻並重新詮釋，以司空圖文論為主。另一方面更受到李經、周策縱等白馬社詩人傳承五四精神的詩才震撼，加上1972年畢業後，留美任愛荷華大學研究員一年，與安格爾、聶華苓的國際寫作計畫作家同往來，其詩歌創作力爆發，頻頻在《創世紀》等詩刊發表詩作。重塑五四出身的年輕知識分子的意念，加上詩人的屬性，加強了其「異鄉人」角色的舉足輕重，開啟他往後越界跨國的詩學。

1973年王潤華在導師的鼓勵下攜妻子淡瑩重返南洋，到新加坡正處末代的南洋大學中國語文學系任教，1977至1980年更擔任南洋大學人文社會科學研究所代所長和所長之職。期間，統整並發表了留美時期相當數量的詩，出版《內外集》，風格一新旅臺時期的歐化傾向理性兼熱情，充分表現詩學的虛實相應，修辭的相悖以及中文字詞的意象。比如〈象外象〉中的「河」：

王潤華《內外集》（1978）（高嘉謙翻攝提供）

> 嘩啦啦的江水／以一把浪花／切開我——／我的聲音在右／遺體在左／／河岸的行僧／只聽見我的呼聲／卻看不見墜河的我

學者張漢良評論說「獲得了超越科學真理」（scientific truth）的「詩真理」（poetic truth）。

另一首〈絕句‧屋外〉：「我是山茶／含苞三年／春天開後／竟不是花／／我是明月／普照冬夜／黎明／才發現被凍成一片白雪」，這首詩獲《創世紀》創刊二十週年紀念詩獎，是詩人極重視的小詩。這首詩寫於他離開愛荷華返回新加坡，受聘新加坡南洋大學中文系的前夕，原是借用司空圖詩的意象，傳說山茶含苞三年才開花，雖然美麗，卻始終未列名花花譜。2014年詩人於《文訊》第348期重提瘂弦親赴南洋大學頒發此獎，引起詩人感悟〈屋外〉詩中情境恰如南洋大學的悲情與命運。作為後殖民話語，此詩隱含的隱喻性可以更深。

1980年南洋大學關閉後，王潤華轉任新加坡國立大學直至2002年退休。1985年再返愛荷華，參加國際寫作計畫，再續他與世界作家的近距離交流互動，大開多元的視域。時代、歷史感、理論與多元視域使他文學越界跨國的詩學進一步有系統的實踐。以此，這期間他大量創作散文與詩，出版《橡膠樹》（1980），《南洋鄉土集》（1981），《山水詩》（1988），《秋葉行》（1988）等等。以鄉土物事作為話語，從後殖民語境中積極於界定國家本土文化，反思傳統

文化的契機與現代化之間的差異。詩人在《重返詩抄》的序點出自己的詩學核心：「所以我在熱帶雨林裡，今生今世，永遠尋找隱藏在大自然的一朵野百合，那是我的詩學永恆的青春與生命。」

　　就其跨界越國的詩學理念，從俯拾本土觀仰世界，也是其時知識分子在冷戰情境下對民族屬性的想法：在現實與理想，國家與詩人，良善與殘酷，朋友跟敵人之間尋求平衡點，予以完成冷戰世代，現代主義跨界越國該有的華文文學使命；繼續面對後殖民、當代「回不去」的大時空。為此，他強調現代文學（modern literature）的特殊性，是感性（sensibility）與風格（style），具有批評的定位與價值的判斷，這是強調「時間」的當代所缺乏的。並認為長久以來認定為現代主義的文學所呈現的現代性，只是其中的一種，新馬文學應該還有另一種本土的現代性。相對於「離散」，跨界越國清楚說明了，現代性無可抗拒的「現實」與「在地」，也說明了離散的終極有回歸／棲息和一定的循環軌跡。他常在臺上朗誦的組詩〈皮影戲〉（1980）就蘊涵著這樣的軌跡：

傀儡的誕生

　　一把鋒利的刀／把牛皮剪成我的形體／另一把尖銳的鑽／雕刻成我凹凸的性格／再繪上一些色彩／我便是人人愛好／會演會唱的傀儡

影子的家庭背景

　　我雖然是影子／只在神祕的夜晚演戲／我却是光明的兒子／沒有燈光的普照，我就活不了／我的鄉土，如一塊潔白的紗布／在汙黑的社會，我會找不到自己／／我從不在路上／留下一個足跡／我常常唱動聽的歌／却沒有用自己的聲音／我在家的時候只是平面的側影／在舞臺上却表現立體

傀儡的自白

　　別以為／我喜歡鬥爭，常常／機智的為搶奪王位而戰／或者／多情的跟所羅門的公主戀愛／／一根無形的線，分別繫在我的四肢上／我非常迷信，沒法子不接受這個命運的玩弄／一個躲藏在後臺的老人／控制住我的喉嚨／要哭或要笑／全由他的聲音來決定

影子的下場

　　戲演完之後／如果你走進舞臺的後面／你會發現我們這些英雄美人／全是

握在醜陋老人手中的傀儡／／被玩弄過之後／我們的頭一個個被摘下來／身體整齊的被叠在一起／放在盒裡，而且用繩子扎緊／於是我們又像囚犯，耐心的等待／另一次的日出

　　正如法農（Frantz Fanon, 1925-1961）「去掉心靈上的殖民狀態」，王潤華近六十年的詩旅：一以戲劇的方式一以詞調情境相互調度時空，如以神話祭壇上下求索──從自身潛意識狂放的欲望到人類莽莽的集體潛意識，完成了冷戰世代知識分子「離騷」似現代認知，終能如他《內外集》裡的美學那樣「入乎其內又出乎其外」，拿捏到現實與詩的距離已完成詩人屬性與社會的關聯。整體看來是當代的異鄉人（現代主義的感性與風格）──南洋人（後殖民主體的體驗）的詩之大河。

延伸閱讀

林綠。〈關於自我放逐〉。《林綠自選集》（臺北：黎明文化，1975）。

王潤華。《高潮》（臺北：星座詩社，1970）。

王潤華。《內外集》（臺北：國家，1978）。

王潤華。《橡膠樹》（新加坡：泛亞文化，1980）。

王潤華。《重返詩抄》（新山：南方大學學院／馬華文學館，2014）。

王潤華。〈只有《創世紀》，才適合發表我詩歌的新想像〉。《文訊》no.348(October 2014)。

王潤華。《越界跨國》（廣東：人民，2017）。

現代小說新聲浪的弄潮者陳瑞獻

張錦忠

陳瑞獻在上個世紀一九六〇年代中葉以筆名「牧羚奴」崛起文壇，在杏影主編的《南洋商報・青年文藝》發表現代詩，頗受側目；當時星馬文藝主流不是左翼的社會現實主義，就是寫實主義，「青年文藝」版即「現實派」大本營。寫詩的同時，陳瑞獻也寫小說，小說成名作中篇〈平安夜〉早在1964年就已獲得南洋大學學生會創作比賽優勝獎的肯定。1967年在梁明廣（完顏藉）接編後易幟的《南洋商報・文藝》版發表連載，文林一時為之轟動。

1968年，南洋大學畢業的陳瑞獻與一群認同創作自由追求創新精神的文藝青年，以五月出版社及《南洋商報・文藝》為平臺，形成一個前衛文學的共同體（我稱之為「六八世代」），推進星馬華文文學第二波現代主義浪潮（翌年他加入《蕉風月刊》編輯陣容，革新刊物面貌，星馬兩翼現代世代新軍遂合流）。接著詩集《巨人》之後，他推出小說集《牧羚奴小說集 1964-1969》，收錄〈平安夜〉與九個短篇，以及一篇英文小說。陳瑞獻1969年至1997年間的小說創作，則有中篇〈牆上的嘴〉（後來改題為〈水獺行〉）與另九個短篇，以及〈茄汁麵〉等七個極短篇，皆收錄《陳瑞獻小說集1964-1984》（1996）與《陳瑞獻選集：小說／劇本卷》（2006），產量並不算多，但於星馬現代小說「新聲浪」的匯流，借用梁明廣的譬喻，卻是一束格外宏亮的音色。「掌中小說」〈茄汁麵〉含標點僅一百八十九字，作於1974年初，更是開了星馬極短篇風氣之先。

《牧羚奴小說集1964-1969》其實

牧羚奴畫像
歹羊作

陳瑞獻畫像（張錦忠翻攝提供）

是陳瑞獻版的《都柏林人》或《新加坡屋頂下》。這些「大城小說」文字精練生動，題材採自現實社會，以象徵修辭表現意蘊，寫實地描摹細節，顯露人物心理與感情世界。集中十一篇小說展示了多樣的形式與文體風格，其中有中篇，有短篇，有中文，有英文，有似真白描，有怪誕不經，有語調沉重的，有節奏輕快的，有書信體，有自述文，有近乎對話體，有單段成篇的，有意識流，人物多屬城市裡頭那些「被侮辱與被損害的」低下階層，那些在城市國家的建設發展與現代化過程中處於社會邊陲的人，例如幫派分子、水手、三輪車夫、聽障者、痲瘋病人、失業者、精神異常者。

　　《蕉風》第211期（1970年6-7月）小說特大號的「牧羚奴小說專題」，跟阿倫‧霍布－葛力葉、E. M. 佛斯特、《攸力西斯》三專題並列，刊出陳瑞獻小說三篇及三篇析論其小說的文章，可見編者對陳氏小說表現的高度肯定。當然，這份文藝雜誌對陳瑞獻更大的肯定見於第224期的《牧羚奴作品專號》（1971年9月）。該期小說部分刊出陳瑞獻的〈牆上的嘴〉、〈燈〉（後改題為〈暗燈〉）與〈蠟翅〉三篇新作。中篇〈水獺行〉可以說是陳瑞獻小說藝術的轉折，可以歸入奇幻文類。1971年至1973年間，他以呈現視象（visionary）的近似魔幻寫實手法書寫小說。這顯然跟他在這段期間習靜學佛，探索心境迷幻路徑不無關係。

《蕉風》第211期小說特大號「牧羚奴小說專題」
（張錦忠翻攝提供）

　　《牧羚奴小說集 1964-1969》以小說狀摹那些活在「新加坡屋頂下」的「從屬者」的「真實」環境世界，〈水獺行〉之後，陳瑞獻則展開了對內在空間的「虛實」世界的探索。〈竹杖子〉、〈小丑石〉等五篇為意識內觀的「文字記錄」，呈現敘述者／

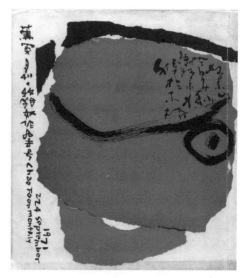

《蕉風》第224期「牧羚奴作品專號」（張錦忠翻攝提供）

被敘述者內空之旅路上的風景，那是「離言說」或「游離語言」的詞物關係，打破了敘事的歷史時間或邏輯關係。就這一點而言，這些文本已趨近後現代了。

　　儘管有〈水獺行〉這樣精采創新的魔幻寫實之作，陳瑞獻沒有在《牧羚奴小說集 1964-1969》之後，繼續寫喬哀斯的《青年藝術家肖像》、《攸力西斯》、《賣逆艮守靈記》那樣的小說，誠為星馬現代主義文學體系的損失。1973年以後，他漸漸遠離文學，四年後恢復創作時，主力已非小說與詩，而是繪畫藝術了。收錄《陳瑞獻選集：小說／劇本卷》裡頭的〈茄汁麵〉等七個極短篇近乎是寓言式小說，其中〈唐璜〉尤其精簡而深刻。不過，一九九〇年代末之後，陳瑞獻的敘事或會悟（epiphany）之作就多為寓言了。他其實從1973年開始書寫寓言，1996年將其中百則結集出版為《陳瑞獻寓言》。

延伸閱讀

黃錦樹。〈空午與重寫──馬華現代主義小說的時延與時差〉〔「牆上的嘴：關於牧羚奴」節〕。《華文文學》no.2(2016):17-30。亦收於黃錦樹（著）《現實與詩意：馬華文學的欲望》（臺北：麥田，2022）。

溫祥英：
現代主義，或華人中產階級的微小困頓

黃錦樹

溫祥英（本名溫國生，1940-）祖籍廣東新寧，生於馬來亞霹靂州太平。曾用筆名山芭仔、半閒人等。英校出生，馬來亞大學英國文學系畢業。一九六〇年代開始寫作，1970年與冰谷、菊凡、宋子衡、游牧、蕭冰、艾文組織棕櫚出版社，早期作品集結為《溫祥英短篇》（棕櫚出版社，1974）。長期任中學教師，曾任校長。其文學意見見於《半閑文藝》（蕉風，1990），2005年退休後有多本新舊作整理出版，《自畫像》（大將出版社，2007）、《清教徒》（有人出版社，2009）、《新寧阿伯》（大將出版社，2012）、《有情人》（陳志英張元玲教育基金，2019），其中不乏細節較為飽滿的佳作（〈清教徒〉、〈唔知羞〉等）。

　　和宋子衡、菊凡、小黑等並列為馬華現代主義的代表作家的溫祥英，早期作品（《溫祥英短篇》）頗具現代感及實驗精神，只是篇幅普遍短小。之後多年作品稀少，甚至停產，三十多年內，寫作顯然陷入某種難以克服的困境。

　　和其他馬華作者不同，溫祥英是極少數敢於坦陳寫作困境的，也有能力把它講清楚。其告白也甚為動人：

> 　　抽屜裡堆滿半途而廢的稿件，全部因自己忽然失去了自信。這種題材，自古迄今，不知多少人寫過，已成陳腔濫調，何必再費筆墨呢？題旨何在，是否有真知灼見，或創新意？再者，寫了出來，黑字白紙，讀者讀了，又有何作用呢？這一切疑問困惱著我，最終覺得一切都毫無意義，頹然而廢。（《半閑文藝》181頁）

　　文學批評文集《半閑文集》第二、三輯多的是那樣的痛苦告白——實然和應然之間的落差、實現不了的構想、業餘感。這些文字的重要性不亞於已發表的作品，它難得真誠的揭示了一位寫作者的痛苦。這種痛苦，甚至內化進他後期的小說裡：

溫祥英早期小說以山芭仔筆名發
表《無形的謀殺》（1964）（高嘉
謙翻攝提供）

　　我不知如何繼續寫下去。念頭萌起，已有個多兩
個禮拜了，總是不能或不願下筆。夜裡曾籌思、計
畫、篩選，以至失眠了幾夜。現在重新拿拿修修刪
刪，也幾乎八年後了。寫作寫了近乎五十年，比起
從理科轉文科還早，而轉科之後，攻讀劍橋的、高
級文憑的、大學的英國文學，甚至考獲了二等上的
優等學位，到頭來還是不知怎樣寫。我沒有領悟和
駕馭文字的天份，腦筋總是遲了別人幾步，更加上
懶惰成性，難怪這十多年來，都是一片空白。（《清
教徒》73頁）

　　那樣貫串整個寫作生涯的強烈挫敗感，伴之以
不斷的重寫，這樣的「姿態」作為一種陰影，其文
學史意義或許並不亞於作品本身。那是馬華文學傷殘狀況的一個憂傷的見證。

　　溫祥英的文學生命大致可分兩段，1992年（五十二歲）前是一段，2005年
（六十五歲）復出後是另一段。後段寫作基本延續前段，不僅題材相當集中，大
致關注成長、青春情事以及「頹廢生活」（外遇與尋芳），是對前期作品的一種
深化重寫。考察溫祥英復出後的新作，如短篇小說集《自畫像》（2006），兩個
現象值得注意：許多自傳性材料的反覆使用；經常出現讓敘事中斷或癱瘓的作者
後設自白。重複與說明，成為溫祥英近期寫作的形式特徵。

　　關於「重複」的特徵，譬如土生華人成長故事〈清教徒〉（2006）。小說中
有關日本侵占時走難的情節、主人公父母身分，以及主角英校生活與遺精的細節
（對應溫祥英成長於日據時期，接受英校教育的背景），散見在溫氏之前之後的
作品，如〈唔知羞〉、〈觀音娘娘〉、〈富貴花開〉等，或是描述篇幅擴大，或是
改由其他角色講述。此外，〈清教徒〉所列示主角的文學啟蒙和創作發表園地，
在作者早期自剖式析論文章〈更深入自己〉（1971），得到更完整的呈現。易言
之，溫祥英一系列小說的細節基本都是紀實的，是有意以限制虛構的文學手法
寫成的自傳。至於「說明」的特徵，指的是作家不時在小說內外做出「自傳我」
的澄清。如〈賣〉（2006）中寫到床戲，文內標明「以上很明顯是作者的杜撰：
……」，文外另撰〈關於〈賣〉〉短文重申作者該「慈悲為懷」，對於觸犯性禁
忌而自我告解，認為寫作者須對讀者負起道德義務，並相信文學有用於人生。

　　溫祥英之所以過度依賴經驗性材料，以及做出放棄（中斷）性愛想像與虛

構，自我癱瘓的敘事，與他特殊的寫作背景和固守的小說觀有關。從溫祥英一九七〇到八〇年代若干序文言談，強調個人主義（表現個人對世界的洞察），形式與內容合一，明顯針對當時的敵人老牌現實主義的主張：文學是集體的、必須反映集體的現實、個人無足輕重、內容優先於形式。這造成這位復出後的老作家，只關注極少數類型的題材，更窄、更深入的回到自己，重加整頓自己可見的經驗世界，而印象式地處理被他看作外部世界的大事件（如二

溫祥英著作（高嘉謙翻攝提供）

戰、馬共、緊急狀態、獨立建國、種族政治等），同時顯露歷史和經驗的局限。

　　而從他早期雜文集《半閑文藝》到近期文章〈關於〈賣〉〉，溫祥英均主張「為人生而文學」，深信文學的道德功能與社會功能，背後有建構其人道主義的閱讀系譜——狄更斯、毛姆、巴金和舊俄小說等，同時呼應近代中國梁啟超〈論小說與群治之關係〉的觀點。這種以道德論為根柢的文學觀，分明還是寫實主義的世界觀，強調人性，抵制虛構的自由，極大地限制他對小說的想像。因此我們看到溫祥英小說顯示出一種弔詭的自相矛盾，一方面把文學和婚外情慾並列，以接近血肉之軀的慾望核心，同時得到挑戰禁忌的書寫快感；一方面又過度在意外界的道德批評（一九七〇年代作者被馬華道德警察圍剿的後遺症），而在情慾題材中舉步維艱，進而陷入一再重寫、反覆壓榨個人經驗、又不敢充分發揮想像力的寫作困境。

　　整體而言，溫祥英的現代主義應被理解為有限的，它更多的體現為表述的困境。克服之後，他就走回「寫實」的路徑了，譬如《有情人》中對幾種可能的婚姻內外關係的演繹（包括可能最有趣的華巫通婚系列作），相關的經驗細節和心態刻畫（譬如關於移民），似乎不無「存史」的企圖。

延伸閱讀

黃錦樹。〈重寫自畫像——清教徒的擬懺悔錄——馬華現代主義者溫祥英的寫作及其困境〉。《華文小文學的馬來西亞個案》（臺北：麥田，2015）。

被低估的先行者：菊凡的現代主義小說

劉伺嗦

菊凡，原名游貴輝，又名游亞皋，1939年生於馬來亞檳城大山腳，1963年畢業於師訓大學檳城日間師訓學院，此後大半生歲月投身於教育領域，直至退休。菊凡在1968年開始發表短篇小說，一路寫寫停停，寫作之路前後四十多年，至今著有短篇小說集《暮色中》（1978）、《落雨的日子》（1986）、《大街那個女人》（2012）和《誰怕寂寞》（2013）。從第一部集子《暮色中》自序可知，菊凡寫小說相當重視人生經驗，他深切關注社會現實，然而並不受現實主義的文藝觀點局限，他表示：「許多人把小說當做是一種發洩的工具，或更甚的，把它當做是一種宣傳主義的東西，因而把寫小說認為只是一種信手寫來，有頭有尾即可的玩意。我是不贊同這種太狹隘的文藝觀點的。文藝，並非那樣簡單的東西。」

菊凡的小說題材緊扣其生命歷程。綜觀其早晚期作品，作為一名中小學教師，其早期佳作如〈空午〉、〈羊齒類盆栽〉、〈頒獎日〉、〈虎牙〉、〈那段恐怖的日子〉等，主要以中小學生視角處理校園師生情愫，孩童的同儕關係，及緊急狀態時期的師生離別之情等，透過孩童天真的眼光，敘事中複雜的歷史語境與生存困境更顯張力。中晚年作品則現實主義色彩明顯地轉濃，故事多以教師為主角，小說如〈落雨的日子〉、〈王紀棠的悲哀〉、〈燈籠大匯串〉、〈杏林迷思〉等，藉由故事人物的視角反思華小教育的發展問題，揭露華社教育界由商界財團支配並以功利主義為導向的弊病，亦反映華社對倫理的重視，揭示「教師」身分給主體帶來情感與道德抉擇間的拉扯。晚年之作如收錄於《大街那個女人》的最後四則短篇〈落寞的陰影〉、〈落葉的夢魘〉、〈無法傾訴的悲哀〉、〈情困〉，即以主角「吳兆龍」寫出退休校長苦悶與充滿道德束縛的晚年生活，其回憶過去杏壇風波的敘述口吻尤其有著濃厚的自傳色彩。

據《新馬百年華文小說史》，身處現實主義當家的時代，菊凡大概是第一個將現代主義小說技巧引入表現馬華教育題材的作家，其將自己的生存體驗置於現代主義的藝術顯微鏡下透視，恰好說明了馬華現代小說奠基時期現代主義同

傳統現實主義互相滲透的特色。《暮色中》所收錄的小說頻繁並熟練地運用了意識流技巧，透過一個個面臨生活壓迫、婚姻危機或情感掙扎的人物內心獨白，將現代主義的荒誕、虛無與絕望發揮得淋漓盡致。其中，〈浮屍〉即巧妙地以一具浮屍的心理劇呈現社會底層人物難忍現實殘酷而發出的無聲吶喊。主角杜曉川欲投海自盡以脫離人海（亦是苦海），想像自己以死控訴社會的無情與生前遭受的欺壓。生前作為社會上無人關心、可有可無、失去話語權的小人物，死後雖以一具浮屍之身引起他人注意，然其控訴終究只是一場內心獨角戲，換言之，無論生前死後，他都是無聲的。

菊凡的部分小說（高嘉謙翻攝提供）

故事結束在主角酒醒之時，可喜的是他還活著，可悲的是他仍將寂寞地無聲地活。此外，菊凡筆下的女人亦無不透顯著強烈的宿命論與悲劇感。〈女人〉裡被困在婚姻與生育的牢籠中的女主人翁，在意識到自我主體被剝奪的同時──「丈夫在等待一個男孩子。她是個女人，她是他太太，她是臺上放置的布做的娃娃。」──仍決定將希望投注在捆綁她的牢籠之上：「她不想使丈夫失望，她無論如何要爭氣生個男的，甚至兩個。」故事的最終，煤油燈與性愛的敘寫交互指涉，可見菊凡老練的小說筆法：「她不由自主地旋下油針，讓煤油噴入白鼓鼓的燈芯裡」，煤油燈「沙沙作響」，而她「辛苦地喘著」，煤油燈「在為它的宿願而盡力」，她則在「一團血紅」與「一團深邃無底的黑暗」中實現其強加於自身的價值與心願。不難發現，菊凡小說中的婚姻家庭皆被不幸的陰影籠罩著，無論是多子如〈玩具火車與木葉蝶〉裡的阿龍，抑或〈彩球〉裡不育的阿祥爸爸，雙雙是無力掙脫宿命的父親，當一家之主都缺乏翻身主宰命運的動能，家族命運可想而知，即如作者一再使用的玩具火車意象：「可憐地一圈一圈重複地繞著圈」，永無逃脫的一日。」

　　菊凡擅長捕捉生活的局部，並懂得恰當地留白，其小說往往充滿詩意，那詩意源自他在日常敘事中對存在的深層思考，我們可說，情節絕非菊凡小說之重

菊凡《暮色中》初版（1978）（高嘉謙翻攝提供）

點。〈空午〉特別引起學界的討論，如黃錦樹和黃琦旺皆藉由此篇小說點出菊凡的文學自覺與企圖心，小說中時空的布置、對敘事形態的實驗、臺灣典型現代詩修辭的挪用等，都在在顯現一九七〇年代知識界對規範詩學的反思。小說講述一位渴望父愛的十一歲少女凌凌對老師產生的渴慕之情，凌凌對這份分不清是情欲或是父愛的情愫感到困惑，而母親的規勸，更讓她多添一份不被理解的寂寞。菊凡以虛實交錯的日常聲音反襯女孩孤寂的內心，「嘰嘰喳喳的壁虎叫喉聲」、「屋樑上和柱子中傳出嘎嘎的蛀蟲笑聲」、風吹過紅毛丹樹的嘩啦聲響、番石榴「辟辟拍拍跌落滿地」、公雞啼叫聲等，無不指向凌凌蠢蠢欲動的少女情懷，午後空盪盪的家屋，一如少女等待被填滿的心靈，空虛而躁動。除了〈空午〉，〈羊齒類盆栽〉、〈暮色中〉、〈鐵軌〉亦讓我們看出菊凡出色的

小說功力，意象、情景與人物心理相互交融的表現手法，及其對現實、存在的深層思考，都讓菊凡於同代小說家中脫穎而出。然而，誠如黃錦樹所言，過去學界在溫祥英、宋子衡、菊凡這馬華現代主義小說檳城三劍客的討論中，卻往往忽略且低估了菊凡的小說成就。我們今日回顧馬華現代主義小說的發端，應為這位默默耕耘的小說家菊凡騰出一個位置。

延伸閱讀

黃錦樹。〈暮色與空午——讀菊凡《暮色中》〉。菊凡（著）《暮色中》（居鑾：大河文化，2016），11-17。

黃琦旺。〈零度敘事——漫談菊凡小說〈空午〉和〈羊齒類盆栽〉的時間布置〉。菊凡（著）《暮色中》（居鑾：大河文化出版社，2016），193-196。

黃萬華。《新馬百年華文小說史》（濟南：山東文藝，1999），197-200。

一九六〇年代的現代派張寒

林春美

若說文學雜誌《蕉風》在一九六〇年代是馬華現代派文學的大本營，那小說家張寒肯定是這個大本營中最惹人注目的虎將之一。

張寒1939年出生於霹靂州，於2021年11月2日過世。他是在《蕉風》茁長的第一代本土作家，於1960年初登《蕉風》，除了在這本刊物「港臺化」期間（1964-1966）短暫離場外，其活躍期可說是貫穿整個一九六〇年代，而其較具嘗試性的小說探索，則集中出現在六〇年代下半葉。編者黃崖甚至認為他極具「現代派」特色的小說，相對於傳統寫實小說而言，象徵著本邦「一股新興的力量」。

情慾，是張寒寫得最多的小說題材。在呈現人物潛意識中道德與情慾的衝突時，他常將敘述者的慾望對象與其他不相干的人或物糅混在一起，以表達其混沌、迷亂的意識狀態，又或者讓其欲望之暗流得以通過蒙混的方式湧現。他的一些此類題材的小說曾引起讀者詬病，認為其中過度的猥淫之言，已導致文藝傾向了色情。

除了情慾暗流，張寒也善於書寫怪異、或非理性的人物心理。這類小說顯然是受了那個時代方興未艾的存在主義思想的影響，其中人物異於常人的言行，其實未嘗不是人性遭受文明暴力扭曲之後的意識層面之體現，抑或主流社會對這個處於荒謬世界中的人所表現出來的惶惑與無助的精神之解釋。他在另一些小說中亦將筆觸伸向社會底層的販夫走卒，尤其是賭徒身上，書寫彼等遭遇的同時，也以意識流手法潛入彼等的心理。

張寒的部分小說固然立意不夠高遠，又抑或因過於著重趣味性而落於俗套，然而他對現代主義敘事技巧進行的多番嘗試，尤其是一九六〇年代中期以後有意以內心獨白、意識流、主客觀敘述觀點的切換處理、平行敘述等手法來表現本土題材的一些小說，卻也使「反映社會」的題材，呈現一種新鮮的面貌。在小說的語言方面，他亦展現了同代作家少有的嫻熟與活力，除了能以純正的中文敘述故事之外，他更創造了貼近角色生活的方言、土語、行話、粗口。他在《蕉風》的

張寒小說《失落的愛》（1962）、《夕陽》（1964）、《大冷門》
（1976）（高嘉謙翻攝提供）

種種實驗，某種意義上讓六〇年代成為本土生長的青年作家在藝術上的「試煉時代」。此外，他對人類無意識精神領域的醉心挖掘，對非理性、非自覺的心理層面的窺探，不僅一定程度上解放了被那個時代馬華新現實主義主張禁錮及畸情化了的「人的常情」（張寒對批評者的回應，見〈法官清堂的遺憾——答魯愚先生〉），亦使他成為那個時期《蕉風》現代主義小說最積極的實驗者。

延伸閱讀

黃錦樹。〈空午與重寫——馬華現代主義小說的時延與時差〉。鍾怡雯、陳大為（編）：《馬華文學批評大系：黃錦樹》（桃園：元智大學中國語文學系，2019），204-245。

林春美。〈張寒與梁園——一九六〇年代《蕉風》「現代派」的兩個面向〉。《蕉風與非左翼的馬華文學》（臺北：時報文化，2021），163-185。

張錦忠。《馬來西亞華語語系文學》（八打靈再也：有人，2011）。

現代主義者洪泉

張錦忠

1979年2月號的《蕉風月刊》第312期，編者一口氣刊登了洪泉的兩篇小說〈草坪上的鳴聲〉與〈蛇隱〉，讓洪泉以馬華文學「最後一位現代主義者」的姿態，在一九七〇年代末平地一聲雷般冒現，儘管他並未自覺自己作品的現代性表述形式。「馬華文學最後一位現代主義者」是修辭性的說法多於文學史定論。新馬華文文學現代主義經過1959年與1968年兩波浪潮之後，已形成現代主義文學體系。然而在七〇年代中葉之後，新加坡的《紅樹林》詩刊與《樓》停刊，吉隆坡的《煙火》未見後續「人間叢刊」，現代主義並沒有再捲起千堆雪。洪泉的出現，顯然是個異數；許多年後才有後浪冼文光在現代或後現代的路上踽踽獨行。

洪泉，原名沈洪全，柔佛麻坡人。1952年生，吉隆坡美術學院肄業，陶藝工作者。1979年開始寫小說，也寫詩與極短篇。1989年出版小說集《歐陽香》（蕉風月刊社出版），收錄1979年2月到81年2月的作品十四篇。從81年底到87年，洪泉斷斷續續在《蕉風月刊》發表了〈解脫〉、〈枯魚〉、〈沉屍〉、〈床上魂〉等短篇作品，以及七萬字中篇〈解圍〉與極短篇多則，之後沉寂多年，直到2009年才重新提筆寫小說。

《歐陽香》收錄的作品，包括初試啼聲的〈草坪上的鳴聲〉與〈蛇隱〉，入選《世界中文小說選》（劉紹銘與馬漢茂編）的名篇〈豬的黎明〉，以及同題中篇〈歐陽香〉。這些小說書寫了慶年、慶齡、常玉、歐陽香、唐華安、卡山這些市鎮與城市的華裔知識分子的希望、憤怒、挫折與迷惘。洪泉這些「敘事文」，以及文本中那些「常玉們」的各種情動力（affect）所回應的，是「馬哈迪時代的抒情書寫」的歷史與社會脈絡——馬來西亞經過「五一三事件」種族流血衝突事件（〈歐陽香〉與〈重圍〉隱晦地指涉）之後，政府實施新經濟政策、土著主義、馬來人特權論與種族分化政策（racialization）的時代。《歐陽香》所刻畫的，可以說是洪泉版的「青年藝術家肖像」。集中的男女關係，以及「慶年們」所處的美術空間與建制語境，很容易令人想起七等生的小說，尤其是《庾削的靈

洪泉《歐陽香》（1989）（高嘉謙
翻攝提供）

魂》與《城之迷》。

在這些小說裡，敘說者或明顯（常玉的用詞是「橫眉」）或隱晦（常玉用「蛇隱」來表示）地道出非馬來文化、非馬來語教育備受國家機器打壓，華裔的身分與文化屬性危機感帶來的焦慮、挫敗與失落。慶齡告訴常玉說：「那一群鳥，我沒法飛渡……」，這樣的「人的困境」在〈草坪上的鳴聲〉已定調。處在困境或僵局的小說中人莫不在思索因應之道與出口；「離開」幾乎是《歐陽香》這本集子中所有小說的主要模題，不是在城鄉之間的離開與歸返，就是移民或出國。小說人物不是個性鮮明的個體，而是疏離者、流浪者、脫群者、亂離人、墮落者、離散者等存有狀態，他們在各種令人不安的空間躊躇移動、思索生命的意義、抱怨吶喊、尋找安身立命的方式。

洪泉在2009年「復出」後的書寫表現令副刊編者側目，認為他「依然那麼前衛、新穎」，遂有2010年4月《星洲日報‧文藝春秋》版的「洪泉特輯」。這期間他發表了〈草叢中一群鳥飛起〉、〈我們的章回小說翻出情節之外〉、〈拿一把刀切斷〉等多篇小說，其中〈故事總要開始〉甚至成為張錦忠、黃錦樹與黃俊麟合編的馬華當代小說選的書名（《故事總要開始：馬華當代小說選2004-2012》）。這篇小說探討小說各種書寫、重寫、展開的可能，尤其是像《魯賓遜漂流記》這樣的「海難書寫」或「島嶼書寫」。黃錦樹在小說選序言指出「洪泉是馬華作家中絕無僅有的仍然關注形式實驗的」，誠哉斯言。

從2009至2012年那三年間，洪泉寫了至少二十三篇小說，包括尚未發表的〈九十九年紅色身分留下死亡證書〉。這些高度實驗性、現代質地強的作品迄今沒有集結出版成書，是馬華文學的「洪泉缺口」。

延伸閱讀

陳慧君。〈論洪泉現代主義小說的本土意識〉。文學士論文，博特拉大學外文系中文組，加影，2010。

陳慧君。〈麻河悠悠——淺析洪泉的麻河系列〉。《星洲日報‧文藝春秋》，11 April 2010。

杜忠全。〈大水細水匯麻河——洪泉訪談錄〉（上／下）。《星洲日報‧文藝春秋》11, 18 April 2010。

六

風土、鄉土與地方感

高嘉謙

馬華鄉土文學，或狹義的馬華地誌書寫，在一九五〇年代以降掀起一波熱潮。這類寫作或張揚鄉土意識，或表現地方感，從馬來半島、星洲鄉鎮、風土民情到地方掌故，範圍頗廣。從文類特質和寫作風格而論，可以看到兩種趨向。一為地方、鄉鎮、風土掌故的地誌書寫；另一類為歌詠鄉野情懷、鄉土感性、鄉土寫實。

1953年蕭遙天南來在檳城鍾靈中學教書，出版《食風樓隨筆》（1957），呈現了南來作家置身炎荒異域的風土體驗。他的〈食風與沖涼〉大談熱帶的沖涼文化，談「食風」的兜風、逸樂趣味，實際引出了一種風俗和風物意義下的生存認知。那是熱帶的身體存在感，換言之，鄉土其實根植於風土。

同樣在一九五〇年代，吳進《熱帶風光》（1951）、蕭村《山芭散記》（1952）、魯白野《獅城散記》（1953）、《馬來散記》（1954）、威北華《春耕》（1955）、《黎明前的行腳》（1959）等作品受到廣泛注意。除了個別在中國、印尼的離散與流徙經驗，他們對馬來亞生活、地方經驗的記敘和遊歷寫作，凸顯了作家個人越界交織的地方複雜情感，以及地理景觀重建。

獨立建國後的一九六〇年代，來自大山腳的北馬青年作家，憂草《風雨中的太平》（1960）和慧適《海的召喚》（1963）的城鄉散文，經營城鎮地景、掌故，可視為北馬地區題詠原鄉、土地的寫作，揭開新一代馬華文學地誌書寫的序幕。作者土生土長的鄉土熱情和經驗，讓趙戎注意到這些馬來亞青年是「份外的熱情底，比任何國家的青年也顯得更突出更奔放」。彼時北馬重要的青年作家幾乎都參加了「海天」社，包括冰谷、梁園、宋子衡等人。冰谷成長於膠工家庭，他早年的鄉土感性與熱情，跟他的膠林經驗脫不了關係，年邁後筆耕不輟，近作《膠林紀實》（2022）仍環繞在膠林深處的鄉土經驗與青春記憶。

同屬北馬作家群的梁園、宋子衡、陳政欣等人，則是頗受矚目的小說家。1973年遇襲身亡的梁園，是建國一代寫作人裡的閃亮之星。他的才華、眼界迥異於彼時同行的寫作，跨越族群，深入異族人物的形塑，處理華巫通婚，從異族

人物視角展開敘事，論者視其為有意識地實踐「馬來亞化（Malayanization）的書寫，足見其對鄉土的另一種測試和實驗。宋子衡小說在一九七〇年代初開始受到廣泛注意，筆下人物多屬底層華人，而表現形式則是現代派風格，故予人「現代派」作家的印象。他的小說創作量不算豐富，但寫作時間跨度大，基本鋪展了離散華人記憶，以及時代底下的庶民經驗。而真正將北馬大山腳作為原鄉寫作的陳政欣，構建「武吉三部曲」，包括散文集《文學的武吉》（2014）和短篇小說集《小說的武吉》（2015），以及即將出版的《武吉演義》。他的武吉鎮寫作是抱有雄心的地誌書寫，從抗日軍到馬共，華人小鎮搬演的歷史人事變遷，投映為馬來半島上任一小鎮的華人生活經驗。陳政欣探尋歷史與市井裡的地方感，那是武吉的風土世界。

　　相對北馬作家，1969年出生於吉隆坡的李天葆，大概是這舊稱州府地的老靈魂。他筆下的人物眼界、敘事腔調，幾乎包裹在懷舊的城鎮，鴛鴦蝴蝶式的人情俗套，海派的老歌、老電影的氛圍情調。在州府的流風習俗裡，李天葆承接的民國風情，讓論者視其為「南洋的張愛玲」。他的寫作風格強烈，長期浸淫且熟稔於老上海、老香港的流行元素。兩本專欄文字結集的隨筆《珠簾倒卷時光》（2012）、《斜陽金粉》（2014），可見其底蘊。但無疑的，這也是馬華寫作的一種地方色彩，獨特，且難以複製，這是李天葆細緻營構的過往馬來亞華人的地方感性。

蕭遙天自己的風

方美富

1949年蕭遙天（1913-1990）大逃亡奔赴香港，萬萬想不到此後已經沒有祖國，只有故國。年屆不惑，失家失路的意外人生，他再度南遷，最後定居檳榔嶼。蕭氏精通詩文書畫，兼擅文學和治學，博古通今，影響橫跨文學史，教育史與學術史的南來第一人。

蕭文特色在於以極大熱情感受所看到的人事物，不是〈熱帶女兒〉嘲諷的「超空間作家」，坐在書齋想像身在何方，而是以一種博約且負責的態度，表現審美技藝與通情達意，絕不能相比於二十世紀初葉書生，常見毫無節制，不理真偽的風情錄和采風記。蕭氏的南洋在地書寫，精神上追慕多元的「馬來亞文學」，所著到底是文人之文，不是奉著將令附庸任何意識形態。

晚清民初無數過客敷寫「風土夷情」，多讚頌馬來世界（Nusantara）氣候極好，弔詭的是下文往往導向反面，幾至大壞，華與夷，內與外，我與他，放大成所謂「南洋色彩」。這種古老的敵意相反而皆相成，借助印刷資本主義又快又狠又準，顛之倒之，當做攻訐種族，階級，文化的汙名三利器，直指原住民與馬來人，正因氣候極好養成「世界上最懶惰的民族」。此一文明退化的南洋論述，以梁紹文《南洋旅行漫記》為代表，完全是從大漢民族主義出發，華夷人獸之大關棙，並用古人思想行文，故意勾起《國語‧魯語》「沃土之民不材，逸也。瘠土之民莫不向義，勞也」，憑藉引申為熱帶的居民多懶，一如物類相應的遺傳與環境論，別出尊卑親疏。蕭遙天〈馬來亞的天氣〉同引敬姜論勞逸的話，主題一樣，材料一樣，非但不再步履前人以禮教之名複製歧視，值得注意「被暖風吹醉」小題的風格移置，直把檳州做杭州。技藝超卓者，不讓廣大精微的古典系統壓垮，南宋與南洋皆「我」注腳，出色的駕馭能力，一時一地也要轉化為此時此地。加之輔以古謠諺〈南風〉，一變成了美善良政，安居樂業的象徵，更是輕鬆自若翻轉為禮讚。至於南風之薰，馬來人不計功利的處世之道，於他不過人之常情，緊扣文章的主旨「物我兩忘」，消釋偏見，順適自然罷了。這就是平等的眼光，前後轉向不可以道里計。如此言說，不光是才力的問題也須史識，絕不

蕭遙天《食風樓隨筆》（1957）（高嘉謙翻攝提供）

把成見當真理，人云亦云製造更大的誤解。土與番，對蕭氏來說融通而同情，只因身在南洋，風和日暖，連他自己也真正大醉了。

　　蕭遙天一九五〇年代出版的《東西談》、《食風樓隨筆》，文藝觀近於周氏兄弟，林語堂語絲一派，表現馬華文學散文體自由弛張的優長，看似隨便談談，實有一層層思想的底色，沒什麼比「有我」與「有趣」更為重要。如同〈馬來亞的天氣〉篇末，居然有兩個馬來亞，一個唯心，一個唯物，世事荒誕如此，不得不佩服洞悉情勢。分類意味著追尋生存姿態的差異，這是面對馬來亞政治與世界格局對峙的冷戰隱喻，信手拈來開開馬列的玩笑。

　　南洋文學此前除了各類作物，「食風」與「沖涼」的語言和習性同樣長久。早如光緒年間黃遵憲〈不忍池晚遊詩〉「馬不嘶風人食風」，還有晚清民初文人南來吃風筆記，稍晚方修的《馬華新文學大系》（1919-1942），眾多作者不約而同都在兜風納涼。有趣的是一九二〇、三〇年代暨南大學出版的學術期刊《南洋研究》，珍而重之當做異域文化介紹「沖涼」，包括水池，水桶，步驟同療效指南。詩人杜運燮更以專文「醍醐灌頂」形容灕浴之妙，真是人在熱帶第一要事，淋頭，洗身，降火，儼然沖涼大百科。蕭遙天〈食風與沖涼〉另闢蹊徑，將南洋最舒服的無價之寶合一，原先專供有車有錢有閒階級的高等吃風，看似貴賤高下有別，食風樓主人自有妙計，首薦看官何不乘搭巴士車，陣陣雄風撲面，頭家苦力的界限一筆勾銷，無論貧窮還是富有，不計環境是好是壞都擁有的平民享受。以風的形態論身分地位，作為「文化行進的象徵」，蕭氏顯然受了宋玉〈風賦〉的啟發，但是他無意做政治哲學的辨析，地方風貌原是多種多樣，一念即天堂，譬如提及熱帶日常衣著，人人夏威夷恤衫，便認為是一種平等觀念的表露。平凡人也可以是偉大的。這一點可說是對過往筆墨的一大推進，不再執著於外在描繪的風俗談，而是影寫如何直面時移世變，早已儲備足以應對種種磨鍊的精

神資源。蕭氏嘖嘖讚嘆「風」「涼」，
乃是一種生活情趣的流露。即便與苦
難對視，也始終保持泰然，曠達的心
靈歸宿。童年時代，他已經見識「番
客」乘風返歸時，隨身而來的是難以
撤除的南洋積習，下身裝束一條想沖
就沖的大毛巾。這段今日之識，後來
是自己輾轉變為新客，親身體驗冷水
澆頭的刺激。要是不慣，請君事上磨
練，天天沖，時時沖，一心修持「冷
水淋頭的功夫」。從陌生到熟悉，只
是這次回不去了。經過馬來亞的火爐
錘鍊，冷水一倒，舒服得簡直羽化登
仙，讓人也忍不住想馬上去沖個涼。

蕭遙天隨筆《東西談》（1954）（高嘉謙翻攝提
供）

隨心所欲的好風好水，不是理
所當然的，蕭遙天不愧是有思想的大
作家，深知生活於泛泳淫浴，涼風習
習的所在，跟密不透風，水源短缺的
地方，本是天差地別的歷史際遇。更
難得由此無拘無束想到人的境況，獨處沖涼房做一種自由自在「淋浴的思想漫
步」。

仔細留意，蕭先生詩文常用極為幽深的文筆埋下線索，山外有山，樓外有
樓，讓後人鉤沉出靈魂深處。最後我要借用提倡「深入社會內層，浸潤實際生
活」的《蕉風》，1955年11月創刊號首發蕭氏〈食風樓隨筆敘〉，做一點抉微的
討論以結束本文。此篇隱晦，卻因作者生命史空間與時間的變動，比《食風樓
隨筆》任何一篇更具備範例的旨趣。敘文自樹新意將半生漂流未定，以文藝之
眼分門別類，既有超現實派，寫實派，也不忘象徵派，浪漫派，各占有生以來
一小節，整體的真實命途落得四不像，終歸一無所有。大家千萬不要受其間的輕
巧筆墨遮目，以為是一般的臺閣名勝記，文人的紙上戲談罷了。按舊慣，此類文
章本來就是記敘修葺緣起，抒發攀今弔古之情。他要矗立一座意志和筆尖幻化而
成「馬來亞氣息最濃厚的樓閣」，重大關節便需要跟「遠方讀者」「搖筆桿的舊
伴」，傾訴自己的心事，做一種告別式的新生。「1949年」作為一起政治事件，

是馬來半島吞納大批中國移民的尾巴。這般說來，蕭遙天喪亂以來，漂泊四方，不過是萬千漂流的其中一人，更有意義的是面臨轉折，對風吹牆頭草的鄙視，完全體現他一個人的「南來獨立宣言」。自陳人生如寄，本應隨遇而安，不奢望一朝榮華富貴。亂世凶年，蕭氏暗引告子湍水之喻，加以反駁水無定向的騎牆之論，堅持原則，謝絕外力干擾而迷了本性，更別說勞心勞力去追求嗟來之食。蕭子畢竟不是列子，不願屈己以待風。舉世滔滔之時，遙隔政治聯繫，自守自恃，餘生融入當地，毫無一刻遲疑肯定了人的精神價值。正是為仁由己，他是唯一且最後自家性命的詮釋者，是獨化的倫理學，蕭遙天就是蕭遙天，他自己就是風。從整個馬華文化史的觀點看，疏離的行動本身不是消極逃避，而是為了取得生命的尊嚴，避免被一時潮流捲去。思路如此曲折迂迴，實在令人歎為觀止。先生終老於斯的心境，再也找不到比「食風樓敘」更適當的了。

延伸閱讀

方美富。〈五八年「中國文學」課本發微——中學華文，文學與時代〉。《馬來西亞教育評論》no.6(December 2019):38-58。

黃國華。〈蕉風、采風、食風——論馬來亞獨立前夕物體系統與國家認同的重構〉。熊婷惠、張斯翔、葉福炎（編）：《異代新聲：馬華文學與文化研究集稿》（高雄：中山大學人文研究中心，2019），55-82。

蕭遙天。《食風樓隨筆》（星加坡：蕉風出版社，1957）。

鍾怡雯。〈斑駁的時代光影——論蕭遙天與馬華文學史〉。鍾怡雯、陳大為（編）：《馬華文學批評大系：鍾怡雯》（桃園：元智大學中國語文學系，2019），60-89。

建國時期馬華作家梁園

莊華興

馬來亞建國初期，出現了幾位後來成為文壇頗為活躍的作家；南馬以麻坡為中心，北馬則以大山腳為重鎮，大山腳之前，居林亦曾是人文薈萃之地。這些作家與馬來（西）亞一起誕生、成長，相對於戰前至戰後初期的南來文人，他們是有國籍的第一代馬華作家，見證了國家初建與其面對的問題，他們的作品，或隱或顯，曾針對前述問題提出一些觀點或感受。梁園是為其中一人。

梁園本名黃堯高，祖籍廣西省容縣，1939年9月3日出生於霹靂州江沙瑤倫新村附近的橡膠園。他有多個筆名，除了大家熟知的筆名梁園，另有黃小谷、小谷、黃原、黃元、魯天、梁過、黃建、桂閩等。出道之初，梁園年輕、創作能量驚人，除了詩寫得比較少，其他各體裁作品都涉獵，包括翻譯。在短暫約十五年的創作生命中，共出版了散文集《山居寄簡》（香港藝美圖書公司出版），短篇小說集《黃與白》（海天出版社）、《喜事》（吉隆坡新綠出版社），中篇《鬼湖的故事》（香港東方文學社）、《報恩》（蕉風出版社）、《最後的晚餐》（蕉風出版社）、《陌生人》（蕉風出版社）、《偷心記》（蕉風出版社）八部作品，仍有作品未及出版（包括篇幅更長的《崩潰》和《廣西人》）。

梁園被他的同輩視為天才型作家，惟他不幸於1973年12月4日夜從吉隆坡工作的報社下班歸家途中，被不明人士狙擊，數日後傷勢惡化不治。梁園的突然去世，留下了未解的謎案，作為馬華作家一分子，他去世以後，文壇長者或友儕執筆為文紀念，文學同道多次為他編輯紀念專輯，或間歇性的懷念與討論。更重要的是，作為馬來亞獨立建國第一代馬華作家，梁園以特殊的創作才華賦予馬來亞新興國實質性的意義。換句話說，梁園與馬來亞共同成長，可說是第三世界國家文人知識分子的典型。

在個人的創作上，梁園的小說不僅書寫華族，很多時候跨界進入馬來人、印度人和其他民族圈子，這在建國初期的馬華小說非常罕見。他對初獨立的馬來亞社會的某些觀察，如多元社會的族群關係、族際互動以及對國族建構問題的思考，預見了今日的一些問題。按此脈絡，筆者從可搜集到的梁園小說中，得書

梁園部分作品《報恩》(1962)、《偷心記》(1964)、《最後的晚餐》(1963)、《喜事》(1962)、《鬼湖的故事》(1962)、《山林無戰事》(2021)(高嘉謙翻攝提供)

寫異族的小說十九篇(不包括數量相當可觀的翻譯),計〈阿敏娜〉、〈暹羅一婦人〉、〈印度理髮師〉、〈鬼湖的故事〉、〈羊〉、〈沙蓋的愛情故事〉、〈報恩〉、〈傳統〉、〈瘋子〉、〈無聲的愛情〉、〈驚覺〉、〈皆大歡喜〉、〈甘榜的悲劇〉、〈縣長下鄉記〉、〈土地〉、〈太陽照在霹靂河上〉、〈月亮在我們腳下〉、〈新一代〉、〈星光悄然〉。這在馬華作家當中,迄今無人能出其右。

　　這類小說人物多樣,有鄉村馬來女青年、失業青年、地主、馬來女詩人、娼婦、鄉村理髮師、大學講師、從政者等等,形成一個自足的世界。

　　除了馬來人,梁園也寫其他異族。〈暹羅一婦人〉即敘述一位本性善良的暹羅籍娼婦,在走投無路之下投繯自盡的故事;〈印度理髮師〉則寫印度理髮師的顛沛生活。梁園最早一篇跨族際小說發表於1960年,最遲一篇寫於1968年,換句話說,跨族際題材始終在他的書寫議程中,頗見其企圖。族群關係與族際互動,牽制一國之命運,尤其是新興國家。在梁園的這類小說中,有些敘事者僅僅是旁觀者,從作者非常倚重馬來人物在小說發聲來看,足見書寫之難度。譬如〈土地〉敘述華裔老伯黃益伯申請耕地不得而默許讓兒子調戲馬來女孩,藉此「被入番」以取得土地的故事;〈縣長下鄉記〉批評獨立後某些縣長的因循苟且的態度,〈月亮在我們腳下〉則揭露獨立後馬來婦女的地位不但沒獲得改善,情況反而更糟。「國家是獨立了,社會是繁榮了,甘榜是有電火和電視了,甚至公路也有了,可是,婦女的命運仍不是由自己作主宰。離婚、迫婚、被拋棄、納妾的事情比以前更多,女人有什麼希望呢?」

　　在多元種族社會,異族通婚是必然的現象,梁園對此問題的思考也體現在他的小說。他最早涉及這個問題的作品是〈阿敏娜〉(1960),小說敘述一位天真

且生性好問的馬來女子對敘事者——華裔青年產生好感，惟男方因「怕信回教」而沒有和馬來女子有進一步的交往。乍看之下，這是文化交流缺席而導致的不理解乃至「恐懼」，實際上作者已意識到跨族際婚姻背後龐大的國家機器的阻礙，即憲法凌駕宗教信仰自由給老百姓帶來的問題。八年以後，梁園連續寫了另兩篇跨族際小說——〈新一代〉（《蕉風》，1968年6月，頁15-19）和〈星光悄然〉（《蕉風》，1968年8月，頁9-13）。

前一篇敘述一對華巫青年男女的戀愛，雙方的交往沒有獲得家長的同意，他們被迫選擇私奔。由於他倆沒有註冊結婚，故孩子出生後也選擇不為孩子註冊。對於孩子長大後的宗教信仰和語言，女主角說道：「我們的孩子將來什麼都不是，他們是他們。他自己選擇宗教、信仰和語言。我們誰也不灌輸他們什麼東西，由他長大決定他自己。他要信回教或者說華語，他自己去選擇好了！」這顯然表達了梁園對權力過度干預民間交往的觀點與態度。

後一篇對華巫通婚有進一步的闡述。敘事者借女主角亞尼斯的口對男主角陳亞忠說：「我們將來在一起的時候，你吃你的豬肉，你拜你的神；我信我的回教，我拜我的亞拉，和平共存，不是可以嗎？我們的孩子，讓他們自由去選擇好了。」這些話全出自女主角之口，比起由男主角言說容易得多，在某種程度上卻也體現了梁園的文化烏托邦理想，以及反映出作者對新生國民的一種想像。

參照一九五〇、六〇年代的言論氛圍，顯然，梁園是有意識地實踐「馬來亞化」（Malayanization）的書寫，這個理念於五〇年代初提出討論，《南洋商報》於1951年4月16日社論中討論教育馬來亞化問題時提出馬來亞化「不在於統一各民族『和而不同』的文化而在於建立各民族此時此地政治，經濟，社會，文化的最高哲學，以為各民族共同生活運動之範疇。如民主的政治；民主的經濟；民主的社會；民主的文化，這是促進各民族一切政治，經濟，社會，文化權利和義務平等的原則，團結各民族為馬來亞獨立或自治一切向心力的努力。這才是各民族思想存在關係，精神對自然關係的問題，也是真正的馬來亞化的問題」。「馬來亞化」的理念首先在左派圈中被廣泛提出討論，中期以後，非左翼人士亦參與討論，惟因受冷戰意識形態牽制，雙方的論述最終形成話語競爭狀態。香港友聯機構同仁於五〇年代中期南渡新馬擴展業務，旋於1955年11月創辦《蕉風》文學雜誌，創刊號打出的正是「純馬來亞化」口號。

「馬來亞化」呼應著國家初建的重要議題，如文化內容，工作心態的調整，族群間的互動方式，知識分子的社會責任等。「馬來亞化」的思考比「此時此地」訴求走得更進一步，知識分子與文人對「國家」有比較明確的認知。梁園作

為建國第一代馬華作家的實質意義即在此。

今日看來，梁園以華文寫作，從一開始就注定文化交流的不可能，他的馬來亞化實踐終將是徒勞的，除非他選擇以馬來文創作。然而，此恰恰符合華人對「馬來亞化」的普遍認知。馬來亞化意味著華僑華人文化自我尋求與在地其他文化進行整合的意願，卻未曾想過放棄自身母體文化。因此，馬來亞化並不能簡單的等同於華化、英化或馬來化。它一方面說明馬華文化體制的開放，同時對語文邊界的堅持，並一再宣誓其主體身分的在場，至於文化交流，可通過翻譯來完成，而翻譯被賦予跨越語文邊界不可或缺的手段。馬華文化與文學能保持至今，可見其邊界意識根深柢固使然。

梁園作品也思考新舊社會體制在交替、過渡中（從被殖民到獨立建國）產生的問題，如華人文化身分問題、文化傳統存續問題等。〈春聯〉一文的主角黃守固是南來謀生的一個典型，他從一名街頭小販到成為擁有四百多依吉（作者按語：英語acre，意為英畝）土地的富翁，然而，黃守固在晚年陷入癱瘓以後，兒媳和孫子完全背棄了黃家祖輩叮囑貼春聯的習慣，揭示了離散文化在後殖民情境下的傳承問題。

在有限的十餘年的創作生命中，還沒走完一個創作生命週期便被迫離開。土地、霹靂河、月亮是梁園作品中比較顯著的意象。霹靂河象徵鄉土，既為馬來權力中心（皇城江沙）所在地，亦為平民百姓的生命之河，更是梁園烏托邦小說的戀人盤桓之地。詹明信（Fredric Jameson）認為，第三世界的文學都是國族寓言書寫，梁園的霹靂河寓言尚未寫完，即已終結，留待後人繼續思考。

延伸閱讀

林放。〈梁園的梁園之夢〉。《南洋商報 · 商餘》，1 June 2015。

天風。〈論建立馬來亞文化〉。《星洲日報 · 元旦特刊》，1 January 1958。

小谷。〈寄馬來友人的第二封信 —— 談到馬來亞文化的建立〉。《南洋商報 · 文化》6 November 1960:14。

小黑。〈一條街的作家〉。《星洲週報 · 閱讀》，25 January 2004。

一九六〇年代馬華青年作家的鄉土書寫

高嘉謙

　　一九六〇年代馬華文壇冒出不少新作家，出版頗盛，憂草（佘榮坤，1940-2011）是當時受到矚目的青年作家，被認為是大山腳的文學起點。他寫詩和散文，著有散文集《風雨中的太平》（1960、1962）、《鄉土、愛情、歌》（1962）、《大樹魂》（1965），以及詩集《我的短歌》（1962）、《五月的星光》（與蕭艾合著，1965）。他擔任過幾份報刊的總編輯，七〇年代初就擱筆退隱，整體寫作時間不算長。同一時期的北馬作者群還包括二十餘歲的慧適（1940-2009）、魯莽（1939-2003）。他們都是報刊、《蕉風》投稿的常客，從散文的結集起步，且各有出版、辦文學期刊的背景。彼時《蕉風》主編黃崖協助這群青年作家成立了「海天」、「荒原」、「新潮」三個北中南的文社。「海天」社基本聚集了北馬重要青年作者，包括慧適、梁園、蕭艾、憂草、宋子衡等人。梁園主編《海天月刊》（1962-1967，共二十一期），爾後在怡保創刊《海天詩頁》（1965.12-1966.8，共五期），吉打雙溪大年創刊《海天詩風》（1966.3-5，共兩期）。1962年魯莽在吉隆坡創辦《荒原月刊》，麻坡的馬漢創辦《新潮月刊》。馬華青年作家的集體氣勢由此來到巔峰。

　　值得一提的是，憂草《風雨中的太平》（1960）、慧適《海的召喚》（1963）和魯莽《希望的花朵》（1963）都是他們個人結集的處女作。《風雨中的太平》由香港藝美公司出版，後二者則是這群青年作家出資籌組了新綠出版社，自行出版。一九六〇年代的首三年，他們從抒情散文出發，關懷眼前鄉土和生活，抒發主體感受和情思。若要細究他們的寫作啟蒙，可以從五〇年代以降盛行的鄉土寫實，突出地方經驗和梳理文獻、歷史掌故，帶有方物志意味的寫作脈絡（如魯白野、馬摩西、蕭遙天，甚至早幾年的吳進）來理解，青年作家的鄉土抒情並非歧出。然而，二十歲青年的鄉土熱情，顯然更聚焦於鄉土經驗的感受和抒情，箇中趣味的轉折稍嫌隱約，但可看到六〇年代以後散文寫作風格的轉型和變化的端倪。尤其三位作者的第一本作品，以及接續的重要著作，基本產出於1960至1965年之間。

慧適《海的召喚》（1963）、魯莽《希望的花朵》（1963）、憂草《風雨中的太平》（1960）、憂草《大樹魂》（1965）（高嘉謙翻攝提供）

　　回顧這群一九六〇年代青年作者寫作的現實脈絡，馬華文學界自1957年為響應獨立建國所需，散文的抒情扣緊眼前鄉土的現實。從1947至1948年間馬華文藝獨特性的主張以降，強調「此時此地」的寫作，或1955年《蕉風》創刊鼓吹落實的「馬來亞化」文藝，1956年愛國主義文學思潮的提出，接續1957年馬來亞獨立，1959年新加坡自治的政治環境變化，歌頌建國、勞動，各種投向「祖國」（馬來亞）的論述相繼冒出，愛國集刊專刊的出版，形成了新氣象。無論是「馬來亞化的寫實主義」（《蕉風》初期路線）或「社會主義現實主義」（方修等人的路線），散文的抒情在五〇年代的馬華文學實踐，難免沒有太多「詩意」的想像。這個時代氛圍除了形塑鄉土熱情，在某個程度上也激發了寫作者將眼光投向內在主體與眼前環境、土地的結合。無論是作為文藝青年的成長和寫作環境，抑或主導了他們寫作的地方性視域和表現內涵，都凸顯了在一個政治轉變的語境下，創作者的地方熱情與抒情表現，在散文世界可能遭遇的實踐與轉換。

　　趙戎最早從散文選集或散文史視野討論憂草等人，他的選文和審美標準著眼於土生土長的鄉土熱情和經驗。他在《新馬華文文學大系・散文（2）》同時選錄三人的作品，慧適有十三篇，憂草九篇，魯莽九篇，這些發表或成書於1960至1965年之間的散文，是趙戎選文標準下最能表現「馬來亞意識」的代表性佳作。他介紹慧適散文優點是「充滿了對土地的愛情與對風土人物底熱誠」、「對當地一切的赤誠底愛，是作家真正成功的必具底基點」。而對憂草風格的界定，除了突出早期風格相似於慧適「對土地風物的愛戀」，又肯定其第三本散文《大樹魂》轉向哲理寫作和抒情的改變，將之與何其芳的《畫夢錄》並舉。他評價魯莽的散文有濃厚凝練的氣氛，詩的情愫豐滿，有不同於憂草、慧適等人的渾

厚氣魄，並強調其作品態度「活潑、
豪爽、勇敢」是「熱帶青年的魄力和
精神」。透過大系選集的典律，他將
馬華青年作家的抒情散文，建立在熱
帶鄉鎮風土裡的活力、健康與熱情。
他們的「土生土長」，似已成功代換
「此時此地」，寫作的鄉土，被視為裸
露著愛國主義精神。換言之，他轉而
關注文學與情感的抒發，情感在鄉土
經驗裡的措置。這些青年散文家的鄉
土和自我抒情，多少反映了時代經驗
裡必然尋索的語言轉換，以及主體游
移在城鄉和家國之間的微妙變化。而
憂草從《風雨中的太平》、《鄉土、愛
情、歌》到《大樹魂》的抒情文所呈
現的鄉土感性，除了愛國熱情外，卻
隱約窺見在五〇年代末期第一波現代
主義掀起風潮之際，在詩的實驗與實
踐之外，散文世界的轉型和試探。

馬華青年文學選集，包括慧適主編《橡實爆裂的
時節》（1961）（高嘉謙翻攝提供）

這批伴隨著《蕉風》、《學生周報》開始寫作的青年作者，自然吸取也接納
了《蕉風》推動的本土化寫實路線，以及《學生周報》走的新詞文藝路線。他們
重新鑄造的鄉土感性，以及感受的政治時空變遷，促成他們試圖走向不同的鄉土
抒情趨向。一九六〇年代開始，《蕉風》已見到臺灣作家季薇討論散文的研究，
魯莽的散文也已在《蕉風》出現，加上不少翻譯小說，以及新詩專輯裡引入覃子
豪、林以亮等討論新詩議題的論述。種種攸關文學語言操作的養分注入馬華文
壇，文學形式的反省與嘗試，直接或間接過渡到青年作者的散文世界。

憂草的三部散文集，多少反映了他對散文語言形構鄉土與自我世界的省思。
在他最成熟的散文集《大樹魂》序文裡，曾對馬華散文寫作展開批評與反省：

　　我們不應該再寫那些山呀河呀和那些無聊的寄簡之類的題材，我們應該更
　深一層具有了解社會情況和洞察人性善惡美好的技能，去尋找新的題材，去
　嘗試新的形式。

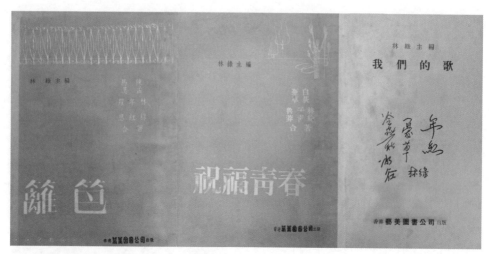

林綠主編合集《祝福青春》（1962）、《我們的歌》（1962）和《籬笆》（1962）（高嘉謙翻攝提供）

　　《大樹魂》集中體現了憂草散文意圖營造的不同鄉土觸感，無論從語言操作與內在世界的重組，都能顯示他對待散文的不同眼光。他以詩般的語言重鑄鄉土感性，箇中的抒情面向大致有幾種特質：詩化散文的語言和節奏、素描勾勒鄉土的自然與詠歎，以及獨語體的生活與心靈掙扎。諸如〈大樹魂〉以大樹的扎根與靈魂，對照個體步入社會後的消磨。靈魂是反覆的疊字，營造出孤獨又堅韌的特質：

　　　　孤獨我於廣壙的庭園中，讓煙噴出一股傷緒。而默默，而默默祈祝，一句衷心之語，不管勁風多急，此生此世，化我靈魂為一株倔強高傲的大樹吧。……那熱愛土地的情感，此時此地，是多麼罕有呵。臨風，不倒腰。
　　　　寂寞，不傷感。不媚，不屈。青天在上，永遠向上。如斯的靈魂，海角天涯何處有？

　　「那熱愛土地的情感，此時此地，是多麼罕有呵」昇華化為樹魂，轉換了土地的情思。
　　〈網之囚〉大概是最貼近鄉土生活形象，但詩意語言形塑趨向極致。憂草處理膠工在膠林日復日的勞動和無以擺脫被剝削的命運：

　　　　樹木千重萬重，樹葉密得如頭上之髮，環境利得好像晨早握在他們手上的

短刀。誰的壯志都已經蒼老，誰也已經把日子寫在蒼白的日曆紙上。鳥在網內，他們也在網內，視線何其短，而林的日子卻何其長。何其愁，有幾個還是年青的，在黑夜裡悲歌起來了，他們嘆，他們熱淚盈盈，灑下在這可愛復可恨的鄉土，他們呵他們……

字句段落帶有音樂性的悠揚，連綿的情思轉折，憂草看到鄉土殘酷世界的內部，抒情語調裡不乏銳利的批判：

他們如牛，拖一車希望去銷光，在很厚霧的早上，便縛一盞燈在頭上，在茫茫的林裡向蚊子推銷生命的血液，像他們向樹木吸取生命的血液一樣。樹在風風雨雨中憔悴，他們在風風雨雨中憔悴，而誰卻在這憔悴中飽漲？是誰是誰是誰呵？

《大樹魂》形塑的文體風格強烈，大概是青年憂草摸索和嘗試散文與詩語言的調配成果。他將抒情筆調極致揮灑，落在疊字碰撞的語感與聲音，試圖以哲思昇華鄉土經驗，同時重建對鄉土與生活的感性語言。

除此，由香港義美圖書公司策畫的幾本馬華青年文學選集，包括慧適主編《橡實爆裂的時節》（1961），林綠主編系列三本的合集《祝福青春》（1962）、《我們的歌》（1962）和《籬笆》（1962）等。這類抒情詩文的核心的主題：青春戀歌、成長、夢想、憧憬、希望、城鄉感懷，內核的情感就是愛、真、美。這清晰呈現了獨立建國後，成長的青年作者一代共享的鄉土抒情寫作的實踐模式，以及在文體自覺裡試著轉換的語言和鄉土印象。

延伸閱讀

高嘉謙。〈畫夢的鄉土——論憂草散文的鄉土感性與抒情〉。《世界華文文學論壇》no.4(December 2018): 66-75。

慧適。《海的召喚》（吉隆坡：新綠，1963）。

魯莽。《希望的花朵》（吉隆坡：新綠，1963）。

憂草。《大樹魂》（雪蘭莪：海天，1965）。

鍾怡雯。〈從理論到實踐——論馬華文學的地誌書寫〉。《後土繪測：當代散文論 II》（臺北：聯經，2016），249-273。

冰谷的散文

李有成

冰谷，本名林成興，1940年出生於馬來半島中部霹靂州的皇城瓜拉江沙（Kuala Kangsar），一九六〇年代前後開始創作，一甲子後的今天，冰谷依然寫作不輟，不時仍有新作面世，在馬華文學界並不多見。冰谷左手寫詩，右手寫散文，在這兩個文類皆各有成就。其主要著作有詩集《小城戀歌》、《西貢，呵西貢》、《血樹》、《沙巴傳奇》、《水蓊樹上的蝴蝶》等，散文集則有《冰谷散文》、《流霞、流霞》、《橡葉飄落的季節：園坵散記》、《陽光是母親溫暖的手》、《今年桂花開得特別早》、《走進風下之鄉：沙巴叢林生活記事》、《掀開所羅門面紗》、《歲月如歌：我的童年》（臺灣版書名作《辜卡兵的禮物：翻閱童年》）、《斑鳩斑鳩咕嚕嚕》等。冰谷新近另出版有他的早年回憶錄《膠林紀實：冰谷自傳》一書。

冰谷成長於膠工家庭，從小就必須起早摸黑與母親在膠林勞動。1948年，英國殖民政府為了剿共，宣布新加坡與馬來亞進入緊急狀態（State of Emergency），冰谷一家人被迫遷入所謂的新村，割膠工作卻並未因此而中斷。成年後他離開家鄉瓜拉江沙，前往北馬吉打州中部的小鎮美農（Bedong），雖然不再割膠，但是仍然與橡膠為伍，在一座占地兩千三百畝的大膠園擔任書記工作。冰谷就這樣在園坵裡工作了二十五年，留下了一部《橡葉飄落的季節》（本書由早年出版的《冰谷散文》擴大而成）。此書共收散文約五十篇，既書寫童年回憶、膠工生活，同時記錄園坵生態、季節變化等，題材包羅萬象，文字質樸寫實，寫盡了膠園生活的喜怒哀樂，馬華作家以那樣的規模書寫膠林生活，冰谷是第一位，恐怕也是最後一位。當年馬來半島隨處可見的膠林如今泰半已為棕櫚園所取代，冰谷這些帶有自傳意義的散文不僅為自己與家人留下生命紀錄，同時還意外地見證了社會變遷與時代嬗遞，銘刻著馬來亞部分族群——尤其是離散華人和印度人——的共同記憶。

從《橡葉飄落的季節》一書不難看出，冰谷的散文多半關乎他的生命歷程，因此自敘性強，不論載道或言志，記事或抒懷，無不根植於現實人生，無不出

於他個人的生活體驗。1990年中，冰谷應聘飛往東馬的沙巴，參與墾荒工作，主要管理一座棕櫚和可可園坵。這個經歷也讓冰谷寫出《走進風下之鄉》這麼一部風格獨特的散文集。2006年冰谷不幸發生腦溢血，隔年又跌倒骨折，生死疲勞，連番折磨，大病初癒之餘，冰谷深感「前塵往事徒留胸臆」，因此發奮寫下他在沙巴數年間的種種見聞遭

冰谷部分著作（高嘉謙翻攝提供）

遇。冰谷雖然自許《走進風下之鄉》是部追憶往事之作，但是這部散文集卻也意外地為沙巴的生物多樣性（biodiversity）留下珍貴的文字紀錄。在讚歎沙巴得天獨厚的生物多樣性之餘，冰谷也不忘敘寫第三世界發展論下雨林與其原始住民的悲慘命運。在電鋸與推土機的不斷追擊之下，雨林節節後退，棲息其間的動物突遇酷刑，慘遭殺害，冰谷這些散文見證了雨林的消失與動物的淪亡。《走進風下之鄉》無疑是一部難得的墾荒文學作品，不僅擴大雨林作為創作題材或元素的可能性，更為雨林書寫開拓新的面向。

　　1995年4月初冰谷離開沙巴，回到馬來半島，在一家面積一千五百英畝的棕櫚園工作，一年半之後，他接受一家上市公司的聘請，飛到南太平洋所羅門群島，在該公司的棕櫚園擔任高級種植經理，一直到2003年才離開。所羅門六年，工作之餘，冰谷勤於寫作，後來結集出版的《掀開所羅門面紗》一書，即是這次南太平洋經驗結出的果實。與《走進風下之鄉》稍有不同的是，《掀開所羅門面紗》一書對冰谷的墾荒工作寫得不多，反倒是對所羅門群島的民俗、節慶、飲食、傳說、藝術、文學，乃至於地理、環境等頗多著墨，這些作品正好為《掀開所羅門面紗》一書增添了若干文學人類學的意義。冰谷這部散文集的另一層重要成就是那些與海洋生活有關的散文。這類散文數量不少，為過去冰谷散文創作所少見，反而形成這本散文集明顯的特色，甚至可以將之視為大洋洲文學（Oceanian Literature）的產物。大洋洲文學之與其他地區文學不同，主要在

冰谷近作《斑鳩斑鳩咕嚕嚕》（2020）、《膠林紀實》（2022）（高嘉謙翻攝提供）

於其獨特的地理與生態環境——海洋與島嶼界定了大洋洲文學的屬性。冰谷散文中的所羅門經驗就有不少涉及海洋與島嶼，畢竟所羅門是個浮出海面的群島之國，海洋與島嶼左右了這個國家的文化、宗教與日常生活。冰谷當然不是所羅門作家，《掀開所羅門面紗》也不屬於所羅門文學，不過若擺在大洋洲文學的脈絡來解讀，這本散文集是可以產生新的面向與意義的。

　　在冰谷的眾多散文中，還有一批散文值得一談。其中有一部分涉及馬來亞共產黨與新村事件。《歲月如歌》一書收錄不少內容與此相關的散文。在冰谷的童年回憶裡，馬共的直接效應就是華人的新村事件，他一家人就是新村事件的受害者。1951年8月，他們被迫離開住了兩年的新建亞答屋，搬到距離皇城瓜拉江沙五英哩外一個新設置的新村，半個多世紀之後冰谷回憶當年的情景，並藉一篇篇散文讓我們一窺新村的內部狀況與居民的日常生活。這些散文告訴我們，個人的生命在歷史的大洪流中多半只能順勢浮沉，就像他們一家，在逼仄的時代窘境中存活下去，雖然卑微，卻也有其莊嚴的一面。新村事件是華人移民史上的一次大遷徙，因緣際會，冰谷有關新村事件的系列散文正好為這次歷史性的大遷徙留下文學的見證。

　　冰谷的另一部分散文可以歸類為疾病書寫（pathography）。上文提到，冰谷退休後曾經歷經中風與骨折，所幸在現代醫療與家人的細心照顧之下日見康復，雖然後遺症難免，但是他也因此寫下了數量可觀的散文，回顧他患病與治療漫長的心路歷程，書寫於是變成療癒與勵志的活動。這些散文大都已經收錄在《陽光是母親溫暖的手》和《斑鳩斑鳩咕嚕嚕》這兩部散文集中。冰谷的疾病書寫，一如他的散文，同樣富於自敘性，無不是他的生命經驗的產物。整體而言，這些散文涉及患病過程、治療經過、復健程序，以及這些經驗帶給他的心得與感想，構成相當完整的醫療敘事（medical narrative）。冰谷這些散文文字樸素，不事造

作，自勵勵人，展現了冰谷面對病痛的決心、堅持與毅力，是積極感人的疾病書寫。

　　冰谷的散文題材雖說出於他的生命際遇，卻也因不同階段的人生經歷而呈現不同的面貌，反映在創作上結果也頗多差異。一般而言，冰谷的文字質樸無華，修辭平實懇切，容易親近。其散文最大的變化顯然在於題材：他寫西馬的膠林生活、東馬的雨林拓荒、所羅門的海島墾殖，乃至於童年時代的新村噩夢及晚年的醫病折騰，題材豐富而多變，在馬華文學界實屬少見。這一切說明了冰谷無疑是一位勇於開拓散文題材的作家。

延伸閱讀

冰谷。《走進風下之鄉》（八打靈再也：有人，2007）。

冰谷。《歲月如歌：我的童年》（八打靈再也：有人，2011）。

冰谷。《掀開所羅門面紗》（八打靈再也：有人，2017）。

冰谷。《斑鳩斑鳩咕嚕嚕》（八打靈再也：有人，2020）。

冰谷。《膠林紀實：冰谷自傳》（八打靈再也：有人，2022）。

李有成。〈膠林之外——論冰谷的散文〉。《臺北大學中文學報》no.28(September 2020):82-131。

馬華鄉土文學小說家宋子衡

張錦忠

宋子衡（1939-2012），原名黃光佑，祖籍廣東惠來，生於威省大山腳鎮。1962年在《星檳日報・星藝》發表第一篇小說〈潮漲的時候〉。他在馬華「現代主義文學體系」的位置，主要緣自1973年2月號《蕉風月刊》第240期「評論專號」的「宋子衡短篇小說評介專輯」。除了牧羚奴（陳瑞獻）之外，獲得該刊如此重視的本地作者，就是宋子衡了。那個專輯典律化了宋子衡作為一九七〇年代重要馬華小說作者身分。但是在北馬幾位短篇小說作者——宋子衡、菊凡、溫祥英、雨川、陳政欣、小黑——裡頭，無疑的溫祥英與小黑小說的現代質地比宋子衡來得顯著。

《蕉風》「評論專號」評介的《宋子衡短篇》，收錄十一個短篇，1972年出版，為宋子衡第一本小說，也是棕櫚出版社的創業作。宋子衡早在1975年底即準備出版第二本小說集，但計畫分別在1980年、85年擱淺，後來才有1991年由蕉風出版社印行的《冷場》。1997年，他的第三本短篇集《裸魂》出版。2013年，遺作《表嫂的眼神》由燧人氏事業推出，收錄小說八篇。四本集子總共四十八篇小說，加上二十來篇未結集的早期作品，以及〈霧鎖北西頭〉（發表於《馬華文學》創刊號 [2011.7]）等新千禧年新作，從1962年到2012年，宋子衡五十年的小說書寫生涯，僅留下七十多篇小說，產量並不能算豐富。

宋子衡小說的故事地理背景多為北馬埠鎮大山腳，亦即陳政欣小說中的「武吉」；即使文本中未言明大山腳，也是可渡海去檳城的村落。小說人物多半是村鎮裡的尋常華人百姓，他們屬中低下層或從屬階層，如打工仔、小耕農、公務員、無業者，比較接近知識階層的是校長、教師，也有些商人、暴發戶。小說往往寫人物的現實生活不滿（「命運際遇」）、代際衝突、情慾與死亡。《宋子衡短篇》裡的小說故事性普遍不強，多單一事件，外在環境描寫少於人物內心話語的表述，人物思考存在的意義多於行動。宋子衡基本上是鄉土文學書寫者，但他善用內在獨白、隱喻、象徵、寓喻等手法，也因此被視為「現代派」小說作者，例如〈麝香貓〉首段以七頁的篇幅呈現人物內心意識，就是現代風格形式的宣示。

收錄於《冷場》的短篇〈樂天廬夜宴〉以洋樓樂天廬為「時空體」（chronotope），這篇作品也是宋子衡小說創作分水嶺。宋子衡在《冷場》與《裸魂》以較長的篇幅敘說小鎮故事，繼續以水患、決提、山洪來象徵內在與外在的崩潰、困境、踰越、衝突，但是從〈神雞〉開始，宋子衡以「戲」的模題（motif）思考人的角色與位置，寫了〈客串〉、〈位置〉、〈冷場〉、〈壓軸那場戲〉等短篇。這時他著重刻畫的是人物的倫常關係與身分：父子／女、母子／女、夫妻，以及鰥夫寡婦。這些角色往往找不到存有困境的出口，沒有位置，只剩下「裸命」（連書名都叫《裸魂》）。小說在困境中結束，以死亡收尾，人物悲劇性地結束自己的生命以示對命運的消極反抗。

宋子衡著作《宋子衡短篇》（1972）、《冷場》（1991）、《裸魂》（1997）、《表嫂的眼神》（2013）（高嘉謙翻攝提供）

　　《表嫂的眼神》是宋子衡的晚年書寫，集中小說敘事時間跨入新千禧年，城鄉地貌早已歷經變遷，多篇作品涉及故事中人的情慾宣洩，也有新加坡新移民、跨族的新題材開拓，或方言書寫（福建話對話）的嘗試。即使在〈宿命的原點〉、〈屍淚〉，以及沒收錄在這本集子的〈霧鎖北西頭〉等晚期作品，「戲」或「戲臺」還是宋子衡小說的重要模題。

　　值得指出的是，宋子衡嘗試在小說中保存華人的離散集體記憶：上一代中國人「過番七洲洋」，下南洋「淘金」（如〈蛋〉、〈絕症〉、〈虎骨酒〉），下一代不願困守貧瘠的土地而離散他鄉遠赴美洲（如〈魂歸何處〉、〈撈生〉）。不過，華人史只是宋子衡小說人物背景，日侵三年八個月、馬共抗爭、緊急狀態的歷史並不是他的主要關注。此外，宋子衡小說不乏處理庶民在歷史風暴下淪為芻狗

的篇什：〈死流〉寫逃離天災人禍（水患、戰爭）的孟加拉人民集體跨域越界，〈進入撒哈拉〉裡三十五萬摩洛哥愚民在國王號召下遊行進入沙漠，《裸魂》則以越南難民投奔怒海的〈擱淺〉開卷。宋子衡對人的位置與生命出口的關注沒有邊界，展現了小說家的淑世情懷。

延伸閱讀

陳政欣（編）《冷場中的裸魂：悼念宋子衡文集》（陳政欣電子書製作室，2012）。

張錦忠。〈宋子衡小說中的命運與完美意識探索（1972-1975）〉。《蕉風月刊》no.282(1976):39-45。

周可荔。〈宋子衡小說的悲劇性研究〉。文學士論文，拉曼大學中文系，金寶，2015。

陳政欣的小說與其武吉三部曲

李有成

陳政欣，1948年出生於馬來半島北部檳城州所屬的小鎮大山腳（Bukit Mertajam），大約一九六〇年代下半開始創作，最初以筆名綠浪發表現代詩，之後捨棄現代詩而把重心轉向小說創作。他曾於1983年出版詩集《五指之內》，其後的創作則以短篇小說與微型小說為主，先後出版了《樹與旅途》、《陳政欣的微型》、《山的陰影》、《青天白日涼颼颼》、《窺視》、《蕩漾水鄉》、《做臉》、《事關臉皮》、《流光溢彩》等小說集；近年來更全力經營他所說的武吉三部曲，包括已經面世的散文集《文學的武吉》和短篇小說集《小說的武吉》，以及業已完成而尚待出版的《武吉演義》。陳政欣的文學產業以短篇居多，原因無他，在《流光溢彩》的〈自序〉中他這樣表示：「在短篇小說的創作裡，能更放任自己，能有更寬闊的天地。」

陳政欣的小說題材相當寬廣，除了特意以家鄉武吉鎮為背景敘寫人世滄桑外，他還有若干小說涉及政治與商業活動。譬如2010年出版的《青天白日冷颼颼》就結集了若干所謂商場政治小說，這些小說裡不乏因利之所趨而工於心計的角色，同時也少不了你虞我詐或折衝樽俎的場面。陳政欣退休前從商多年，對商場有其獨特的親身體驗，因此寫來入木三分，情節引人入勝。他的另一部跟商場有關的小說是2013年出版的《蕩漾水鄉》，不過在這本小說集裡，商場只是其中眾多小說的背景，情節少了商場政治小說的跌宕起伏，人物也少見勢利或奸詐。《蕩漾水鄉》共收小說八篇，這八篇小說多以改革開放後的中國大陸商場為背景，上海尤其是讓小說眾多人物一展身手的城市。這些小說明顯不以情節取勝，讀者既看不到傳統小說所要求的衝突，也看不出小說的簡單情節如何推動整體故事的發展；這些小說背後毋寧隱藏著一個重要角色，那就是全球資本主義，而上海正是全球資本主義的大實驗場。中國的改革開放，因緣際會，正好趕上新自由主義肆虐全球的時候，市場成為眾所膜拜的唯一神祇，在經濟全球化的推波助瀾之下，資金流竄，人員大量流動，中國的龐大人口正好使之成為世界的工廠與市場，不論買方或賣方，一時之間中國可說處處商機，再加上改革開放後各種典章

陳政欣《文學的武吉》（2014）（高
嘉謙翻攝提供）

制度正摸著石頭過河，無疑是投資者千載難逢的冒險天堂。《蕩漾水鄉》諸篇小說所刻畫的主要就是在這個天堂裡爭相賣力演出的各路人馬，而這些人中有不少還是來自亞太地區的離散華人。

陳政欣大約花了十年時間撰寫他的武吉三部曲。武吉者，他的家鄉大山腳馬來文Bukit的音譯，即山的意思。他首先於2014年推出《文學的武吉》一書。這是一部貌似地方誌的散文合集，陳政欣以七十六篇短文為他的家鄉立傳——在這部並非嚴格意義的傳記裡，我們看到小鎮武吉如何經歷空間的變化與時間的嬗遞，在時空交錯中見證了諸多的滄海桑田，其中少不了的是華人的離散故事。用他在《小說的武吉》的〈自序〉中的話說，他的雄心是想藉《文學的武吉》「把武吉鎮敘述成任何馬來西亞土地上的任何華裔根植成長的小鎮；更想為這樣的一個小鎮，寫一本我眼光裡的，我意識中的一本地方誌。」

2015年陳政欣出版武吉三部曲的第二部《小說的武吉》，內收短篇小說十三篇。他在〈自序〉裡說，「武吉鎮上的空氣就是我小說集子裡的氣息，武吉鎮的市井語言就是我的創作語言。」在他的認知裡，武吉鎮就是華人移民「生養成長的血淚史實，有著我們長輩汗水的斑痕，也有著我們世世代代的根」。這樣的認知可以說貫穿《小說的武吉》各篇作品。試看小說集開頭兩篇的〈我爸1948〉與〈老三叔〉。這兩篇小說所敘皆為敘事者父祖輩歷經千辛萬苦逃荒南來的故事，前者敘述其阿嬤帶著幼年兒女翻山越嶺從暹羅（泰國）到武吉鎮與其祖父團聚的經過，同時旁及其三舅公如何從海上經陸路，騎著腳踏車到武吉鎮來找他阿嬤的曲折經歷。《老三叔》的主角是敘事者的三叔公，講述的是其三叔公如何參加滇緬軍抗日，並在緬甸娶妻，再逃亡武吉鎮，最後定居檳城傳奇的一生。不過陳政欣顯然並不滿足於敘寫華人的離散故事而已，他的終極目的是在為今日馬來西亞華人的困境尋求前因後果。因此這兩篇小說在不同程度上都提到英國殖民、日據暴政、馬共鬥爭、馬來亞獨立等國家的重要歷史時刻。陳政欣透過敘事者的視角指出，1948年英國殖民政府同意成立馬來亞聯合邦（Federation of Malaya），但在馬來文的文獻裡，這個馬來亞聯合邦卻變成了馬來人土地聯邦（Persekutuan Tanah Melayu）。這是往後馬來（西）亞憲法中馬來人特權條款的依

據，華人也從此深受種族政治的壓迫，處境日趨困難與嚴峻。

　　陳政欣於2021年完成長篇小說《武吉演義》。這部長篇小說的敘事時間始於1945年8月15日，日皇宣布無條件投降，太平洋戰爭結束，英國殖民者重返馬來半島，繼續其殖民統治。1948年6月18日，英國殖民政府頒布緊急狀態命令，決定展開全面剿共。在這被歷史學家稱為「戰後和平時期」的近三年裡，武吉鎮發生了不少事情，陳政欣的用意無非在以武吉鎮作為華人社會的縮影，追溯與清理戰後華人所面對的困境與抉擇。《武吉演義》在很多方面可以被視為〈老三叔〉的擴大版。不過，這部長篇小說更顯見的雛形應該是《小說的武吉》第三篇的〈36小時，在武吉〉。《武吉演義》的主角陳厚昌不僅與〈36小時，在武吉〉的主角同名，其若干經歷也可見於〈36小時，在武吉〉。太平洋戰爭結束後，任職於英國殖民政府情報局的陳厚昌受命來到武吉鎮，分頭與日據時期相互對抗的三股勢力——日軍的留守部隊、中國國民黨抗日軍及準備繼續反帝反殖的馬共游擊隊——斡旋與談判，希望戰後一切回歸和平，重建社會秩序。《武吉演義》的情節還涉及鎮上華人領袖籌畫「旭陽學校」復校的問題，這個情節無疑預示了日後華校在馬來（西）亞錯綜複雜的處境。當然，《武吉演義》的情節要比以上的轉述繁複得多，在戰後紊亂的政局中，除了謀殺、暗殺之外，還牽引出華人、馬來人及印度人之間縱橫捭闔的互動。《武吉演義》明顯想要處理的是大歷史背後潛藏的諸多小敘事，這些小敘事恐怕才是陳政欣刻意經營的政治寓意。

陳政欣《小說的武吉》（2015）（高嘉謙翻攝提供）

延伸閱讀

陳政欣。《蕩漾水鄉》（八打靈再也：有人，2013）。

陳政欣。《文學的武吉》（八打靈再也：有人，2014）。

陳政欣。《小說的武吉》（八打靈再也：有人，2015）。

許文榮。〈陳政欣半世紀文學創作窺探〉。《世界華文文學論壇》no.2(2016):6-18。

南洋的張愛玲：
李天葆和他的「天葆」遺事

王德威

在馬華文學範疇裡，李天葆占據了一個微妙的位置。李天葆1969年出生於吉隆坡，十七歲開始創作。早在一九九〇年代已經嶄露頭角，贏得馬華文學界一系列重要獎項。以後他完全沉浸由文字所塑造的仿古世界裡，這個世界穠豔綺麗，帶有淡淡頹廢色彩。

李天葆同輩的作家多半勇於創新，而且對馬華的歷史處境念茲在茲；黃錦樹、黎紫書莫不如此。甚至稍早一輩的作家像李永平、張貴興也都對身分、文化的多重性有相當自覺。李天葆的文字卻有意避開這些當下、切身的題材。他轉而堆砌羅愁綺恨，描摹歌聲魅影。「我不大寫現在，只是我呼吸的是當下的空氣，眼前浮現的是早已沉澱的金塵金影。——要寫的，已寫的，都暫時在這裡做個備忘。」

但我以為正是因為李天葆如此「不可救藥」，他的寫作觀才讓我們好奇。有了他的紛紅駭綠，當代馬華創作版圖才更顯得錯綜複雜。但李天葆的敘事只能讓讀者發思古之幽情麼？或是他有意無意透露了馬華文學現代性另一種極端徵兆？

李天葆的古典世界從時空上來說，大約以一九六〇年代末的吉隆坡為座標，前後各延伸一、二十年。從四〇、五〇年代到七〇、八〇年代，這其實是我們心目中的「現代」時期。但在李天葆的眼裡，一切卻有了恍若隔世的氛圍。

李天葆的風格細膩繁複，當然讓我們想到張愛玲。這些年來他也的確甩不開「南洋張愛玲」的包袱。如果張腔標記在於文字意象的參差對照、華麗加蒼涼，李的書寫可以說庶幾近之。但仔細讀來，我們發覺李天葆（和他的人物）缺乏張的眼界和歷練，也因此少了張的尖誚和警醒。然而這可能才是李天葆的本色。他描寫一種捉襟見肘的華麗，不過如此的蒼涼，彷彿暗示吉隆坡到底不比上海或是香港，遠離了《傳奇》的發祥地，再動人的傳奇也不那麼傳奇了。他在文字上的刻意求功，反而提醒了我們他的作品在風格和內容、時空和語境的差距。如此，作為「南洋的」張派私淑者，李天葆已經不自覺顯露了他的離散位置。

張愛玲的世界裡不乏南洋的影子，南洋之於張愛玲，不脫約定俗成的象徵意

義：豔異的南方、欲望的淵藪。相形之下，李天葆生於斯、長於斯，顯然有不同的看法。儘管他張腔十足，所呈現的圖景卻充滿了市井氣味。李天葆的作品很少出外景，「地方色彩」往往只在鬱悶陰暗的室內發揮。他把張愛玲的南洋想像完全還原到尋常百姓家，認為聲色自在其中。在《綺羅香》中，〈雌雄竊賊前傳〉寫市場女孩和小混混的戀愛，〈貓兒端坐美人凳〉寫遲暮女子的痴情和不堪的下場，〈雙女情歌〉寫兩個平凡女人一生的鬥爭，都不是什麼了不得的題材。在這樣的情境下，李天葆執意復他的古、愁他的鄉；他傳達出一種特殊的馬華風情——輪迴的、內捲的、錯位的「人物連環志」。

李天葆早期作品《桃紅鞦韆記》（1993）
（高嘉謙翻攝提供）

　　歸根究柢，李天葆並不像張愛玲，反而像影響了張愛玲的鴛鴦蝴蝶派小說的隔代遺傳。這些小說作者訴說俚俗男女的貪痴嗔怨，感傷之餘，不免有物傷其類的自憐，這才對上了李天葆的胃口。

　　張愛玲受教於鴛蝴傳統，卻「以庸俗反當代」。李天葆則沉浸在吉隆坡半新不舊的華人社會氛圍裡，難以自拔。他「但求沉醉在失去的光陰洞窟裡，瀰漫的是老早已消逝的歌聲；過往的鶯啼，在時空中找不著位置，唯有寄居在嗜痂者的耳畔腦際。與記憶，與夢幻，織成一大片桃紅緋紫的安全網，讓我們這些同類夢魂有所歸依。」

　　問題是，比起鴛蝴前輩，李天葆又有什麼樣的「身世」，足以引起文字上如此華麗而又憂鬱的演出？這引領我們進入馬華文學與中國性的辯證關係。李天葆出生的1969年是馬華社會政治史上重要的年分。馬來亞自獨立以來，華人與馬來人之間在政治權利、經濟利益和文化傳承上的矛盾一直難以解決，終於在1969年5月13日釀成流血衝突。政府大舉鎮壓，趁勢落實排華政策。首當其衝的就是華人社會的華文教育傳承問題。

　　「五一三事件」因此成為日後馬華文學想像裡揮之不去的陰影。然而閱讀李天葆的小說，我們很難聯想他所懷念的那些年月裡，馬華社會經過了什麼樣驚天動地的變化。〈彩蝶隨貓〉裡一個侍婢出身、年華老大的「媽姐」一輩子為人作嫁；世事如麻，卻也似乎是身外之事：

李天葆《民間傳奇》（2001）（高嘉謙翻攝提供）

韓戰太遙遠，越南打仗了，又說會蔓延到泰國，中東又開戰，打什麼國家，死了些什麼人，然後印尼又排華了……新加坡馬來亞分家，她開始不當一回事，後來覺得惘惘的……六九年五月十三日大暴動之後，她去探望舊東家，天色未暗就知道出事，她替她們關門窗，日頭餘光一片紫緋，亮得不可思議……

與寫實主義的馬華文學傳統相比，李天葆的書寫毋寧代表另外一種極端。他不事民族或種族大義，對標榜馬華地方色彩、國族風貌的題材尤其敬而遠之。與其說他所承繼的敘事傳統是五四新文藝的海外版，不如說他是借著新文藝的招牌偷渡了鴛鴦蝴蝶派。據此，李天葆就算是有中國情結，他的中國也並非「花果飄零，靈根自植」的論述所反射的夢土，而是張恨水、周瘦鵑、劉雲若所敷衍出的浮世狎邪的人間。在這層意義上，李天葆是以自己的方法和主流馬華以及主流中國文學論述展開對話。他的意識形態是保守的；惟其過於耽溺，反而有了始料未及的激進意義。

李天葆的文字行雲流水，徵引古典詩小說章句，排比二十世紀中期的文化資訊，重三叠四，所形成的寓意網絡其實一樣需要有心人仔細破解。而他所效法的鴛鴦蝴蝶派，本身就是個新舊不分、雅俗夾纏的曖昧傳統。究其極致，李天葆將所有這些「中國」想像資源搬到馬來半島後，就算再真心誠意，也不能迴避橘逾淮為枳的結果。正是在這些時空和語境的層層落差間，李天葆的敘事變得隱晦：他為什麼這樣寫？他的人物從哪裡來的？要到哪裡去？中國性與否也成為不能聞問的謎了。

郁達夫在〈骸骨迷戀者的獨語〉裡坦承：「像我這樣懶惰無聊，又常想發牢騷的無能力者，性情最適宜的，還是舊詩。你弄到了五個字，或者七個字，就可以把牢騷發盡，多麼簡便啊。」由這樣的觀點來看李天葆，不也是個「骸骨迷戀者」嗎？徘徊在世紀末的南洋華人社區裡，時間於他就算剛剛開始，也要以過去完成式出現。但李天葆畢竟不是郁達夫。郁達夫信手拈來的中國舊體詩詞是一種根深柢固的教養、一種關乎中國性驗明正身的標記。李天葆其生也晚，其實錯過

了舊體詩詞的最後時代。他熟悉的只是過時的
流行曲，「地道的時代曲，但承接了穠豔詩詞
的遺風」。

我曾以「後遺民寫作」的觀點探討當代文
學裡有關事件和記憶的政治學。作為已逝的政
治文化悼亡者，遺民指向一個「與時間脫節的
政治主體，他的意義恰巧建立在其合法性即主
體性搖搖欲墜的邊緣上。如果遺民意識總已經
暗示時空的消逝錯置、正統的替換遞嬗，後遺
民則變本加厲，寧願錯置那已經錯置的時空，
更追思那從來未必正統的正統」。

以這個定義來看李天葆，我認為他堪稱
當代後遺民梯隊裡的馬華特例。摒棄了家國或
正統的憑依，他的寫作豔字當頭，獨樹一格，
就算有任何感時憂國的情緒，也都成為黯然銷

李天葆《綺羅香》（麥田出版，2010）

魂的藉口。他經營文字象徵，雕琢人物心理，有著蔽帚自珍式的「清堅決絕」，
也產生了一種意外的「輕微而鄭重的騷動，認真而未有名目的鬥爭」。「張冠李
戴」，因此有了新解。而我們不能不感覺到綺羅芳香裡的鬼氣，錦繡文章中的空
虛。

李天葆是二十世紀末遲到的鴛蝴派作家，流落到南方以南。就著他自覺的位
置往回看，我們赫然理解鴛蝴派也可以是「離散」文學。大傳統剝離、時間散落
後，鴛蝴文人撫今追昔，有著百味雜陳的憂傷。風花雪月成了排遣、推移身世之
感的修辭演出，久而久之，竟成為「癖」。就這樣，在南洋，李天葆兀自訴說他
一個人的遺事，這大約是他對現代中國／華語文學流變始料未及的貢獻了。

延伸閱讀

李天葆。《綺羅香》（臺北：麥田，2010）。

王德威。〈文學地理與國族想像——臺灣的魯迅，南洋的張愛玲〉。《中國現代文學》no.22
    (December 2012):11-37。

七

犀鳥飛越神山：婆羅洲書寫

張錦忠

砂拉越與沙巴在與新加坡、馬來亞在1963年組成馬來西亞之前已有華文文學活動，主要為華文報紙副刊。婆羅洲文化局在1958年成立後，除了出版叢書與徵文比賽作品集外，也出版《海豚》雜誌，提供創作園地與砂拉越、汶萊、沙巴華文文學生產與流動空間。

文藝副刊與文藝社群為砂拉越華文文學系統的主要骨幹。文藝副刊多為文學社群集結同人作品發表的園地，而非全由報館設立。過去華文報繁盛時期古晉、詩巫、美里三城曾經出現過十幾家報紙，文藝副刊也有如繁花盛開，足見砂拉越文社活動力強。可惜時移事往，如今盛況不再，報紙只剩四家，其中兩家還是網路版。文藝副刊就更不用說了。

砂拉越主要七個文藝社團為砂拉越星座詩社、砂拉越華族文化協會、砂拉越寫作人協會、砂拉越華文作家協會、詩巫中華文藝社、詩潮吟社、美里筆會。這些文社各有歷史，規模不同、宗旨關注不一，有的自成同溫層，有的成員重疊，但它們是砂拉越華人文化與文學活動的支柱。

砂拉越的重要華文作家甚多，知名者有吳岸、魏萌、田思、沈慶旺、田農、洪鐘、李采田、黃葉時、方秉達、謝永就、陳信友、夢羔子、李木香、弘螢子、梁放、藍波、沈本愛、石問亭、李笙、黃澤榮、呂朝景、楊藝雄、林離、葉誰、風起、林武聰、夢揚、黑岩、湯梅鰤等，依然活躍者為數不少，尤其是星座詩社成員。新生代砂拉越作者有蔡羽、李宣春、蔡曉玲、許怡怡等，可謂人才輩出。現代詩在砂拉越盛開展顏，洪鐘開出新詩路、方秉達、謝永就、謝永成、陳信友、黑辛藏等打造現代質地的詩風，遂有呂朝景、夢羔子、李木香、弘螢子、沈本愛、林武聰、夢揚、黃澤榮等為現代詩搖旗。另一方面，出身砂拉越的李永平與張貴興，在臺灣寫作多年，後成為國際知名華文小說家。

沙巴的文學場域與砂拉越相似，由報紙文藝副刊與文藝社團支撐，特別是同人文社，上一個世紀一九六〇、七〇年代曾出現獵人、北極星等十餘個小文社。整體而言沙華文學規模較小，寫作人口少，獨立出版更屬鳳毛麟角。主要也以山

打根、斗湖及亞庇三城為中心。早年頗有些舊體詩群體，近年活躍文藝團體有山打根文藝協會、沙巴華文作家協會、沙巴文苑、沙巴神山詩詞學會、沙白益友團等。過去沙巴華文報多設有文藝副刊，其中已停刊的《婆羅洲時報》的文藝副刊在六〇年代下半葉由臺北星座詩社成員陌上桑（葉觀仕，1941~2010）主編，對年輕作者鼓勵有加，提高了當地寫作風氣。另一位星座詩人洪流文（洪勝觀）原為沙巴人，著有詩集《八月的火燄眼》，頗獲好評，畢業後返馬，任職《自由日報》迄今，並主編文藝副刊，推動沙巴文運甚力。半島馬華資深作家冰谷亦曾於一九九三年在沙巴版《詩華日報》創辦「沙華文學」副刊，先後由邟眉與林野夫（馮學良）執編，林野夫也是《亞洲時報・新生代》編輯。

　　邟眉與林野夫是近年頗為活躍的沙巴作者，兩人的書也在半島馬華出版，儘管邟眉已移居檳城多時。其他知名沙巴作者有李瑞青、房談金、陳文龍、穎文、瑤迅、樊依濃、黃葉、狂風沙、莊靈子、蕭麗芬、洪翔美、荒野狼等。一九五〇年代旅臺的黃任芳（林楓），小說集《稚子心》在臺北出版，曾在亞庇任教，《神山情歌》（1975）在婆羅洲文化局出版，後定居新加坡。七〇年代不少沙巴作者投稿西馬的《學報半月刊》，其中以洪翔美與荒野狼最為知名。洪翔美的詩七〇年代下半葉頻頻出現，詩風明朗清新。英年早逝的藍小憶（1948-1974）的詩文集《走在林中》（1976）由犀牛出版社出版，列以大馬文叢。犀牛同人歸雁東渡沙巴拿篤多年，與當地文青頗有往來，曾主編拿篤青年文藝協會成員合集《廿人行》（1977），也列入犀牛出版社的大馬文叢，可見婆羅洲馬華與半島馬華並非沒有交流。近年張草（1976）表現尤其亮麗，令人矚目。

石在、星籟、雲湧：
繁花盛開的戰後砂拉越華文文學

張錦忠

1913年9月，李永桐、李東成等人在古晉創辦《新聞啟明星期報》，隔月因刊載中國革命言論而被禁止出版，就歷史而言，應是砂拉越最早的華文報。不過，一般論者多以1927年黃錫恭在古晉創辦的《新民日報》為第一家華文報紙。在此之前，1926年，林守騠的欽定教科書《砂羅越國志略》（上海商務印書館）出版，內容譯自《砂拉越憲報》（*Sarawak Gazatte*），乃砂拉越華僑撰述第一本華文書。《新民日報》於1930年停刊。其後十五年間，砂拉越華文報章有《古晉新聞日刊》（1937）、《砂拉越日報》（1938）、《詩巫新聞日刊》（1939）、《鵝江日報》（1939）（後二報於1940年合併為《華僑日報》）。

太平洋戰爭結束後至一九六〇年代在古晉、詩巫、美里出現的報紙有《中華公報》、《中華日報》、《大同日報》、《詩華日報》、《詩華周刊》、《前鋒日報》、《美里日報》（後改為《聯合日報》）、《新聞報》、《民眾報》、《砂民日報》、《砂拉越快報》（後改名《國際時報》）、《馬來西亞日報》等。七〇年代以後則有《砂拉越晚報》、《新華報》、砂拉越版《星洲日報》等登場。這些報紙多設有文藝副刊。副刊向來是華文文學場域的重要生產線，也是文社發表作品與散播理念的平臺，功能比文藝刊物強。1952年左右，「快樂詩人」許建吾應邀前往古晉，出任《中華日報》編輯，設「青年園地」副刊，鼓勵文青創作。論者如周翠娟以為許編副刊「開始了砂華文學的新紀元」。

不過，許建吾可能屬於個別例子。在砂華場域，文學生產的能動者（agent）以文學社群或團體為主導——副刊多由個別文社組稿編輯，而非全由報館人員策編。職是，稿件的風格往往代表了某文社的品味與文學觀。換句話說，在砂華的文學複系統裡，文社自成文學體系，而報紙副刊為其平臺。這些文社包括詩潮吟社（1951-）、砂拉越星座詩社（1971-）、砂拉越寫作人協會（1978-）、砂拉越華文作家協會（1986-）、詩巫中華文藝社（1988-）、砂拉越華族文化協會（1990-）、美里筆會（1994-）。

構成砂華文學的五基本元素——社群或共同體（書寫者／書寫群）、副

方秉達《趾外》（1979）（張錦忠翻攝提供）

刊（平臺）、叢書（產品）、活動與運動（行動）與市場及物流鏈（讀者／通路）——跟別的文學系統沒有兩樣，但砂華文學社群行動力強，副刊如繁花盛開，恐怕是半島的馬華文學（「半島馬華」）所不及的。另一方面，砂華文學的獨立出版、文學刊物、或出版建制，就比半島馬華弱，特別是婆羅洲文化局併入語文出版局與《海豚》停刊之後。這些文社的文學生產發生主要地理空間為古晉、詩巫、美里三城。因此，我們不妨以「砂華文學三城七會社」來概述砂華文學的運作場域。

六〇年代以來，砂華文學史上有兩個文學事件特別值得一提：一是現代主義文學的發軔，二是「書寫婆羅洲」的提倡。1966年，劉貴德（方秉達、藍螢）與陳信友（羅馬）在《中華日報》編「綠蹤詩網」副刊，「為砂勝越詩壇開路」，鼓吹現代詩，跟彼時反映現實主流白話新詩風格迥異，引起儒筠等作者在《中華日報》另一副刊《椰風》發難，遂引爆為期三個月的論戰。後有呂朝景（杜絕）、謝永成（謝聖潔）編《前鋒日報‧青年文藝》接力。論戰終了，現代詩熾熱的火種已在砂華詩園冒出火花了。1969年《前鋒日報》出現陳從耀（黑辛藏）等編的「星座」副刊，就已預言了一年後的熊熊火焰——1970年成立的「砂拉越星座詩社」。星座詩社成立不久，即積極展開詩的行動：辦詩展、出版李木香編《砂勝越現代詩選‧上集》（1972）、謝永就詩集《悲喜劇》等書。這兩本書迄今仍是馬華現代詩史的重要詩集。從「綠蹤詩網」副刊到星座詩社，砂華現代詩路就這樣拓開了。詩社到今天已超過五十年，出版了星座叢

悲喜劇

叢書 3

poems by Chia Yong-chew

謝永就詩集《悲喜劇》（1973）（新紀元大學學院陳六使圖書館提供）

書十七種。第一代星座詩人也完成了世代交替，把執委棒子交給林武聰、黃澤榮、林離、夢揚、安哲拉、蔡羽等人。

繼星座之後出現的文學社團是1978年成立的「砂拉越寫作人協會」，成員包括陳從耀、沈慶旺、沈北中、賴城、楊謙俊、林美鳳等，創立同年即推出徐毅小說集《遇》，翌年出版方秉達（劉貴德）詩集《趾外》。《趾外》是劉貴德第一本詩集，收錄他到1972年為止的作品，特別能夠彰顯現代風格。寫協在《世界早報》編有「寫作人」副刊。

1986年成立的「砂拉越華文作家協會」已出版「犀鳥叢書」數十種，包括

李木香編《砂勝越現代詩選》上集（1972）（張錦忠翻攝提供）

巍萌、吳岸、李采田（李福安）、田思、梁放、黃葉時、田農、夢羔子等人的詩文集。其中田農編《馬來西亞砂拉越華文詩選（1935-1970）》與《馬來西亞砂拉越戰後華文小說選（1946-1970）》乃他在書寫砂華文學史（《砂華文學史初稿》[1995]）的同時進行的典律建構工程。田編《詩選》也為砂華文學史考掘開端：詩選始於洪鐘（蔡鍾英，1916-2003）的《海潮集》（香港：朝霞書屋，1953）就尤具文學史意義。謝永就在談及所受影響時，就提到洪鐘的「詩歌新路」的「萌動力」。我認為書寫馬華文學史的人提到一九五〇現代詩的前行者時，除了白垚與威北華（魯白野）之外，恐怕還得加上洪鐘，這道詩歌新路的開端面貌才比較清晰。作協首屆會長為吳岸（丘立基，1937-2015），他的詩風寫實明朗，早年以《盾上的詩篇》（香港：新月出版社，1962）成名，也是作協刊物《拉讓江文學季刊》主編。《海潮集》與《盾上的詩篇》，一鐘一盾，詩音不同，但都是砂華詩歌的經典。

吳岸代表的是砂華詩歌的寫實主義路線。現實主義小說的代表人物則是巍萌（魏國芳，1932-1986）。田農在《砂華文學史初稿》（1995）稱他為「反殖運動時期的砂華文學」「最主要的小說作者」。巍萌小說多描述農村鄉土，對生活處境的反抗，第一部短篇集《魯素英》（1956）中的作品即涉及身分認同，對當時華人的「北歸」熱潮有所批判，後有歌頌農村生活的中篇《晨光照耀著山村》（1965）。一九七〇年代巍萌出版《聞人》等短篇集三部，以城鎮社會生活為題

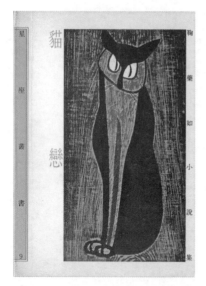

鞠藥如《貓戀》（1992）（高嘉謙翻攝提供）

材，筆觸頗多諷刺。他也寫劇本，一九五九年即以三幕劇《路》著稱。

砂華作協另一重要成員為「書寫婆羅洲」提倡者田思。他提出「書寫婆羅洲」論述，旨在確立（一）砂華文學的主體性，以彰顯砂華文學在馬華文學與世界文學複系統的位置；（二）書寫者的身分認同與文化屬性：「願意把這裡當做我們的家鄉，對這塊土地傾注了無限熱愛，對她的將來滿懷希望和憧憬的婆羅洲子民」。書寫形式與文類不限於文學創作，也包含歷史書寫、文學史書寫、民俗采風、南洋拓荒故事、砂共鬥爭回憶錄、報導文學等，資源來自婆羅洲「熱帶雨林的自然環境與多元文化的社會背景」。田思認為頗能體現書寫婆羅洲的「寫手」包括劉伯奎、劉子政、房漢佳、田農、黃妃、楊藝雄、沈慶旺、石問亭、蔡宗祥、黃孟禮、李振源、黃澤榮、夏秋冬、黃順柳、藍波、黃俊賢等。

以上三文社團體皆以古晉為基地。1988年成立的「詩巫中華文藝社」則設於「新福州」詩巫。中華文藝社由黃廣捷及黃政仁創立，早期以推廣古典詩為主，副刊有《詩華日報・新月》與《馬來西亞日報・文苑》，所出版拉讓盆地叢書包括黃廣捷編《春草集》、黃國寶編《草葉集》等舊詩集，藍波的《變蝶》、李笙的《人類遊戲模擬》、沈慶旺的《哭鄉的圖騰》、萬川的《魚在言外》等現代詩集，黑岩的《荒山夜冷》以及薛嘉元《榨乾油汁的煙葉》等小說集，皆一時之選。詩巫以發揚古典詩詞為宗旨的文社還有1951年成立的「詩潮吟社」，主要詩人有劉賢仁、黃仁瓊等，設有《馬來西亞日報》「詩潮之聲」副刊，並出版《詩鐘選集》多輯。

砂華知名小說家黑岩（1939-2017）曾任中華文藝社主席，也是砂拉越華族文化協會文學組組員。黑岩即宋志明，另有桑木、曳陽、田紀行等筆名，也寫詩。黑岩小說以短篇集《環山冷月》（1994）、《星子落在西加里曼丹》（2003）與《毒雨的傳說》最為知名，題材多觸及反殖歷史記憶與環境問題，李瑞騰在評論文章〈詩巫當代華文小說：以黑岩為考察對象〉中指出一九六〇年代曾參加反殖運動的黑岩「豐富的人生經驗鋪展成豐富的小說世界」。砂華文學場域書寫

者多寫詩與散文，寫小說者較少，七〇年代冒現的張貴興後來留臺去，葉誰、鱷圖（劉國強）則金劍沉埋，他們的同代人似乎只有梁放仍然創作不輟。八〇年代以後鞠藥如（湯梅薌）異軍突起，寫作技巧新穎，以小說集《貓戀》（1992）與《泣犬》（1994）引起文壇注目。

近年相當活躍的「砂拉越華族文化協會」1990年在詩巫成立。砂華文協旨在推動華族文化研究，成立後積極蒐集文史資料與書刊，以保存文獻，其文學組在《馬來西亞日報》設有「藝盾」副刊。多年來出版叢書甚多，其中田農的《砂華文學史初稿》（1995）、劉子政著《福州南洋詩・民間歌謠》（1996）、蔡增聰編《砂華文協現藏砂拉越華文書刊目錄彙編》（1999）為開文學史料與文獻整理風氣之作。贊助出版的文學叢書包括鞠藥如小說集《泣犬》、林離散文集《水印》、夢揚詩集《星戀》、田思文學評論集《六弦琴上譜新章》等。

「美里筆會」於1994年在北砂小城美里正式成立，成員有謝名平、蔡宗祥、張猷玎、徐元福、蔡素嬌、貝南杜、楊建華、吳崇海、蔡宗良、駱曉薇、駱詠薇、李佳容（煜煜）、黃文柏、陳禮生（李笙）、陳美仙、黃素晶等，田英成（田農）也曾擔任過筆會副主席。目前主席為許敬平。筆會在《美里日報》設有副刊「筆匯」，由蔡素嬌主編。1994年創辦《筆匯》半年刊，出版美里筆會叢書五十餘種，1994年即推出田農評論集《解凍的時刻》、劭安（謝名平）小說集《蛻變》、李艾媚散文集《我們不孤單》、林下風詩集《羽島獨行》等七種。2017年舉辦首屆砂華文學獎。美里筆會前會長徐元福（1936-2017），以筆名徐然出版《河岸的胡姬花》(2009)等小說集，筆會近年創設「徐然小說獎」向這位已故小說家致敬，並鼓勵砂華小說創作，首二屆小說獎得主分別為黃葉時與湯梅薌。

拉讓江畔前行者墾拓詩歌新路，書寫婆羅洲慕娘風，三城七社文星雲湧，但聞天際星籟譜新章，還見黑岩石在火種傳薪。砂華文學脈動與樣態正可作如是觀。

延伸閱讀

「按字索驥，讀步砂拉越專題」《文訊》no.412(February 2020):26-136。

李瑞騰。《砂拉越華文文學的價值》（臺北：文訊雜誌社，2022）。

丘立基。《砂拉越史話》〔砂拉越國際時報叢書〕（古晉：黃文彬報業機構，2002）。

田思。〈書寫婆羅洲〉。《星洲日報・文藝春秋》，25 November 2002。

田思。《砂華文學的本土特質》（吉隆坡：大將，2014）。

鍾怡雯、陳大為（編）《犀鳥卷宗：砂拉越華文文學研究論集》（桃園：元智大學中國語文學系，2016）。

擎起馬華砂州現代文學的大纛：
簡述「砂拉越星座詩社」（1966-2019）

李樹枝

1969年西馬砂拉越古晉（Kuching）青年寫作人不認同寫實主義文學平鋪直敘等的文學與書寫觀點，在《前鋒日報》編了現代文學副刊《星座》以追求現代文學理念，為一年後成立的「星座詩社」奠定基石。砂拉越星座詩社於1970年8月25日正式獲得社團註冊官批准成立，官方名稱是 The Sarawak Constellation Poetical Society，為馬來西亞最早註冊的文藝團體，極具馬華（現代）文學（史）的意義。

詩社「星座」的命名一方面受到臺灣余光中等人的「藍星詩社」影響和啟發，即擷取「星座」的象徵蘊涵，寄寓「星光」指引砂華寫作人創作現代文學，並追尋「藍星」的方向以尋找創作靈感。另一方面，社員初期的構思原是以馬來西亞天空可看見的小熊星座為社名。小熊星座尾端是北斗星，其星光可被喻為文學藝術的指引象徵。基於「小熊星座」名字太長，故縮寫為「星座」。根據章程，詩社的宗旨為：1. 促進本地文化；2. 鼓勵青年人參與文學、通訊、雜誌、音樂、舞蹈、戲劇及其他健康文藝活動；3. 促進砂拉越各民族間的諒解、親善及友誼。詩社入會資格第一條為凡是品性良好的馬來西亞公民，不論種族、信仰，只要對文學、音樂、戲劇及其他文娛活動有興趣者，皆可參加。雖然詩社開放給馬來西亞公民，但1970年迄今的成員仍以古晉在地的砂華作家為主。

在1970年星座詩社正式成立前，詩社重要成員如劉貴德（1944年出生，筆名方秉達、藍螢等）早在1966年《中華日報‧綠蹤詩網》開始發表現代詩創作。沈慶旺敏銳研判《綠蹤詩網》應可被視為東馬現代主義文學副刊的先聲。劉貴德於1972年元旦以本名發表〈開砂勝越現代詩之路〉：「……我們在1966年開始嘗試以一種新的風格來寫詩，這是最早出現在砂拉越的現代詩形……」據此可知1966年前後應是這批砂華年輕寫手的現代主義文學書寫嘗試。本文題目的2019年分標記意義在於詩社目前成員林離（原名林國水）出版了其詩、散文以及小說合集《After Words 此後文字》，繼續推進砂拉越星座詩社的文學征途。

星座詩社1971年迄今推動的文藝活動涵蓋詩、小說、散文、戲劇、舞蹈、

現代詩和散文朗誦、現代詩演繹、文學獎等，在當地產生重大迴響。詩社亦積極編輯報章的文藝副刊，計有1966年劉貴德、陳信友二人主編《中華日報・綠蹤詩網》、1969年《前鋒日報・星座》；呂朝景、謝永就等編《前鋒日報・青年文藝》。之後詩社舊成員以及新一輩成員林武聰、林離等人積極參與編輯《世界早報》之《創世紀》和《田》；《砂拉越晚報・魔笛》、《星座》以及《石在》；《詩華日報・煙火》；《中華日報・風起》；2005年開始迄今的《星洲日報・星座》。星座詩社從1972年至2019年間，出版了星座叢書共十六種。其中的作品大多為詩，散文次之，小說以及評論等又次之。就文類創作質與量而言，表現最好的還是詩。

《星座紀念刊》（1972）（新紀元大學學院陳六使圖書館提供）

　　對於一九六〇年代中後期至七〇年代的砂華乃至馬華現代主義文學觀點與書寫的推展，星座詩社扮演了重要的角色。砂華現代主義文學的實踐與冒現之路並不平坦。劉貴德1981年的〈浮光掠影——由《藍螢詩蹤》到《綠蹤詩網》〉指出年輕寫手多方汲取港臺與歐美現代文學資源後，於1966年《綠蹤詩網》的書寫旋即受到持保守寫實主義文學觀者的激烈「圍剿」。儒筠、沈煥瑜（黑鷹）、端木凡等人以「濫用典故」、「刻板難懂」、「撿現成毛病」等評語對其現代詩創作與主張展開猛烈批評。儒筠等人批評他們個人小我且感情狹隘的現代詩書寫缺乏社會意義；在書寫技藝方面，他們的作品猶如密碼般的寫作方式。劉貴德1972年元旦寫就的〈開砂勝越現代詩之路〉：「……砂勝越的詩壇，遍吹淡風，這是因為整個砂勝越的詩壇充斥了思想閉塞，頑固甚至與無知的人。他們所能接受的只是一脈單傳的傳統美學，固有的道德觀和模型的直觀，為了要掃除詩壇的昏沉氣氛，我們在1966年開始嘗試以一種新的風格來寫詩，這是最早出現在砂拉越的現代詩形。但立刻遭受到頑固分子的『圍剿』，指我們為標新立異，脫離現實生活。……」清晰說明彼時這段砂華現代文學不平坦之開展境況。筆戰過後，這批年輕寫手因升學、工作等因素暫停寫作，直到1969年前後，再次展開現代文學書寫的征途。1969年方秉達（劉貴德）在編輯《前鋒日報》現代文學副刊《星座》的發刊詞明確寫道：「『星座』完全忠實於自己，以嚴謹的步伐，走『現

《星座紀念刊‧二》（1980）（新紀元大學學院陳六使圖書館提供）

代』的路線，且不保留地撕破『教條』，敲碎『傳統』，甩掉『口號』，針灸世俗；通過美學，以『現代精神』的豁達對現實生活的感覺，感情到思致」以及「『星座』勇於立異，勇於標新。但絕不容有看似神祕奧妙，實施膚淺空洞的弊病。也決不愛看『長大嘴巴見喉嚨』大眾化的俗態」等的現代文學觀點。

劉貴德〈開砂勝越現代詩之路〉：「……現代詩在砂拉越多為年輕的一代所接受，尤其中英文均懂者為最。因為一脈單傳古老的婆媽表現手法及二十世紀初現實主義的告白式的感情，已不能滿足他們，並且處在此東西文化交流之地，在領略了中國文學後，要從西洋文學中追求新的刺激，則非兼通兩種語言不可，因而形成現代詩的另一個風貌……」的核心內容折射現代主義文學觀點與書寫之流動與傳播的「理論旅行」路徑。在年輕寫手通曉中英文的條件下，星座詩社社員除了直接閱讀西方現代主義文學理論書籍和文本著作外，作為世界文學其中一個文學現象與流派的現代主義文學，其在歐美到亞洲，再從中港臺在地化後登陸砂拉越州，它亦具備了文化翻譯以及如薩依德（Edward Wadie Said）的「理論旅行」之流動與傳播路徑。一九六〇年代末期至七〇年代的東馬砂拉越雖地處相對偏遠，文學資訊和書籍相對匱乏，但詩社成員仍可從臺灣進口有限的文學書籍，吸收養分並模仿創作現代主義文學。當時砂拉越華人居多的市鎮如古晉、詩巫（Sibu）、美里（Miri）可找到臺灣的文學刊物和書籍。七〇年代古晉的數家書局可購買到臺灣水牛文庫、仙人掌文庫、三民文庫、文星叢刊、純文學叢書、新潮文庫等的出版書籍和一些中港臺版的歐美名著翻譯。另，詩社研究文獻亦顯示了彼時社員陳信友（筆名羅馬）留臺好友郵寄臺灣當代名家著作如余光中的《掌上雨》、《左手的繆思》等現代文學著作供他閱讀；陳從耀（1946年出生，筆名夜埃、黑辛藏）通過閱讀余光中《望鄉的牧神》的〈玻璃迷宮──論方旗詩集〉、〈哀歌二三〉及〈震耳欲聾的寂靜──重讀方莘的「膜拜」〉接觸了方莘與方旗的作品。由此可見多位詩社成員受到臺灣現代文學的影響。

詩社成員在一九七〇年代現代文學書寫的深刻題旨與技藝憑依展現了佳績。

劉貴德1966年9月〈吟秋仲〉：「倦了　倦如歸鳥　倦如浮雲／倦如子夜孤獨的流螢／／……我如後羿　忍睹你風韻／我的名字　如花瓣／自你唇上飄零／縱使我古典的愛情尚年青／美美　我仍迷信／迷於希臘　迷於沙漠駱駝／迷於拜倫墳上的譟鴉／迷於脫軌的跫音／／……是現代月窺望古時人　抑／現代人離棄古時月……／／……我早在憂鬱裡滅頂／難忍心田鵰鴣　歸去　歸去……」的秋夜孤寂的詩思與詩構相當清楚變奏自余光中「天狼星」與「蓮的聯想」等詩。其1967年1月4日〈貓城觸感〉：「撥開長睫重重的夜　市潮／開始氾濫　爬上最後一顆／晨星　屬於美美的古典／在洪荒／屬於我的繆司／在冬青樹下春眠／煩悶很遼闊　裹我／從新剃的鬚邊開始／時間很冷　世紀到此／遺失了邊沿／／工廠逐拔一道濃煙刺死／晴朗　刺死美美／我心如鉛／太陽照例貫穿　貫穿／成串的絕望　在這／長夏的花園／我被誤置　恆被誤置／在時空的坐標／在撒旦的淫眼／亞當曬著蝙蝠用過的陽光／驀地　吞下最後一口／蘋果　遠了　都已疏遠／綠燈鑲在石碑的背面／遙望梵樂希墳場　何其　寂寞？古刹風月　擁一懷枯蓮／呀　美美　我也將窒息／窒息在貓城一巷天」的詩句可看出劉貴德調動繁複且精確的意象狀描古晉城裡的人之內心孤寂。劉貴德對於「性－愛」主題與意象的運用在此時期亦擴大了現代文學書寫的嘗試，此主題與意象書寫佳績可見於七〇年代初的〈塑像〉、〈中國寡婦山〉等詩作。

　　同時期另一位表現特出的社員為謝永就（1950年出生，筆名謝凝、秋紅）。其1972年3月17日的〈悲喜劇一幕〉：「沒有旗時／風／也背棄她整柱赤露的孤單／那邊，開著的窗、門／這裡，我乾啞的口腔／都扣了／剛才，一隻玫艷的哀喜／排在孩字（筆者按，似應為「子」）們隊中／由充血的眼角／踏步走掉／／六點鐘／一面在抹上口紅的草地照鏡／一面把檳榔樹窈窕的軀體／列陳在／落日的畫室／而我，我住一捲／昇著釀淚之煙／燃不亮的年華／對賣哀楚的景色／一面苦笑／一面鑑賞／／而你，把詩／寫在雋永的千辦淺笑裡／把翠綠的一行黃昏／植向我廣漠的孤寂」展現了飽滿與精準的意象、詩題及詩意，深刻表現了詩人孤單寂寞的感懷。此外，李木香（1954年出生，筆名泥鳳凰）1969年的〈髮〉、〈耳〉、〈唇〉以及1970年的〈一舟霞色〉等詩靈動的意象及細膩的詩思，均表現不俗；陳從耀寫於1970年4月的〈魔笛・1〉、5月12日〈魔笛・2〉等詩以繁複的意象群表現濃烈多重的孤寂，令人印象深刻。

　　詩社從一九八〇年代迄今，新一代社員不再那麼堅守七〇年代現代派的文學觀點，開展調節現代主義與寫實主義的書寫觀點與技藝，詩作相容了寫實寫意。曾任社長的林武聰（1960年出生，筆名林過等）等人表現令人矚目。其1997年

初描寫古晉旅遊名勝「山都望」的〈山，都望〉為一佳構。其詩卸下六〇年代、七〇年代晦澀的意象，景點與詩題互文相映，以流暢的節奏，清麗準確的意象，因句生句，因題生題，寫實兼寫意地託物感懷，思索人生，哲理地推進詩思的過程非常成功。林亦嘗試圖像詩、後現代詩的創作，其1994年的〈長板反思〉即為佳例。此外，劉貴德〈煙霾〉、謝永就〈山，他們俯耳說些什麼〉、林武聰〈古晉，你好嗎？〉與〈換枕記〉、夢揚〈圍牆〉等人的詩作，或直露，或含蓄地反映了作者對家國和家園的社會、文化以及環境等多元在地題材的關懷與批判。

總的來說，詩社的劉貴德、莫甯（官有榮）、陳從耀、李木香、謝永就、林武聰等人創作的詩表現最為特出；散文以小玨（黃澤榮）、林國水、郭勉之、林武聰等人表現佳；小說則是葉誰、鞠藥如、黃澤榮等人較突出。

「星座詩社」初期的現代文學書寫誠如劉貴德1972年5月16日述及的：「現在我們既已擎起現代詩之大纛，則肩負了現代詩之一切重擔，除了捕捉意境及詩句之精鍊外，我們現代詩必須具有本國色彩，不然何足以代表『大馬』？」，而1991年《詩華日報》元旦特刊林武聰亦述及：「早年標榜的是現代文學與現代藝術，是當年時空與環境的需要。而今天的所謂現代，都已是個過時的名稱了。惟現時提倡的求新求變的精神素質，詩社仍然繼續堅持」。綜合而言，星座詩社近五十年來的文學活動歷程，對砂華文學，特別是古晉地區的砂華文壇乃至整個馬華現代文學的推展貢獻與影響尤為重大，堪稱馬華一九六〇年代以降非常重要的（現代）文學團體。

延伸閱讀

劉貴德。〈開砂拉越現代詩之路〉。李木香（編）：《星座紀念刊》（古晉：砂拉越星座詩社，1972）。

劉貴德。〈浮光掠影——由「藍螢詩蹤」到「綠蹤詩網」〉。《砂拉越晚報・星座2》，12 October 1981。

黃裕斌。〈砂華現代文學的濫觴與轉型——星座詩社考察〉。《砂拉越犀鳥天地》，11 June 2011。

田農。《砂華文學史初稿》（詩巫：砂拉越華族文化協會，1995）。

周翠娟。《砂華文學團體簡介》（詩巫：詩巫中華文藝社，1996）。

沙巴華文文學發展概述（1950-2020）

劉倩妏

沙巴原為英國殖民地，1963年9月16日加入馬來半島，成為馬來西亞的一部分。然而，東馬與西馬在地理位置上有隔閡，文化也不盡相同，甚至報章刊物也採取各自為政的發行模式，這無形中阻斷西馬人民接觸與認識東馬的管道。此外，沙巴長期面對資源分配不公的問題而未獲得相應的發展，在各方面處於落後的狀態。在這樣的困境下，文學與文藝的發展變得困難重重，沙華文學也處於一種孤立的狀態。

值得注意的是，同位於東馬的砂拉越與沙巴面對近乎同樣的困境，但砂華文壇採取積極推廣文藝的態度。反觀，沙華文壇一直故步自封，作者僅投稿到州內的幾家華文日報，與外界的文壇缺乏交流，加上沙巴的華文報對刊登的投稿作品鮮少給予稿費，也導致作者對經營文學興趣缺缺，更勿論會有以沙華文學為主體的研究著作發表。沙華文壇僅在有限的範圍內進行文藝活動，這種安於現狀的態度使沙華文學一直處於被動的文學位置，無法得到關注，僅偶有討論會提及一兩位沙華作者。

青少年的園地：報章與文藝副刊

早期沙巴的交通較為落後，運輸不便使當地的報章皆屬於地方性質，新聞業發展緩慢，沙巴的第一家華文報紙遲至1936年才誕生，先後共有二十二家華文報創刊，現存的華文報共有四家。另外，總社位於砂拉越詩巫的《詩華日報》也在沙巴設立分社，發行《詩華日報》沙巴版。

在已停刊的報章中，有六家設置文藝版和副刊，多為連載武俠和言情小說，也刊登青少年作品。其中，《婆羅洲時報》、《山打根日報》和《斗湖日報》皆有文藝團體提供稿件。《婆羅洲時報》有「山打根青年文藝協會」所供稿的「青年筆匯」，專供青少年發表文章，因此受青少年青睞。另外，此報每兩週出刊一次「詩苑」副刊，可謂當時較為注重文藝的報章，無奈該報的正副總編輯於「五一三事件」後在內安法令下被扣留而導致報章最終停刊。《山打根日報》副

《沙巴文薈》創刊號（1996）（高嘉謙翻攝提供）

刊的文字特多，後期更增添「心園文藝」、「學生園地」及由「沙白益友團」所供稿的「藝壇」等版頁，其中「藝壇」稍後發展成「北極星詩刊」，「心園文藝」更給予象徵式的潤筆費。《斗湖日報》則於版二刊登由「斗湖青年文藝協會」主編的「青年文藝」。

現今仍發行的四家報紙皆設有文藝版頁，同樣不乏武俠和言情小說的連載，亦提供園地讓學生投稿。其中，《自由日報》的文學素質相對更高，設有「文藝」、「青年文藝」和「藝海筆匯」，這也許與其主編是詩人洪流文有關。當中，「文藝」的主要供稿者有陳文龍和林野夫等當地文人作家；「青年文藝」則供寫作人投稿；「藝海筆匯」由山打根文藝協會組稿，刊載歷屆徵文比賽的作品。《亞洲時報》後期為中學生提供發表作品的園地——「新生代」，由林野夫組稿。《晨報》的「晨風」主要刊登斗湖當地寫作人的作品。此外，《詩華日報》沙巴版也在每逢星期天刊登半版的「沙華文學」，是公開式的純文學副刊，主要負責人也是林野夫。

這些報社都給予文藝一定的版面，所刊登的作品多以學生及青少年的來稿居多。值得一提的是，由於沙巴報社多數無提供稿費，因此州內有豐富創作經驗的寫作人並不常在報章的副刊中刊登作品。

文人的家：文藝協會及刊物

綜觀沙華文學的發展，有一現象尤為值得關注，沙巴本地作家創作的最大動力是參加徵文比賽，而承辦單位往往是各文藝協會。沙巴由於地理與發展緩慢而導致各地區之間鮮少互動，因此文藝團體多屬地方性質，數量可觀。一九六〇年代是沙華文學的重要指標，許多文藝協會在這期間誕生，其中包括「山打根青年文藝協會」、「拿篤青年文藝協會」、「斗湖青年文藝協會」、「沙白益友團」、「亞庇青年文藝協會」、「根地咬青年文藝協會」、「哥打京那巴魯青年文藝協會」等。

「拿篤青年文藝協會」的發起人是作家陳文龍和窗小亞，該協會在1977年3

月出版散文集《廿人行》，主要收錄二十名年輕作者的作品。前身為「山打根藝海文組」的「山打根文藝協會」除了在《自由日報》設立文藝園地「藝海筆匯」，也在1978年開始舉辦第一屆全州性的徵文比賽，直至第十七屆後停辦。該協會也曾出版兩本刊物，即收錄過去徵文比賽得獎作品的《山打根文協十二週年紀念專集》和《花季》。

馮學良主編《隱藏的鄉愁。沙巴散文選・上・1963-1999》【2018】（新紀元大學學院陳六使圖書館提供）

繼一九六〇年代文藝協會誕生的繁盛期後，九〇年代雖只有兩個文藝協會成立，但皆為頗重要的文藝團體。「沙巴華文作家協會」成立於1995年3月11日，由資深寫作人李瑞青擔任首任會長，並在1996年發行《沙巴文薈》創刊號。此後，該刊物陸續出版，至今已出版共十二輯的《沙巴文薈》，隨後也在2004年出版陳冬和的《日軍侵占北婆羅洲血淚史》。

「沙巴神山詩詞學會」在1997年1月26日正式成立，是馬來西亞十一所古典詩社之一，也是最晚成立的文言詩社。該學會在沙巴的各大報章副刊設有專欄供會員發表舊體詩，後將刊登的作品集結出版為《神山詩詞三百首》（2000）。

除此之外，「沙巴文苑」於2000年10月16日創立，是一個開放性文學團體，曾出版《拾穗集》。另外，「山打根華人婦女會」雖不是文藝性質的團體，卻在1997年9月20日出版由林野夫主編的《破曉》。總而言之，這些文藝社團舉辦各類文藝活動將各地區熱愛文學的人聚集起來，再進一步使他們的作品以報章副刊、出版刊物、出版紀念集等方式獲得發表的機會，是沙巴文壇的一大特色，也是鞏固沙華文學的最大功臣。

可遇不可求：作家及作品

沙華創作者除了偶爾在報紙的副刊發表作品，更多在徵文比賽中投稿讓作品發光，這是沙華文壇的獨特之處，但這不免摻有沙巴作者鮮少有機會將作品付諸出版的因素。從目前可收集的資料做推斷，在沙巴以中文寫作的創作者大致從一九五〇年代開始。

在一九五〇年代開始創作的除了有寫舊體詩的詩人，還有創作現代文學的

邡眉散文集《蠟染炎天》
（1998）、《一樹花開》（2022）
（高嘉謙翻攝提供）

作家。六〇年代開始出現一大批有志寫作的文學創
作者，其中包括曾在星座詩社出版詩集《八月的火
燄眼》的洪流文。來到七〇年代，除了先前仍活躍
的寫作者，同時也增加一批新力軍，如康華與洪翔
美。康華主要寫詩，著作如〈荒野的狼〉和〈神山
畫〉著重於表現其留學英國後，對家鄉的思念與複
雜情感。洪翔美也寫詩，張錦忠曾提及「假使我們
的文化環境好一點，洪翔美一定是我們的夏宇」。八
〇年代則有邡眉，當時的文人對其有著相當高的評
價和期待。邡眉擅長創作散文，主題緊扣沙巴的風土人情，致力於展現當地的生
活樣態。這位女作家不負眾望在日後出版好一些作品，且至今仍活躍於文壇，可
說是沙巴創作者中表現出色的其中一位作家。

　　一九九〇年代的沙華文壇漸漸沒有之前的熱鬧情形，文人不再聚集在文藝
協會或文學團體舉辦與參與活動，反而轉向個人的寫作狀態，代表人物有張草和
蕭麗芬。張草和蕭麗芬有好幾部著作出版。張草的《夜涼如水》書寫其家族由中
國南下至婆羅洲的移民史，這樣的沙華文學書寫是空前的，故具有深遠意義。接
著，來到二十一世紀初，張草和邡眉繼續在出版界獨領風騷，二人各自出版了好
些著作。莊靈子則在2008年5月出版其第二本散文集《屋子懷孕了》。同時，林
野夫更將整理多年的散文於2018年出版成合集，名為《隱藏的鄉愁（沙巴當代
散文選）（上）（1963-1999）》。

　　綜觀以上，沙巴的作者雖有一定的數量，但能夠將作品出版成書的作者其實
不多，值得慶幸的是，在每個時期仍有一些作品和文集出版面世，讓沙華文壇不
至於過於黯淡無色，尤其在後來像張草和邡眉這些較為出色的作者開始寫作並且
作品被出版社肯定以及付諸出版，實為沙華文學注入有力的血液。

延伸閱讀

冰谷。〈仰望更廣遠的文藝天空——管窺沙華文壇〉。李錦宗（編）：《馬華文學大系・史料（1965-
　　1996）》（新山：彩虹出版有限公司，2004），2-57。

陳文龍。〈叢林裡的燈火——談沙華文學〉。李錦宗（編）：《馬華文學大系・史料（1965-1996）》
　　（新山：彩虹出版有限公司，2004），58-62。

馮學良。〈沙巴文壇簡史〉。李錦宗（編）：《馬華文學大系・史料（1965-1996）》（新山：彩虹出
　　版有限公司，2004），63-66。

劉倩妏。《沙巴華文文學研究（1950-2018年）》。碩士論文，國立臺灣大學中國文學系，臺北，2019。

廣府輓歌：砂拉越泗里街的「時文」

湯媚庿

早在十九世紀中期，砂拉越泗里街就已經是中國新會三江鎮一帶農民前來開荒闢地以事耕種之處。這些先民素以「廣府人」自稱，以新會（三江）方言為母語。他們重視傳統習俗，特別是人生禮俗中的喪葬禮俗。廣府喪葬禮俗可分成四個階段，即治喪禮俗、安葬禮俗、服喪禮俗與「後喪葬」禮俗。即指亡者入土為安以後，為了表示悼念、追思，以及妥善處理遺骸，因此又有「神親戚」、追壽、執金和葬山儀式。

時文是指砂拉越泗里街廣府人與中國新會三江人在喪葬禮俗上配合喪葬儀式而唱讀（拉長字音，拖聲呀氣地讀，感到悲傷時就會流下眼淚，或者是以哭腔唱讀）的廣府輓歌，是活著的人對亡魂說的話，主要是以韻文的形式表達；同時表示一般人說的話、消息。從內容來看，「時文」大多偏向於輓歌詩，以敘述殯葬儀式景況為主，但輓歌不只是在送葬時響起，多運用於治喪禮俗與服喪禮俗。

隨著時代的變遷，如今各方言群的輓歌已鮮有所聞，輓歌的傳承早已從繁盛到凋零之時，包括廣府輓歌。為免這類口頭文學在靜默中消亡，筆者歷時四年的田野調查（2012年至2016年），終於在泗里街搜集到一百七十九首時文，在中國新會搜集到二百二十首。

時文是以口耳相傳的形式傳承，創作於民間，以女性為主要「哭者」。時文可以分成兩大類，即「緊密配合喪葬儀式而歌的時文」與「不緊密配合喪葬儀式而歌的時文」。「緊密配合喪葬儀式而歌的時文」只有一種樣式，即「散錦」，主要是對實際儀式的描繪。「不緊密配合喪葬儀式而歌的時文」包含四種樣式，即「散文」，主要是哭者情感的抒發；「字眼」，是帶有祈願意識的短詩；「好話」，是含有美好願望的吉祥語，「古人」，是對古代人物事蹟與其他事項的述說。各樣式又有一些下屬類別，可謂品類繁多，各有特色。

一、緊密配合喪葬儀式而歌的時文

(一) 散錦

　　散錦，內容主要敘述喪葬儀式的進行方式。通過散錦，我們知道在有關的儀式上應準備哪些祭品、有哪些活動。例如〈買水〉，敘述孝子從家裡啟程到河邊買水，以及孝子以紙錢（金銀紙）蘸一點水為亡者抹臉的情況。歌謠穿插好話作為對美好生活的嚮往，洋溢著積極進取的精神。〈買水〉：

孝子在靈柩前跪謝雷神（湯嵋廂提供）

> 家堂點著銀燈火，叫齊孝子買江河。
> 家堂點著銀香燈，叫齊孝子一齊行。
> 手執合錢麥落江，合錢交轉海龍王。
> 撥開水皮買水面，陽人買水轉回前。
> 撥開水皮買水心，陽人買水苦沉沉。
> 撥開水皮買水中，陽人買水一路應紅。
> 買水返來放落大廳邸，紙錢洗面幾歡懷。
> 買水返來放落大廳中，紙錢洗面幾笑容。
> 紙錢洗面洗一下，庇佑陽人新發家。
> 紙錢洗面洗一洗，庇佑陽人好世界。

　　唱詞中的「家堂」指家裡客廳，「銀燈火」是指白公靈牌位前點亮的油燈，那是用燈芯草浸在油裡燃著；「江河」是指「清河」，是河水或清水之意；「合錢」是指雙毫硬幣，一般只用在白事上，意思與「錢一雙」相同（指20仙）；「麥」，借用漢語語音，指拋、擲等動作；「海龍王」是指管理水族的王，凡是提到買水，都不會不提此神；「陽人」指活著的人，即陽間的人，與「陰人」相反；「好世界」與「富豪」同義，都是指發達，做個有錢人。

　　散錦可分為二十五種，分別在治喪禮俗、安葬禮俗、服喪禮俗和後喪葬禮俗唉哭，屬於「大行」（即經常被人唉哭，非常流行的時文）。唉（音「ài」）哭是指哭者在唱讀時文時，第一聲以「唉」或「唉嘚（音「dé」）開始，接著是稱呼亡者，然後才哭第一句，而第一句又以「唉」開始，句中再以「唉」接續，此後每句都以這樣的方式來哭。例如：「撒正廳邸估幾龍過往，你身中冇壽躺在高

堂」這兩句歌詞，實際唉哭的時候是這樣的：「唉我媽嘚我親娘啊啊啊，唉個攔正啊，唉廳邸嘚估幾龍過往了喂媽，唉唔估你身中啊，唉冇壽才躺在高堂哩媽啊。」必須注意的是，這裡的「唉哭」是以平緩的語調、憂傷的語氣把歌詞唱讀出來，即俗稱的「哭」。這「哭」不是指哇哇大哭或嗚嗚哭，而是指「唱

煮寄冬飯糧時哭時文（湯嵋廂提供）

讀」。廣州話「喊」也是指「哭」，因此有人稱「哭時文」為「喊時文」。

與治喪禮俗有關的散錦有八種，即著衫歌、含口歌、移上廳堂歌、炊飯歌、上孝歌、棺槨抵達家門歌、入即歌、謝雷神歌；與安葬禮俗有關的散錦有五種，即買水歌、抹面歌、起馬歌、出喪歌、捌飯歌；與服喪禮俗有關的散錦有十種，即整糍歌、炊飯歌、捌飯歌、入紙槓歌、燒紙槓歌、拜七歌、行七歌、百日歌、上冬歌、除服歌；與後喪葬禮俗有關的散錦有二種，即鑱清歌、執金歌。散錦可以獨立成歌，也可以搭配其他類型的時文而歌，形象具體，同時知識性強，即使目不識丁也能憑藉記憶與經驗背誦。

二、不緊密配合喪葬儀式而歌的時文

這類時文的內容與喪葬儀式沒有直接的聯繫，但是可以搭配散錦唉哭。

（一）散文

散文是哭者對亡者傾訴的時文，內容可以是哭者對亡者的悼念、頌揚，也可以是借這個場合申訴對他人的不滿，以及對本身遭遇的自歎，同時也可以用來罵人。

散文根據內容可分為自歎歌、歎亡歌、罵人歌，大多數是在治喪禮俗和服喪禮俗唉哭。自歎歌是女性親友在亡者跟前訴說自己人生苦況時抒發抑鬱的心情唉哭。例如〈自歎難捱〉、〈菜園〉。歎亡歌指哭者在亡者跟前哀歎亡者離世的歌，例如〈花籃弔水〉。這首散文以花籃吊水為喻，形象地說明生死兩訣別，大家再也難有相聚一起談天說地的一天。罵人歌指哭者在亡者身旁唉哭罵人的時文，由那些平日被人欺凌而心懷怨忿的人唉哭。例如〈雞〉以間接的方式責罵那些以言語貶損他人的人，控訴因他人的不良品行而加諸在自己身上的痛苦（如開膛的雞隻一般悲慘）。

散文可以跟散錦搭配成歌，在喪葬儀式進行時唉哭，但是不能在儀式進行

會祖先時孝子祭拜（湯嵋廂提供）

時單獨唉哭，例如在謝雷神時不能唉哭〈自歎難捱〉這首散文。

（二）字眼

字眼是表達吟哭者內心願望的極短詩，它是就某一個漢字的結構進行拆解，並利用其部件創作詩句，讓有關的字詞在下一句出現，然後以最能反映吟哭者心裡的祝禱語或哀歎詞來作為結束。例如：〈端〉「山字騎而又土立字挨，端端唔估又虧艱捱」。第一句是部件組成，而字眼「端」字則出現在後句裡，這後句也同時敘述衷情，哀歎日子過得艱難困苦。文中的「虧艱捱」是指這麼的難熬下去，而「土」是新會方言，為取、拿之意。

字眼可分成兩類，即「求神救助」和「抒發情感」，體現出人民對生活、死亡、人際關係的看法與感受。「求神救助」這類字眼又可分為兩種，即渴求富貴、祈求平安；「抒發情感」可分為三種，即歎生死永隔、敘述衷情和申訴不滿。

（三）好話

「好話」，也稱為「好時文」，是指含有吉祥語或好兆頭的話語。一般上是在唱完時文（尤其是散錦）後作為押尾之用，也有的是在正文之中，所以都相當短小，它也不結合儀式的進行而歌。好話，可以祝福亡者，也可以祝福自己與子孫，因而形成以「祝福對象」為主要依據的好話種類，即祝福亡者的好話、祝福自己的好話與祝福子孫的好話。

祝福自己的好話，也可以獨立成歌，例如〈好時文〉：

我早早下身望見龍開眼，等我五龍入宅引福財銀；
我早早下身望見龍打竇，等我五龍入宅引福來巢；
我早早下身望見龍搖鰓，等我五龍入宅引福承財；
我早早下身望見龍屈尾，等我五龍入宅引福回歸。

文中的「下身」是起身，下床之意；「打竇」即是做窩，「引福來巢」是引福氣財氣回來；「承財」為受財之意；「屈尾」的「屈」（音kuedi）是新會方言，指搖擺尾巴。

（四）古人

古人可分成三類，即古人古事、古人頭，以及尋魂、題詩與套琴。

　　古人古事是指古時候那些遭遇令人堪憐的人與事，例如〈武吉賣柴〉是苦盡甘來的故事。武吉生活困苦，靠上山取柴賣柴為生。後來遇到禍事得到姜太公搭救，最後成為姜太公討伐紂王時的大將。哭者借喻武吉的貧困來哀歎自己的不幸，並寄望將來也能像武吉一樣有翻身的日子。這個故事也勉勵著人們，遇到危難，只要心存善念，即可轉禍成福。古人頭，是指以古人的名字作為中心，概括了有關人物生平事蹟的詩句。每一句都是以偈數為始，講述一個古人的事，因此也稱「偈語」，例如〈古人頭〉。尋魂是指借尋魂之事來哀歎自己苦尋亡者不著的憂愁困苦，表達了對亡者的依戀與不捨，多為女兒哀歎母親之用，例如〈十二度迷魂〉。題詩每一句都是以序數來開頭，內容述說自己把心中的愁苦寫在詩歌裡，藉以反映人死不能復生的痛苦，例如〈十首題詩〉。套琴每一句都是以弦的序數組織結構，藉以強調自己所承受的苦楚。古代女子以琴為抒情工具，其撫琴傾訴的形象深入民心，因此民間借用琴弦起興訴衷情，順理成章，例如〈十二套條琴〉。

　　時文的傳承能在泗里街廣府社會存在逾百年之久，與哭時文的功能有莫大關係。哭時文的功能包括盡孝功能（亡者獲得尊重，免遭陰間之苦）、情感功能（宣洩安撫，減輕心靈負擔）、社會功能（精乖孝義，倍受大眾讚揚）與認知功能（知識傳承，深化喪儀操作）。

　　時文的內容高度保留了傳統廣府喪葬儀式歌的精髓，並且集中體現出廣府人深受儒家思想、民間信仰的影響。尤有甚者，一系列繁瑣複雜的廣府喪葬禮俗與輓歌時文的內容還反映了廣府人的死亡觀，即「人死後魂影還在陰間繼續生長」這一觀念。廣府人認為人死後到了陰間之後，夭折的會長大，成年的要結婚，還會生兒育女，同時會變成某物回來探望家人。這一發現也解釋了廣府喪葬禮俗何以如此的繁瑣以及輓歌時文的類型何以如此繁多，並且能存留的原因。

延伸閱讀

湯媚廂。〈泗里街廣府喪葬儀式歌時文之「字眼」探析〉。甘于恩（編）：《南方語言學（第5輯）》（廣州：暨南大學出版社，2013），173-180。

湯媚廂。〈從生命中擠壓出來的記憶——泗里街廣府輓歌「時文」的分類與搜集〉。《馬來西亞人文與社會科學學報》9.1(2020):55-66。

湯媚廂。〈砂拉越泗里街廣府輓歌習俗文化「哭時文」的多種功能探究〉。廖文輝（主編）：《2021年馬來西亞華人民俗研究論文集》（雪蘭莪：策略資訊研究中心、新紀元大學學院，2021），211-234。

吳岸的《獨中頌》

謝征達

出生於1937年7月24日的吳岸，其原名為丘立基，是馬來西亞東部砂拉越古晉人。丘立基也採用過其他筆名如達雅、顧亦遠、葉草、威寂幹、羅程、江山川、趙辭。他的創作類型以詩歌為主，被譽為拉讓江畔詩人。其創作超過半個世紀，從1962年出版的第一本詩集《盾上的詩篇》到2008年出版的《美哉古晉》，吳岸的詩歌凸顯了濃厚的鄉土意識與生態關懷，而本土化的文字亦刻畫出生於斯，長於斯的依戀。吳岸在東馬文壇較有影響力，曾擔任砂拉越華文作家協會會長、馬來西亞華文作家協會會長、亞洲華文作家協會理事等職位。在個人的成就方面，他獲砂拉越州政府頒發華族文學獎（1995）、「崢嶸歲月」文學成就獎、馬來西亞最高元首頒發的KMN護國勛衛（1997）及馬來西亞第六屆馬華文學獎（2000）等。

　　吳岸的詩歌以現實主義寫作手法為其理念，然而他的書寫卻與同輩現實主義寫作者有所不同。西馬評論者張光達在《馬華當代詩論：政治性、後現代性與文化屬性》中直言：「這群高舉『現實主義』大旗的前行代詩人形成馬華文學的傳統主流……，以領導姿態代表馬華詩界數十年如一日。但如果以他們整體作品的成績來評價，很多都是不及格的……」，然而，張氏卻獨獨對吳岸讚譽有加，並說道：「吳岸是馬華詩壇中少數能夠提出一己觀念『現實主義文學』的詩人，他是前行代詩人中奉行現實主義詩觀且取得詩成就最大的一位詩人，近年來他的詩頗受到國內外文學界的重視。」因此，吳岸的詩歌在馬來西亞文壇中，始終占據了重要的位置。

捍衛的家園與民族性

　　吳岸在其詩歌中將現實主義與在地元素融合得恰如其分，特別是他早期寫的詩歌，更能呈現出一種浪漫主義的筆調。

　　　砂拉越是個美麗的盾／斜斜掛在赤道上

年青的詩人／請問
／你要在盾上寫下什
麼詩篇？
　寫吧／詩人／在這
原始的盾上／添上新
時代戰鬥的圖案
　寫吧／詩人／在祖
國的土地上／以生命
寫下最壯麗的詩篇
（《盾上的詩篇》，頁
72）

吳岸《盾上的詩篇》初版（1962）、《達邦樹的禮讚》（1982）
（高嘉謙翻攝提供）

以上段落節選自〈盾上的詩篇〉一詩，是吳岸最為人知的一首詩，也是他最早的作品之一。詩中的「盾」意指砂拉越，即吳岸創作生涯超過半世紀以來的核心主題。吳岸詩歌中的地方意識頗強，在某種程度上捍衛著地方與族群的權益。詩人年輕時的熱血，曾讓他在反殖民鬥爭中，受到十年的牢獄之災，他自述那是生命中的困難時期，但也因此使後來的詩歌變得更成熟、渾厚。另外，他也將中國視為祖國，並且具體表現在詩歌中，如〈南中國海〉、〈祖國〉、〈古箏〉、〈紫禁城〉等，皆述及中國與東南亞華僑在語言文化上的連結與傳承。寫於1958年的〈南中國海〉一段便可看出吳岸對中國南來莘莘學子的關注：

當候鳥又抖擻起翅羽飛向春天／
一群孩子背著失學、失戀、失業和「不需要人士」的行李，唱著低沉的歌／
穿過你的胸膛去追尋那命中的第一個春天／
海洋，你對他們又有何感想？（《盾上的詩篇》，頁67-71）

如果說〈南中國海〉是吳岸對華僑子弟南來後狀態的關懷，而〈獨中頌〉則是吳岸對於在馬來西亞落地生根的華人後代教育的憂心，特別是生存於霸權政治下的馬來西亞華文教育，更是風雨飄搖。此詩傳達出堅決抵抗與捍衛民族文化的聲音，可說是重要的代表。

對語文與教育的堅持

　　馬來西亞華文教育開始受到嚴重衝擊是從戰後一九五〇年代開始，特別是在英殖民政府公布了《巴恩教育報告書》後，英語及巫語（馬來語）逐漸成為官方文件使用的語言，在教育上也以此兩種語言為媒介語，開啟國民學校取代華、印等語文學校的進程。在1956年，雖然華教人士熱烈推行了「火炬運動」，力爭將華裔的子女送進華文學校，讓英殖民政府受到某種程度的壓力，進而頒布《拉薩報告書》，對教育問題再度提出調整。然而，該報告書推動「一種語文，一個源流」的教育政策，為往後的單語／雙語教育紛爭埋下了伏筆。以至於在1960年由教育部長拉曼達立推動《1960年教育檢討報告書》（簡稱《拉曼達立報告書》）宣布從1961年起，政府不再舉辦以華文為媒介語的中學公共考試，只以官方語文（馬來文或英文）作為考試媒介語；同時規定只有全津貼的國民中學與國民型中學能獲得補助，不接受改制的中學不能拿到政府津貼，雖然可以繼續以「獨立中學」的名義存在，但仍須受到政府教育條例的限制。在馬來亞，華文獨立中學（獨中）是一個特殊的存在，它所代表的是華族文化的屹立不搖。但是到了六〇年代卻面臨財政長期緊縮、招生困難等困境。

　　一九八〇年代開始，馬來西亞的華文教育的狀況更加險峻。因此，吳岸的〈獨中頌〉更記載著「掌燈人」對教育的貢獻，也將打壓華文教育的政策喻為「風暴」與「沙漠」，並且表達出對教育的珍視，而這首詩也收錄教科書中：

獨中頌
怎能忘記啊／當燈光輝煌／那最先在黑夜裡／提燈的人／
怎能忘記啊／當百花盛開／那最先在荒野中／播種的人／
聽百年洪鐘／又在清晨敲響／召喚著／一群群族人的子女／跨進獨中的大門／
怎能忘記啊／那無數創辦華校的／勞動者和戰鬥者的功勳／

我們是你鍾愛的兒女／啊／獨中
在你的懷抱裡／我們擷取著／珍珠般的語言／
在你的寶庫中／我們吸吮著／五千年文明的芬芳

你那宏亮的鐘聲／永遠在我們心中迴響／

母／親的語言／將世世代代閃光／民族文化的芬芳／淨潔了我們的心靈
愛祖國／愛人民／與各民族人民友愛相親

啊／獨中／你在熱帶的荒林中誕生／你在赤道的風暴裡成長／
你屹立在祖國的土地上／象徵著我們民族的精神／
如果綠洲變成沙漠／你將是風沙裡的駝鈴／
如果陸地變成大海／你將是浪濤裡的明燈／（《吳岸詩選》，頁176-178）

　　在上述詩歌中，獨中（華文教育）既是傳統文化的傳承，也是華人精神的象徵。從它創辦的艱辛到如今能聽到宏亮的鐘聲，是千萬個「提燈人」的努力。吳岸在一九八〇年代發表這首詩歌，也正回應了當時馬來西亞華文教育受到的衝擊，以及在衝擊之外鞏固華文教育的信任與推廣。1982年開始，教育部試圖通過「3M制」，即推行一種新的課程綱要，促使華文小學的華文教育質量下降，引起華社群體的不滿聲浪。之後的一系列活動加速了華文小學的改變，例如1983年試圖改變華小本質的《綜合學校計劃》、1984年規定華小集會必須使用國語，即馬來語的「華小集會用語事件」、以及1987年「華小高職事件」，指的是政府當局派不諳華語華文者出任華小校長、副校長等高職。華文教育，無論是在華小或是獨中，甚至是新加坡的南洋大學，都是當時華族群體共同保護的語言文化教育。吳岸的詩歌除了展現出對華族生存狀態的關切之外，其在砂拉越生活，對當地風土民情都充滿著熱忱，他以砂拉越原住民為主題的詩歌，如〈長屋之旅〉、〈飲杜阿〉、〈迎賓〉等，都是通過詩歌傳達出華人（吳岸）與砂拉越族群之間需要相互瞭解的重要性。除了對原住民的生活與傳統文化保存狀態的關切之外，詩人亦憂心年輕一代的原住民教育與就業的問題。原住民需要轉換語言才能融入其他民族。在這個過程中不免失去部分語言特質，進而被同化。詩人思索的是如何在教育中平衡族語與外族語言的比例。

延伸閱讀

黃妃。《反殖時期的砂華文學》（詩巫：砂拉越華族文化協會，2011）。
田農。《砂華文學史初稿》（詩巫：砂拉越華族文化協會，1995）。
吳岸。《吳岸詩選》（古晉：砂隆印務，2011）。
謝征達。《本土的現實主義：詩人吳岸的文學理念》（臺北：秀威資訊科技，2018）。
鄭良樹。《馬來西亞華文教育發展史》（吉隆坡：馬來西亞華校教育總會，1998）。

他在婆羅洲寫作：論梁放

張康文

梁放，原名梁光明，1953年出生於英屬砂拉越的砂拉卓。作為土木工程學士與土壤力學碩士，他一直在砂拉越水利灌溉局任職，2006年退休，工作生涯遍訪砂州土地，對其風土民情瞭解頗深。梁放自一九七〇年代進入文壇，至今出版了短篇小說集《煙雨砂隆》（1985）、《瑪拉阿姐》（1989）、《臘月斜陽》（2018），長篇小說《我曾聽到你在風中哭泣》（2014），散文集《暖灰》（1986）、《舊雨》（1990）、《讀書天》（1992）、《遠山夢回》（2002）、《流水‧暮禽》（2014），曾獲砂拉越官辦第一屆華族文學獎（1994）及第十四屆馬華文學獎（2016）。梁放其實不能算「婆羅洲來的人」，因「來」也意味著「去」（國），而他始終在婆羅洲書寫當地故事，與李永平、張貴興並不相同，因此也被視為「砂拉越最主要的『在地代表』」。

梁放的小說可歸類為（有文學自覺的）現實主義，題材常圍繞砂州族群與社會，偶涉及革命與砂共議題。他常以同情、悲憫的角度書寫大歷史中的小人物，背後可見其人道主義立場。相比於李永平、張貴興的典雅、瑰麗，梁放的文字可謂相當平實，簡樸中見真情。他也善於布局和經營象徵，從中製造懸疑、留下伏筆和呈現詩意。

〈龍吐珠〉是梁放討論度最高的小說。故事中，中國丈夫拋棄伊班妻子回唐山，兩人的孩子，亦即敘事人也在漢族中心主義的成長環境中逐步複製父親的行徑，棄母離家。對身分問題反覆思索、辯難後，敘事人終於接受自己的伊班血統並欲尋回母親，但迴轉畢竟太遲，故事最終以母親的死訊收場，進一步強化族群問題的悲劇性。小說中，儘管被丈夫、孩子拋棄，母親仍一往情深，從中表現，「種族」並非唯一身分，「親人」應在「種族」之前。小說也藉由父親留下的龍紋木箱及其蟲蛀狀態——「龍身脫落不少。蛀蟲還蛀入龍的眼睛。那是一條瞎了的龍」——批判、嘲諷漢族種族主義或全然「中國性」的取向，並透過「白色的一顆心，嘔著一汪艷紅的鮮血」的「龍吐珠」象徵、肯定無怨付出的母親。這篇小說很容易讓人聯想到李永平的〈拉子婦〉，惟梁放採取的混種書寫位置讓批

判顯得更為切身與尖銳，因敘事人既是族群問題的受害者，亦是加害者。梁放對伊班母親的刻畫也遠比〈拉子婦〉有能動性，從中更能體現「情」的力量。同樣涉及種族議題的還有〈瑪拉阿姐〉，小說敘述原住民女子如何成為華人鴉片商的養女兼雛妓。正如鴉片商的養女一直後繼有人，瑪拉阿姐其實只是貧困原住民的縮

梁放部分著作（高嘉謙翻攝提供）

影，從中可見社經條件差距下的階級不對等問題。另一方面，華族敘事人與瑪拉阿姐的友誼並未因族群差別而受影響，他的外婆也同樣關心、同情後者，因其女兒、敘事人的母親也有類似遭遇，這種跨族情誼的背後是梁放對普世之愛的推崇。值得一提的是，〈龍吐珠〉和〈瑪拉阿姐〉的主角都面臨始亂終棄的人生，論者因此將之理解成砂州的借喻：砂拉越一度是汶萊王國（Brunei Sultanate）的屬地，後割讓予布洛克（Brooke）家族，二戰後轉讓英國，最後再成為馬來西亞的一分子，印代、瑪拉阿姐的遭遇正呼應東馬從屬及被占有、遺棄、販賣的命運。

　　梁放也有一些小說涉及革命、砂共，但僅作為背景，整部小說甚至不出現「政府」、「砂共」之名。梁放旨在呈現大歷史中小人物的生活情感，以「小說」抗衡、修補歷史、政治之類的「大說」。〈鋅片屋頂上的月光〉敘述的是為了愛情而被「革命」的故事：年輕女老師不懂革命，卻為了愛人被動加入，最後慘遭殲滅。歷史和人性的反諷在於，最進步的青年成了最務實的商人，最深情、最與革命無關的女子反而「革命」到底。〈一屏錦重重的牽牛花〉中，參與革命運動的夫妻走向末路，給兩家人遺留難以承受之重──槍林彈雨的可怕記憶不時閃現，喪子的父親更因此陷入創傷後遺症。長篇小說《我曾聽到你在風中哭泣》描寫游擊隊與政府對峙下的百姓苦狀──農作物被破壞，人被監控，甚至被無辜殺害。小說也呈現革命隊伍中複雜多元的參與動機，有者為了愛情，有者為了替親人復仇，有者是受不了政府的長期監控而被迫轉左的，不盡然是理念的忠實擁

護者。革命、砂共向是官方亟欲否決、磨滅的過去，如同上述小說中死於革命之名的男女不但被亂葬，還要面臨後世建築的層層覆蓋，以致永遭遺忘；個人也常在創傷與壓力下選擇失憶——「以前的事，要老記掛嗎？」「人都死了，還提她做什麼？」。然而，梁放的書寫即是一種記憶的召喚，過去的一切就如小說中不結果的芒果樹，以低調的存在拒絕遺忘，而小人物的情誼也如小說中怒長的牽牛花，既脆弱又剛強，絕非帶刺的籬笆所能管束。梁放回顧自己的創作歷程時曾說：「生命的流逝遠比自己想像中迅速，最該聚焦、最該珍惜的是愛。當時間不存在了，生滅也就不存在了，存在的只有愛。清淨的愛。永恆的愛。」就上面的例子看來，小說人物的情誼確實超越種族、階級、政治理念，是更永恆的存在。

　　梁放也書寫散文，與一般馬華作家有別，其題材常圍繞砂州風土與多元種族文化，如伊班長屋、獵人頭習俗、熱帶雨林。他不以獵奇、觀光姿態渲染這些題材，而是以平等的眼光，盡可能客觀、克制地描述，彷如人類學的民族誌。以〈長屋〉為例，散文描寫長屋的空間結構以及居於其中的原住民之生活、習俗與歷史，即便敘及獵頭和「降頭」文化，也沒有太多情感起伏。因工作關係，梁放有很多深入內陸的經驗，對原住民的生活情感相當熟悉。這樣的在場優勢也有助於他深入刻畫異族，小說《我曾聽到你在風中哭泣》即成功觸摸、描寫伊班族幽微的樂天心理及處事態度——一切境遇均可化於「哈海——浪該」叫聲中。

延伸閱讀

黃錦樹。〈文學的犀鳥之鄉——序梁放小說《臘月斜陽》〉。《時差的贈禮》（臺北：麥田，2019），147-153。

梁放。《臘月斜陽：梁放小說自選集》（八打靈再也：有人，2018）。

張康文。〈「華」「拉」之變：〈龍吐珠〉及梁放的族群書寫〉。《依大中文與教育學刊》no.3(2021): 1-18。

莊華興〈梁放跨族群小說的國家與美學雙主體追尋——讀《哭泣》兼及其他（代序）〉。梁放（著）《我曾聽到你在風中哭泣》（加影：貘，2014），vii-xxx。

八

歷史、家國與認同

黃錦樹

1930年馬來亞共產黨成立，它深刻改變了殖民地馬來亞的政治格局，國、共的角力更直接延伸到星馬。這股去殖民的力量，在日據時期甚至成為馬來亞最主要的武裝抗日力量。它的行動和記憶，悲願與遺憾，為馬華文學提供了獨特的題材。自己的故事自己寫——金枝芒和賀巾、海凡都是韓素英《餐風飲露》中的「裡面的人」，以不同的方式見證「我方的歷史」。

1955年南洋大學創辦（次年正式上課），但這一年，是多事之年。4月，不結盟國家在印尼萬隆召開會議，中共總理周恩來宣布不承認華人的雙重國籍；11月，方天創辦《蕉風》半月刊於新加坡；12月，馬共代表和馬來亞聯合邦官員在吉打華玲展開會談，無功而返，馬共也隨即倉皇北撤。其後不到兩年，馬來亞建國。

建國後不過數年，國家機器重塑思想上層建築，華文教育受到嚴重擠壓，國家文化定型為單一民族國家體制，經濟政策的種族化，政治摩擦不斷，此後馬華文學的族群化也隨之加劇。歷史、教育、文化、政治、經濟、族群……種種，都以問題小說的方式進入寫作者的想像視野。在半島本土，小黑是個突出的例子。都有旅臺經驗的潘雨桐和商晚筠，同時受到臺灣現代與鄉土思潮的洗禮。潘的東馬經驗讓他可以延續李永平〈拉子婦〉的母題，更深入華人與少數族裔間的族群剝削；吉打華玲小鎮出生的商晚筠，那被馬來農村包圍的華人小鎮，是她故事永恆的初始現場。商晚筠的同年人丁雲，從現實主義〈圍鄉〉到形式崩毀的《赤道驚蟄》，都可以看到一種迫切的焦慮。

同樣出身吉打的賀淑芳，在那魚米之鄉、南巫的土地，性別、族群和宗教，都帶著若干幻魅的色彩。花踪寵兒黎紫書的敘事幻術，和她豐富的文學獎經驗脫離不了干係，家國、族群、性別，在作品裡，或許都可以是一種技術效應。

在更早的時候，在一九六〇年代，在一個多元文化民族國家還有實現的可能時，白垚就借用《馬來紀年》裡的故事，把前殖民時代海峽小藩屬國對北方古老帝國的輕浮妄想，改寫為一個「反離散」的浪漫寓言。

馬來（西）亞華人左翼政治之濫觴：馬來亞共產黨

潘婉明

自1930年建黨算起，加上一九二〇年代以來的探索階段及「南洋共產黨臨時委員會」（The Nanyang Provisional Committee，簡稱「南洋臨委」）的草創時期，馬來亞共產黨堪稱有百年歷史可書。但截至2022年為止，距其於1989年解除武裝以來已歷三十三年，馬共尚未有一部宏觀、兼容多元與分歧的黨史問世。

馬共無黨史，但並非無史。馬共在各個歷史時期，都曾經就黨的成立及其進程做出交代。早年或限於條件，相關文獻的內容極簡，篇幅也不長，但可見出馬共重視歷史的態度，有其傳統。因此黨史生產的拖延與滯後，很可能跟它「外來」的歷史身世有關。

馬共一路行來，始終擺脫不了「移動」與「跨域」的宿命，以致它在不同的歷史階段，都面對到兩者交織之下所不可避免的「不在地」與「流亡」際遇。這種離散處境導致馬共在很大程度上只看見自己所在，而看不見彼此，遑論他人與他方。本文將簡單地為讀者介紹馬共成立的歷史，它如何從馬來（西）亞華人左翼政府之濫觴，走向在「域外」戰鬥的經過。

馬來亞共產黨的成立

馬來亞共產黨的歷史現場不限於一時一地。自一九三〇年成立至1989年其總書記陳平與馬泰兩國政府簽訂和平協議止，共歷時五十九年。但馬共歷史的發端可能可以追溯到1919年《益群報》創刊以來的整個二〇年代。這份報紙雖由國民黨人創辦，但歷任編輯都具有無政府共產主義（anarcho-communism）的政治背景，因此學者楊進發認為，這批無政府共產主義者在馬來亞奠下了共產主義某些觀點和理論基礎，他們比第一波到此宣揚共產主義思想的中共黨員起碼要早了三年。此說挑戰了一般所認為的共產主義乃由中國共產黨人、國民黨左翼分子或印尼共產黨引進馬來亞。不過這同時也說明了馬來亞的共產主義政治的發展從來都不能跟中共脫勾，時間甚至可以更往前推。

第一批中國共產黨員是1921年潛入馬來亞活動，影響力可及於報界、民間學校和工人群體。共產主義思想和組織在馬來亞的拓展，跟中國的政局一直發生聯動。1924年的聯俄容共政策加速了在馬來亞活動的共產黨人滲入國民黨的組織，而1927年的國共分裂也促使在馬來亞的共產黨人必須從當地的國民黨組織中脫離出來，另覓容身之處。1928年初成立的「南洋臨委」是馬共的前身，由中共派出五名代理人籌組而成，管轄除菲律賓以外的其他東南亞國家的共產黨活動。1930年4月，「南洋臨委」在第三國際指示下宣布解散，並以馬來亞共產黨取而代之。這意味著東南亞的共產運動進入了去集權化和地方分立的發展階段。

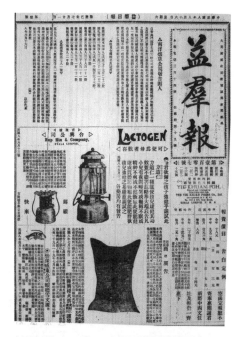

《益群報》（1919-1936）（高嘉謙翻攝提供）

馬共成立之初，活動主力在工人／工會鬥爭，影響層面不廣，普遍認為只及於海南籍群體，期間也經歷過幾次內部的派系衝突和分裂。但自1937年中國抗戰以來，馬共領袖在中國民族主義情緒的凝聚之下，積極發動抗日援華運動，並在1938年4月的中常委會議中，將驅逐日本、抵制日貨、嚴懲法西斯侵略者列為鬥爭綱領，並主張沒收奸細財產充作反侵略的經費。

當時，以陳嘉庚為首的南洋僑領已發動僑界，先後成立「華僑籌賑祖國傷兵難民委員會」（簡稱「籌賑會」）和「南洋華僑籌賑祖國難民總會」（簡稱「南僑總會」），號召華僑踴躍捐輸，救濟傷兵難民，支持祖國抗戰。由於殖民地總督要求捐款一概匯交南京中央政府行政院收，馬共於是另外成立了「馬來亞華僑各界抗敵後援會」（簡稱「抗援」），以依附在「籌賑會」的半公開形式進行募捐，所得款項祕密匯到香港交廖承志辦公室，以支援八路軍、新四軍、東江抗日游擊隊、瓊崖抗日獨立隊等中共所領導的部隊。此外「抗援」也配合「南僑總會」發動其會員參加回國服務的機工隊。

「抗援」的行動邏輯基本上延續了「南洋臨委」及其後繼者馬共的尚武、激

進精神。除了賣花、募捐、義演、義賣、獻金、徵召機工回國服務這類一般性工作，「抗援」還暗中擔負了懲戒漢奸的任務，堅決與各種破壞抗日救國運動的勢力進行鬥爭。其手段之激烈，致使無數在此間活動的共產黨人被殖民政府逮捕和驅逐，加上1939年歐戰爆發以後，馬共一度採取更激進的反帝策略，鼓勵勞資對立和發動罷工示威，無視殖民政府的強勢鎮壓，直到中共在1940年中下旬出手干預方休。

到這裡，我們已經確知馬共和中共一直維繫著非常緊密的、從屬與指導的關係。其黨員雖以本地群眾為對象，但領導層源自於中共指派的知識分子。馬共的歷史從一開始就有跨越和遊走在不同地域的性質。

1941年秒，馬來亞的天空戰雲密布，「抗戰」已非「國內」之事。盛傳日軍將登陸新加坡，殖民地政府遂將兵力集中在馬來亞最南端的島上。其時英軍對迎戰日本頗有自信。1941年12月8日，日軍取道泰國南部進入英屬馬來亞境地的吉蘭丹（Kelantan）後揮軍南下，在短短一個月裡攻占北馬各州直抵雪蘭莪（Selangor）。英軍兵敗如山倒，失去馬來亞的半壁江山。12月20日，政府釋放全馬在押的約兩百名馬共黨員和抗日分子，同意讓共產黨派員到「101特別訓練學校」（101 Special Training School）接受游擊戰訓練，等同於跟過去的宿敵聯手對抗新的侵略者。1942年2月15日，新加坡淪陷，馬來亞失守，但馬共早在1942年1月1日就已在雪蘭莪州成立了「馬來亞人民抗日軍」（Malayan People Anti Japanese Army，簡稱「抗日軍」）第一獨立隊，其他各州也隨即跟進。「抗日軍」遂成為當時保衛馬來亞最具規模的武裝力量。

緊急狀態與武裝鬥爭

戰後，殖民地政府因馬共「抗日有功」而承認其合法地位，允其公開活動。但這段表面和諧共存的日子非常短暫。1947年，馬共揭發總書記萊特（Lai Teck）為法、英、日三面間諜，內部經歷了一場政鬥，年僅二十三歲的陳平繼任為總書記。1948年3月，馬共召開第九次擴大中央會議，通過改以武裝鬥爭為「最主要和最高的鬥爭形式」。1948年6月，殖民地政府在全馬頒布緊急狀態（Emergency），馬共召集成員進入森林，挖出抗日時期預藏的武器，建立「馬來亞民族解放軍」（Malayan National Liberation Army），正式展開游擊戰鬥。

英國殖民者集合帝國資源強勢剿共，馬共在各方面條件懸殊的情況下處於下風。1950年，政府在全馬各地建立數以百計的「新村」（New Villages），將散居在鄉村和森林邊緣的華人民眾圈禁其中，通過集中營管理形式，封鎖和控制了糧

食、物資、情報和人口的流動，成功地將馬共及其（潛在的）支持者隔離開來，是為「新村計畫」（Briggs Plan）。

「新村計畫」雷厲風行，對馬共打擊甚鉅，使游擊隊面臨飢餓的局面。馬共自1953年開始陸續往北向馬泰邊境撤退，駐紮在泰國南部的勿洞（Betong）、昔羅（Sadao）等地區。部分不及北撤的部隊，困守在檳城浮羅山背（Balik Pulau）、霹靂州（Perak）、馬六甲（Melaka）和柔佛州北部（Northern Johor）的森林裡，成了孤軍。他們之中，有者奮戰到底，部分接受招降，個別戰士則偷渡到印尼的蘇門答臘及其他外海的島嶼，另謀出路。

部隊主力撤退到邊境，糧困的問題暫且緩解，但隨即面對到另一個尷尬的局面：當駐地與戰場不在境內，鬥爭目標不明，士氣大受影響，兵源招募困難。1955年底，馬共主動發表結束武裝鬥爭聲明，要求與馬來亞聯盟政府會談。然而政府代表團態度強硬，「華玲會談」（Baling Talk）破局，馬共堅決以「不投降」為前提持續鬥爭。1957年馬來亞取得獨立，政府以強勢「剿共」姿態拒絕再與馬共進行和談，而馬共也拒絕承認「主權不完整」的獨立，雙方都錯過和解的歷史時機。

從偃旗息鼓到新方針

馬來亞獨立令馬共的處境愈發艱難。1959年，馬共決定縮減人員，降低游擊活動級別，檢討前景，逐漸停止武裝鬥爭，其主要領導人則於1960年底啟程前往中國「作客」。然而不到兩年時間，中共總書記鄧小平於1961年中接見馬共領導層時表示東南亞的形勢大好，促馬共恢復武裝。馬共遂於1962年推翻原「偃旗息鼓」政策，執行「新方針」路線。

在「新方針」的指示下，馬共自1969年始先後派遣七支突擊隊南下，成功跟國內的地下組織接頭，並於1971年在霹靂州成立「第五突擊隊」（5突），1973年在彭亨州擴大組成「第六突擊隊」（6突）。兩支隊伍的任務是在馬境內恢復馬共此前在該二州的地盤，但5突持續面對嚴峻的圍剿，一九八〇年代初期即宣告瓦解，所幸有相當人數的戰士成功折返邊區，而6突則在境內的中央山脈深處堅持到1988年才非常戲劇性地被「招降」，為馬共歷史留下懸念。

在中國，馬共高層經由中共安排，落戶在湖南省四方山。中共以代號「691」軍事基地為掩飾，同意馬共開設廣播電臺。1969年底，「馬來亞革命之聲」電臺正式運作，以三語廣播（華語、馬來語及淡米爾語）向東南亞地區放送消息。1980年，新加坡總理李光耀到訪中國，中共隨即要求馬共於1981年中關閉「革

命之聲」電臺。馬共遂將電臺設備轉移到邊區，改設「馬來亞民主之聲」，繼續廣播。

新加坡：逮捕與流亡

在新加坡，由於政治和地理條件的限制，馬共的活動採取地下鬥爭路線，通過「星洲人民抗英同盟」（Singapore People's Anti British League，簡稱「抗英同盟」）等組織對工會、學校和農村進行滲透。1954年，李光耀與一批左翼菁英共同籌組人民行動黨（People's Action Party，簡稱行動黨），以反對黨之姿崛起，並於1959年贏得自治邦議會大選。1961年行動黨發生內部分裂，黨內的左翼人士脫黨另組社會主義陣線（Barisan Sosialis Singapura，簡稱社陣）。1963年2月2日，行動黨政府大肆逮捕一百一十名左翼人士，包括社陣黨人、工會領袖、地下組織成員及共產黨員，是為「冷藏行動」（Operation Cold Store）。

事實上，馬共很早就考慮到保全幹部之必要，早在一九五〇年代就已開闢出一條祕密航道，陸續將重要的地下成員撤往印尼，分別在爪哇和蘇門答臘落腳，部分人員被安置在沿海地區，伺機打通海路，偷渡返馬。這支來自新加坡的流亡隊伍，在印尼展開長期的流亡生涯，一直到七〇年代中期才開始思考何去何從。期間也有成員在潛返新馬執行任務時被捕，另一部分人則經由組織安排遠赴中國，或潛伏在港澳接應陸續到來的同志；有一些人脫離組織下落不明，還有一些人滯留在印尼終老。抵達中國的成員，有些被安排到馬共電臺服務，等待機會回邊區上隊。另一些在中國出生或求學的馬共子弟，學成後也會被派往邊區貢獻他們的力量。

馬新兩地，無論是殖民時期或後來的自治／獨立時期的執政者，反共立場非常明確，對共產黨人絕不寬待。在緊急法令之下，不少馬共黨員、被俘的游擊戰士、輸送物資的民運人員或疑是馬共同情者的一般群眾被收押在監，若被捕時持有武器將可被判死刑。這些人被判刑後關押在全馬各地的扣留營，有些人經審訊被判出境，另一些人則在被拘押數年至十數年後，甚至將近刑期屆滿時才被驅逐，有些家屬也因此陪同出境。這些人抵達中國後，大部分被安置在海南、廣東、福建各省的「華僑農場」拓墾，從此入籍中國，其中也有人加入中國共產黨，由馬共變成中共。一九七〇年代，中國政府宣布「有條件的華僑」可申請出國，奈何這些人已無國可回，唯有移居香港，持英國護照，少部分人則到了澳門。

和平協議：結束武裝，重返社會

1989年12月2日，馬共與馬來西亞及泰國政府簽訂和平協議，正式解除武裝。1991年，政府開放前馬共成員申請回國，約有四百人獲准返馬。迄今，他們解甲歸國已滿三十載，在生活上的適應和發展可自成一個歷史階段。新加坡出生的馬共成員，必須簽署一份政治聲明才得以重返已獨立的島國，這大大降低他們回歸的意願。大多數新加坡出身的馬共不願否定自我一生的信念，決定與其他沒有選擇返馬的同志入籍泰國，定居在泰國政府為安置他們而建設的幾個和平新村裡。

綜上所述，馬共歷史是一部不斷在移動和跨境的歷史，無論在人員的穿越或地理疆域的跨越。馬共早年從成立到組織架構，皆由中共派員指導，其後的發展也深受中國民族主義及中國國內局勢的影響。一九二〇、三〇年代，無法在中國立足的中共南下馬來亞變身為馬共；五〇、六〇年代無法立足馬來（西）亞的馬共回歸中國變成中共，此為人員的移動與穿越。在境域上，馬共的鬥爭一直有撤出本土境地、跨越不同地域並立足域外的特質。馬共雖為本土而戰，最後卻只有小部分人回到原來出發的地方，其餘大多數人都置身異域。

小結：百年黨史

過去很長一段時間，馬共對歷史學者寄於厚望。他們宣稱，21世紀出版社所出版的大量文獻乃是為學術鋪墊，呼籲學者為馬共的鬥爭與犧牲做出公允的評論。然而馬共及泛左派陣營均執著於各自的框架，不會接受「他人」的結論。他們在等待與自己契合的研究者。不過我認為，任何學者之言都不能鳩占鵲巢。馬共必須要有一部自我生成、整合和定調的黨史，不假手「認同自己」的研究者代勞，來完成它的歷史使命。

百年馬共黨史應包含：自一九二〇年代的探索、三〇年代的創黨、四〇年代的抗日與和平、五〇年代的武裝與越境、六〇年代的沉寂與再起、七〇年代的肅反與重振、八〇年代的式微與解甲、九〇年代的復員與返馬，以及2000年以降的重返社會、歷史問責與戰士凋零。而穿透這百年步履的，是移動與跨域。

和解以來這三十年，馬共有足夠時間盤點「我方」的歷史，卻沒能達成，究其原因，在沒有共識。眾所周知，「肅反」和「分裂」是馬共鬥爭史上最大的爭議，內部若不就這個問題達成「和解」，任何黨史的產生都只是各說各話，不能代表全貌。因此馬共的當務之急，是探討如何從歷史的錯誤和包袱中解套。

延伸閱讀

陳仁貴、陳國相、孔莉莎（編）《情繫五一三：一九五零年代新加坡華文中學學生運動與政治變革》（八打靈再也：策略資訊研究中心，2011）。

林清如。《我的黑白青春》（新加坡：脊頂圖書，2014）。

Poh Soo Kai (ed.). *Comet in Our Sky: Lim Chin Siong in History* (New Edition) (Petaling Jaya: SIRD and Pusat Sejarah Rakyat, 2015).

Tan Teng Phee. *Behind Barbed Wire: Chinese New Villages During the Malayan Emergency, 1948-1960* (Petaling Jaya: SIRD, 2020).

馬共行軍餐盒餐具（潘婉明提供）

馬共行軍背囊（潘婉明提供）

反革命的革命文學：讀金枝芒小說

潘婉明

金枝芒本名陳樹英，1912年出生於江蘇，1937年攜妻南來馬來亞霹靂州小鎮督亞冷任教職，期間也從事文藝創作、參加「抗援」活動並投身馬共。日據時期，由於生活艱鉅，他念及妻兒可憐，決定退黨，入山開芭，唯戰後受同僚招募，又重新歸隊。

金枝芒無論是其人其文，都是馬華文學史中「死而復生」的奇特案例。作為南來文人，早在戰前他就以殷枝陽、乳嬰等筆名活躍文壇，戰後更以周容一名掀起了「馬華文藝獨特性」的論戰。但緊隨著1948年緊急狀態的頒布，金枝芒就像在空氣中蒸發了一樣，失去蹤影。事後得知，當時他響應馬共號召進入雨林參加武裝鬥爭。雖然身在游擊部隊，金枝芒沒有投筆從戎，反而創作不輟，肩負部隊裡的編輯和出版工作，催生了軍中文藝刊物《十年》付梓，直到1961年撤回中國。若非由馬共主持的21世紀出版社分別在2004年和2008年重新出版金枝芒的《抗英戰爭小說選》和《飢餓》，將其作品推介給公眾，除了少數熟諳馬華左翼文學史人士，一般讀者很可能就此錯過他。

《抗英戰爭小說選》收錄的三篇小說的故事情節，從馬共的角度，都是實際發生過的「事實」，其中〈烽火中的牙拉頂〉所寫的更是馬共史上一場著名的戰役。1948年7月馬共甫宣布採取武裝鬥爭，其在吉蘭丹州山區的一支游擊隊就攻陷了話望生（Gua Musang）警察局，宣布「解放」了該地區。但馬共的這場勝利只維持了約五天，因殖民當局增派援軍而撤退。牙拉頂坐落在話望生約十公里之外，靠近更為人所熟知的布賴（Pulai）地區。如果不是地方人士，通常不知道「牙拉頂」的土稱。它位於吉蘭丹州最南，與彭亨州交接的地方，正是馬來亞半島中央山脈上最孤絕的地帶。

〈烽火中的牙拉頂〉敘述了這個山區的人民，在日據時期及緊急狀態初期因支持馬共而招徠了各種劫難。小說的核心人物，包括眾多戰士和「走狗」唐嚴的角色都有其人，情節與口述歷史採集所得相當接近。根據編者在序中指出，當邊區的戰士們得知「周力」同志（金枝芒）要把霹靂和吉蘭丹兩州的戰士和戰鬥

金枝芒小說《抗英小說選》（2004）（高
嘉謙翻攝提供）

記錄下來，大家都踴躍響應，把自己的親身
經歷和感受，或用文字寫下，或用口述提供
給他。其中一名戰士曾漢添，在其回憶文章
〈轉戰邊區〉中證實了這點。1958年當他輾
轉到達邊區，在北馬局（即馬共在泰馬邊境
的總部）逗留的一個多月期間，向部隊裡負
責文宣工作的「周同志」介紹了他在丹霹兩
州的戰鬥，這些事蹟經改寫後，油印出版成
《十年》系列，供邊區同志閱讀。

　　換句話說，《十年》系列的故事都是屬
於馬共自己採集的口述歷史，都是以「事
實」為基礎、以文藝為表現形式的創作，儘
管只取其所需。金枝芒在《十年》叢書其中
一篇「編後」裡一再強調，寫戰鬥要「寫好
事不寫壞事」。在這個前提下，即使是被攻
擊、遭遇戰、中埋伏，甚至是打敗仗，只要「截取足以表現同志們勇敢戰鬥的片
段，就是有意義的好東西」。因此他主張，「在截取這樣的片段的時候，這個片
段要著力去寫它，要力求具體詳細，而別的只要簡單交代幾句，使人懂得這個片
段的前因後果，不致莫名其妙就好了。」

　　〈烽火中的牙拉頂〉就貫徹了這樣的創作原則。金枝芒雖為創作者，但他也
是一名共產黨員，在游擊戰鬥中肩負了教育、宣傳、鼓舞士氣的任務。為了達到
指導和激勵作用，他的小說必須讓戰士從容就義、讓群眾慷慨犧牲、讓走狗面目
猙獰、讓官兵人面獸心，也讓婦女軟弱無助以及讓她們的身體任人擺布。這種
極忠極奸、大是大非的人物設計，在革命文學中很常見，但令人費解的是，文中
對該場戰役的混亂和失利，對戰士的盲從、好鬥、無知、不守紀律、形同烏合的
描寫，似乎也未經修飾、毫不保留地揭示在讀者眼前。他如此寫，非但寫了「壞
事」，同時也不足以彰顯同志的勇敢。作品所透露的，更多是馬共的困窘和局
限，以及戰士的草莽氣質和草根性。

　　金枝芒寫〈烽火中的牙拉頂〉也使用了不少方言，其中不乏粗言穢語，讀之
很令人感受到他想以口語和方言來親近本土的努力，但也不無投其所好、遷就戰
士程度和趣味之嫌。正因為這份刻意，也使得小說文字的水準參差不齊，兩邊不
討好。一方面，原可寫好的文字，因為要結合此時此地而必須加入本土元素，干

擾了行文;另一方面,方言的穿插,特別是在人物對話的部分,儘管用心良苦,但也出現過多非本地人應有的用詞、說話的語氣和口吻,讀之彆扭。

金枝芒處理婦女被強暴的情節,也有違他「不寫壞事」的原則,並且不符合「別的只要簡單交代幾句」的指示。文中有關強暴的篇幅之長,可見它不是「別的」,而其殘暴的程度,以及近乎敘事的呈現方式,也很難理解為僅僅情節所需。欺凌婦女向為英雄所不恥,當馬共的戰鬥失利,女人復又受欺凌,沒有比這個更能激怒男人,或激發已被激怒了的男人的戰鬥力。創作作為動員及提升戰鬥能量的一環,莫過如此。

金枝芒小說《飢餓》(2008)(高嘉謙翻攝提供)

此外,再怎麼「簡單交代幾句」非關戰鬥和英勇之事,此時此地的革命文學最難處理的正是反革命的民眾。敵人可以妖魔化、「走狗」可以踐踏,但廣大不支持革命或在觀望的群眾卻不可以全面抹煞。一方面,他們是彰顯革命者和戰鬥故事的張力所在;另一方面,過度否定群眾等於否定了革命的必要性。這個兩難出現在〈烽火中的牙拉頂〉實屬無可避免,導致情節多有矛盾。小說開端描述著牙拉頂「全民」心向馬共,即使有「走狗」們的種種惡行,民心還是堅定地向著革命。然而在此時此地的原則和不違背「事實」的基礎下,後面的情節就不得不有所轉折,不得不讓內心感到恐懼的、遇事退縮的、心懷疑慮和各種盤算的群眾一一登場。

凡此種種坦然、矛盾和自我揭露,我們可以合理地理解成,當初《十年》系列的讀者是沒有戰士以外的「外人」的。即使作品的水準平平,創作的手法粗糙,內容充斥著長他人志氣滅自己威風的事實,也無損於現實中的戰鬥。正如金枝芒所認定的,只要能很好地反映馬共那十年間的戰鬥、其戰士之戰鬥表現和戰鬥精神,就值得寫。沒有「外人」的凝視,這些事不過是日常,無須隱藏。

馬共的軍中文藝被如此攤在陽光下,作為文本被閱讀,作為文獻被檢視,是始料不及的事。《十年》的寫作指導原則在金枝芒另一部力作《飢餓》中,也有所作用,卻又大不相同。《飢餓》初版誌期1960年10月,當時以手抄油印,限內部流通,2008年再版的亦是這個版本。這部小說描寫了一支十五人(包括一

名初生嬰兒）的隊伍如何在惡劣的環境中堅持鬥爭，經歷了敵人的封鎖和餓斃政策，最後剩下五人突圍的慘烈事蹟。

《飢餓》是一部細描死亡的長篇小說，一度因不利於士氣而停止傳閱。在小說中，金枝芒用了四百多頁的篇幅、長達至少七、八個月的時間把十五人中的十人一一致死，似乎是把他所知道的一切有關覓食危機和在飢餓中掙扎瀕死的面貌全數寫進了一部小說裡。為此，各個受難角色必須得一個一個接續死亡而不能有集體餓斃的情節。

和〈烽火中的牙拉頂〉一樣，《飢餓》也是口述採集的成果。不過令人意外的是，後者的架構、筆觸和文字，遠比前者成熟、流暢、更有說服力，其文學性很罕見地凌駕於歷史和宣傳的意義之上，雖然充分地「截取足以表現同志們勇敢戰鬥的片段」，但也大大地違背了「不寫壞事」原則。

金枝芒捨棄他一貫以「歷史事件」為藍本的創作形式，改採文學性更濃厚的死亡描寫，其原因和動機，今不可考。《飢餓》的死亡情節非常具體、詳盡，而且細緻、深刻，如此竭力盡職地記錄死亡，已相當於把一場此時此地的革命歷史凝固在其創作之中。因此我認為，《飢餓》不像是自限於內部而排除「外人」之作。金枝芒回中國後，即使本人分身乏術，仍託人代為整理潤飾，唯終究沒有成事。今日從馬華文學史或馬共歷史的角度言，此實屬幸事。後來他自己也曾親自修訂過，卻因久居中國遠離了前線和戰火而力有未逮，最後才得以留給我們最初始的版本，誠屬最純正的歷史遺產。

作為「馬共書寫」的代表人物，金枝芒就是一個「純正」了得。相較於賀巾憑一己之力「補史之闕」的「純真」，金枝芒的創作靈感出自集體，這不但豐富了他的題材，也充實了作品的內容。賀巾創作不敢妄言，凡超出自己見聞和經歷的範圍都會自我設限，這使其作品欠缺技巧和張力，也使他自己成為「不正確的馬共」，但金枝芒集馬共戰鬥和主持編務的資源，以最「純正」的姿態，負起宣傳、教育、服務黨和同志之責，深受馬共愛戴，被奉為「人民文學家」。

延伸閱讀

波瀾。《葵山英姿：女游擊戰士三十五年森林生活實錄》（吉隆坡：策略資訊研究中心，2015）。

21世紀出版社編輯部（編）《十年：抗英戰鬥故事輯（一）至（五）》（吉隆坡：21世紀，2013）。

海凡。《可口的飢餓》（八打靈再也：有人，2017）。

海凡。《喧騰的山林：一個游擊戰士的昨日誌》（八打靈再也：有人，2019）。

「革命加戀愛」的正確與不正確：
讀賀巾及其小說

潘婉明

賀巾是繼金枝芒之後、海凡之前，兼具作家和馬共身分的「馬共書寫」代表人物。賀巾本名林金泉，1935年在新加坡出生，高中時期就開始創作，曾以韋嘉、賀立等筆名發表作品，唯因政治活動中斷。賀巾早年參加學生運動，後潛入地下，1961年流亡印尼，一九七〇年代輾轉赴華，加入馬共在湖南的「馬來亞革命之聲廣播電臺」，直至八〇年代才抵達邊區。他在部隊重拾創作，曾以德曼、吳迪、艾蘭等筆名在軍中油印刊物《火炬》上寫稿，該時期的作品後來收錄在《崢嶸歲月》一書裡。

賀巾小說一直以「紀實」為己任。他的作品或以時代為背景，或以真人為素材，或向烈士獻禮，或為亡友而作。他的創作動機很單純，「想為我們這一代人的生活，在歷史上留下痕跡，盡點綿薄。」根據我的閱讀與田野印象，賀巾其人和他的文字一樣，處處見出正直與真摯。因此我們可以想見，當誠摯而紀實的馬共寫作，他必然不受待見。昔日同袍批評他好發牢騷，把個人委屈轉移到作品，人物刻畫有所投射，或將全體的缺失集中在單一角色身上，擴大其負面形象，與「事實」不符。

事實上我讀賀巾小說，讀的正是「事實」。以《巨浪》和《流亡》為例，前者在某種程度上為「五一三學運」提供了「有力」的當事人說法，後者對於幫助我們瞭解新加坡馬共的革命路線、遭遇和經歷則起了補白的作用。對我而言，賀巾小說的訊息量大，但必須進一步搜索、考據、琢磨及延伸。他固然有「補史之闕」的動機，儘管有限、抑鬱、欲言又止，但他也在經驗範圍內「據實」揭示和解構馬共方面所試圖以過於高大、不合理的純潔、善良、正直、服從的形象來凝聚的「我方歷史」的版本。

賀巾是一名信仰堅定、思想端正的共產黨員，但他的作品卻洋溢著青春的氣息。他筆下的主人公多是新加坡的中學生和工人，或在邊區上隊的新兵。他們來自不同背景和階層，有著年輕、熱情、羞澀、幼稚以及情竇初開的共同點。他們對人生感到困惑，也對社會與國家的前途感到憂心。這些相對成熟又不失莽撞的

青年，經常在懵懂中萌生愛情，復又在現實中受阻，或經歷磨練後彌堅。賀巾的故事總是以這樣充滿陽光與朝氣的角色，既鮮明又含蓄地圍繞著「革命加戀愛」的課題開展，但又局限在「正確的愛情」裡打轉。

短篇小說〈紅旗〉即描述女學生菊對學運小隊長建萌生愛意，經由他的帶領逐步走向革命反殖的道路：「我覺得從來沒有人這樣瞭解我，這樣關心我，這樣深深地觸動我的心靈。漸漸地我反而對他產生好感。」起初她似懂非懂獨自困惑，終鼓起勇氣探詢：「我也分不清，究竟是少男少女情懷的必然流露，抑是共同事業的使然。我終於鼓起勇氣，把這種感覺寫信告訴他。似乎只有這樣，才能卸下精神上的負擔。」

經過菊的告白，兩人確立了戀愛關係，即使後來建被捕入獄，菊也堅決守候。數年後，生命垂危的建獲釋不久即暴斃家中，屍體瘀黑，疑似在獄中被毒害。建的死令菊失去理智，一心復仇：「我失眠，我吃不下飯，我甚至想蠻幹，到那間『沙里』屋背去取回那些武器。」所幸同伴及時攔阻，曉以大義她才振作起來：「我帶著建的遺願，和同伴們正在尋找那個曾是建嚮往的地方——那個紅旗飄揚的戰鬥集體。」

〈紅旗〉的菊在戀人身故後仍堅定革命的意志，這種「革命加戀愛」模式也出現在另一短篇〈熱戀〉中。〈熱戀〉的男女主人公廖明和素琴是一對準備結婚的革命情侶，卻因上級私心遲遲不批准他們的關係而無期拖延著。後來廖明在一場火災中喪生，素琴的精神受到嚴重的打擊，意志消沉了很長一段時間，直到同樣參加地下革命的哥哥來信鼓勵她「化悲痛為力量，和我們一起戰鬥」，她才漸漸恢復過來。

不過，相同人物原型和故事在另外一個版本有不同的結局：在長篇小說《巨浪》中，賀巾沒讓素琴接到哥哥的信，當女同志來探望她時，她幻見廖明復活，又幻聽到哥哥和廖明在歌唱。這個版本的素琴沒有重新振作，也沒有繼續廖明的革命事業，她精神失常了。

賀巾允許「革命加戀愛」有不幸和悲傷的結果，特別是當戀愛是正確的，不正確的是過程中出現的變項，因為辜負愛情的不是戀人本身，而是遭他人（尤指上級）橫加阻撓或橫刀奪愛，小說《巨浪》裡就有這樣的例子：領導李欣誣陷下屬徐林虧空公款，繼而橫刀奪愛，強暴了擔任交通員的秀媚，拆散一對戀人。秀媚淪為李欣的洩慾工具，意志消沉。事隔多年她重遇昔日同志惠貞，告訴對方自己的遭遇。惠貞鼓勵她透過組織關係向上級控告李欣，但這個心思很快被李欣識破，亮槍要脅她的性命。秀媚怕牽連同志，情願獨自承受，保持緘默。後來李欣

賀巾《崢嶸歲月》（1999）、《巨浪》（2004）（高嘉謙翻攝提供）

被捕，出賣許多同志，但小說沒有交代秀媚和孩子的結局。

　　賀巾也願意讓讀者窺見戀愛優先於革命的順序。〈我是一株小蒲葵〉即描述十五歲的邊區少女阿夏被馬共的文娛活動深深地吸引，媽媽攔不住她，隊長的勸她也不聽，一心要上隊。阿夏說：「我情不自禁，放下膠刀，跟你們上了山。」隊長再三警告她上隊非同兒戲，「不光是彈彈風琴、唱歌、跳舞」，但阿夏很堅決，不把隊長口中的恐怖當一回事，執拗地憧憬著美好的未來，「彷彿那鼓聲、歌聲、舞姿，能敞開一個絢麗的春天！」

　　事實上，真正吸引阿夏目光的是那「用手風琴在旁伴奏」的阿汪。上隊不久，阿夏便與阿汪陷入戀愛，爾後結婚，生育兩子，都是甫出生就送回農村由家人撫養。由於思念之情不能表達，夫妻倆在營房插上蒲葵作為寄託。和談前夕，正當部隊準備解除武裝，卻傳出阿汪在戰鬥中不幸犧牲的噩耗，阿夏悲慟不已，有的同志十分同情她，但也有人嘲諷她：「跟著風琴聲來上隊的，根本沒有什麼階級仇、民族恨。」

　　對賀巾而言，即使阿夏是「跟著風琴聲來上隊」的同志，她也有追求幸福的

權利，當然也可以懷抱著戰爭結束後早日回歸家庭的願望。只要愛情本身是正確的，就沒有理由否定追隨伴侶而來的女戰士，並質疑她們參加革命的動機以及對部隊所做的貢獻。

鑑於此，只要戀愛正確，為革命拋棄戀愛也是「革命加戀愛」的一種模式。〈沈郁蘭同學〉中的女主人公沈郁蘭是一名個性爽朗但成績平庸，在班上過於調皮的插班生，因此以第一人稱出場的班長對她甚是反感。後來班長發現，郁蘭在辦課外活動時幹勁十足，工作細膩，態度認真，不畏任務艱鉅，遂對她刮目相看。不料，這樣可敬的郁蘭，卻因為戀愛的事，失蹤了幾天。

原來郁蘭跟同是高二的才子李桑是一對小情侶。1954年3月，當英殖民地政府頒布「國民服役法令」強制在馬來亞及新加坡出生的18至20歲男性登記入伍時，李桑因適齡而想以「回國」來規避徵召，他認為「與其死在別人的土地，不如投到祖國的懷裡，去學習，去建設」。郁蘭不同意，她勸李桑留在「這難受的國度」，用他寫詩的才情來為在哭泣、在水深火熱中掙扎求存的同胞吶喊。

李桑不為所動，反而苦苦哀求郁蘭同行，把郁蘭的心都攪亂了。兩人僵持不下，李桑竟說動郁蘭的父親來相逼。郁蘭去看李桑，卻見他已備妥行囊，也種過痘了，就等船期。李桑用祖國壯闊的山河、四季的美景來說服郁蘭，郁蘭怕自己動搖，匆匆離去。郁蘭不是不嚮往那個美麗的國度，也害怕失去戀人，但她一想起同學們抗爭的悲憤和難受，就「慚愧得如犯了罪似的」，經歷尖銳的矛盾和痛苦的思想鬥爭。最後，是哥哥教育了她。他批判李桑把個人利益放在第一位，他的愛情是占有的，是資產階級的戀愛觀，這樣的人不值得她依戀。郁蘭受到哥哥的安慰與鼓勵，因此振作起來，重新回到同學們的身邊。班長聞悉經過，對郁蘭打趣地說：「看不出你會談戀愛，而且還談得很正確！」

賀巾認同兩情相悅的正確的愛情，而愛情正確與否來自於她們的革命意志、決心和實踐。賀巾本人就是「革命加戀愛」的實踐者，因此他能擺脫那種黨性十足、過於純潔、無私、刻板而沒有氣息的愛情書寫模式，反而用更明快、更坦誠、更具人性化的方式呈現平實而正確、摻雜著政治信仰與革命進步性的愛情故事。

或出於「補史之闕」的初衷，賀巾的創作穿插了許多自我投射的反思，因此其小說情節也充斥著他跟內部對話甚至對抗的企圖，一反他給人低調、謙遜、不爭辯的印象。但這個反思的姿態，亦令他在很大程度上成為被曲解、被冷待、被「政治不正確」的馬共。

延伸閱讀

海凡。《雨林告訴你：游擊山頭 和平村裡》（八打靈再也：文運，2014）。

賀巾。《崢嶸歲月》（香港：南島，1999）。

賀巾。《賀巾小說選集》（新加坡：新華文化，1999）。

賀巾。《巨浪》（吉隆坡：朝花，2004）。

賀巾。《流亡：六十年代新加坡青年學生流亡印尼的故事》（八打靈再也：策略資訊研究中心，2011）。

南洋大學、左翼與「第三世界」視野

魏月萍

「裕廊山區的大學城」是一九五〇年代南洋大學學生眼中美麗且廣袤的校園。

這一座承載著無數華人子弟升學想望的學府，在經歷了如火如荼的籌款運動後，終於在1953年動土興建，1956年開始上課，寫下了東南亞第一所華文大學的嶄新歷史。這樣的一個節點，亦和中國的時局發展有著微妙的牽扯關係。南大初期，師資陣容鼎盛，集聚不少南來或離散到港臺的學人、文人，如蘇雪林、凌叔華、孟瑤、李孝定等。這些南來文人因時局流離，卻因緣巧合在南大落腳，無論逗留的時間長或短，皆參與了早期新加坡高等華文教育的建設與發展，在仍受冷戰影響與箝制的環境氛圍中，以知識與學養哺育著新馬兩地的學生。

左翼的思想氛圍

那時教師群中有兩個明顯的特點，如金進在〈冷戰、南來文人與現代中國文學〉文中指出：一是年紀偏大，具有在中國的學習與生活經歷，和國民黨文藝界有密切關係；其次，在政治認同與立場上，具有反共思想，偏向國民黨政權。在左翼思潮蓬勃的南大與新加坡社會，受左翼思想影響深刻的學生和具有反共意識的教師，如何在教育的空間場域，分享知識與學問，其中的張力如何，仍有待深入挖掘。蘇雪林的日記記載不少南大學潮時的狀況，包括軍警進入學校逮捕學生等，字裡行間的雲淡風情，讀者自有領會。而「林語堂事件」，在林語堂女兒林太乙事後追述的文字裡，已被凸顯為「新馬左派窮追猛打」的景觀。歷史糾紛，枝蔓難解。何啟良的〈南洋大學史上的林語堂〉論及這一段歷史時，沒有避開當時新加坡不少華文學校組織和學生被左翼分子滲透，思想左傾的事實，但也添補一些被忽略的細節，包括林語堂辦校理念與華校的衝突與矛盾，對新馬華人社會的熟悉與判斷以及用人方針等，予人較客觀的評價。

一九五〇年代前後的新馬，醞釀著一股反殖、反帝國，爭取獨立的思想氣氛。二戰的關係，不少南大生都是超齡生，受到時代氣氛的影響，有著較強的反殖、左傾以及反抗意識，似成為當時南大生的思想氣質。在後來者所勾勒的南大

圖像中，南大生總和左翼、反殖、抗爭等等同起來。甚至一些南來文人也無法區別中國共產黨的意識形態與新馬左翼思潮之間的差別。1965年新加坡退出馬來西亞後，政局的動盪以及為尋求社會文化的改革，南洋大學成為被改造的對象之一。偏重英語的教育統一政策，引起南大生的反彈。尤其是南大改組問題，讓六〇年代中期的學潮，一觸即發。1963年2月2日，新加坡政府大規模逮捕左派分子的「二二事件」，更加劇校園的緊張氣氛。隨後創校人陳六使被剝奪公民權、南大學生與畢業生被捕。在1963至1966年期間，無數次罷課、遊行、絕食等行動，學生激動的反抗情緒高漲，至1965年9月《王賡武報告書》出爐後達到高

李業霖編《南洋大學史論集》（高嘉謙翻攝提供）

點，學生與員警的衝突高漲。在學潮過程中，不少學生被開除，尤其在新馬分家後，一些被開除的學生加入了左翼政黨與組織，有者則投入社會運動行列。有論者便指出，在六〇年代各地的左翼工運、農運、學運和文化運動抗爭中，都有南大校友的身影。

在學潮中抗爭的南大生，常以魯迅為思想與精神導師，突出戰鬥與批判的個性，在介入大學事務與學生權益上激烈、頑強；另一些學生卻有著較強的「馬來亞」意識，積極推動學習馬來文，以翻譯為跨文化的仲介，體現文化馬來亞為共同家園的理念。較顯著的例子便是廖裕芳，受時代影響積極學習馬來文，在南大時期和同學出版雙語刊物《南洋文學》，用英文和馬來文討論馬來亞文化，後來不僅參與編寫中小學教科本以及成人的馬來語／印尼讀本，更以《馬來古典文學史》享譽於馬來學術界。值得追問的是，南大生所烙印的左翼反抗精神，以及文化馬來亞的意識，究竟具有怎樣一種主體思想的支援，提供其動力和韌性的泉源？南大生的左翼思想與行動，在新馬政治與社會語境，各有不同的際遇發展，甚至是挫敗。

「第三世界」視野的觸媒

1955年印尼召開萬隆會議，集聚了剛擺脫殖民的新興獨立國家，掀開世界的新秩序。會議旨在建立美蘇兩大陣營以外的第三世界共同體，擬定國與國之間的基本規範，關注反殖、反帝、反壓迫及解決貧窮問題。萬隆會議所形成的「團結、和平和友誼」情感基礎，成為後來者追溯萬隆精神與第三世界連結的重要情感記憶和思想動力。

在1955年萬隆會議的隔年,國際學生聯合會(簡稱國際學聯)即在萬隆舉辦了亞非學生會議,南洋大學的學生通過馬大學生會獲得參加的資格。當時參加會議的南大生有陳蒙志、楊貴誼等人,也包括仍在南洋女中念初中三年級,後來投入華文－馬來文翻譯的陳妙華。楊貴誼在其回憶錄《膠童與辭典》一書中曾詳記當時南大生熱切和國際學生交流的心情,學生們特地召開全校聯席會議以推選出參加代表,最後決定成立十人為代表的南大學生觀察團。書中記載說:「以代表團來說,這次訪問的意義,最重要當然是參加會議,瞭解世界學生的生活和學習情況,促進彼此間的學術與文化交流,提高南大和南大生的知名度。」

當年的楊貴誼深受鼓舞,回憶起南大生和印尼學生在火車上一起高歌,唱著〈哈囉,哈囉萬隆〉的氣氛,述說「像這樣激昂的革命歌曲,當然會激勵我們更加堅決爭取國家早日獨立的衝勁」。會議結束後,亞非的學生前往中爪哇和東爪哇參觀,瞭解當地的民情風俗,建立了往後聯繫的友誼基礎。楊貴誼在印尼購買了《從殖民地經濟到民族經驗》一書,回新加坡後便把它翻譯成中文。

這次的亞非學生會議對南大生是否有影響?從丘淑玲對南大學生會研究,瞭解到從南大生參加國際會議,以及通過學生刊物《大學論壇》刊載有關國際動態的報導和評述列表來看,南大生很關注東南亞、非洲和拉丁美洲的學生運動,尤其是東南亞的落後和貧困,以及民族獨立運動的經驗借鑑等問題。那一代的青年學生,對第三世界的遭遇身同感受,關注各地學生的權益,具有國際合作、團結的意識,瞭解需要集體的力量來傳播知識,參照各地學生的自主經驗,以及世界各地爭取自由和獨立自主的運動,展現強烈追求自由民主信念和寬闊的世界觀。

儘管對於「第三世界」的定義,仍有詮釋上的困難,但如王曉明所說:「第三世界」並非一塊地域,而是一種視野,一種精神立場、一種感受和思考的方式」。南大生對第三世界想像所展現的視野,乃是一種連帶與團結的關係──認同被殖民者之間的團結,阻止帝國主義的擴張,積極促進世界的和平等。南大學生會的喉舌《大學論壇》是主要培養反殖與建國思想的文字場域,例如從第五期起,每一期都刊登有關亞非拉學生運動的國際新聞,包括阿爾及利亞、南非、剛果、突尼西亞、古巴、安哥拉、緬甸、印尼及寮國等地。同時報導韓國學生反抗「南朝鮮傀儡政府」的〈南朝鮮人民反張勉運動〉以及記載委內瑞拉和阿爾及利亞的青年爭取獨立與自主的〈為民主而鬥爭〉等文章。南大生受國際思潮影響,熱烈迎合改革浪潮,是一九五〇、六〇年代反殖、反帝國主義以及爭取民族自決的時代印記。

第三世界視野,是一種跨越國家疆界的思潮與理念,不僅把南大生與世界改

革風潮聯繫起來，對南大生的學生運動亦起一定的作用，包括打開了對於周邊國家以及亞洲問題的認識視野。尤其是在回望南大生的第三世界視野與關懷，不少乃出自於人道與國際主義關懷，以結束殖民壓迫作為共同願景，而非是後來以民族國家內部發展為其想像。追溯萬隆會議所形成的團結意識和原則，乃是以國家和國家為關係基礎，在1960年多年之後，萬隆會議無論是作為一種思想、精神遺產，抑或歷史動力，是否能找到超越民族國家的連結方式，跨越「國籍協約」的團結基礎和形式，無疑甚具挑戰，但亞非學生會議中的學生能量與素樸的想望，暫且不需要背負著沉重的國家利益，反而可感受其中蘊含的理想主義情懷。可是這樣的第三世界想像的思想資源是否被繼承下來，在今日的馬來西亞、新加坡仍然擁有第三世界話語的討論空間？

　　如今回望這一段歷史，南洋大學雖是一個教育空間場域，卻也是受各種政治與意識形態角力箝制的地方。南洋是國共之爭的境外延伸場域，糾葛著華人的認同競爭；一九五〇年代前後正值爭取獨立的熱潮，新馬兩地華人一方面主張馬來亞意識，彰顯「馬來亞族」的身分意識，卻又夾雜著對國共政治的認同，在在顯現新馬兩地華人認同的複雜、分歧與多重形態。而新加坡在1959年自治，1963年加入馬來西亞，於1965年退出以後的曲折經歷，尋求島國的生存與穩定，便成為首要考慮的事。然而，南洋大學在經歷了林語堂事件、學潮以及一連串制度變革陣痛後，終於1980年關閉，與新加坡大學合併為新加坡國立大學。在裕廊的大學原址變成遺址，「南大」——這個「裕廊山區的大學城」遂成為新馬兩地華校生情感與記憶的一道創傷。如今這道創傷已轉化為「南大精神」話語，如同雲南園草坡上寫著的「自強不息、力爭上進」這幾個字，繼續在各不同領域說著南大人的故事。

延伸閱讀

李業霖（編）《南洋大學史論集》（吉隆坡：馬來亞南洋大學校友會，2004）。

李元瑾（編）《南大圖像：歷史河流中的省視》（新加坡：南洋理工大學中華語言文化中心、八方文化創作室，2007）。

丘淑玲。《理想與現實：南洋大學學生會研究 1956-1964》（新加坡：南洋理工大學中華語言文化中心、八方文化創作室，2006）。

丘淑玲（編）《熾熱年代，鏗鏘聲音：南洋大學學生會文獻滙編 1956-1964》（新加坡：南洋理工大學中華語言文化中心、八方文化創作室，2012）。

周兆呈。《語言、政治與國家化：南洋大學與新加坡政府關係 1953-1968》（新加坡：南洋理工大學中華語言文化中心、八方文化創作室，2012）。

「國家文學」與承認的政治

莊華興

國家文學是國家文化的一環，是建構民族－國家（nation-state）的重要手段。它和國語、國家層級的文化藝術等環環相扣，一般以社會中的主流民族為核心，帶有鮮明的單元主義色彩，故有頗強的排他性。

馬來西亞作為年輕的新興後殖民國家，對執政者而言，首要的任務是如何在多元的社會創建一個團結與富強的國家。因此，在文學界提出了「國家文學」概念。顧名思義，以國語馬來文書寫的作品被稱作國家文學，移民者以本民族語言書寫的作品則稱為族群文學（sastera sukuan），本地區少數民族以土著語言書寫的作品則稱為地方文學（sastera daerah）。這就造成國語文學獨尊，其他語言的作品無形中只能在本族圈子中流通，包括英語文學。然而，在獨立前，英語是溝通語言，也是書寫語言。獨立後，英語讓位於新興國的國語，書寫語言隨著教育逐漸普及化而轉換，成為了後殖民的文化霸權現象之一。

馬來知識分子自一九七〇年代初正式提出國家文學概念以後，學者嘗試從各種角度進行詮釋。有從文化學論國家文學的內涵者如莫哈莫·泰益·奧斯曼（Mohd. Taib Osman），有從馬來文化作為本區域大傳統的馬來左翼觀點如賽·胡欣·阿里（Syed Husin Ali），有從馬來文學的土生性（Malay indigenous）角度看問題的哈山·阿末（Hassan Ahmad），有從團結論角度論國家文學功能的安華·立端（Anwar Ridhwan）。往後的三十年大體是國家文學話語建構與鞏固期。直至1983年，〈全國華團領導機構國家文化備忘錄〉提出包括對文學的反建議，華人社會才意識到文學文化被逐步邊緣化的事實。其時，華社在政治、經濟、文化、教育四大領域正處於風雨飄搖的處境。此番國家文化備忘錄為華社敲起了警鐘，也掀開了馬華作家抵抗寫作的姿態，以及喚起文化存亡的危機意識。

到了上世紀末，馬華新世代作者對國家文學議題提出了更嚴謹的討論。先有林建國的〈為什麼馬華文學？〉（1991年9月東南亞華文文學國際學術研討會論文），拆解國家文學概念中的中國血緣論。約一年後，張錦忠寫〈國家文學與文化計劃〉，指出國家文學作為國家文化大藍圖具體計畫。莊華興的〈敘述國家寓

言：馬華文學與馬來文學的頡頏與定位〉，系統性回顧了國家文學論述在馬來學界的話語建構，以及馬華文壇的回應與反思。文章指出了國家文學概念引起置喙的盲點。

　　莊文刊行後，引起黃錦樹的關注，2004年11月14日在《星洲日報‧文藝春秋》發文〈出走，還是回歸？——關於國家文學問題的一個駁論〉，非議莊華興的論述是向國家暴力輸誠，並提出「非國家文學」。莊華興再回應〈魂兮歸來？——與黃錦樹討論國家文學議題〉（《星洲日報‧文藝春秋》2004年11月21日），文章希望黃多寫「回歸小說」，把敘事者帶回馬來西亞現場。易言之，文章要求黃從本土意識出發，書寫在地經驗。顯然，莊認為留臺作家逐漸抽離，作品也背離它生長的土壤。黃錦

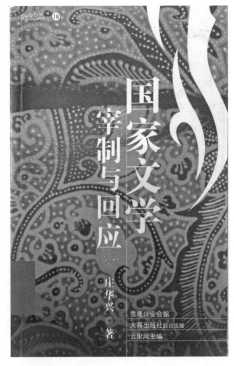

莊華興編著（譯）《國家文學：宰制與回應》（高嘉謙翻攝提供）

樹再發文〈民族－非國家文學——再回應莊華興關於國家文學〉（《星洲日報‧文藝春秋》2004年12月5日），這篇行文比較溫和的文章呼籲「必須拋去國族寓言的沉重負擔，告別國家文學的苛捐雜稅，走出單一民族國家的暴力魔咒。文學拋棄國家機器，走向它自身的共同體」。這是黃錦樹始終堅守的文學觀，但文學作為意識形態之一也是不爭的事實。繼之莊華興以〈單語 vs. 父文母語——與錦樹談馬華文學的救贖〉（《星洲日報‧文藝春秋》2005年1月30日），觸及雙語寫作的可能性。莊華興認為「說這是因應大環境的生存策略也罷，為族間溝通理解尋求平臺也好，但我更願意相信他是馬華文學突破現有困境（政治身分妾身已定而文化身分曖昧不明，以及題材內容與文化視野的沉滯等）的契機，也是馬華文學正式向離散宿命告別的時候了。其告別儀式是以雙語為基礎，一邊是父文，另一邊是母語。唯有通過父文母語的交相發聲、輪番發難，國家文學的單語暴力魔咒方有望解除」。不久，黃錦樹發一文《非民族－國家文學——關於馬華文學的救贖》（《南洋商報‧南洋文藝》2005年2月26日）。他主張「讓文

學從馬來西亞民族國家的文化計畫中獨立出來，除非它轉向真正的多元主義」。
幾經辯論，問題似乎回到了原點，但值得注意的是，多元主義的國家文學是可以
被接納，說明「告別國家」的說法恐怕不是一個選項。莊華興在《國家文學：宰
制與回應》代序中說：「我們關注的是如何鞏固與貫徹一個『多語－國家文學』
（multi-languages national literature），而非單語－國家文學（mono-lingual national
literature）或單一民族－國家文學（literature of single nation-state）。」莊文更提
到，加強文化主體的在場與預防被宰制的任務是透過翻譯機制，尤其是馬華文學
外譯。較之過往空泛的文化交流說，莊華興的討論顯然更具有針對性，為馬華文
本外譯開啟了學術理論建樹。

延伸閱讀

陳大為、鍾怡雯、胡金倫（編）《赤道回聲：馬華文學讀本 II》（臺北：萬卷樓圖書，2004）。
張錦忠。《南洋論述：馬華文學與文化屬性》（臺北：麥田，2003）。
莊華興。《國家文學：宰制與回應》（吉隆坡：雪隆興安會館、大將，2006）。

當記憶變成技藝：論小黑的家國書寫

施慧敏

小黑，原名陳奇傑，1951年出生於馬來亞吉打州巴東色海。畢業於馬來亞大學數學系，曾任國民型和獨立中學校長。小黑自1969年發表作品始，先創作散文，後移步小說，一九八〇年代馬來西亞正逢族群、文化、政治等衝突，他對於華人社會的憂患意識遂著力在更能「表現自己」的小說載體上，而為論者所稱道。截至目前為止，曾出版小說集六本，為《黑》（蕉風出版社，1979）、《前夕》（十方出版社，1990）、《悠悠河水》（藝青出版社，1991）、《白水黑山》（馬來西亞華文作家協會，1993）、《尋人啟示》（彩虹出版社，1999）、《結束的旅程：小黑小說自選集》（秀威出版社，2012）。散文集六本，有《玻璃集》（十方出版社，1983）、《一本正經》（紅樹林書屋，1994）、《和眼鏡蛇打招呼》（紅樹林書屋，1996）、《抬望眼》（大將出版社，2004）、《大樹要開花》（菲魚書屋，2007）、《在路上，吃得輕浮》（釀出版，2012）。

寫作初始，小黑自言內容多取材自身經驗，尤其可見父親和祖母的身影；文字則師從五四作家魯迅、周作人、郁達夫和沈從文諸人。綜觀整個寫作歷程，前期作品多探究個人的心靈狀態，和荒謬的人生寫照，而被學者視為現代主義的端倪；後期的作品則關注社會家國的變異，使用拼貼、後設、互文技巧和寓言結構等，是以後現代主義引起熱議。

小黑創作質量均具的高峰期，集中於《前夕》、《悠悠河水》和《白水黑山》三本小說，尤其後者更被讚譽為扛鼎之作。當時是政局多變的1990年前後，文本的社會背景大多是大馬的政治亂象與分歧，有華小風波、華文中學改制風潮、茅草行動；歷史背景是英殖民、抗日、馬共出走叢林前後，也隱含了馬中政經關係和冷戰結束等世界語境。其中的關懷是華人的文化傳承、國家認同、公民社會和華教權益，以及意識形態的戰爭和創傷記憶。作者通過文字與他的時代對話，小說虛實游移，讀者自可追索文本的言外之意。

這三本小說可粗略分成兩大重要主題：一、華教／社的艱難處境，可見黨爭糾紛和民族矛盾，有〈大風起兮〉、〈一名國中男生之死〉、〈黯淡的大火〉和

小黑早期小說《黑》（1979）（高嘉謙翻攝提供）

〈十、七的文學紀實及其他〉。作者身在教育現場之故，更能看見問題之間環環相扣，彼此牽制。這幾篇小說中，不管是學校刻意經由調職來關閉華文課；還是國中學生的紀律，涉入了華人社區的幫派結構，甚至引發董家教的衝突；或者是華文中學的改制，涉及的權力角逐和利益交換，小黑隱隱然有藉由教育現狀指摘當局政權的意味。尤其敘事視角的變化、羅生門的情節和拼貼的手法裡，讀者可進一步思索語言深層裡的

文化心理和國家意識形態之間的扞格，以及沒有真相，只以敘述來解構敘述的謎團裡，小說昭然若揭之意。〈十、廿七的文學紀實及其他〉則是小黑倍受肯定之作。全文以懸疑的氛圍「迷霧」中消失的「漢生」教授，隱喻1987年10月21日「茅草行動」政治大逮捕事件中的華人境遇——「祖國啊祖國，我愛你，你會愛我嗎？」是小說最露骨的時代呼聲。呼聲此起彼落的，是其他馬華作家們的詩文。陳鵬翔先生直指作者一聲多語，以嘲弄、諧擬和挪用等後現代技巧，呈現「真相」與「虛構」、「創作」與「紀實」之間的弔詭，達到了批判的效果。換言之，在馬來西亞種族間的陣痛中，這篇「輾轉於報刊雜誌間經年的」小說，以碎片的、疑幻似真的元素，質疑了他身處的現實，和他念茲在茲的家國。因此，難以言喻的政治境況只能化喻為「霧」，也表徵了空虛的歷史。

　　二、與馬共相關的創傷記憶，如〈樹林〉、〈細雨紛紛〉和〈白水黑山〉；另外〈結束的旅程〉則收錄在自選集，可視為〈白水黑山〉的續篇。〈樹林〉寫於1985年，礙於政治禁忌，小說並沒有明確地說明「到底發生了什麼」，只是描寫了暗夜孤獨的父親和孩子，以及營造漆黑樹林的氛圍。在父親的口裡「山徑很美很幽靜，山胡姬開得漫山遍野」。那是一條通往理想的密道，一個未來的

願景；然而，從兄妹倆的眼光看來，父親日日往返樹林，卻只換取了一整面牆的玻璃鱗，和黑暗中的流言罷了。玻璃鱗是小說重要的意象，也是全文的主旨，象徵了寧為玉碎的懷抱和代價。相對於〈樹林〉的隱晦，〈細雨紛紛〉寫於1989年和平協議之

小黑扛鼎之作《前夕》（1990）、《悠悠河水》（1991）、《白水黑山》（1993）（高嘉謙翻攝提供）

後，馬共正式走入歷史，作家得以直書其事。小說由兩條支線發展，一是父親拋家棄子上山打游擊，妻子苦守二十年，只落得孤身一人；二則兒子女友慘死在一次的突擊行動中，父親卻毫無悔意。身為敘述者的「兒子」對此頗多微詞，直指馬共的鬥爭方式令人懼怕。在這段痛苦且多數華人或多或少蒙受其害的歷史記憶裡，顯然地，作者看見了政治信仰和人性人情之間的衝突。所以，小說的用意不在於替馬共尋找一個歷史定位，來彌補歷史的失語，這兩篇小說真正的指涉，是記錄遺族的受創殘跡，去質疑一個「虛幻的理想」，也傷悼馬共一代人的悲劇。

　　〈白水黑山〉是小黑唯一的中篇力作，可與〈結束的旅程〉相互對照。前者寫於1991年，後者寫於2006年，雖為續篇，實則是一個時代的總結。這是講述黑山、白水兩鎮，楊、陳、白三家從一九三〇、四〇年代殖民、抗日到五〇年代反殖民、七〇、八〇年代經濟起飛、九〇年代馬中政經互動熱絡，貫穿了重要歷史事件，充滿時間跨度的故事。楊武是懷抱理想壯烈犧牲的馬共游擊分子，三十九年之後「雍容華貴」的返鄉，卻不願和昔日革命夥伴「舊地重遊」。當他把過去的苦難歸咎於時代的錯誤，小說前半部鋪成的崇高感、悲劇感、使命感的英雄瞬間消失。這和陽文、白猴等典型的機會主義者雖有不同，但同樣讓政經利益抹殺了精神的價值。唯獨陳立安經常懷想往事，不忘初衷，不斷內縮在愧疚又混亂的過往片段，「變成一個枯瘦偏激的糟老頭」，暗喻了漫長年月的內耗與虛妄。這和〈樹林〉裡的兄妹，〈紛紛細雨〉的妻兒一樣，〈白水黑山〉的陳立安都是被留下來的人，在「歷史文本」裡，曲折表現了政治對個人的暴力、裏挾和撥弄。遺族的創傷記憶，當然從反面質疑了理想的意義，另一方面，若集體的記憶只變成個人的記憶，歷史又如何在場？所以小說家敘述之時，不斷質疑歷史的真相。此文雖不如之前的作品大量運用後現代技巧，但作為回應浮出地表的馬共

小黑自選集《旅程的結束》（釀出版，2012）

歷史，本質卻是一脈相承。

　　倒是在《結束的旅程》中，他索性自陳〈白水黑山〉的虛構性，聲明三叔才是二舅的原型。這可見他站立的位置，和看待歷史的方式，經過十幾年的沉澱已然不同。小說家開始檢討自己的書寫，因此，這也改變了他的書寫技法。三叔終於重返記憶現場，事件過去了，遺跡還在，倖存者歸來，小黑在小說中認同了「三叔們」所受的苦難，給了一個明確的歷史位置。只是三叔的一句：「幸好要回去了」，卻又讓小說的「我」百感交集，留下了文學的餘味。

延伸閱讀

陳鵬翔。〈論小黑小說書寫的軌跡〉。陳大為、鍾怡雯、胡金倫（編）：《赤道回聲：馬華文學讀本II》（臺北：萬卷樓，2004），425-440。

林春美。〈小黑的歷史修辭與小說敘事〉。《華文文學》no.6(2013):33-38。

潘碧華。〈論小黑小說的禁忌書寫與歷史建構〉。陳大為、鍾怡雯（編）：《馬華文學批評大系：潘碧華》（桃園：元智大學中國語文學系，2019），60-94。

丁雲小說中的移動與漂流

謝征達

「漂流」的主題是丁雲小說中的重要書寫元素。其在「漂流」的人進行狀態描述，特別是往返於新加坡與馬來西亞之間的人群，其生活的起起落落在小說中多有關懷。丁雲曾在訪談〈「漂流」作家丁雲：「生」不能靜止〉（收錄《爝火》第22期）中表達了對「漂流」的見解。他認為漂流可以用來「感受生命的存在」，漂流「非單指肉體，也適於精（神）世界」。在一種期待瞭解漂流民眾群體狀態的書寫中，丁雲的小說世界總是刻畫出小人物的生活記憶，雖然也貫穿大歷史的背景，但是小說中的人物只能漂浮在大時代中，在漂泊中試圖找尋及拼貼生活的記憶。

本名陳春安的丁雲，1952年出生於馬來亞的雪蘭莪州。他幼時家境清寒，教育受到影響，無奈只好半途輟學。他靠著自身努力自修，後來成功走上創作之路。在馬來西亞，丁雲轉換過不少工作，如農場、伐木工人和記者等。在1988年，丁雲有感於社會局勢，轉到新加坡擔任編劇。他在電視臺工作前後十二年，在離開電視臺後，他逐漸成為了全職作者，並寫下多部關於新馬背景的小說。丁雲的小說獲獎不少。特別是在1986年以他在鋸木廠工作為背景的〈圍鄉〉，獲得了作協／通報小說獎冠軍，該小說後來還翻譯成了日文版，在1995年由日本學者舛谷銳（Masutani Satoshi, 1964- ）翻譯完成，推薦給在華文文學以外的文學圈。此外，他的《走出孤島》也獲得新加坡「金筆獎」；長篇小說《赤道驚蟄》也獲得「雙福出版基金」主辦的長篇小說優秀獎，其作品受到多方認同。

〈圍鄉〉：政治下的族群關係

〈圍鄉〉是丁雲寫作生涯的一個重要代表作品。小說反映了1969年在馬來西亞的「五一三事件」後的族群關係。丁雲以個人的經歷描述了當時社會上的風聲鶴唳。故事的背景刻畫了馬來西亞的1966至1970年間。當時，馬來西亞政府推行了第一個「大馬計劃」，意在協調華人與馬來人之間的貧富懸殊的措施時，但卻同時限制了華人的經濟活動，同時也設立了龐大的國家機構，力圖建立「馬

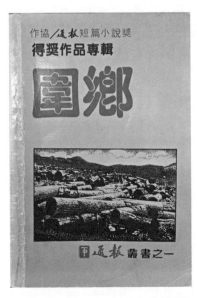

丁雲得獎小說〈圍鄉〉（高嘉謙翻攝提供）

來中產階級」。然而，這一系列的措施導致了族群猜忌與隔閡。在1969年5月13日晚，在馬來西亞首都吉隆坡爆發了多場動亂，甚至影響到對岸的新加坡。〈圍鄉〉反映的便是在偏鄉伐木場的情況。雖然偏鄉並非直接在吉隆坡市區，但是因為訊息不全面，對動亂的走向不明，導致了更多的擔憂與害怕的產生，特別是一直友好的族群關係，突然間變得緊張起來。

在小說中，主角林拓及好友昆仔、沙末與莫哈末之間本來關係融洽，但卻也受到外在緊張氛圍的影響。主角開始懷疑自己的馬來族好友。小說敘述著沙末和莫哈末為捕捉一隻大山豬，一如往常，他們找了林拓與昆仔幫忙。雖然最後殺死山豬的是昆仔，但林拓卻幻想是殺豬的幫凶（兩位馬來族朋友）更加凶殘，導致他開始對於馬來族朋友感覺畏懼。隨著都市開始發生族群暴動，住在偏鄉的群眾開始杯弓蛇影。甘榜（鄉村）斷斷續續地傳來若有似無的擊鼓聲，似乎隨時就會發生暴動，甚至開始聽見華人在散布謠言，亂說「馬來人快要攻過來了」，導致人心惶惶。然而，這一切的暴動其實只發生在市區。然而，偏鄉的人們都成了驚弓之鳥，甚至開始逃離家園。林拓此時也開始起了逃離家園的想法。他帶著父親林鎮，準備一起逃離。在小說中，林鎮與林拓的個性迥異，一個輕信傳言，選擇棄家；另一個則冷靜，選擇返回家園。在父親堅守家園的信念下，再次重返家園，證明了在偏鄉的華族和馬來族的關係完全沒有任何負面或暴力的情況。

《赤道驚蟄》與〈最後的義順村〉：殘存的魔幻景象

世上如果還有真要活下去的人們，就先該敢說，敢笑，敢哭，敢怒，敢罵，敢打，在這可詛咒的地方擊退了可詛咒的時代！

引文是《赤道驚蟄》中女主角槿花在一次翻閱到失蹤哥哥衛民寫下的一段文字。文字似乎是一種對社會不公的控訴，此句是魯迅文章〈忽然想到〉的其中一句。這句話對槿花的衝擊很大，甚至形成了一種內心揮之不去的陰影，在小說中的不同時期都一再出現。小說的寫法呈現出主人翁的一種不安與沮喪，社會上的

氣息也有所晦暗，同時也呈現出一些魔幻現實主義的寫作特色。

丁雲《赤道驚蟄》（高嘉謙翻攝提供）

　　這部長篇小說《赤道驚蟄》出版於2007年。小說故事探討了馬來西亞的一些歷史事件，如「五一三事件」、茅草行動等。主角陳槿花的人生並不順遂。她的家境困苦，除了哥哥失蹤，父親自殺，母親因困苦身亡，其姐因為家裡窮，被迫嫁給殘障者，弟弟也因為小時候被槍聲嚇到，變成傻子。悲劇並沒有因為槿花長大到市區工作而終結。她試圖以一己之力改變社會的不公。她加入報館擔任社會記者，積極幫助社會弱勢，挖掘被忽略的非法現象，例如在紅燈區的妓女，加入私會黨的中學生，追查黃色刊物銷售網來源等。然而，她後來換來的是來自惡勢力的恐嚇，以及在報館的不被理解。最後無奈之下只能選擇逃離。槿花後來試圖尋找自己當年失蹤的哥哥，雖然結局有所收穫，但最後卻也換來身心俱疲，唯有最後回到家鄉，才能找回那久違的心靈安慰。

　　短篇小說〈最後的義順村〉主要刻畫了一個在新加坡的兒時記憶。感嘆於地方記憶的逝去，回應的是新加坡在二十世紀末工業現代化迅速發展下市容面貌的迅速變化。小說的主人翁是長期在美國生活的主角國權，他在乘坐飛機回到新加坡的那一刻，便開始想起自己小時候在義順村的美好回憶。他心裡不斷提問自己想起的兒時回憶：如「童年那條抓孔雀魚的小溪？是爺爺參與開墾的那片蓊鬱的橡膠林？那角頭的雜貨鋪斑駁的屋頂？那樹膠廠空地上長滿水蓊菜的池塘？還是那榴槤樹下的拿督公神廟？」然而，當他抵達新加坡時，卻發現義順村已經被拆遷。他不願意放棄，甚至回到了義順村的舊址。然而，等待他的卻是滿目瘡痍的殘瓦。

　　　整個村子，道路處處凹洞陷坑，每間村屋的屋頂都被打掉了，院前的盆栽傾倒、砸碎了！牆壁破洞處處，殘垣斷瓦，似被風災雷電蹂躪過，連那棵角頭咖啡店的大榕樹，也給劈擊得七零八落。（〈最後的義順村〉239頁）

　　國權對於周圍環境的變化無法接受，他甚至開始感覺憤怒，開始對新加坡

丁雲部分著作（高嘉謙翻攝提供）

這個地方失去了興趣。義順村這個地方是國權與新加坡的情感連結要素。當義順村消失時，他與新加坡的情感連結也隨之消失。地方的記憶其實也屬於國權的先輩們，他搜索著爺爺當年的生活環境。最後，義順村的居民都已經前往到新市鎮，對於舊的義順村，因為舊環境已經不在，縱使地方情感仍舊強烈，但記憶也就逐漸消逝了。有意思的是，丁雲在1996年也曾發表了〈消失了的漁村〉的短篇小說，書寫了新加坡外島「錫金島」，訴說女主角莎妮全家人被迫遷徙原本居住的島嶼，然而，卻在離開島嶼後遇到了許多不幸事件，導致家破人亡。同樣在新加坡島嶼的歷史記憶書寫中，丁雲在2016年出版了長篇小說《驚慄島》。該小說以新加坡在1963年的「安樂島」上發生的監獄動亂事件為背景，反映並書寫了當時監獄犯群起與監獄官開展的暴動。同樣也是一九六〇年代，丁雲在2020年也出版了以近似背景的另一長篇小說《1964，餓狼的年代》，背景也是書寫了當時在新馬一帶的社會動盪，透過描寫主角馬仔，寫到一個從無惡不作的黑幫人物，到最後改邪歸正，成為一個陶藝家。整體而言，丁雲的小說中與地方歷史開展多層次的對話，無論是在〈圍鄉〉的家園守護，或是《赤道驚蟄》中對不公的申訴，又或是〈最後的義順村〉中對地方記憶的珍藏。透過一個個漂泊的人物，在他的不同故事中有著多重交集，無論是在新加坡或是在馬來西亞，也不論面對多少挫折和阻礙，故事的主人翁總能透過失去的記憶，試圖重新尋找著自己存在的意義。

延伸閱讀

丁雲。《黑河之水》（吉隆坡：長青樹屋，1984）。

丁雲。《焚給泥土》（吉隆坡：馬來西亞華文作家協會，1992）。

丁雲。《最後的義順村》（新加坡：新加坡青年書局，2005）。

丁雲。《赤道驚蟄》（吉隆坡：燼火，2007）。

丁雲。《丁雲小說選》（新加坡：明報、青年書局，2007）。

黎紫書的敘事幻術

潘舜怡

時光回到1995年，二十四歲的黎紫書以〈把她寫進小說裡〉初試啼聲，奪得第三屆花踪文學獎馬華小說首獎，引起文壇矚目。相隔四年，即在1999年，黎紫書出版她的第一本微型小說集《微型黎紫書》以及第一本短篇小說集《天國之門》。接著從2000至2020年間，黎紫書分別出版了多部小說作品，包括微型小說《無巧不成書》（2006）、《簡寫》（2009）、《餘生》（2017）；短篇小說集《山瘟》（2001）、《出走的樂園》（2005）、《野菩薩》（2011）、《未完・待續》（2014）以及長篇小說《告別的年代》（2010）、《流俗地》（2020）。

黎紫書原名林寶玲，1971年生於馬來西亞霹靂怡保市，1989年畢業於霹靂女子國民型中學。她從小多以粵語溝通，也常接觸香港粵語影視文化，並嘗試在小說裡融入粵語方言書寫，展現小說地方語言文化駁雜性；而小說的故事場景，則多聚焦在她生於斯長於斯的故鄉怡保（前稱「巴羅」），尤其兩部長篇小說《告別的年代》和《流俗地》，均出現怡保市中心地標包括舊戲院、政府組屋、茶餐室、酒樓、五腳基商店，亦可見當地街場巷道如二奶巷、悠羅街，體現南洋華人小市鎮的地方性光景。

中學畢業，黎紫書在《通報》、《星洲日報》任職新聞記者共十三年，辭職後旅居於中國、英國、德國、美國等地展開寫作生活。具有報館工作、國外旅居經驗的她，探察社會人生百態。她擅長透過小說人物展現扭曲的、幽暗的、脫離道德倫理常規的個人內心世界，發人省思。她曾在2015年《文訊》第358期受訪時透露：

> 在創作上，甚至在國族這個課題上，我更關注的是「人」本身，「人」生存的困境這回事情。你把「人」放在任何時代、任何國家都會面臨生活難題，無論是有錢的、窮困的，都有他們的困境，而這也是我最憐憫的。

黎紫書著有多篇涉及馬來西亞國族大歷史議題的小說作品，包括短篇小

黎紫書《山瘟》（麥田出版，2001）

說〈夜行〉（1998）、〈山瘟〉（2000）、〈州府紀略〉（2000）、〈七日食遺〉（2005），作品分別以馬來亞共產黨（馬共）作為敘事題材；〈國北邊陲〉（2001）則書寫馬來西亞族裔身分認同的文化辯證；首部長篇小說《告別的年代》則從發生在一九六〇年代末的馬來西亞「五一三事件」種族衝突作為故事起點，勾勒出馬來西亞華人的國族、種族至個人身分認同的多層辯證敘事。

值得注意的是，黎紫書小說的歷史敘事策略，在於透過隱喻暗諷手法來展現家國史被刻意隱瞞、華人歷史記憶消散與缺失的情感結構。例如在〈七日食遺〉故事裡，「老祖宗」豢養名為「希斯德里」（*History*的化身）的寵物獸。牠不斷吞食「老祖宗」欲拋棄的歷史／社會「事件」。敘述者在作品中這麼形容「希斯德里」的進食情況：

　　希斯德里那一頓午餐吃去某工黨歷史圖冊一本，要封面不要封底。獻詞刪去三段半以後剩下字數四百餘。書中的圖片因重複性過高而大幅簡約；凡有對頭陳某，叛賊張某或走狗吳某亮相，因食之無味故一律丟棄。工黨組隊大掃除的記錄斟酌裁剪（呸，我們拿槍搏命你們在撿狗屎）；鎮暴隊揪人衣領扯人頭髮的多重拍攝，這餐吃不完嘛下一餐再吃。那圖冊原本四百多頁硬皮封套全彩印刷，交給希斯德里時卻已有屍無骨有血無魂……

〈七日食遺〉的「希斯德里」形象塑造正暗示著國家的「歷史」操作機制，而「老祖宗」則屬於負責編造或篩選歷史的個體——希望能為自己（或所屬時代）編寫自傳、回憶錄「告知」後人關於他的豐功偉績，以期留下永垂不朽的正面形象。故，那些被認為與正面形象衝突的書寫或攝影紀錄等文獻資料都紛紛讓「希斯德里」吞食，消失於「希斯德里」的胃囊裡。敘事者有意無意地選擇「歷史」的再現或保存，提醒我們關於「歷史」的不可靠性與偏見。這或許呼應了新歷史主義框架底下的主觀書寫主張，以及作為「歷史」的流動性可能。

此外，《告別的年代》的敘事者透過「時間跳躍」敘述策略，省略了黑暗家國歷史事件，可謂另一樁歷史被「希斯德里」吞沒的續集。敘述文本中這麼形容：

你記得513曾經是一組禁忌的數字。即使在事件過去好些年後，人們在提起這串數字，仍然習慣壓低嗓門，用一種悶在咽喉，或頂多到達鼻子的聲音，把它「說」出來……以致你每次打開這書，看見第一頁右下方的頁碼時，都感到觸目驚心，覺得那五百一十二張缺頁暗示著空白與忌諱，有一種調侃，質問，或不可告人的意思。

黎紫書近作《流俗地》（麥田出版，2020）

小說敘事時間始於1969年即五一三事件案發之後，而小說頁碼也從「513頁」作為開端。敘事者刻意省略長達五百一十二頁的故事內容，模糊化政治鬥爭場景，似乎暗示著家國歷史的噤聲、遮蔽、隱瞞中的壓抑感——變成一椿「不可告人」的祕密。另外，文中五百一十二張缺頁暗示著歷史的「空白與忌諱」，只能依靠讀者的判斷力以及想像力在敘述文本中尋找蛛絲馬跡。

承上，黎紫書的小說創作雖觸及政治、大歷史題材，但「大歷史」常在小說中保持緘默；作者多以「庶民」視野切入敘事——人物描寫常聚焦於「小市民」群體，也涉及馬來西亞多元民族包括印度族、錫克族、馬來族、華族的日常文化，即透過「小歷史」日常敘事勾勒出關於情愛與怨恨、慾望與矜持、罪惡與救贖、求存與死亡的哲學命題。我們從作者早期〈把她寫進小說裡〉的鄉村婦女江九嫂、〈推開閣樓之窗〉的少女小愛、五月花的老闆娘、《告別的年代》的杜麗安到《流俗地》的盲女銀霞等，皆透露著南洋基層女性人物如何在大敘事背景中回應「日常」的挑戰。換言之，黎紫書的小說敘述魅力，或許正是在於各種大歷史事件擺盪的瞬間，選擇捕捉、勾勒市井小民的感覺結構，展現官方史冊或菁英敘事之外常被隱蔽的「微觀歷史敘事」聲音。

延伸閱讀

林春美。〈誰方的歷史——黎紫書的「希斯德里」〉。《中外文學》36.1(March 2007):183-215。

潘舜怡。〈書寫人性，尋覓平靜——專訪黎紫書〉。《文訊》no.358(August 2015):39-44。

石曉楓。〈書寫本土與面向世界——論黎紫書小說〉。《國文學報》no.60(December 2016):103-128。

王德威。〈黑暗之心的探索者——試論黎紫書〉。黎紫書。《山瘟》（臺北：麥田，2001），3-8。

魏豔。〈「小寫歷史」與後設書寫的矛盾——評黎紫書《告別的年代》〉。《中國現代文學》no.22 (December 2012):139-154。

族群和諧的想像：劉戈《漢麗寶》

陳志豪

劉戈，原名劉國堅，筆名眾多，較為人所知者乃白垚。1934年生於廣東東莞，受教於香港和臺灣，1957年始旅居馬來西亞，期間曾執編《學生周報》與《蕉風》文學雜誌多年，1981年舉家移民美國，卒於2015年。劉戈畢生創作以散文和詩著稱，《漢麗寶》則是其首部融合音樂，尋求跨領域突破的歌劇作品。正因歌劇形式具備面向大眾演出的現場性與情感渲染力，無形中使它肩負了傳播文化意識的「使命」。《漢麗寶》初稿原為話劇腳本，因友人姚春暉建議以詩入劇，以符合民眾的觀演習慣，遂增改為歌劇劇本，終於1966年8月完成。經作曲家陳洛漢歷時三年譜成樂章後，劇本亦於1970年初刊登於第207期《蕉風》文學雜誌。1971年11月20日至28日，《漢麗寶》由「劇藝研究會」負責籌備製作，於吉隆坡西人大會堂進行首演，轟動各界，高官顯要無不到場觀賞。因作品類型屬於輕歌劇，《漢麗寶》敘事結構相對簡單，共分為「煙波黯」、「滿剌加」、「中國山」、「火鳳凰」四幕，每一幕開始前皆以詩歌帶領觀眾進入劇情，角色對話間穿插了朗誦詩、獨唱曲或合唱曲，曲詞比例占全劇六成以上。

《漢麗寶》取材自十六世紀古馬來史話《馬來紀年》中漢麗寶公主遠嫁滿剌加（現稱馬六甲）的事蹟，然而《明史》不見其任何相關記載，劉戈遂根據當時現有史料與想像做大幅度改寫。故事始於明憲宗成化三年（1467年），明朝使臣狄普和武將李雷親自率五百軍士，護送皇帝御妹漢麗寶公主和五百宮女，與滿剌加蘇丹芒速沙和親，隨行者尚有兩名貼身侍女微波和雙鈴。航行途中，公主對故國縱有萬般不捨，哀嘆傷感，在侍女的勸慰下，只能堅強地迎接命運的安排。抵達滿剌加後，漢麗寶於蘇丹壽宴上揭發了敵國王子沙默剌欲脅持自己以威脅蘇丹的陰謀，並巧妙地化解了危難。半年後，漢麗寶與宮女婢女們定居於中國山，並經已卸下中原服飾，改著馬來服裝與頭飾，學習馬來民族土風舞，顯然融入了滿剌加當地。公主典雅瑰麗的言辭亦轉化為通俗淺顯的「白話」，正當她與蘇丹沉浸在和樂融融的氣氛之下，忽聞沙默剌王子偷襲中國山，蘇丹領軍奮勇抵抗。兩位侍女因護主身死，公主則聽信沙默剌之言，誤以為蘇丹戰死，故伺機偷襲沙默

刺雙雙傷重而亡，終倒臥在蘇丹懷裡，全劇在
悲愴的氛圍中結束。

　　毛睿認為，劉戈為漢麗寶的民間故事建構
出一套真實的歷史時空，其中包括漢麗寶的出
航年分、路線、被提及的鄭和等，都為華人在
清晰的歷史序列中找到一個明確的座標，增加
人物與事件存在的可信性。同時，漢麗寶從中
國遠赴馬六甲和親的遭遇與過去華人移民情景
相近，尤其在朗誦的詩句當中更體現了遠航的
孤獨、不安、顛簸與恐懼等心情，使觀眾得以
投射自身與祖輩的經歷，漢麗寶則成為無數下
南洋謀生的馬來西亞華人的縮影。此外，漢麗
寶為蘇丹芒速沙報仇而死，其忠貞情操符合華
人情感與道德的標準，亦以悲劇製造高潮與感
染力，延長觀眾對劇本的記憶。於是，漢麗寶

許雲樵譯《馬來紀年》【1954】（新紀元
大學學院陳六使圖書館提供）

的上述形象，提供了馬來西亞華人在憲法制度不公與同化政策的打壓下，從而建
構一種集體內化的文化認同與自我鞏固的身分意識。她逐漸在華人視野中被賦予
融合兩族文化的精神象徵，豐富了《馬來紀年》不曾著墨之事，卻無形中道出新
馬華人對國家民族間的溝通與自身文化認同的焦慮。而在歷史暗湧推動下，「漢
麗寶」更無意間走入了官方視野，逐漸被收編定位為華巫兩族「和諧」的政治符
號。

　　1969年，馬來西亞發生了嚴重種族衝突「五一三事件」，大規模的暴動促使
全國進入軍管緊急狀態，國會終止運作，全國改由「國家行動理事會」統治，直
到1971年2月國會恢復運作，馬來西亞民主政治才正式恢復。因此，《漢麗寶》
劇本實刊登於戒嚴時期，並於解嚴後九個月正式首演。這期間風聲鶴唳，眾人避
談任何敏感的種族議題，而倡導一種「和諧」的精神與意識形態，《漢麗寶》則
被當時的劇評歸類為該屬性作品。儘管《漢麗寶》構思於1963年，完成於1966
年，但於1971年演出後，評論者仍多以「和諧」強調劇本的人文意識。製作團
隊「劇藝研究會」甚至曾發表〈為什麼我們要上演「漢麗寶」這個歌劇〉一文，
不諱言演出目的「就是通過文化、藝術，促進個民族之間的瞭解、認識與親善。
我們希望其他馬來與印度弟兄，也照樣演出。透過大眾傳播工具，電臺電視來深
入、廣布到民間」。該劇當時亦獲得財政部長、工商部長、新聞部長和勞工部長

劉戈《漢麗寶》刊載於《蕉風》第207期「戲劇特大號」（高嘉謙翻攝提供）

的贊助，足見官方在種族衝突事件後的維穩態度，對於彰顯種族和諧又改編自《馬來紀年》的《漢麗寶》自然表示歡迎。「漢麗寶」後續逐漸成為馬來西亞官方收編的對象，並有意識地將其形塑成一種更為外顯、平面的種族融合，與共榮共存的理想政治符號。

1974年5月31日，馬來西亞與中國正式建立外交關係，《漢麗寶》後續的好幾次重演，呈現民間迎合政府當局政治意識，以歌舞昇平之勢講述華人在馬來西亞的「融合與和諧」景況。儘管當時，華族社會權益在憲法與政策的限制下，並無明顯的進步與改變。2004年為慶祝馬中建交三十年，馬來西亞國家劇院再次製作了一齣以《馬來紀年》為基礎的《漢麗寶》歌舞劇，主要語言為馬來語，偶爾穿插中文臺詞和歌曲。全劇趨近《馬來紀年》簡單的敘事架構，另新增送嫁官員對漢麗寶的愛慕與不捨之情，最終以漢麗寶順利成婚，被送往中國山定居作為結局。上述案例，反映「漢麗寶」逐漸從民間走入官方視野，當年的「土產」公主因和親被迫從中國遠嫁到此；至今卻成為馬來政府與中國「和親」的政治工具，一個與中國政府示好拉近關係的友好政治符號。諷刺的是，官方歌舞劇並非基於劉戈《漢麗寶》文本為詮釋基底，最終漢麗寶因保護國家與愛人，以死亡犧牲傳達效忠的志向，在官方視角下依然顯得無足輕重。

延伸閱讀

白垚。《縷雲起於綠草》（吉隆坡：大夢書房，2007）。

黃坤浩。《碧海丹心：漢麗寶公主》（新加坡：新化文事業有限公司，2014）。

金進。〈冷戰1950、一九六〇年代新馬文學——以《大學論壇》（新）和《蕉風》（馬）兩大期刊為討論對象〉。《臺灣東南亞學刊》10.2(April 2015):41-79。

毛睿。〈明朝公主和親馬六甲——馬來西亞華人文學書寫、文化記憶及身分認同〉。《民族文學研究》37.4(2019):93-102。

許雲樵（譯）《馬來紀年》（新加坡：青年書局，1966）。

商晚筠的異族小說與女性意識探索

莊華興

商晚筠，原名黃綠綠，1952年出生於吉打華玲鎮，祖籍廣東普寧縣。一九七〇年代在檳城《教與學月刊》、《學生周報》、香港《伴侶》半月刊以及國內報章副刊發表散文與詩，已顯示出她早熟的藝術感性。同時期她也投入小說創作。進入七〇年代中期，商晚筠獲多項臺灣小說創作比賽獎項，開始嶄露鋒芒。從1971年至1978年八年間，她至少寫了十五篇小說，其中〈小舅與馬來女人的事件〉、〈夏麗赫〉超過三萬字。本時期的小說，質量可觀，是她創作生命中的第一個高峰。這些作品，部分收錄《癡女阿蓮》（聯經，1977）。上述十五篇小說，以異族人物為中心的占六篇，依次為〈林容伯來晚餐〉（1971）、〈木板屋的印度人〉（1976）、〈小舅與馬來女人的事件〉（1977）、〈巫屋〉（1977）、〈夏麗赫〉（1978）和〈洗衣婦〉（1978）。

〈林容伯來晚餐〉書寫英殖民時代華裔第一代移民的晚景及其後裔面對的生活困境，小說穿插了敘述者「我」與「涅涅」（馬來語nenek，晚輩對馬來老婦的稱呼）的融洽關係。「我」只是個小學女生，做竹筒糯米飯的涅涅對「我」疼愛備至，「打從我懂得跟娘一道上禮拜巴剎時，涅涅都會記得塞一包香香爛軟的竹筒飯在我手心裡要我邊走邊嗎干。」涅涅這人物的出現，純粹是一個細節。到了〈木板屋的印度人〉，異族人物的書寫在商晚筠的創作中占據了頗為重要的位置。此後陸續有〈小舅與馬來女人的事件〉、〈夏麗赫〉和〈洗衣婦〉，她的異族書寫由細節轉向中心。她有意通過細節的描摹賦予小說更深刻的意涵。通過對熱帶草木叢林、鄉野茅舍、蟲魚鳥獸、人物等的描摹與刻畫，商晚筠的本土化實踐展現了具體的成果。

商晚筠早期幾篇異族人物小說，敘述者擔負著很大的職責，到〈夏麗赫〉，對白與敘述相輔相成，部分重大的事物由小說人物通過對白交代。譬如夏麗赫俗膩的藝術論、年齡、個人背景、內心掙扎等等都由她自己道出，以對白推動情節。

華、馬、印三大族群在馬來亞共同生活已超過一個世紀，然而對彼此的認

商晚筠在臺灣出版的小說《癡女阿蓮》（聯經，1987）、《七色花水》（遠流，1991）

知仍然非常刻板。商晚筠對異族題材頗多偏愛。在〈夏麗赫〉，作者通過第一人稱限制敘事表達了她這種想法：「那一面鏡框是誰留給我們的『恩典』？抑或一面發過賭咒的魔鏡？」

在〈木板屋的印度人〉、〈小舅與馬來女人的事件〉和〈洗衣婦〉三篇小說中，商晚筠對存在的關切更甚於現實的再現或反映。它體現在文本中是作者的悲憫之情。對於「一臉放縱的野性使她看起來成熟但是缺乏那股文靜的氣質」的印度理髮師的小女兒被沙里耶士官騙婚而至懷孕表示同情。〈洗衣婦〉中印度主角所表現的嘮叨、神經質和喜怒無常的個性更寄託了商晚筠對這類遭遇的女人表示赤誠的關切。在〈小舅與馬來女人的事件〉，馬來女人被迫離開林村園以及小舅在面對碧野山林才有的男性尊嚴，最終卻遭受摧殘。商晚筠小說的男主角，只有小舅最有血性和男性氣概，是商晚筠致力塑造的理想英雄人物。然而，他對這種理想的追求在客觀現實的制約下，終於幻滅。她後期轉向女性自主自立的書寫。

實際上，商晚筠的女性意識在創作前期就已見端倪，寫於一九七七年（1977）的短篇〈未亡人〉明顯揭示作者對傳統女性觀念的批判意識。他前期（1985年之前）的小說雖以鄉土為中心，卻難掩她的女性關懷傾向，至後期《七色花水》諸篇，小說中的女性人物生活於都市與城鎮，女性主體逐漸釋放出來。

在〈夏麗赫〉一文，商晚筠企圖通過一個馬來中年女警探來建立女性主體與自我身分。然而最終仍無法擺脫對兩性情感的依賴而走上絕路。在建立自我身分這個節點上，商晚筠選擇馬來女警探夏麗赫，而非敘事者雅麗，可以說〈夏麗赫〉是商晚筠向女性意識過渡的一篇作品。

商晚筠的小說並不直面社會與政治問題，性別政治（gender politics）卻無處不在。她以敏銳的文字刻畫了女性主體意識的成長。從《癡女阿蓮》諸篇的鄉土女性至《七色花水》中的都市／工作女性如記者（〈暴風眼〉、〈蝴蝶結〉、〈季嫵〉）、高階層知識分子（〈疲倦的馬〉）、女性候選人（〈茉莉花香〉）等，見證

了商晚筠的女性意識的探索。小說揭櫫的性別政治與其說是對父權體制的批判，毋寧說是女性主體意識的自覺探索與追尋。〈癡女阿蓮〉的阿蓮從生理意識、性啟蒙，至《七色花水》諸篇，女性意識有了更充分的自覺，包括摯誠的女性關懷、成熟的女性觀點，職場女性的自尊，以及在面對衝突時如何理性地做正確的抉擇。這類小說刻畫女性在勇敢與柔弱、感性與理性、妥協與堅守之間的掙扎與取捨。

商晚筠於1995年因心臟發炎導致中風去世，終年四十三歲。已出版小說集《癡女阿蓮》（1977）、《七色花水》（1991）以及遺著《跳蚤》（2003），仍有不少散文佳作未出版。《跳蚤》在逝世後由南方學院馬華文學館出版，收五個中、短篇，其中兩個中篇《跳蚤》與《人間‧煙火》未完成，從遺稿結構來看，不難感知她探索女性意識的更大企圖。

商晚筠小說遺作《跳蚤》（2003）（新紀元大學學院陳六使圖書館提供）

延伸閱讀

商晚筠。《癡女阿蓮》（臺北：聯經，1977）。

商晚筠。《七色花水》（臺北：遠流，1991）。

商晚筠。《跳蚤》（士古來：南方學院馬華文學館，2003）。

張麗萍。〈性別自覺──商晚筠的女同志話語建構〉。《中外文學》38.3(September 2009):205-233。

《昨夜星辰》：論潘雨桐的族群敘事

施慧敏

潘雨桐，原名潘貴昌，1937年出生於馬來亞森美蘭文丁，成長於建國前後的馬來半島。1958年留學臺灣中興大學農學院，後到美國奧克拉荷瑪州立大學攻讀遺傳育種學博士，1972至1974年間曾短暫返臺任中興大學園藝系暨研究所副教授，1975年返馬後定居柔佛擔任園丘經理，經常赴東馬工作。多地的生活經驗皆轉化為他的寫作資源，作品有《因風飛過薔薇》（聯合文學，1987）、《昨夜星辰》（聯合文學，1989）、《靜水大雪》（彩虹，1996）、《野店》（彩虹，1998）與《河岸傳說》（麥田，2002）。

潘雨桐的創作可粗略劃分兩個階段，前期多聚焦於大馬華人地位不平等、資源分配不均的政治局勢，以及第三世界難民和新移民異地求存，在受難與施暴之間的邊緣處境。小說多採用直線敘事，亦有意識流手法，文字具有抒情的修辭風格和意境。因此，黃錦樹直指內容與形式互為表裡，「閨閣美學」在在隱喻了大馬華裔外在的現實經驗與內在中國意識。他後期的作品更為論者所稱道，就東馬沙巴工作的地利之故，開始關注雨林的生態破壞，並行暴露了經濟開發之時，弱勢族裔——原住民、非法移民和少數族裔女性之間的互動與衝突，王德威因而稱之後殖民創傷。此時在創作技巧上也頗有突破，以超現實的傳說，和怪誕的情節來抗衡外來權力的干預與侵犯，凸顯後設與魔幻的實驗性質。

作為前期的代表作，《昨夜星辰》幾乎都是流離的族群敘事，描寫了偏差的體制對人性的扭曲和傷害。小說零星幾篇取材自美國和臺灣，大多篇章則聚焦在東南亞八十年前後民族情緒激憤，華裔的身分和命運動盪的時代氛圍；藉由一個個流離者的遭遇或自述，去表現文學創作主體（和某一族群）的記憶與情感，是如何被外在的「他者」和國家機器壓抑，造成心靈與歷史的創傷。因此，不管小說背景為何地，移民來自何方，「華裔」彷彿就是原罪，折射出作者念茲在茲的大馬華人的政治處境。

淒冷的〈冬夜〉，一個芙蓉人在地鐵站遭嬉皮士劫殺，何嘗不是孤苦紐約生活的寫照？小儲奮鬥多年，認真籌畫，一心想要舉家團圓。移民再移民，從馬

來西亞到美國，就是想追求更好的生活，最終卻死於非命。一如〈鄉關〉裡的魯漢雲目睹印尼排華慘劇後選擇落腳紐約，他的女友則從越南賣身逃難而來，為了魯的醫藥費再度賣淫。這一群無依無靠，勢必竭盡所能才能獲取一點衣食安全的移民，僅僅只能用力於最基本的經濟需求，甭論社會、文化，甚至於政治的其他層面，道出了身為寄居者的東南亞華人，不得不浪跡的命定，以及「白手起家」的壓力和悲劇。〈癌〉則以另一個側面解釋了移民不願回國之因，除了政治境況，生活條件之外，還有社會所給予的公平施展的機會，以及個人專業的成長，換言之，馬國的土著特權、教育制度、新經濟政策等等玻璃

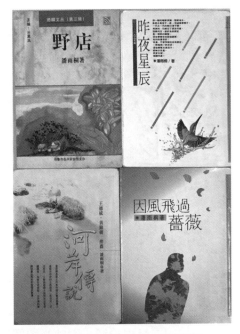

潘雨桐著作（彩虹、聯合文學、麥田出版）

天花板，是小說隱而不說的指涉。比如〈一水天涯〉裡的陳凡因固打制到臺灣留學，畢業回來文憑用不上，只好屈就當個園坵助理，一邊充滿就業壓力；一邊因無力感怠倦感而裝聾作啞。即便他的「臺灣新娘」定居十年無法取得公民權，憤而指責審查雙重標準，讓非法的菲律賓、印尼人輕易成為公民，任其為非作歹，他也不置一辭。然而，〈綠森林〉裡，李堅忿忿不平地質問與強盜同籍的移民：「我們有些人住了十多年，拿的還是紅色身分證，不能享有公民的權利。你憑什麼拿到？」卻被反擊：「你們也需要。」不管是棄國還是留鄉；麻木還是意難平，都是人心的自然寫照，反映著當時的政經結構和華社普遍的氛圍，它不僅是族群和公民平等的問題，也可追溯背後壓迫和被壓迫的殖民歷史。只有在「你們也需要」的英－華－巫－原住民－非法移民之間的共謀關係的脈絡下，才能理解小說中的人物深陷於怎樣一種集體的命運，以及故事的主要關懷。

　　因此，在這個共謀關係下，女性的身體也成了種族／階級的權力戰場。如〈雪嘉瑪渡頭〉裡的杜順族女人和華裔員工簽訂身體租賃合同，續租轉租皆可；但同時非法移民反過來卻又成為潛在的威脅，〈綠森林〉裡，楊美心慘遭蘇祿人輪姦和殺害。此外，女人的身體也是一個族群的傷痕。〈何日君再來〉直接點名

2014年莊華興、潘雨桐、張錦忠、高嘉謙攝於馬來西亞文丁（左起）（高嘉謙提供）

1982年的「向東學習」政策。小說中的阿桃和玉嬌為了爭取日本恩客——投資商岡田貞本夫而水火不容。餐館老闆老孫，日侵馬時期親族被殺害，因而認定日本從二戰的槍砲彈藥包裝成產業合作，大東亞共榮圈的現代化只是新瓶裝舊酒。顯而易見，小說假借人物之口，以民族尊嚴的立場唾棄女性兜售身體，間接批判了日資企業的經濟侵略。

　　潘雨桐自陳：「寫小說是有話要說」，說的大都是流離者困頓的遭遇，當然寄託著他的同情與憤慨，因此必須仰賴文本外的歷史事件來參照定位故事的情境，而難免成為政治現實式的解讀。

延伸閱讀

黃錦樹。〈新／後移民——漂泊經驗、族群關係與閨閣美感：論潘雨桐的小說〉。《馬華文學：內在中國、語言與文學史》（吉隆坡：華社資料研究中心，1996）。

鏡子映照的表／背面：論賀淑芳的小說

劉雯慧

> 暫時就待在這裡，看著鏡子吧。讓我們一邊看著鏡子，一邊跟鏡裡別人的倒影說說話。——〈天空劇場〉

賀淑芳，1970年出生於吉打州。畢業於馬來西亞理科大學物理應用系學士，後取得臺灣國立政治大學中文所碩士學位，以及新加坡南洋理工大學中文系博士學位。曾任工程師、《南洋商報》副刊專題記者以及講師。目前已出版短篇小說集《迷宮毯子》（2012）和《湖面如鏡》（2014）。2017年獲得臺灣國藝會馬華長篇小說創作補助。

2002年賀淑芳以〈別再提起〉獲得第二十五屆時報文學獎短篇小說評審獎而受到文壇矚目，故事敘述一名華裔男性生前改信伊斯蘭教，死後因穆斯林身分引發宗教局與家屬搶屍體的風波。這篇小說反映的本土政教現實和文化現象，以及混雜的方言土語等特質都被後來華語語系文學的研究視為討論的範本，由此進入大眾的視野。這篇四千字的小說以荒誕的情節設置「排遺秀」吸引讀者的目光，但其觸及的改教議題和「搶屍體」風波卻是真實發生的事件，而宗教問題在大馬的政治語境向來被視為敏感的話題，鮮少成為創作的題材。繼黃錦樹以後，賀淑芳是較有意識寫作政教議題的馬華作家，從〈別再提起〉到〈湖面如鏡〉（2012）、〈風吹過了黃梨葉與雞蛋花〉（2013）、〈Aminah〉（2014），她的小說刻畫人在政教結構中艱難的生存處境和認同問題。

〈風吹過了黃梨葉與雞蛋花〉和〈Aminah〉都將焦點放在試圖改教的華裔穆斯林。小說的主人公阿米娜（洪／張美蘭）的穆斯林身分和名字都是按法律規定繼承自父母，她們屢次申請改教失敗而被強制送往宗教局的康復中心進行教化。雖內容有現實指涉，但小說更極力探問的是她們無法自主選擇身分認同的艱難處境以及生存狀態。作者曾考察相關議題，但不直接做價值判斷，在〈Aminah〉中透過多重敘述視角的設置，同時映照出主人公、舍監和宗教教師紛雜矛盾的思緒，突破因視點限制只看到的單一表象。〈風吹過了黃梨葉與雞蛋花〉則刻畫

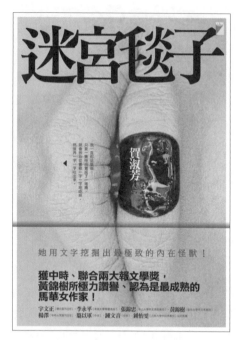

賀淑芳《迷宮毯子》（寶瓶文化提供）

了一個精神分裂的主體，主人公無法認同穆斯林的血緣和身分，只能在兩種身分之間拉扯「我拉著阿米娜，我討厭阿米娜，我曾經想生下不一樣的孩子以稀釋掉她」。她在敘事上刻意以張美蘭的視角來觀看阿米娜，就像在主人公面前放置一面鏡子，讓分裂的主體互相觀看，而這面鏡子在虛構的小說中，更是串聯起外部現實世界和內部精神世界的通道。不同於此，〈湖面如鏡〉敘述在國內大學任教的華裔講師，無意中觸犯伊斯蘭教教義與禁忌而引起爭議。在大馬，敏感的宗教風波在日常生活中屢見不鮮，但進入文學的視域後，宗教議題的書寫不僅是要反映結構性的問題，而是以此照見在夾縫中求存的非穆斯林族裔的生活群像。

　　賀淑芳的書寫不僅反映主體的現實生活，更持續將觸角伸向鏡子的背面，探察從外部看不見的內部世界。從日常的生命經驗到荒誕的故事情節，這些寫作題材皆是為了揭開表面，一窺隱藏在人的生活表象下赤裸裸的生存樣態以及幽微湧動的慾望和情感，這幾乎是賀淑芳所有創作的核心主題。如黃錦樹在〈迷宮與煙霾——序賀淑芳《迷宮毯子》〉所說，她有許多生澀難懂的作品對外國文學的借鑑，是為了處理作者獨特的存在感受或者是對存在本身的迷惑，並以波赫士式的文字進行表現。然而波赫士的影響不僅於此，她對時間、永恆命運的思索，以及小說反覆出現的鏡子、沙、迷宮、夢，以及濃厚的幻想色彩，皆可以看到作者與文豪的對話。小說的主人公彷彿是生存在一個圓環結構中的人，在無限性的迷宮中徘徊重複著各自的命運，就像〈月臺與列車〉中構築的許多相似的月臺與列車，而月臺上的人或許和「我」做著同樣的夢，一再反覆掉入月臺與列車之間的縫隙中。又或者是在〈死人沼國〉中更為具象化的，被施暴而死去又再生，被迫重複經歷恐怖體驗的女人，小說以女人持續受虐的情境和命運指涉循環往復的歷史暴力。

然而這種重複性的生存狀態和生活模式，正是賀氏小說啟動敘事動能的裝置。在《湖面如鏡》的作品中，不難看到主人公試圖從生命中的局限、現實生活以及情感關係的枷鎖中掙脫和逃離的慾望。例如〈箱子〉中的母親最終決心劈開陳年的老木箱，完成對過去的清理；〈牆〉的隔壁安娣面對單調乏味的日常生活和婚姻關係，生存意義逐漸消磨殆盡，最終以日漸削瘦的身體讓自身的存在消失。不僅是小說中的母親或妻子，親情（血緣）關係的羈絆同樣對個人形成束縛，如〈消失的陸線〉裡的女兒，渴望離開家鄉「讀書不辛苦。假如以後必須永遠困在這裡，那麼我將會更加害怕。我害怕哪裡都去不了。……妳

賀淑芳《湖面如鏡》（寶瓶文化提供）

不能說：我再也不喜歡這裡了。不能說這裡讓我窒息。這是不恰當的，因為這是母親想待著的地方」。同樣在〈重寫筆記〉也可以看到母女間複雜的親情。賀淑芳以女性的日常生活和情感關係為題材的小說，敘述視角多為女性，不時渡入個人經驗的觀察和感受，常由一連串零碎的思緒和心理過程構成，並以精準的語彙去捕捉複雜的思緒。而這樣具私密性的寫作主題所調動的生命經歷不免較難跨出性別的邊界，難以探問更普遍性的生存境況。

即使賀淑芳的小說像鏡子如實映射出人們不忍直視的千百種樣態，以精確的語言再現個人不欲道破的種種醜惡、疙瘩、慾望和心思，但也藉由虛構的力量在小說中打開嶄新的界面，特別是當故事裡的個體遭遇殘酷的現實。從她的敘事可以看到卡爾維諾的文學主張帶來的影響，尤其以「輕」的寫作策略轉化積沉的現實之泥，不論是飛向另一個世界或是出入夢境，她以新穎的想像力創造逃逸的空間，如〈風吹過了黃梨葉與雞蛋花〉就闖入了一隻夢遊的黑馬，將受困的少女帶離信仰之家。總的來說，為了更細緻的照見事物的表面與背面，她在用字遣詞上隨著故事主人公的心緒活動彈性的變動，時而碎裂如斷片，時而流暢如意識的伏流，力求透過高度細密和精確的文字鑄造一面可以觀察自我和他人的鏡子。

延伸閱讀

黃錦樹。《注釋南方：馬華文學短論集》（八打靈再也：有人，2015）。

劉淑貞。〈裂縫與毯子——賀淑芳的小說迷宮〉。《中山人文學報》no.40(2016):101-118。

劉雯慧。〈在夾縫中重生——以賀淑芳的伊斯蘭書寫為觀察對象〉。熊婷惠、張斯翔、葉福炎（編）：《異代新聲：馬華文學與文化研究集稿》（高雄：中山大學人文研究中心，2019），111-132。

九
在馬哈迪時代抒情

黃錦樹

「馬哈迪時代」指的是大馬馬哈迪在任第四任首相期間的二十二年（1981-2003），那二十二年間，大馬走向現代化，大量中產階級崛起；但由於新經濟政策的強勢推動，固打制的推行，對華校和華社的使勁擠壓，再再顯示種族政治的結構化，讓那個年代的華人很多都難免強烈的感覺被邊緣化。在文學領域激起的「感時憂族」的憂患感，貫串了整個「馬哈迪時代」。即便他下臺了，也還是「烈火莫熄」。

馬哈迪時代的抒情詩人，包含了好幾個世代的作者，主要是五〇後、六〇後兩個世代。

黃遠雄（1950-），沙禽（1951-）、方昂（1952-）、游川（1953-2007），何啟良（1954-）和張瑞星（1956-），傅承得（1959-），陳強華（1960-2014），方路（1964-），辛金順（1963-），林幸謙（1963-）等。

因為教育上的固打制，能擠進馬大窄門的華裔學生成了華社的天之嬌子，但他們也處於種族文化衝突的最前線，尤其在馬大中文系，馬大華文學會，如是誕生的校園散文帶著超額的憂患感，但那其實維繫不了幾年，激憤也終歸會趨於平淡的。那一代人，何國忠、林幸謙，潘碧華，辛金順、祝家華等，有的繼讀哀吟下去，到最靠近中國的地方，用力舐舐那繼承來的「流放之傷」，深化為象徵資本；或者不斷的重返童年、少年，走上「理想詩人之路」，或持續「動地吟」，抒情誌，或感時憂國。

馬華校園散文

鍾怡雯

大約在一九八〇年代初期，以馬來亞大學和理科大學為主的大學生形成一股創作風潮，成為馬華文壇矚目的創作新勢力。這群年輕的創作者除了創辦刊物，主辦文學獎，定期聚會等文學活動之外，尚有可觀的出版成果，其中又以散文的收穫最豐。或許這個跟現實和讀者最貼近的文類，便於紀事抒情，而紀事和抒情正好為「天之驕子」的大學生留下雪泥鴻爪。當時全馬來西亞只有六間大學，華人受限於教育固打制的不公平待遇。擠進大學之門的大學生，可說是加上努力運氣的幸運兒。正值青春華年的大學生對社會對人生有滿腔的熱情要傾訴（或控訴），散文便於摹寫生活的文類特質正好符合他們的需要，逐漸蔚為風潮，乃至成了時尚，以《大學生手記》（1983）風靡年輕讀者群的瘦子（許友彬，1955-）曾說，他寫作是因為看見朋友一個接一個出書，覺得很時髦，也想湊湊熱鬧。瘦子可說是校園散文的始作俑者。《大學生手記》在大學生和年輕讀者之間引起廣大迴響，這本書原來大部分是《學報》的專欄，以手記體記述大學生活的片段，筆調詼諧幽默，許友彬很快成為校園散文的代表作家。

以出版年分來算，校園散文的始祖應該是葉寧《飛躍馬大校園》（1982）。在大學生並不普遍的馬來西亞，這本散文讓馬來西亞讀者窺見大學生活。瘦子寫作是為了（如他所說）自娛娛人，他娛人的方式乃是插科打諢式的戲謔；葉寧則是營造一種浪漫唯美的校園印象，尤其《飛躍馬大校園》的封面構圖非常不食人間煙火：白衣女子推著腳踏車停在翠綠的草地上，女子低頭沉思，模樣清純，令人不由得把馬大校園想像成浪漫的烏托邦。《飛躍馬大校園》曾經風靡一時，固然是因為它以生活化的文字摹寫大學生點滴，滿足了許多人對馬大學生的偷窺慾，文字簡單直白，也是普及的原因之一。

《大學生手記》的輕快活潑風格是校園散文的其中一種類型。一九八〇年代的華社風雨飄搖，不少校園寫手是懷抱著家國之思在寫作的。四十年後的今天回看當時的馬華校園散文，它那種帶著感時憂國感式的風格，乃是二十一世紀之後的散文所無，因此彌足珍貴。校園散文的寫手都非常年輕，可是寫起這類題材

筆調沉重，視野延伸到華社議題、家國大事，他們意識到華巫不平等的政策和法令、社會充斥不公不義，希望維護母語教育和捍衛華文文化。

大學生掛在嘴上的「campus」（校園）確實似象牙塔，為他們遮風擋雨，他們懷著理想，如同同時期臺灣的校園民歌〈年輕人的心聲〉（葉佳修詞曲）所說：「在校園慢慢充實又長大。」何國忠（1963-）的散文集《塔裡塔外》（1995）很正確的概括了他們的情懷——既

馬華校園文學《飛躍馬大校園》（1982）、《大學生手記》（1983）、《馬大湖邊的日子》（1987）、《傳火人》（1989）、《讀中文系的人》（1988）、《塔裡塔外》（1995）（高嘉謙翻攝提供）

在象牙塔內，同時也關心著象牙塔外的華社與家國。年輕富朝氣的散文建構出來的「瀟灑」並沒有民歌所言的「無知」（「人說校園像一座象牙塔　我們沐浴在無知的瀟灑」），然而校園確實是美好的所在，那裡面孵育創作者的夢想，以及對未來的憧憬。也因此，當好些年輕寫手離開學校進入社會，烏托邦立即崩塌，相濡以沫的革命情感不再，促使他們創作的動力亦同時消失，摹寫生活的對象不再是校園，而是不美好的現實，於是書寫生活的筆失去依靠——校園寫手離開校園之後，夭折率特別高——作為起點或中途的校園散文，卻成了終點站。

最能突顯馬華校園散文特色的，是一批充滿憂患意識的散文。憂患意識原是徐復觀在《中國人性論史》（1962）提出的概念，是儒家思想的基本品格，也是中國文化的基礎，原是指一種想要突破困難而尚未成功的心理狀態，或者也可以是一種堅強、努力、進取的意志和精神。五四知識分子有所謂感時憂國、憂患意識的傳統，部分馬華校園散文也心懷華社處境和民族議題，見證時代的意義，儘管數量不多，卻擲地有聲。

對於土生土長的、年輕一輩的馬來西亞華人而言，他們和中國的關係其實並沒有那麼單純，尤其是讀中文系的創作者。一方面他們的生活習慣已深深本土

化，是「馬來西亞的華人族群」；就文化而言，卻與中國脫離不了關係，所謂的
文化鄉愁即牽涉到對原生情感（primordial sentiment）的追尋，對自身文化的孺
慕和傳承之情等。華人可以從文字、語言、習俗、節慶等共同象徵系統凝聚民族
意識，並藉此召喚出一種強烈的認同，因此讀中文系便成為另一種精神上的返鄉
（文化中國之鄉），用華文／中文寫作則是對自身文化／根源的追溯和回歸，透
過文字重返文化中國之鄉，一如潘碧華（1965-）的散文集《傳火人》（1989）的
書名所暗示，讀中文系意味著他們要傳中華文化的火，任教於中文系亦有同樣的
意義。

　　中文系的課程設計能夠有效地召喚出學生寫手的中華文化認同，潘碧華在
〈舉杯邀明月〉一文中便表示，聽中文系的課特別是文學史「心裡便有按捺不住
的激動」，曾是馬大中文系學生，後來跟潘碧華一樣任教馬大中文系的何國忠嘗
言：「讀過中文系的學生都知道，在馬大，這個系的向心力是無以倫比、無法言
傳的。」向心力最重要的來源之一，便是原生情感。他進入馬大中文系，「心靈
才真正安定下來」，找到「古典和生命，追溯幾千年來的人類的思維」。郭蓮花
（1964-）則說「浸淫在中華文化的長流中，我們有了傳統的約束和依據」。中華
文化是安身立命的所在，用以抵抗現實，於是他們成立中文系學會，辦活動，編
選集，透過各種各樣的方式維繫中文之不墜。

　　他們在中文系找到了對中華文化的認同，也由此凝聚向心力。年輕一輩的
馬來西亞華人跟中國南來父祖輩最大的不同是，他們能夠清楚劃分現實故鄉是
馬來西亞，文化母土是中國文化，現實身分和文化認同是兩回事，他們透過中文
（系）尋找的是文化中國，地理上的中國不是他們的故鄉。文化中國只有透過象
徵符號與歷史連結才能發生作用，於是只有透過閱讀和書寫這兩個途徑解除文化
鄉愁。

　　當時作為全馬大學唯一的中文系，馬大確實為馬華文壇培養出不少重要的創
作者，包括潘碧華、何國忠、祝家華、郭蓮花、孫彥莊、林幸謙、禤素萊、程可
欣、林艾霖等。這個文學的烏托邦提供一個場域讓年輕人去做白日夢，暫時逃脫
了歷史和現實的壓迫。潘碧華在《讀中文系的人》的跋說：「馬大這個地方，最
是適合讀書、寫稿、編書。中文系更是一座令人留連忘返的城，有很多的書本和
溫情。」白日夢可以建造空中樓閣、勾勒宏偉藍圖，讓中文系學生馳騁他們的理
想和夢想。中文系催生的印刷品，把「中文系」、「中文」緊緊結合在一起，中
文系出書是一大盛事，亦是指標，具有「爆炸性的相互作用」，他們自己賣書，
竟然除了詩集之外，都推銷得不錯，幾乎每一本都印了兩版四千本。校園是他們

所依所靠，一九八〇、九〇年代結伴寫作的校園寫手，如今仍在持續創作的昔日校園散文寫手，大部分仍然留在校園任教。當年保護他們的象牙塔，現在依然是棲身之所，只是他們已然更換舞臺，成為業師。

　　如今在新一代的創作者身上，感時憂國的傳統卻似乎消失了，取而代之的是一種關心自身的個人化寫作，親情友情和生活是他們的主要題材。華社面臨的教育和政治問題並沒有改善，時代沒有變好。或者，新一代的創作者所呈現的是一個「全球化」的寫作現象？華文世界跟他們同一輩的寫手，轉而關注自身，凝視自己的倒影或內心成為時代的潮流。

　　潘碧華曾有專文論述〈八〇年代校園散文所呈現的憂患意識〉。我認為憂患意識僅是校園散文的其中一個面向，實則年輕飛揚的校園寫手，必然有寄託於文字／文學的浪漫一面，無論那是多麼風花雪月或傷春悲秋，臺灣一九七〇年代以「（中國）國家興亡為己任」的神州，或者標榜「反共復國」的三三成員，他們都曾經有過為賦新詞強說愁的唯美，那是青春和熱血的一體兩面。抒情和書寫，青春式的感時憂國，這兩個特點看似矛盾其實並不衝突的特點，成為八〇年代馬華校園散文的風格。在馬華的文學史上，校園散文確實獨特，縱承感時憂國的傳統，橫向切出時代脈動，那是屬於他們自己譜寫的、赤道的青春之歌。

延伸閱讀

陳大為。〈校園散文的生產語境及其譜系之完成（1979-1994）〉。鍾怡雯、陳大為（編）：《馬華文學批評大系：陳大為》（桃園：元智大學中國語文學系，2019），185-222。

潘碧華。〈八〇年代校園散文所呈現的憂患意識〉。鍾怡雯、陳大為（編）：《馬華文學批評大系：潘碧華》（桃園：元智大學中國語文學系，2019），176-195。

鍾怡雯。〈馬華散文的「浪漫」傳統〉。鍾怡雯、陳大為（編）：《馬華文學批評大系：鍾怡雯》（桃園：元智大學中國語文學系，2019），107-124。

黃遠雄的詩與散文

李有成

黃遠雄，1950年出生於馬來半島東海岸的吉蘭丹州哥打峇魯，大約一九六〇年代中期以後開始在《學生周報》發表詩作，筆名有左手人、圓心鵲等，至今仍筆耕不輟。除1980年出版有詩頁《黃遠雄詩輯》外，他另有三本詩集：《致時間書》、《等待一棵無花果樹》及《詩在途中，1967-2013》（臺灣版書名作《走動的樹》）。近年來他陸續撰寫回憶散文，已完成《東北季候風中的歲月》一書。

正如書名所示，《詩在途中》其實是黃遠雄1967年至2013年間近半個世紀詩創作的精選集，詩人在題為〈寫詩〉的後記中這麼說：「經過這些日子的篩選，我終於決定將這四十七年來、斷斷續續寫了將近兩百七十首詩，包括大部分已收集在之前兩本詩集內，和一些尚未收集成冊的詩當中，自選出九十九首，結集出版這麼一本卑微的詩選集。」「卑微」二字當然是自謙之語，不論對黃遠雄或對馬華文學界而言，《詩在途中》都是一本重要的詩集，是黃遠雄詩創作精華之總匯。詩集收詩九十九首，而非完整的百首，說明詩人對其創作仍然心存期待。其實書名早有明示，其創作仍在途中，尚未抵達終點。

黃遠雄早年的詩偏於抒情，尤其一些自我砥礪或者自抒情懷的詩，莫不以抒情取勝。譬如〈手上的筆〉一詩，開始時詩人感歎創作的路上是如何孤獨和寂寞，「像鏽了的鐵欄杆／像被遺棄的時光／像筆尖上的墨漬」，經過了一番探索與省思，宣告詩的題材是何等廣泛多樣，自然山川固然可以入詩，世間激情一樣適宜成篇，詩人因而重新體悟孤獨與寂寞的意義，甚至對自己產生一種超乎知見的砥礪與要求：「……我願／為自己嘗試／另闢一座窗框／孤獨是必然的／我想，崎嶇是必然的／不斷出發亦是／必然的」。

有趣的是，大約自一九八〇年代以後，黃遠雄的詩敘事成分明顯大增，有些詩甚至充滿戲劇效果，相形之下，抒情性反而退居邊緣。這樣的改變也影響了黃遠雄詩的語言與修辭策略：他的語言趨於平淡與明朗，不難看出他在修辭上逐漸建立自信。1981年的〈吾妻不談政治〉一詩最能體現這些特色。此詩看似簡

《致時間書》（1996）、《等待一棵無花果樹》（2007）及《詩在途中，1967-2013》（2014）（高嘉謙翻攝提供）

單，實則是一首相當複雜的詩。其語言自然而生活化，由於不事鐫刻，反而少了鑿痕，允為黃遠雄脫胎換骨之作。〈吾妻不談政治〉一詩不長，其基本結構是一場簡單的夫妻對話，這場對話透露了夫妻對政治的不同體驗，對政治的操作在想法上也難免南轅北轍。丈夫看待政治的態度相當直接，因此其論證在修辭上多採明喻（simile），並且以一連串的聲明（statements）指陳政治如何無所不在，如何界定與介入我們的日常生活、人生活動及典章制度：「吾說：／教育是一種政治／宗教是一種政治／戰爭是一種政治／甚至寫一絡文字，握手／寒暄、擁抱、呼吸／都是政治」。在丈夫看來，政治彷如天羅地網，生老病死，無不是政治，也無不受制於政治。

　　詩中妻子的反應非常生動。丈夫那種僵硬的宣示性語言立即遭到妻子冷漠以待；不僅如此，妻子還祭出自己的絕活來，對丈夫的聲明做了一番演繹和解構：

　　當吾妻將蔥花
　　擲下油鍋
　　她說：
　　蔥花是一排蓄發的地雷
　　螃蟹是列陣的坦克

黃遠雄《東北季候風中的歲月》（2018）（高嘉謙
翻攝提供）

煮炒是會議桌上喋喋不休的
風雲
若只知糾纏不清
如何捧弄一道
美餚呢？

這一節詩無一語涉及政治，詩中所敘
卻處處機鋒，無不政治。妻子的修辭
策略也大異其趣，她所仰賴的主要是
隱喻（metaphor），也就是她所拿手
的烹飪語言，既有食材佐料，也有烹
調方法。換言之，在妻子的認知裡，
政治就是廚藝，就是煎炒煮炸炆焗烤
蒸，必須乾淨利落，劍及履及，最忌
推拖拉扯。妻子的智慧可以說完全在
踐行「治大國如烹小鮮」的古典明訓。
　　自一九八〇年代以後，黃遠雄的
詩風大抵漸趨穩定，成熟，而且不拘
一格，相當自由，詩的題材也隨著他對世事的洞察而變得繁複多元。他後來寫下
不少有關愛情、親情及鄉情的詩，諸如〈夢說〉、〈要去流浪的樹〉、〈一首止癢
的詩〉、〈一直〉、〈父親的拐杖〉、〈鎮壓〉、〈返鄉之旅〉等等。黃遠雄另有一
部分詩則在書寫他對現實生活或外在世界的反應，尤其在進入新世紀之後，這
類詩日見增多，像〈社區警衛〉、〈不得不回家〉、〈傷害〉、〈恐懼〉、〈土撥
鼠〉、〈家務事〉、〈焦躁者和他的假想敵〉等，隨手拈來，俯拾皆是。這些詩饒
富批判性，或明示，或暗指，對晚近馬來西亞的政治情勢和社會現況，其針對性
或指涉性不言而喻。
　　黃遠雄的《東北季候風中的歲月》是一部自敘性散文集，全書收敘事散文
一百零九篇，長則千言，短則數百，題材集中，主題互有牽連，整個設計是以
人物為經，以事件為緯，看似一篇篇獨立的散文，整體視之卻是一部依時序發展
的往事追想錄。其敘事時間始於黃遠雄五歲左右，終於1971年，作者二十一歲
前後。顯然，僅將《東北季候風中的歲月》視為黃遠雄個人成長的自敘傳是不
夠的，書中所敘還涉及作者家族的離散經歷、馬來半島的社會變遷，乃至於馬來

（西）亞整個國家的歷史發展進程。換言之，這是一部交織著個人與集體記憶的自敘傳。此書終了時，黃遠雄已經離開其吉蘭丹老家，遠走新加坡，想當海員不成，結果卻像「孤魂野鬼般……來到芽籠士乃一間鐵廠當學徒」，而定居長堤另一頭的新山則是後來的事了。黃遠雄的故事當然還沒結束，他至今詩和散文依然創作不斷，寶刀未老，值得我們期待。

延伸閱讀

黃遠雄。《致時間書》（吉隆坡：十方，1996）。

黃遠雄。《等待一棵無花果樹》（新山：南方學院出版社，2007）。

黃遠雄。《詩在途中，1967-2013》（八打靈再也：有人，2014）。

黃遠雄。《東北季候風中的歲月》（居鑾：大河，2018）。

李有成。〈走動的樹——讀黃遠雄的詩〉。鍾怡雯、陳大為（編）：《馬華文學批評大系：李有成》（桃園：元智大學中國語文學系，2019），126-147。

生命在他方：一九七〇年代末詩人譜系中的沙禽、何啟良和張瑞星

黃琦旺

> 至於我，我厭倦了把生命縮減／成為一種居家的隱喻──哈利・克里夫頓
>
> As for me, I'm tired of life reduced / To a household metaphor. – Harry Clifton

1965年新馬分家後，馬華文學已逐漸跟戰前時期的文學形態斷離。原本在新加坡的一些重要的學術機構、報館以及出版社早做好準備紛紛遷到吉隆坡。按理，吉隆坡可以繼往開來成為另一個馬華文學中心。然，由敦阿都拉薩（Tun Haji Abdul Razak, 1922-1976）於1956年引起的國家單一語言教育政策以及爾後1969年的「五一三事件」煽動種族衝突，緊跟著1970、1976年阿都拉薩政府實行的新經濟政策，都使華人社會陷入國／族身分認同危機當中。1971年一場大水災後，政府就各方利益正醞釀與中國建交，破例私允華人商團於三月下旬請來左派銀星藝術團到默迪卡體育館做籌款賑災演出；然而卻在1974年12月馬中建交後禁令馬大華文學會效仿銀星演出的〈春雷〉大匯演。12月29日國會發表白皮書，指控馬大華文學會涉及共產黨之顛覆活動，勒令關閉。吉隆坡從獨立以來，以左派為由控制知識分子，成為政治氛圍緊張的區塊，可見一斑。

實際上這樣的氛圍也養成個別知識文青的獨立自主。一九五〇年代出生的文青一代，華小畢業後進入最末一代以英語為媒介的國民型中學，養成對中西文化兩相認知下的獨特思維，在半島各處進行了一個時代的群體創作。當他們因個別詩意的理想遷移到城市，即給當地規畫了他們的文學地圖：七〇年代以迄，各州都有文社詩社和出版社，文青相互往來，這樣的群體寫作，不能不說是獨立後馬來西亞華人文學的黃金創作期。就吉隆坡來說，《蕉風》、《學報》是主要文學媒介，與人間詩社、鼓手文藝等群體的互動是很頻密的。

1951年在霹靂州宜力（Gerik）出生的沙禽，1954年在吉隆坡出生的何啟良及1956年生於彭亨州瓜拉彭亨的張瑞星都是一九七〇年代末吉隆坡詩文創作、雜誌編輯與詩社的佼佼者。吉隆坡在中下層華人被政治標籤而割裂成馬共／方言

族群黑公司／的處境下，「身分」特別敏感；華社本身又分裂為峇峇菁「英」／華商／華教鬥士／左共／右國／第三勢力／英校生／華校生等等支離破碎的「主體」，順著殖民分化政策敲開的種族罅隙無止境的自行分裂。壓抑的主體性在文學的書寫上反而提升了更多可能的風格和創意：沙禽對空間壓抑感伸出「Yeah Yeah Yeah」的手勢（〈告別語言〉1976），何啟良（何棨良）《刻背》「原始的苦痛」血氣伸張，張瑞星喻幻於實的《眼前的詩》所呈現的眼神（gesture/ looks），皆流露或隱或顯的自主性。

沙禽詩集《沉思者的叩門》(2012)（高嘉謙翻攝提供）

沙禽原名陳文煌，華文小學畢業後就讀國民型中學，1970年至71年進入聖米高書院（St. Michael Institusion）先修班。1975年於拉曼學院建築系畢業，後留在吉隆坡工作。1978年曾與悄凌、張愛倫（張瑞星）編《蕉風》第301期至309期，更在這期間與飄貝零、張塵因、風山泛、蕭開志、何啟良、李系德、林廷輝、林培禾、賴雲清、劉衍應、華世英、亦筆等志趣相投成立人間詩社及後來的出版社。張瑞星詩〈Bunga Raya〉裡常聚的文友們或就有人間詩社幾位在拉曼學院就讀的文友。沙禽詩的整體風格有顯著的邏輯辯證，在他書寫中以一種虛和實的空間建構突顯出來。「鳥」的意象就是他對實體的借喻：

> 那麼他是一隻沒有棲止的鳥了／在沒有花香的天空／咀嚼風雷的交響／而清明如洗時他將看見另一幅大地宏偉的形貌／讓他的疲倦落籍（〈獨身主義者〉）

何啟良謂沙禽「對於生命，他有時看得真的很透徹，簡直就是接近禪宗般的超拔」，更精采的是在「超拔」以外，何啟良還點出沙禽的「狡猾」：「他似乎無奈尋找某種個人和時代之間的永恆，彷彿那麼自信，但是又顯得如此不甘

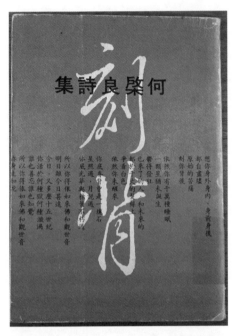

何啟良詩集《刻背》（1977）（高嘉謙翻攝提供）

……以文字，關照著這一連串圍他全身的圖騰意象。這就是沙禽狡猾的沙禽。」雖說「沙禽」一詞的意象本具有遺世獨立的意味，但是存在於現代詩當中的陳文煌，為的是一隻「沒有棲止」、「貧乏而蒼白」、「沒有花香之地」、「瘦細的生命亦因無休止的風雷和大地而豐饒起來」（〈獨身主義〉1977）的逃逸空間。這一隻「鳥」已不存在於雲夢澤不避人於青林杪，而是現代詩人深眸裡現代人的生命他方。在虛的比擬當中，沙禽建構了詩空間裡的城堡情境，從「古羅馬的宮殿」（〈結〉1972）到「高畫起來不輝煌也不破敗」（〈沉思者〉1979）卻已經推不動的文明，再到「鏡面濕濛的玻璃城」（〈虛無者〉1978），沙禽的筆旅遍城中街弄小巷尋找路，他驚訝於「你不知道自己在裡面還是在外面」（〈虛無者〉），因為城是虛擬是繚亂的視聽。對書寫者這個工程師來說，城堡帶來了這個時代人生命最大的隱喻——人性的鏡像。1971年沙禽〈路的變奏〉發表於十月分的《蕉風月刊》，姚拓等編輯室有評語謂「一鳴驚人」，而其第一本詩集卻在四十年後2021年才出版。

　　何啟良，畢業於吉隆坡的華文小學，後在葛京律中學（Cochrane Road School）就讀。1974年畢業於馬來西亞國民大學（UKM）社會科學和人文學系，1981年到美國西密士根大學修讀碩士，1988年獲俄亥俄州立大學博士學位。熱衷於寫散文，但出版的第一本書卻是1977年由吉隆坡鼓手文藝出版的詩集《刻背》。何啟良的詩傾向典雅的美，效仿古詩詞的抒情與激昂，充滿「受控制的感情的洩流」（《刻背》序），因主修社會科學，他的憤世嫉俗摻和著本性深黯的感情色彩，是他的詩與眾不同的地方，為此第一本詩集《刻背》就獻給「父母親以及他們一生的憂患」。詩集分〈英血〉、〈琴與琵琶〉、〈焚給月亮〉、〈少年之後〉和〈刻背〉五輯，頗具武俠情境，不斷與古詩人切換人格腳色（persona），這樣的風格很可能是何啟良少年時候加入天狼星詩社的餘溫。張瑞星的序直點出其「入世」，因感時憂國的意識和熱情先行，其詩讀起來既是其

散文的餘韻，也是有意為之。以「刻背」命名，顯然表現的是刃／銳氣，就美的意識來看，《刻背》最強的意象反而是「月」。這個「古代、現代和未來的化身」或隱或顯貫穿各輯之間，形構成詩人心中「民族」的映射，是他生命中的他方，傳奇戀愛的化境。在這裡或者才是詩人所有語詞的負擔之外其情感的真髓。

張瑞星《眼前的詩：張瑞星詩稿》（1979）（張錦忠翻攝提供）

張錦忠在關丹念完中學後到吉隆坡，成為《學報半月刊》與《蕉風月刊》的編輯人。1981年赴臺，國立臺灣師範大學英語系畢業，國立中山大學外文系碩士，國立臺灣大學外文系博士。1990年起任教於國立中山大學外國語文學系並定居高雄。詩人也擅寫小說，1982年即由人間出版社出版其小說集《白鳥之幻》。張瑞星《眼前的詩》十三首以人間詩社折頁式詩刊於1979年出版。張移居吉隆坡後一直是《學報》和《蕉風》編輯，相對於前二者，更專注於美學理念的表現。或者因此其創作的形式有美學的自覺。2020年出版《像河那樣他是自己的靜默》重輯這些詩，詩人認為這十三首是他「詩的青春期」的結束。張瑞星的詩的調子乍看跟沙禽有點像，有許多意象如「鳥」、「城堡」和「愛爾蘭」似共同母題，卻各有表述。沙禽在某一訪談中說自己修辭的節奏「可能是受到美國新民歌和搖滾樂的影響」，讀沙禽詩我們的確發現他會有許多類似流行曲的和聲。這跟張錦忠對歐美流行曲的關注亦類似。二者似有以生活中汲取美的共識，詩意一樣被評論者認為晦澀。實際上前者擅長的是對生活的敘說和辯白，而張瑞星似對日子有揮不去的情意，時間感在詩中構成的觸感，自成一格。比如〈沐浴鳥〉中「清晨在水中醒來」隨著光纖和視線的挪移逐漸感悟（《眼前的詩》），這個意象就比沙禽動態的、歷練的「鳥」多注入了情態。〈Bunga Raya〉這首詩的時間動感也很強，文本所觸及的與文友們的情誼也在敘述的律動中浮動，不直接道出卻在分行的時間內隱約映現，很能顯出風格化的現代感。這種觀感的抒情讀起來有恆溫。《眼前的詩》宛若海德格爾說的詩意的棲居，把眼前的「事」轉化為生命的他方。

英國現代主義研究者蒂姆‧阿姆斯壯（Tim Armstrong）在《現代主義》中強調現代主義的時間性觀念，在往昔和未來的時間軸之中不斷進行「保留」和

張錦忠小說《白鳥之幻》（1982）（張錦忠翻攝提供）

「創造」兩種策略。「保留」建立在「真正的」或鄉土的文化基礎上，以貴族「高雅」文化的廢墟上試圖發掘（與現實）合理的因素，提倡傳統精神；相對的「創造」選擇的意識空間，以「否定批判」，拒絕承認在不可接受的現實面前還存在統一的意義和統一的表達，因此會以支離破碎和隱晦性表現具有創造意義的異化行為。這個對戰後現代主義的詮釋是頗可以用在一九七〇年代末自覺性頗高的文青美學概念上的──國／族身分認同的雙重壓抑，一邊尋求東西方傳統雅文化的認同，一邊反擊、否定、思索現實與主流的意義，顯示出早熟的鬱抑與不流於俗套的風格。無論如何，閱讀三位詩人的詩集會發現強烈的意象構成的私密（mimic）空間，比如「鳥」或「城堡」或「月」乃至於詩人之「眼」似乎已經是這個壓抑氛圍裡虛空的美學憑藉──個體自由境地的挪移。

延伸閱讀

何棨良。《刻背》（吉隆坡：鼓手文藝，1977）。

何啟良。《即將遠行》（柔佛巴魯：南方大學學院，2014）。

沙禽。《沉思者的叩門》（吉隆坡：燧人氏，2012）。

張瑞星。《眼前的詩》（吉隆坡：人間社，1979）。

張錦忠。《白鳥之幻》（吉隆坡：人間，1982）。

張錦忠。《像河那樣他是自己的靜默》（雪蘭莪：大將，2019）。

抒情與吶喊：
游川與傅承得的政治抒情詩

葉福炎

　　九八○年代，馬來西亞的華人社會瀰漫在一股低氣壓的文化焦慮中。這一切肇始於1967年政府通過的「國語法案」，將「馬來語」列為國家的唯一官方語言。這也意味著過去華人爭取華文列為官方語言失敗之餘，當年林連玉先生主張民族、語言平等的理想落空。隨著法案頒布以後，華人族群（尤其在教育課題上）體認到自己處在不斷被邊緣化的境遇，必須奮起捍衛自己的公民權益。

以鳥喻人：一九八○年代的馬華社會

　　當在「國語法案」通過以後，政府更進一步限制唯有馬來文獲得優等的高中生才能遠赴國外深造，包括鄰近的新加坡南洋大學。這阻礙了大多數華裔子弟的升學之路，也激起華社想要在國內創辦「獨立大學」。當然，這一理想最終也沒有實現。「獨立大學」的申請案歷經各主管機關的駁回，最終上訴到聯邦法院開審。1982年7月6日，法庭以獨立大學所具有的公共屬性，裁決大學無法使用華語作為官方用途，宣告敗訴。這對華社而言無疑是一大衝擊。

　　同一年底，除了申請案敗訴之外，教育部還宣布欲在華文小學推行3M（即讀Membaca、寫Menulis、算Mengira）計畫，其中最大的變革在於：除了華文科與算術以外，其餘一律以馬來文來編寫；而且，音樂科中50%的歌曲必須為馬來歌曲，另外50%則需是把馬來歌曲譯為華文的內容。兩年之後，教育局再發出通告，要求所有小學校長必須在集會上，使用馬來語致辭或發表談話。1985年8月5日，教育部再推行強調以團結不同源流、種族和宗教的「綜合學校計畫」，以達成「最終目標」。上述幾項的教育政策，華社開始鋪墊及醞釀著反抗情緒。

　　直到1987年10月27日，「茅草行動」可說是導火線，一觸即發、點燃華社的敏感神經。當年，教育部派遣不諳華文的老師到華文小學，擔任行政高層，引來家長們到校抗議、老師罷課。10月8日，各大華人社團及政黨組織集結在吉隆坡天后宮抗議，卻招致政府援引內安法令逮捕一百多名異議人士，也註銷國內具有影響力報章的出版印刷執照。

游川《游川詩全集》（2007）（高嘉謙翻攝提供）

　　游川寫了一首短詩〈鳥權〉批判當時的政府濫用公權力，對付異議人士。詩及詩題以鳥喻人，寫到「鳥根本就沒有什麼鳥權可言」，指稱不論是說執政者愛聽的或不愛聽的，人民就沒什麼權利可言。然而，方昂另寫〈鳥權——和游川的「鳥權」〉回應到：「唱不唱卻是鳥的權力」，不應隨他人怎麼想——「聽不聽非關你的義務」，因為這是你的權力。

　　在社會動盪不安的情況下，現代詩寫作為詩人提供了一個「非法空間」得以抒發之餘，更是將詩化為一把利器。除了自視為知識分子並擔綱其義務，詩人們批判國家對我族的不友善、邊緣化政策，鼓舞低靡的華人社會。於是，一九八〇年代的馬華現代詩更往社會功用的面向傾斜，也是政治抒情詩發跡的開始。

走入人間的政治抒情詩

　　張錦忠將游川、傅承得譽為「馬哈迪時代的抒情詩人」，而兩位也是一九八〇年代馬華論壇的領銜人物，後來更帶起動地吟文學表演的熱潮。不過，這一切發生於上述論及馬來西亞的社會與政治變遷，同時也改變詩人對詩的創作與想像。

　　一如游川所表明，文學應該肩負起它的使命，提出批判性的方向予以社會一種刺激；除此之外，文學作品應扎根於生活現實當中，朗誦、吟唱，如此才能釋放詩的形式。同樣的，詩人傅承得也有類似的文學觀念。他認為，詩的創作轉向明朗和淺白，才能與讀者產生共鳴；同時，這也能讓時下的華裔族群發洩苦悶、激勵人心。他也將自己的作品稱為「政治抒情詩」。

　　關於「政治抒情詩」的概念，學者榮光啟認為它具有三種特徵：一、取材於政治性與時事性，詩人得以直接表達對時下社會問題的認識與評價；二、在形式上講究政論與激情的結合；三、最終能達到朗誦的目的以達至政治的渲染力。學者認為，這一類型的詩作也會帶來以下的可能性：政治抒情詩挾帶虛假的「浪漫」關係，詩人最終將缺乏個性。

囚中鳥：游川的鳥詩

《游川詩全集》一書收錄了游川一生的詩作，包括早年以「子凡」為筆名的創作。游川所撰寫的題材眾多，但「鳥」卻經常成為其書寫的對象，而且於不同時期有不同的詮釋與意義。如此，「鳥」可視為是詩人在創作上的一種自喻，也能在其中發現詩人創作觀上的變化。

游川詩集《蓬萊米飯中國茶》（1989）、《血是一切真相》（1993）（高嘉謙翻攝提供）

1972年，游川以「小鳥」為題寫了一首詩自喻，悠遊飛翔在有限視角的天空中，聽見生命對他的一種感召。與之相呼應的是〈窗〉這首詩，「不論從哪一扇窗／怎麼去看世界／都是那麼無盡」，詩中的「我」接收了感召——「迫視生命的位置」，質問「我」在世界中存在的意義。這是以子凡為筆名的現代主義式寫作。只是，這些詩作並無法滿足游川的創作慾望。在〈詩人〉這一首詩中，他就寫到：「詩人／也無能改變社會／充其量也只不過／點綴點綴民主／當執政者高興時」。這也是游川詩風開始轉向的契機點。

後來，游川開始撰寫一系列關於鳥的詩作，思索詩人與社會之間的關係。除了前面提到〈鳥權〉一詩以外，〈鳥籠〉講述了鳥作為一種自由的象徵，也是詩人在精神上的一種嚮往；〈養鳥記〉則諷刺當權者對於人民反抗的畏懼，與另一首詩〈這地方沒有鳥〉所寫的背景相呼應；而〈買鳥籠記〉又嚮往以空的鳥籠還予人民一種自由與解放。然而，〈白鶴亮翼之二〉一詩中卻闡述「我」是被社會現實所召喚著的——「天空沒鳥叫什麼天空，鳥而不飛叫什麼鳥」，於是開始一系列對於國家、社會的批判寫作。

最為有名的代表作，莫過於〈五百萬張口〉一詩。該詩憤慨，在五百萬張華人的口中聽不見一點批評，只聽見經由擴音器傳播開來朗誦經文的聲響。文字短、含量大、口語化，以及簡潔明快、一針見血、反諷深刻，這些特色盡顯於游川的作品，而相同性質的作品，還有〈撇開此事不談〉、〈喊痛〉和〈點滴〉等。在摒棄現代主義式寫作之後，游川開始建立屬於個人的寫作範式，而且是與社會政治與自我定位連動在一起。

傅承得詩集《趕在風雨之前》
（1988）（高嘉謙翻攝提供）

趕在風雨之前：傅承得的政治抒情

　　《趕在風雨之前》是傅承得的第二本詩集。在〈自序〉一文中，他也直接表明，詩集中的第一輯和第二輯的作品都是屬於政治抒情詩。雖然如此，他與游川採取的是不同的寫作方法，也構成政治抒情詩的不同表現手法、形式。

　　在輯一〈趕在風雨之前〉中，詩人將所有的潛在讀者化為詩中的「月如」，締造「我」和「月如」正處在國難當前的氛圍中，藉以反映當下的社會狀況，讓讀者能為之產生共鳴。而詩人以情人的呢喃式口吻，訴說自己必須赴湯蹈火、為國捐軀的心情。

　　這一輯的詩作可視為是一首長篇幅的組詩。從第一首〈為的，是把它交付未來〉自白國難當前的個人苦悶，到了第二首〈浴火的前身〉的起心動念，第三首〈山雨欲來〉強調正義感的使然，再來第四首〈豪雨歲月〉以雨及氣候的意象來描繪此時此刻準備出發征戰的心情。到這裡，這些詩皆是詩人內在心理的自述。

　　第五首至第七首的詩作則開始進入政治的批判。第五首〈夜雨〉以不同段落交叉的形式，一方面詩營造政治人物為權力鬥爭的話語空間，另一方面以「我」的觀點批判政客，刻畫兩種不同想像的國家未來。第六首〈刪詩〉援引孔子刪詩的典故，暗諷政客在選舉場合的空頭支票話語，也指陳他們對歷史悲劇的遺忘，讓華人背上「種族衝突」的原罪。下一首〈驚魂〉，詩人企圖以見證者的角色，以詩還原「五一三事件」事發的場景，同時批判國家三十年來不變所致使的恐懼心理，並以此安撫內心所充斥的不安情緒。

　　第八首詩至第十首詩，詩人又回到個人乃至於家庭的想像中。第八首〈寫給將來的兒子〉設想了自己給予後代的警世語錄，到了第九首〈因為我們如此相愛〉再回到「我」和「月如」的深愛勝過於對國家的種種不滿，開始為這一敘事夾帶議論的組詩鋪墊尾聲。最後，〈長夜未旦〉一詩總結則將希望寄託在後代新生。

　　整首組詩設想了「我」與潛在讀者共體時艱的處境，把歷史悲劇的創傷得以化為文字作為紀錄，不僅是為激勵也旨在鼓舞整個華人社會。傅承得的政治抒情詩更往抒情的面向發展，也意圖想要寫下一部長篇的史詩。如果游川的短詩是一

把匕首，那傅承得的組詩像是長矛。

雖然輯一長篇幅的組詩謂為政治抒情其中一種典型，但是詩集輯二的詩作，也有相對較短的詩作，更傾向社會批評多一些，如〈舊照〉刻畫了華人族群間的關係、〈失眠〉談論「五一三事件」帶來的歷史創傷、〈一場雨，在我心中下落〉以雨的意象道出不公不義的憤慨。可作為對比一詩〈精神病患手記〉，它也有類似輯一組詩的敘事手法與技巧。不過，它更集中於批判層面，以「精神病患」指涉為追求國家公平正義的人民是一種失常，更突顯國家社會的病態症狀。

政治與抒情詩的結合：動地吟文學表演

兩位詩人並不滿足於此。1988年，游川、傅承得在吉隆坡陳氏書院發起一場名為「聲音的演出」的現代詩朗誦發表會，企圖貼近民眾。隔年，表演取名於魯迅〈無題〉詩以「動地吟」命名，展開巡迴各地的文學表演，也走入非華人地區。這項表演形式延續至今，最近一次是於2017年所舉辦的「Gari, Tari……Lari今晚我們革命吧！」前後已歷經三十年之久。

「動地吟」是以詩歌朗誦作為主要的文學表演形式，也會在朗誦前與聽眾講解詩創作所關涉的事件、意義及想法。後來，表演不斷求新變革，也開始為新詩譜曲、唱起來。曾翎龍〈農夫〉即是典型的例子，該詩被著名音樂人周金亮花費兩年時間譜曲，找來科班出身的林文蓀演唱。這首具有流行歌曲節奏、形式的新詩，後來被選為2014年馬華文學節的主題曲，儼然已成為文學表演的新里程碑。

2017年，「動地吟」文學表演形式來到不一樣的發展高度。這一次更找來劇場導演編導、引入劇場形式，不再局限於朗誦、吟唱，也把過去詩人的自白、講解以一種視覺化、可體驗的情境，直接與觀眾接觸並產生互動。至於這是否仍屬於文學表演形式的範疇，各界評價不一。

延伸閱讀

陳大為。〈一個文人的戰爭——論傅承得《趕在風雨之前》的思維結構〉。《香港文學》no.322 (October 2011):70-78。

傅承得、劉藝婉（編）《游川式：評論與紀念文集》（雪蘭莪：大將，2007）。

黃琦旺。〈動地（不）哀吟——在一條悲壯的詩意上求索〉。《學文》no.14(October 2018):79-87。

散髮生。〈衣上酒痕裡字——雨夜訪傅承得〉。《蕉風》no.408(October 1987):2-5。

家與國的後現代書寫：陳強華的藍色詩

葉福炎

「那年我回到馬來西亞，Blue ／適應對民間生疏的善意／不可挽回的時間，任期遙遠／在知識的路上遇見一些溫和的理想家，／遲緩地展開改革計畫」，這是詩人陳強華於1986年所發表的一首詩〈那年我回到馬來西亞〉中的第三節詩句。這首詩不僅道出詩人返馬後的心境，也為一九八○年代馬來西亞寫下個人敘事。

1985年，自臺灣國立政治大學畢業後，陳強華返鄉於大山腳日新獨中任教。有別於其早期的兩本詩集《煙雨月》（1979）、《化裝舞會》（1984），《那年我回到馬來西亞》所收錄的詩作集中發表於1984至1991年（雖詩集遲至1998年才出版）。或許我們可以說，從「藍色時期」開始，詩人有意打破過去那些更傾向於個體、自我的現代主義式的抒情——「勇敢地面對自己的生命體驗，哪怕它是壓抑的、卑俗的，甚至是變態的」，試圖大量地與自己所身處的家、國對話。

藍色的後現代世界

〈藍色時期〉這一首詩發表於1984年11月。詩中描述一位穿著藏青色皮靴的清癯男子遇見女子的情感起伏——豪邁、急迫到憂鬱，「被漂浮過來的爛蘋果擊敗，／一塊塊、一片片隨著時間流走」。轉瞬即逝的情感表達，充分於詩中展現自我的意識。而隨著時間流走的不是憂鬱的藏青色，而是將其洗滌成將心裡中那種壓抑的Blue，釋放出來。

詩集《那年我回到馬來西亞》中的作品共分為四輯：藍色時期、玫瑰時期、類似時期、陽光時期，而從「藍色時期」開始，我們即開始走入陳強華的後現代世界，那個更傾向於建築於強調表演和形式的藍色詩。在這一輯的詩作中，Dear Blue是作為詩中「我」的另一個側面，而Blue常作為憂鬱、抑鬱的替換詞如此。藍色時期的「我」是極度憂鬱的，一如〈1984年終寄給Blue〉的心情寫照：「束縛的意志，不能伸張／不敢妄動的慾望，無條件地／服從、遵守與沉默／似乎在整齊劃一地陳列裡／找不到獨特的個人風格」。

〈和Blue一起造夢〉講述人生就像劇場，「劇場設在最明亮的角落／光影記錄著／嘆息、歡愉與傷痛」，可是生活在馬來西亞卻不因「明亮」而公平，「Blue啊，私自指定的價值觀／在我們的法典中特別強調」。每一次劇場的結束，只是帶來下一次重複地造夢。「Blue，黑暗是無盡頭的／演完這場，就要亮燈／劇本不斷地刪改、謄寫／即興地演出／生澀的表情，疏於練習／像你遺忘寫信和我爭辯」，如此的戲碼一再上演，只是「讓我果敢地赤裸裎露，或模擬」。

陳強華詩集《化裝舞會》（1984）（高嘉謙翻攝提供）

　　前一首〈告訴你事業的況味〉寫下失業的慘狀，接著〈1990年初寄給Blue〉寫下近況。除了提及自己任職一所獨立中學的華文老師，預示這一切還不是最壞的。接著，詩中提到要讓孩子出國念書：「存夠錢，就打算遷移／從不沮喪、自暴自棄／這大概還不是最壞的」，其實這就是最壞的打算。

陽光的憤進世界

　　如果說藍色時期是極為抑鬱的「我」，那麼陽光時期的「我」是懷疑並解構大敘事的現代神話，以詩文重建那些不曾見於世面的敘事。在輯四「陽光時期」裡頭，也有一首關於孩子的詩。〈寫給將來的兒子〉是給未來兒子的寄語：「將來我們都會老去，／躲在人群中抗議、或沉默／所以繼續積蓄／努力工作；／這無非是：／你將來也可出國留學，／或者移民。／對了，一定要唸教育」，滿滿的提醒卻隱含著對自己國家莫大的失望，甚至期盼兒子念教育，才能培育有希望的下一代。

　　〈馬來西亞離騷〉採取的也是第二人稱的指示代名詞——靈均，如同傳承得以月如為傾訴對象的組詩。屈原，字靈均。他把原是抽象的華人文化以屈原這一人物形象呈現，希望藉以召喚華人族群強烈的文化認同。

　　這首詩描述的是當時的馬來西亞狀況。前部分的詩句幾乎都在感慨「亂紛紛的都是自己人」、「曾經團聚的族群／在今日疏離的圍籬中／吆喝起落，各自盤算」的氛圍，總是「找不到遠望的人」。接著，詩人提到「問起中國的龍，我啞然」而「龍」即是華人傳統文化的象徵，「或許我們的龍已死／或許雲層濃濁／龍翻不了身／衰老疲憊，或放棄」。這些都是過去華人在抗爭中所呈現的可能情況。他感慨到，「夢遠，火種將熄／思想的粗糙／屢屢挫傷深藏的稜角」。

陳強華詩集《那年我回
到馬來西亞》（1998）
（高嘉謙翻攝提供）

　　接著，詩人說時間會改變一切的，甚至遺忘了歷史所留下來的創傷：「時間會改變／我的孩子，在快餐店／在馬來西亞／並不認識你／將來喜怒哀樂方程式／易解溶，無所謂對立／民族主義雷同冰塊／傳統分辨能力淺薄」。詩人彷彿已經預示了未來的圖像，對此感到悲痛。

　　可是，主事者也視而不見，「想必知道，經濟蕭條時節／他們圈養的憤懣逐漸長大／誤會的壟斷／使得感情停滯／財富的分享逐漸減少」。從此生活在同一塊土地上的人們，也沒有再往來，「毗鄰而居的根／原是我們最愛的兄弟／因為如此，我甚至是個過客／常常陷入不設防的頹勢／說不出一個理由」，因為家國對於「我」與其他族群間所建立的一道防線，暗指「我」才是那個外來者。

　　話鋒一轉，〈他媽的不公平〉受不了身邊許多人放棄抗爭、選擇沉默，而將過去所有的憤懣一次發洩出來：「管它許多人是否在意／關懷社會，用詩見證／在三十歲後逐漸喪失勇氣前／仍有深深莫名的憂愁與憤懣／還時常提醒妳／這真他媽的／不公平」。三十歲的我又是個怎麼狀態？〈沉默已很困倦〉寫道：「不知誰說過：『沉默是一枚地雷。』／他將引爆。／讓自己開成一朵花／悲壯地／喜悅地」。

　　作為具有代表性的現代主義詩人，陳強華早期的詩作充分展現自己能以詩文窮盡存在與意義。只是，從「藍色時期」開始到「陽光時期」，那是詩人開始建築屬於自己的後現代世界，而且不同於同為馬哈迪時代的詩人游川、傅承得的吶喊式抒情。暫且沒有充分的條件說明，陳強華開啟後現代世界的鑰匙是否為一九八〇年代馬華社會動盪氛圍。不過，我們有理由相信：現實所帶來的衝擊給那個時代詩人重新思考文學的意義，而陳強華選擇的是後現代這一條道路。

延伸閱讀

陳慧樺。〈馬新留臺作家初論（上）〉。《蕉風》no.419(October 1988):2-11。

傅承得。〈都是因為這世代——陳強華近期詩作試探〉。《蕉風》no.400(February 1987):12-15。

蕉風社。〈讀詩會——陳強華返馬後的作品〉。《蕉風》no.400(February 1987):8-11。

余月美。〈陳強華詩的啟示〉。《蕉風》no.468(October 1995):4-8。

韻兒。〈期待中的藍色詩人〉。《蕉風》no.400(February 1987):2-7。

童年的守望者：
方路與辛金順的感傷情懷

胡玖洲

方路（1964-），原名李成友，大山腳人，作為一個晚熟的寫作者，方路二十八歲開始寫作，到三十五歲才集結出版第一本詩歌、散文和小說合集《魚》。方路對詩歌的經營並沒有表現出龐大的野心，使用濃厚的「馬華色彩」（如蕉風椰雨）以及馬來西亞政治社會現況作為寫作材料，或是非常前衛的文學意象。無論怎麼寫，方路詩中的空間一直處在一個貼近現實的位置，能夠觸碰和進入的距離，讀者不會在詩中讀到學院派的文學理論，或由晦澀詞彙疊加而成的空中樓閣，他所寫的許多詩句都像是在記錄人生，所寫的每一首詩都是對自己生活的真誠回顧。

將他所寫的詩集一字排開，可尋覓出一條方路個人成長的路徑，《魚》處理家鄉的記憶，到《傷心的隱喻》走出固有的領域將題材和寫作模式往外探索。《電話亭》大量出現社會時事新聞詩和吉隆坡地景書寫，像是他以詩的形式與現實的對話，而《白餐布》也大致上延續了前作的風格主題，猶如《電話亭》的續篇。

2018年出版的《半島歌手》則表現出方路對於詩和生活的另一種詮釋方式。發表平臺的轉變，方路開始在臉書發表作品，大量的新聞詩、關於奧運和大選意象特輯就像是他對於詩的實驗，如一個記者（當然也是他現實的職業）身臨現場將新聞以詩的形式轉播給觀眾。即時寫作的時間限制，加上沒有編輯的拘束，使得他這本詩集收錄的作品少了不斷修訂的完整性，卻是他眼見所聞後最直接真切的當下感受，如一個身處半島的吟遊歌手，以詩記錄一生只有一次的生活。

方路被鍾怡雯譽為一位罕見的「感傷主義者」，靠海出身，父親為漁民的方路在回憶故鄉時，詩句經常夾雜一股飽受海風侵蝕的海洋意象，更有一場永遠不會停止的「雨」，其自詡為魚的後裔，魚就成了方路詩中自己的化身，代替自己訴說自己無法輕易言及的心事：「很多時候／魚面向海／更多時候面向／孤單」，與海洋處於同等地位的「雨」同樣是方路書寫童年記憶時一個重要的主意

方路詩集《傷心的隱喻》（2004）、《白餐布》（2014）、《方路詩選 I 》（2016）（高嘉謙翻攝提供）

象，一直到許多年以後積累了一定作品才意識到，「雨」作為潛意識一直影響著自己的寫作。

　　根據方路的自述，他認為自己的寫作有三個階段：傷感、悲情和懺悔。支撐他所有寫作生涯的中軸骨架是他花了數十年的時間，訴說一個關於「親情」的故事——吸毒的父親、早逝的母親、上吊的二哥。無論現實的時間過了多久，只要一觸碰就會瞬間退縮到童年和家庭的記憶原點，成了方路無法跨越的創傷。

　　從早期的作品〈母音階〉：「母親把閱歷堆積成長輩的骨節／如墳頭的硬度可敲醒幾頭打盹的野狗／聲帶在轉／時光的舌／臉上的魚尾紋長出植物的菌」，到近期的佳作〈卵生鄉愁〉：「我在父親的臥房找到船的形體／彷彿用浪花脊椎骨構成的海洋標本／且患風濕的龍骨架從側面看明顯是屬於晚年關節／海水洗禮的這一生像浸在虎骨酒濃烈的藥味」，方路一直在苦心經營他個人書寫總逃不開的家庭情感空間。

　　〈母音階〉通過錄製亡母逝世前的聲音，如「時光的舌」將關於母親的口述記憶鎖在一卷錄音帶，只要播放就能夠將時間瞬間拉回，恍如母親尚未離世；〈卵生鄉愁〉寫年邁父親因長期與海洋為伍而落下許多病根，將老舊的龍骨架與父親的關節連結為一體，漁業的衰落猶是寓意父親的暮年。方路各種詩歌技藝的細緻描寫與現實情感的調動，成為他占領馬華詩壇一隅重要的武器，只要讀者走入他關於童年和家庭的詩歌領域，就會被強烈襲來的，憂鬱的感傷情懷所征服。

　　將鏡頭拉遠到馬來半島東海岸吉蘭丹的白沙鎮，也同樣居住一個憂鬱的感傷者——辛金順（1963- ）。作為馬來西亞華裔的第二代移民，其家庭所選擇的落腳地是個華裔人口比例極其稀少的小鎮，因身分與族群的微弱，當我們閱讀辛金順的作品時，會發現他經常是以一個弱勢的視角，對自己的身分充滿了疑惑。如他在〈星月知道〉寫道：「而我們依然躲在破碎的母語裡校讎自己的身世／在中文課本上流離，在港劇裡散步，並以／臃腫的身軀，裹住迷路的詩句，跨步進入別人的身體」，作為一個式微的「外來者」，只能依附在更為強勢的文化，來滿

足自我身分認同的慰藉。

然而這種身分認同往往並不長久，各種現實處境變化所帶來的不確定性，他需要不斷變化自己的身分和語言，從母語的潮州話，到為了順應環境而學習的福建話、馬來語、吉蘭丹土話、注音、拼音等，以便能夠順利融入他者的群體。辛金順自

辛金順詩集《記憶書冊》（2010）《注音》（2013）、《拼貼：馬來西亞》（2018）（南方學院馬華文學館、有人、釀出版）（高嘉謙翻攝提供）

成年後便開始漂流的生活，從故鄉白沙鎮出發輾轉幾間華文小學擔任臨時教職，再到吉隆坡的政黨工作，最後於1992年遠赴臺灣升學。

每次生活的轉變在辛金順的體內都是一種身分和語言的動搖，種種不斷流動的身世就如其詩作〈注音〉寫道：「這是一生的逃亡啊！一生，都在別人的語言裡／因此ㄨㄛˇ是我嗎？或是WO3，國語和／普通話，在牙齒與牙齒彼此撞擊的震顫／之間，我會從你的身影中走出來嗎？／赤裸走出來，說自己要說的話」。這是辛金順最為動人的作品，放聲吶喊就像是他抵抗國家機器入侵時唯一能使用的武器，但結果卻充斥著蒼白的無力感，時代的變遷不斷地湧入體內，將自己的聲調、語言和身分如棄嬰般輾轉於各個領養家庭，最後遺失了最初的自己，只能不斷地回問自己是誰的問題？

辛金順詩作的另一特色是大量的童年書寫，企圖通過童年的回憶建構一個理想的安全屋，來迴避國家帶來創傷。辛金順初次描寫童年是從第二本詩集《最後的家園》開始，讀者能將他此時童憶中的畫面拼出一幅桃花源式的景象，我們在裡頭看不見時間、國家、民族、政治、語言等在後期作品所強烈體現真實感的童年記憶，只能見到他一而再地在自己詩中不斷反芻童年的想像，有意避開現實困境而沉浸在甜蜜的夢境之中。

這種「無國籍」、「無地域」式的寫作要到第四本詩集《記憶書冊》才有所轉變。《記憶書冊》一系列的家族移民史、個人成長經歷和故鄉書寫開始正視自己記憶中的真實的童年，像是透過回憶個人童年和成長經歷，將自己與家庭作為一個切入點，來帶出隱藏在冰山之下的馬來西亞華裔困境。

辛金順的童年書寫發展到後期，更是將自己的童年走出「家庭」的框架，家

庭成了他傷感中的一個最小單位。1963年出生的辛金順與馬來西亞成立的年分相同，屬於伴隨國家一起出生成長的一代人，他在回憶童年時經常造成一個的獨特景象，其所回憶的家庭事蹟有著國家大背景下的重影。辛金順會將自己苦難的家庭故事緊扣著時代變遷下大事記，所有國家與政治的動盪都會間接影響到自己家庭的走向，在後期詩作尤為明顯，因此他筆下的「家庭」不全是自己的家庭，亦可象徵著全馬有著類似命運的所有「家庭」，就像是馬來西亞華裔「家庭」的命運共同體。

方路成長的經歷並不如辛金順來得顛簸複雜，因此即便是同樣書寫童年和家庭記憶，我們很難在方路的詩作中看見辛金順的影子，以及他對於馬華寫作者常處理的族群、身分、國家等宏觀馬華文學的集體意識。他只是安靜地守護著自己小我的敘事空間，引領讀者走入專屬於自己的童年記憶，而辛金順則是背負了不平等的天秤和枷鎖在不斷前進。

方路與辛金順在回望童年時表現出截然不同的兩個面向，一個靜默，一個張狂。一動一靜的兩種反應，共同點在於彼此都存在一道無法癒合的傷痕，像一個童年的守望者，不斷地回望童年，向所有踏入他們詩歌領地的人，釋出自己的傷口，傾訴自己的感傷。如同方路的散文〈三十九歲的童年〉回顧自己貧苦的童年拾荒經歷：「漫長無邊的拾荒日子，漫開了童年的淡景，也掀開了我長大後，不時回過頭張望的一束回憶。」只有對自己的成長經歷不斷回顧，才能更好地記錄現在的生活。

延伸閱讀

陳大為。〈原聲雨的音軌分析——論方路詩歌的灰暗抒情與苦難敘事〉。方路（著）《方路詩選I 1993-2013・序》（八打靈再也：有人，2016）。

林建國。〈理想詩人之路——序辛金順《詩／畫：對話》〉。辛金順（著），陳琳（繪）《詩／畫：對話》（臺北：釀出版，2016）。

鍾怡雯。〈論方路的感傷主義風格〉。《馬華文學史與浪漫傳統》（臺北：萬卷樓圖書，2009）。

在邊陲書寫：林幸謙的離散詩與散文

張錦忠

林幸謙於1963年在森美蘭州芙蓉出生，馬來亞大學中文系畢業，1989年赴臺，就讀國立政治大學中文碩士班，以散文〈赤道線上〉獲得「第十二屆時報文學獎」散文類甄選獎與第六屆吳魯芹散文獎，一時魚躍龍門，引起臺灣文壇注目，日後多次獲獎。1995年，第一本散文集《狂歡與破碎：邊陲人生與顛覆書寫》在臺出版，1999年詩集《詩體的儀式》出版，詩文表現俱佳，被目為彼時「在臺馬華文學」的生力軍。

留臺四年的林幸謙，可以說是星座詩社或神州詩社「遲延的」傳人或「隔代」同人。我這麼說是有理由的。一九七〇年代初《中國時報》「海外專欄」熱烈討論外流臺灣僑生是「文化回歸」還是「自我放逐」，臺北星座若干同人正是當事人。林幸謙隔了差不多二十年赴臺，也是追尋「文化鄉愁」與「文化回歸」的實踐。

溫瑞安等中學生在搞「綠洲社」時，正是新經濟政策如火如荼推展，華文教育處於風雨如晦的年代，他以傳承「曾輝煌過、殘破過的五千年文化」為己任，誓言「我們總不能、總不能看見這頭受傷的蒼龍，絕滅在我們這一代的手裡」（溫瑞安，〈江湖路遠〉）。那頭受傷的龍，乃華文教育與華人文化的譬喻。林幸謙在「馬哈迪時代」進入馬來亞大學校園，正逢新經濟與國家文化政策達到巔峰，族群之間的關係張力也飆升高點，《狂歡與破碎》裡頭的散文頗多敘述華裔學生大學受教權受到固打的箝制與華文的困境，可視為另一種版本的「龍哭千里」。「民族的意象已經損毀，其所象徵的意義也已殘破不堪，」他寫道。

溫瑞安在一九七〇年代上半葉赴臺，組轟動一時的神州詩社，建構「文化中國」，十多年後步溫後塵赴臺的林幸謙，追尋的也是一個中華文化開花結果的文化中國。不過他所見的臺灣顯然已不是可以撫慰文化鄉愁的臺灣了。鄉愁成為「破碎的鄉愁」。他在1993年離開臺灣時寫下〈離開民國〉一詩：

離開一座孤島

林幸謙部分作品（劉雯慧翻攝提供）

被我偽裝成，故鄉的異國
　離我遠去
　美麗的歷史已經顛覆
　消失的他者
　一種偽裝的回歸

　　林幸謙的「邊陲意識」不僅是空間的指涉，更是身分認同的投射。他的散文直抒情懷，近乎是赤裸裸的告白，難怪陳慧樺翔認為《狂歡與破碎》中的散文「都是自剖性的（confessional）」。林幸謙縱情書懷，向浪漫主義傾斜；他以詩文為「中華屬性」（中國性）載體，來反抗現實種族政治的壓迫以及身為「異客」的「壓抑處境」──將公民權益壓抑成慶典，書寫成為「事後靜下來」的哀悼。林幸謙書寫離散詩文，為荒謬的時代見證，也保存了歷史記憶。

　　1993年，林幸謙自稱走出「飄泊與回歸的迷思」，離開臺灣赴港，進入香港中文大學中文博士班，博論以女性主義理論研究張愛玲（《詩體的儀式》其中一卷也有數首「重寫」或「誤讀」張愛玲詩），1996年取得學位。他任教香港浸會大學中文系多年，現已退休，居留馬來西亞迄今。近作有體現陰性書寫的跨文類散文集《靈／性籤》（2017），更見創作企圖心。

延伸閱讀

陳慧樺（陳鵬翔）。〈都從故國夢中出發──林幸謙的散文（代序）〉。林幸謙（著）《狂歡與破碎：邊陲人生與顛覆書寫》（臺北：三民書局，1995），1-8。

黃錦樹。〈中國性，或存在的歷史具體性？──回應《窗外的他者》〉。黃錦樹（著）《時差的贈禮》（臺北：麥田，2019），234-238。

張錦忠。〈文化回歸、離散臺灣與旅行跨國性──「在臺馬華文學」的案例〉。《中外文學》33.7(Dec.2004):153-166。

馬華詩歌進入後現代

張光達

進入後現代：一九八〇年代末以降的馬華詩歌

　　長久以來，現實主義文學觀一直是馬華文壇的主流文學，服膺現實主義的詩人力求語言文字的明朗淺白，提倡一種「寫實」的文體，認為外在的現實可以如實的模擬和再現，相信所見所思必然能夠忠實無誤的記錄下來。基於這樣單面的文學觀念，他們並不重視語言文字的形式表現，把白描透明奉為是詩歌藝術的至高境界，事實上這類詩歌往往平淡無味，語言文字粗糙老套，敘述模式大同小異，充斥著因襲的思維和簡化的意識形態。一九六〇年代馬華現代詩的浮現，打破了這個馬華現實主義詩歌主流的局面，《蕉風》的推波助瀾，以及一些年輕詩人組成的詩社多方帶動之下，終於在七〇年代裡形成馬華現代詩的鼎盛時期，尤其是天狼星詩社對現代詩的鼓吹實踐，他們特別關注詩歌的語言意象和形式的經營，為這階段的馬華現代詩留下不少佳作和可觀的詩論，取代了馬華現實主義詩歌的獨霸局面。進入八〇年代，馬華現代詩在著重語言形式之外，回頭關注那個時代的現實政治和社會變遷，整合了現代主義和現實主義的詩觀和表達形式，一種現代與寫實並重的詩形式，成為這階段詩歌寫作的現象。

　　一九八〇年代後期，一些年輕作者編辦或以文青為閱讀對象的文學雜誌如《蕉風》、《椰子屋》、《青梳小站》，引介後現代主義，介紹後現代詩人作品給馬華讀者，後現代理論的引介主要是透過臺灣或留臺的評論家的論述，如蔡源煌、陳慧樺、張錦忠等人的論述，所介紹的後現代詩人作品包括臺灣的夏宇、陳克華、林燿德，這幾位臺灣詩人都對馬華六字輩以降的詩人造成深遠的影響，尤其是夏宇的詩集《備忘錄》，更成為不少馬華年輕作者的仿習對象，底下要談到的馬華詩人假牙也深受夏宇詩作的影響，還有詩人陳強華在日新中學的班底社團「魔鬼俱樂部」成員也師法夏宇的後設語言，而陳克華的後現代啟示錄《星球紀事》、林燿德收錄在《都市終端機》和《銀碗盛雪》的後現代都市詩，也可以在李笙、夏紹華、呂育陶的部分詩作裡找到蹤跡。彼時《蕉風》的編輯王祖安，

也是旅臺的馬華詩人，對臺灣羅青、林燿德、張漢良等人所鼓吹的後現代詩／思潮，想必有所啟發，回馬編《蕉風》時除了刊載後現代主義論述和作品，自己也身體力行，寫出類似後現代觀念的「後設詩」〈世界繪測〉。約略同時，詩人陳強華返馬，頻頻在《椰子屋》上著文推薦夏宇、陳克華等臺灣的後現代詩人，絕非偶然。文學雜誌《椰子屋》更是後現代詩作的大本營，這本刊物大量刊登年輕寫作者的詩和散文，具備後現代語言特徵的文字在刊物內比比皆是，除了影響一代年輕作者的寫作模式和興趣，也深刻影響了年輕讀者群體的閱讀口味，在《椰子屋》上常發表詩作的呂育陶、蘇旗華、翁華強、桑羽軍等人為年輕讀者所推崇，主編莊若在《椰子屋》第14期（1989）為詩人林若隱辦了一個特輯，特輯題目是〈解構林若隱〉，透過訪談和詩作，著重林詩句中的解構傾向，在訪談中還特地強調詩人「以後現代主義的概念玩一個十分漂亮的形式」，為林若隱的後現代詩風背書。究其實，後現代主義觀念的引介，它在馬華詩歌中成功出線，《蕉風》和《椰子屋》等刊物居功不小，絕不是馬華寫作者憑空自發創作帶動，上述文學刊物的帶動引導是其中關鍵之一。

　　約在同一個時間點，也就是一九八〇年代末這個階段，馬華詩壇浮現一些嶄新的詩文學觀念，如都市視野、科幻詩、資訊媒介、環保意識、消費文化、本土／邊緣意識、多元種族的多元文化觀。仔細探究這些詩觀念冒現的社會脈絡，實則早已有跡可尋，馬來西亞的工商業領域在八〇年代末成功轉型，城市人口激增，大型都會崛起，國家邁向電子電腦的先進領域，而全球化的課題也在這個時期開始受到社會群眾的關注，上述種種客觀現實與這一時空的文學書寫所形成的交互關係，是緊密相隨的。而標榜年輕閱讀群體的文學雜誌《椰子屋》、《青梳小站》開始引介推動後現代主義，而採取開放創作風氣的《蕉風》也陸續翻譯和刊載海外的後現代理論與文學作品，兩相結合之下，後現代開始在馬華詩界登場，這股詩／思潮在往後的九〇年代已站穩腳步，形成馬華現代詩的後現代語言轉向，蔚為年輕寫作者一股新的書寫趨勢。

　　馬華後現代詩浮現於一九八〇年代末，於九〇年代蔚為潮流，這裡並無意強行把局部的詩歌語言的後現代現象，說成是整個馬華詩史的主流，畢竟在九〇年代以降的馬華詩壇，除了後現代詩寫作，還有其他詩類型如政治詩、環保詩、新歷史主義的詩等等，也有人還在堅持寫作現實主義的詩歌。我們這裡關注的焦點是，在這個時間點上，後現代詩是如何進入馬華詩人的視野，這個有別於現實主義與現代主義的語言結構，被年輕寫作者和校園寫手奉為圭臬的語言敘述模式，在詩歌寫作上重新檢討了文學與現實之間的虛實代現關係，為往後的馬華新生代

詩人的詩歌寫作打下了根基。舉個例子，陳大為在1995年編的《馬華當代詩選1990-1994》中所選入的詩作，具備後現代語言觀念的詩俯拾即是，其中又以七字輩的詩人為甚，邱琲鈞、許裕全、趙少杰，詩風帶有生活話語的特質，敘事的平面化瑣碎化，不故作深奧的話語姿態，拼貼片面的觀點特質，是這些詩歌語言的整體表現。可以肯定的是，這個階段的馬華詩歌，已進入後現代狀況。馬華詩歌的

呂育陶詩集《在我萬能的想像王國》（1999）、《黃襪子，自辯書》（2007）（高嘉謙翻攝提供）

後現代書寫，一開始是表現在對詩歌語言形式的實驗，從觀摩仿習過渡到對語言的自覺，過後詩人把視野拓深到政治歷史反思，接合現實社會生活的觀視角度，採取反諷或遊戲的態度來顛覆主流霸權體制。而呂育陶和假牙二位詩人即是此類書寫的佼佼者。

呂育陶：後現代的政治反思

　　一般咸認呂育陶是馬華後現代詩的集大成者，早在一九八〇年代末的《椰子屋》、《青梳小站》及《蕉風》等文學刊物，開始他的後現代實驗，書寫具有後現代風格的詩作，算是馬華詩人中最早投入心力書寫後現代詩的重要作者，他這時期的詩都收錄在第一部詩集《在我萬能的想像王國》。在這部詩集裡，幾個重要的主題是關注環境汙染的課題（環保）、電腦與科技對人類生活的異化（資訊媒介的濫用）、都市的疏離感、星際戰爭（影射地球人的戰爭）、核戰的末世啟示錄、對官方歷史或主流敘事的解構。他以後現代的語言視角重寫三大主題：都市、歷史、政治。上述種種文學的外延和內在因素，對八〇年代末的呂育陶來說，想必在閱讀和觀摩臺灣的後現代詩之餘，必然也帶動啟發了他的後現代詩語言寫作，其詩人位置在八〇年代末、九〇年代之交，馬華詩歌從現代到後現代的語言轉向中具有特殊的意義，於馬華詩潮來說，是一個分水嶺。呂育陶擅長設計多重後現代的表現手法與語言結構，後現代的反觀自省，具有高度自覺的語言意識。但更為重要的是，他的後現代視角，並不停留在書寫都市生活景觀，於九〇年代過後因應馬來西亞的政治時空變遷，適時融入政治歷史題材，透過反諷的文本政治策略，提出發人深省的政治反思和歷史意識，結集成第二部詩集《黃襪

假牙詩集《我的青春小鳥》（2016）（高嘉謙翻攝提供）

子，自辯書》。這本詩集完全擺脫掉臺灣後現代詩的影響，營造出多音多變的後設表現形式，讓各個不同的意識形態或話語觀念產生對話或質疑彼此的正當性合理性，藉以瓦解傳統政治與美學的二元對立模式，釋放出文本中語言所存有的異質性與流動性。而在歷史向度上，呂詩的語言形式和敘事結構因其混雜的性格，具有多重矛盾的聲音或視角，可見出詩中的後現代與後殖民兩相接合又排斥的擺盪立場。

假牙：文字遊戲的語言魅力

另一位馬華詩人假牙，他的詩集《我的青春小鳥》，運用口語化的文字語言，對現實生活做出精準的觀察，也同時在清醒的反觀自省中，帶出意味深長的敘述觀點。這些詩的特質，在夏宇的《備忘錄》與假牙的《我的青春小鳥》中可以形成有趣的對照。夏宇冷眼觀照人世的敘事態度，到了假牙筆下，以非常生活化口語化的書寫文體，含攝了夏宇那冷靜節制的敘事語言，再利用文字遊戲的展演特質，充滿遊戲趣味的現實觀照與調侃態度，形成他獨具一格的馬華後現代詩作。夏宇詩集《備忘錄》的後現代語言魅力，詩作結構的特質，即內容與形式常常有分離的傾向、瓦解主題、文不對題、藏匿主題，在假牙大部分的詩作中也俯拾即是。除了在語言調度上承襲了夏宇的冷靜節制的敘述體，在文字修辭操作上接近《備忘錄》的反諷諧擬技巧，機智諧趣可謂各擅勝場，假牙在詩的結構上體現了夏宇式的反結構、反向操作，即詩作的主題與意指的背道而馳，形式與內容的反身背離。假牙承接夏宇的「離題」書寫，在他的詩裡發展出一段逸離預設意旨、創造情境的疏離感的寫作方向。與其說假牙承襲了夏宇的後現代詩風格，不如說是有意的戲題之作，他有著與夏宇文不對題、題旨剝離的詩觀，再以他自身的想像力，進行語言遊戲的歧路。但在另一方面，假牙部分的詩，以大量排比的家鄉美食，及運用馬來西亞多種方言鄉音和多元種族的語言混雜，藉由

個人的鄉愁連結至集體的文化記憶，為馬華詩作的跨國視野或離散語境提供一個有趣的參照。假牙的後現代遊戲詩作，沿襲夏宇的冷靜節制的敘述語言，在後現代的語義脈絡下呈現了反諷、諧擬、情境逆轉、題旨剝離、文不對題等表現手法和文字結構，貫穿其中的是想像力的自由遊戲，是引起讀者感覺趣味、快樂和吸引力的關鍵要素。誠然，這是假牙的詩作之所以能夠引起廣大迴響，造成暢銷的主要因素。

延伸閱讀

假牙。《我的青春小鳥》（八打靈再也：有人，2016）。

呂育陶。《在我萬能的想像王國》（雪蘭莪：大將，1999）。

呂育陶。《黃襪子，自辯書》（八打靈再也：有人，2008）。

張光達。《馬華當代詩論：政治性、後現代性與文化屬性》（臺北：秀威資訊科技，2009）。

張光達。〈遊戲之書──論假牙詩集《我的青春小鳥》〉。《臺灣詩學學刊》no.33(May 2019):117-142。

二十一世紀：
新一代作者的詩歌與小說表現

張光達

新一代作者與《有本詩集：22 詩人自選》

　　邁入二十一世紀，馬華文學冒現了新一代的寫作者，無論是詩和小說都有亮眼的成績。這些在新世紀裡開始投入文學創作、發表作品的寫作者，也稱為新生代，一般指的是七字輩（1970年後出生）以降的年輕寫作者。較諸二十世紀一九九〇年代的文壇，在二十一世紀寫作的七字輩人才輩出，這些作者在文學刊物和報紙副刊發表了大量的作品，也頻頻出版個人作品集，屢獲國內外的文學大獎。新世紀的馬華文壇，有了這些七字輩作者的積極參與，顯得生機勃勃，煥然一新。這些新一代的作者，藉文字書寫與文藝活動，緊貼個人生活脈搏，介入馬來西亞政治社會的方方面面，嘗試與「當代」對話，表達他們這個世代的生存實況的體驗和見解，展現出對語言文字的敏銳自覺。

　　在詩歌寫作方面，於2003年出版，由曾翎龍統籌、龔萬輝編輯的《有本詩集：22 詩人自選》，可作為觀察馬華新一代詩人的切入點。此詩選集收錄二十二位馬華新生代詩人的詩作（六字輩三位，七字輩十八位，八字輩一位），值得注意的是七字輩的作者群，十八位的人數是相當大的比例，這些正值創作盛年的詩作者，他（她）們的詩作常見於國內外文藝副刊、文學雜誌及網絡平臺，其中有多位作者已出版個人詩集，甚至在各個文學大獎屢有斬獲，足見他（她）們寫詩的才情。《有本詩集》把這些新生代詩人的詩作彙集在一起，展示他們這個世代的詩作本色，有一定的代表性。詩作者以各自的創作理念與經驗為本位，詩藝表現可圈可點，眾聲喧譁，在有意或不經意間切入馬華詩壇的書寫場域，翻新了馬華現代詩的語言修辭範式。這本詩選在新世紀初的時間點出版發行，意味著新生代詩人將引領馬華詩界邁入一個新的里程。這些新一代的寫詩好手包括《有本詩集》的曾翎龍、楊嘉仁、木焱、林健文、劉慶鴻、劉藝婉等等，以及沒有收錄《有本詩集》的邢詒旺和冼文光。另一方面，在小說方面，新一代作者的表現也不遑多讓，除了常在文藝副刊和雜誌上發表短篇小說，奪得國內外文學獎，

還出版長篇小說和短篇小說集，其中曾翎龍與冼文光以詩歌和小說兩個文類並進（也涉及散文），表現手法一改以往馬華小說的寫實窠臼，吸取時新的敘事技藝，另闢蹊徑，表達當代生活的情感動能，展現了這個世代的文字魅力。

曾翎龍小說《在逃詩人》（2012）、詩集《有人以北》（2007）（高嘉謙翻攝提供）

新一代作者的詩歌與小說

曾翎龍寫詩，也寫散文和小說，曾獲得國內外文學大獎，包括花踪文學獎和臺灣時報文學獎，身為有人出版社的總編輯，替那些有潛質的新生代作者出書，積極推銷馬華文學書籍，參與文學活動不遺餘力。他身為寫作者和出版人的多重身分，具有特殊的位置和意義，出版的著作包括一冊詩集、三本散文集和一本小說集（小說集分別在大馬和臺灣出版）。他的詩集《有人以北》採用生活化的輕鬆語調，帶有童稚的色彩，善於用隨地取材的日常生活事件來入詩，賦予生活中純粹寫意的語言產生變化，詩裡行間滲透了愉悅與異樣的雙重感受。他的小說集《在逃詩人》書寫政治寓言、青春輓歌、性與革命，處理荒腔走調的政治現實與荒誕不經的生存實況，以小說虛構之，現實與虛構互為表裡，充滿抒情敘事的語言氛圍，那是小說家的另一個身分——詩人的心靈告白－真實聲音。

同屬有人出版社的楊嘉仁，他的詩立基於現實生活場景，而又隨時溜脫，對語言有著敏銳的自覺，詩意出入於虛實之間，浮現一種不明朗的隱匿氛圍，游移在社會語境與個人意念的灰色地帶。詩作〈長方體〉，書寫都市與文明，透過對生活細節的反覆思量，交織成現代文明人的集體潛意識，作者要問的是，長方體的奧祕在於文明的進化，抑或心靈的異化？砌磚的遊戲，形成一儀式化和奇觀化的文明癥狀。作者為文明把脈，卻不提供答案，但也正因如此，他引導我們進入一個迂迴曲折的文明灰色地帶，剖析人性糾結，直面心靈世界，尋尋覓覓，凱切真摯，語言反而顯得清明沉靜。這是楊嘉仁詩語言的魅力，因為他能夠用心靈之眼來審視和思辨生活環境。

邢詒旺詩集《家書》（2009）、《背景音樂》（2017）、《戀歌》（2007）（高嘉謙翻攝提供）

另一位在新世紀崛起的詩作者邢詒旺，至今共出版九本詩集，包括組詩、長詩、短詩、俳句和散文詩，是同輩中詩作最多產的一個，同樣獲得多個文學獎。他寫詩的題材幾乎無所不包，從個人心靈世界的探索到現實地理空間的描繪，從親情愛情的抒發到哲思意念的辯證，揮灑自如。《戀歌》挑戰十四行詩傳統形式的束縛，意圖在內容與形式上做出突破和翻新，可謂野心之作，集子中的兩首長詩〈一個青年病患家的畫像〉和〈戀歌〉，超過六百多行的長詩寫作，是馬華詩界罕見的大手筆，一次成功的展示，無論語言、敘事和結構都堪稱完備。《家書》運用口語化的語言文字，寫親情和愛情，有矛盾和反省的心境，也有真情流露的一面，是一部深情的詩集。《背景音樂》實踐了「詩畫相生」的創作形式，簡練的詩風搭配質樸的繪圖，充滿童趣的詩畫意境。整體上來說他的詩捨棄繁複晦澀的意象，以近乎純淨自然的字句展現其情感動能的面向，引領我們穿越詩中的時間空間，見證了作者的心靈圖像和所思所感。

約在同時期崛起的冼文光，擅長書寫多種文類，包括詩歌、小說、散文、漫畫，在新世紀裡獲得多個文學獎項，具有詩人、小說家、漫畫家、廣告創意人的多重身分，著有二本詩集、二本長篇小說、二本短篇小說集和繪本。他的詩善於經營語言的意識流動，捕捉文字的浮光掠影，能在詩語言的純粹極致處，發見哲理思辨之意趣。兩本長篇小說是《情敵》和《蒼蠅》，《情敵》是他的第一部長篇，張錦忠的序說，這部小說寫的是人物陷身於情事與情慾，一個逃亡的故事。值得注意的是，作者不甘於傳統敘述格式的拘束，以後設小說的筆法來身體力行，他筆下的情敵與情人何嘗不可視作小說作者與小說的形象的延伸。《蒼蠅》被視為是一部將國族、宗教、政治、鄰國關係、社會新聞、性愛，權力，慾望等題材和議題，熔於一爐的長篇小說。作者遊走新馬兩地，對兩地的社會政治寫來得心應手，通過敘述與對話，成為文本的辯證結構，性愛、政治意識與書寫慾望穿插其間、交相為用，涵蓋了推理小說的路數、影射小說的探源主題、後設小說的去中心、後結構的時空延異，文本的遊戲加上天馬行空的想像、調侃的敘事

況味，放在馬華長篇小說的書寫史中，堪稱是少見的野心之作，在在測驗讀者的腦力。對讀者來說，燒腦或閱讀快感，見仁見智，誠如書的簡介所言：這是一部在地的前衛小說。

冼文光小說《情敵》（2012）、《蒼蠅》（2014）（高嘉謙翻攝提供）

延伸閱讀

冼文光。《情敵》（八打靈再也：有人，2012）。

冼文光。《蒼蠅》（八打靈再也：有人，2014）。

邢詒旺。《戀歌》（雪蘭莪：大將，2007）。

邢詒旺。《家書》（八打靈再也：有人，2009）。

邢詒旺。《背景音樂》（柔佛巴魯：南方大學學院出版社，2017）。

許通元。〈蒼蠅若不是春藥，難道是馬來貘？〉，《南洋商報·南洋文藝》，20 January 2015。

曾翎龍（編）《有本詩集：22詩人自選》（八打靈再也：有人，2003）。

曾翎龍。《有人以北》（八打靈再也：有人，2007）。

曾翎龍。《在逃詩人》（八打靈再也：有人，2012）。

張錦忠。〈情敵早已在那裡〉。冼文光。《情敵》（八打靈再也：有人，2012）。

張光達。〈馬華新生代詩人的書寫場域──後現代性、政治性與多重敘事／語言〉，《蕉風》no.490(July 2003):26-31。

少年感傷與永恆失落：論龔萬輝的小說

蔡曉玲

龔萬輝，1976年生，是作家也是畫家。著有小說集《隔壁的房間》（2006）、《卵生年代》（2012），長篇小說《人工少女》（2022），散文集《清晨校車》（2007），圖文集《比寂寞更輕》（2008）、《如光如影》（2016）。

　　龔萬輝的小說產量不算多，以他目前已出版的兩本短篇小說集來看，龔萬輝對於少年少女的執念，一如李永平一次又一次地在其小說中召喚少女朱鴒來展開敘述。其小說常見如畫如電影的夢幻場景（從這裡也可窺見龔萬輝的畫家身分），描寫少女的形象尤其深刻，如〈1988年消失的黑白貓〉中穿著白襯衫旋轉跳舞的少女阿滿，儼然便是岩井俊二電影《花與愛麗絲》片尾在光影下跳芭蕾舞的少女愛麗絲。即使小說如〈無限寂靜的時光〉明明寫的是中年男女在婚姻中經歷流產一事，敘事依然會插入回到他們初次約會的少年少女時光，鏡頭對焦少女妻在煙火下流轉的眼瞳。那是還沒經歷過生命中重大傷害的少女，多麼純真美好的青春時光。

　　龔萬輝小說中常見的把時間定格的方式，所定格的幾乎都是少年時光。伴隨著成長而來的有身體上的變化與性的啟蒙，於是少年要學會刮鬍子，也會忍不住半夜打手槍，觸摸昏迷的少女身體。但傷害的發生或才是少年少女成長的命定時刻，於是他們經歷了親人的早逝、狗的猝死，生命中必有的生離死別。甚至性與傷害同時發生，少年目睹了喜歡的少女與其他成熟男人有性愛關係，彷彿少女已經先他一步走入成人的現實世界，於是少年如此感傷，乃至這也形成了對少年的一種傷害。這便是目前為止龔萬輝小說可總結出的特點——少年感傷敘事。

　　然而，其兩本短篇小說集的出版年分距離至今也已十年，讓人非常好奇他的小說接下來的開展，畢竟其第二本小說集《卵生年代》中的最後一篇〈無限寂靜的時光〉，主角已是一位中年男子，會不會預示著其小說中的敘事視角將從少年（更大部分地）過渡到中年？

　　龔萬輝在2017年曾獲得臺灣國家文化藝術基金會（國藝會）的馬華長篇小說創作補助。國藝會在2016至2018年為馬來西亞籍作家特設一個「馬華長篇小

說創作發表專案」，而獲得此補助的皆是當今馬華文壇中最備受關注的在線小說家，分別是賀淑芳（第一屆得主）、龔萬輝（第二屆得主）與黎紫書（第三屆得主），我們可從國藝會網站上找到相關信息：

> 本屆獲補助案龔萬輝（KING BAN HUI）以長篇小說《少女神》獲選，作品從少年離家的異鄉人角度，試圖對照馬來西亞歷史上的幾次遷徙（從下南洋，到六〇年代新村集中計畫），而至現實中舉家移民、離家謀生的異鄉人生，從對土地棄絕或留守的矛盾經驗中，尋找生命的出口。

龔萬輝《卵生年代》（2013）（寶瓶文化提供）

　　從他目前已出版的小說集其實可找到此長篇小說的雛形：從《隔壁的房間》開始，穿梭於不同篇章的少年阿魯，他有個少年時期便離鄉背井、從中國到南洋的爺爺，爺爺除了有中國原鄉情結，還有不願搬離新村的在地故鄉情結。這種對於「異鄉人」的敘事也嫁接到成長後的少年阿魯身上，他無限感傷地告別了他的新村童年生活與玩伴，卻又頻頻回望，感歎只有他一個人記得過去的這些那些。後來少年又變成了《卵生年代》（〈一天〉與〈無限寂靜的時光〉）中離開家鄉小鎮到首都吉隆坡工作生活的中年男人，延續了「異鄉人」的身世命運。

　　他的長篇小說近日已出版，更名為《人工少女》，對於馬來西亞歷史上的遷徙與華人原鄉認同的世代差異著墨較少，主要還是集中於少年感傷敘事。此長篇小說的框架延續了《隔壁的房間》中對於密閉空間（尤其房間）的迷戀，以十二個房間（也可解讀為時鐘的十二個刻度）來分章，用魔幻的方式穿梭於時空之中。〈無限寂靜的時光〉裡的中年男人再次登場，於《人工少女》中正視了與妻想要孩子卻不得的殘酷現實，歷經人工受孕與妻子胎死的磨難後，最終獲得一位人工科技創造的女兒。而這位女兒一出生即是少女，也延續了小說家對於少年少女這個階段的執念。世界已經因瘟疫變成廢墟般的末日場景，敘述者「我」以一

龔萬輝《人工少女》（2022）（寶瓶文化提供）

位父親的姿態，帶著他的少女女兒回到那些對於他來說極為重要的人／事的空間，目睹傷害發生的時刻。傷害那麼慘不忍睹，小說家總是不忍心眼睜睜看著傷害發生，於是在每一章結尾的時候想辦法用魔幻的方式，比如按下暫停鍵、重啟鍵，讓傷害以各種方式消融不見。

以此看來，《人工少女》基本上已涵蓋了龔萬輝長久以來所經營的小說命題：少年、少女、異鄉人。在龔萬輝的小說中，少年與少女的階段如斯珍貴，因此才有了永恆失落的感傷。此外，《人工少女》還跨越了臺馬兩地的空間場景，小說中人物的童年時光都在馬來半島，但青年時期則移動到臺灣，這也與龔萬輝自身的留臺經驗不謀而合。

延伸閱讀

蔡曉玲。〈遺棄美學的延續——臺灣作家駱以軍對馬華作家龔萬輝的影響〉。《漢學研究學刊》
　　vol.7(December 2016):75-100。

龔萬輝。《隔壁的房間》（臺北：寶瓶文化，2006）。

龔萬輝。《卵生年代》（臺北：寶瓶文化，2013）。

龔萬輝。《人工少女》。（臺北：寶瓶文化，2022）。

【馬華長篇小說創作發表專案】補助結果揭曉。《國家文化藝術基金會網站》。13 December 2017。
　　https://www.ncafroc.org.tw/news_detail.html?id=46284.

十

在臺：寫在家國之外

高嘉謙

留學臺灣的馬來亞學生王潤華、畢洛、葉曼沙等人於1963年在臺北成立星座詩社，接續幾年發行詩刊，出版同仁詩集。同在1963年，縱橫詩社的劉祺裕詩集《季節病》、黃懷雲詩集《流雲的夢》出版，可謂正式掀開在臺馬華文學的序幕。距今一甲子的時光，早期習稱的「僑生文學」、「留學生文學」、「旅臺文學」早已轉換為「在臺馬華文學」。除了已離開臺灣返馬，或轉徙他處的作者，留在臺灣持續創作和論述的，多已入籍中華民國公民，或成為永久居民。當年被視為斬獲臺灣文學大獎的外來文學尖兵，在臺灣文學場域建立自身的寫作傳統，替臺灣文學形塑一道特殊的文學風景。這支已自成譜系的寫作，探尋熱帶雨林的歷史傷痕與奇幻想像，辯證族群政治和離散華人的文化和家國認同，以及面對臺灣在地經驗的撞擊與融入，離散、憂患及故鄉／異鄉的迴旋擺盪，奠定了「在臺馬華文學」特殊的寫作風格和蓬勃的生命力。

除了早期主要由外文系留臺生組成的「星座詩社」，一九七〇年代中期來臺的溫瑞安、方娥真、李宗舜等人組織「神州詩社」。這兩個由馬來西亞僑生為主體的社團，開啟了馬華青年在臺灣組織和參與文學社團的傳統。他們的文藝情懷，積極投入的文學和出版活動，氣象頗為壯盛，深刻改變了馬華青年在臺灣的文學和文化實踐意義。

在此同時，分別於1967、1976年抵臺的李永平、張貴興，皆來自婆羅洲砂拉越。相隔十年，各自開啟了在臺馬華小說的兩個世代。他們於一九七〇年代後期開始角逐兩大報文學獎，李永平《拉子婦》（1976）和張貴興《伏虎》（1980）是早期出版的作品，才氣不容小覷，奠定了這些小說家日後在臺灣的寫作事業。其中李永平藉由《拉子婦》的出版，深入婆羅洲雨林內部的原住民婦女和族群矛盾，算是第一位在臺灣訴說雨林故事的馬華作者。兩位婆羅洲來的作家扎根臺灣數十年，安居落戶，在華文寫作版圖已有一席之地。2015年李永平出版夢想中的婆羅洲寫作《月河三部曲》，小說的飄零情調和原鄉想像，交織著從婆羅洲、臺灣和紙上中國循環構成的離散的原始激情。同年榮獲臺灣的第十九屆國家文藝

獎。兩年後癌逝，魂歸淡水外海。

　　張貴興在一九九〇年代開始藉由系列雨林故事，成功締造在臺馬華文學的雨林標誌。他引領我們進入到一個婆羅洲的雨林時空體（chronotope），以家族史和國族記憶的格局鋪陳離奇故事。雨林的奇幻特色、熱帶生態、砂共左翼歷史，以及帶有歷史傳奇特質的成長小說和華人離散拓荒史的寫作，已是華文世界少見的書寫。近作《野豬渡河》（2018）榮獲各大獎項的肯定，凸顯了砂拉越的地域性色彩，也藉此展現了一道臺灣熱帶文學風景。

　　同屬一九七〇年代崛起於臺灣文壇的馬華作家，還有商晚筠。她自臺大外文系畢業後返馬，在臺灣出版的代表作《癡女阿蓮》（1977）頗受矚目，另有《七色花水》（1991）。另外，1972至1974年間任教於臺灣中興大學園藝系的潘雨桐，也在八〇年代初期進入文學獎獲獎行列。其時他已離開臺灣且脫離學生身分多年，卻重新在臺灣文壇登場，先後出版了小說集《因風飛過薔薇》（1987）和《昨夜星辰》（1989）。

　　「文學獎模式」已是新一代馬華作者介入臺灣文學活動的重要方式。1986年來臺的黃錦樹，可視為在臺馬華小說的第三個世代。他的作品觸及政治、宗教和族群禁忌，處理馬來西亞的歷史傷痕、華人社會與文化的客觀困境和自我局限。他最為人稱道的是小說的創傷意識和寓言體敘事，以鬱結、嘲謔、狂想等看似矛盾的反骨或悼亡者姿態，在華文文學版圖內形塑馬華文學的獨特視野。

　　同屬一九八〇年代末來臺的陳大為、鍾怡雯，經營散文和詩。他們先後獲得多個文學大獎而受到矚目，陳大為詩集《再鴻門》（1997）、《盡是魅影的城國》（2001）對宏觀華人移民史的後設敘事，讓他的南洋詩膾炙人口。鍾怡雯最初的幾本散文集《河宴》（1995）、《垂釣睡眠》（1998）、《聽說》（2000）已見出她靈巧、細膩，且遊走物我的多變風格，作品也入選臺灣中學教科書。

　　二十一世紀以降，在臺馬華文學的面貌因應出版、外譯而逐漸多元化發展。不少在馬的作者透過臺灣的出版機制在臺灣出版文學作品，包括出版「馬華文學獎大系」書系，引介馬華在地的前輩文人；天狼星詩社有規畫的在臺出版同仁作品，臺灣儼然是馬華文學的營運中心。另外，圖文作者如馬尼尼為的繪本和詩，新一代在臺馬華小說家鄧觀傑等人的討論熱度甚高。臺灣國藝會「馬華長篇小說創作發表專案」獎勵得獎作品發行臺灣、馬來西亞的繁簡版本。李永平、張貴興、黃錦樹等人的作品持續透過「臺灣熱帶文學」進行日文翻譯，另有英文、法文、波蘭文等譯本。而中國大陸引入的馬華作品簡體版發行，也大大拓展了馬華文學的讀者群，以及在華文版圖內的能見度。

　　除此，學院體制內的馬華文學研究與論述，是在臺馬華文學的另一特點。1990 年當黃錦樹還是臺大中文系的學生，一篇刊登在系學會年刊《新潮》的論文〈「馬華文學」全稱之商榷——初論馬來西亞的華文文學與華人文學〉，基本可視為在臺馬華文學論述一個別具意義的起點。黃錦樹對「馬華」的思考，從種族結構到民族文化與文學生產，已是文學史觀照下的重構與再表述。接續外文系背景的張錦忠、林建國關於馬華文學（史）論述的寫作，清晰見到了一個越趨成熟且理論化的馬華文學研究趨勢，在臺灣和其他地區的學院體制內持續發展。在臺馬華文學批評近三十年的積累，牽動和影響了各地的馬華文學研究，同時也構成臺灣文學版圖內繁複多元的景觀。

閃耀臺北現代文學星河的星座詩社

張錦忠

1963年，四位政治大學「僑生」——王潤華、張振翱（翱翱）、張齊清（畢洛）與葉光榮（葉曼沙），在臺北共組「星座詩社」，他們背後的推手是臺灣詩人李莎與藍采。後來丁善雄（林綠）、洪觀勝（洪流文）、鄭樹森（鄭臻）、陳世敏、張力、葉觀仕（陌上桑）等政大同學，臺灣師範大學的陳鵬翔（陳慧樺）、臺灣大學的劉寶珍（淡瑩）、黃德偉（靖笙）、麥留芳（冷燕秋），文化學院的蘇凌等先後加入，詩社也定位為以星馬與港澳僑生為主的跨校文藝團體。

多年以後，星座詩社最令人印象深刻的，還是翱翱（他後來改叫「張錯」了）、林綠、王潤華、陳慧樺、淡瑩、畢洛這幾個名字。林綠留美後返臺任教，直到過世；陳慧樺多年來一直在臺灣公私立大學服務，兩人的學術專業都是比較與英美文學。其他成員，王潤華、張錯、淡瑩大學畢業後赴美；張錯多次重返臺灣，王潤華取得學位「返回」彼時尚未併入新加坡大學的南洋大學中文系任教，退休後往返臺馬。鄭樹森留美後任教美港多年，致力於搭建港臺文學橋梁、開啟世界文學之窗，黃德偉與後期加入星座的鍾玲成為比較文學學者，張力成為歷史學家，畢洛、洪流文、陌上桑等馬華「僑生」則返馬，多在文化界服務。洪流文在沙巴《自由日報》副刊推動沙華文藝創作多年，尤值一記。

星座詩社成立後，即於1964年4月推出《星座》小報型詩刊，一年後改版為三十二開詩刊，1966年3月革新為《星座季刊》，1969年夏停刊，共出了十三期。除了詩刊之外，詩社也出版「星座詩叢」，第1號為1965年出版的翱翱詩集《過渡》，淡瑩、林綠、陳慧樺等人的第一本詩集都屬於這個詩叢，一共出版了十三種（王潤華的第一本詩集《患病的太陽》由藍星詩社出版）。一九六○年代中葉，馬華現代詩還在白垚與黃崖所掀起的第一波現代主義浪頭上，劉貴德與陳信友在古晉以「綠蹤詩網」為現代詩搖旗，陳瑞獻與五月出版社正在新加坡異軍突起，星座的馬華詩人則在臺北出版詩刊詩集，包括葉曼沙的《朝聖之舟》（1966）、洪流文的《八月的燄眼》（1966）、淡瑩的《千萬遍陽光》（1966）與

星座詩社同仁翱翱、林綠、王潤華、淡瑩、洪流文的詩集（高嘉謙翻攝提供）

《單人道》（1968）、林綠的《十二月的絕響》（1966）與《手中的夜》（1969）、陳慧樺的《多角城》（1968）、王潤華的《高潮》（1970），這些詩集為馬華文學文庫增添了一批境外的現代風文本。王潤華、淡瑩、林綠、陳慧樺更是溫任平編《大馬詩選》（美羅：天狼星詩社，1974）裡頭四顆閃亮的星子。

　　儘管社員跨校，星座畢竟是校園詩社，大學生總有畢業之時，到了一九六○年代末，王潤華、淡瑩、林綠、翱翱、鄭樹森等人已赴美深造，在臺的主要社員只有陳慧樺，因此《星座季刊》出版第十三期之後就宣告停刊了。1972年，《中國時報・海外專欄》的「文化回歸與自我放逐」爭論，涉及馬華文學的文化屬性與身分認同問題，星座成員翱翱、林綠以自身經驗回應。這場論爭顯露了當年留臺人對「在臺馬華文學」位置的思考與認知。後來遂有川谷、葉嘯、藍啟元、陳徽崇等人在《蕉風》延續討論馬華作者的「歸向」議題。

　　星座諸子在臺北結社、活躍的年代，正逢「自由中國」臺灣文學的現代主義高潮，詩人多追求詩的現代性，《現代文學》、《創世紀》、《藍星》等文學雜誌與詩刊譯介歐美現代文學不遺餘力，《星座》詩刊也不例外，加上成員多外文系出身，具一定的西方文學視野，於是推出不少現代詩論述與翻譯的專輯及文章，譯介梵樂希、波特萊爾、艾德加・坡、惠特曼、愛眉・羅爾等歐美重要詩人。這些文本可以說對譯介西方詩學的風潮起了推波助瀾作用。另一方面，一九六○

年代的臺灣現代詩，依違在縱的繼承與橫的移植之間，詩質詩風難免過度濃縮、晦澀、費解、誇飾，形成語言的囹圄，多為一般讀者所詬病。星座諸子在擁抱文學現代性之餘，也能有所反思。例如林綠就在《星座季刊》第13期喊出「給中國詩壇打DDT」的口號，準備在下一期對臺灣現代詩展開批判，卻因詩刊無疾而終而成為空頭支票。

　　這個「給中國詩壇打DDT」的未竟任務，後來由關傑明與唐文標完成。1972年，關傑明在《中國時報・人間副刊》發表〈中國現代詩二境〉文，翌年唐文標在《文季》季刊第一期跟進批判現代詩，兩人復在《龍族》第9期的「龍族評論專號」點火燒芭，既引發臺灣現代詩壇反思所來徑，調整詩風方向，也埋下幾年後才引爆的鄉土文學論戰地雷。同樣是在1972年，星座詩社的陳慧樺，跟李弦、林鋒雄、余崇生（余中生）、翔翎等另組大地詩社，出版《大地詩刊》，叢刊《大地之歌》，其中加盟者包括林綠、王潤華、淡瑩等星座馬華舊人，有點像星座的延長賽。陳慧樺在1973年5月的《大地詩刊》發表的〈現代詩裡的時代社會意識〉、李弦1976年的《大地之歌》序論，可視為大地詩社對當時文化政治氛圍的回應，也代表了詩社的立場。詩刊出版至1977年，共出版了十九期，後以《大地文學》叢刊方式出版至1982年才告終止，也為陳慧樺、林綠、王潤華、淡瑩等人的「後星座時期」劃下句點。

延伸閱讀

洪敬清。〈越境的實踐與書寫——星座詩社之馬華作家與作品探討〉。熊婷惠、張斯翔、葉福炎（編）：《異代新聲：馬華文學與文化研究集稿》（高雄：國立中山大學人文研究中心，2019），83-109。

王潤華。〈木柵盆地的星座〉。《秋葉行》（臺北：合志文化，1998），97-106。

張錯。〈夜觀天象星棋羅布——我與「星座詩社」〉。《自由時報・自由副刊》，11 January 2011:D09。

神州詩社

黃錦樹

由大馬僑生在臺北創辦的神州詩社成立於1976年1月1日，1980年9月26日當溫瑞安（1954-）及方娥真（廖湮1954-）被臺灣官方以「為匪宣傳」、「涉嫌叛亂」的罪名逮捕後，即自動解散。

除溫、方外，主要成員有黃昏星（李宗舜1954-）、周清嘯（周聰昇1954-2005）、廖雁平（廖建飛1954-）、胡福財（1957-）、殷乘風（殷建波1959-）等大馬籍成員，及陳劍誰（陳素芳1956-）、林雲閣、曲鳳還、秦輕燕、林燿德（1962-1996）、張國治等臺籍成員，全盛期據說有多達百位成員。四年間的出版品有溫瑞安《山河錄》（時報，1979）；《龍哭千里》（楓城，1977），《狂旗》（皇冠，1977），《鑿痕》（長河，1977）等十四種。方娥真《娥眉賦》（四季，1977）、《重樓飛雪》（源成，1977），《日子正當少女》（長河，1978）等四種。黃昏星、周清嘯合著《兩岸燈火》（神州，1978）、《歲月是憂歡的臉》（德馨室，1979）。集體創作・社史《風起長城遠》（故鄉，1977）、《坦蕩神州》（長河，1978）。集體創作「神州文集」七種（皇冠，1978-1979）；編輯出版「青年中國雜誌」三種（青年中國雜誌社，1979）。

成立背景

神州詩社其實是溫瑞安等人和溫任平領導下的天狼星詩社決裂後的產物，它之誕生意味著溫任平「長臂管轄」的失敗。這之前它只是作為天狼星詩社在臺北的一個分部——綠洲分部。而根據溫瑞安的敘述，他在1967年念初中一時就已創辦了「綠洲社」，1972年間和朋友先後催生了綠林、綠原、綠湖、綠田諸分社，加上綠洲，在1973年組成天狼星詩社，由溫任平任總社長。其時的一些「死黨」也就是後來神州的主要幹部，如黃昏星、周清嘯、廖雁平，這一由溫瑞安領導的分社在天狼星詩社成立之後在「總社」中居核心地位，主編天狼星詩社的主要刊物，如《天狼星詩刊》，及籌畫各項重要的活動。在溫瑞安、方娥真、黃昏星、廖雁平等人1974年來臺之後，天狼星詩社元氣大傷，等於重新回到未

神州詩社同仁著作（高嘉謙翻攝提供）

成立前的狀態。1975年天狼星詩社另一個大將殷建波來臺，綠洲（溫瑞安）和天狼（溫任平）終於鬧分裂。之後，神州詩社成立。對於這群把「自由中國」視為祖國的人而言，神州詩社可說是天狼星詩社更為「本真」的版本。

　　據其內部人員的陳述，在天狼星詩社成立之前，他們的「刊物」大都是手抄本，及少量油印本。在總社成立之後雖然開始進入印刷時代，卻仍保留了手抄、油印的傳播方式。如此私密性的傳播方式是前工業時代的，讓他們的活動充滿浪漫神祕色彩。而他們的組社及手抄／油印刊物彷彿有很深的文化使命感，因為置身在一個那樣的時代——華文教育危急存亡之際，和華文教育骨肉相連的「中華文化」也面臨覆滅的危機。那樣的危機與憂患表述，也是神州詩社在臺灣獲取象徵資本的主要手段。

　　其歷史背景可以分兩個層面來看。

　　第一，海外華人和中國之間複雜曖昧，要切斷兩者的關係似乎非常困難。源於現代華人構造中的「血緣－文化－政治」三位一體的思考格局，華人與中國之間的關係很容易被理解為是一種本質性的「內在關係」，包含了歷史性、民族性、文化性三個方面。這樣的思路被放到文學上，馬華文學和中國文學的關係就必然是支流和主流的關係。

　　1949年以後，當前往中國的留學／旅遊之路被切斷，對於新一代的華人而言，「中國」就變成了一種純粹的想像。祖輩的記憶、膚色、血緣、語言、文字、禮俗節慶等等卻隨著生命的延續而延續，伴隨一些具民族特徵的文化象徵，如舞獅、燈籠、書法、中國畫、象棋、華樂等等，都遙遙指向那北方的龐然大物，他們透過想像去構設各自內在的中國。

　　在冷戰的年代，留學臺灣成了大馬華裔子弟留學中國（旅華）的替代與延續。國民黨政府以三民主義和中華文化作為意識形態，積極參與了對中國的想像建構。把華裔子弟編入「僑生」的行列裡，企圖從他們身上喚醒原屬於他們祖輩的記憶，在文化和政治上「重新中國化」。

　　第二，他們正處在一個那樣的時代——馬來西亞華文教育史上的一個大轉

變：獨中改制，霹靂州正是重災區。
溫瑞安和他原有的弟兄都在霹靂金
保一帶受教育，霹靂州的華文獨中改
制其實是響應馬來西亞建國以來的整
合政策，也就是所謂的「馬來化」政
策，企圖透過政治、經濟、教育各方
面的土著化──構塑──「馬來化的
馬來西亞」，教育不過是其中一環，
霹靂州的華文教育改制更是大環結中
的小環扣。

　　1972年之後，一方面是霹靂華文
獨中的復興運動，一方面在經濟上卻
制定了新經濟政策（New Economic
Policy），公然運用政治勢力推行種
族固打制，國家資源的分配一面倒向
「土著」，華人、印度人成了新興國家
體制下的「異己」（the other）。這一、

李宗舜《烏托邦幻滅王國》（秀威資訊，2012）

兩代華裔子弟呈現出對於現實的無力感、對於實際政治的冷感──尤其是華文
獨中的學生。容易由絕望而產生了苟安，或者自我放逐，表現為逃避，投向內在
的中國。

　　放在上述的背景來看，才能更有效的理解「前神州時期」溫瑞安的一些文
學創作的陰鬱調子。這時期最動人的作品即展現了他們那一群人、那一個時代氛
圍中的某些華校生的共同精神狀態，憂患、悲愁與亢奮並容。大多數作品的調子
都頗為一致，陰慘慘的悲愴、孤寂，對死亡的恐懼和相對的文化使命感是共同的
主題。其散文〈龍哭千里〉中的一句話道盡了他們的悲情：「你只知道有一股很
大的力量正壓向你，你唯一的反抗便是創作，唯一能維護自我的是藝術。」藝術
（文學）彷彿是即將溺水的現實中的一根浮木。

　　自詡為中華文化的選民，捨我其誰的文化使命感及對未知的恐懼，終於爆
發成溫瑞安早期作品裡最動人的悲吟，如其散文〈八陣圖〉中「……我是龍呵
龍是我我是龍……」的吶喊。膨脹的自我追逐著一盞渺小的燈，在死亡的陰影
裡生命更顯得無比莊重，幻滅感促使他的作品在藝術上悲壯的完成。對少年溫
瑞安而言，抵臺如同朝聖，一種「歸來」。那些作品裡瀰漫的對早夭的陰暗恐懼

（「遺恨失吞吳」），很難說沒有預示性——理想是脆弱的，而現實非常嚴酷。

武俠、文學與現實

　　星馬等地是移民／後移民社會，基本上中華文化已經自古老的傳統中游離出去，必須被重新召喚、重新構造。當華文教育和文學市場都不足以滿足上述要求時，港臺通俗小說，武俠、言情、科幻小說源於它的特殊性質而取代了其他的選擇，優美的中文和一個個浪漫的、奇想的，於現實無傷的世界，是適切的幻想烏托邦。言情小說主要是瓊瑤和亦舒，科幻則是倪匡。在溫瑞安他們那個時代，武俠小說最廣受歡迎的是金庸、古龍、梁羽生三家。

　　武俠小說裡有一個純粹、無害，與唐詩宋詞處於同一個美感平面的古代世界，那裡的江河湖山、名山大川、亭臺樓閣，衣食住行，市井，風雨，博物，甚至生活的點點滴滴，都可以是美的。

　　另一方面，儒釋道的思想總是被消化、稀釋進武俠世界中，以具體的情境來宣揚（中國的）哲理，把抽象的道武俠化作為可以直接欣賞的美學客體。再加上大量的歷史掌故，筆記小說中的各種軼聞、中醫知識、奇淫巧技……給予沒有機會（或能力、興趣）閱讀中國古籍的華人一餐文化速食。而這種作品遠比五四文人過於貼近現實、愁苦過甚的作品來得容易閱讀，也更沒有負擔。

　　馬華左翼庸俗反映論（所謂的「現實主義」）標榜承接五四到一九三〇年代中國文學的「憂國」傳統，卻把那種精神刻板化為一種固執的保守心態，在文學表現上如死水廢塘，又處處阻擾他人求新的嘗試；因掌握一定的文化主導權，一直是傾向臺灣現代主義古典風情的天狼星的主要對手，互相攻擊。後者將「現實主義」視為落伍、僵化的象徵，是被唾棄的對象。反之，在溫瑞安保守的觀念裡，武俠小說成了中國文化的精神，代表了中國文化。而它作為商品的潛力，也還沒有被耗盡。

　　溫氏等人在馬時「胸懷神州」，可是大陸早已「赤化」，「自由中國」臺灣是唯一可能的替代品。反諷的是，當他們抵達臺北街頭，才發覺西化得一塌糊塗的臺北和他們想像的「中國」（長安）有好大的差距。究其實，經過半世紀的日治（殖民地現代化），韓戰以後美國卵翼下的偏安戒嚴的高壓宰制及美援現代化。整座島嶼一方面籠罩著北伐革命遺緒（「反共復國」），正統論的詭詞辯說（「復興基地」），小臺灣的大中國主義。中國文化卻被「內部腐化」成一種意識形態一種教條（《四書道貫》和《國父思想》並行）；一九五〇年代後，隨著美援及作為冷戰下的「反共堡壘」，臺灣經濟和文化都加速「美國化」。不只是現

代詩和現代小說在「橫的移植」而已，青少年文化、年輕人的心靈都在「西化」，或美其名的「現代化」，傳統的價值體系和意象體系均面臨了破產。

旅臺其間，他們其實也遭逢1977至1978年的鄉土文學論戰、1979年的美麗島事件，這些事件標誌著政治與文化的本土運動已強勢來

神州詩社同仁的合照（李宗舜提供）

襲。臺灣結／中國結的尖銳對立勢所難免。但神州諸子的回應和三三同人相似，都選擇強化中國意識、加固既有的意識形態堡壘。臺灣的現實處境其實是超乎他們想像的複雜詭譎，恐怕一直到他們被迫離開，還不知道自己曾經掉入的歷史泥塘有多混濁。

但他們天真的認為，既然臺灣的華人不重視中國文化，那就由他們扛下這擔子好了——「為中國做一點事」——因而重演了他們在馬時的歷史，他們覺得自己較諸「臺北假洋人」是更加的「中國」，更加的珍惜自己的中華血緣、使命感。文化上的「捨我其誰」抱負重現，而且摻雜了更多的政治。簡言之，他們的心態就像是帶著致命時差的歸僑。對官方來說，神州詩社只是一個送上門來的樣板，有象徵意義卻沒有實質的作用。對臺灣本土的社會政治運動人士來說，那也只是一群錯把海市蜃樓當真實看待的浪漫青年。

他們的中國意識局限了他們的目光，似乎無暇關注二二八以來，美麗島事件之前之後一系列知識分子因爭取言論自由遭受迫害的事實，以及方興未艾的臺灣本土知識分子的政治社會連動。他們對臺灣的認識只是反映了官方的意識形態。即使身在臺灣，和當年撤退來臺的老軍官一樣，他們看到的仍然只是中國的蜃影、想像的神州。大陸太遠，臺灣太近，大馬看來沒什麼好寫的。那寫什麼呢？寫「我們」的此刻、當下，「我們」創建我們的王朝的歷史，「我們」在臺北、詩社的生活、文學活動（寫詩，演講、座談、「出征」、出書、賣書、努力找錢），於是文學即生活、生活即文學，寫作即「造史」，「我方的歷史」。這「此時此地的現實」無情的曝露了，神州詩社的寫作其實是高度「內捲」的。除了溫瑞安的武俠小說、江湖詩劇之外，他們更多的是回過頭來書寫他們自己，寫愛

情、寫友情、寫小小世界裡的離愁別緒、生活點滴,變成另一種形式的「閨秀文學」,格局之小,彼此間同質性之高,在在令人訝異。

他們的作品很多都是趕、催、榨出來的,那變成了活動的一部分,而真正的藝術作品需要餘裕、需要時間來沉澱,不是樣板生產。真正的捷才只有溫瑞安。但也難免瑣碎重複。

溫瑞安發現武俠小說可以是一種謀生之道,而且他在臺灣文壇也成功建立了名聲(可以確保作品有發表園地);方娥真一經余光中品題,「繆思最鍾愛的幼女」,詩名彷彿就被刻寫在文學史裡。在講求現實的文壇裡,重要的是能否拿出受肯定,或有讀者的作品,也要有人脈。溫、方二人沒問題,可是其他人並不然。活動方面的大將如黃昏星、周清嘯,在創作方面質、量都差強人意,在高手如雲的臺灣文壇不見得突出,而他們的才幹或許並不在舞文弄墨,而是行動活動上的實踐。整個詩社只有兩位看起來明顯有文學才能的,溫短短幾年內出版新舊作十四本,方四本,其他的,擠出一本都勉強。其他人,看來都是綠葉,努力進行光合作用而已。甚至是工蜂,為蜂王蜂后犧牲奉獻。若干後來成器的,若非提早離開,也是在那一切以「大哥」的利益為核心的詩社崩解之後,帶著創傷,慢慢重新找回自己。

1980年9月26日溫瑞安及方娥真被情治人員以「為匪宣傳」、「涉嫌叛亂」的罪名逮捕,判決保護管束三年,經臺港文壇諸多名家聲援呼籲,拘役數月即遭送出境。神州詩社自然解散。

延伸閱讀

黃錦樹。〈神州 —— 文化鄉愁與內在中國〉。《馬華文學與中國性》(臺北:元尊文化,1998)。

李宗舜。《烏托邦幻滅王國:黃昏星在神州詩社的歲月》(臺北:秀威資訊科技,2012)。

溫瑞安(編)《坦蕩神州》(臺北:長河,1978)。

鍾怡雯。〈從追尋到偽裝 —— 馬華散文的中國圖像〉。《馬華散文史讀本》(臺北:萬卷樓,2007),337-382。

離散與多鄉帶來的挑戰：李永平

詹閔旭

李永平（1942-2017）是出身馬來西亞的傑出華文小說家。1942年，李永平出生於英屬婆羅洲殖民地，曾留學臺灣、美國，1987年放棄馬來西亞國籍，入籍臺灣。此後，李永平長年定居臺灣，臺灣成為作家發展一生文學事業的基地，並在2017年逝世於臺灣淡水。

李永平憑藉短篇小說〈拉子婦〉在臺灣文壇嶄露頭角。代表作《吉陵春秋》（1986）打造充滿中國情懷的紙上小鎮，精湛的現代主義表現手法讓這部作品榮獲《亞洲週刊》票選亞洲小說一百強，將李永平推向當代華文文壇大師級地位。晚年代表作《大河盡頭：上下卷》（2008、2010）則回望婆羅洲故鄉的重層殖民身世，為華文世界的雨林書寫豎立豐碑。李永平作品向來以複雜的認同和跨國移動經驗為人熟知，令人目眩神迷的文字世界更為人津津樂道，不但已有英、日文譯本，更榮獲中山盃華僑華人文學獎評委會大獎（中國）、紅樓夢獎專家推薦（香港）、國藝會國家文藝獎（臺灣）等大獎的肯定。

這一篇文章分為三個部分，希冀讓讀者對李永平的創作世界有初步掌握。第一個部分介紹李永平不同階段作品的創作關懷、特色與美學表現。第二個部分從李永平晚年所提出的「三個母親」一說，梳理作家的離散經驗與多鄉認同。最後一個部分則勾勒李永平身為一名在臺灣經營文學事業的東南亞移民作家所面臨的種種現實挑戰。

創作階段的變化

李永平創作第一階段以故鄉婆羅洲為小說背景的作品為主，包括《婆羅洲之子》（1968）、《拉子婦》（1976）。李永平自中學時期開始創作，發表於砂拉越當地報刊，可惜目前這些早期文章均已不見蹤跡。1966年，高中甫畢業的李永平將中篇小說〈婆羅洲之子〉投稿婆羅洲文化局舉辦的文學獎，獲獎後出版同名小說。《婆羅洲之子》是李永平生平第一本書，也成了李永平現存最早的創作紀錄。《拉子婦》則是李永平在臺灣出版的第一本書，收錄〈拉子婦〉、〈圍城

李永平各時期的小說（高嘉謙翻攝提供）（麥田、洪範、聯合文學出版）

的母親〉、〈黑鴉與太陽〉等奠定作家文壇名聲的短篇小說，這些作品聚焦一九六〇年代婆羅洲華人的生存處境。《婆羅洲之子》與《拉子婦》小說背景皆安排在婆羅洲，多元種族與語言雜匯，點出作家創作的最初靈感泉源。儘管兩部小說的語言運用青澀稚嫩，卻已觸及從華

人觀點思考種族接觸、殖民主義、離散懷鄉等深刻議題，埋下李永平日後寫作關懷的軌跡。

　　李永平創作第二階段轉而寫作臺灣題材、調度現代主義技法、投稿臺灣兩大報文學獎，積極尋覓在臺灣文壇的定位，《吉陵春秋》（1986）、《海東青》（1992）、《朱鴒漫遊仙境》（1998）是此階段代表作。《吉陵春秋》無論是敘述觀點、時空觀或前衛大膽的語言實驗，在在標示李永平的臺灣現代主義血緣，展現王文興、白先勇等臺灣現代派小說家帶來的影響。現代主義語言實驗到了《海東青》與《朱鴒漫遊仙境》更為基進，《海東青》穿插冷僻生詞，「風颼颼」、「颭颭口」、「水靁紅」，構成紙上文字奇觀。從第一階段的婆羅洲鄉土轉向第二階段的《吉陵春秋》的中國小鎮風情、《海東青》與《朱鴒漫遊仙境》的臺灣書寫，我們看見作家開拓書寫題材的企圖心。但更重要的是，李永平在這一階段積極與臺灣讀者對話，讓人一探東南亞移民作家戮力取得新居地文壇認可的過程。

　　自一九九〇年代末期，李永平放棄古奧冷僻的文字實驗，重新以故鄉婆羅洲為書寫背景陸續完成系列小說：《雨雪霏霏：婆羅洲童年記事》（2002）、《大河盡頭：上下卷》（2008、2010）、《朱鴒書》（2015），合稱「月河三部曲」，至此邁入李永平創作第三階段。李永平在這一階段回過頭書寫婆羅洲原鄉，呼應早期創作關懷。只不過，他跳脫早期華人移民視角，轉從世界史格局思考婆羅洲的位置，最明顯的證據是他的作品出現戲分不少的白種人和原住民，這在其他馬華文學作品相當罕見。「月河三部曲」以婆羅洲熱帶雨林為舞臺，融匯了婆羅洲原住民族、西方殖民經驗、日本殖民創傷經驗、戰後東南亞國家獨立運動、馬共游擊隊祕史、當代資本主義的流動等不同議題，交織錯綜出近代世界版圖裡的婆羅洲

豐富樣態，開闢華語文學獨樹一格的眼界。自《吉陵春秋》、《海東青》兩書出版後，李永平往往被定位成中華民族主義，「月河三部曲」卻大異其趣。學者黃錦樹在〈石頭與女鬼：論《大河盡頭》中的象徵交換與死亡〉這一篇論文提及，「月河三部曲」雖是華文創作，但小說人物所使用的溝通語言應是華語、英語、馬來語、加上原住民語言，呈現迥異於《吉陵春秋》的純正中文世界。李永平晚年作品重回婆羅洲的「月河三部曲」，充分展現婆羅洲和小說家自身的雜糅身世：多語、多鄉、多文化的匯集。

認同與「三個母親」

　　離散意指一個人遠離家鄉，卻總是對故國舊土懷抱難以割捨的情感。離散是在臺馬華文學的常見主題，亦是李永平作品永恆母題。值得注意的是，李永平心心念念的原鄉極為複雜。他曾說，自己擁有三個母親，包括婆羅洲生母、臺灣養母、唐山嫡母，象徵三種自我生長歷程與認同歸屬，且三個母親「常在我的心裡頭吵架，逼得我坐立不安」。「三個母親」之說如何幫助讀者理解李永平離散經驗的複雜性呢？我認為至少具有三個層次需留意。

　　第一，三個母親不只暗示客觀的離散經驗，更是主觀的自我定位。如上所述，李永平自高中畢業後離開婆羅洲故鄉，移居異鄉臺灣的離散經驗化為他源源不絕的寫作養分，而他對中國文化的孺慕之情亦在作品裡有跡可循。然而，「離散」從來不只是地理位置的移動，更受到不同地域政治環境變遷的衝擊，讓離散從「經驗」轉為「自身定位」。比方來說，一九九〇年代出版的《海東青》是臺灣養母與唐山嫡母初次交鋒的產物，這種交鋒和臺灣在八〇年代以後逐漸崛起的臺灣意識與中國意識的對壘相互呼應，讓小說裡的主角刻意選擇離家，一方面遠離這些內在紛爭，另一方面也標示自己的獨特的介於中間（in-betweenness）的離散認同位置。

　　第二，三個母親指出在臺馬華文學所繼承的重層文學傳統。「母親」通常和孕育、滋養、生息等概念有關，因此三個母親標示李永平繁複的文學養成。婆羅洲的多元人種與殖民歷史是李永平創作核心主題，中國語言文字與文化構成作家一生不斷追求精進的表達媒介，至於臺灣作家王文興的文字鍊金術、王禎和的混語書寫，黃春明筆下的千人斬日本買春團（出現在《海東青》、《大河盡頭》），也一定程度影響了李永平的美學風格，凸顯出李永平所承繼的重層文學傳統。事實上，除了李永平，許多馬華作家同樣自馬來西亞移民到臺灣定居，他們作品裡也受到多地共構文學傳統的影響。

第三，「女性」、「母親」等意象隱含跨文化互動的威脅。許文榮教授曾在一場研討會提及李永平的三個母親論（論文尚未出版），當時在場的羅鵬（Carlos Rojas）教授詢問，為何李永平選擇母親，而不是父親作為隱喻？事實上，我認為母親意象在李永平小說裡占據十分顯著的重要性，它除了是生育的象徵，更常透過母親遭到異族的威脅、騷擾和性侵，批判外來種族及文化接觸以後帶給本地人的種種傷害。從李永平早期〈黑鴉與太陽〉遭到異族性侵的母親，一直到晚期《大河盡頭》裡等待白人殖民者歸來的原住民少女／孕婦，女性的貞節和文化的純淨產生耐人尋味的對應，且兩者總是面臨威脅。

綜合來說，李永平晚年發展出來的三個母親論，或許有助於總結他作品裡複雜的離散特質。三個母親論具備上述提到的三種特質，一方面展現出李永平移動經驗與文化養成的駁雜，另一方面卻又辯證性指出李永平對於正統文化的慾望和渴求，成為閱讀李永平作品最值得留意的面向。

認可與移民作家的宿命

上一節探討李永平作品裡所蘊含的複雜認同政治（politics of identity），這亦是目前討論李永平小說的主導論述取徑，這一節擬從東南亞移民與認可政治（politics of recognition）角度進一步剖析李永平的作品。事實上，把李永平視為移民作家並非否定其離散華人身分，而希望在既有離散認同論述上再推進一層，刻意彰顯外來作家與本地文壇之間的斡旋。對李永平而言，他的文學路其實折射出移民作家在新居地發展文學事業所面臨的艱難考驗。

如果要談李永平獲得認可的歷程，代表作《吉陵春秋》是值得留意的作品。《吉陵春秋》設定在瀰漫強烈中國懷舊風情的小鎮，講述在一個迎神祭典夜晚，名為長笙的少婦遭酒醉鎮民強暴，鎮民目睹少婦受辱，卻無人出手相助。隔日，少婦上吊自盡，故事便在少婦的丈夫尋仇、鎮民人心惶惶的詭譎氣氛中徐徐展開。《吉陵春秋》是短篇小說集，收錄十二則短篇，但每一篇小說隱然互有連結，相互補充，從迥異的人物角色、迥異的敘事觀點拼湊出少婦受辱現場及後續漣漪效應。《吉陵春秋》備受論者讚賞。余光中表示，「李永平為當代的小說拓出了一片似真似幻的迷人空間」。王德威主張，這一本書無論是風格化的文字運用、意象經營、情節布局等皆「展示了『好』小說種種特色」。

然而，《吉陵春秋》的成功絕非偶然。事實上，林建國很早在〈為什麼馬華文學？〉提出，《吉陵春秋》小說背景並不在中國小鎮，而是李永平的婆羅洲故鄉，古晉。近幾年來，張馨涵、豐田周子也呼應林建國的看法，更進一步比較

《吉陵春秋》報紙連載版與專書定稿兩個版本之間的修訂差異：《吉陵春秋》在《聯合報》連載時，無論用詞遣詞或是小說安排的歷史事件，仍能辨識小說家所身處的南洋時空；但集結成書之際，李永平卻將南洋地理指涉全數抹除。比方說，副刊涉及日本記憶的「倭軍皇軍」改成「有個軍閥」、「日本人」改為「軍閥」、「維持會」改為「偵緝隊部」，副刊版本所描寫的韓戰、美軍、胡椒園等有關第二次世界大戰的情節也一併在專書內容遭到刪除。這些修訂指出《吉陵春秋》背後潛藏的共通修訂規則，即是普世化、去歷史化、去地域化，讓讀者在閱讀這一本作品時，無法清楚辨識小說的具體歷史地理指涉。

我在〈在世界的邊緣寫作：李永平成為臺灣作家之路〉這一篇論文談到，此考量涉及臺灣與馬來西亞之間的文學資源差距與權力流動。為了打入臺灣文學圈，來自婆羅洲的李永平勢必得調度在地讀者熟悉的語言，因此他淡化東南亞歷史背景，安插進臺灣讀者比較熟悉的文化中國想像。當《吉陵春秋》抽離現實指涉，讓「婆羅洲」轉化為「文化中國」，無論臺灣讀者或東南亞華人讀者皆從自身歷史文化經驗理解這一部時空曖昧的作品，不受東南亞背景包袱的阻礙。《吉陵春秋》的修改歷程反映馬華作家為了打入臺灣文壇所做的調整。而到了《海東青》、《朱鴒漫遊仙境》以後，李永平正式把小說背景架設在臺灣，探討臺灣社會現狀。即便是回望婆羅洲故鄉的《雨雪霏霏》、《大河盡頭》、《朱鴒書》等書，李永平不但讓故事在婆羅洲與臺灣場景之間不斷跳接，更設計了臺灣聆聽者（朱鴒、臺灣聽眾），標示出這些小說的預設（臺灣）讀者。

從上述李永平調整創作策略的分析，我們可以發現，無論馬華作家為了打入臺灣文壇的自我調整，或者臺灣主導文化帶給在臺馬華作家的影響，跨國認可政治的運籌帷幄終將促成在臺馬華文學獨樹一格的內涵和美學表現。如果挪用卡薩諾瓦（Pascale Casanova）在《文學世界共和國》（*The World Republic of Letters*）所提倡的世界文學論來看，李永平小說語言、歷史指涉、地理空間的調整「是步入文學，獲得文學認證的過程」，涉及跨國文學認可的複雜辯證。「中文化」、「臺灣化」、「文學化」與「普世化」的多重慾望交疊纏繞、相互定義，構成李永平邁向臺灣作家之路最耐人推敲的地方。

延伸閱讀

高嘉謙（編）《見山又是山：李永平研究》（臺北：麥田，2017）。

林建國。「離散美學與現代性 —— 李永平和蔡明亮的個案」專輯。《中外文學》30.10(March 2002)。

雨林的殘酷劇場

黃錦樹

張貴興，祖籍廣東龍川，1956年生於英屬婆羅洲砂拉越。1976年來臺就讀國立臺灣師範大學英語系，大學畢業後定居臺灣。代表作有《柯珊的兒女》（1988）、《賽蓮之歌》（1992）、《群象》（1998）、《猴杯》（2000）、《野豬渡河》（2018）等，可能是自有馬華文學以來最出色的小說作者。高中時即以紀小如、紀文如等筆名在當地華文報刊雜誌發表習作，展現了對文字與風格的敏感。成熟期的作品文字瑰麗綿密，敘事曲折離奇，擅於把暴力、情色的元素發揮到極致，小說被精雕細琢為自足的審美客體。多年來他已創造出中文世界裡獨樹一格的魔幻文字雨林，他的文學國度。

少作《伏虎》（1980）就充分表現了說故事的才能和熱情、對傳奇的偏好，這在《柯珊的兒女》（1988）得到進一步的推進，尤其是集子中的〈圍城の進出〉的語言實驗，以大量文言式的、剪去虛詞、色彩斑斕的語詞繡出一幅織錦似的畫面，而強化了語詞的本體效用，文字凸立起來。

而〈柯珊的兒女〉中殘存的浪漫抒情到了《賽蓮之歌》又進一步的開展為更綿密的青春之歌。作為個人風格奠立之作，《賽蓮之歌》明顯的達到了美學上的純粹性而為識者所讚賞。小說在語言的操作上延續了《柯珊的兒女》所建立的風格，復活了慣常的中文用語、他筆下的經驗，以及經驗所依據的地域景觀。美學的完成相對的也完成了其他的事物：他以一種榮格式的關於水的原型神話來支撐青春期性與愛的覺醒，作為人之為動物的生物性的性衝動、生殖欲力的本體依據。生殖欲力聯結著死亡欲力，在這兩者之間拉鋸著的是一種作為鋸齒、鋸屑與潤滑劑的業經文化昇華的愛與美，外化為對於愛戀物的一種細緻的感官和心靈的體驗；這種統覺似的精密體驗延伸至所有與愛戀經驗有關的外物，而將它們內化為審美感受。如此以大量的物象和敏感具體化了時間，也為被再現的記憶著色；文字本體化為一種抒情、唯美的感官經驗。在這個意義上，他以一種個人主義的方式深化了生身之土的鄉土性，同時超越了地域性。因而在這本小說中，審美、神話替代了之前因缺乏哲學或歷史而留下的形上的空洞。

張貴興小說（高嘉謙翻攝提供）（麥田、遠流、聯合文學、聯經出版）

　　作者透過抒情的節制而讓那發自生命體深處、混雜著性、愛、生殖、死亡的耽迷、充滿死亡誘惑的「賽蓮之歌」，昇華為一首動人的詩篇。在這裡，張貴興找到了一種面對故鄉的方式：把它美學化、純粹化──把個體存在的具體歷史性經由美學的中介轉換為一種詩意的神話、一首具神話意味的詩，一個純粹的「詞」。

　　在精神上，張貴興的寫作道路和五四新文學傳統是存在斷裂的：他的作品裡看不到什麼感時憂國的精神。同樣是詩化的抒情小說，它們的基礎卻大不相同──彷彿追求的是一種鑑賞品的純粹性。把以歷史、鄉土的悲情為對象的寫作轉化為以文字本身為主體，一方面避免了自我中心的國族神話、逃脫意識形態上的政治正確，另一方面也為精神「流亡」的主體找到了一個最後的家土，詞。而把小說構築成自足的審美客體，或許就能免於可能的背景負擔。

　　《賽蓮之歌》之後的兩部中長篇《群象》、《猴杯》都把主要的敘事場景設置在熱帶雨林，也都涉及移民史，並且在文字技術上高度審美化，以雨林為殘酷劇場鋪演華族移民的黑暗之心。兩部小說在敘事策略上都設計了進入雨林的必然理由，都運用了尋找失落事物（不管是尋求問題的答案、了結恩怨，還是為了救贖）的古老敘事模式。《群象》建構了個婆羅洲大森林群象被英殖民主義者屠戮而留下大批骸象牙的傳說，作為主導的象徵結構，作為殖民主義對婆羅洲大自

然強迫開發、華人中國性的遷延和失落的隱喻：之後以華裔為主體的砂拉越共產黨為了尋找失落的象牙（以作為革命反抗的資本）而深入雨林最深處；再之後敘事者為了結家族恩怨（兄弟皆「為革命而死」）再度深入雨林（沿途所見的恐怖景致和馬洛沿剛果河深入黑暗之心相仿：隨處陳列著腐敗的屍體，只不過是將黑人轉換成游擊隊員），和土著伊班人聯手對抗因革命實質上已徹底潰敗而把精神意志轉向無意義消耗（從獵象萎縮至獵鱷，及對老中國文化的自瀆式陳列）的毛澤東的影子、墮落了的昔日革命前驅，而從小說中該傳奇人物對外甥（敘事者）的閒談（炫耀式的？）自白中，更可清楚的看出他不只該為諸多革命同志的死亡負責，且以歡快的語調敘述了他對青春貌美的女同志身體掠奪式的享用。這部小說表面上是關於砂共的史詩讚歌，實際上卻是透過小說類型程式的操作，審美揚棄了砂共的浪漫傳奇。

《猴杯》中呼風喚雨、權大財大勢大令人畏懼憎惡的大家長曾祖父祖父的情況也類似：作為開發過程中的剝削者，彷如殖民主義者吸血鬼般，從男人的力氣到女人的身體，從金錢到人命，從本族到土著，都逃不開他的意志與慾望。這樣的大家長，就其文學形象而言，遠至拉美小說中遍在的獨裁者，近有大陸新時期小說中蒼老多慾的祖父形象（如蘇童家族史中必然腐敗好色的大家長），而如果回到馬華現實主義原有的認知譜系，在批判現實主義審慎選擇下的批判中，那其實是華裔財主的典型形象——或者用他們的典型表述應是「典型環境下的典型人物」。當做者強調《猴杯》凸顯了華人移民史的黑暗面，十分弔詭的是，就華人的自我理解而言，其實是對馬華現實主義自我批判傳統精神譜系的回歸，「頭家」總是邪惡的剝削者。這兩部狀寫雨林華人黑暗之心的小說，並不如其表面所顯示的再現了歷史，而是藉由高明的文學技術，繞過——或穿過——了歷史。歷史在小說中是以傳說的方式存在的，其確定性在審美表現中獲得了確認。於是這兩部小說便離史詩遠而離傳奇與神話近。和馬華現實主義之毀於自我貧困化、刻板化不同，在張貴興這裡，似乎恰恰因為美學上的過度豐饒——美學慾望的過剩。

替代、轉換的策略造成了歷史的位移。在《群象》中，歷史寓言的驅力被轉換——且為後者吮吸殆盡——為群象傳說、象骸、字骸及雨林動植物的情慾化意象，於是在主體的意識不清中，歷史只不過是死象之骨；在《猴杯》中替換的女人們生動的程度，不如父權慾望的代理人——拓荒者——曾祖與祖父，而這些人的形象其生動程度又遠不如走獸們——作為他們的隱喻和轉喻，慾望的對象化——尤其是那隻喚作總督的犀牛，及那群聞腥而來漫山遍野的大蜥蜴，巨

大豬籠草中嬰屍殘酷的瞬間——不是對於歷史的思考，更不是歷史哲學，而是這些審美物件的強度足以和拉美當代小說及大陸新時期小說中最蒼莽的形象、浩大的景觀角力。精神乃繞過歷史，位移向神話；小說移位向傳奇，精神對象化為抒情詩、為意象的呢喃吟唱。經由語言文字的意——象化，早已魂在的中國性乃如迷霧般穿過死象之骸而在能指上甦醒為生象，在張貴興再三的美學回顧中，進駐了雨林，把它轉化為美學劇場，且占據了所指的位置。因美學上的過度充盈滿溢而讓歷史在其中自我貧困化。無疑它是聽到了海妖賽蓮的吟唱，迷失便是它的宿命。詞語再度著魔而顫抖了。

停筆十多年，2018年復出之作《野豬渡河》依然精采，文字、細節精研細磨，情節曲折繁複，敘事自由進出各種類型，意象飽滿鋪張，是近年兩岸四地中文小說少見的佳構。文字的張力自第一頁一直延伸到四百多頁，精力彌滿。十多年沒發表長篇的張貴興顯然已回復到最佳的狀態，也即是《群象》（1998）與《猴杯》（2000）的盛年。在婆羅洲書寫方面，張貴興的對手一直是他自己，他的「昔日之我」，而不是任何的前輩平輩晚輩。在幾部代表作裡，他調度動物的能力似乎一直在強化。〈草原王子〉中單純象徵的大蜥蜴，到《賽蓮之歌》有了豐富的神話意味；《群象》中的象、「以字為象」，《猴杯》中的犀牛「總督」；《野豬渡河》則近乎火力全開，不只是野豬群，猴子、鱷魚、豪豬甚至螢火蟲。而那荒莽大地上與人做生存競爭的龐大野豬群，那人豬大戰，即便不是世界文學史上最壯觀的，也是中文小說史上絕無僅有的奇觀。

《野豬渡河》以日軍南侵北婆羅洲的那幾年為焦點，情節圍繞在日軍對「籌賑祖國難民委員會」成員及其家屬不斷擴大的血腥殺戮（這方面小說極致的鋪張描寫）、游擊隊的反抗與潰敗、獵人間的私誼與陰暗的欲望。小說以「豬芭村」替代北婆羅洲所有華人聚落，它的蠻荒，始源意味，本身即帶著寓言色彩。即便日軍南侵、占領的時間是確切的，但「豬芭村」這樣的修辭有助於讓那空間本身被賦予另一種時間性，它非常原始，幾乎就是雨林及野豬、猴子、飛鳥和魚的時間性。但那也是游擊隊和日軍的時間性，二者都同時具備獵人與獵物的雙重性，遵行叢林法則，可以是「野蠻」這詞語的具體化。依本能而行的野豬，莽撞、暴力而強慾，在敘事裡最終成為日軍及其反抗者的象徵。

敘事上，《野豬渡河》有計畫的分成幾層不同的敘事（在實際敘事進程中交錯著展開），由日軍、獵人、公豬母豬構成的「成人的世界」之外，小說花了不少篇幅勾勒出一個歡樂野趣的孩子的世界。藉由一位偽裝成貨郎的日本密探小林二郎——在日軍登陸前，密探潛伏在各行業裡，從南洋姐、攝影師、賣草藥

的、拔牙的、賣木柴的、雜貨小販等,在小鎮搜集情報多年——的引介,加上相關的童謠、謎語,讓整個敘事空間更奇詭、異色、極富異國情調。再則是華文學校裡,老師引導下的戲劇表演,以《西遊記》為主,悟空和群猴、哪吒、二郎神,熱熱鬧鬧的展開,為中國抗日籌賑。那是傳統文化向度。而這一切童趣,都是為了強化毀滅的悲愴。形式上,《野豬渡河》藉用分節、小標題,特寫某個人物或事件的形式,有的是相當獨立的短篇。長處是,敘事快速推進時,如果不足以呈現出角色與事件的完整性,這樣的設置可以達到「外傳」式的完整性。這些分節當然也是整部長篇不可分割的一部分。

此外,作者還調度「本土資源」如油鬼子(渾身泥巴或抹了油的裸身色鬼)、龐帝雅娜(掛著一串內臟的飛天人頭,吸血鬼)等鄉野奇譚,且把它們充分戲劇化。為了強化戲劇效果,作者把傳說中的幾把日本名刀妖刀也都引渡進婆羅洲,而在地凡鐵帕朗刀也被誇張強化為神兵。箭毒樹,吹箭,達雅克人傳統的獵頭之俗在二戰中被美軍有計畫的恢復,當然也是小說中奇觀不可或缺的一部分。而從《野豬渡河》之大大發揮斷頭的美學效果,也可見其審美操作之一斑。總而言之,《野豬渡河》是一部充斥著殺戮、血腥、情欲的婆羅洲大戲。不論是在張貴興個人寫作史上,在馬華文學史、臺灣文學史上,在審美上它都是最為「滿溢」的一部小說。至矣,盡矣,不可加矣!

延伸閱讀

黃錦樹。〈詞的流亡——張貴興的寫作道路〉。《馬華文學與中國性》(增訂版)(臺北:麥田,2012)。

林運鴻。〈邦國殄瘁以後,雨林裡還有什麼?——試論張貴興的禽獸大觀園〉。《中外文學》32:8(January 2004):5-33。

在自己的樹下：黃錦樹論

劉淑貞

火耕與植樹

　　1967出生的黃錦樹，在馬華文學甚或整個當代華文書寫的歷史譜系裡，始終是一個難以一言以蔽之的「事件級」人物。他自1986年來臺留學，一九九〇年代以〈落雨的小鎮〉、〈魚骸〉等作品掄獲臺灣各大重要文學獎，就此取得「馬華在臺作家」的文學身分（張錦忠語）。這十年間亦是黃錦樹進入學院、快速積累其知識能量與批判視野的重要時期。挾其驚人厚實的理論地基，與高度思辨性的鋒銳批判話語，無畏學院長期以來的迂迴邏輯，讓他的學術生涯從初發聲即已深受矚目（與側目），被王德威稱「野孩子黃錦樹」。而他在九〇年代批判馬華文學的左翼根源與貧瘠的現實主義路線，直指馬華文學「經典缺席」，更引發其時的馬華文壇一陣喧聲。此即文學史上著名的「燒芭事件」。「燒芭」一詞自有其馬來西亞的在地源流，原意指東南亞雨林山區的居民必須焚燒土地，以獲取耕地，而所燒出的灰燼可做肥料使用。事件中，黃錦樹甚至不諱言：「還不如一把火燒掉，重新開始。」這段話固然引來對手陣營的憤懣不滿，然若回到黃錦樹自身的創作核心，「燒芭」意象中這個同時具有毀滅／重生的雙重意味的「火」，或許正是小說家黃錦樹用以凝望自身馬華身分的一個重要隱喻。

　　回到他一九九〇年代乃至2000年中期出版的幾部重要小說集：《夢與豬與黎明》（1994）、《烏暗暝》（1997）、《由島至島》（2001）、《土與火》（2005）等，小說的發動場景經常重回作者自身的童年經驗，尤其是膠園與雨林，在小說中往往呈現為一種黑暗無光的起源之地，必須以火為擎、作為識字之始，才能分辨自身的所在與所指。黃在他的自述裡曾言：「祖父母自中國大陸南來，父親是土生土長的一代，而我則是國家獨立後出生的一代，各自銘刻著不同的時間性。」熟諳精神分析語彙的讀者不難發現其中的關鍵，即是精神分析裡極重要的一個概念，那就是不可逆的「時間性」：一個關乎創傷的時差、被父族所銘刻的空白場景，想像且踏空的「中國」。這是他在論述與創作中每每重回的「中國

黃錦樹小說（高嘉謙翻攝提供）（麥田、寶瓶文化、聯經、印刻文學、有人出版）

性」。然而，和他的前代人李永平那種純淨的中國想像與古典語感不同。黃錦樹所關懷的「中國性」更類近一種「缺席」，是「不在場」的「在場」。如同在童年漆黑膠園裡的那些無法命名、指認之物，必須在黑暗的熱帶叢林中舉起了第一把火炬，才能洞見指路的「字」。而「火」的象徵也正如同熱帶雨林的農耕方式：因為那大馬暗黑雨林的生長太過快速，所以必須以火焚燒，使那「無名之物」退回去──以獲得可供種植字物的土地。

　　綜觀黃錦樹長期的寫作裡，「火」的意象始終都是一個重要的布置。以早期作品《烏暗暝》裡的諸篇章而言：〈說故事者〉、〈色魘〉、〈膠林深處〉、〈貘〉與〈魚骸〉；膠林中的火、飯桌上的火、火葬場的火⋯⋯這些「火」被引燃進黃錦樹那一片漆黑而無以名之的膠林／死亡場景，成為主體的奔赴所在──燒退黑暗、燒退膠林，燒退無意識的死亡場景，使主體開始發語（有意思的是，他後來的兩部散文集《焚燒》、《火笑了》亦全是以「火」為意象）。這意味著黃錦樹的寫作其實是一種生存的不得不然，一種大馬華人「活下去」的搏鬥。而1997年出版的《烏暗暝》序文，其題正是「非寫不可的理由」：「既然要寫作，即使老是寫不好，也非寫不可。對我而言彷彿有著一種倫理上的強迫性。」類似的話，恰也出現在幾乎出版於同時期的論述集《馬華文學與中國性》中，黃錦樹同樣以「非寫不可的理由」來指稱在馬來西亞複雜的政治環境下、仍堅持以中文

書寫的馬華作家。這或許是他所認為的「中國性」的唯一實踐？而有趣的是，招來這些字詞的是「火」，於是這些火光映照下所浮現出的「字」——那些「中文」，不免在本質上都是一種「影子」。它們或化為黎明前的幽魅，或潛入夢境潛意識，如〈夢與豬與黎明〉，表徵為一種現代主義式的美學；偶爾也化作一碗清水裡的杯弓蛇影，展現為一種看似後設技巧的寫作形式，比如〈一碗清水〉與〈青月光〉。

2014年黃錦樹於新書發表會（高嘉謙攝影提供）

後設的浪遊：無國籍馬華文學

這兩種看似在美學上分踞光譜兩端的形式，對黃錦樹來說，早在他最早的小說集《夢與豬與黎明》裡，即已是他用以詮釋自身矛盾的「馬華在臺」身分的雙頭蛇，是關於同一道身分命題的兩個謎面。《夢》的序文裡對此有深沉的思考：

> 就我這麼一個在出生地時屬於臺灣宣傳中的隱形族群——「華僑」，在臺灣求學時是僑生、辦證件時是外國人、打工時被逮到是非法外勞、假使入籍則變成「祖籍福建」的外省人第一代的「海外」留學生來說，後設是一種疲憊卻又難以避免的存在樣態，它不是蝸牛的殼，是寄居蟹的家。它是流浪的不確定，是始終飄浮著、沒有定點的馬可波羅第一百零幾個看不見的城市；是夢者夢中醒著的我，也是精神病患不斷分裂著的自我……，套句翻錯的存在主義格言：活在塵世的每個人，都是他自己的異鄉人。後設是「我」之中的「你」和「他」。

這段文字精確地整合了他的美學、身分與書寫行動本身。對黃錦樹而言，「非寫不可的理由」正是為了以「寫」的行動來保證主體的運轉，以及身分的實踐。這也就是為什麼黃錦樹和他所抗拒的馬華／臺灣兩地的本土建國論者產生了極大的分殊。本土論者依附土地，仍有二元對立的預設結構；而對黃錦樹這樣一

個被臺灣與馬華皆「包括在外」的弔詭位置，卻正因為這個既內且外、多重皺褶且欠缺歸屬的位置，反而是書寫的起點。

在這個意義上，書寫成為寫作者「寄居蟹的家」，同時也是一種實踐性的身分認同：並非認同「某一確定身分」，而是透過書寫洞開一種多變的、自我辯證與推翻的存有空間，容納並允許像黃錦樹此類「後來者」／「異鄉客」寄居。最典型的例子，是他以三個分別代表三種身分的書名命名了同一本書：《刻背》、《由島至島》、《烏鴉巷上黃昏》。這樣的後設，其實是他現代主義「之後」的一種進化，而不是後現代式的虛無遊戲。這或許也正是黃錦樹歷年來試圖建立的「無國籍馬華文學」；消解了本土性的、粗暴的國族寓言的一種「中文寫作」，既不歸屬「馬華本土」，同時它所有不斷遷徙遊牧的路徑，都和它的形上學對象「中國」之間保持著一種佚失與追悼的距離。如同他自己所說的：「寫作對我也不免是遺骸、沉船、廢墟的考古學，以『歷史有很多漏洞』中的漏洞為操作場域。」

亡者的贈禮

2005年出版的《土與火》，或許可以視為黃錦樹前期階段的一個哀悼與告別。小說集以膠林深處的父親死亡場景作為開篇，主述者重回那個被「放火燒掉」的舊家，親故不在，一切彷若空無，但小說書寫本身是亡者所遺留的贈禮。而2013年起的數部以馬共作為題材的小說《南洋人民共和國備忘錄》、《猶見扶餘》、《魚》等等，則是告別了○○年代後的一個新的起點──重回膠林深處的華人新村，重述那些關於「馬共」的故事。這批寫作中有對馬共歷史的重新編寫與再造，也有極大部分的篇幅是和臺灣左翼系譜如陳映真、郭松棻等人搭架連結，甚至是以其小說篇名為題再進行重寫。這個新起點其實也是舊地點──如果書寫如同黃錦樹所說的，是在歷史的漏洞中反覆掘深、製造河道，那麼這條繞經「馬共」的道途，或許正是他以馬華歷史中的「馬共」作為漏洞，重新挖鑿、嫁接馬華歷史河道的溝渠。其中的書寫驅力，或許是「如果父親寫作」。

《南洋人民共和國備忘錄》以〈父親死亡那年〉作為開場，接續篇章〈那年我回到馬來亞〉，虛構的「南洋人民共和國備忘錄」遂如同「馬戲團從天而降」，這本身就是一條以小說的虛構技藝所開展的、歧異於馬華官方歷史的「另一條時間線」。「父親死亡那年」顯然是個關鍵點；父亡，爾後虛構作。巧妙的是也正是「虛構」，重新生下那個「如果會寫作的父親」──一個被兒子的虛構重新「生回來的」、換取的父親。黃錦樹的馬共小說書寫是致敬他的父輩，也是

重寫父輩；藉由「重寫」將膠林裡陰暗不見光亮的父輩重新「生回來」；這是他多年以前「燒芭」許諾的五十歲實踐。當年的火，途經世事灰燼，如今成了自己的土。「在自己的樹下」，這來自他的小說家同行大江健三郎的一行書名，或許能為年輕時曾夢想成為海盜、不見盡頭的馬六甲海峽，栽植出一株在海平線盡頭的樹。

延伸閱讀

康凌。〈無國籍者的文學，或南方的左翼——黃錦樹及其馬共小說〉。黃錦樹（著）《大象死去的河邊》（臺北：麥田，2021）。

劉淑貞。〈倫理的歸返、實踐與債務——黃錦樹的中文現代主義〉。《中山人文學報》no.35(July 2013):69-99。

駱以軍。〈寫在南方——黃錦樹馬共小說的文學史鐘面〉。黃錦樹（著）《猶見扶餘》（臺北：麥田，2014）。

潘婉明。〈馬來亞共產黨——歷史、文獻與文學〉。黃錦樹（著）《南洋人民共和國備忘錄》（臺北：聯經，2013）。

張錦忠。〈在臺馬華文學〉。《關於馬華文學》（高雄：國立中山大學文學院，2009）。

敘事詩成長史：陳大為的神話歷史
中國、南洋史詩與原鄉寫作

張光達

在臺的馬華詩人中，陳大為（1969-）無疑是最令人矚目的一位，也是最具有代表性的一位。陳大為，祖籍廣西桂林，出生於馬來西亞霹靂州怡保市，1988年赴臺灣大學中文系就讀，後取得文學博士學位，現任臺北大學中文系教授。他集多重身分於一身，既是出色的詩人和散文作者，也編著多部論文集，在中港臺馬發表過大量的學術論文，是當代中文詩與散文最積極的創作者兼論述者之一。自一九九〇年代以來，他在臺灣和馬來西亞兩地的文學獎，獲獎無數，取得非常亮眼的成績。除了教學和積極編著文學論集，策畫和推動馬華文學朝向學術建制化，他的創作以詩和散文並重，所出版的幾部詩集，每每引起詩評家的注意，分別書寫「遠古的神話中國」（《治洪前書》），「解構的歷史中國」（《再鴻門》），「華人移民的南洋史詩」（《盡是魅影的城國》），「馬來西亞的多元種族文化」（《靠近 羅摩衍那》），「第二階段的原鄉寫作」（《巫術掌紋》），其書寫的關懷意趣和語言策略也在不斷變化之中，可以說每部詩集都具有高度的原創性。學者黃萬華稱他為「新生代意識的詮釋者」，他如此總結陳大為的詩：「陳大為在詩歌創作上擅長多元技巧的創造和交融，各種異質的藝術因素在他筆下得到包容、平衡，並且向散文延伸。而他教學、研究、創作『三棲』的狀態也頗有渾融之感，互添樂趣。」九〇年代初他以詩為創作主力，在1996年過後開始轉向散文創作，並在1999年分別獲得聯合報文學獎散文首獎和時報文學獎散文評審獎，同時也獲得馬來西亞的花蹤文學獎散文推薦獎。

一九九〇年代，很多有潛質的馬華新生代作家都在花蹤參賽得獎，藉此來確認自身的創作能力。陳大為首次在花蹤出現，是第三屆（1995）的詩歌組佳作獎〈屈程式〉，在那之前（1994），他已得過三次臺灣兩個重要的詩獎，即臺灣聯合報文學獎和中國時報文學獎，並且第一本詩集《治洪前書》（1994）已在臺北出版，但花蹤文學獎對他來說，無疑具有特殊的意義，是關乎身分認同的追尋。他的創作生涯始自臺灣留學時期，文學事業也在臺灣立足，但他對花蹤的認同執著，表明他的馬來西亞華人身分認同，期待透過馬華文壇最高格調的花蹤文

學獎，來尋求和證明他是馬華文壇一分子的身分位置。如同他在得獎感言中所言，他不是在追逐花踪的名利，也不是在尋求肯定，而是一種身分的認同。他也提到這段時期的詩作非關馬來西亞，但畢竟是馬華人，所以必須替自己尋找這個身分的認同。

陳大為詩集（文史哲、九歌出版）

　　確實，陳大為在《治洪前書》時期的歷史書寫，主要以中國古代歷史和神話為主軸，〈屈程式〉書寫的主題是中國古代歷史人物屈原和端午節的習俗，並沒特別涉及馬來西亞的政治歷史，而他的南洋歷史書寫則要等到1995年後，三首重要詩作〈會館〉、〈茶樓〉、〈甲必丹〉相繼發表，這也是他在第四屆花踪獲得新詩推薦獎的五首詩作的其中三首，書寫馬來半島華族歷史文化的生命情景。花踪得獎詩作〈屈程式〉的中國歷史人物和節慶書寫，表面上看是符合了花踪的宗旨：傳承文化薪火，但細究之下，它之所以能夠脫穎而出，與傳統上書寫屈原的詩明顯不同，全詩所寫龍舟賽詩中的屈原、端午節裡的屈原、歷史課本上的屈原和楚辭中的屈原，跳脫傳統史料的傳承認知，而是立足於當代現實的精神，源自於日常生活中的自身感知和歷史反省，將傳統文化與現代視野，冶於一爐，參與辯證，傳達了歷史文化傳統在當代現實的存在意義，透過歷史將個人的精神與理想注入詩中，同時也批判了屈原和端午在歷史教科書裡被簡化、刻板化、本質化與程式化的意識形態。陳大為的屈原書寫，在歷史敘事中融入作者的日常感觀，參與對歷史事件的議論和省思，以後設的書寫策略游移在歷史與日常、真實與虛構之間，形成了他獨特的史觀和敘事魅力。

　　花踪第四屆（1997）獲得新詩推薦獎的五首詩，其中三首詩作〈會館〉、〈茶樓〉、〈甲必丹〉是陳大為書寫南洋歷史的發端，之後再接再厲，共有十首的系列組詩〈我的南洋〉，完成氣勢磅礴的南洋華人的移民史詩，結集成膾炙人口的詩集《盡是魅影的城國》（2001）。在這些詩作中，他試圖把握南洋歷史上南

陳大為詩集《盡是城國的魅影》（時報文化）

來的華裔族群的集體潛意識心理狀態和生活處境，藉家族史的重構，主體經驗與先民足跡的對位敘述，讓讀者看到多重差異的歷史視野，後設手法的歷史敘事，是他有力的書寫策略，發展出個人、家族及族群共享的歷史記憶。

〈在南洋〉和組詩〈我的南洋〉十首，採取了糅合大寫歷史與小寫歷史的筆法，綜合宏觀歷史、微觀的陳氏家族故事，與詩人自身的國族思考。其中的宏觀歷史是詩人根據史料的撰述，時間幅度上貫串六百年的南洋歷史，也是全輯詩作的敘事框架。而在詩的微觀層面上，藉個人的家族史敘事，家族成員的身世經歷和生活細節，得以深化和具象化宏觀歷史的抽象層次，突顯置身於歷史中的家族人物的生活思考與情感起伏的層面，讓人感受到史詩中人物的親近性，展現出歷史意識與個人情感的交錯和連結，突破以往南洋歷史書寫的窠臼。另一方面，詩中對於國族思考的面向，連結到詩人書寫和思考南洋／馬來亞半島歷史的地理位置，展現了迂迴多層次的跨地性身分認同與屬性定位。身處臺灣的詩人回頭書寫南洋歷史，詩人的不在現場，讓他得以用一種外在抽離的角度，藉氣勢磅礡的文字修辭來敘述一段過去式的南洋歷史，而個人的家族史和精神史卻讓他得以近距離介入歷史，依靠情感和精神想像融入歷史現場，形塑有血有肉的歷史主體。

在兩個家鄉的生活成長經歷（怡保與臺北）、寫作的心路歷程（從中國古代歷史到近代南洋歷史的書寫計畫）、後設的語言策略（解構與重構並行，敘事與情感交織）、中文系的教學養成（精練流暢的詩語言，抑揚頓挫的文字節奏，對古典中國歷史材料的和人物意象的嫻熟徵用），這些種種不同層面的生活、書寫、身分與認同在南洋史詩中相互交織，形成對話，展現了對位法的閱讀歷史的方式。在身分、書寫主體與歷史主體性的關係性思考上，詩人的在臺－在馬的雙重邊緣位置，在馬來西亞的國家政治主流的土著化政策外邊，在那些強調地理決

定論的在地馬華文學社群認可的體制外，也在臺灣文學主流場域的認可體制外，南洋史詩是他認據這個邊緣位置，並據此追認和協商身分認同與族群定位的生活實踐。陳大為的南洋史詩寫作，銜接了南洋／馬來亞殖民地時期的歷史現實與馬來西亞獨立建國後初期的政治現實，融合了陳家祖孫三代成員的家族史，再加上他在臺灣從讀書到教學的生活成長歷程與文學書寫活動，提供了他一個特殊的觀照角度來書寫馬來西亞，在馬來西亞境外書寫家鄉馬來西亞的人事物，成就了陳大為獨特而深具創意的南洋史觀。

　　詩集《靠近 羅摩衍那》（2005）書寫馬來西亞的多元種族文化景觀，屬於地誌書寫的原鄉題材，在臺灣回頭書寫馬來半島的生活記憶，尤其是家鄉怡保的人事物，具體展現他對家鄉怡保充滿地方感的文化記憶，其中怡保街道兩旁的殖民地老建築物，詩人的高中生活經歷，日常家居的地方情感，混雜後殖民歷史與多元文化觀照，構成了詩中情感的物質基礎。在《巫術掌紋》（2014）中，他延伸了《靠近 羅摩衍那》集子中的原鄉書寫，進行他的第二階段的原鄉寫作，〈銀城舊事I〉系列組詩是怡保的放大版，是詩人的老家，是他看待原鄉的方式，是他童年和少年記憶的根據地，構成生活記憶的肌理，這些原鄉寫作，詩人稱為「一種半虛構體的地誌學」。《巫術掌紋》收錄原鄉寫作的新作品，加上已出版詩集的詩作精選，完整呈現一條從遠古中國神話到赤道原鄉的回家之路，以及多重血緣的敘事詩成長史，詩裡行間的原創性、日常性和主體性，即是詩人的生命紀錄。

延伸閱讀

陳大為。〈巫術的掌紋〉。《巫術掌紋》（臺北：聯經，2014），3-7。

黃萬華。〈陳大為 —— 新生代意識的詮釋者〉。陳大為（著）《方圓五里的聽覺》（濟南：山東文藝出版社，2007），1-7。

張光達。〈論陳大為的南洋史詩與敘事策略〉。鍾怡雯、陳大為（編）：《馬華文學批評大系：張光達》（桃園：元智大學中國語文學系，2019），200-221。

張光達。〈論陳大為詩中的敘事與情感〉。鍾怡雯、陳大為（編）：《馬華文學批評大系：張光達》（桃園：元智大學中國語文學系，2019），222-243。

明媚陽光下的赤道幻影：論鍾怡雯

翁菀君

鍾怡雯，1969年生於馬來西亞霹靂州怡保，後曾居住於小鎮金寶、居鑾。她於1988年赴臺灣就讀國立臺灣師範大學國文系，此去即告別十九年的馬來西亞生活，後半生定居於臺灣。鍾怡雯於大學時期已在文學獎嶄露頭角，赴臺三年即以〈山的感覺〉出道，首獲師大文學獎散文首獎。此後十多年間，更在星馬臺大大小小的文學獎中獲獎無數，如時報文學獎、花踪文學獎、吳魯芹散文獎等。鍾怡雯自一九九〇年代進入文壇，至今出版過八本散文集，即《河宴》（1995）、《垂釣睡眠》（1998）、《聽說》（2000）、《我和我豢養的宇宙》（2002）、《飄浮書房》（2005）、《野半島》（2007）、《陽光如此明媚》（2008）和《麻雀樹》（2014）；期間也出版了一些散文繪本、人物傳記和論文等。除了文學創作，鍾怡雯也曾任《國文天地》雜誌主編，更主編過對馬華文學別具意義的選集——《馬華文學讀本 I：赤道形聲》（2000）、《馬華文學讀本 II：赤道回聲》（2004）、《馬華散文史讀本 1957-2007》（2007）。馬華作家一般多涉獵跨文體創作，同時經營小說、散文和詩者極為普遍，但像鍾怡雯般專職寫散文的作家實屬少數。雖然她也曾創作新詩並曾獲臺灣新聞報文學獎新詩首獎，但新詩創作也許負責給她一雙詩意眼睛和象徵的能力，讓她在散文中另闢蹊徑。

在學者陳慧樺眼中，鍾怡雯是「多面的夏娃」，認為其第一本散文集《河宴》「細膩、飄逸、颯脫和感性」，充滿「靈氣和透視」。焦桐為其第二本散文《垂釣睡眠》寫序時，以「想像之狐，擬貓之筆」比喻鍾怡雯在書寫物我之間的多變與從容，彷彿萬物「是她豢養的寵物貓」，敘述兼具柔軟與「利爪」，溫柔而又底氣十足，「難以完全馴服」。在其第三本散文集《聽說》之中，余光中進一步延伸焦桐的「擬貓」說，將鍾怡雯的散文譽為「貍奴的腹語」，如貓愛獨處呼嚕，敘述日常如喃喃自語，並善於以實入虛，不戲劇不小說化，因而「接近詩」。到了其第四本散文集《我和我豢養的宇宙》，李奭學則認為鍾怡雯在體物寫志間多了份「氣定神閒」。

綜上學者之評語，我們可藉此一窺鍾怡雯的書寫風格，而以上四書亦已奠定

她質量兼具的臺馬散文家位置。《河宴》與《垂釣睡眠》收錄了她大部分得獎作品，寫的多是馬來西亞的鄉土民情與童年紀事，文字古典優美，但年輕的刻痕明顯，與後期散逸日常的敘事方式有很大差異。《聽說》寫日常與生活，《我和我豢養的宇宙》體物寫志；《飄浮書房》以千多字的短文寫地方、故鄉、城市，《野半島》寫前半生的家、油棕園及家人。從《陽光如此明媚》開始，鍾怡雯的創作似乎不再刻意尋找主題和新意，生活瑣事隨手拈來即已成篇。而她那宛如「閒話家常」的敘述方式，實而經過縝密構思，且每一篇都結構完整。鍾怡雯這種放眼於瑣碎日常的書寫，其實早在其第三本散文

鍾怡雯《野半島》（聯合文學）

集《聽說》已開始。余光中在《聽說》的序裡說鍾怡雯「筆路由實入虛，從經驗中煉出哲學」，是繼張曉風和簡媜之後極具代表性的散文作家。而《聽說》的書寫風格與主題，似乎也最能與她後期的《陽光如此明媚》與《麻雀樹》銜接。

　　此外，余光中認為鍾怡雯擅長為散文「造境」且「所造之境多彩多姿」。而這種「造境」的手法，在鍾近年的〈麻雀樹，與夢〉文中更是發揮得淋漓盡致。此篇中，鍾怡雯大篇幅地敘述中壢住家前被砍掉的樹和不斷尋找棲息處的麻雀，實則聲東擊西地側寫母親離世。看樹被腰斬，看麻雀失去投靠之樹，她說：「受傷的殘樹木訥訥地，有苦說不出。麻雀失去了棲息之地，我的視覺彷彿也頓失依靠。不論從哪一樓望出去，都覺得空洞，一如我的心情。」受傷失根的樹是自己，是母親的離開；麻雀的叫聲和母親不在世上一樣極不真實，直到麻雀「跳上掌心」、「人鳥相望」，鍾怡雯才恍然接受永別已成事實。象徵環環相扣、流轉自如的這篇散文中，鍾怡雯對母親著墨不多、文字情緒內斂不外露，一路鋪陳到底，讀來卻真摯感人。

　　母親不在的世界，鍾怡雯覺得自己「成了斷線風箏在空中飄浮遊蕩，不知什麼時候能夠降落」，覺得「有根多好」。以上這段例子，彷彿是鍾怡雯這些年來的書寫縮影。1988年她離家抵臺念書，此後家在臺灣；前半生的半島再喜歡也不過是「在夢幻泡影中，觀望著泡影夢幻」，不斷以回憶的形式呈現或穿插於敘述中，一如多年來回穿梭臺馬的境地。她說：「當我在這個島凝望三千里外的

半島，……那空間和地理在時間的幽黯長廊裡發生了變化。……我捕捉，我書寫，很怕它們跑遠消失」。家鄉變成了回憶的載體，幻化成她「南蠻」的喜好，發展成她「混血」的散文語言。關於前半生，她說她「離從前很遠，好像也很近」。「遠」的是距離，「近」的是那些藉由「母親」的形象不斷出現在文集中的赤道日常。「這是母親的口氣」、「用母親的說法」……，類似這樣的句式經常出現；「母親」常穿越時空出現在她憂鬱的黃昏，在她的行旅之中，在她的夢與夢醒之後。對於那「過往的世界」，雖說「半島已經是前世了」，卻因此成為她書寫的底蘊，讓她以一雙「混血」的「赤道之眼」觀看世界、體悟自身。

　　甚至連她的「喃喃自語」和自我辯證，似乎都帶著揮不去的混雜色彩。有別於《河宴》、《垂釣睡眠》中優美古典的筆觸，鍾怡雯後期的散文語言愈發獨樹一幟，其中糅雜部分廣東話（怡保人多通曉廣東話）或「馬來西亞華語」的語氣也許是原因之一。例如這一段：「以前村裡的混混每回跟人吵架吵輸拉不下臉便說，爛命一條，嘜啊？有時我也用這種語氣，你給我試試看？很賭爛」。鍾式語言的「活跳鮮猛」，即經由與家人的對話及自言自語的形式建立起來。李爽學曾指出她的散文「有股『氣』」。筆者認為，這「氣」似乎接近於一種快人快語，與廣東話獨有的短促和勁道非常相似。鍾怡雯流露於散文中的機智幽默、豁達果斷，以廣東話來比喻即似乎有點「辣」，而這種「辣」的味道與散文個性也許即建構於她獨一無二的鍾式語言。然而，其行文中的勁道，矛頭並不指向他人，而是流露於層層推進的自我辯證之中，正如她文中所言：「我承認自己脾氣本來就壞，可是，矛頭一不對外人，二絕少失控。」

　　前半生的赤道，後半生的臺灣，建構了鍾怡雯的散文藍圖。「母親」在的時候，她說「可是濕冷的冬天裡，我還真是想念南方的陽光。陽光底下那些會說故事，以及說著故事的，層層疊疊的，光影」；如今別後「母親」，鍾怡雯不斷強調「自己的家在一個島上，而不是半島。想回去的地方是中壢，不是馬來西亞」。鍾怡雯的下一本散文，從經過確認後的「中壢的家」出發，不知又會如何開展？我們且期待。

延伸閱讀

鍾怡雯。《野半島》（臺北：九歌，2014）。

周芬伶。〈鬼氣與仙筆——鍾怡雯散文的混雜風貌〉。《經典與非典：文學世紀初》（臺北：蔚藍文化，2021），295-316。

學院馬華文學批評的起源 —— 在臺馬華文學論述:一個旅美南洋學者的觀點

陳榮強

> 那年初秋,我在臺大男生第十四宿舍給林建國看稿子,請他提供意見,他那時正在撰寫日後深獲好評的〈為什麼馬華文學?〉宏文,差不多同一時期,在臺大念中文系的黃錦樹也在撰寫關於馬華文學的文章。那一陣子感到很興奮,因為馬華文學是我們的「共圖」,因為我們可以在這裡用學術的角度探討馬華文學的課題,而不受馬華文學的論戰傳統影響,同時也是馬華文學論述「攻占」臺灣學界公共空間的開始。
>
> —— 張錦忠〈文學批評因緣,或往事追憶錄〉

何謂馬華文學理論?一類文學要累積多少歷史經驗才足夠以奠基理論?一百年夠嗎?二戰前的發展和戰後的轉向要如何做歸類與區分?馬華文學理論與批評必須建構在一個統一性的馬華文學定義上嗎?那是該以誰的馬華文學為根基?是要以在地馬華學者還是在臺馬華學者的觀點為出發點?中國大陸華文文學學者和北美華語語系學者對馬華文學和理論的詮釋對馬華文學的發展起著怎樣的作用?

1993年林建國發表了一篇名為〈為什麼馬華文學?〉的論文。此篇論文在當時可以被視為一系列有關馬華文學批評理論學術論文和書籍中重要的一篇作品。此篇論文的前半部著重於探討馬華文學的正名問題。因為馬來西亞的國語是馬來語,馬來語文學自然被視為馬來西亞國家文學的代表。在這樣的文學環境下,用華文書寫的馬來西亞文學也自然被視為在國語文學之下的次等文學。馬華文學學者的困境在於如何定義馬華文學,越是企圖將馬華文學歸類於馬來西亞文學之下,和馬來文學平起平坐,就越是凸顯馬華文學在國家文學這樣的概念下被收編的邊緣地位。張錦忠早前在〈馬華文學:離心與隱匿的書寫人〉中就感歎道:「幾十年來,馬華文學在國家文學主流之外自生自滅。」他解釋說,馬來人掌權的國家政府壓迫華文教育和文化,主要目的在於要「離心化」華文教育和馬華文學,來淡化華族文化意識,以促使華人融入馬來西亞文化。當然,他

張錦忠、黃錦樹、林建國、陳大為的馬華文學批評著述（有人、麥田、元智大學中國語文學系、國立臺灣文學館出版）

所指的國家文學（national literature）不只是以馬來語文學為主的馬來西亞國家文學，也是國家文學概念對少數文學（minor literature）邊緣化的話語。然而，若要讓馬華文學脫離國家文學話語的糾纏而獨樹一格，那又要從何著手？馬華文學具備了哪些獨特性足以讓它可以自成一派？馬華文學的正名撇不開這些複雜的關係與問題。

毋庸置疑的，要在一篇學術論文的篇幅內完整詮釋何謂馬華文學是不可能的事。那也不是林建國的意圖。除了探討環繞馬華文學正名的複雜性外，他在論文的後半部分強調馬華文學研究不該拘泥於「什麼是馬華文學」而是應該延伸到此篇論文的主題「為什麼馬華文學」。思索「為什麼」在一定程度上是在用不同的角度解析馬華文學和定義它的重要性。為什麼書寫馬華文學？為什麼讀馬華文學？為什麼研究馬華文學？當然還有為什麼定義馬華文學這個問題和是誰在對馬華文學的意義做提問，用意何在等等。林建國的論文以修辭的方式提出了這些問題，以引導馬華文學學者拓展對馬華文學研究的多面向。馬華文學作為華文文學重要的一支，因為不完全受國家文學的牽制又懷抱著擺脫不了的離散情結，自然而然承繼了一種跨國特色，更在多語言社會的薰陶下創造出多語言、跨語言的獨特文體和敘事。以上即是「為什麼馬華文學」這一個問題對馬華文學研究可能帶來的啟發之一。

在二十世紀上半葉，馬華文學受到了中國現代文學的重大影響。五四思潮下的白話運動及其文化通俗化和現代化，迅速隨著五四知識分子南來馬來亞投入於華文報紙和華文教育工作，進而直接影響了馬來亞文藝發展。這一段歷史理所當然的成為定義馬華文學時一段理不清的關係。張錦忠在他1997年發表的英文論文，"Mahua wenxue: The Chinese Malaysian Literary Polysystem and Its Chinese

Connection"（*Tamkang Review* 28.2:159-199）中建議馬華文學學者與其把研究精力聚集在求證中國文學對馬華文學的影響，不如以馬華文學作為出發點來反思這段密切的歷史關係。張錦忠這段時期的學術重心就著重探討在五四白話文運動思潮影響下的馬華文藝界出現了怎麼樣的景象。他認為中國現代文學和五四南來知識分子對馬華文學的影響在一定的程度上干預並局限了後者的發展。因此他呼籲學者把研究重心轉向當時在地的馬華作家和知識分子對文學本土化的提倡及對南洋色彩的強調，間接將五四白話文運動的影響問題化。

受困於馬來西亞「國家文學」與「中國本位」兩種論述之間的馬華文學要如何推崇屬於自己的歷史與文化在地性？黃錦樹在〈中國性與表演性〉裡提到了馬來西亞華人與華人文化的複雜關係。因為離散情結，華人文化保存自然成為馬來西亞華人極大的使命，也因為這「收復失地」般的使命，他們容易把中國性和華人文化混淆。黃錦樹解釋這中國性如何在馬來西亞華人間形成：「週期性的文化活動與日常化的華教運動及『收復失地』的文化保衛活動共同構成了華人集體的儀式，一種具中國性的『華人』身分之再確認。」為了避免中國性成為馬華作家的包袱，黃錦樹認為「一些現成的漢文化符碼的抽象性掩蓋了華人存在的具體性」所以警惕作家不能讓寫作「淪為古典中國知性或感性的注釋」。因為「（海外）華人的經驗是全新的歷史經驗，新的實在（reality），寫作必須以它為主體而不是以中國性為主體。這需要較為節制、冷靜的情感態度，及對具體細節的耐心」（〈中國性，或存在的歷史具體性？——回應〈窗外的他者〉〉）。

在臺幾位馬華文學主要學者，包括以上提到的林建國、張錦忠、還有鍾怡雯、陳大為和身兼學者和作家身分的黃錦樹等，都對馬華文學史的發展發表過各自的觀點。雖然觀點不盡相同，他們大致上都認同把馬華文學的起源與發展扎根於中國新文學史上這樣的觀點是短視的。這觀點除了把馬華文學收編於中國文學內、忽視本土文化特色對馬華文學發展的重要性，更假設了馬來亞在二十世紀前不存在著華裔文人與作家。他們把馬華文學史追述到清末時期南來作家如黃遵憲（1848-1905）和邱菽園（1874-1941）。黃遵憲和邱菽園對民國前南洋文學的貢獻認證了馬華文學並非單純的現代白話寫作，而是有著一段重要的文言文傳統的文學史。黃錦樹更強調了在新文學運動興起前，馬來亞文藝界除了華文創作之外還有峇峇文學。即使後者並非以華文為主要創作語言，其創作中語言與文化的雜糅性蘊含了一定程度的南洋華人文化特色，應該被視為馬華文學的分支。以馬華學者的觀點為根基，一昧的把中國新文學的興起與白話文運動視為馬華文學史的始源在文史發展與定義上都顯得格外狹隘。

李有成、陳鵬翔的馬華文學批評（元智大學中國語文學系出版）

1997年臺灣作家柏楊在馬華文學國際研討會上呼籲馬華作家「必須淡忘、早一點脫離悲情世界，與母體『斷奶』，才能強大、具有本身的獨立性和特別性」。隨後，林建國引用了柏楊的「斷奶」意象發表了兩篇在馬華文學界爭議性極大的文章。或許因為有柏楊的「獨立性」、「斷奶」等概念在先，不少馬華作家和學者如陳雪風、陳政欣等認為林建國的〈馬華文學斷奶的理由〉主張與中國撇清關係，懷疑他和黃錦樹等在臺馬華學者的「斷奶論」背後另有潛議題。為表明立場林建國接著發表了〈再見，中國——「斷奶」的理由再議〉來釐清他所謂的「斷奶論」是指馬華文學必須脫離「中國情結」（黃錦樹指的抽象漢文化符碼下的中國性），在文化繼承與批判間凸顯馬華文學的獨特性。這樣的「和中國說再見」、「不是英語的good-bye，而是法語的au revoir是『等下次回頭見』；不是不見，而是還有相見，再見面時便是批判和繼承。這一離一合的是辯證的力道」。在這前提下「中國性可以是一種負擔，但也可以不——它也可以是一項重要的資源。」

馬華文學研究在一九九〇年代和千禧年初似乎脫離不了他者論述（Discourse of otherness）的糾葛。從如何在以馬來文為中心的國家文學與中國本位的華文文學間定義馬華文學，到反思五四前馬華文學史的重要性，到斷奶論的爭議，馬華文學研究和討論多從馬華文學處於他者的地位為出發點。2007年張錦忠應邀參與哈佛大學「全球化現代中文文學：華語語系與離散書寫」（"Globalizing Modern Chinese Literature: Sinophone and Diasporic Writings"）時發表了一篇題為「重新定位華語語系文學」（"（Re）mapping Sinophone Literature"）的文章。此文收錄於2010年王德威和石靜遠主編的《全球華文文學論文集》（Global Chinese Literature: Critical Essays）。筆者認為此文是馬華文學從他者地位走入中心並參與理論建設的起點。張錦忠在文中瀏覽學者專家對中國現代文學全球化的各家說法。把中國現代文學放在全球化現象中重新定位，有助於華文文學脫離狹隘的國家文學概念。在這前提下他特別提到了南洋學者多年來常用的「海外華文文學」（Overseas Chinese literature）和「世界華文文學」（World Chinese literature）等概

念其實就潛在著全球化、去中心的含義。他更引用知名歷史學者周策縱在1988年以東南亞華文文學為主題的第二屆中國文學聯合體國際會議（Second International Conference on the Commonweath of Chinese Literature: Chinese Literature in Southeast Asia）上所提出的「多元文學中心」概念來反思馬華文學的主體與獨立性。馬華文學作為華文文學多元文學

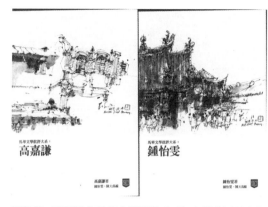

鍾怡雯、高嘉謙的馬華文學批評（元智大學中國語文學系出版）

中心的一處，自然有依據其獨特性理論化的潛能。

　　馬華文學在二十一世紀全球或世界文學的論述與環境下能夠產生怎樣獨特的理論？2018年《中山人文學報》刊登了黃錦樹的〈南方華文文學共和國：一個芻議〉一文。黃文中指出在以歐美語言為主體的「世界文學共和國」體系裡中國文學永遠處在次等的地位。而在東亞，中文文學早已自成一個以中國為中心的「世界體系」。這一體系有助於文學家們思考世界文學理論的多元性。面對以中文為中心的一個「世界文學體系」，黃錦樹不刻意炒冷飯討論中國中心的議題。他把重心放在構思啟發自「文學加拉巴戈群島」的南方華文文學共和國。對於華文文學他這樣分析：

　　在1949以前，中國一直被邊緣地帶華文文學視為文學之「源」，國際漢學界眼中的現代中文文學也一直僅僅是中國現代文學。中國一直是現代中文文學無可質疑的中心。因為1950年後的臺灣一直自視為中國（自由中國），鄉土文學論戰後，隨著本土意識抬頭，方漸漸自我描述為臺灣文學。除臺灣之外，香港新加坡馬來西亞的華文文學一直是以地域做自我命名（如香港文學，馬華文學），都是中文文學的

鍾怡雯、陳大為主編《犀鳥卷宗》（元智大學中國語文學系出版）

加拉巴戈群島中的小島。這是我所謂的華文文學，它一直是區域性的、在地性的，各地的學者各自處理在地的個案，鮮少整合。

因為星馬華文文學在華文文學的世界體系裡處於邊緣的邊緣，是「華文文學的加拉巴戈群島」中的邊緣小島，黃錦樹認為身為星馬華文作家的邊緣作家不該拘泥於「進入中心」或「去中心」的敘述策略，而是該把重心放在培養置身「在外」的書寫策略。他所謂的「在外」書寫策略似乎就是指以華語語系方言為本土與在地特色書寫的基礎：「譬如對中原文學場域而言相當陌生、對北方讀者容易有閱讀障礙的閩粵方言。」

或許在這樣的由島至島，愛德華・格里桑（Edouard Glissant）關係詩學般（Poetics of Relation）的文學加拉巴戈群島概念下，馬華文學可以在沒有中心包袱的環境下自成一派理論來豐富「世界華文文學」這樣一個體系。筆者對黃錦樹這個芻議的發展抱著期望。

延伸閱讀

黃錦樹。〈中國性，或存在的歷史具體性？——回應〈窗外的他者〉〉。《南洋商報・南洋文藝》，26 September 1995。又見黃錦樹。〈中國性，或存在的歷史具體性——回應〈窗外的他者〉〉。《時差的贈禮》（臺北：麥田，2019），234-238。

黃錦樹。《馬華文學與中國性》（增訂版）（臺北：麥田，2012）。

黃錦樹。〈南方華文文學共和國——一個芻議〉。《中山人文學報》no.45(July 2018):1-20。

林建國。〈為什麼馬華文學？〉。《中外文學》21.10[247](March 1993):89-126。又見林建國。〈為什麼馬華文學？〉。鍾怡雯、陳大為（主編）：《馬華文學批評大系：林建國》（桃園：元智大學中國語文學系，2019），1-46。

林建國。〈大中華我族中心的心理作祟〉。《星洲日報・尊重民意》，1 March 1998。又見林建國。〈馬華文學斷奶的理由〉。張永修、張光達、林春美（編）：《辣味馬華文學：九〇年代馬華文學爭論性課題文選》（吉隆坡：雪蘭莪中華大會堂、馬來西亞留臺校友會聯合總會，2002），365-366。

林建國。〈再見，中國——「斷奶」的理由再議〉。《星洲日報・尊重民意》，24 May 1998。又見林建國。〈再見，中國——「斷奶」的理由再議〉。張永修、張光達、林春美（編）：《辣味馬華文學：九〇年代馬華文學爭論性課題文選》（吉隆坡：雪蘭莪中華大會堂、馬來西亞留臺校友會聯合總會，2002），374-382。

張錦忠。〈馬華文學——離心與隱匿的寫書人〉，《中外文學》19.12[228](May 1991):34-46。又見張錦忠。〈書寫離心與隱匿——七、八〇年代馬華文學的處境〉。《南洋論述：馬華文學與文化屬性》（臺北：麥田，2003），61-76。

張錦忠。〈文學批評因緣，或往事追憶錄〉。《蕉風》no.486(1998):13-17。

十一
多語、多元與華馬文學

張錦忠

峇峇馬來創作、翻譯馬來，華裔馬來文學，翻譯馬華，以及華裔馬英文學，乃馬來（西）亞華人（文學）社群的多語現象或眾聲喧譁案例。峇峇馬來創作、翻譯馬來可以說是「華馬文學」的開端；有了峇峇馬來文創作、峇峇翻譯馬來文學，華馬文學場域才形成。而差不多同時以英文書寫的華人，也來自峇峇社群。在建國時期，馬來亞化期間，華人翻譯馬來文作品為「翻譯馬華」，或以馬來文書寫發表，一九七〇年代以來尤盛，其中的例子為楊謙來、林天英。「華馬英」從早期的峇峇（海峽華人）英文書寫，到戰後萊佛士學院的校園文學興起，漢素音的《餐風飲露》、王賡武的《脈博》等書出版之後，馬英文學於焉成形，六〇年代的幾本選集即呈現了一個世代的馬英作者，但在卜米主義的新經濟政策時期陷入低潮，不過九〇年代以後漸漸活躍，加上離散國外的世代冒現，在國外得獎，引人矚目，其中陳團英與歐大旭最為耀眼，中譯也在臺灣出版，近年朱洋熹的小說頗為走紅。

華馬文學的開端在峇峇馬來創作與翻譯，馬華文學的開端則可追溯到《察世俗統紀傳》的傳教士東來馬六甲時期，以及清朝使節舊體詩群。這意味著馬華文學的兩個平臺，一為報刊，二為文社。除了傳教士辦報，中國人南來辦報者也頗眾，尤其是在清末，維新革命派都需要報紙作為鼓吹思想喉舌，文學也在報紙副刊找到發聲平臺，因此二十世紀以來，文藝副刊一直都是文學場域的重要支柱，其中《南洋商報》、《星洲日報》兩大報的文藝副刊更是舉足輕重。很多馬華文學史上的重大事件都在副刊發生，包括郁達夫「幾個問題」事件、馬華文學獨特性論爭、是詩非詩論爭、經典缺席論爭、燒芭事件等等，副刊都提供了各方表述的平臺。可惜時到今日，紙本文藝副刊就剩下《星洲日報・文藝春秋》碩果僅存。《星洲日報》除了維持副刊的文學空間，也在一九九〇年代開始舉辦花踪文學獎，提高了馬華文學獎的格局，提供華文文學創作動力，得獎者形同取得文學殿堂的入門票。

在馬來西亞華文書肆裡，馬華文學（文學類）向處邊緣位置，或僅有小眾市

場，大眾市場可說由通俗小說（類型文學）與青少年文學各占半壁江山，而在這些華文讀物裡頭，來自港臺中的比例相當高。馬華文學自然是本地薑，當然也有 Not Made in Malaysia 的馬華文學生產，兩者比較像「亞際華語圈」的文學系統關係。青少年讀物從《兒童樂園》、《好學生》、《學生周報》、《少年樂園》到紅蜻蜓少年文學書系，本地文化生產者並未低估這個市場的重要。倒是通俗文化的市場，幾乎都是港臺讀物的天下：武俠、言情、科幻、奇幻、推理、情色的主流幾乎都不在本地華文生產線的視野裡。馬華出生的通俗文類作者，從溫瑞安到張草，作品也是在港臺中出版。近年華文科幻中興，在地馬華的反應也未太熱烈。若干武俠作者，如吳龍川，可能也是把武俠當嚴肅文學來寫，因此《找死拳法》可視為嚴肅文學中的「文學類型」，同志小說亦可作如是觀，他們在馬華文學的體式中找到「自己的園地」。

峇峇馬來文學的班頓與翻譯小說

吳小保

華人以馬來文為書寫媒介的歷史，跟馬來文在群島中的擴散有關。這種擴散，在不同的歷史階段，因著不同的社會條件與觀念，展現出不同模式的華人馬來文學。

根據史料，早在公元七世紀左右，已有中國人掌握古馬來文，當時一位名為義淨的佛教僧侶在前往印度路上，於室禮佛逝（Srivijaya）短暫逗留了大約六個月，他在這段期間習得馬來文，並以此為中介學習梵文。在義淨之後，據統計不少於十九位僧侶曾到室禮佛逝研究佛學。然而，由於文獻的匱乏，我們無從暸解當時中國人參與馬來文活動的具體情況。

在那之後，1405年明朝在南京成立四夷館，專門培育外語專才，以便發展外交事務。在十五世紀左右，四夷館出版了世界上最早的馬來文字典《滿喇加國譯語》。這本收錄四百八十二個字、完全以漢字寫成的中文 —— 馬來文小字典，是彌足珍貴的馬來語文史的文獻史料。這部字典也可說是十九世紀中晚期華人大移民時期湧現的十數本中文 —— 馬來文字典的始祖。

無論如何，這些以「漢字」拼寫馬來文的語文史，其主要意義是「外語學習」，遠遠不足以構成「書寫」史的核心部分。

華人的馬來文書寫史，應該是起始於十九世紀中晚期的峇峇華人社會。學界對峇峇社會的起源有不同見解，一些人認為這是英殖民的產物，另一些則認為它誕生於十五世紀以降馬六甲土著與華人通婚的後代，然後循著移民途徑擴散到新加坡以及馬來半島乃至婆羅洲等地。

在峇峇社會形成的過程中，一種獨特的峇峇馬來語也隨之興起。馬來語在很早以前就已經是本區域的通用語（lingua franca），由於地理位置的優勢，馬來群島成為東西方商貿的重要集散地，在各通商碼頭匯聚各色人種，馬來語成為彼此溝通的通用語。這種通用語混雜各種語言詞彙，與馬來人的馬來語形成鮮明對比。市集馬來語起初不屬於任何族群，僅用於經商。然而，隨著土著與華人通婚，它成為了代代相傳的家庭用語。

1916年出版的*Panton Dondang Sayang Baba Baba Peranakan*第2冊（吳小保攝自華社研究中心楊貴誼陳妙華贈書珍藏室）

這種語言以馬來語為主幹，卻混合了大量華人方言，尤其是福建話，例如「我」（gua）、「樓頂」（loteng）等。在語法方面，它也隨著漢語的特性而出現變異，「我的書」不再作「buku saya」而是「saya punya buku」。

峇峇馬來語的形成，只是「書寫史」的前提條件，更重要的還是伴隨著西方傳教士、西方殖民主義進駐當地，帶來的各種現代器物、體制等，包括學校、印刷技術，這些都是促成峇峇馬來語書面語化的重要條件。大約始於十九世紀初，西方傳教士在馬六甲成立英華書院之後，峇峇華人子弟因此習得羅馬字母，並以之拼寫峇峇馬來文。十九世紀晚期，隨著華人印刷資本主義的蓬勃發展，峇峇華人出版*Surat Khabar Peranakan*，*Bintang Timor*等報刊，相對於當時土生印裔穆斯林以及日後的馬來人仍採用爪夷文字──一種阿拉伯字體的變體，從十四世紀以來漸漸成為拼寫馬來文的主流文字──峇峇華人出版採用羅馬字母拼寫的馬來文日報，可說是報業史的開創之舉。

凡此種種，說明峇峇華人已進入識字社會，也一舉跨入印刷時代。循著這個發展趨勢，峇峇華人開始投身參與文學創作與翻譯，包括峇峇班頓、中國古典文學翻譯等，因此也開啟了「書寫史」乃至「文學史」的紀元。之所以這麼說，因為他們形成了自成一格的「作者－文本－讀者」圈子，翻譯者與作家群體包括陳明德（Tan Beng Teck）、曾錦文（Chan Kim Boon）、藍天筆（Na Tien Pit）、袁文成（Wan Boon Seng）、蕭海炎（Siow Hay Yam）等數十人。

峇峇馬來文學主要由兩個部分構成，一個是原創韻文，也就是指班頓（pantun），另一個則是中國古典小說的譯寫；其他還包括極少量的原創散文作品，如《辮子》（*Towchang*, 1899），一本改良主義者鼓勵華人剪辮子的宣傳冊子。

先介紹原創班頓。實際上，大部分峇峇作家都把「班頓」當做「詩歌」的同義詞，但在馬來文學中班頓不過是指眾多韻文體的一種。無論如何，就峇峇作家的習慣用詞來看，峇峇班頓概括了班頓、沙伊爾（syair）等不同的韻文體。狹義的「班頓」，一般上以四行為一節（一首），也有兩行、多行或聯章班頓。以四行班頓為例，每首四行，隔行押韻（a-b-a-b），首兩行是引子或比喻

（pembayang），後兩行才是含義（makna）；引子與含義可能毫無關聯，純粹提供韻腳，也有可能作為比喻，連接前後。至於沙伊爾，則是敘事詩，四行一節，每行押韻（a-a-a-a），可由數十乃至上千節組成一首詩。

　　峇峇班頓的作用主要是娛樂、教育等，以今日眼光看之，他們記載了大量當時重要的日常生活細節與價值觀，對人類學家、社會學家而言，是個值得深掘的寶藏。陳志明（Tan Chee Beng）透過班頓窺探峇峇的習俗文化。阿都拉曼恩蓬（Abdul Rahman Embong）則從中讀出「努山達拉的全球化」（globalisasi Nusantara）的意義，裡頭匯聚了世界各地文明於一塊，島與島之間早在殖民主義到來前夕已連接起來。努山達拉是馬來世界的別稱。

　　根據陳祖明（Ding Choo Ming）統計，從一八九〇至一九四〇年代之間，峇峇班頓共有一萬五千六百節之多，其中包括班頓、沙伊爾、鼓鈴鐺（gurindam）、動盪紗央（dondang sayang）等。陳氏的統計以「節」（rangkap）做計算，故一萬五千六百節詩，並非指一萬五千六百首詩，因為一些詩，比如一首沙伊爾，就可以是由上千節組成。儘管如此，考慮到峇峇社群的人口規模，這樣的數量依然相當可觀。

　　峇峇馬來文學在本族以外的關注度如何？一個普遍的猜想是，馬來人可能由於語言隔閡，而對峇峇馬來文學感到陌生。確實如此，有些峇峇馬來班頓幾乎就是華語的羅馬字母化，因此無法為馬來讀者理解，即便是華人讀者，恐怕也不容易掌握。例如以下這首袁文成的班頓，全由福建話寫成：

原文	翻譯
Sin-neo hong chew – bee chin heong,	新娘奉酒，味真香
Ngoh jin teck im – hee hwi siong;	吾人得飲，喜慰爽（？）
Thar lian seng choo – pit pye siang,	他年生子，必拜相
Yeok lian seng lee – chuay neo-neo	若然生女，做娘娘

　　無論如何，這類高度漢化的班頓只占極少數，大部分還是以比較正規馬來文創作，見以下幾首班頓：

原文	翻譯
Cincin perak dari Bugis,	銀戒來自武吉斯
Buatan anak tukang Melaka;	卻由馬六甲工匠所制
Tunduk menulis sambil menangis,	低頭寫作邊哭泣
Dakwat bercampur air mata	墨水參和了眼淚

Ramay ramay dudok di papan,	排排坐在甲板上
Lempar batu s'orang satu;	一人投擲一石頭
Ramay ramay dudok ber-depan,	團團圍坐面對面
Baik ber-panton s'orang satu·	一人吟誦一首詩
Ramai-ramai dudok di meidan,	齊齊坐在草坪上
Gong biola pon berbunyi serta;	銅鑼提琴齊奏樂
Jangan malu jangan-lah segan,	莫害羞莫怕醜
Chobak menyanyi sorang sa-pata	嘗試一人唱一句

除了拼寫法不同，遣詞用字與現代馬來文差異不大。而且，班頓的「引子」不少更是借自馬來文學。更重要的是，一小部分的峇峇班頓也被學者辨認出原作者就是馬來人。因此，峇峇馬來班頓基本上是屬於馬來文學世界的一支文學傳統。

相對於此，峇峇華人進行的中國古典文學名著與通俗小說翻譯，完全是另一種風景。這些作品，被籠統稱作「故事」（Chrita dahulu-kala），所使用的語文大量混雜了華語方言，且以非常口語化方式呈現，現代讀者不容易進入他們架構起的文學世界。例如，「冷宮」直譯「leng kiong」，「宮女」直譯「kiong loo」，「僥倖」直譯「hiow heng」，現代讀者只能對照上下文加以揣測，不然就得依賴譯者準備的解說。

在翻譯方面，除了少數者如曾錦文，大部分峇峇都不諳中文，因此翻譯必須依靠別人協助。另外，他們的翻譯不是我們今天所推崇的忠於原著，而是「譯寫」，隨著說故事者或譯者的興致，對原著進行修改或擴充或節選。因此，「信達雅」的翻譯原則在這裡完全用不上，他們毋寧是作者與譯者的結合體。

根據楊貴誼統計，這一類「中國故事」，從1889年至1950年的七十年間，總共出版七十九部，合共五百餘冊；這當中包括《雷峰塔》（Lwee Hong Thak, 1889）、《三國演義》（Sam Kok, 1892）、《西遊記》（Seh Yew, 1911）、《薛仁貴征東》（Seeh Jin Quee Cheng Tang, 1922）、《封神榜》（Hong Sin, 1931）、《牡丹公主或三寶劍》（Botan Kiongchoo atau Sam Pokiam, 1950）等。大部分譯著於二戰前完成，戰爭期間停頓，戰後雖然一度力圖重振，但世界已大大不同，這類作品因為峇峇社會的英化、標準馬來文的擴散等原因，失去了市場，難以為繼。

從文學角度來看，峇峇班頓在一些人眼中會認為只是

譯成峇峇馬來文的《三國誌》（1894），分冊出版，譯者是 Batu Gantong（吳小保攝自華社研究中心楊貴誼陳妙華贈書珍藏室）

專搞押韻的雕蟲小技，而人們對中國通俗小說的翻譯的評價恐怕更低，蘇爾夢更直言「不能從文學批評的角度去閱讀這些作品」，於是，這些作品就只剩下語言學與歷史學的價值可言。

而這一切可能跟峇峇作家對自身語言缺乏自覺有關，黃慧敏把它與印尼土生華人馬來文學相比較，得出結論：

> ……峇峇馬來語始終沒有像印尼土生馬來語那樣，往精緻化、雅語化（Bahasa Halus）或規範化的方向發展，相反的，以峇峇馬來語翻譯文學為例，發展到一九三○年代以後，或許其中翻譯工程需要仰賴漢文閱讀者轉述，諸如袁文成等人的中國通俗文學翻譯作品，甚至湧現更多的Holo語藉詞，語文的使用相對於馬來文更顯駁雜、異質。

儘管如此，也有些學者，比如陳祖明，認為不應該低估峇峇馬來文學的成就，與馬來人的馬來語相比，峇峇班頓毫不遜色。

如同本文開頭所提，不同社會條件下的馬來文擴散，將決定華人馬來文學模樣。戰後的馬來亞民族主義、峇峇社群網絡的瓦解等因素下，昔日的峇峇馬來文迅速失去色彩，被時代淘汰。反之，標準馬來文在華社知識分子與國家體制的推動下，漸漸地在書寫領域取得主導地位，峇峇馬來文學從此走進歷史。

延伸閱讀

Ding Choo Ming. *Pantun Peranakan Baba: Mutiara Gemilang Negeri-negeri Selat* (Bangi: Penerbit Universiti Kebangsaan Malaysia, 2008).

Ding Choo Ming (ed.). *Bibliografi Pantun Peranakan Baba Negeri Selat: Khazanah Sastera Yang Tersembunyi* (Kuala Lumpur: Centre for Malaysian Chinese Studies, 2019).

黃慧敏。《新馬峇峇文學的研究》。碩士論文，國立政治大學民族學系，臺北，2004。

Liang Liji. *Bahasa Melayu di Zaman Empayar Melaka dan Dinasti Ming* (Bangi: Institut Alam dan Tamadun Melayu, 1994).

Salmon, Claudine（克勞婷‧蘇爾夢）（編著）〈馬來亞華人的馬來語翻譯及創作初探〉。居三元（譯）《中國傳統小說在亞洲》（北京：國際文化，1989），328-369。

Tan Chee Beng. "Baba Malay Poetry Publications and Babas' Contribution to Malay World Studies." Ding Choo Ming and Ooi Kee Beng (eds.). *Chinese Studies of the Malay World: A Comparative* (Singapore: Eastern Universities Press, 2003), 97-139.

楊貴誼。《華馬文化論叢》（吉隆坡：華社研究中心，2014）。

狹縫中的華人國語文學

吳小保

　　戰結束後，馬來民族主義者開始推動語言運動，尤其值得注意的，是1952、1954和1956年連續舉辦三屆的馬來語文大會（Kongres Bahasa dan Persuratan Melayu），匯聚各界英才，探討建國後的各種語言和文學課題。約言之，就是討論如何創設國語。

　　因應語言民族主義者的訴求，政府於1956年成立國家語文局（Dewan Bahasa dan Pustaka），隨即展開語言認同、地位與本體等規畫工作，包括舉辦國語月、編寫字典、統一拼寫法等。

　　這一切，可用「語言管理」加以概括：在語言政治化與國家化過程中，馬來語被菁英圈定，並納入理性的管理範疇，使之現代化、系統化。其最顯著的特徵，就是形成一套可自圓其說的文法，詞彙、拼寫法也必須加以管制、統一化。在他們來看，語言唯有朝向理性化的發展，才能達到溝通無礙之效。且必須與時並進，增加詞庫與文庫，使之與現代知識接軌。其終極目標是，透過發展語言文化達到強國強民之目的。換言之，這是國家意志下的理性語文，或曰國語。

　　這種國語的邏輯，顯然與十九世紀以降的峇峇馬來語文——一種不規範、不講究語法、可隨意摻雜各種方言詞彙、在市場與家庭中生成的語言，所代表的邏輯決然相對。也因此，後者無可避免地為前者所規範，終至趨向消亡。

　　於是，曾一度興起的峇峇馬來文學，作為華人馬來文學的一種，在戰後黯然退出歷史舞臺。取而代之的是學習國語運動背景之下，開始掌握馬來文書寫工具的華人作家（Penulis Keturunan Cina）。這些作家採用標準的現代馬來文進行創作，因此，他們的作品都屬於國語文學。儘管他們當中有部分人嘗試把華人方言羅馬字母化，如蕭招麟（Siow Siew Sing）在小說中的實驗，或楊貴誼在回憶錄中把中文成語譯作馬來文，但這一切都在理性規範的邏輯範圍內進行，未能帶來多大顛覆意義。國語文學在1971年國家文化大會之後，晉身為國家文學。

　　華人的國語文學應該是誕生於一九五〇、六〇年代之間，當時是馬來亞與新加坡華社提倡學習馬來文運動的鼎盛時期，許多人漸漸熟練這個新興的國語，

並開始了他們的國語寫作歷程。六〇年代初，有很多華人的馬來詩歌、散文和小說刊登在世界書局和上海書局個別出版的《馬來語月刊》（*Majallah Bahasa Kebangsaan*）和《國語月刊》（*Bulanan Bahasa Kebangsaan*），這兩份刊物的創辦宗旨是鼓勵華人學習與多使用國語。從質量來看，這些作品都只是習作，是學習語言的副產品。

比較具水準的，是1961年由一批南大校友與在籍生聯辦的馬來文刊物《文化》（*Budaya*），除了探討各種文學文化課題，也翻譯馬華作家如魯白野和韋暈的作品。但該刊物只出版三期就停止。

約莫此時，來自新加坡的吳信達（Akbar Goh @ Goh Sin Tub）榮獲短篇小說創作獎，他相信是最早在馬來文壇嶄露頭角的華人作家。嗣後他於1965年出版《短篇小說選》（*Cherpen-cherpen Pilehan*），被馬來評論人譽

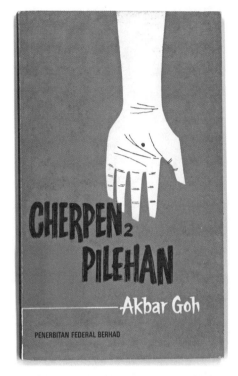

吳信達的短篇小說曾榮獲1963年新加坡文化部舉辦的小說比賽獎，此書是他唯一出版的馬來短篇小說集（吳小保攝自華社研究中心楊貴誼陳妙華贈書珍藏室）

為：「吳信達就是那位唯一奪得獎項，並且能與其他馬來作家相匹比的非馬來人作家。」

然而，這樣美好的開頭很快就隨著馬新分家後破滅，新加坡獨立後轉向推崇英語，新加坡華人馬來文學從此陷入停滯，相反地，隨著國語進一步地擴散，馬來西亞的馬來文壇則迎來一批又一批的非馬來人作家（Penulis Bukan Melayu），少數的新加坡華人作家如吳彼德（Peter Augustine Goh），都必須仰賴對岸的文學園地發表作品。

從一九六〇年代開始，華人作家逐個登場，除了吳信達，其他如吳天才（Goh Thean Chye）、陳順安（Amir Tan）。七〇年代，華人作家的隊伍進一步壯大，增加了蕭招麟（Siow Siew Sing）、林天英（Lim Swee Tin）、鍾寶福（Cheng Poh Hock）、吳彼德等。其後陸續踏入馬來文壇的華人作家，計有李國七

馬六甲出生，後移居新加坡的華裔馬來作家Peter Augustine Goh，1980年代開始受伊斯蘭化浪潮影響，創作大量伊斯蘭小說，講述迷途知返的穆斯林故事（吳小保攝自華社研究中心楊貴誼陳妙華贈書珍藏室）

（Lee Keok Chih）、楊謙來（Jong Chian Lai）、碧澄（Lai Choy）、李天祿（Lee Tan Luck）等。相比起六〇年代，此時華人馬來文學的表現漸漸得到一些馬來評論人的肯定，尤其是林天英、楊謙來等人，表現相當亮眼。

這些華人作家的身分背景相當多元，有的自小接受華文教育，有的在華人文化邊陲之地馬來鄉村長大，有的是華裔穆斯林，有的是異族通婚後代。因生活背景不同，他們的寫作展現出各式各樣的華人性，甚至可以說是馬來人屬性。從這一點來看，與其說他們是個文化共同體，不如說是個政治共同體，後者所指的是，他們其實不過是族群政治下血緣主義的產物。

相對於過去峇峇華人彼此共用獨特的文化身分，華人作家群體除了共用的血緣之外，就只有共用的創作語言。也許還應該包括一小部分的華人習俗，但這樣的連接其實相當脆弱，以至於想要用一個共同的文化身分把所有人概括起來，顯得有點困難。

雖然很多人以「華人作家」名目來概括他們的創作，把他們視為一個整體。事實上，這個整體除了具備血緣的、政治的意義，文化上沒有多大共同點，更與文學思潮毫無關係；而且，彼此間的溝通交流也不見得會比跟馬來人更親近、頻繁。他們甚至沒有形成屬於自己的華人作家網絡。故所謂「華人作家」術語，從文化或文學角度來看，顯得問題重重。而這也正是他們不斷面對外人質問的根源所在。

雖然馬來菁英積極鼓勵非馬來人參與國語文學，但他們對於「不純正的華人」的參與，可能不太滿足。原因在於，鼓勵非馬來人參與國語文學的初衷，就是為了凸顯國語、國家文學的全民性。而涵化程度較高的華人作家可能就沒有這方面的功能了。

　　小說家陳順安相信是感受到這方面的壓力，提出了他的憂慮，指出大部分華人作家都來自吉蘭丹、登嘉樓、吉打和柔佛等馬來人腹地，他們親近馬來社會而疏離華人社會，當中不少人更是乾脆以馬來人的方式生活，對華人習俗不甚瞭解。砂拉越小說家楊謙來也說過：「有點遺憾的是，我沒辦法閱讀和書寫華文。如果我有這個能力，我的世界肯定大大不同。也許我能更好地吸收華社的人文價值。」

　　固然，楊謙來這番話重點在於「多會一種語文，多掌握一些知識」的道理。但這會不會跟陳順安所感受到的壓力有關？亦即，他們被期待或自我期許能夠表現得更華人一些？

　　無論如何，這些現象可能說明，華人作家處於兩股民族主義的狹縫之中，不斷受到碰撞、擠壓。這種情況導致叩問身分屬性成為他們其中一個主要的書寫主題。以楊謙來為例，他是華人與畢達友的混血兒，擅長寫伊班族題材，他有多篇小說都在召喚一個混血的家族或國族。例如短篇小說〈輝煌條紋〉（Jalur Gemilang），講述從中國南遷至婆羅洲的楊富貴如何融入本土，提倡跨族通婚，並以身作則，支持孩子的異族戀。這樣的召喚，相當程度上挑戰了建國後土著至上的國族身分建構。通過混血後代，模糊族群疆界，質疑純種的正當性。

　　身分書寫在華裔穆斯林作家中更加顯著。小說家如陳順安、吳彼德、李崇明（Mohd. Azli Lee Abdullah）等，他們都必須在穆斯林、華人與馬來人屬性三者之間徘徊，尋找安身立命之地，以至於不斷重複地強調自己不會因為皈依伊斯蘭而喪失華人性。尤其值得一提的是陳順安的多篇作品，如短篇小說〈相會〉（Pertemuan）、少兒小說《寄予厚望》（Tinggi Harapan Seribu Janji）和《希望之碑》（Tugu Harapan），不斷地重複一個故事模式：主人公陷入在親生父母與養父母之間的抉擇。到底應該認同原生家庭，還是接納養父母的恩德？這其實也是在華社與馬來社會之間應該如何抉擇的難題。

　　另一位值得關注的作家是吳彼德，這位生於馬六甲，後遷居到新加坡的小說家、詩人，在一九七〇年代初入文壇時，還在創作世俗的題材，信主之後受到伊斯蘭文學浪潮的影響，開始透過文學來宣教，作品的教條味相當濃厚。其大部分短篇小說，都在書寫迷途知返的穆斯林故事。當中也有多篇小說處理華裔穆斯林的宗教與原生家庭課題。他通過創作反駁信仰伊斯蘭就是「入番」（masuk Melayu）的偏見，如《海中珊瑚》（Karang di Tengah Segara），講述無神論者陳阿福接觸伊斯蘭後決定皈依，改名陳利端，母親知道後痛罵他數典忘祖，隨後把他逐出家園。儘管如此，陳利端卻不放棄與家人的聯繫，並在最後以孝義感動母

莊華興《伊的故事》（高嘉謙翻攝提供）

親。

　　然而，弔詭的是，吳彼德之後的作品幾乎不見華人蹤影，如果把署名去掉，讀者根本不知道他就是華人。於是，「華人作家」的意義何在？而且我們也不確認這些標籤是作者自為的，還是由體制強加，或者綜合二者所形成。

　　無論如何，從研究者角度來看，「華人作家」對人類學意義重大，正如人類學或民族學家會去追蹤峇峇華人書寫的華文、馬來文和英文文學。但是，對文學研究來說，這個標籤可能就意義不明，它不見得不管用，但至少必須加以解說。

延伸閱讀

Akbar Goh. *Cherpen-cherpen Pilehan* (Singapura: Penerbitan Federal Berhad, 1965).

Amir Tan. "Sastera Malaysia: Sumbangan Penulis Bukan Melayu." *Dewan Sastera* (November 1988):4-5.

Amir Tan. *Suara Dari Langit* (Kuala Lumpur: Dewan Bahasa dan Pustaka, 1988).

Amir Tan. *Tinggi Harapan Seribu Janji* (Kuala Lumpur: Dewan Bahasa dan Pustaka, 1991).

Amir Tan. *Tugu Harapan* (Kuala Lumpur: Dewan Bahasa dan Pustaka, 1991).

Jong Chian Lai. "Pengalaman dalam Bidang Penulisan Novel." *Dewan Sastera* (April 2000):93-98.

Jong Chian Lai. *Kepompong* (Kuala Lumpur: Dewan Bahasa dan Pustaka, 2009).

Peter Augustine Goh. *Karang di Tengah Segara* (Johor Bahru: Penerbit Penamas Sdn. Bhd, 1987).

莊華興。《伊的故事》（八打靈再也：有人，2005）。

未竟之業：
華、馬翻譯文學的發展與成果

黃麗麗

綜觀現有的馬華文學史與馬來文學史，翻譯文學盡皆缺席。然而，這並不表示文壇不曾出現文學翻譯的活動，只是長期以來不受關注。馬來（西）亞華人的文學翻譯可追溯到十九世紀末的殖民地時期。在馬來半島，最初涉及文學翻譯的是海峽殖民地的土生華人或峇峇（Baba）社群，可追溯到的最初譯本出版於1889年。至1950年，土生華人將中國古典通俗文學譯成峇峇馬來語（Melayu Peranakan）或市井馬來語（Melayu Pasar）的作品至少有八十種書目。

馬來文學，尤其是古典文學有較長的歷史與豐富的文學遺產，不過長久以來並沒有譯成華文，一直到二十世紀一九五〇年代，馬來民間文學以及班頓（Pantun）才日漸受到華人關注而譯介至華人社會。此前的華、馬交流主要聚焦於兩個方面，一是華人新客編撰華馬詞典，二是土生華人出版中國文學的譯作和創辦報刊。前者出於生活上的溝通需求，後者則帶有文化傳播與社會參與的積極意義。

馬來文學的華文翻譯

一九五〇年代以後，由於客觀形勢的發展和實際生活的需要（通曉馬來語是取得馬來亞公民權的條件之一），馬來文學逐漸被譯介到華人社會。這些作品包括舊韻文、班頓以及馬來現代文學。

單就現代文學作品而言，一九六〇年代是「馬譯華」的鼎盛期，有近三十部馬來小說、詩、民間故事集的華文譯本出版，而小說是最受歡迎的譯介文類。1959年，丁娜（陳妙華）將阿末·穆拉德（Ahmad Murad bin Nasruddin）的長篇小說譯為《刀尖下的生命》，是馬來現代小說的第一個華文譯本。作家為紀念在抗日戰爭中犧牲的好友而寫下這部小說，將這部小說譯介予新馬華人，可謂別具意義，華人在日治時期歷經了三年八個月的苦難，讀這部小說不僅能感同身受，也能瞭解其他族群在這段歷史時期的身心遭遇。

馬來亞獨立後，華人社會不僅熱衷於學習馬來語，對於瞭解馬來族群也抱

谷衣編著《馬來新文學的獨特性》（新紀元大學學院陳六使圖書館提供）

持著極大熱情。有此市場需求，華人譯者不僅翻譯文學作品，也積極譯介有關本土馬來人的文化習俗、語言與文學的主題，如梅井（曾松華）編著的《馬來人風俗》（1957）、《馬來亞的兄弟民族》（1960）、《馬來叢談》（1961）、《馬來風俗與文化》（1963），還有谷衣（廖建裕）編著的《馬來新文學的獨特性》（1961）與《馬來舊韻文》（1962）等。

　　一九六〇年代馬來文學大量翻譯成華文的情形只是曇花一現。1969年「五一三事件」、1970年新經濟政策的提出、1971年「國家文化大會」制訂以本地土著文化以及伊斯蘭為基礎的三大原則，使華人社會陷入悲憤與消沉，這種情況一直延續至八〇年代。七〇年代馬來小說翻譯付之闕如，詩集譯本只有兩部。牧羚奴（陳瑞獻）與梅淑貞合譯的《湄公河：拉迪夫詩集》（1973）值得關注，這部華巫對照的詩集是六〇、七〇年代馬華文壇現代主義運動的重要成果之一。這期間，被譽為「馬來現代文學之父」的文西・亞都拉（Munsyi Abdullah）的代表作《阿都拉傳》以及《文西阿都拉吉蘭丹遊記》第一次以華文面世，前者由馬豈（楊貴誼）翻譯，於1972年在《星洲日報》連載，後者由柳夢（黎煜才）翻譯，1978年由馬來亞通報出版。

　　一九八〇年代，譯者選譯了幾部富有代表性的馬來小說。A. 沙莫・賽益（A. Samad Said）的長篇小說《莎麗娜》（*Salina*）於1985年在中國出版，這應該是第一部在中國翻譯和出版的（馬來西亞）馬來小說。原作於1961年出版時就引起馬來文壇不小的轟動，小說講述二戰後因經濟困境被迫當妓女的馬來女性，因小說人物違背了世俗與伊斯蘭的禮教觀念而遭到許多研究者批評。這部小說在八〇年代也譯成日文與韓文，之後還有英文、法文、西班牙文譯本。沙儂・阿末（Shahnon Ahmad）的第一部小說*Rentong*同樣於1985年被鄭祖（洪祖秋）翻譯為《餘燼》。上述兩位重量級作家，曾獲國家文學獎，在國際上也頗有知名度，這些作品的華文譯作，讓華人讀者瞭解馬來民族的思想文化之餘，也能一窺馬來現代文學的發展高度。

　　一九九〇年代，官方成立了馬來西亞翻譯圖書院（Institute of Translation & Books, ITBM）發展翻譯工作。此前的馬來文翻譯主要由1956年成立的國家語文局（Dewan Bahasa dan Pustaka, DBP）負責。大約2000年以後，ITBM才成為國

內重要的翻譯機構。2010年開始，出版了好幾部有代表性的譯作，包括巴哈再因（Baha Zain）《延緩的事實以及其他詩歌》與A. 瓦哈. 阿里（A. Wahab Ali）《罪人的詩歌》兩部雙語詩集，以及A. Samad Said的《悠悠河水》與阿蒂芭・阿敏（Adibah Amin）的《池塘荷花依舊》兩部小說。兩部小說原作皆發表於六〇年代，前者重現了二戰前後新馬地區的生活情境，後者則描繪當時吉隆坡社會西化的真實生活面貌。

A. Samad Said《悠悠河水》（黃麗麗翻攝提供）

馬華文學的馬來翻譯

二戰後初期，本土華人的文學翻譯不比之前土生華人來得蓬勃。土生華人的翻譯基本上取材自中國古典文學，後來的華人譯者也翻譯過一些中國現代文學如魯迅、冰心、郭沫若等人的經典之作。嚴格而言，這些「華譯馬」的作品是（中國）漢語文學以馬來語輸出，雖有助馬來民族對華人思想文化的瞭解，但同時也遮蔽了他們對本土華文文學／文化的認識。

一九六〇年代以前，馬華文學與馬來文學之間的譯介交流基本上停留在單向翻譯，即馬來文學翻譯成華文譯本，却不見馬華文學的馬來翻譯。直到1961年，吳天才打破了這一局面，將新馬華人作家的現代詩翻譯成馬來語。1972年起，他陸續翻譯了馬華新詩的馬來文譯本，隨後又將馬華小說選集、馬華作家個人作品集乃至方修的《馬華文學史》翻譯成馬來語。他的最新譯作《馬華愛國詩歌選》（*Irama Patriotik Tehadap Malaysia：Antologi Puisi Penyair Mahua*）於2020年由馬大中文系出版。吳天才雖然畢業自中文系，但雙語能力俱佳，除了以馬來語翻譯馬華文學，他也直接用馬來語寫詩。

楊貴誼指出，由一九六〇年代末至七〇年代，譯介方面最大的變化是本地創作的翻譯漸露曙光，尤其是新一代的語文工作者，已經開始從以馬來西亞背景為創作題材的各種華文著作中獵取翻譯的文本。短篇小說成為熱門的翻譯選擇題材，馬來報刊對類似譯作的刊登率也比過去任何時期都來得頻繁。同時，這個時期的馬華文學著作譯成馬來文的單行本數量也逐年上升。

1986年，馬來西亞翻譯與創作協會（譯創會）正式成立，使馬華文學翻譯進入機制化。烏士曼・阿旺（Usman Awang）曾是譯創協會顧問，他對種族融和是最先發出聲音的詩人。該會與國家語文出版局和教育部保持著緊密的合作

巴哈再因（Baha Zain）《延緩的
事實以及其他詩歌》（吳小保翻
攝提供）

關係，1988年聯手出版第一集的馬華短篇小說巫譯集，反應不俗。這本華譯馬選集代表了馬華文學開始取得官方的認可，也是華、馬譯介的重要里程碑。第一集出版後，該會又迅速翻譯十五位馬華小說家的作品，發表於馬來報章 *Watan*（祖國報），並於1994年結集出版為第二集的小說選譯集。「馬華短篇小說巫譯」系列還包括2000年的《細雨紛紛：馬華短篇小說巫譯第三集》及2004年《夢過滄臺：馬華短篇小說巫譯第四集》。

除了小說選集，譯創會也推出巫譯馬華詩歌選集，如《馬華詩歌選譯：問候馬來西亞》（2006）譯介了十位馬華詩人的作品，配合大馬建國五十週年而出版，在馬來詩壇引起迴響。

翻譯文學的媒介

無論是殖民地時期的中國文學翻譯，抑或建國前後的馬華與馬來文學的翻譯，譯者幾乎來自華人群體。十九世紀末至二十世紀中期的翻譯活動大多由土生華人主導，而戰後新加坡南洋大學圈子涌現不少熱心學習與傳播馬來文化的推手，包括楊貴誼、陳妙華、廖建裕、堂勇等人。一九八〇年代後主要由一些學者或作家承擔譯介工作，前者有吳天才、莊華興、周芳萍等，後者有碧澄（黎煜才）、曾榮盛等人。

楊貴誼與陳妙華是馬新社會中非常重要的華裔馬來文化工作者。他們一共合編了十四部馬華、華馬以及馬華英詞典，兩人以個人力量編纂詞典在華馬交流史上可謂壯舉。在南大就學期間，楊貴誼開班教授馬來文，同時編輯馬來文版學生刊物，並以楊夷為筆名，把馬來文作品翻譯成華文發表於報刊。在1964至1968年之間，他負責《南洋商報・學國語》園地的編輯工作，開始翻譯《阿都拉傳》，2000年再出版《阿都拉游記：吉蘭丹篇》，完成了馬來新文學開端的兩部經典之作的華文翻譯。楊氏同時用馬來文與華文撰寫回憶錄，他的馬來文，首先是標準馬來語，其次，在書寫中透過「文化轉譯」，如回憶錄中把成語「苦盡甘來」寫作 "Bahagia Sesudah Derita"，創造了具備華語內涵的馬來文書寫。

陳妙華服務報界三十五年，業餘翻譯報章社論以及馬來文學。1962年起她主編華馬雙語的《馬來語月刊》（*Majallah Bahasa Kebangsaan*），為時八年。

這段期間，馬新華人社會的學習國語熱潮已日漸消退，但她還是堅持認真編輯，刊登了大量的譯介稿件。除了中國文學的馬來翻譯，也沒有忽略譯介馬來文學與作家，這跟陳妙華的本土意識應有關聯。除了翻譯，陳氏也曾以Tinoh Chan的筆名創作馬來文短篇小說，作品收錄於馬來文版的《新華短篇小說集》。

《馬來語月刊》（*Majallah Bahasa Kebangsaan*）（吳小保翻攝提供）

廖建裕是另一位貢獻良多的華馬譯者，同時從事學術研究與翻譯。在南洋大學求學期間，他便開始積極地以馬來文創作詩歌和寫短評。他在學習馬來語風氣熾盛的一九六〇年代寫了《馬來新文學的獨特性》，向華人社會介紹馬來文學。八〇年代起，陸續出版了幾部馬來新詩的華文譯作。此外，廖氏也是少數的印尼文學的譯者與研究者。

除了譯者，報刊亦是翻譯文學面向閱讀對象的重要媒介。一九五〇、六〇年代，《南洋商報》與《星洲日報》等華文大報，很早就參與馬來語的推廣活動。《南洋商報》最先起步，於1960年2月起每週推出約半版的《國語學習》；《星洲日報》的《國語周刊》創刊於1960年4月。這兩份馬來語文副刊，維持了九到十年時間，將近五百期，對華人學習馬來文貢獻至大。《南洋商報・國語學習》最初由林煥文主編，兩、三年後由楊貴誼接手，編至停刊為止。《星洲日報・國語周刊》的創刊主編則是魯白野（李學敏，另一筆名威北華），他同時也是《馬來語月刊》這份馬來文學雜誌的創刊主編。

另一方面，由國家語文局出版的《文學月刊》（*Dewan Sastera*）自一九七〇年代起也斷斷續續刊載馬華文學的馬來譯作，包括苗秀、韋暈等的短篇小說、杜紅、威北華的詩等。李永平與張貴興的名篇〈拉子婦〉與〈巴都〉的馬來譯文也在此發表。前者由陳妙華、楊貴誼翻譯（1985），後者由莊華興翻譯（2014），莊氏也是當中譯作最多的譯者。這些譯稿與《馬來語月刊》的譯作可謂形成互補，因後者主要以翻譯中國文學以及馬來文學為主。

一九五〇年代建國前後至八〇年代，無論是華人譯者積極推動馬來語以及馬來文學的譯介，抑或華文報章自覺承擔起推廣與傳播的責任，都顯示了馬新華人社會的華校系統在推動文化交流方面做出了巨大貢獻。

A. 瓦哈. 阿里（A. Wahab Ali）《罪人的詩歌》（黃麗麗翻攝提供）

華馬翻譯的未竟之業

相較於馬來文學的華譯，馬華文學的馬來翻譯顯得緩慢而滯後。誠然，一九六〇年代之後以馬來語為主流的教育體系，使大部分國民皆能掌握馬來語，單語的宰制使得翻譯失去功能。不過，現實中直接閱讀馬來文學原著的華人讀者是極其少數的。

從華、馬翻譯的發展流變來看，文學翻譯不純粹是文學或文化活動，往往也跟政治、國族發展密切相關。一九六〇年代翻譯的蓬勃就與國族建構有莫大關聯。在華、馬文學的翻譯工作上，華裔由於同時通曉華文與馬來文故能扮演橋梁的角色。語言能力縱然是決定性的因素，但文化優越感是否也在從中作祟？可喜的是，譯創會2021年舉辦的「馬華短篇小說翻譯比賽」（華譯馬），有兩位獲獎者來自馬來民族。

綜觀翻譯文學的發展，譯者、翻譯活動、翻譯作品及翻譯機構等元素似乎已可建構起文學翻譯系統。不過，長久以來由於各種主客觀的因素未被重視，也未見於文學史。因此，馬華與馬來文學的翻譯仍是未竟之業，而翻譯的理由與企圖應該不僅僅停留在介紹目的與促進族群文化交流，還包括將文學翻譯系統化，甚至將譯作納入翻譯語的文學系統，同時探討翻譯文學作品的社會文化意義、傳播與影響。

延伸閱讀

Boh Phaik Ean & Goh Sang Seong. "Publication of translations of modern Mahua literature in magazines published by Dewan Bahasa Dan Pustaka (DBP)." *Malay Literature* 34.2(Dec. 2021):229-256.

Goh Hin San. "Sumbangan Keturunan Tionghoa di Malaysia dan Singapura Terhadap Bahasa dan Sastera Melayu." In Chong Fah Hing (peny.): *Putik: Himpunan Karya Persatuan Penterjemahan dan Penulisan Kreatif Malaysia* (Kuala Lumpur: Persatuan Penterjemahan dan Penulisan Kreatif Malaysia, 2003).

廖建裕。〈華文文學翻譯在印馬〉。《亞洲文化》no.15(May 1991):65-76。

吳小保。《思想未羅遊：華馬文史論叢》（吉隆坡：文運企業，2021）。

楊貴誼。《華馬文化論叢》（吉隆坡：華社研究中心，2014）。

楊貴誼。〈華、馬譯介交流的演變〉。《亞洲文化》no.9(April 1987):167-176。

莊華興。〈馬譯華文文學——文化主體認知的解讀〉。《人文雜誌》(November 2001):108-116。

當代華裔馬英小說家：
歐大旭、陳團英與朱洋熹

熊婷惠

大英帝國在英屬馬來亞（British Malaya）留下的殖民軌跡，開啟了馬來西亞英文文學的篇章。彼時殖民者或作家筆下的東方書寫標誌出熱帶風情，如十九世紀末駐馬來亞聯邦代表瑞天咸（Frank Swettenham）描述駐紮在馬來半島的作品《馬來素描》（*Malay Sketches*），英國作家康拉德（Joseph Conrad）發表在雜誌上以馬來半島為背景的短篇故事與長篇小說如《奧邁耶的癡夢》（*Almayer's Folly*）、《海隅逐客》（*An Outcast of the Islands*）和《救援》（*The Rescue*）等，或是毛姆（William Somerset Maugham）的短篇小說，都可被視為廣義的馬來（西）亞英文小說。這些英國作家的「南方」小說（fiction about the South），孕育出北方視角下瑰麗的小說南方（fictionalize the South），馬來亞蘊含著冒險、浪漫、疾病與迷信的素材可供作者與讀者神遊異國。

二戰戰後，1949年《新釜》（*The New Cauldron*）這份文學刊物在當時位在新加坡的馬來亞大學誕生，作者與編輯群如王賡武、黃佩南（Wong Phui Nam）及唐愛文（Edwin Thumboo）等人後來皆成為著名的新馬英文作家。論者如卡庸（Mohammad A. Quayum）與張錦忠便將在地化的馬來西亞英文文學定錨在1949年。加上南洋大學學生刊物《南大火炬》（*Suloh Nantah*）和《南洋文學》（*Kesusasteraan Nanyang*），稱戰後至一九六〇年代這段時期為在地化馬英文學的萌芽期不言而喻。

學院內外的文學刊物成為各族裔作家以英文發表作品的園地，一九六〇、七〇年代的幾本雜誌如《文與劇》（*Lidra*）、《焦點》（*Focus*）、《淡馬錫》（*Tumasek*）、《季風》（*Monsoon*）、《東南》（*Tenggara*）與《艾息斯》（*Isis*）擴展創作空間，馬英文學選集如霍斯達（Herman Hochstadt）選編的《契約》（*The Compact: A Selection of University of Malaya Short Stories, 1953-1959*）（1959）、衛納散（T. Wignesan）編輯的《金花集》（*Bunga Emas: An Anthology of Contemporary Malaysian Literature [1930-1963]*）（1964）與費南寶（Lloyd Fernando）編輯的小說選集《二十二個馬來西亞短篇》（*Twenty-Two Malaysian Stories*）（1968）陸續面世。到了一九七〇至八〇年代，

歐大旭《和諧絲莊》（時周文化，2009）

馬英文學的建制化逐漸成形，一批作家如李國良（Lee Kok Liang）、費南寶與K. S. 馬黏（K. S. Maniam）等，如張錦忠所言，「建構了馬英小說典律」（《回到馬來亞：華馬小說七十年》頁11）。

　　一九九〇年代至2000年後，學院內的學術論文將論述語言帶進馬英文學研究，如卡庸在2001年編輯的評論集《馬來西亞英文文學研究讀本》（*Malaysian Literature in English: A Critical Reader*）便讓馬來西亞英文文學進入研究視角之中。另一個重要的馬英文學推手則出現在民間出版社，如倫敦的書谷出版社（Skoob）與吉隆坡的蠹魚出版社（Silverfish Books），他們出版新興英文文學選集或論文集，像是林玉玲（Shirley Geok-lin Lim）探討東南亞英文文學的《用英文書寫東南／亞》（*Writing S.E./Asia in English*）與《蠹魚新文選》（*Silverfish New Writing*），都為馬英文學在大眾書市或學界裡起到了推波助瀾的作用。[1]

　　新千禧年後延續這股馬英小說的典律作家由進入世界文學市場的華裔英文作家扛起。這些華裔作家並未定居在馬來西亞，而是或定居美國、或時常跨境跨域。諾丁漢大學（University of Nottingham）馬來西亞校區的印裔學者維塔馬尼（Malachi Edwin Vethamani）2016年出版《馬來西亞英文文學書目編纂》（*A Bibliography of Malaysian Literature in English*），被選入編目的作家乃根據幾個標準：出生於馬來西亞的作家、居住在馬來西亞之外但持續書寫關於馬來西亞人事物的作家、住在馬來西亞但非出生於馬來西亞的作家。歐大旭（Tash Aw）、陳團英（Tan Twan Eng）與朱洋熹（Yangsze Choo）的作品按照此標準，被歸類於馬英文學（Malaysian Literature in English）當無疑慮。

　　歐大旭和陳團英兩位一九七〇年代初出生的華裔作家在國際文學大獎上大放異彩，作品進而譯介至臺灣。歐大旭的首部小說《和諧絲莊》（*The Harmony Silk Factory*）（2005）進入曼氏布克獎（Man Booker Prize）入圍名單；陳團英的首部小說《雨的禮物》（*The Gift of Rain*）（2007）同樣也進入曼氏布克獎的

1　以上內容乃節錄與改寫自本人另一篇文章〈來自南方的記憶書寫：馬來西亞華裔離散英文小說〉，趙恩潔（編）：《南方的社會，學》下冊（臺北：左岸文化，2020），79-83。

候選名單，第二本小說《夕霧花園》（*The Garden of Evening Mists*）（2012）則是入圍曼氏布克獎與國際IMPAC都柏林文學獎（The International IMPAC Dublin Literary Award）的決選名單，並翻拍成電影。近年來，歐大旭陸續推出國族寓言般的《沒有地圖的世界》（*Map of the Invisible World*）（2009），描寫印尼獨立後的國家紛擾；《五星豪門》（*Five Star Billionaire*）（2013）刻畫五位華裔馬來西亞人在上海奮鬥的故事；《倖存者，如我們》（*We, the Survivors*）（2019）又將故事場景拉回到馬來西亞，並且更加貼近此時此刻的現實，諸如城鄉差異、階級分化，以及孟加拉移工與羅興亞難民的境遇等議題。《紐約時

陳團英《夕霧花園》（貓頭鷹出版，2015）

報》暢銷小說作家朱洋熹為第四代馬來西亞華人，自小便有移居在不同國家的經驗，至今出版的兩部作品《彼岸之嫁》（*The Ghost Bride*）與《夜虎》（*The Night Tiger*）也已譯介至臺灣。這兩部作品皆以英屬馬來亞時期的華人家庭為描寫對象，穿插華人信仰與民間傳說於其中，與歐大旭及陳團英的小說比較起來，更多了些浪漫奇情色彩。

　　這三位當代華裔馬英小說家的作品各具異同，但姑且可用離散與記憶兩個觀點來認識他們的作品。離散代表著這三位作家與其作品裡的馬來（西）亞不只是空間上的距離，也有著隔代的距離，這距離也就因而滋養出可供記憶（初手或二手）的養分與想像。他們將先祖自中國下南洋後，隨之而移植、繁衍在馬來半島上的記憶、華人習俗、信仰與傳說，再離散地帶往馬來西亞以外的國度書寫下來。廣義地說，歐大旭、陳團英無疑是瑪麗安・賀許（Marianne Hirsch）所稱之後記憶世代；賀許將經歷納粹屠殺的倖存者的後代定義為後記憶世代，上一輩所經歷的創傷經由床邊故事或是口述傳遞給下一代，由於下一代並未親身經歷過造成那段回憶的創傷事件，他們對於該創傷事件的創作只能視為「後」記憶。

　　後記憶的觀點可用來檢視《和諧絲莊》、《雨的禮物》與《夕霧花園》中影響華裔族群尤為深遠的日軍侵略馬來亞時期。歐大旭與陳團英在文學創作的起步上，皆以日侵馬來亞為小說背景。不同於十九世紀末英國作家書寫的熱帶島嶼小說，此時的馬來亞即便仍有相異於歐洲的熱帶風光，但主角光環卻不再圍繞在來自歐洲的探險家，他們成為被拋棄的、或逃亡的、或深陷罪惡感中的角色。讀者眼前的熱帶島嶼不再只是充斥招攬歐洲讀者群青睞的異國風情，熱帶南方成了日

朱洋熹小說《彼岸之嫁》（大塊文化，2019）與《夜虎》（大塊文化，2020）

本帝國欲稱霸東亞的其中一塊拼圖。時移勢轉，馬來亞同樣是戰場，同樣是被殖民，但是歐大旭與陳團英寫了戰敗的英國人，取而代之的新強權是同屬亞洲人的日本帝國。在兩人的小說裡，日籍角色透過稜鏡折射出不同面貌，華人角色同樣也是形色不一。小說裡描寫的盡是背叛、猜疑、動亂與死傷，不因敵我或膚色而有差異，異己的關係在戰爭中更顯複雜，背叛往往來自同路人。不管是《和諧絲莊》或是《夕霧花園》裡安排的馬來亞共產黨員或是間諜的角色，都顯示出在充滿傷痕的集體記憶下，並非只有單一而終的「我方的故事」，歧異的敘事與記憶顯影出戰事動亂中的人性百態。

歐大旭以書寫歷史傷痕開啟其長篇小說的創作生涯，《和諧絲莊》與《沒有地圖的世界》處理距離當代讀者有些遙遠的歷史傷痕，但《五星豪門》與《倖存者，如我們》則把小說與事件的時空拉近到我們眼前。小說中的人物與事件很可能就是你、我身邊可能聽聞的一則報導，或是親朋舊識正經歷或是已經歷的情節。《五星豪門》與《倖存者，如我們》直指新自由主義帶來的白手起家與億萬富豪神話的起滅，後者更是以一位殺人犯的自白來陳述馬來西亞當前的社會議題，如城鄉差距，因經濟發展而導致的地景與生態變化、淨選運動（Bersih）、如何接納與善待異鄉客，如孟加拉移工與羅興亞難民等諸多現實狀況。

陳團英小說中的主角則是生活條件相對優渥的有產知識階級，如《雨的禮物》中繼承龐大祖業、英華混血的菲利普，或是《夕霧花園》中的法官張雲林。相較之下，歐大旭小說中的主角顯得平凡無奇，甚至是可被歸類在人生失敗組的「魯蛇」。因此，以小說題材與人物塑造而言，歐大旭顯然比陳團英更加多元。即便兩人都從歷史傷痕與戰爭為始，歐大旭轉而關注社會上的諸多徵候，直指根深柢固、無解的經濟結構性問題，他的視角關注在努山塔拉（Nusantara）的人民，因著移民歷史、國家動盪、貧富不均等生活條件不同而掙扎求生的尋常百姓故事。歐大旭除了以召喚創傷事件來對抗遺忘，更企圖以文學創作作為下一輪太平盛世的備忘錄。

以小說時間來說，朱洋熹的《彼岸之嫁》與《夜虎》比起歐、陳兩人的作品，更接近英國殖民者筆下的馬英文學。《彼岸之嫁》描寫十九世紀末的馬六

甲，一名華裔女子麗蘭因為家道中落，險與大富人家逝世的獨子林天青冥婚的故事。在民間信仰的包裝下，是追查真相的解謎過程；麗蘭穿梭陰陽界，既要躲避天青在陰間的苦苦追求，又要設法讓自己的魂魄回到現世的肉體身上。加入華人民間元素的懸疑奇情小說讓朱洋熹成為暢銷作家。2019年出版的《夜虎》則描述了一九三〇年代來到馬來亞霹靂州的英國醫生，在當地從事探險獵虎或是放蕩縱情，周旋於當地女子間的不羈行為。《夜虎》同樣圍繞在鬼魂、穿越陰陽兩界、禁忌之愛與謀殺疑雲，且更加深著墨在華人的數字迷信，以及老虎幻化為人形的鄉野傳奇。兩本小說皆登上《紐約時報》暢銷書榜，《彼岸之嫁》亦改編為Netflix的影集，顯見其書寫策略頗迎合大眾閱讀習性。

　　虎人（weretiger）傳說與陰曹地府的鬼差故事、華人熟知的紙紮文化與祭祀祖先的習俗，象徵逾越禁忌的人神／鬼戀、兄妹戀等，《彼岸之嫁》與《夜虎》如萬花筒般將諸多民間元素並置繚繞於其中，再加上推理情節，不難想見很容易成為西方書市裡的暢銷通俗文學。馬來亞雖進入紐約讀者眼簾，但其中的華人文化記憶已然被挪用為一種展演，作為故事背景的馬來半島遙遙呼應十九世紀英國作家馬來小說中的熱帶島嶼風情錄。《夜虎》裡的英國醫生和毛姆筆下的英國官員雷同，來到遠東尋歡享樂與探險獵奇。小說中描述當地居民的身體，往往是作為展演的道具，無論是挑起慾望的女性肉體，或是異／傳說化的身體——虎人與無法被安葬的身體殘肢會讓死者成為飢餓的遊魂——在停滯不前的時空裡，淪為道具般的存在。

　　歐大旭、陳團英與朱洋熹在書寫企圖與策略上各異其趣，如以其中的文學價值與敘事技巧來看，或許能粗略地將三人的創作切分為嚴肅文學與通俗文學。無論是為誰而寫、為何而寫，他們的作品，仍舊不脫離最大公約數，亦即華裔性，尤其是透過文化記憶的複寫與變譯保存下來。這對族裔作家來說，既是寫作的利基，同時也是原罪。

延伸閱讀

Conrad, Joseph. *Almayer's Folly* [1895] (New York: The Modern Library, 2002).

Hesse, Hermann. *Singapore Dream and Other Adventures: Travel Writings from an Asian Journey*. Trans. Sherab Chödzin Kohn (Boulder, Colorado: Shambhala, 2018).

Maugham, W. Somerset. *The Casuarina Tree* (London: William Heinemann Ltd, 1926).

張錦忠、黃錦樹、莊華興（編）《回到馬來亞：華馬小說七十年》（吉隆坡：大將，2008）。

馬華文學的副刊研究

曾維龍

副刊亦稱「附刊」。在馬華文壇的語境中，一如楊松年所指：「『附刊』有二義：一對刊載新聞、評論之『正張』而言；一指『報紙附帶出版的刊物』。」易言之，副刊的作用是作為報章的補充，或相對於嚴肅新聞而論的附帶刊物，其內容性質更像是一份雜誌。所不同者，雜誌獨立運作，或是一週、一個月，或間隔一段時期固定出版。報章副刊一般隨每日報章的出版刊行而附送。因此，報章副刊相對「正張」的嚴肅報導而言，更能呈現一般社會的生活常態和原生態的書寫。

一九六〇至七〇年代之間方修所編纂的《馬華新文學大系》和馬華文學史即以報章副刊、文學雜誌為基礎，以現實主義理論為準則，歸納、概括和整理馬華文學不同時期的發展階段及特點。在他所列舉的戰前馬華文學萌芽時期（1919年至1925年）重要副刊中，有《新國民日報》的《新國民雜誌》、叻報的《文藝欄》和《叻報俱樂部》、南洋商報的《商餘》、檳城光華日報的《光華雜誌》等，內容廣泛，語言文白參半。根據方修的研究，綜合性的副刊是從1924年的《新國民日報》開始，闢有不同的專頁版面——《小說世界》、《戲劇世界》、《兒童世界》和《詩歌世界》，文類混雜，包含評論、散文、詩歌、小說、雜文等文體。新馬華文文學自此進入了新階段，廢除剪稿，開始大量採用本土作品。

當下對馬華文學副刊研究的取向，主要體現在兩個方面。其一是文學如何生產和傳播，其次是從人類學或史學的視角探討華人意識的變遷。前者以方修的馬華文學史為典範。在他的研究成果中，支撐著他的研究體系和文學史論述的重要支點就是報章副刊。後者則以楊松年為代表。他在1986年至1990年之間所出版的有關副刊研究的著述包括《戰前新馬報章文藝副刊析論（甲集）》（1986）、《大英圖書館所藏戰前新華報刊》（1988）以及《南洋商報副刊獅聲研究（戰前新馬報章文藝副刊論析（乙集）》（1990）。其中《大英圖書館所藏戰前新華報刊》是楊松年遠赴倫敦大英圖書館搜集和整理的史料成果，以補充新加坡圖書館館藏不足之處。楊松年的史料挖掘，提供在地的研究者重要的輔助線索。根據以上他

所整理的本土新馬報章副刊史料，他
先後出版了《新馬華文現代文學史初
編》（2000）和《戰前新馬文學本地意
識的形成》（2001）。楊松年重新定義
戰前馬華新文學的發展階段，以文學
作為鏡像詮釋華人社會的本土意識和
僑民意識的轉移及嬗變。

　　然而戰前和戰後馬華文學場域所
面對的社會和政治語境有著很大的不
同。報館的編輯方針隨著社會文化生
態的改變也自然進行了相應的變動。
以《南洋商報》為例，除了文學副刊
《商餘》、《讀者文藝》之外，沿襲著
戰前專頁版面的還有《新婦女》、《健
康與生活》、《讀者文藝》、《少年樂
園》、《小說天地》等等園地。這些園
地同樣夾雜著散文、詩、小說、雜文
評論等各類文體。這些作品文章能否

方修《戰後馬華文學史初稿》（高嘉謙翻攝提供）

稱得上是文學？文學場域的邊界應當如何評論？純文學、通俗文學、大眾文學、
日常的書寫如何在副刊中呈現與界定？一九九〇年代以後，《南洋商報》和《星
洲日報》這兩大華文報館開始注重市場包裝和行銷。副刊各個專頁版面趨向資訊
化、圖像化和通俗娛樂化。除了嚴肅的純文藝副刊和星期天的評論論壇以外，多
元的互動書寫現象已不復存在。副刊的各個專欄固定在一批作者圈子當中，純文
藝副刊趨向小眾化發展。

　　因此，重新思考副刊研究的意義或許可以進一步推進馬華文學研究的深度
和廣度。但是如何從方法論上針對海量的報刊文章和史料進行篩選，成了極其困
難的過程。此外，從系統論的角度而言，副刊的編輯作業流程到最後決定刊登哪
些作品，基本上體現了報館的集體意志，而不僅僅是個別編輯的意志和認知。七
〇年代至今的副刊，以《星洲日報》和《南洋商報》這兩大主流華文報章為例，
唯有《文藝春秋》／《星雲》以及《讀者文藝》／《商餘》以文學專刊的姿態呈
現。當中又以《讀者文藝》最為重要。這一版面是在1971年創刊，由鍾夏田負
責編輯。1985年10月4日改為《南洋文藝》，並延用至今。1986年改組後，《南

楊松年《戰前新馬文學本地意識
的形成》（2001）（高嘉謙翻攝提
供）

洋文藝》採取編委會制度，並徵得陳雪風、慧適、晴川和葉嘯出任委員，之後則由柯金德主編。1994年該版位由張永修接手，期間推動了眾多馬華文壇議題。另一方面，許多馬華文學的重要論爭如「經典缺席」、「斷奶論」等議題都發表在《星洲日報》。《南洋文藝》於2017年停刊。副刊其餘專刊欄目無不以特定讀者群為目標，成為報章不折不扣附屬性的專門雜誌。一九九〇年代之後，這些其餘的專刊欄目更是逐步轉向僅僅提供相關領域的新聞資訊。媒體生態的改變影響副刊內容結構和存在意義。

　　總的來說，戰後馬華的副刊研究除了方修、李錦宗尚有持續收集和整理以外，更進一步有關一九五〇年代至今的副刊研究實際上尚有許多留白。他們以年鑑式的方法記錄七〇年代及八〇年代整體的文學活動。其範疇還包括每一年度各類文藝書籍和刊物的出版、文藝副刊、文藝創作比賽和文學獎、文學出版基金、文學講座和研討會，以及文學社團動態。事實上，戰後馬華文學的副刊研究可以從文學系統論和文化研究的角度重新挖掘其價值。副刊多層面的呈現甚至可以為人類學、社會學等領域提供充分的材料（文本），以分析社會文化的生活形態、習慣、價值標準等等，也可以為語言學者提供語料庫和關鍵詞庫，以研究社會日常語言的歷時性變化。只是研究者在面對浩瀚的報章史料，如何獲得相關文獻，如何研究等等問題，成了一道道艱難但需要逾越的門檻。

延伸閱讀

方修。《馬華新文學史稿》（上下卷）（新加坡：世界書局，1975-1976）。

方修。《戰後馬華文學史初稿》（新加坡：T. K. Goh，1978）。

李錦宗。《八〇年代的馬華文壇》（吉隆坡：彩虹，1996）。

楊松年。《戰前新馬文學本地意識的形成》（新加坡：新加坡國立大學中文系、八方文化，2001）。

曾維龍。〈誰定義的文學？——以1976年《南洋商報》副刊為個案分析〉。《興大中文學報》no.32(December 2012):213-238。

曾維龍。〈馬華文學場域的原生態考察——副刊研究建構的意義初探〉。《世界華文文學論壇》no.1(January 2013):33-37。

馬華文壇燒芭事件

張永修

　　一九九〇年代的馬來西亞華文文壇，相較於之前的十年，是熱鬧而轟動的。之所以熱鬧與轟動，源自於這十年當中發生了一系列的文學論爭。這些論爭環繞在幾個重大事件，包括：馬華文學的定位，經典缺席，選集、大系與文學史的關係，文學研究與道義，中國性與奶水論等。這些論爭一個銜接一個，聯繫相扣，前後持續了整十年。一本收錄這十年論爭的著作，書名叫《辣味馬華文學》，足以反映這些課題之嗆。而引發論爭的人物主要是幾位留學臺灣的大馬學子，包括黃錦樹、陳大為、林建國等；其中，當年僅二十餘歲的黃錦樹，同時參與了幾乎全部的論爭。傳統的刀耕火種方式，在南洋稱為「燒芭」，意在清除枯枝敗葉，以利之後的播種耕作。黃錦樹在馬華文壇的「放火燒芭」，本意亦如此。只是這種欲借大破達致大立的方式，不為馬華文壇保守分子認同，因此他被一些現實派作家蔑稱為「燒芭佬」，而與此相關的系列論爭，即被稱為「燒芭事件」。

　　燒芭事件的序幕，得從黃錦樹對「馬華文學」的全稱重新定義說起。1990年1月19日，黃錦樹發表〈「馬華文學」全稱之商榷──初論馬來西亞的「華人文學」與「華文文學」〉（《星洲日報・文藝春秋》），建議將「馬華文學」的全稱，由「馬來西亞華文文學」修改為「馬來西亞華人文學」。以他的說法，此舉「蘊含著更深更廣的文學史關懷，也針對著馬來西亞社會彷彿無可逆轉的多元分歧性格，企圖在文學／文學史的領域裡做一點基本的、也是必要的步伐調整」。他探討當前的馬來西亞華人的文學認知與馬華文學史視野的問題，並且建議重修馬華文學史。不過，鑑於約定俗成的看法，「馬華文學」的定義已根深柢固難以改變；而重修馬華文學史的建議，則有著對前輩文史工作者的挑戰意味。

　　然而，真正引燃文壇大火的，還是1992年的「經典缺席」論。發表於該年5月28日的〈馬華文學「經典缺席」〉，其實是對同月禤素萊〈開庭審訊〉一文的回應，該文提到日本學者在學術會議上公審馬華文學，質疑「馬華文學」用法的正確性，並質疑其馬來西亞屬性。黃錦樹在回應中表示，馬華作家僅僅是在做

「拓荒」的工作，沒有建樹，其「現有的『馬華文學獨特性』，究其實只是一個空集」。他指出，現有的文學史也是一部經典缺席的文學史，是「馬華文學拓荒史」，而馬華作家卻在「自我經典化」，並沾沾自喜。面對著「草草種滿了雜樹的園子」，他說：「我們必須以前行代中一些阻礙進步的絆腳石為理論上清除的對象。」整修被視為荒廢的馬華文壇的作為，如野火熊熊燒到馬華文壇現實主義的殿堂，讓當年文學主流現實主義的作家們大怒，而群起反擊。反應最激烈的，大概是陳雪風（夏梅）和好些化了一次性筆名的不詳人士。夏梅指黃錦樹蔑視馬華文學，也是「對文學的外行」，還責問他「讀過幾本馬華文學作品」，指他的言論「太狂妄」，給他的寄語是：「不瞭解與認識馬華文學，就不配談馬華文學」（〈禡素萊‧黃錦樹和馬華文學〉，1992 年 7 月 15 日）。

　　「經典缺席」的風波尚未平息，1995 年，陳大為在臺灣編輯出版了一本《馬華當代詩選（1990-1994）》，入選者十八位，其中五字輩詩人僅兩位，其餘皆是六、七字輩的年輕詩人。這本號稱「當代」的選集引起國內文學界對其代表性的爭論，爾後陳大為在《蕉風》第 471 期發表一篇專門為國內讀者而寫的「內序」，以為自己的選稿標準做出解釋。結果，他對一九七〇年代以前的詩歌「大多是粗糙的吶喊」的看法，以及對在中國出版的馬華文學選集《陽光‧空氣‧雨水》所收錄的一百七十四首詩中，「『爛詩』與『非詩』占了 90%」的強烈評語，引發了國內文壇更激烈的反應，「馬華文學視角和臺灣口味」之爭由此開端。許多現實主義作者指旅臺學者喝臺灣水吃臺灣米，用「臺灣口味」來評量馬華文學，有失公平，而提出必須用「馬華文學視角」來審視。黃錦樹在這事件上亦參與一腳，他反問何為「馬華文學視角」？是比較低的要求嗎？還是僅接受來自中國學者討好式的讚美，而排除一切來自旅臺學者的負面批評呢？他堅持認為，「馬華觀點」如果要在理論上成立，其先決條件是「具馬華獨特性的文學作品要先產生出來，而且，要有相當的數量」（〈馬華文學的悲哀〉，1996 年 12 月 18 日）。

　　到了 1997 年年底，在吉隆坡舉辦的一場「馬華文學國際學術研討會」，更像一陣季候風，將本已燎原的大火吹得愈發不可收拾。黃錦樹在那場研討會上發表了題為〈馬華現實主義的實踐困境——從方北方的文論與馬來亞三部曲論馬華文學的獨特性〉的文章，大力針砭方北方的「馬來亞三部曲」（《樹大根深》、《頭家門下》、《花飄果墮》），同時對馬華現實主義大力抨擊，認為馬華現實主義在實踐上「徹底的破產」。黃錦樹的挑戰式言論，即引發現實主義者以不同筆名在各報言論版以雜文方式圍攻。這些文章多不就論文的觀點提出討論，對

馬華現實主義進行辯護的極其罕見；多數的矛頭是指向論者不「敬老尊賢」的態度、遣詞用字偏激火爆態度傲慢、搶奪話語權並企圖擊垮敵對派系等等，並且將他向討論對象借閱資料後、反將對方貶得一無是處視為不道德的行為。黃錦樹在同年12月15日寫了一封公開信給方北方，說明這一次文學史事件，可以被問題化為「克服方北方」，是兩代人之間的正式決裂，「不是因為私人恩怨，而是文學觀點，及對文學生產所有的立場上的無法妥協。」他否定的是方北方作品中的文學性，「卻高度肯定了它存在的意義」。對他來說，「克服方北方」是非常痛苦的。為什麼要投入那麼大的心力去從事痛苦的工作呢？他的說法是：正由於「研究馬華文學是我輩

張永修、張光達、林春美主編《辣味馬華文學》（高嘉謙翻攝提供）

痛苦的道義」。「方北方事件」是（再）一次寫實主義與現代主義兩個派系在美學上的鬥爭。

　　1997年的「馬華文學國際學術研討會」，黃錦樹除了火燒馬華現實主義，還因臺灣作家柏楊在會上規勸馬華作家要擺脫對中國文學的過度眷戀、以成就本身的獨特性，而引發了「馬華文學斷奶論」之說。此說一出，不僅有中國學者即席反駁，其後《星洲日報・星洲廣場》還以此為課題，向讀者徵稿。其中，林建國和陳雪風的看法，或許最能代表正反雙方的意見。林建國認為，文學批評者如果越俎代庖管制起創作者寫作養分汲取的問題，那其實就是企圖箝制後者思想的陰謀，在這種情況下，馬華作家除了「斷奶」，別無選擇。而「斷奶」，就是「用來反奴役、反收編、反大漢沙文主義」（〈馬華文學斷奶的理由〉，1998年3月1日）。而陳雪風則認為，「斷奶」的主張，是臺灣方面為將來的臺獨的訴求做鋪路而提出的，「有其政治目的」，而且是「臺灣特殊的問題」，所以不宜以「斷奶」作為譬喻來談馬華文學和中國文學之間的關係（〈訪談的補充與解釋〉，1998年3月15日）。「斷奶」引發的問題，不只是文化承傳的問題，而是中國與

臺灣的「影響力」在馬華文壇較勁。

　　一九九〇年代的燒芭行動，特別是「馬華文學國際學術研討會」所引發的「方北方事件」，對馬華文壇是影響深遠的。黃錦樹事後針對這些事件寫過好一些短文，包括〈燒芭餘話〉，以及餘話之餘話的〈草草〉、〈馬華文學的悲哀〉、〈告別教條主義〉、〈也算流亡？〉及〈流亡、邊緣與本土性〉。可是這些文章一直沒有收錄在他這些年所出版的書裡。直到2019年出版《時差的贈禮》一書時，還反覆排除，最後只收錄〈也算流亡？〉一篇。或如他自己所說，「大概我自己也很想把他們忘了」，足見這些事件對黃錦樹本身而言，亦未嘗沒有留下痛苦的印記。

　　黃錦樹曾以希臘神話盜火神祇自喻，表示「企圖從域外盜來他鄉之火，以照明故鄉的黑暗」。事隔二十年之後，馬華故土不知是否已長成他當年所期待的樣子？然而，可以確定的是，這個讓馬華文壇不斷爭議的人物，這些年來既是「縱火者」，但同時也是「播種者」。

延伸閱讀

黃錦樹。《馬華文學與中國性》（增訂版）（臺北：麥田，2012）。

黃錦樹。《時差的贈禮》（臺北：麥田，2019）。

張永修、張光達、林春美（編）《辣味馬華文學》（吉隆坡：雪蘭莪中華大會堂、馬來西亞留臺校友會聯合總會，2002）。

花踪文學獎：歷史與認同

張光達

花踪文學獎的創辦

進入一九九〇年代，隨著花踪文學獎的創辦，馬華文學進入了新局面。1990年，主辦方《星洲日報》宣布從即年起舉辦一個兩年一屆的花踪文學獎，而在隔年，在吉隆坡天后宮舉辦了首屆花踪文學獎的頒獎典禮，得到空前盛大的響應，根據《星洲日報·花踪文匯》第一輯的記載，當晚出席頒獎典禮的人數超過千人。確實在馬來西亞，還沒有一個文學獎能像花踪文學獎這般受到熱烈盛大的響應和支持，在這之前，馬華文學也有過多項由會館和華團組織舉辦的文學獎，但都遠沒有像花踪那樣盛況。除此之外，花踪文學獎的獎金總額之高，無論是在馬來西亞或其他華人區域，也是一項創舉。豐厚的獎金加上報館方面的大量宣傳，自然引來馬華各方寫手摩拳擦掌，躍躍一試，投入心力以交出最好的作品，期望獲得評審的青睞，一舉登上龍門，名利雙收。九〇年代以來，至2019年，共十五屆，花踪文學獎一直被視為馬華文學界門檻最高的華文文學大獎。花踪文學獎的宗旨是：「開拓國際視野，提升文學風氣，傳承文化薪火」。花踪頒獎禮的隆重高格調，受到中港臺華文作家和學者的高度肯定和注目，邀請了不少國際名作家前來評審和專題講座，吸引不少年輕寫作者和讀者的參與。辦了十五屆的花踪，是否達致「開拓國際視野，提升文學風氣」的宗旨，見仁見智。林春美在〈如何塑造奧斯卡：馬華文學與花踪〉一文提出發人深省的看法，對《星洲日報》如何包裝花踪文學獎、花踪的頒獎典禮和花踪評審，有力地做出了細緻的分析批判，值得參考。有意思的是，她注意到參加花踪文學獎頒獎禮的馬華作家，帶著激動和興奮之情，有如在注目仰望光輝奪目、聲勢浩大的奧斯卡獎，將花踪文學獎比擬成奧斯卡獎，有如將馬華文學推向世界華文文學的舞臺，馬華作家渴望從邊緣打入中心的心態一覽無遺。

究其實，花踪文學獎能夠受到廣大群眾的注目和熱烈響應，與《星洲日報》打出的民族文化形象有著重大的干係，呼應花踪文學獎的宗旨「傳承文化薪

《花踪文匯》系列（劉雯慧翻攝提供）

火」。這個文化牌之所以能夠勝出，實則與當時馬來西亞的政治社會脈絡不無關係。回溯一九八〇年代的政治時空，馬來西亞政府通過種種法令政策的推行，有形無形的體制監控，讓當權體制的種族政治開展得更加嚴密，尤其是華人社會的政經文教課題，處在一種遭受壓制邊緣化的格局當中，華文教育與華人文化的發展困境是這個時期最令華社關心和憂慮的重大課題。華社團體華人會館組織多次向政府提出訴求，結果往往無濟於事，要求公平對待各族人民的呼聲一再遭到漠視，華族社群普遍感到極度壓抑無力。華人對政治局勢的無奈，所受到不公平的待遇，有著強烈的不滿和苦悶的情緒，在八〇年代末達到最高點。1987年教育部委派不諳華文的教師到華小擔任高職，引起了華社強烈的不滿，華人政黨及華團在天后宮集會表達抗議，尋求對策，此舉引來馬來政黨的強烈反應，整起事件由語言教育問題演變成種族關係緊張的局面，當時的首相馬哈迪在1987年10月27日援引內部安全法令展開了名為「茅草行動」的大逮捕，共百多位政治人物和華團領袖被強制扣留，三家報館被關閉，而《星洲日報》就是這三家被下令關閉的報館之一。這段時期，華社普遍上憂患失落和沮喪，馬華寫作人的作品中表達對華人文化和身分的憂患意識。1988年《星洲日報》復刊，標榜「正義至上」的口號，不無向華社昭告其為華社伸張正義的用意，1990年宣布舉辦文學獎，取名「花踪」，諧音「華宗」，如同《星洲日報》花踪文學獎的網頁所說的，意為華人所嚮往、崇仰的事物，體現了一個文化意念：「海水到處有華人，華人到處有花踪。」在在強調民族文化語言之所宗，而在頒獎禮上更把花踪文學獎塑造成銜接馬來西亞華人文化血淚史的傳承使命。這份文化危機感和中華文化符號的演繹，成功連接上八〇年代末華社的憂患悲情心理鬱結，暗示華人在馬來西亞

的風雨飄搖之路，華人雖然是大馬公民，但是華族的教育語言文化却被邊緣化，得不到國家主流的認同，飄泊離散的命運一直如斯，需要一代代的華人社群來記取、傳承和認同，凝聚文化共同體的共識。同時花踪頒獎禮的隆重高格調，受到中港臺華文作家和學者的高度肯定和注目，這也同時安撫了長期受到國家不公對待、被邊緣化或漠視的馬華作家，比如不被國家文學獎承認。

游以飄詩集《流線》（2016）（高嘉謙翻攝提供）

由此花踪的「傳承文化薪火」的宗旨得以貫徹，連接上那個年代華人社群整體的文化危機感，每一屆的花踪，藉報館的宣傳文字、文學獎頒獎禮的演出和中華文化代言人的中港臺名家，耳提面命傳承中華文化的使命，一再召喚馬華寫作者的文化認同和主體性，建構民族文化共同體的使命。從歷屆各文類的得獎作品和推薦獎的文本中，出現為數不少歷史書寫和身分認同題材的作品，或許並非偶然。歷史書寫，包括大歷史和小歷史，前者書寫馬來西亞歷史、華人從離散南來到國家獨立融入在地的歷史，後者包括個人的家族史、馬共或二戰後的成長小說，或身處當代政治風波的經歷觀感，這些題材大多牽扯上馬來西亞華人的國家認同、身分認同與文化屬性，是歷屆得獎作品常見的關懷旨趣。第十五屆小說組的評審對此現象表示驚訝，只能說是國外評審不清楚花踪的狀況，本身沒讀過多少歷年的得獎作品，倒是其中一位評審的提問值得注意：「要把那麼大的歷史題材濃縮進一萬字的小說，對寫作者是很大的挑戰。」意味著書寫大題材並不能保證是好作品，寫作者眼高手低，可能適得其反。雖說參賽者書寫歷史文化或身分認同的題材有投其所好之嫌，但作品最終是否能奪下獎項，還是要回到作品的素質本身──端視作品語言文字的表現和作者在文字中所表達的見解。

游以飄：南洋歷史與身分認同

回看十五屆的花踪文學獎作品，書寫國家歷史與文化身分的題材比比皆是，並不局限於某一個文類。花踪得獎詩作，書寫國家歷史與文化身分的包括陳大為、林健文、呂育陶、游以飄等人。底下舉游以飄和林健文的得獎詩作為例，試

林健文詩集《貓住在一座熱帶原始森林》（2009）、《貓影偶爾出現在歷史的五腳基》（2010）（高嘉謙翻攝提供）

圖說明他們「如何歷史書寫、怎樣身分認同」。第三屆的花踪文學獎，游以飄以一首長詩〈乘搭《快樂》號火車〉奪花踪新詩首獎，過後第四屆的花踪文學獎，他再度以〈南洋博物館〉奪花踪新詩首獎，在那之前，他已經獲得多屆的馬來西亞全國大專文學詩獎。他在詩集《流線》的後記裡說：「兩首詩獲得花踪獎，詩人的身分算是奠定下來。」在花踪獲獎，於個人的層面上，讓他確認自己的詩人身分，無疑具有特殊的意義，是關乎詩人身分認同的追尋。而在馬華新詩寫作的層面上，〈南洋博物館〉藉南洋歷史書寫，思考身分認同，讓馬華詩人的敘事想像和關懷向度，從黏滯的政治現實轉向歷史反思的格局，叩問書寫主體與歷史身分的纏繞關係。〈南洋博物館〉的南洋歷史主題，離不開花踪的宗旨之一：傳承文化薪火。這首詩融合了抒情與敘事的書寫策略，利用幾個形象鮮明的南洋歷史事蹟，表達出強烈的華族文化認同與自我情感，同時也強化了詩歌的歷史意識，再現南洋華人的離散歷史與集體創傷，敘述馬來半島華族歷史文化的生命情景，與華族切身的文化身分展開對話。

林健文：歷史想像與人民記憶

　　林健文第四屆花踪佳作獎的詩作〈蘋果‧牛頓〉，對牛頓與蘋果的互涉關係，做出了意味深長的哲理辯證，然而此詩完全非關歷史，非關身分認同。他的歷史書寫，是花踪第六屆新詩推薦獎的古城系列組詩三首〈招魂〉、〈廿一世紀航行式〉、〈古廟〉，以馬六甲王朝和鄭和下西洋的歷史為題材，古今對照，進而詰問歷史的真相。在這段時期，他也開始經營一系列有關南洋歷史的演繹，藉歷史事件與個人生活的交錯，進而檢討批判身分政治與主體認同的迷思，後結集成詩集《貓影偶爾出現在歷史的五腳基》。他的南洋組詩「南洋‧再見南洋」，一輯八首，採取編年記事的形式來書寫南洋歷史。在這些詩作中，可以歸

納成三種再現南洋歷史的方式，第一種是對歷史的追懷想像，模糊掉真實與虛構的邊界，第二種方式是把南洋大寫歷史，寫入歷史事件中的小我個人生活經歷與情感，第三種方式是聯結南洋歷史到當代馬來西亞的政治歷史，透過人民記憶的日常生活想像，喚起弱勢群體的歷史意識，藉此來認據族群歷史與自我的身分定位和文化認同。在他筆下，大歷史與小歷史的匯合，衍生了多重的可能性與異質性，演繹出豐富多元的面貌。

　　以上由花踪文學獎出發，管窺得獎作品裡的歷史書寫題材和身分認同的關聯，簡短的討論了游以飄和林健文的南洋歷史書寫，見證了即使是同一段歷史，但因為個別詩人不同的表達模式和敘述策略，歷史與認同的表述也有所差異。花踪這些得獎詩作，對歷史文化與身分認同的議題，做出了意味深長的思辨，為馬華詩歌寫作開闢了另一天地。

延伸閱讀

林春美。〈如何塑造奧斯卡——馬華文學與花踪〉。《性別與本土：在地的馬華文學論述》（雪蘭莪：大將，2009），46-59。

張光達。〈後南洋——重寫歷史與地方記憶〉。林健文（著）《貓影偶爾出現在歷史的五腳基》（八打靈再也：有人，2010），3-22。

張光達。〈（後）離散敘事、文化認同與身分定位的難題——當代馬華詩人的南洋書寫〉。張曉威、張錦忠（編）：《華語語系與南洋書寫：臺灣與星馬華文文學及文化論集》（臺北：漢學研究中心，2018），93-129。

一個文學獎與一段文學史：
花踪文學獎與馬華新生代文學

溫明明

1988年，砂拉越木材大王張曉卿收購在「茅草行動」中慘遭封閉的華文報館《星洲日報》，兩年後，這家素以文化教育為主軸、茅草行動後又深獲華社民心的報館宣布舉辦星洲日報文學獎，後因新加坡藝術家陳瑞獻專為文學獎所鑄獎座花踪銅雕，易名為花踪文學獎（下文簡稱花踪）。1991年4月，首屆花踪在吉隆坡舉行頒獎典禮，此後每兩年一屆，至今已成為世界華語文壇頗有聲譽的文學獎之一。

由傳媒機構跨界創辦文學獎，並非《星洲日報》之首創，早在1976年和1978年，臺灣地區的《聯合報》與《中國時報》就先後設立「聯合報文學獎」和「時報文學獎」。花踪創辦雖晚於兩大報文學獎，但就其對二十世紀一九九〇年代以來（尤其是九〇年代）的馬華文壇的影響而言，又不亞於兩大報文學獎對彼時臺灣文壇之影響，可以說，走過了三十年歷程的花踪已經深刻地嵌入了這一階段馬華文學史的肌理中。那麼，花踪是如何融入、參與、影響這一階段的馬華文學史進程的？我們又該如何從馬華文學史的角度，來看花踪成功背後的奧祕？英雄造時勢，時勢也造英雄，花踪與九〇年代以來的馬華文學史之關係，也應作如是觀。

花踪簡史及其四重使命

在借鑑臺灣地區兩大報文學獎的基礎上，花踪在多年的探索中不斷調整完善其獎項設置和評審機制。

獎項設置方面，首屆花踪設報告文學獎、新詩獎、小說獎、散文獎及推薦獎（細分為散文、小說、新詩三類，第十屆改為馬華文學大獎）五個基本獎項。第二屆增設世界華文小說獎（第七屆取消），開放給全球華人。第三屆增設新秀獎（分小說組、散文組、新詩組），開放給二十歲或以下的馬來西亞華裔青少年。第五屆增設兒童文學獎（第十屆取消）。第六屆增設世界華文文學獎，用於獎勵世界範圍內已經取得傑出成就的在世華人作家，至今已有王安憶、陳映真、西

西、楊牧、聶華苓、王文興、閻連
科、余光中、白先勇和董橋等十位
作家獲獎。

評審機制方面。由於文類的
特殊性，不同獎項的評選方式不盡
相同。世界華文小說獎、馬華小
說獎、散文獎、新詩獎在評審方
式中採取初審、複審和決審三輪評
審。初審一般由《星洲日報》編輯
或記者組成，對符合徵文條件的作
品進行初步篩選，然後依據參賽作
品數量，以投票的方式選出約三十
篇左右的作品進入複審；複審一般
由「花踪」工委會敦聘的馬華作家
擔任，票選出大約十篇作品進入決
審；決審則由三位來自中國大陸、
港臺、北美、新加坡或馬來西亞的
知名作家或批評家組成，在頒獎典

黎紫書編著《花海無涯》（高嘉謙翻攝提供）

禮前夕通過會評的方式評出各個獎項。此外，兒童文學獎、新秀獎和報告文學獎
由於品質限制，在初審篩選後，直接進入決審環節。世界華文文學獎則參照了諾
貝爾文學獎評委的組成和評獎方式，聘請王蒙、劉心武、王安憶、陳思和、李
銳、余光中、楊牧、焦桐、李奭學、平路、李歐梵、王德威、張錯、鄭樹森、劉
再復、黃子平、潘耀明以及姚拓擔任終身評委，經由推薦、初審、複審、決審，
以淘汰漸進的方式選出得獎人。

在馬華文壇乃至華語世界林林總總的文學獎中，花踪之所以能夠成為辨識度
較高而又獨具特色的文學獎，其原因在於它並非是一個單純的文學獎，從其誕生
伊始就被寓言化和國族化，賦予了文學、民族、歷史和文化四重使命。

二十世紀一九八○年代末，由於受「茅草行動」影響，加之長期以來馬來
西亞奉行單元文化政策，華人文化被視為外來文化受到國家文化的排斥，民族和
文化的雙重傷痕烙印在馬來西亞華族的心靈深處，整個華社也籠罩在一股濃烈的
文化憂患氣氛中。1990年，《星洲日報》宣布舉辦「星洲日報文學獎」，並很快
更名為「花踪文學獎」，「花踪」者「華宗」也，即「華人之所宗」。將文學獎

國族化的同時，也賦予了它一個扣人心弦的文化理念：海水到處有華人，華人到
處有花踪，使原本《星洲日報》內部的行為演變成了整個華社文化圖存的象徵性
行動。在華人文化正面臨困境、民族與文化的雙重傷痕亟待撫慰的歷史時刻，花
踪的出場及其價值昇華，使華社八〇年代以來積壓的文化悲情得以釋放。當文學
的頒獎穿插在一個個富於象徵內涵的歌舞表演中，當會場響起「漂洋便過了海，
披荊就斬了棘，落地也生了根，靜靜開花，緩緩結果，海水到處有華人，華人到
處有花踪」的花踪之歌時，它所喚起的不僅是人們對馬華文學的激情，還包括民
族、歷史和文化的「花踪」之夢，這是花踪的特質之一，也是導引它走向成功、
獲得大馬華社普遍認同的原因之一。

花踪與馬華新生代作家的崛起

　　文學獎是創作者獲取作家身分和積累象徵資本的途徑之一，成為近代以來參
與推動並影響作家代際更迭的重要機制。花踪的甄選獎和推薦獎（包括世界華文
文學獎和馬華文學大獎）分別承擔了選拔文學人才和嘉獎文壇名家的功能，但對
二十世紀一九九〇年代以來的馬華文壇而言，花踪的貢獻主要體現在甄選獎，一
批出生於二十世紀六〇至七〇年代的創作者，因為花踪的「雪中送炭」，不僅迅
速獲得作家身分，而且逐漸占據馬華文學史權力結構的中心位置，取代老生代和
中生代作家成為這一階段馬華文壇最具活力的作家群。

　　首屆花踪新生代作家的表現並不耀眼，只有林艾霖、鍾怡雯和李國七等新
生代作家摘得了報告文學、散文和新詩的佳作獎，這屆頒獎禮上大放異彩的是一
批出生於二十世紀一九五〇年代的中生代作家。但中生代作家並沒有延續這一勢
頭，首屆花踪成為他們的一個集體「謝幕禮」，在後續的花踪中，中生代作家逐
漸從頒獎禮的舞臺隱退到評審桌或觀眾席，扶持並見證新的一代進入花踪舞臺的
中央；而新生代作家則迅速崛起，紛紛聚集到花踪炫目的彩燈下，成為馬華文壇
的新星和明星。

　　第二屆花踪，新生代作家的湧現成為一大亮點，甄選獎三大文類的首獎均由
新生代作家摘得，二十出頭的李天葆以〈州府人物連環志〉獲小說首獎，女作家
柏一憑〈歌聲飄過一條街〉獲得散文首獎，女詩人林若隱的〈在黃紅藍白色如夢
的國度〉獲詩歌首獎，此外，莊華興、呂育陶等新生代也捧得佳作獎。到了第四
屆花踪，獲獎面孔均為新生代。總覽十五屆花踪獲獎名單，不難發現，二十世紀
一九九〇年代以來較有名氣的馬華新生代作家都曾受過花踪的眷顧，如李天葆、
黎紫書、黃錦樹、陳大為、鍾怡雯、林幸謙、陳志鴻、翁弦尉、梁靖芬、許裕

第一屆花踪馬華文學大獎得主梁靖芬的散文、小說作品（高嘉謙翻攝提供）（有人、印刻文學出版）

全、龔萬輝、曾翎龍、莊若、林健文、游以飄、呂育陶、木焱、方路等。

在花踪所培育的馬華新生代作家中，黎紫書無疑是最特殊和耀眼的一顆星。1995年，作為《星洲日報》普通記者、在文壇毫無名氣的黎紫書首次參加花踪，以一篇後設小說〈把她寫進小說裡〉獲得第三屆花踪馬華小說首獎，此時黎紫書年僅二十四歲，是本屆花踪最年輕的獲獎者。但年輕並非黎紫書引起關注的主要原因，在第四屆花踪，作為文壇新人的黎紫書爆發出強大的文學實力，一舉獲得馬華小說首獎、散文首獎和小說推薦獎，似乎在短短的兩年時間，黎紫書已完成了從文學新人向成熟作家的轉變。第五屆花踪，黎紫書再次獲得馬華小說首獎並蟬聯小說推薦獎，創造了花踪的歷史。第六屆花踪，黎紫書不僅獲得散文佳作獎、又一次蟬聯小說推薦獎，還憑〈國北邊陲〉獲得世界華文小說首獎，這是該獎項設立以來，首獎首次由馬華作家獲得，具有重要的象徵意義。黎紫書在花踪創造的獲獎記錄至今無人打破，她自然也成為花踪創辦以來最顯眼的「現象」。黎紫書在花踪出生，並借助花踪的舞臺走向世界華語文壇，成為新世紀最具潛力的華人作家之一，陳思和稱讚她的作品即使放在中國大陸和臺灣，「也依然是第一流的」（《花踪文匯‧6》頁133）。

花踪成就了黎紫書，讓我們看到了一個文學獎在培植作家上所發揮的作用。但除了黎紫書，我們還必須注意到陳志鴻、龔萬輝和梁靖芬這三位七字輩作家的成長與花踪的培植也有著緊密的關聯。1995年，第三屆花踪打出「後浪，湧來吧」的口號，設立新秀獎，發掘「將來能夠卓然成家的創作者」，不滿二十歲的陳志鴻首次參賽並摘得新秀散文首獎，表現出不俗的創作潛力，緊接著在第四屆花踪，陳志鴻又獲得新秀小說佳作獎和新秀散文佳作獎，經過兩屆新秀獎的「鍛

鍊」，到了第五屆花踪，陳志鴻脫去文學新人的外衣，轉戰小說甄選獎和推薦獎，以一個成熟作家的姿態呈現在評委面前，斬獲小說推薦獎和小說佳作獎。龔萬輝和梁靖芬是新世紀以後逐漸成名的馬華作家，而花踪恰好也參與了他們攫取文壇象徵資本的過程。2001年，梁靖芬以〈水颤〉、龔萬輝憑〈石化的記憶〉分別獲得第六屆花踪小說首獎和散文首獎，從此開啟了他們在花踪的輝煌史：2009年，梁靖芬獲得第一屆花踪馬華文學大獎，此外還多次獲得馬華小說佳作獎；龔萬輝除獲得第五屆花踪馬華文學大獎外，還在小說和散文兩大領域都有驕人成績，先後蟬聯第八屆和第九屆花踪馬華小說首獎、第十屆和第十一屆花踪馬華散文首獎，還多次獲得小說和散文佳作獎，成為新世紀花踪的「常勝將軍」。二十世紀一九九〇年代是馬華文學史「風雲變幻」的十年，新生代作家崛起於文壇，並逐漸取代中生代作家成為文壇主力，實現了作家代際的更替。花踪恰好見證了馬華文學史發展的這一進程，同時也作為一支重要的推動力量，參與並加速了馬華文壇作家代際更替的步伐。

花踪與馬華文學典律重構

　　長期以來，現實主義成為馬華文學史的主導話語，形成了面向社會現實生活，重視本土色彩、發揚文學教化功能、奉行寫實主義的典律傳統。二十世紀一九九〇年代，新生代與前行代作家之間文學立場與觀念的決裂，沉寂多時的馬華文壇進入論爭頻發的十年，馬華文學史也進入了思潮嬗變和典律重構的階段。文學獎是文學典律生成的工具之一，花踪不僅見證了九〇年代馬華文學史內在結構的轉型，也借助評審運作和選集運作，建構了更加多元開放的馬華文學典律。

　　評委素質是決定文學獎成敗的關鍵要素之一，花踪經過前兩屆的摸索，到了第三屆，逐步形成了新馬、中國（大陸、港臺）和美國「三足鼎立」的區域結構，象徵著三大華文文學批評圈的組合：來自新馬的本土文學批評理念、來自中國的中華批評體系和來自美國的西方批評範式，使得花踪的評審兼具「本土性」、「世界性」和「現代性」三重視野，由此而評選出來的作品也往往是多元藝術的雜糅：開放的本土、多元的現實與前衛的實驗相結合。每屆花踪都將評審紀錄在《星洲日報》對外公布，這一舉措的初衷是為了樹立花踪的公信力，但它卻收穫了比公信力更有價值的「果實」：每一次的決審都構成了一個多元對話的場域，決審紀錄呈現了來自不同區域的評委對終審作品的不同意見以及對文學的不同闡釋，它所積聚的文學觀念、標準經過媒體的傳播而逐漸匯成「花踪」典律。例如在馬華散文評審中，圍繞鍾怡雯散文引申出來的關於「形式完美的散

文」和「思想深刻的散文」之間的辯論，可視為馬華文壇一場延續十多年的關於「好散文」評價標準的公開討論，這場討論具有重要的文學史價值，它不僅讓人們從多元的角度辯證地看待鍾怡雯近乎完美的「學院派散文」，更重要的意義在於為二十世紀一九九〇年代以來的馬華散文創作樹立了更加多元的美學標準，一種新的散文典律在這一過程中得以生成。

為防獲獎作品在時間的流逝中逐漸被淹沒，花踪主辦方將每一屆的獲獎作品結集成《花踪文匯》予以出版，三十年的累積已經構成一個頗有分量的「花踪文學大系」。「選集」或「大系」是建構典律的途徑之一，《花踪文匯》雖有別於「選集」操作，但因為是獲獎作品選，前期也經歷了三重視野「擇優遴選」的過程，「花踪文學大系」提供了優秀作品的某些典範和標準，促進了近三十年馬華文學典律的生成和建構，我們也能從中窺探馬華文學典律重構的歷史軌跡。

結語

花踪誕生於新生代作家崛起的一九九〇年代，可以說生逢其時，花踪的輝煌離不開這個正處於變革期的文學時代，同樣，花踪也成為這個變革的文學時代最好的注解之一。但是，隨著馬華文學史度過了九〇年代的變革期，尤其是近十年來，花踪的獲獎作家多為老面孔，沒有產生在世界華語文壇有一定影響力的年輕作家，這反映了花踪在持續推動馬華文壇作家代際更迭、美學範式轉型上陷入了「疲軟」，當然我們也可以說，這是馬華文學發展出現的「病症」在近十年花踪的一個反映。這說明，花踪與馬華文學史之間的影響關係是相互而非單向的，花踪影響了近三十年馬華文學史的發展進程，同時，近三十年馬華文學史的起伏也決定了花踪的輝煌與平庸。

延伸閱讀

黎紫書（編）《花海無涯》（八打靈再也：有人，2004）。

林春美。〈如何塑造奧斯卡——馬華文學與花踪〉。《性別與本土：在地的馬華文學論述》（雪蘭莪：大將，2009）。

王列耀，彭貴昌。〈「花踪文學獎」與馬華文學新生代的崛起〉。《暨南學報》no.12(2015)。

蕭依釗（編）《花踪文匯1-14》（雪蘭莪：星洲日報，1993-2019）。

易淑瓊。〈花踪文學獎在馬華文學場域象徵資本的確立〉。《華文文學》no.2(2018)。

馬華武俠

陳大為

溫瑞安（1954-）是二十世紀馬華武俠小說唯一的創作者，「四大名捕系列」和「神州奇俠系列」無論在海內外都擁有廣大的讀者群（其中最負盛名的四大名捕故事多次被改編成漫畫、連續劇、電影），普遍上被認定為金、梁、古之後的第四號人物。

溫瑞安對武俠世界的建構，往往被解讀為中國情結的一種表現，其實更精確的說法是：「南宋的末日情結」。這種末日情結很有意思，將自己深陷於此的人，不外乎兩大類：藉此產生捨我其誰的救世精神，或者，因此讓自己終年杞人憂天。岳飛和文天祥皆不得善終的南宋，卻成了溫瑞安偏愛的危急存亡之秋，有兩個主要原因：（一）南宋亂世所出的幾位悲劇英雄，經由宋詞與散文的深化，蘊藏在其靈魂深處的家國大義與悲憤之情，有了更豐富的想像內容，較容易與讀者產生共鳴。（二）就讀高中的溫瑞安正好經歷了馬來西亞國家機器對華人教育與華人文化的壓迫，華社淪亡的危機意識，讓溫瑞安與（被中學課本渲染的）南宋悲劇英雄的憤慨心理，產生巨大的共振效應，直接影響了溫瑞安散文、新詩和武俠創作。這種淪亡心理在溫瑞安的想像世界裡不斷擴張，有時昇華成救世精神，有時張揚如起義的旗幟，他打著旗號，沿著中國古典文學與歷史掌故，蒐尋相似的靈魂，清末的烈士譚嗣同筆下那句「去留肝膽兩崑崙」，遂成為溫氏武俠的精神指標和常用語。

在現實與想像的危機意識驅動下，溫瑞安在武俠小說背後預設了一項「以武興邦」的終極目標（他以神州詩社來實踐這種文武雙全的理想），不同於單純的江湖爭霸，他的南宋武俠故事背後有一股渾沌、抽象、熾烈、無以名狀的家國情感必須宣洩。溫瑞安的武俠小說不以情節取勝，他著力形塑的是一種以「義」為中心思想的大俠形象，寫於1977至1980年的神州奇俠系列中的「神州結義」即是現實人生的移植（這期間溫瑞安正在經營神州詩社），為了拯救民族英雄岳飛而涉險的神州大俠蕭秋水，即是溫瑞安的化身。他在小說中不斷宣揚：民族大義，邦國大義，都是凌駕在忠孝之上的崇高人格與言行指標，真正的大俠必須重

義行俠，除此以外的其他東西都是次要的。但神州奇俠故事中太多草率的殺戮，總是有一大串名號怪異但角色內容空洞的武者，出場僅僅是為了被真正的高手殺死，而且是一招擊斃，連話也不能多說兩句。殺人如麻的場面讓溫氏武俠失去了對人物內心和形象的深度經營，或者說，他根本懶得去經營這些閒雜人等，所以他筆下極大部分人物都是扁平的，除了幾位重點大俠。

神州同仁合照黃昏星、溫瑞安、周清嘯、廖雁平（右起）（李宗舜提供）

　　唯有描寫兄弟叛變和被官府追殺的《逆水寒》一書，讓溫瑞安得以淋漓盡致的發揮出其武俠小說的全部優點。四大名捕系列的《逆水寒》完稿於1986年，長達八十萬字，是溫氏武俠的巔峰之作。溫瑞安花了兩年完成這部「逃亡之書」，也可視為一種變形的自傳，可說是1981年牢獄之災之後的副產品。被社團兄弟出賣，以致含冤下獄，後來更被驅逐出境，浪跡香江。這段歷程很高明的轉化成《逆水寒》，連雲寨主戚少商（即是溫瑞安的化身）被拜把兄弟顧惜朝等人出賣，後者更夥同官府勢力一路追殺。此書有真實的人事物之投射，寫來力道十足，眾多要角（如戚少商、顧惜朝、四大名捕之鐵手、毀諾城主息紅淚、捕神劉獨峰、赫連春水）都很有血肉，形象十分突出。一齣簡單的戲，背叛－追殺－逃亡－反撲－絕望－平反，完完全全是自家幫會（詩社？）裡的故事，卻寫得高潮迭起，令人無暇喘息。這部逃亡之書，可以讀出溫瑞安的人生價值和部分性格。

　　從江湖結構和武學設計來看，溫瑞安刻意避開金庸武俠以少林、武當、峨嵋、華山、丐幫為主的江湖，也不陷入古龍的山莊思維，他比較偏好《三俠五義》式的官寇模式，六扇門乃正義之化身，由此展開他的「三義」理論（兄弟義氣、家國大義、道德正義），《逆水寒》在官寇／正邪的辯證方面，有相當出色的發揮，讓戚少商的逃亡過程充滿不可測的變數。其次，溫瑞安在此書的武鬥／殺戮方面也比較收斂，一人之死，所蘊含的細節描繪及其帶動的情節發展，都比其餘作品來得動人。簡單的說：很多次要配角都有清晰的形象和血肉，不管是四大名捕之無名或捕神劉獨峰的幾個隨從，溫瑞安都很罕見的做了一定篇幅的描繪和累積。死亡，在書中遂有了明顯的情緒波動。至於武鬥場面的動感和逼迫感的經營，在劉獨峰的追捕過程中，特別突出，招式俐落且爆發力十足，很有驚心動

滄海・未知生《找死拳法》（明日工作室，2007）

魄的效果。《逆水寒》絕對稱得上是世界華文武俠在一九八〇年代最重要的地標。

其後，登場的是吳龍川（1967-），以「滄海・未知生」的筆名，獲得「第一屆溫世仁武俠小說百萬大賞」首獎的《找死拳法》（2007）是一部單卷本長篇武俠小說。吳龍川希望透過文字真切地傳達他對生命的觀點，他認為「俠義」應該是一種無我的態度，復加上大我的精神，真正無我的人，也才具有圓融的處世大智慧。在廣大的普世裡，凡有能力之人願意幫助沒有能力之人，都算是俠，當這個社會的俠能夠多一些時，理想性的大同世界便能成形。

《找死拳法》跟極大部分武俠小說最不同之處，是思想。此書成長敘事所著重的不在人物武功如何強大，而在追尋一種形而上的絕對的「自由」。吳龍川有實際的武學基礎，要寫下鄭證因《鷹爪王》那種硬派武俠小說完全不是什麼難事，但他對氣功和玄學也有研究，所以貫徹在主角身上的武學思維，是以氣行武，其終極境界是自由。這比較像是一種很純粹的心境，類似道的悟境。主角取名「少年不壞」，暗示了天下人（特別是江湖鬥爭下的所有武者）在成年後被各種慾望遮蔽、磨損的本心，那是人性中最珍貴，永恆不滅的部分。找到它，才算「真活」。作為一部內在追尋的成長小說，《找死拳法》在思想上所展現的是一般武俠小說未能觸及的深度。或者說，吳龍川根本就是用純文學的敘事語言和架構來寫武俠小說。《找死拳法》雖為吳龍川的處女作，但它已經足夠成為馬華武俠小說史上一座重要的里程碑。

三年後，張草（本名張容嵼，1972-）出版了《庖人誌》（2010），這也是三卷本武俠小說的首卷。張草曾以科幻小說《北京滅亡》（1999）獲得「第三屆皇冠大眾小說獎」的首獎。隨後又完成《諸神滅亡》（2001）和《明日滅亡》（2003），合稱《滅亡三部曲》，奠定他在臺灣科幻小說的地位。

《庖人誌》象徵著張草對現代武俠小說的一次重要探索，啟用了他肚子裡

的「活明朝」歷史文化寶藏，緊扣精確的時間和地點，以「一單元／一事件」的形式貫連成完整的故事。六篇「人物誌」各有一個中心人物，最後合攏起來。這種「高

張草「庖人三部曲」系列（皇冠，2014）

仿真的虛構性」寫作是張草武俠小說的基石，他進一步思考為何武俠人物都不談經濟收入、缺乏現實生活細節，當大俠不能視為一種謀生的職業，他參考了《史記・刺客列傳》、《史記・游俠列傳》、《虬髯客傳》、《水滸傳》裡的俠客，皆各有職業，或為屠夫小販，或為軍人工匠，仗劍行俠只是共同的行為，遂有了「職人武俠」的構想。歷史細節的思考，將張草從天馬行空的科幻領域拉回來，站在踏實的土地上，思索自己的武俠敘事。

　　張草沒打算為《庖人誌》創造出英雄人物，其主角比較像「近代英雄之降格」，除去神話性、偉大性與崇高性之後，保留了一定程度的強大，趨近於凡人，在歷史鉅變之前，顯得渺小且無力。在張草的想像中，此等情境才是真實的小歷史，真實的人生，雖然凶險、精采，卻不為正史所悉。大時代裡的小人物故事，也有值得一書之處。後續又有《蜀道難》（2012）和《孛星誌》（2014），這套有「職人武俠」之謂的《庖人三部曲》，擺在華文武俠小說領域，有相當的可看性。後來他出版了長篇奇幻《雲空行》（新修四卷本，2018-2019），完成科幻、武俠、奇幻的跨類型創作。

延伸閱讀

滄海・未知生。《找死拳法》（臺北：明日工作室，2007）。

溫瑞安。《逆水寒》（臺北：風雲時代，2021）。

葉洪生、林保淳。《臺灣武俠小說發展史》（臺北：遠流，2005）。

張草。《庖人誌》（臺北：皇冠，2010）。

張草。《蜀道難》（臺北：皇冠，2014）。

張草。《孛星誌》（臺北：皇冠，2014）。

占位、怨懟、願景：
論馬華文學的科幻書寫

胡星燦

在馬來西亞華文文學場域，「欲望」（desire）對文學生產活動的結構性、驅動性影響體現得十分明確：早在馬華文學萌蘗之始，中國新文學便被視為啟迪蒙昧、啟動現代性、介入現實的欲望工具被介紹到馬來亞，此後，在中國抗戰、反殖、反帝、獨立建國等運動中，文學更是成為「革命激情主體」的載體，被視為召喚民族主義、宣揚本地意識、彰顯愛國情懷的容器，儘管之後「現代主義」浪潮湧現，「為文學」的呼聲愈高，但在左右對立的時空中，「打造精緻的甕」也逐漸變成意識形態的宣揚器具。換言之，馬華文學是「欲望機器」（desiring machine）運作下的結果，書寫的功利性／工具性傳統可謂根深柢固。

因此，當我們透視馬華文學的科幻書寫時，可以發現「欲望」作為隱性線索深埋在科幻書寫的歷史中。

現代主義的占位

「現實主義傳統」在馬華文學場域內可謂其來有自，方修就曾斷言：「（現實主義）像一根紅線一樣，貫串著全部的創作歷史，體現在所有重要的作品裡面，成了文學創作的主流，從未間斷過。」然而，以「現實主義」囊括整個馬華文學史多少顯得武斷，事實上早在一九五〇年代，「現代主義」浪潮就曾衝擊馬華文壇，此舉不僅扭轉了「現實主義」一家獨大的強勢地位，也給當時的馬華作家提供了一種全新的、替補性的創作方案。正是在「現代主義」與「現實主義」互為齟齬的邏輯中，姚拓的科幻作品〈七個世紀以後〉隨之誕生了。

1957年，時任《蕉風》雜誌主編的姚拓在第47期刊物上發表了〈七個世紀以後〉，放眼整個馬華文學史，它占據十分重要的位置：它是馬來亞獨立後的第一篇科幻作品。小說從開篇就以廣袤的想像力給讀者勾勒了二十七世紀的奇異幻境：不僅未來的交通全靠「飛椅」，「真像我小時候讀過的神俠小說，我被什麼大仙的手拂帶到了峨眉山一樣」，而且未來的住宅是「遊牧化」／「去中心化」的產物，「每一家每一家的距離，在我的眼光看來相距頗遠。最奇怪的不但這裡

看不到警察，甚至連最繁榮的街道也沒有」，更者，未來的民族、宗教、政治、語言都將失去霸權的宰制而變得破碎、自如。很顯然，從文學層面看，這篇小說顯得質樸粗糙，但從技法層面而言，其卻是「現代主義」美學體系下的產物：小說並未遵照「現實主義」強調時空性、典型性、現實性的創作邏輯，而是頻繁使用文類拼貼、敘述者轉換、互文等技法，使小說變得亦真亦幻、迷離恍惚。

事實上，考慮到聲勢浩大的「現實主義」陣營及《蕉風》的「現代主義」背景，姚拓在創作〈七個世紀以後〉時，恐怕志不在書寫科幻，而是代替「現代主義」在馬華文學場域中爭奪、占位。而用科幻書寫替代「現代主義」占位的方式在1979年再次得到驗證。該年，張錦忠編輯了《蕉風・科幻文學專號》，真正打出「科幻」旗幟。雖然雜誌以「科幻」為名，但編者張錦忠本人便是「馬華現代主義開端的守護者」，且雜誌中亦有對「現代主義」的揚頌之語，因此，雜誌的初衷或許仍是在駁斥「現實主義」，宣揚「現代主義」。

曲折的怨懟

在馬來亞獨立建國後，馬來執政菁英為打造「以馬來『知識－文化』為中心的馬來化『民族－國家』整體」，通過審查、管制等方式阻塞異見，「異議者不是噤若寒蟬就是自我流放他鄉」。然而，大凡物不平則鳴，發言怨懟、以洩憤恨是人之常情，但直截了當的表達方式被堵塞，便只能以曲折回環的方法表現，因此，「科幻書寫」成為馬華作家們投射不滿、曲意抒懷的論述空間。於是，在一九九〇年代，大批科幻作品（以詩歌為主）湧現於馬華文壇，這些作品不在於展開科幻的想像性，而在於隱喻式地傳遞情感、表達政治異見。

李笙是活躍於上世紀一九八〇年代末至九〇年代初間的馬華詩人，他的創作期也正是大馬社會經歷政治風向轉變的時期（以「茅草行動」為例）。在這一階段，他書寫了一批科幻詩歌，《人類遊戲模擬》就是其中代表作。在該詩中，詩人以史詩般的宏大格局敘述了「末世獨裁者」的崛起及「核戰爭」的末日圖景，顯然，他借科幻想像有意強調對公權力的約束，同時也警示大馬社會的民主未來——「獨夫的私欲會引發戰事，導致生靈塗炭，甚至令地球步入滅亡的絕路」。

除了李笙外，呂育陶在這一時期的科幻詩歌也值得關注。自一九八〇年代以來，馬來西亞成功轉型為工業社會，各類新興工業抬頭，電子城市也呼之欲出，然而，科技的發展卻帶來民主的隱憂，特別當「技治時代」來臨，公權力的觸角遍布社會，私領域遭到入侵。呂育陶對「技治時代」頗為關心，在〈世紀末寓言〉中，他便構想了一個盲目崇拜技術理性，過度濫用科學技術的未來世界，當

張草「滅亡三部曲」系列（皇冠，1999、2001、2003）

科技成為人類的新神明時，社會便會滑向冷酷且極度有序的境地。可見，通過對未來惡托邦的描繪，呂育陶隱晦地道出了大馬社會權力失衡、技術濫用等問題。

文學的願景

　　從文學生產邏輯來看，馬華文學的處境相對尷尬，且不說專事文學創作的作家寥寥，即便創作成功的作品也面臨無人可讀的局面。造成如此困境的原因是多方面的，而其中最主要的原因是馬華作家所操持、表達、論述的材料、情感、內容是面向在地的，若非真正瞭解馬華社群的歷史、政治、人心所向，讀者（特別是國外讀者）很難穿越經驗屏障，遊刃有餘地理解馬華文學。因此，馬華作家更像是自說自話、自娛自樂，如不拓展言說範圍、延展影響半徑、擴大讀者群體，馬華文學的未來可以想見。所幸的是，已經有學者、作者意識到這一問題，並積極採取行動扭轉困境。進入2000年，一批馬華作家針對「科幻」議題所做出的可貴嘗試，就暗含著他們對馬華文學未來發展的願景。

　　張草是一位成長於臺灣文學市場，並長時間從事科幻、玄思、偵探小說創作的馬華作家。從1999年開始，他接連出版了系列科幻小說──《北京滅亡》、《諸神滅亡》和《明日滅亡》（合稱「滅亡三部曲」），小說一經推出便獲得市場熱烈反饋。藉此，他也突破了馬華文壇小體量、小議題式的科幻書寫，以宏論的、長河式的篇章將馬華文學的科幻書寫帶到了成熟維度，並且他對科幻的理解、呈現、構築都毫無爭議地遠超於其他馬華作家。三部曲內容龐雜、結構繁複，但從核心觀念看，作者主要以佛教的「成、壞、住、空」因果觀，傳遞了「慈悲」、「渡人」的人道主義精神。可以說，小說的呈現方式固然是科幻的，但作者對人類總體命運的同情與關懷卻是意涵所指。因此，當「同情」、「良善」、「關懷」等人道主義精神作為文學表徵時，那麼小說自然超越了地域限制，收穫到其他地區讀者（主要是華語地區讀者）的共鳴與回應。

　　天狼星詩社是馬華文壇的經典文學社團，詩社的靈魂人物溫任平所宣導的

對「文化中國」的想像與書寫得到了一九七〇年代諸多馬華文藝青年的附和。但由於詩社人員流動頻繁、創作青黃不接，天狼星詩社早在八〇年代就不復當年榮光，影響也大不如前。進入2000年，詩社漸有復興之兆，回歸後的詩社成員不再執迷於「文化中國」，反而是對科幻表示出熱情，比如，潛默的〈星際探險〉、周偉祺的〈InterConsciousness Net〉關心於當下時代的AR技術、宇宙探索、原始程式碼等問題，程可欣的〈伺服器的苦戀〉、鄭月蕾的〈her——他的生活〉思考了「後人類」的道德命題，戴大偉的〈重回太初〉、吳慶福的〈網路江湖〉則致力於科幻與宗教、神話、武俠的結合。從效果上看，這批科幻詩歌得到了更多的曝光，其閱讀者也不再限於馬華場域，而是擴散到其他華語文學場域，而這樣的效果也正印證了溫任平所述的：「詭奇怪異並非天狼星同儕的寫作標的，把我們的觸角伸出大千世界才是我們的企圖。」

總而言之，如果將1957年姚拓在《蕉風》上發表的〈七個世紀以後〉視為馬華科幻文學的開端，那麼迄今為止，馬華科幻文學已走過了六十餘個年頭。在這六十多年間，從被忽視到受重視，從毫無根基到規模初現，馬華科幻文學一直處於發展之中。當然，由於馬華作家總是依據相應的「欲望」進行創作，這也多少抵消了他們對「科幻」的表達與開掘，致使馬華文學的科幻書寫有著明確的功利性與工具性，缺乏探索更深視域的能力和動力。

延伸閱讀

蕉風編輯室。〈風訊〉。《蕉風》no.313(March 1979):132。

李笙。〈在2050年〉。《人類遊戲模擬》（詩巫：詩巫中華文藝社，1993）。

呂育陶。〈世紀末寓言〉。《在我萬能的想像王國》（雪蘭莪：大將，1999）。

溫任平（編）《天狼星科幻詩選》（吉隆坡：多加，2015）。

姚拓。〈七個世紀以後〉。《蕉風》no.47(October 1957):8-110。

張草。《北京滅亡》（臺北：皇冠，1999）。

張草。《諸神滅亡》（臺北：皇冠，2001）。

張草。《明日滅亡》（臺北：皇冠，2003）。

文學生成、書籍出版、文化傳播：
紅蜻蜓書系與馬華少年小說

廖冰凌

出版文化，文學場域

文學的產生除了有文藝學的內部規律，生成過程中伴隨外部環境所引發的各種活動形態也是重要的構成因素。尤其當步入文字印刷時代和大眾媒體時代，文學的產生已不再是作者和作品之間的單一活動關係。文學出版品既是文化載體，也是商品。文學書籍涉及了出版、編輯、印刷和發行等種種行為，故出版文化對文學生產和文化傳播的影響不容小覷。如此，有關作家、作品和文學現象的研究，可以從多方面的視角進行觀察，如：文學團體、文藝組織、作者或出版者的文化身分、政治立場、出版資金來源、出版意圖、審美取向、編輯理念和修養、印刷形式、發行主旨和管道，乃至市場文化、企業管理、政治與經濟動態等等。

馬華兒童文學，馬華少年小說

濫觴於十九世紀的馬華文學（或稱南洋文學可能更為合適於當時的文學情況），在印刷技術、報刊業和文化人南移等條件下開始蓬勃發展。由於早期投入文化活動的文人或多或少都負有某種政治訴求或意識形態（不論是創立報刊雜誌者，或是設立文藝組織者；不論是保皇派、民主派或海峽華人群），故大多古典和現代的文藝活動，皆受中國的政局和情勢發展影響，這導致馬華文學從發軔期便處於政治場域。即使到了當代，政治權力對文學的干預依舊不變，只是政治權力的來源已演變成當地政府。

馬華兒童文學與一九二〇年代南洋地區興起的白話文運動幾乎同步發展，但在現實情境中一直不受重視。五四新文化運動中高倡的一項使命「救救孩子」，曾經在二〇、三〇年代的新馬地區因南來文人的影響而有過回應。然而，還未來得及出現具有現代意義、成熟而有代表性的兒童文學作品時，新馬文藝活動便已步入抗日時代。隨著戰後文壇的復甦，到馬來亞獨立、新馬分家後的自耕自種，文壇先後湧現不少兒童劇和書刊，但這些文藝活動和表現很大程度上受政治氣候

影響而難以建立「以幼者為本位」的文藝特質。

　　從抗日到抗英（反殖民），從反黃（反對色情文化）到獨立建國，馬華兒童文學往往扮演附屬和配合時代和國家訴求的角色。加上一九五〇年代文化人對馬華菁英／嚴肅文學在形式和思想方面的激烈論爭，馬華兒童文學的發展一直都不是當務之急，故繼續以「可有可無」的身分在馬華文壇上存在著，是邊緣的邊緣。如此，有關兒童文學的介紹不多，推廣也不積極，有意投入寫作者對之認識有限，自然就無法成就大量成熟的作品。

　　少年小說屬於廣義兒童文學的一支，此文類至今仍有爭議，但若採普遍認可的基本概念，即符合

《馬來亞少年報》創刊號（1946年6月20日）（廖冰凌翻攝提供）

少年適讀年齡的作品，少年小說在馬華文學史上仍有跡可尋。只是當時人對少年小說、成長小說、歷險小說的界定模糊，加上特定時期的政治與文化語境使然，往往將故事主要人物群設計為符合少年年齡層便展開敘事了，能夠掌握中長篇少年小說寫作技巧的作者並不多。較受矚目的作品如：戰後發行的第一份少兒雜誌《馬來亞少年報》，曾連載過許雲樵（署名亨利）的〈少年航海家〉，從讀者信箱的不俗反響可知很受歡迎。可惜的是，《馬少報》在許雲樵離職多年後，才刊有第二篇原創性質的少年小說〈三順伯番邦歷險記〉，由毅夫（沈毅）所寫。這期間所刊登的中長篇小說幾乎都是西方譯著，未見新馬本土作品。1963年由新加坡新馬文化事業公司出版、謝悼榮所著的《頑童鬧學記》也曾廣泛流傳。讀者們對這些作品雖然提出建議和批評，但卻仍然表示喜愛閱讀和期待更多更好的小說。這反映出少年小說長期深受期待，只是投入少年小說寫作的作家有限，整體作品素質參差，使得中長篇少年小說的出版未能產生更大的傳播作用。這樣的追溯或可視為當代馬華少年小說風行的一個潛因。

紅蜻蜓書系，少年小說出版文化

　　少年小說此一文學出版品的稀缺，早在戰後已經存在。但出版商因各種因素一直未加注意，或未敢冒險投資。馬來西亞獨立迄今，尚活躍於發行或銷售少兒讀物的主要出版社有：馬來亞文化、彩虹、嘉陽、合力、大將等等，其主攻市場各有不同。老字號合力出版社發行的《知識報》、《3M報》歷史悠久，至今仍是

《馬來亞少年報》合訂本（廖冰凌翻攝提供）

各華文小學最重要的兒童讀物。創於一九六〇年代的馬來亞文化出版有限公司長期編制教科書，是教科書製作單位中的佼佼者。成立於1979年的彩虹，以製作高考教輔參考書起家，是眾多出版社中發行和經銷本土兒童讀物品種最為多元者，供應對象涵蓋嬰幼兒至中學生各個年齡層的讀者。彩虹和嘉陽也是少數出版社中對雙語和三語翻譯讀物投入最多者。大將書局則側重童詩出版。

紅蜻蜓出版有限公司成立於1999年10月5日，創辦人許友彬為馬華資深作家，青年時期以瘦子為筆名寫有紅極一時的《大學生手記》和《教書匠手記》。擁有教育學碩士學位的他有感於市面上的童書與馬來西亞本土兒童的語文程度和語用習慣不符，故希望編寫出相應的讀物。該社曾出版過中學教科書和學前教育讀本，經營成績一般。主要原因是社會上的閱讀風氣普遍下降，市面上大量因應一九八〇年代以來教育改革政策而側重教育和語法功能的出版品，難以誘發少年兒童的閱讀興趣。直至魔法小說和電影系列所掀起的「哈利波特效應」，馬來西亞的年輕一代亦受影響，出現主動閱讀外國少年小說譯著的現象。此一現象使許友彬深信：若能寫出好的作品，少年讀者們也會支持本國作家的少年小說。憑著對少年讀者閱讀長篇小說能力的信心，並趁這股新興的閱讀風氣，五十歲的許友彬於2006年與合作人鄧秀茵分別推出了少年小說《七天》和《純純的守護神》，成功吸引了眾多讀者，個別銷售量皆超過三萬冊，齊齊登上馬來西亞最大的華資書店大眾書局之暢銷書榜，自此為紅蜻蜓出版社奠下基石。

之後陸續出版的作品如《十月》、《閃亮的時刻》、《55年》、《消失在醒來後》，無一不登上大眾書局的暢銷書榜，數年內竟形成所謂的「許友彬現象」。許友彬在多次的演講中提及他創辦紅蜻蜓出版社的初衷，是想要少年兒童重拾閱讀的興趣，故側重故事性和敘事文字的流暢，嚴肅意義的文學性並非他最關心的元素。待閱讀風氣成熟，銷售市場穩定後，許友彬開始調整方針——設立少年小說獎，發掘寫作人材，推廣創作活動。該社還為得獎人出版作品，以約聘方式培育優秀的青少年作者。在積極的宣傳活動配合下，旗下的媽媽作家、少年作家成了讀者們的偶像。這也改變了一般人認為寫作行業難以為生的刻板印象。

隨著紅蜻蜓以罕見的長篇少年小說打開本土少年讀物的市場，更掀起一股閱

讀長篇小說的風潮，一時間吸引不少出版社相繼出版同類型讀物，以供應大量的市場需求。例如：馬來亞文化出版社旗下有子公司推出大樹系列，彩虹設有彩虹書屋和青苗系列，嘉陽則設有嘉陽悅讀天地等等。然而，這些出版社分別在內容題材、篇幅形式和讀者年齡層方面有了更細緻的分類，且各有專攻，亦各有特色。有的出版社在實行特約寫書的經營模式之同時，為配合中低年級讀者喜好漫畫的閱讀口味，提高了插圖或繪圖的素質，這也連帶刺激了童書繪圖行業的發展。

許友彬的少年小說系列（高嘉謙翻攝提供）

是文化事業，也是企業

紅蜻蜓書系的品牌建立及其所引發的市場效應，與該社出版人的出版理念有直接關聯。作為出版人，紅蜻蜓選擇特定題材和內容，選擇作者，以具有素質和強烈個性的專門書種經營出版品，並通過設立少年小說獎及合約作者的陸續加入，成功地結合了出版活動的文化精神與企業屬性。其中，高金額獎項的設置尤其發揮了積極作用。

馬來西亞國內有不少少年兒童文學比賽的獎項設置，以少年小說為單一類別來進行比賽的獎項，目前只有紅蜻蜓少年小說獎。此獎由紅蜻蜓出版有限公司於2009年設置，宗旨為「鼓勵小說創作，發掘優秀小說作者」，金、銀兩獎獎金分別為馬幣三萬及一萬元，其高達馬幣四萬元的總獎金額至今仍引起轟動。近十年來，紅蜻蜓少年小說獎及其主辦單位紅蜻蜓出版社對馬來西亞華人社會、文學界及出版業界的影響不容忽視。

紅蜻蜓小說獎的參賽資格為馬來西亞公民或永久居民，不限年齡。從平均每年上百篇的參賽作品來看，證明了這個獎項成功吸引有興趣者進行少年小說創作，即使是初試啼聲。根據過往九屆的參賽情況，參賽者年齡自十歲起，至五十八歲者皆有；當中又以學生居多，教育文化工作者和家長次之。雖說重賞之下必有勇夫，紅蜻蜓獎以豐厚的獎金吸引參賽者撰寫長達八萬至十二萬字的長篇小說，這是成功的關鍵之一。但該社出版品對廣大讀者群的影響，尤其是作為學生群體和老師家長的閱讀資源，促成了關鍵的醞釀溫床。值得注意的是，紅蜻蜓少年小說獎的得獎作品一定會付梓出版，作者還可以成為該出版社的合約作者。作品出版後，金、銀獎作品若銷售量分別逾一萬六千冊和七千冊，版稅另計。至

於與獎無緣卻具潛力者，該出版社亦會與之簽約成為旗下特約作者。

　　紅蜻蜓出版社對每屆少年小說獎的參賽作品都認真以待，時時觀察寫作趨勢及其可能帶來的正負面影響，以便做出調整。從歷屆初、複及決審的總結報導可知，參賽作品曾經因為魔法電影和奇幻文學的流行而成為熱門題材，特別是當某一屆得獎作品屬這類題材者，立即便引起下屆參賽者的爭相模仿，以迎合評審或市場的口味。這種跟風現象無疑限制了寫作題材和敘事手法的多元化，故該社通過媒體在近兩屆的頒獎禮上，公開鼓勵讀者和作者應同時關注寫實題材和寫實手法，加強思想深度，或嘗試更多新穎的題材和藝術手法。這種不斷在流行文化與嚴肅文學之間求取平衡的經營理念，對目前近於巔峰狀態的校園文學、輕小說之市場導向，將可能再次起著前瞻性的引導作用。

　　時至今日，紅蜻蜓已成功栽培了一個創作團隊，進軍國內外市場，更與中國青島出版社和浙江少兒出版社建立合作關係。紅蜻蜓出版品與紅蜻蜓小說獎的出現可說是馬華少兒文學史上的一個轉捩點，其影響不止於生產大量少年小說作品、提升閱讀風氣和栽培本土寫作接班人，以及在同業界激起連鎖反應，更重要的是，參與了一九九〇年代以來馬華少兒文學與出版文化場域的建構。

　　總括而言，相較起鄰近漢文化圈的本土華文少兒小說之發展，馬華少年小說的創作與出版經歷了一九九〇年代以降的崛起期與推廣期，如今已臻至欣欣向榮的盛況。而紅蜻蜓以小型出版社起家，浮沉十年後放棄以教科書出版品為目標，轉向「小」而「專」而「精」的少年小說市場，成功掀起小說閱讀和寫作的風氣，催化本土少年文學創作與出版行為，其所展現的出版文化和經營理念，有助於我們探討文學與出版文化之間的關係。

延伸閱讀

廖冰凌。〈潛在的政治話語——論南洋學者許雲樵之冒險小說〈少年航海家〉〉。《華文文學》no.107(June 2011):42-47。

廖冰凌、伍燕翎。〈多元共生的想象——《馬來亞少年報》與戰後馬來亞華人的兒童觀〉。《哲學與文化》no.465(February 2013):21-43。

廖冰凌。〈歷險小說與南洋華人移民書寫——以〈三順伯番邦歷險記〉為解讀對象〉。《南洋學報》vol.71(December 2017):119-132。

馬漢。《兒童文學50年情》（吉隆坡：嘉陽，2007）。

年紅。《年紅兒童文學四十年》（新山：彩虹，2005）。

少年愛尋覓不到愛 同志小說反同志戀情：
翁弦尉與陳志鴻小說

許通元

在1998年馬來西亞首相馬哈迪控告副首相安華政治雞姦案後，馬華文學創作者產生了一種同志文學上的醒覺，催生了不少因保守傳統社會，尤其是一神教濃厚的氛圍之下，不可觸碰，偷偷摸摸的同志小說文本。如第六屆花踪馬華小說獎的臺灣主評李奭學不解為何參賽的十之四篇作品竟然處理同志題材；或之後延伸的同志文學研究與出版品，產生愈燒愈烈的情況，彷彿與政治生態產生另一種抗衡的馬來西亞同志文學（化）風景。而接下來有待解讀的翁弦尉及陳志鴻的小說更是其中的佼佼者。

翁弦尉1998年初在《蕉風》發表〈2月14日動物園〉，書寫同志戀人的憂傷，即將凋零的「戀情」，從中可看出作者已邁向如何思考同／異性戀的拉鋸戰，為日後他小說中不斷冒現的主題鋪路，尤其是2004年出版的《遊走與沉溺》中收錄了數篇獲獎的同志書寫，以〈遊走與沉溺〉（〈遊〉）及姐妹篇〈喧譁與沉潛〉（〈喧〉）備受矚目。這兩篇小說，作者以少年成長小說或啟蒙小說的模式，敘述介於同性戀、異性戀及雙性戀的世界，彷彿小說人物在做一道進入成人世界前的選擇題，而且選擇後接踵而來的是更複雜的延伸題。

然而這成長小說類型，在主角經歷了種種磨難，如在異性戀環境的隙縫下同性暗戀情愫漸生，甚至短暫的陷入同志情慾追尋，暫且逃避現實傳統環境的束縛，掙扎求存，一切彷彿僅是短暫，無法成長的戀情階段。尤其在一九九〇年代的馬來西亞對同志社會保守的觀念之下，並沒有留下典型的圓滿結局，也不似現今流行的耽美（BL）劇，靠向讓讀者產生幸福感、愉悅的結局。這種成長小說的傳統其實在上世紀已產生巨大的轉變——呈現社會不公與社會問題、抵制霸權的現實氛圍，不管是翁弦尉或陳志鴻的小說。若以翁的文學觀念，他在《蕉風》第501期的訪談論及：「如果不喜歡同志議題，可是又要看下去，那就乾脆把我的作品當做一種對他們示威的方式吧。」作者也強調想不自量力嘗試介入社會，重估和撼動社會文化價值觀的一種文學實踐，甚至借《遊走與沉溺》許維賢論翁弦尉在供詞揭露作者的雄心壯志：「同志的春天哦……哦……哦還會遠

翁弦尉小說《遊走與沉溺》（高
嘉謙翻攝提供）

嗎？」縱然稱之白日夢，可見作者之野心，昭然若揭。

　　因此在翁弦尉繁複意象及倒敘回溯的〈遊〉中的「我」與「K」，或雙線發展的敘事結構的〈喧〉中的「他」、Leon、「K」、「k」，不僅是啟蒙小說的少年人物那麼簡單，反而是反體制地想要啟蒙社會的關懷，喚醒人們關注深受馬來西亞社會體制影響的少年同志如何一再的在社會抵制及歧視下，面對掙扎生存的困境，結局總無法走出衣櫃，落得鬱鬱寡歡。如〈遊〉中的「我」縱然知曉與K的關係，在異性戀霸權的環境底下，無論是在中學或尾隨K進入的大專，是無法存在的。無論如何，「我」仍然因無法改變的性取向，固執的追求所愛，即使是那麼一點點，短暫的時光，而且在人前佯裝是異性戀，甚至在K選擇慧貞為女友後，「我」也暫且以琴琴做煙霧彈；就似「我」也是K在異性戀戀情中遇到挫折時短暫的避風港，兩人僅能躲在森林公園，或早年偷偷躲在課室裡，才能自在逍遙快活。然而「我」也僅是K在雙性戀世界的犧牲品。當慧貞使出自殺的殺手鐧，再加上同性戀失蹤輿論如箭射在兩人被當做的箭靶上，K毅然不回頭的重投女人的身邊。翁一直提醒在異性戀霸權的籠罩下，同志戀人，或同志單戀者在現實環境中是無法廝守，僅能是永恆的犧牲品，無法享有戀人的權力，反映了很多馬來西亞同志當時與現在的情況，僅能暗中進行，大部分因家庭宗教社會觀，落得孤身寡人，僅能通過回憶追思往事。在這裡啟蒙的意義不僅是要告知同志少年的暗戀者在通過種種人生考驗，最後的命運依然無法抗衡異性戀霸權的力量，這兩篇小說中的同志戀情幾乎是難以成立的，彷彿這類型的少年同志小說是反同志戀情的；同時作者亦在控訴社會的偏頗與不公，整個異性戀的教育，家庭，宗教與社會觀念，造就了馬來西亞（少年）同志戀人悲慘的命運，縱然現今來到了2022年，年輕人觀念逐漸改變，然而政治及社會大環境依然與一九九〇年代末沒差異，他們僅能持續尋覓自己的一片，大多時候灰色的天空。

　　而陳志鴻榮獲聯合報文學獎短篇小說首獎的〈腿〉，敘述華裔少年修長，剛發育的腿，如何刺激印裔老師的同志神經，剛坐下碰膝刺激到老師下體勃起，

注意少年充血的薄唇與完美的口腔，然後進入師長誘惑學生的孌童事件、異族的同性複雜禁忌關係，挑戰馬來西亞社會多重的禁忌神經，是少年同志黑暗史的成長小說。作家三度書寫相同題材的師長孌童事件，看似符合參賽易獲獎及引起評審關注的小說主題；實際上是小說家積慮多年的真實故事（無論發生在誰身上，已發生，也將持續發生），字斟句酌的通過寫作達致心靈的療程；同時亦是一種報

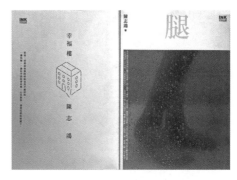

陳志鴻小說《腿》、《幸福樓》（印刻文學出版）

復行動，控訴師長不負責任，無法控制自己的慾望發洩在懵懂的少年學生身上，改變了少年生命中某段歷程。

　　陳志鴻獲得第一屆中學生文學獎優秀獎的首版〈戲夢人生〉（收錄《夜襲‧飆城‧平安夜》），評審丁雲評語：「師生之間的『感情糾葛』頗有大膽闖禁區之勢，幸好懂得適可而止。」可見當時尚是美以美男中的作者已奮不顧身投入抗衡禁忌體制的行列，以這跨界的成長小說中的題材，受到關切。小說以戲夢疑幻疑真的結構情節，完成了老師蘇武以示範作畫，不慎撞倒石像嚇得學生義偉畏縮趴原地，忍受老師的性侵犯。無論在夢醒實虛之間，他彷彿以此行為報復了父母的忽略，之後亦對老師報復，假裝氣喘復發逃走，質問新年前夕到訪的老師為何選中了他。小說無論在手法、文字、意識，對社會的批判，遠遠超越了高中寫作者的能力。

　　二十三歲時，陳志鴻以〈泅〉，同樣是師長誘惑學生的孌童事件，榮獲第一屆大專生文學獎小說組次獎。少年同志的小說以某個男孩對著某人講述福生的死與學游泳，然後重點放在體育老師藉著帶男孩去海邊學游泳，在浪襲時環抱著不知所措的他得逞；最後揭露敘述者或聆聽者皆是老師假借在海邊教游泳的孌童事件的受害者。意味著作家在首篇小說以夢醒真假之間敘述繪畫老師侵犯學生後，第二篇小說通過體育老師以游泳為藉口，不僅是侵犯故事中的「我」，還包括其他的對象（聆聽者）。然後事件依然沒被揭發，這樣的故事在老師得逞後延續發生。作家似乎是想通過小說揭發老師性侵犯學生的事件，在馬來西亞保守的環境之下，尤其是恐同劣境，加上無法見人的被性侵犯，隱約透露的異族師生關係，事後僅存留受害者無從處理情緒、沒有出口發洩，只有偷偷通過玩笑的方式試

探，才知曉對方身體，被衣服包裹的深櫃祕密。

〈腿〉是作家第三次書寫相同的題材，故事情節、某些意象結合了前兩篇小說的故事與重點，重寫而成就了作者「最是洞徹世情、用字精準、手法細膩」、情節引人的同志小說精品。〈腿〉精采的以同志、戀童、異族的三層衝突，在馬華同志小說中帶來最「震撼性」的突破。作者除了書寫關於隱匿的同志生活、生命、情慾為情節的小說，更涉及敏感的戀童情慾，甚至族群、經濟、權力與認同問題等，展開了跨越同志書寫，複雜的小說文本。

〈腿〉更涉及不僅是老師對學生的誘惑侵犯，增添更多通過「腿」的身體慾望，產生更多師生的「互動」。意味著不僅是老師初次侵犯學生後，警戒學生不可向外透露，以防破壞老師、學校與學生自己的聲譽，而是接二連三的「互動」讓學生打開了男男性慾的大門後，食知髓味，默許他享用自己青春的肉身，不全然純情等他這個經驗豐富的老師。作家以全知視角敘述變童侵犯者的自我詮釋，侵犯者似乎還為自己辯護，看似毫無自責，彷彿在垂釣願者上鉤，同時亦透露自己也曾是過來人。自前兩篇變童小說的控訴，變奏至〈腿〉時，作者告知了侵犯者何以樂於此道，是因為這四十多歲的老師曾是受害者，也專找受父母忽略的少年學生。接著少年與老師聯手瞞過可憐的母親，少年頻頻送自己上門享受那慾望的過程。男孩「發現」，原來未成年也可以享樂肉體，而且是跟隨提供知識的老師，走向此祕徑。方美富在〈小說家環島短歌行——陳志鴻的腿〉則評說，「陳志鴻選擇價值掉包」，表面上看似老男人誘姦男孩，真相是：「男孩誘姦老男人」，「有意讓讀者難分男女、真假、愛恨、性靈、戀童戀父，一再嘲弄世人頗為傾斜的價值取向。」

陳志鴻離開大專參與世界華文文學的競技場時，獲得解放似的，將主角開始被誘惑，到後來通過老師獲得更多的身體慾望，大膽敘述不僅是一篇控訴異族師長變童的處理，彷彿更進一步宣示男孩被打開了性慾的大門後，開始享受過程，頻頻送上門的一種互動關係，超越了一般法律與道德的觀念與規約。最後，男孩似乎玩膩了遊戲。這不是一般少年同志戀上一位性侵他的異族同志老師的戀愛故事。他們僅存身體的慾望，類似性伴侶，與前述翁的同志小說中，一樣不可能出現同志戀情，彷彿這些同志小說皆是反同志戀情，或認為很多時候慾望超越了一切時，他們之前發生的故事、年齡族群及階級關係，讓「戀情」在馬來西亞的國情下，可有可無，一切似乎只是你情我願的一種「交易」。陳志鴻稱少年「自私之時」，「一炮之後，忙忙起身穿回衣物，示意先生要送他回家」，而且只送到街頭。除此之外，男孩畢業後，報復似的跟老師在車中掉淚談不可繼續，即使

老師上門求見，他被母親強迫下樓見面，只報復地說自己有女友，讓他死了這條心，似乎是男孩慢慢誘惑了老師進入所謂的中年男人迷戀他的身體後，來個反將軍，置他於死地，完成了當初對他性侵犯的復仇。因為老師無法提供似傅柯在《性經驗史》所言，若男孩無法學習來自師長如男人的本領、未來的社會關係，或持久的友誼，另一種愛以考驗靈魂為首要目標等，而僅是限制於短暫性肉體滿足，甚至被支付金錢作為「酬勞」的性慾關係為主，男孩應該拒絕、反抗和逃跑。因此，陳志鴻通過小說「告別」這種糾纏、曾經受性侵的少年夢魘與人生陰影及完成作家的少年成長小說復仇記。彷彿通過三度書寫戀童題材，少年在小說的告別復仇儀式，作家與小說人物都同時成長，獲得啟蒙，卸下身體被衣服包裹的祕密，進入成人的世界，完成同志少年小說的使命。

延伸閱讀

陳志鴻。《腿》（臺北：印刻，2006）。

《蕉風‧翁弦尉專輯》no.501(October 2009):14-51。

翁弦尉。《遊走與沉溺》（新加坡：八方文化創作室，2004）。

感官碎語與蒙太奇拼貼：論許通元

張斯翔

許通元（1974-）生於東馬砂拉越泗里奎，畢業於西馬柔佛州工藝大學（UTM）估價與資產管理系，獲碩士學位。雖然所學是估價與資產管理，但進入南方大學學院後，歷任圖書館副館長、館長及馬華文學館副主任、主任，並接手主編文學刊物《蕉風》及學術刊物《南方大學學報》。通元進入寫作行當很早，筆下兼及詩、散文及小說，而小說可說是其最挑戰讀者閱讀能力的文類。小說中包含大量的視角轉換，將巴赫汀的多聲複調理論發揮到極致。讀者只要一不留神，就得從好幾句甚至好幾頁以前重新梳理其中的對話關係，方不致墮入各種響音交互穿插的迷障中。又加上其小說多帶有魔幻寫實色彩，常以立基現實卻又超越現實的奇妙想像撬開讀者視野。通元的作品中總帶有不解之謎，而這些不解之謎卻又似乎指向某一些不可言說的現實指涉，顯得其文字羅織而起處處可見的鬼影幢幢。

另一方面，通元多年來積極蒐集各種電影光碟，甚至在2018年與羅玉玲聯合執導了紀錄片《隱現之間》（敘述馬華同志小說家棋子現實生活的紀錄片），所以讀者很容易能從其小說中見到極似電影運鏡的描寫語言。你、我、他大量穿插其間的小說敘事主體，使讀者於其文字中如通過鏡頭觀賞不同視角的文字片段，再盡力拼湊出一個故事的全貌。2018年出版的小說集《我的老師是恐怖分子》中的同名短篇小說，可謂將上述所有特點發揮到了極致。小說接近末尾時，「我」對「你」帶領此行的目的提出的質疑，似乎將讀者在經歷一系列的神祕旅程後想提問的問題宣之於口，然而猝不及防的一場同性情慾橫空阻擋。次日清晨「你」的不告而別，馬六甲送還鑰匙之行在哭號聲中的無疾而終，終究是讓這些謎團留在了讀者的心裡。

近年來不管是社交媒體，或是散文書寫中，通元似乎不是在大啖美食，就是在尋覓美食的路上。馬來西亞的華人社會畢竟是個勞工移民為主的歷史結果，所謂精深的民族文化恐怕不容易隨著各種自願或非自願的「豬仔船」一同移植斯土。味覺記憶成了早期在馬來（西）亞懷念中國原鄉，後期在馬來西亞內／外懷

念馬來西亞的，普魯斯特那塊瑪德蓮蛋糕。馬華社會的文化傳承、酬神祭祀、地方認同，幾乎都與飲食有關。不管是從「潮州炒粿條」演化成「檳城炒粿條」的命名邏輯，還是在全馬各地漂流的某地特色美食，都是一種味覺的旅行，而我們都知道，旅途之上所沾染的土地風情，又會產生新的內在變異。

通元散文中對美食的考察，並在味覺記憶中勾起一段段鄉愁與對土地孕育味蕾的認同。食物成了記憶的載體，也成為了感官的投射，一切存取的記憶不再是集中於腦中，甚至不在心裡，而是在那細品美味的味蕾之上。如果我們以為散文需要更貼近於真實，則通元慣用的魔幻書寫及碎片拼貼的蒙太奇手法又讓讀者不免懷

馬華文學史上第一本同志小說選（許通元編）《有志一同：馬華同志小說選》（2007）（高嘉謙翻攝提供）

疑，散文的書寫會不會只是虛構小說的其中一塊未完成的拼圖，或反倒小說是隱藏本該在散文裡真實的迷幻之地？正如小說中的恐怖分子老師一句「我很高興你似我最後選擇了與產業估價管理無關的文學」，似乎直指了小說中「我」與通元關聯的可能。

與一些追求純粹或「完美」中文的作者不同，通元的文字更多出現的是普通話中心主義之下「不規範」的「華語」。大量混入的英語、馬來語，甚至是東馬原住民族的語言，都成為了其書寫所用「華語」的一部分。而貼近於馬華社群現實生活用語的文法和語序排列，更使其作品在馬來西亞華語語系文學隊伍中，更能盡情展演斯土所孕育誕生的語言聲腔。也讓舒適馬華聲腔語境的讀者，從視覺的閱讀中直接聽見活生生的本土華人的言語。

通元在馬華文學研究領域產生的最大影響及貢獻，乃在於「馬華同志小說」作為研究領域的創發。按照〈假設這是馬華同志小說史〉統計，其所能見最早與同志相關的馬華小說是1968／1969年，由雅蒙發表在《學生周報》的短篇小說〈花非花〉。近年通元自己撰文修正了這個說法，並指出在1928年3

許通元編《號角舉起：馬華同志小說選2》
（2019）（高嘉謙翻攝提供）

月15日由王探完成的小說〈育南與但米〉是多年來被忽略的同志書寫。然而無論如何，馬華同志小說幽微不顯的書寫歷史經已存在了近百年之久。但在2005年《蕉風》推出「愛人同志專號」之前，我們可以說「馬華同志小說」這個研究領域尚未真正存在。緊接在《蕉風》專號後，2007年通元更進一步在專號的基礎上，編選了馬華文學史上第一本以同志小說為單位的選集——《有志一同：馬華同志小說選》。附錄的〈假設這是馬華同志小說史〉可謂是實質意義上，對1968至2007年馬華同志小說的一次點將閱兵。藉助其多年在南方大學學院圖書館及馬華文學館的工事之便，蒐羅了四十六篇或多或少與同志議題相關的小說文本，並依次進行簡單說明評議，可謂開啟了馬華同志小說成為一個研究領域之路，也讓後來的研究者能夠按圖索驥找到一個研究的立基點。2019年通元再次編輯了一冊《號角舉起：馬華同志小說選2》，持續開展其馬華同志小說搖旗手的工作，後續成果仍值得期待。

延伸閱讀

許通元。《等待鸚鵡螺》（臺北：釀，2011）。

許通元。《我的老師是恐怖分子》（臺北：新銳文創，2018）。

許通元（編）《號角舉起：馬華同志小說選2》（八打靈再也：有人，2019）。

十二

視與聽：電影、劇場、歌謠、書法

高嘉謙

新馬社會的華人文化生產，在文學領域之外，視聽媒介的電影、音樂，表演藝術的戲劇、舞蹈，以及民間技藝的舞龍舞獅和擊鼓，視覺藝術的書法、繪畫等，往往是形塑馬華文化內涵的重要元素。這些文化形式映照了馬華社會在不同階段的華人文化想像，以及創造力。諸如二十四節令鼓所發揚的華人傳統鼓藝和構想的天地人合一精神、節慶酬神常見的舞龍舞獅發展為「雲頂世界獅王爭霸賽」、「激盪工作坊」開創本地中文流行音樂的創作等。以上文化形態和表演形式幾乎都在一九八〇至九〇年代蔚為風潮，尤其可以對應彼時國家政經的變化局勢。1984年起由馬來西亞中華大會堂總會（華總）主辦的全國華人文化節，每年的節目內容基本不出以上範圍，在展演與表現之間，發揚、傳承華人文化特質與精神。這幾乎是認識新馬華人文化最為常見的途徑。

其中書法是走入華人日常生活文化的一環。除了華人商家常見的店招，刻留在會館、宗祠、廟宇、公塚、學校裡的墨寶，如匾額、楹聯、碑刻，以及華文小學、中學的書法課，長年舉辦的揮春、書法比賽等，書法無疑寄存了大馬華人文化精神的賡續與命脈。這是早期華人移民社會對斯文的堅守，當然更有當代種族政治結構下特殊的漢字文化情結和意義。大馬書法界不乏名家，其中不少是早期南來文人，且投身華文教育。彭士驎（翠園）是箇中著名個案。

回溯新馬華人電影的生產，1927年出品的默片《新客》，勾勒南洋華人社會，呈現了最初移民社會特質，新客與土生華人的兩個社會群體。這幾乎同步於中國電影史的默片時代，可以看出新馬華人的電影視野的社會關懷。爾後抗日電影裡的本地華僑意識，以及一九五〇年以降邵氏電影公司在新馬的商業片製作，電影裡的南洋印象，有著華語、方言，融合了華人、馬來人等多元視角，伴隨娛樂的傳播深入到華語電影圈。值得一提的是，馬華電影也呼應了戰前「馬來亞文藝」與戰後「馬華文藝獨特性」與「馬來亞化」的思潮，形成「馬來亞化華語電影問題」（這恰恰是導演易水於1959年出版的著作書名）。

馬華電影的發展，自然也離不開冷戰時代。彼時英國有線廣播「麗的呼聲」

（Rediffusion）於1949年在新馬兩地開播，國語與方言廣播的傳播對新馬華人情感結構的形塑有著重要意義。除了廣播，電臺裡的國語歌曲、方言歌曲、方言講古，不僅反映港臺、閩南、東南亞音樂市場的脈動，也牽動新馬華人的華語想像，方言群認同及華人生活文化。在國營電臺甚少華語節目的年代，「麗的呼聲」對華人的意義不言而喻。1997年吉隆坡「麗的呼聲」停播，2012年新加坡「麗的呼聲」也接續停播。這開播了半個世紀以上的電臺，足以影響一代人的消閒娛樂和生活記憶。

　　二十世紀下半葉的華語／方言影視與廣播構建的華人庶民記憶和文化不容小覷。在二十一世紀，大馬華人獨立電影的製作則另有脈絡。2005年大荒電影公司成立於吉隆坡，四位大馬籍的發起人陳翠梅、劉城達、李添興和阿謬‧穆罕默德（Amir Muhammad），都是獨立導演起家，象徵馬華跨越族群的電影新世代的嶄新出發。家國禁忌議題、跨族群的生活經驗與關懷，離散與再離散的華人移居經驗，讓這一世代的馬華電影多了繁複的思考與地方性觀照。他們以少量的製作遊走於各大影展，屢有斬獲而留有口碑。

　　除此，旅居臺灣學習影視接續成名的大馬籍導演，也是馬華電影意義的另一層延展。一九七〇年代後期來臺念戲劇系影劇組的蔡明亮是其中最著名的代表。從前的古晉文藝青年在臺灣發跡成為揚名國際的大導演，1994年導演的《愛情萬歲》榮獲威尼斯影展金獅獎，開始了他從影的巔峰。雖然起步的影視作品談的都是臺灣故事，但回馬拍攝的《黑眼圈》（2006）處理吉隆坡的孟加拉外勞、蘇門答臘森林大火籠罩馬來半島的煙霾，導入他關懷的人的孤獨與飄零經驗。蔡明亮的成功，以及返馬拍攝影片，激勵了大馬華人對電影的熱情。爾後來臺念影視的青年不在少數，時有作品在臺灣的各類電影節裡亮相。其中廖克發的《不即不離》（2016）是成功例子，這部帶有自傳性風格的馬共家族生命史，掀開了新一代導演對馬來西亞議題的深切關懷，以及詮解歷史和大馬地方風土的自我視野。這近十餘年發展的馬華電影脈絡，在華語電影圈銘刻了不同意義的馬華印象。

　　劇場，是電影以外的頗受注意的表演藝術。一九八〇年代末自臺灣學習戲劇返馬發展華文戲劇教學的代表人物有孫春美，亦有留在臺灣參與劇場創作與演出的大馬人。其中創辦窮劇場的高俊耀值得注意。改編文學作品是他的劇場創作的其中一個特點，尤其將馬華文本賦予劇場形式的搬演與重製。除此，高俊耀的劇本創作貼近馬華內在的國族與文化議題，他的編導與演出技藝，表現了移居臺灣的大馬華人在身體／身分之間跨境游動的反思。

　　至於視與聽對文學顯著的影響，最具體可觀的當屬《椰子屋》文學雜誌。

若說《學生周報》、《學報半月刊》及《蕉風》培育了半個世紀的馬華文學青年，1986年7月推出的《椰子屋雙月刊》，既是《學報半月刊》停刊後的另類延續，也是提供一九八〇年代末成長的一代文青的視聽文化糧食。相對彼時更「純文學」的《蕉風》，《椰子屋雙月刊》對馬華青年文學品味的養成，除了接軌港臺、外國的流行文學、文化，同時提供了文字化的感官娛樂和抒情的版圖。《椰子屋雙月刊》自我標榜「永遠年輕快樂的文化雜誌」，讓新一代的馬華文青浸淫於紙上聲光的文學／文字感性，這是另一批馬華作家的起手式。

早期馬華電影：
從《新客》到《南洋小姐》的回顧

許維賢

馬華電影的起點可追溯到1927年在新加坡維多利亞戲院公映的默片兼劇情片《新客》，該片也是新馬首部本土生產的電影，同年也在吉隆坡和馬六甲的戲院公映，在香港九如坊戲院放映則改名為《唐山來客》。該片製片人兼編劇劉貝錦於1926年在新加坡創辦「南洋劉貝錦自製影片公司」，這是新馬首家本地影片製作公司。劉貝錦生於新加坡，後來家族遷居馬來亞麻坡。他是麻坡中化中學創始人劉築侯次子，南洋畫派代表畫家劉抗的堂叔。劉抗在新加坡國家檔案館的口述歷史追憶劉貝錦是一位很會享受生活和喜歡新花樣的花花公子，很多事情都首開南洋風氣，他經常跟當時柔佛蘇丹兒子比賽誰先購買最新和最好的名貴汽車，劉貝錦經常開著汽車載劉抗去兜風，雖然是富家子但對人非常和氣，沒有階級觀念，劉抗這些後輩和周圍的人都對他很有好感。

二十四歲的劉貝錦於1925年底專程去上海等地考察中國電影業和其他教育文化事業長達兩個月左右，1926年寫成專書《歸國記》，上海三民公司出版，書題由蔡元培題字。劉貝錦在書中批評國片草率無聊不合華僑口味，偏於愛情片絕少冒險片，僅有平淡外景而乏雄奇壯觀，表演及光線往往不足，價值與內容難於相稱，亦不合乎南洋國情，因而他倡議在南洋設立影片公司的必要。他在書中列明公司宗旨乃在於「表現南洋風尚」，南洋在「天時地理人事各方面」與中國未能盡同。此次行程劉貝錦也特地邀請上海友聯公司攝影師郭超文到新加坡擔任公司經理和攝影師，後來亦身兼《新客》導演。

《新客》通過敘述兩種不同生存形態的南洋華人社會，即新客與土生華人社會群體，展現南洋社會的華夷風。《新客》敘述一九二〇年代從中國南來謀生的華僑，如何與當地土生華人女子發生矛盾、協商爾後共結連理的故事。《新客》挪用通俗劇以家庭作為敘事中心的愛情橋段，化解這兩種南洋華人社會群體之間的恩怨紛爭。片中有三分之一內容被英方查檢局勒令刪減，例如打鬥和綁架的暴力場面和以新客為主導的中華民族主義妖魔化操英語的土生華人惡棍皆為英方所不容。

　　《新客》男主角鄭連捷（藝名鄭超人）來自臺灣新竹。他是臺灣首位默片男演員，1925年和友人在臺北創設臺灣最早的電影製作和研究機構「臺灣映畫研究會」，並參與演出首部臺灣電影《誰之過》。他跟《新客》演員周清華譜下戀曲結為夫婦後失業，孤身赴上海影壇發展一舉成名，與阮玲玉合演數部電影，後來卻因反帝反殖被臺灣日治政府逮捕，妻子久等丈夫不歸後發瘋，晚年鄭連捷從臺灣回南洋登報尋妻，他倆淒美的愛情悲劇曾被改編成歌劇唱片《萬里尋妻》和臺灣電影《瘋女情》。

　　《新客》劇本原來出自久居新加坡的合群義學前校長陳學溥，當時報刊也報導陳學溥也將導演此片，但原名為《南國幽芳》劇本被郭超文多處刪改，片名也被郭超文批評為字義太深，不易普遍，最終導致陳學溥在負責面試和訓練演員後退出影片製作團隊。陳學溥後來撰文闡明他主張「純粹南洋化影片」，馬來半島各民族風俗應在影片體現出來，《新客》原劇本是風俗片，可是原劇的南洋風俗卻被郭超文大量刪除，理由是難以拍攝，也不易讓外人理解。一九二〇年代下半旬正是馬華報刊提倡「南洋色彩文藝」時期，陳學溥正是呼應此時此地馬華作家要建立帶有地方色彩的南洋色彩文藝，以便把南洋色彩文藝跟中國文藝區別開來。陳學溥和郭超文的衝突，在於前者比較主張「南洋色彩文藝」，後者卻把此片更多置於「中國文藝」的五四新文化運動發展脈絡來衡量，並撰文表示不宜把南洋僑胞尚留古代遺風的迷信文化搬上銀幕。

　　1928年陳學溥在芙蓉光光影片公司的支持下擔任劇情片《男子的心》編劇兼導演，可惜該片劇本和拷貝跟另一部同時期在怡保攝製的劇情片《頑童》均失傳，無法判斷陳學溥和其同代人所主張的「純粹南洋化影片」實現到了什麼程度。

　　二戰後「馬華電影」的提法已在新馬報刊中誕生和通行。《娛樂》雜誌起初是以「馬華電影」來命名流亡印尼的上海導演吳村於1947年在新加坡邵氏機構完成攝製三部在南洋引起熱烈迴響和討論的華語電影，分別是《星加坡之歌》（以下簡稱「星」）、《第二故鄉》（簡稱「第」）和《度日如年》（簡稱「度」）。「馬華電影」的命名較後也被《第》的本土女演員兼戲劇導演紅菱在《娛樂》撰文敘述，她撰寫的〈我對於馬華電影事業的看法〉中的「馬華電影」主要指涉那些在馬來亞（包含新加坡）由華人導演拍製的新興電影。紅菱也被吳村力邀在《第》中飾演片中奉行獨身主義的大姐角色。

　　當年邵氏機構老闆邵仁枚撰文表示為了恢復被日軍所占據和破壞的製片廠，再加上二戰後國片來源不足，他邀請吳村來新加坡拍片，並希望藉吳村影片公開

日軍在南洋暴行。吳村響應邵仁枚的號召，三部電影中有兩部控訴日軍對南洋華僑的迫害，即《星》和《度》，另外一部《第》亦以二戰為重要時代脈絡，再現華僑在二戰後萌芽的本土意識。這三部電影都呈現反帝反殖的左翼主題。邵氏機構作為冷戰年代的右派電影公司，在1948年之前卻支持吳村拍攝這三部左翼電影，其中原因也是當時正逢英方和馬共在日軍撤走後的短暫合作蜜月期，馬共遵從英方協議從森林走出來交出部分武器，並籌備跟本土各族聯盟爭取憲政議會民主。那是二戰結束至1948年中旬期間，新馬本土華語電影曾曇花一現復甦起來。無獨有偶當時新馬報刊正在醞釀較後爆發影響深遠的「馬華文藝獨特性」論戰，並開啟／催生了馬華文學／文化思想的主體論述。

吳村認識曾參與抗日游擊隊的馬共成員杜邊。二戰後杜邊是海鷗劇團的創始人兼導演，他在報刊撰文呼籲劇作者要書寫反映馬來亞現實的劇作，其立場偏向於支持「馬華文藝獨特性」的正方代表周容（金枝芒），而周容亦是馬共成員。當時吳村力邀杜邊協助策畫和編寫電影劇本，並請他提供許多資料，包括電影插曲，有些是杜邊在森林裡創作和演唱過，而《第》插曲〈檳榔女〉的作詞者正是杜邊。杜邊甚至將海鷗劇團和南島劇團的班底拉過來參加吳村電影的演出。

這三部電影的主題、對白語言和內容基調，也嘗試貫徹「馬華文藝獨特性」所講究的此時此地現實新馬地方色彩，本土的豐富語言和生活方式（包括習慣、興趣、風尚等）的多彩。其中《星》就處理馬共游擊隊的抗日衛馬、《第》揭露橡膠廠主對外來勞工的剝削，以及《度》批判英殖民地政府對二戰被檢華人家屬的處理不當；新馬特有的華語詞彙亦在《度》出現，例如「巴剎」（菜市）和「咖啡錢」（賄賂小費）等等，而且《第》中電影人物的生活方式形形色色，既再現南洋本土的剖食榴槤和歌舞作樂鏡頭、亦呈現貝多芬《月光曲》彈奏、時裝比賽、划船、釣魚和野餐場面等等。

A poster for the locally produced *Honour & Sin*.

尹海靈導演的電影《南洋小姐》海報（許維賢翻攝提供）

另外跟吳村同一時期在新加坡攝製和公映的華語劇情片有中華電影製片廠的《華僑血淚》、《海外征魂》和《南洋小姐》，這三部抗日電影亦含有強烈的反帝反殖色彩，前兩部的電影拷貝至今依然保存於中國電影資料館。二戰後百業蕭條，電影拍攝器材和其他軟硬設施皆不足。由於器材較為陳舊，所有膠片與攝影器材都是日軍留下來的，中華電

影製片廠在惡劣的電影製作條件下製作這三部抗日電影。電影宗旨是為了揭發和指正日寇在南洋的暴行，其迫切記錄華僑在日治時期集體創傷的歷史使命大於娛樂性或藝術性的追求。這幾部電影的負面角色都是漢奸和日本人，為華僑在日治時期的集體受難吶喊。

女導演尹海靈（左一）在二戰後的新加坡身兼電影歌舞教師訓練愛徒林芸靈（右一）（許維賢翻攝提供）

1946年控訴日軍暴行的《華僑血淚》是二戰後首部新馬本土華語有聲劇情片，其導演蔡問津即是當年推動馬華劇運的能手、中華劇藝社導演之一。《華僑血淚》多面再現二戰時期華人的本土意識，其中對白也夾雜馬來語、日語和道地土腔的華語方言。導演邀請歡場舞女何玉蓮在片中飾演講馬來語的交際花，她袒胸露背犧牲肉體勾引日軍換取情報的精湛演技和香豔鏡頭格外引人矚目。

《海外征魂》和《南洋小姐》為華南女導演尹海靈編導。尹海靈為中國著名導演侯曜的愛侶兼助理，她也是侯曜在香港的入室弟子，其電影理念深受侯曜影響，兩人也在香港合導多部電影。侯曜與尹海靈於1940年被新加坡邵氏機構從香港邀請到新加坡聯合編導完成了七部馬來語片。

侯曜在一九三〇年代的中國已進行地下抗日活動，過後去香港也拍攝了數部非常賣座的國防電影和撰寫反日的報刊評論，抗日救國的立場早已挑起日軍的敏感神經。日軍侵略新馬，侯曜在新加坡遭人檢舉，不幸於1942年被日軍殺害。尹海靈在痛失愛侶後在日治時期的新加坡大世界開設咖啡店求存，被當年《娛樂》記者目擊她是「頭家兼估俚，在清苦中過活」，也身兼電影歌舞教師訓練生徒。

二戰後尹海靈復出導演的《海外征魂》以抗日救國為時代背景，片中的鍾國材和鍾愛華兩兄妹從中國下南洋投靠新加坡的舅父，分別隱喻侯曜和尹海靈類似骨肉的親密關係。片中辛辣諷刺滿口洋腔的南洋中上階級華僑對中國被日軍侵略的漠不關心，例如舅父許翁對學生們登門進行抗戰募款表現吝嗇和抗拒，反而中下階級華僑例如三輪車夫則熱烈響應募捐抗戰救國的運動。編導簡約地通過電影語言把英語和華語在南洋華僑群體的兩種不同身分歸屬和流動做了再現，把新加坡日治時期前後不同階級的華僑群體的身分認同轉變進行紀錄。鍾國材最後在片中被日本間諜殺死，臨死之前高喊「中國萬歲！」最後一個鏡頭是那位被漢奸

毀容的鍾愛華、其表哥許偉生和未婚妻麗娜一起拜祭鍾國材那座銘刻著「海外征魂：鍾國材志士之幕」的墓碑，導演此舉顯然是為在海外死無葬身之地的侯曜招魂。此片於1946年10月27日在大華戲院試映。同年11月30日和12月1日兩度在大華戲院隆重獻映半夜場，均告客滿，並正式放映連續長達四天，從同年12月5至9日，每天放映四場。從上述放映紀錄看來，此片似乎並不是後來的影人追憶「賣座不佳」。

隔年導演也完成拍攝以慰安婦和抗日游擊隊為主題的《南洋小姐》。電影海報以「游擊隊為民族生存而『血流』……令人起敬！純粹女性犧牲肉體換『情報』……使人涕零！！」作為吸引眼球的宣傳文案，號稱「內容意識堪稱：超出『藝術水準』！」並以民族大義向大眾發出呼籲「凡我同胞，非看不可」。此片並不是如加拿大學者Jan Uhde所說最終沒在戲院上映，而是於1947年從10月8至9日在大華戲院連續放映兩天，每天放映四場。拍完此片後，尹海靈向媒體透露自己感到疲倦，似乎鼓不起勇氣拍下一部片子了。

當1948年英方宣布馬共為非法組織，並宣布馬來亞進入緊急狀態後，由於上述吳村的三部左翼電影和中華電影製片廠的抗日電影均含強烈的反帝反殖意識形態，這些電影嚴禁在新馬公映，隨即在冷戰時期反共和排華的大氛圍下，這些早期馬華電影也漸漸淡出人們的記憶。

延伸閱讀

Hee Wai-Siam. *Remapping the Sinophone: The Cultural Production of Chinese-Language Cinema in Singapore and Malaya before and during the Cold War* (Hong Kong: The Hong Kong University Press, 2019).

許維賢。〈新客──從「華語語系」論新馬生產的首部電影〉。《清華中文學報》no.9(June 2013):5-45。

許維賢。〈人民記憶、華人性和女性移民──以吳村的馬華電影為中心〉。《文化研究》no.20(2015):105-140。

許維賢。〈從臺灣到南洋的萬里尋妻：以默片演員鄭連捷和周清華為媒介的通俗劇探析〉。陳惠齡（編）《自然、人文與科技的共構交響：第二屆竹塹學國際學術研討會論文集》（臺北：萬卷樓，2017），413-444。

鍾寶賢。〈兄弟企業的工業轉變──邵氏兄弟和邵氏機構〉。黃愛玲（編）《邵氏電影初探》（香港：香港電影資料館，2003），1-13。

大荒與蜂鳥：
馬華獨立電影的兩種流徙表述

黃國華

同世代的陳翠梅（1978-）與廖克發（1979-），是近二十年創作能量較為穩定和豐沛的馬華獨立電影人，二人在有限預算內接連講述性別政治、族群互動、流徙經驗、歷史記憶等故事。2021年他們同時帶來新作，陳翠梅劇情長片《野蠻人入侵》亮相於上海國際電影節，後在大馬上映；廖克發有關臺灣二二八事件的紀錄片《野番茄》亮相於高雄電影節，有鑑於導演之前總觸犯不能說的政治禁忌，該作可能跟過去作品一樣，只能公映在家國之外。

此一放映地域和境遇的差異，顯示兩人不同創作傾向。陳翠梅隸屬吉隆坡跨族群的大荒電影公司（成員包括李添興、劉城達和巫裔的Amir Muhammad），主要攝製劇情短片和長片，標榜自己一直製作源自個人生命歷程和現時社會觀察的「私電影」。其電影敘事時空往往不會早於導演一九八〇年代的童年時段，迴避不曾經歷的國家暴力，旨在展示追尋某一事物又徒勞無功的個體宿命，呼應她對「大荒」一詞的解讀：「就是從什麼都沒有，到最後也是什麼都沒有。」對於族群、階級、離散等宏大議題，陳翠梅處理得相對隱晦、溫和，甚至俏皮（如低成本科幻短片 *Dream #2: He Slept too Long* 和 *One Future*）。而留居臺灣並創立蜂鳥影像的廖克發，自比為小隻而努力的蜂鳥，以小擊大，在臺灣自由環境下無所顧忌地直探歷史幽徑，紀錄片表現尤為突出。廖克發多從當下已見裂痕的家族或種族關係，往前追溯錯過的「家／國」記憶，傷痕的可能源頭：馬共、「五一三事件」、一九二〇年代被禁映的《新客》，向我們揭示被遮蔽的大歷史創傷。

我們可從陳、廖二人所共同處理的流離轉徙題材，觀察他們如何經營出不同線條（單線與多線）、重量（輕盈與厚重）以及織法（布滿瑣碎的生活細節，疊加駁雜的歷史訊息）的影像故事。

陳翠梅電影經常出現想往外出走的大馬華人女性，但結局往往並不圓滿。如《每一天每一天》（2009），一位華人婦女忽然想去秘魯追尋寫作夢想，然而目前她持續困在密閉的臥房、廚房和車內。片尾看似無意義的玄談：蒼蠅飛入行進中的車子，是牠還是車子在動？或表示移動的白費心力，不停飛行的「蒼

陳翠梅電影《野蠻人入侵》（2021）（陳翠梅提供）

蠅／她」可能並無任何移動，只是地面向他們衝來。《丹絨馬林有棵樹》（2004）和《愛情征服一切》（2006），女主角同為從鄉到城的華人少女，想獲得愛的回應或憧憬更好的未來，前者迎來什麼都沒發生的情感結局，後者則付出慘痛的肉體代價。雖然導演不給出保證成功的出走結果，卻讓女人們維持流動、主動、「在路上」的狀態，給予女性離家尋覓自我價值的無窮動力，對應導演實踐創作理想而無休止漂泊的現實處境：從關丹漁村到吉隆坡、北京和歐洲。

　　《丹》一度提及女主角未來可能遠赴臺灣發展，隱隱然批判在「馬來人至上」國策下，大馬華人只能不停向外逐水草而居，但導演並不在種族課題逗留太久。陳翠梅成長於馬來人聚集的漁村，自言種族相融的童年印象，促使她的影片少見華巫兩族對立場景，馬來人多是友好和淳樸，馬來鄉村更是修補人物關係之所在。2010年首部馬來語長片《無夏之年》（2010），陳翠梅進一步提示漂泊並非華人專屬命運，城鄉貧富差距，亦將部分土地之子（Bumiputera）的馬來人推向異地。導演把無根漂流的癥結，指向不平衡的城鄉發展，而非不對等的種族權益。

　　陳翠梅另兩部短片《南國以南》（2005）和《馬六甲夜話》（2013），是她少數格局稍大，觸及華人離散史之作。《南國以南》以一九八〇年代關丹漁村為背景，透過華人家庭重複「吃」的生活儀式，還有越南難民向當地華人以黃金換米

飯的情節，導演輕巧地喚回昔日華人下南洋「搵食」的求生記憶，南國無休止重演離散情境。惟片尾越南人焚燒逃難的船，預示落地生根、告別原鄉、終止離散的可能性。至於《馬六甲夜話》，對「原鄉與離散」主題做出別樣詮釋。導演在馬六甲街頭尋人誦讀郁達夫〈馬六甲遊記〉，看似為大馬華人與中國南來文人建立跨時空對話。然而，全程無聲的朗讀暗示聯繫的失效，最後字幕述及：「有時候你狡猾地跟人說，你的原鄉是希臘。或者你故作聰明地狡辯：原鄉不是一個空間，而是時間。原鄉是我們無法回去的過去」，藉由時間化原鄉，鬆動原鄉即為中國的認定，擴大流徙內涵：只要持續成長和移動，任何人將處在永久漂泊狀態。

相較於陳翠梅做出無種族差別、擦拭離散原點和攜帶宿命感的漂泊敘事，廖克發則講述華人意識相對強烈、尋索離散痕跡（突顯鄉音福州話，探訪第一代福州移民在實兆遠上岸的遺址）和深具批判力的流離（亡）故事。前者暗自引出城市化發展和全球化流動問題，後者直接曝露華巫兩族不平等的權力結構。

2016年廖克發成名作《不即不離》，記述被大馬政府驅逐的馬共（以華人為主），如何逃向膠林深處、中國和泰國邊境，逐漸成為被「遺」忘的、被視為多「餘」的「魚骸」。導演採取「由下而上，由家至國」敘事方式，從追問父親的失責，一路追蹤到同樣對家失責，卻對國盡責的馬來亞共產黨祖父及其同輩。電影往返於家族史與馬共史，官方檔案與庶民口述之間，藉由四處走訪禁止入境的馬共倖存者，重繪一幅被遮掩的、弔詭的、沉重的歷史巨畫：那是革命建國的激情時代，也是拋家棄子的悲情時代。被官方看做單一華裔族群恐怖組織的馬共，他們或死亡或流亡的命運，延續至後代華人，促成馬華社群「漂泊無終時」，對國家、異族或上一代家人，保持若即若離的緊張關係，總感覺身體懸空在土地之上，有隨時出走的慾望（包括導演自身）。有趣的是，電影還以另類的懷舊悄悄挑戰國家大敘事。片頭播放的大馬國歌前身──印尼情歌（Terang Boelan），暗示曾有一段濃情蜜意出現在國家形成之前；片尾泰南和平村華巫兩族大合舞畫面（中間安插昔日馬共多元族群的生活片段），不僅推翻「馬共＝華人」歷史敘述，還暗諷族群融合的願景不在「此時此地」發生，而在大馬的過去和邊境之外。

至於廖克發首部劇情長片《菠蘿蜜》（2019），我們一樣看到馬共的歷史債務、華與巫的距離，以及大馬華人無根漂流的困境。電影並置兩個時空，一個是馬共游擊隊抗英的一九四〇、五〇年代，一個是留臺大馬華人一凡與菲律賓外籍移工萊拉共譜異地（族）戀曲的當下，串起兩個時空的人物，是兒時目睹馬共母親死亡，成年後無力維繫親子關係的一凡父親。電影再度複製《不即不離》敘事

廖克發電影《不即不離》（廖克發提供）

邏輯，將個人認同危機和流離失所的因由，先指向「父不父」的家庭記憶，再往前追究製造這一失敗父親，同時強化華人血統原罪的可能源頭──無父無母的剿共時代。於是我們看見，一凡父親似乎將自身承受的國家暴力，化作施加於親屬的家庭暴力。主角一凡的出走，一方面是要離開無能的父，一方面也是要離開無愛的國，直接控訴偏袒馬來人的教育政策，不但因而中斷在地的華巫戀情，更讓他漂向臺灣，尋求異地嫁接，重新扎根的契機。然而，出走並不意味全然的救贖。當主角努力在臺灣移植家鄉植物，並追求沒有宗教隔閡和權益衝突的另一南島民族，試圖在海島一隅重建華夷交融的理想樂園，導演卻給出終究失落的情感結局。這或許意味「靈根重植」並非一蹴而就，它有挫敗的機率，有持續流離的可能。

　　與陳翠梅生活和教育背景不同，廖克發成長於剿共計畫產物的華人新村，並在臺灣學電影歷程中，得以接觸解嚴後關於白色恐怖的創傷敘事。這促使他頻頻回頭反思大馬華族被噤聲、被壓抑、被漂流的境遇，深刨造成家（種）族隔閡與華人流離的根源，在臺灣撕開大馬一道道淒慘的無言的傷口，自行填補大歷史敘述中刻意空白之處。當然，廖克發不只為華人發聲，也關注被華巫兩族雙重邊緣化的原住民（《還有一些樹》）、二戰後面臨認同危機的臺籍日本兵（《野番茄》），還有散落各地謀生的外籍移工（《妮雅的門》），積極釋出少數或弱勢群

體的聲音，時刻檢視侵蝕他們身分和身體的隱形暴力。

我們最後從「吃的畫面」和「黑暗的表達」，對照出兩位馬華獨立電影人敘事路向和鏡頭美學的間距。陳翠梅不少電影以餐桌作為主要場景，如《蘑菇兄弟們》（2006）、*Dream #1: She Sees a Dead Friend*（2008）和《愛情征服一切》，在情人或友人共同進食過程中，互遞情愫或大談女性，展演出「食色性也」的原生態，既日常又野蠻。《南國以南》更將吃飯推向前景，捕捉南國頑強的覓食意志。比起陳翠梅聚焦於吃的行為，再現大馬華人的本土生活景觀，廖克發較為看重吃的內容，其特定的地方食物，具有促成跨國情感連結和撫慰流離情緒的功能。如《菠蘿蜜》中巨大而黏膩的菠蘿蜜，既是安置馬共嬰兒的子宮替代物，亦成為身在異鄉的兩位東南亞人（大馬華人和菲律賓人），彼此相通的南島語彙，私下共嚐的南島滋味，兩個流離個體瞬時綁定一起。《不即不離》的南洋咖哩，也成為留居中國的前馬共成員，夢回馬來亞的鄉愁。廖克發影片中的食物，經常是指向南方的情感符號，閃現出集體離散與個體漂泊的潮濕回憶。

此外，陳翠梅似乎特別鍾愛夜景，《丹絨馬林有棵樹》、《馬六甲夜話》、《愛情征服一切》和《是在道別》（2009），皆呈現一男一女夜中對話，《無夏之年》更用數十分鐘記述三個馬來人在深夜海上垂釣和閒談。這種「夜涼如水」的場景設置，打開微型、柔靜、私密的敘事空間，面目模糊的人們相融於黑暗之中，互傳內心深藏的私慾或私語，貫徹「私電影」美學主張。廖克發電影則盡顯「鬼燐螢火」幻魅元素，拉出大馬的長篇痛史。如空鏡頭拍攝舊家內外的破敗與陰暗，提示無數歷史孤魂盤踞於此（《不即不離》和《螢火》）；製造刺耳聲響來通向五一三事件的死亡一瞬（《還有一些樹》）；還有藉由現實和夢中重複出現的斷指男人，詭異地預告華人無終時的失根與放逐（《菠蘿蜜》）。廖克發影片總帶領我們穿梭兩個以上的時空，造訪歷史幽靈，找回缺席又未曾離開（*Absent without Leave*）的（祖）父，似乎惟有仰賴靈異修辭，他才得以說出無處容身的童年往事，攪動沉入深淵的歷史碎片，用力地講述憂鬱的、不可承受之重的史詩。

上述兩位大馬導演，近年來都有作品在臺灣上映，讓「南向」視野慢慢形構出來的臺灣觀眾，持續理解南方的認同困境、赤道風景和聲音腔調，刷新視覺經驗，撐開歷史眼界。例如廖克發《野番茄》以外來者身分重新記錄二二八事件，並植入一個跨域觀點，岔出一條臺籍日本兵前往南洋從軍的支線，連結臺灣與東南亞彼此牽動的歷史記憶。2022年在臺灣公映的陳翠梅《野蠻人入侵》，披著商業片的外皮，靈巧地作出語言認同、性別氣質、族群關係、電影創作等多面向思考。電影以戲中戲的趣味設定，幻想東南亞華人身分崩毀的極端處境：一個失去

記憶的黃皮膚女人，只剩下一身好功夫和多國語言。超群的肢體和語言技能，竟使她的「自我」徹底瓦解，只能暫時被戲中人和戲外觀眾，當成具獵奇意味的東南亞女特工。

　　當然，我們不能忽略前幾年在臺灣金馬影展大放異彩的張吉安《南巫》，創造別開生面的熱帶恐怖美學：不濫用刺激感官的視效和音效，以承襲臺灣新浪潮電影緩慢紀實的影像風格，再現出「巫影」籠罩的馬來半島。導演透過回溯父親被下降頭的童年往事，逾越人鬼邊界，揭示馬來世界日常裡各種界線和角力：華人與巫來由人、伊斯蘭教與巫信仰，南馬與北馬，男人與女人，大陸與南島。南「巫」，既是代表東南亞的巫術文化，也象徵長期打壓華人的馬來霸權——巫統（UMNO，電影時空背景是族群衝突「茅草行動」發生的前夕），鄉野傳奇和政治寓言得到一次驚豔、流暢、細密的縮合。作為四十歲才拍電影、大器晚成的張吉安，即將完成第二部新作《五月雪》，得到臺灣金馬創投的資助，一樣會從地方文化的角度，以戲班人生折射半世紀以來大馬華人的悲情歲月（據悉會觸及敏感的「五一三事件」）。第二部作品是否會超越《南巫》？張吉安能否樹立起個人鮮明的視覺風格？他在馬華電影史的位置，會產生怎樣的變化？臺灣觀眾又會在他未來之作裡，看見什麼樣質感和問題的「南方」？值得我們後續追蹤。

延伸閱讀

陳翠梅（執導）《愛情征服一切 Love Conquers All》（大荒，2006）。

廖克發（執導）《不即不離 Absent without Leave》（蜂鳥，2016）。

廖克發、潘婉明（對談）。魏月萍（主持）。〈走入馬共後代的家族史〉。《思想》no.35(May 2018):203-227。

蕭智帆。〈尋找消失的馬共父親——紀錄片《不即不離》中的馬共記憶再現〉。熊婷惠、張斯翔、葉福炎（編）《異代新聲：馬華文學與文化研究集稿》（高雄：中山大學人文研究中心，2019），175-194。

許維賢。〈反離散的在地實踐——以陳翠梅和劉城達的大荒電影為中心〉。《華語電影在後馬來西亞：土腔風格、華夷風與作者論》（臺北：聯經，2018），212-239。

電影，劇場，蔡明亮[1]

林建國

法國影評家巴贊1951年長文〈劇場與電影〉，表面上論析兩個藝術媒介如何互通有無，實則迂迴暗示彼此是兩碼子事，不必共冶一爐。盧米埃兄弟與梅利耶早年影片呈現的意趣便和戲劇手法無關。默片時代各家大師，包括頻受巴贊讚譽的卓別林與巴斯特・基頓，都如此印證。然而隨著有聲技術出現、好萊塢崛起，故事片成了電影工業主流。電影劇情的推展漸次回歸西方文學傳統，服膺亞里斯多德《詩學》中的見解。亞氏認為劇場獨有的六種特質中，情節比起其他五項（品格、語言、思想、場景、樂曲）遠為重要；而情節又來自人物的行動，以致電影敘事有賴人物的發展進行繁衍。如此一來，電影也就變成戲劇的附庸，任由情節擺布。

一直等到蔡明亮的出現。除了實驗電影界，一時未見當代電影作者中，有人如此忤逆上述的西方詩學範式。

其實，蔡明亮早在他的劇情片時期便朝著這款原始電影邁進。《洞》（1998）、《天邊一朵雲》（2005）或是《臉》（2009）當中，長鏡頭裡寫實的枯坐與歌舞場面超現實的排場，便是盧米埃與梅利耶兩者一靜一動的交替與拼貼。蔡明亮披著劇情的外衣，將他的原始電影工程偷渡進來。短片《天橋不見了》（2002）作為《你那邊幾點？》（2001）的「後傳」，雖沒放棄劇情，但也超越劇情。片中儘管不缺人物、行動、情節，故事功能，卻因為天橋不見了，造成要等候的人沒來，又過不了馬路，人人困守原地，有如臺北版的荒謬劇《等待果陀》。之前，蔡明亮曾創作驚悚片《小逃犯》（1984）與武俠片《策馬入林》（1983，與小野合編）等電影腳本，說明他具備營造故事片的能力，更能發展成類型電影，但是這條路他終究還是捨下未走。

1　本文為《蔡明亮的十三張臉：華語電影研究的當代面孔》推薦序〈明亮的意義〉的增刪改寫，見孫松榮、曾炫淳（主編）《蔡明亮的十三張臉：華語電影研究的當代面孔》。蔡文晟中譯（新竹：國立交通大學出版社，2021），vii-xi頁。

孫松榮、曾炫淳編《蔡明亮的十三張臉》（2021）（國立陽明交通大學出版社）

蔡明亮放棄劇情的緣由，線索不在電影，而在文學與劇場。一個不能不提的人物是山謬・貝克特（Samuel Beckett, 1906-1989）。兩人最大的共同亮點是放棄敘事。蔡明亮自稱《不散》是他第一部非敘事電影，一如貝克特寫到〈給空無的文本〉（"Texts for Nothing"）才發現原來小說可以沒有故事。他們能夠如此擺脫「詩學」符咒，來自以下幾點相似的歷練：

首先，兩人都跨媒材；既涉入劇場，又跨出劇場。貝克特的劇場有默片的影子，《等待果陀》（*Waiting for Godot*, 1953）中的人物——垃圾（Lucky），便以卓別林的流浪漢為原型。蔡明亮則從劇場跨進電影，再步入裝置藝術，一如貝氏從劇本寫作回鍋去擔任劇場導演。創作上，貝克特的作品橫跨戲劇、詩、散文、小說（長、短篇兼有），產出各種已完成或未完成且又無從歸類的斷簡殘篇。蔡明亮拍下許多長短不一的各式影片，展演除了可在電影院，更可在各式博物館（巴黎的羅浮宮、偏鄉的壯圍沙丘）。《家在蘭若寺》（2017）甚至須使用虛擬實境（VR）的裝置觀看。

其次，兩人都想從語言脫逃。貝克特一生的寫作在英法雙語徘徊，大半時候只想呈現語言的無意義。蔡明亮電影中的對白經常沒有指涉，形如默片，就連多語雜交的《黑眼圈》（2006），無論有無字幕翻譯，一樣可以看懂。更多時候，沉默才是兩人想要表達的。沉默底下的張力，如《河流》（1997）與《郊遊》（2013）兩部結尾時無語的長鏡，才是驚心動魄所在。

最後，兩人奉行著某種極簡風格。貝克特遵行的是建築界「少就是多」（Less is more）與「裝飾是個罪刑」（Ornament is a crime）的極簡圭臬，文字乾淨、準確而又詩意飽滿，但意義被抽得一乾二淨。吳興國改編《等待果陀》為京劇時，被要求禁用音樂。蔡明亮在《青少年哪吒》（1992）之後的作品不至於音樂全無，有時還載歌載舞，但是排斥配樂，直到《你的臉》（2018）才用了坂本龍一。總之，兩人都以極端的減法方式創作。

藝術手段如此激進，減法創作如此嚴厲，只能臆測，他們恐怕是在抵禦著頹然失序的外在世界。兩人都出生於大英帝國統轄下的殖民地，一在愛爾蘭島，一在北婆羅洲，成長時見證了暴力程度不一的去殖民。他們成為新興獨立國家的公民之後，自主流落異鄉。貝克特歷經二戰，最後終老巴黎，蔡明亮領著馬來西亞

護照迄今仍留在臺北，兩人呈現異鄉人專屬的孤獨。貝克特在世時，南、北愛爾蘭的慘烈局勢未曾止歇，血跡斑斑，但是他未曾對此發出一語。《黑眼圈》的政治寓意（階級、種族、宗教、性別、性向無所不包）準確大膽，但在公開場合，蔡明亮從來不肯說破。

至於我們又該如何理解這部在吉隆坡拍攝的《黑眼圈》？方法可有多種，本文的建議是回到劇場。在此劇場不指鏡框式舞臺（the proscenium-arch stage），而是劇場黑盒（the black box theatre），兩者假設了不同的表演概念。舞臺劇場的文學氣息濃烈，適合搬演故事張力強大的易卜生、契訶夫、蕭伯納之劇作。生前與契訶夫密切合作過的史坦尼斯拉夫斯基，便有其獨樹一幟的表演理論，流傳到美國稱作方法演技（Method acting），要求演員進入角色時儲存飽滿的動機與思緒，符合亞氏《詩學》的戲劇轉折所需。黑盒子劇場未必遵循此道；其當代起源駁雜，舉凡荒謬劇、窮劇場、殘酷劇場與布萊希特的史詩劇場皆有，到了臺灣就在小劇場界裡共冶一爐。蔡明亮早年投身小劇場劇本創作，他與小劇場的關係已有包衛紅等學者梳理認證，反映在蔡氏電影中，則是爆量使用小劇場的表演方法。最常見的是將演員「挖空」後所做的即興表演。所謂「挖空」，從當代劇場大師比得‧布魯克（Peter Brook）的理論專書《空無的空間》（*The Empty Space*, 1968）可以推知一二。在紀錄片《布魯克論布魯克》（*Brook by Brook*, 2004）裡，他做了兩道示範。一是請演員們假設自己捧著一盆滿溢的水，在劇場中緩步行走，步伐慢至水不溢出。一名演員事後說，原來走路是最困難的動作。另一個示範是布魯克將自己「挖空」，不做思想與情緒上的準備，直球面對一只皮鞋做出他即興的反應。

布魯克闡述的演技方法未必是由他獨創。他出道之前，《等待果陀》已在打磨這種技法，因此無從證明蔡明亮是否師承布魯克。然而前述紀錄片中的兩個示範，仍然大大有助於我們瞭解蔡明亮動用的表演資源。《西遊》（2014）中李康生之緩步行走，不正說明走路是劇場中最困難的動作嗎？小康角色在《愛情萬歲》（1994）裡面對西瓜所做的各種即興反應，與布魯克面對他皮鞋時的行為異曲同工。《黑眼圈》的開場，幾個外勞搬起廢棄的床墊沿著半山芭監獄的外牆行走，由於負載沉重，沒有餘裕讓自己培養情緒，他們只能「即興」。蔡明亮的素人演員如此，專業演員也是，在《黑眼圈》裡，他們的連結就在如何直球面對這張床墊。

別忘了，李康生還一人分飾二角——植物人與流浪漢。植物人只能躺在床上，這是完全不動的李康生，預示了日後他在《西遊》裡（幾乎）不做移動的行

走。流浪漢則不斷移動，遭人打傷之後被這群抬著床墊的外勞救治，並在外勞諾曼・阿頓的細心照料下，在這張床墊上康復。他的同志情愫也在那裡滋生。煙霾來襲之後，流浪漢與陳湘琪抬著床墊到爛尾樓裡的黑水池邊溫存。每個人都想在上面躺下，等候被愛；醒來時，照護床墊上躺著的那人。總之，「我就不想一個人睡」（*I Don't Want to Sleep Alone*，《黑眼圈》英文片名）。被用來舉證安華（Anwar Ibrahim）犯有雞姦罪的那張床墊（作為被告的安華，還被警察賞了一個黑眼圈），到了這部電影裡，成為「人與人的連結」最有力的道具。在此床墊上，人們不分你我、種族、身分地相親相愛、精誠團結（muhibah），成就了電影結尾時跨性別與跨性向的床第三人行（ménage à trois）。他們躺得如此即興，不會比走路容易，未必比走路困難。國家並不瞭解，似乎想得太多，以致《黑眼圈》在大馬上片時被剪得柔腸寸斷。面對床墊，國家想到的是性，蔡明亮看見的是愛。

　　更別說床墊在黑水池上漂蕩時，李香蘭唱的〈心曲〉，恐怕是所有蔡明亮的電影中，愛情感覺最為飽滿的一刻。星馬華人在冷戰時期透過英國殖民地電臺麗的呼聲（Rediffusion）收聽到的懷舊歌曲，蔡明亮在不同的電影中一再使用，一再啟動的還有他年少時的南洋記憶。很多時候，這些曲目，一如〈心曲〉，唱的都是亂離年代裡不得攜手終老的兒女情長。從日寇南侵、緊急狀態、去殖民到獵殺馬共外圍組織，在一系列輾壓著華人命運的政治氣壓之下，老歌送來的溫暖，成為星馬華人共同的情感結構。說實在，他們要的也只是一張床墊。蔡明亮於是透過他的電影，把床墊從他的劇場黑盒抬回馬來西亞。

延伸閱讀

蔡明亮、林曼麗。《來美術館郊遊：蔡明亮大展展覽圖錄》（臺北：典藏藝術家庭，2016）。

陳莘。《影像即是臉：蔡明亮對李康生之臉的凝視》（臺北：書林，2021）。

林松輝。《蔡明亮與緩慢電影》（臺北：國立臺灣大學出版中心，2016）。

Rehm, Jean-Pierre, Oliver Joyard, Daniele Riviere（著）。《蔡明亮 Tsai Ming-Liang》。陳素麗、林志明、王派彰（譯）（臺北：遠流，2001）。

孫松榮。《入鏡｜出境：蔡明亮的影像藝術與跨界實踐》（臺北：五南，2014）。

孫松榮、曾炫淳（主編）《蔡明亮的十三張臉：華語電影研究的當代面孔》。蔡文晟（譯）（新竹：國立交通大學出版社，2021）。

要說的不只是「這裡」：
馬華劇場與窮劇場

高俊耀

在馬來西亞探討戲劇發展有兩種座標可參照，第一層落在多元族群的政治社會結構，第二層落在吸收西方現代戲劇的路徑，離不開中國大陸和臺灣的影響。馬華劇場（馬華戲劇、中文劇場），與黃錦樹所說「馬華文學是現代產物」的處境一樣，「和西方殖民擴張、民族國家的創立、大規模移民脫不了干係。」馬華劇場，即以華語華文為媒介的演出，參與者和觀眾多為大馬當地華人。二十世紀一九九〇年代以降，戲劇發展多圍繞在吉隆坡和檳城兩地。隨著馬來西亞藝術學院戲劇系成立，和中學戲劇比賽興起，從寫實美學外開闢出小劇場實驗形式的嘗試，也培育了一大批至今仍在劇場耕耘的生力軍。

臺灣因為後冷戰時期而推展的僑教政策，以及劇場環境相對自由開放，加上華語的共通性，促使不少學子前往就學。孫春美在臺北的中國文化大學畢業後，便回到母國的戲劇系任教，並引進了她躬逢其盛的臺灣小劇場創作風潮和理念。其他的大馬學子，有的則在畢業後留下來發展，足跡遍布各類型演出的各個層面如編導、表演、舞臺、燈光、行政等；有的前後成立劇團，如動見体的符宏征、身聲劇場的吳忠良、窮劇場的高俊耀和禾作社的黃志勇等，逐漸形成了在臺馬華劇場的一道風景。

因篇幅有限，本文僅以高俊耀的文學劇場作品為例略述。高俊耀來自吉打州雙溪大年，曾獲鄉青小說新人獎，一九九〇年代就讀馬來西亞藝術學院戲劇系，開始文學改編的實驗，2004年赴中國文化大學藝術研究所進修，自此留在臺北發展。2014年與臺灣夥伴鄭尹真創立窮劇場，作品關注殖民歷史語境之中的權力建構與華人主體認同，擅長改編文學作品為劇場演出，致力尋找文學與戲劇、古典與當代的銜接轉譯，在港澳及星馬地區屢受邀舉辦工作坊和演出。

《死亡紀事》是高俊耀在2011年的創作，首演由禾劇場製作，在牯嶺街小劇場演出。演出後迴響熱烈，旋即到亞洲各地如澳門、上海、新加坡和臺中、臺南、花蓮等地巡迴，並兩度回到大馬演出，足跡遍布不同鄉鎮。2014年起由窮劇場接手製作，至今演出約五十場次。

《死亡紀事》劇照（陳藝堂攝影）

　　故事敘述大馬一對華人兄弟在處理父親葬禮時，意外發現亡父具有道教和回教徒的雙重身分，因此引發了馬國法律上的遺體歸屬問題。故事取材自馬來西亞「搶屍案」新聞，報導提到有個家庭在辦理道教喪葬時，遇到回教宗教局前來領走遺體，雙方爭奪不下，只好交由法庭判決。這類議題在馬國相當敏感，不僅觸及了種族與宗教信仰的邊界，還涉及了在世配偶、遺產所有權和未成年小孩的信仰歸屬，以致新聞常低調處理。馬來學者Syed Husin Ali曾在文章中提出，影響馬來西亞族群分裂與衝突有四大議題：「新經濟政策、馬來主權、語言與教育、宗教與文化。」學者鍾適芳由此延伸解讀《死亡紀事》一劇，體制和政治操弄，虛構出差異導致的利益衝突，放大為族群間的不信任恐慌，最終質問：誰，才是馬來西亞人？

　　高俊耀曾在不同訪談提及，沿著資料回溯、挖掘，發現這類新聞和大馬的建國歷史、移民處境密切相關。大馬政治以種族比例在各領域實施配額制度，確保土著權益不受影響，多年來備受其他族群議論，也因此某些人為了圖得資源便利，替換身分，改宗異教，成了心照不宣的現實樣態。演出從爭奪遺體出發，兩名演員說書兼一人多角扮演，夾敘夾議，從華人家庭和回教宗教局的衝突，一路回溯到華人移民和家族內部的矛盾、紛爭。

　　弟弟：……阿爸的遺體歸屬，究竟是宗教問題法律問題？

　　敘述：種族問題政治問題？

　　弟弟：社會問題家庭問題倫理問題？

　　敘述：認同問題存在問題？

　　弟弟：利益問題制度問題？……所有問題都打了結，相互糾葛，到底我要怎麼問怎麼看？

劇評人鴻鴻以「遊戲中的馬華文化處境」來形容該劇,「這齣戲的迷人之處,其實更在於表演。高俊耀和蔡德耀兩位演員輪流扮演眾多人物,國語馬來語廣東話福建話加上互相混染的腔調,精準地詮釋了複雜的社會文化處境。」演出以潮州喪葬「破城門」儀式,馬來民

《我是一件活著的作品(readymade)》劇照(黃志喜攝影)

謠Lenggang Kangkung的旋律,空臺和角色之間的迅速切換,帶來富有音樂性的表演節奏,架構出一場多重敘事和情感飽滿的演出:

> 他就這樣一直跑一直跑一直跑……他跌倒他摔倒他被樹幹絆倒他站起來繼續跑……他一直跑……他被藤蔓和樹枝樹葉糾纏他掙脫他繼續跑……他一直跑……他陷入爛泥堆裡沼澤裡他掙扎他爬出去……他繼續跑……

樹林搶屍的荒謬狂奔,跑的動感擾動了族群內部矛盾,回應到現實中無法抑止的疲憊,以死亡之痛述生存之難。在歷史當中,我們都是別人的他者。認同無法與生俱來,究竟要經歷什麼過程,適應多少,付出多少,才能夠獲取身分的正當性、合法性,名正言順說:「這是我的家」?同樣以「搶屍案」為題材,可參照賀淑芳的短篇小說〈別再提起〉。

2015年窮劇場和臺灣文學館合作,在日式歷史建築齊東詩舍,籌畫為期三週的馬華文學劇場「要說的都在這裡」,包含展演、講座、訪談,每週擇一焦點作家,擬定一馬一臺創作者以各自媒材平行表述。策展人吳思鋒邀請高嘉謙擔任文學顧問,並引用黃錦樹文字「不論寫什麼或怎麼寫,不論在臺在馬,反正都是外人」,道出在臺馬華人的微妙文化處境,來為展演定下了臺灣/馬華、文學/劇場的雙向凝視,落實計畫的實驗/交流。

第一週高俊耀和蔡晴丞以身體演繹木焱的〈我是一件活著的作品〉和〈Goodnight Taipei〉,用動作譜解構詩句,探索地方屬性和集體認同;第二週區

秀詒和黃思農以影像和聲響詮釋黎紫書小說〈山瘟〉，用聲光建構迷幻叢林，潛入馬共、歷史和記憶書寫；第三週則邀請了馬來西亞的加卡地圖（JacAl Map）以演唱將劉藝婉的詩作化為音樂，從日常生活中提煉詩意，交織出餘韻繚繞的聲音景觀。

> 我是一件尷尬的作品
> 不斷地噴嚏
> 咳嗽來掩飾我做人的不足

　　《我是一件活著的作品Ready Made》靈感來自〈我是一件活著的作品〉，選自《晚安臺北》詩集。木焱本名林志遠，來自柔佛新山，現定居臺灣，自稱無國籍詩人，詩作精練詼諧。作品曾獲第一屆馬華文學大獎和被選入臺灣年度詩選。

　　演出並非採用讀詩的演繹方式，而是調動支離破碎的字詞和大量的沉默，擴延原詩意涵，鑽入殖民史的語言政治意識。觀眾坐在室內和式地板，隔著玻璃拉門望向庭院，一名男子將寫在黑板的「凝視的語言」擦拭，再改為「語言的凝視」，為一場魅聲魅影，拾字撿骨的招魂儀式掀開序幕。評論人周伶芝指出「高俊耀在此作中的空間調度，卻予人規則限制上的驚喜，透過和式玻璃拉門建立境外境內的邊境視角，反而真正使得日式宿舍的空間意涵進一步被申論」。一排站開的表演者在非線性的段落中，不斷反覆擦拭和塗寫的動作，讓當下的肉身空間，以顫慄抖動的身體轉喻詩句，來回應歷史的建築空間，卻自始至終無法進入室內。

> 那些文字
> 撕毀的日子和柔皺的情感
> 不是一首詩就可以表達的

　　語言牽繫了我們身體的種種經驗，和表演者身著皺褶的雨衣，隨著時間與肌膚搓揉、沾黏，形塑了對世界的感知，如同歷史教育、意識形態等逐漸滲透在血液和骨髓之中。演出將臺馬兩地許多習焉不察的詞語並置，「多講華語、少說方言」、「有夢最美、希望相隨」、「新村」、「眷村」等，以不斷寫下又擦拭的形式鬆綁，把個人的離散認同放在更大的文化軌跡去檢視。室外的聲音透過收音再混音傳入室內，氛圍壓抑疏離，語言詭譎地被延宕、變形，意義模糊化，彷彿失

語、失能，文學肉身化，以不說之說召喚出幽微的意識幽靈。學者鄭芳婷為作品下了一個注解：「透過將木焱詩作進行分解、轉化與挪用，指出了在臺馬華認同充滿暗啞、飄移與不確定的持續離境狀態。」

當「境」不僅於指涉國境邊界，亦是族裔文化、生命情境和個體肉身的擴延，在場而疏離能否轉化成積極的批判策略，或許正是一代代持續在臺生活的馬華創作人，所持續攪動的生命政治議題。

延伸閱讀

高俊耀。《親密：高俊耀劇作選》（新北：斑馬線文庫，2019）。

賀淑芳。〈別再提起〉。張錦忠、黃錦樹（編）：《別再提起：馬華當代小說選》（臺北：麥田，2004）。

梁志成。《大馬華人劇運面面觀1919-2008年：一幅社會巨變的歷史畫卷》（吉隆坡：隆雪戲劇互動空間，2009）。

木焱。《晚安臺北》（臺北：釀，2005）。

鄭芳婷。〈臺灣當代馬華文學劇場——窮劇場《我是一件活著的作品（readymade）》的「身」轉向〉。《戲劇研究》no.27(January 2021):87-116。

南洋娛樂文化先驅：
「麗的呼聲」及其廣播歌曲

黃文車

新馬地區「麗的呼聲」（Rediffusion）有線廣播最初是1928年在英國克勒頓（Clacton）小鎮創立的有線廣播公司。「Rediffusion」本義是「轉播」，所以該公司剛開始主要是在英國本土提供轉播「英國廣播電臺」節目的服務。一九四〇年代中期逐漸積極拓展海外業務，特別是英國殖民的亞洲市場。1949年8月1日「麗的呼聲」於新加坡啟播後，廣播開始進入馬來亞半島（新加坡、馬來亞）一般民眾的日常生活中。

新馬地區麗的呼聲有線廣播發展

新加坡「麗的呼聲」總部設在克利門梭道（Clemenceau Avenue），從其1950年左右宣傳小冊《這是麗的呼聲》中可見其強調的經營重點是：有線傳播、沒有雜音，經濟簡便、免費修理，同時可以聽到中、英、巫語節目，每天從早晨7時到晚上11時播送16小時，每小時只需一占（one cent），便知其是一個商業廣播的有線電臺。

馬來亞「麗的呼聲」有線電臺發展史可追溯至1949年8月4日於吉隆坡彭亨路（Jalan Pahang）黃屋（Rediffusion House）內的廣播室啟播，1953年7月麗的呼聲擴展至檳城，1964年5月再延伸至怡保。吉隆坡麗的呼聲有線廣播電臺開創之際馬來亞仍屬英國殖民地，當地居民的消閒娛樂不外乎「電影」（影戲）、「粵劇」（大戲）、「神功戲」（神誕戲）和「馬戲」（如「沈常福大馬戲團」、「大天球大馬戲團」等）；或者可至武吉免登路的「中華遊藝場」，或峇都律「安樂世界遊藝場」消遣，然而這些多屬於戶外或實體的消閒娛樂活動。麗的呼聲有線電臺在新加坡和吉隆坡啟播後，意味著新馬兩地的華人消閒娛樂，從過去的「街戲」戶外空間或「遊藝場」室內空間，跨入「唱片空間」後更進一步到了「空中發聲」（Music in air），如此改變大大促進了東南亞音樂市場的多元流動與蓬勃發展。

當時「麗的呼聲」多以方言廣播為主，新加坡臺啟播時有兩個電臺，一個是

播放中文節目的金色電臺，另一個是播放英語、馬來語節目的銀色電臺。開臺初期，為了彌補節目的不足，有不少中文節目轉播自馬來亞電臺，約占總節目的30%，內容多以新聞、華語歌曲和地方戲曲為主。至於馬來亞的麗的呼聲廣播至1951年左右已經累積三千多戶聽眾，一九六〇年代中期黑白電視出現後，馬來亞國營電視中文節目稀少，無法滿足華裔觀眾，因

麗的呼聲廣播電臺（黃文車提供）

此麗的呼聲的華語、方言廣播反而成為吉隆坡市郊各地木屋區華人的娛樂食糧，聽眾持續增加。八〇年代初期，吉隆坡麗的呼聲電臺收聽戶數已經達到一萬七千餘戶。換言之，五〇年代以來「麗的呼聲」的廣播魅力，可以說幾乎是建立在新馬華人的方言收聽群眾上的。

1979年新加坡政府提倡「大家講華語」運動，「麗的呼聲」的方言節目刪減為原節目量的20%，至1983年新加坡明訂官方媒體、電臺禁說方言，過程中也連帶影響馬來西亞的娛樂媒體，加上一九九〇年代馬來西亞各家電視臺紛紛崛起，娛樂事業日新月異，吉隆坡麗的呼聲最終於1997年12月停播。至於新加坡的麗的呼聲有限公司則以2012年4月30日作為電臺播送的最後一天，這也宣告新馬地區麗的呼聲有線廣播正式走入歷史。

麗的呼聲廣播節目內容及方言特色

隨著麗的呼聲廣播風行而推出的《麗的呼聲》雜誌，以及《麗的呼聲歌曲選》等刊物可以作為觀察一九五〇年代透過麗的呼聲廣播載體所播放出來的消閒娛樂是如何快速地在空中傳遞音聲文化，進而建構起冷戰氛圍下東南亞特殊的方言音聲市場。

1950年左右，新加坡「麗的呼聲」開始宣傳自己的節目，例如1950年8月18日《南洋商報》即刊載「麗的呼聲」節目宣傳廣告，包括：1、方言故事，2、方言戲劇，3、國語及粵語話劇（包括《雷雨》、《日出》、《原野》等經典作品），4、特備歌曲，5、婦女兒童節目，6、本地及世界新聞。其中「婦女兒童節目」（包括家庭醫藥）或「本地及世界新聞」都有以不同方言進行播送者，例如「廈語醫藥叢談」、「廈語科學常識講座」或「轉播廈語新聞」、「轉播潮語新

麗的呼聲廈語話劇組黑膠唱片「群星歌劇大會串」（黃文車提供）

聞」及「廈語商情報告」等等。1976年5月1日吉隆坡麗的呼聲「福建話劇組」正式首播，節目包括《心窗》、《瀟瀟風雨》、《同屋共主》，或是1994年「天公誕」特別節目等。不同的方言節目與音樂是麗的呼聲電臺的主力市場，而這多少也和一九五〇至六〇年代邵氏電影公司在東南亞推動的方言影片政策有關。

麗的呼聲方言廣播節目中，最具特色的當屬於「方言講古」及「方言歌曲」，另外有「特備歌曲」則多以廣告贊助商的需求進行播放。

（一）方言講古：方言講古後來成為麗的呼聲的收聽招牌，各方言群都有自己支持的講古仙，例如粵語講古的李大傻、福建講古的王道和潮州講古的黃正經，此外還有講福州評話的任增華、講客家故事的張順發等。到了一九六〇年代末每個招牌講古仙都有自己熱門的時段場，一直到1983年電臺禁止播送方言節目後，他們的聲音才漸漸從新馬人民的日常生活中退出。

（二）方言歌曲：此以福建廈語歌曲為主，又可分為「傳統福建戲曲」及「摩登福建歌曲」兩類。這兩類有時會被稱為「福建歌曲」，後者另有「（福建）流行歌曲」或「廈曲」等名稱。

1、傳統福建戲曲：其中以中國四大傳說中的《白蛇傳》、《孟姜女》故事，以及閩南戲曲四大劇目《陳三五娘》、《三伯英台》、《雪梅思君》及《什細記》為主。另外也有通俗小說或民間戲文如《西廂記》、《狸貓換太子》、《鄭元和與李亞仙》、《薛仁貴回窰》和《包公審案》等，與歌冊、傳說故事如《詹典嫂告御狀》、《鴉片害》、《運河奇案》，及《呆女婿》、《十二生肖》、《麵線冤》等，甚至還有如《十二菜碗》、《桃花過渡》、童謠等唸唱歌謠；再者，尚有南音錦曲《心頭傷悲》、《聽見杜鵑》等等。

2、摩登福建歌曲（廈曲）：據唱片收藏家程章烺在1987年發表的〈唱片業80年〉一文所記：「就是在本地，一九四〇年代末已出現了巴樂風唱片，不過當時該公司僅出版福建流行曲罷了。當時其旗下藝人均為鶯燕閩劇團裡的成員，包括：鶯鶯、燕燕、方靜、薛瑪麗、林中中、楊志華、陳毓泉等人」（引自〈新

加坡國家圖書館管理局：搜集與保留新加坡音樂產品〉，新加坡《聯合早報》，
7 January 2010）。當時演唱摩登福建歌曲最具代表性的就是「鶯燕閩劇團」，鶯
燕閩劇團除了在歌臺、劇院演出外，更投資拍攝廈語片，還出資讓該團歌手灌錄
福建曲唱片，其中方靜（方玉珍，1919-2013）應該是目前可知新加坡最早灌錄
摩登福建歌曲的女歌手。當時常被播放的這些摩登廈曲包括〈春〉、〈桃花泣血
記〉、〈望春風〉、〈無醉不歸〉、〈日落西〉、〈相思夢〉、〈月夜等郎來〉、〈初
戀〉、〈青山綠水〉、〈月夜划舟〉、〈小帆船〉、〈四季情歌〉、〈南洋之夜〉、
〈蝴蝶夢〉等，絕大多數都出自鶯燕閩劇團。

　　這些摩登福建歌曲中有臺灣歌謠〈望春風〉，另外〈月夜等郎來〉用的是臺
灣歌謠〈月夜愁〉曲調，而〈相思曲〉則是1933年臺灣鄧雨賢所寫的〈想要彈
同調〉之當地異名；至於方靜所唱的〈春〉和〈相思夢〉則分別借用了白光的
〈春〉及姚莉的〈春的夢〉旋律；此外，楊志華演唱的〈南洋之夜〉借用印尼民
謠 "Bengawan Solo"，而方靜的〈日落西〉則是中國〈蘇武牧羊〉曲調。就此來
看當時福建廈語流行歌曲混用了不同地區的流行歌謠或曲調，除了讓歌曲具有多
元豐富的音樂元素外，更能觀察當時不同城市彼此連結的娛樂記憶。

　　由此可知，冷戰後的東南亞新馬地區因為邵氏電影公司的方言電影政策推波
助瀾，著重於介紹來自閩南地區及臺灣的方言歌曲和傳統戲曲，這除了符合當時
華人方言群聽眾的程度與需求外，方言歌曲更帶有家鄉文化與記憶回溯；在冷戰
壁壘分明的氛圍內，「麗的呼聲」廣播電臺利用低廉有線不斷訊的傳播方式輸出
與輸進整個方言群對於華人傳統文化的認同與想像，並藉以建構一個跨方言群而
存在的「想像的社群」（imagined community），而廣播聽眾更可透過收聽方言歌
曲進行「思鄉」與「緬懷」，某個程度來說更是一種方言群的認同與華人文化的
再連結。

延伸閱讀

黃文車。《易地並聲：新加坡閩南語歌謠及歌曲的流傳與在地化（1900-2015）》（高雄：春暉，
　　2017）。
石惠敏。《聽‧說70：新加坡中文廣播紀實（1936-2006）》（新加坡：MediaCorp Radio，2006）。
張燕萍。《新加坡中文廣播史（1945-1965）：一個社會史的研究》。碩士論文，新加坡國立大學中
　　文系，新加坡，2004。

同學少年齊齊來：
從《學報半月刊》到《椰子屋》

張錦忠

> 我也只覺得我是一日為文青，永遠都是文青。文青掉書包是基本功，但文青更是一種生活的姿態。
>
> ——韻兒

2016年卜狄倫（Bob Dylan）獲得諾貝爾文學獎、李安納柯翰（Leonard Cohen）同年底逝世、2022年7月24日鍾妮米扸（Joni Mitchell）現身新港民謠祭開唱，或羅大佑2021年獲得臺灣金曲獎特別貢獻獎，對《學報半月刊》讀者來說，不僅是北美或臺灣歌壇記事而已，更是遙遠時光的文青記憶火花閃爍。《學報半月刊》前身是《學報月刊》，《學報月刊》在《學生周報》停刊後復刊。那是1969年五一三事件過後的一九七〇年代，友聯出版社已沒有能力與心力做一本中學生與青少年週刊了，但《周報》停刊，讀者難捨，後遂復刊為《學報月刊》（《學〔生周〕報月刊》），以最低成本維持出刊。《周報》並非純文學雜誌，吸引讀者的是各版不同性質的內容，同時不定期辦活動維繫學友感情。除了文藝版、詩之頁之外，影響讀者品味最深的是電影、歌謠與讀書版。這些內容，其實也是香港《中國學生周報》的主菜。復刊後的《學報月刊》能夠存活、成長，端賴彼時編者悄凌用心跟讀者、作者互動。到了七〇年代中葉以後，刊物銷路穩定，出版者（當時已是Syarikat Edcoms，而非友聯）於是改版半月刊，直到一九八四年底停刊。

在那十多年間，《周報》出身的廖渲（方娥真）、溫瑞安、商晚筠、休止符（周清嘯）、黃昏星（李宗舜）、紀小如（張貴興）等作者，從抒寫小我情懷的「學報風散文」華麗轉身，成為詩人或小說家。這一批文藝青年還包括葉誰、風起、秋兒、洪翔美、沙其、荒野狼、鱷圖等，到黃學海、許友彬、溫維安執編時代，湯梅蓀、葉河、葉瓦、山離、徐流、韻兒、阿許、張雁每、美雨子、陳佑然、莊若、陳放任、渺群傲、蒼星、桑羽軍，加愛、比爾、五月、黃振國等另一批文青冒現，形塑了那些年學報詩文風格。不過，藝文版之外，《周報》的

歌話、影話、書話一直是讀者品味的引領者。邁克、雅蒙、牛忠、公羽介、陽文、家毅、粒貝卡、方榮、鼉圖、風起、卡爾、國貌等歌話影話作者，他們批判主流商業片，賞析歐洲片，尤其法國新浪潮，寫披頭士貓王以降西洋歌者，形成另類視與聽品味與氛圍，對打造

《椰子屋》創刊號與最後一期（張錦忠翻攝提供）

《學報》品牌的貢獻，一點也不下於文藝版（他們其實也在文藝版亮身，根本就是斜槓作者）。更不要說，寫張愛玲、西西、杜杜、也斯、亦舒、楊澤、夏宇、波赫士、修伯里等作家作品，《學報》更是「早起的鳥」，早在《周報》時期，邁克與雅蒙就在專欄 "Our Way"「看張」了。

然後，在另一個十幾年，展現了這種「學報風」的，是以「永遠年輕的快樂文化雜誌」為號召的《椰子屋》雜誌。那是1984年10月，《學報半月刊》突然停刊，末代編輯莊若跟雨子、小他興辦新刊，以繼承《學報半月刊》的香火，故莊若說他是《學報》與《椰子屋》的「臨界點，中間人」。先是不定期出刊《椰子屋系列》，試溫之後，莊若跟韻兒、陳放任組「巧手人公司」，在1986年7月推出《椰子屋雙月刊》創刊號，三年後從第10期起改成月刊，之後停停出出，直至1999年的第46期才停刊。《椰子屋》之於當年《學報半月刊》，有點像香港《中國學生周報》1974年停刊後，也斯、何福仁、張灼祥他們辦了《大拇指周刊》延續《周報》精神一樣，頗有「承繼血脈」意味。

《椰子屋》熱情地為年輕讀者細說他們可能沒趕上的那些一九六〇、七〇年代歌者，那些出現在《學報》「歌與歌者」版的名字：鍾拜斯（Joan Baez）、米朽、狄倫、柯翰、柯玲斯（Judy Collins）、紐揚（Neil Young）、董麥林（Don McLean）、麗琪李鍾斯（Rickie Lee Jones）、簡妮斯顏（Janis Ian）、傑申布朗（Jackson Browne）、泰勒（James Taylor）、卡露金（Carole King），或者杜魯福、雷內、羅拔阿特曼、大衛連，以及他們當代的馬甸史高西斯、楊德昌、侯孝賢、王家衛等導演，寫影話的還是牛忠、公羽介、雅蒙、家毅、方榮、多了莊若、胡士托。文學方面，張圓圓重譯了《小王子》（《學報》當年轉載的是陳錦芳譯本），後現代主義、卡爾維諾、村上春樹登場了。這些人那些人養成了八

○、九○年代華校生「同學少年」的文學歌影品味，提供他們窗外年輕、快樂或不快樂的視聽閱讀文化。這就是《椰子屋》——一扇相當西化（也港臺化）的窗。

　　莊若、韻兒、陳放任、小他、美雨子、張圓圓等《椰子屋》編者，《學報》後期作者桑羽軍、禤素萊等人，以及伊海安、唐多加、蘇旗華、翁華強、孫德俊、馬盛輝、劉漢、鄭達馨、祝快樂、紙紙等六字輩尾及七字輩作者，在那十來年期間，用日常生活化、清新、輕快、抒情的文字，寫下對文學與電光聲影的感懷情緒，也許不那麼「純文學」，但真情流露。《椰子屋》停刊許多年後，假牙詩集《我的青春小鳥》、祝快樂散文集《祝快樂捉日子》再次見證了這種文青風。不要忘記還有呂育陶、賀淑芳、孫松榮，《椰子屋》也曾是他們的試寫室，當呂育陶還是「魚系」詩人或賀淑芳、孫松榮還是然然、阿艾的時候。

延伸閱讀

Handyman Company。《椰子屋合訂本》vol.1-4(July 1986-January 1994)。

賀淑芳。〈臉書時代，回看《椰子屋》〉。《南洋商報‧南洋文藝》13, 20 January 2015:12。

彭士驎行書抒情性的
文學涵養與文化底蘊

李乾耀

　　二十世紀的一九二〇至五〇年代期間，知識分子、法師等陸續從中國南來，並成為馬來西亞教育、文學、藝術、宗教、文化各領域的中堅分子。南來的先驅書法家，如管震民、黃實卿、孔祥泰、崔大地、陳人浩、任雨農、鄭一峰、蕭遙天、竺摩、伯圓、黃堯、周曼沙、陳蕾士、黃潤岳、姚拓、彭士驎、曾錦祥等，大多國學修養深厚，並擅長古典詩詞；適合今人以書法、文學和文化三者綜合的研究探索相關課題。彭士驎為此中典型的文人書法家，條件俱足，謹此作為個案論述。

　　彭士驎（1922-2004）出生於湖南省長沙市，原名芋貞，入學後改名為士驎，筆名翠園，齋館名為「掬翠園」。1950年經由香港南來，定居怡保。彭氏擅長書畫、現代散文與古典詩，曾出版現代散文集如《夜窗閒話》、《書燈絮語》、《緣在山中》、《校裡乾坤》、《珍藏偶記》、《翠園小品文》、《徘徊畫廊》等，古典詩集則有《掬翠園詩》，活躍於馬華文壇，1992年榮獲臺灣中國文藝協會頒贈「海外文藝獎章」。彭氏自幼臨池，寫過《玄秘塔》、《麻姑仙壇記》、《九成宮醴泉銘》；稍長，又寫《雁塔聖教序》與《張黑女碑》。1949年，她於佘雪曼門下學「瘦金體」與《蘭亭敘》。南渡之後，又臨習《董美人墓誌》、《枯樹賦》、《蘭亭敘》，以及趙孟頫、米芾、溥心畬、啟功的行書和其他篆隸碑帖。她的書法創作主要以楷書和行書為主，旁及篆隸。她的行書《杜甫〈前出塞九首之一〉》與《賀劉太希九旬華誕》，分別刊石立碑於中國河南省杜甫陵園的詩聖碑林與馬來西亞富貴集團的中華人文碑林。

彭士驎行書的抒情性與文學涵養

　　孫過庭《書譜》指出：王羲之的書法「情深調合」；又說：「（王羲之）寫《樂毅》則情多怫鬱，書《畫贊》則意涉瑰奇，《黃庭經》則怡懌虛無，《太師箴》又縱橫爭折。暨乎《蘭亭》興集，思逸神超；私門誡誓，情拘志慘。」顯然，孫氏所謂的「情深調合」，是指王羲之的書法在抒情性方面臻於完善。筆者

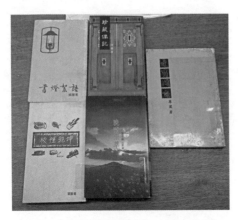

彭士驎的散文集《夜窗閒話》、《書燈絮語》、《珍藏偶記》、《校裡乾坤》、《晚晴幽草》（高嘉謙翻攝提供）

認為，以上孫氏提到的碑帖，還有三個層面值得留意：

1. 撰寫者：《蘭亭》是王羲之自撰的文章，其餘為他人所著。

2. 文體：個別屬於辯論、頌讚、方書、箴銘、序跋等不同文體。

3. 書體：《蘭亭》是行書，其餘為楷書。

由此可知，書法家即使以不同書體書寫自撰或他撰的不同文體的文章，都能展現書法的抒情性。

彭士驎也留意到書法的抒情性，認為「行書如行雲流水，纖穠間出，行書既無草書之放縱，亦無楷書之謹嚴，配合寫抒情的詩詞便十分貼切」。彭氏喜好朗誦詩詞，覺得朗讀李白的詩，令人豪氣干雲。她在行書《李白〈塞下曲〉》題款寫道：「吟太白〈塞下曲〉，真想躍馬長城上。」彭氏讀詩體會深刻，寫此作品時，將李白詩歌的情感演繹成筆墨瀟灑跌宕的韻致。彭氏的行書《賀劉太希九旬華誕》，所賦的詩，情感真摯，傳達出她對長輩的敬重與感恩的心聲。這份情誼展現於書藝，筆致精美，體現了誠敬肅穆的心意；飄逸的筆勢，又流露出怡悅的祝賀之情，是一幅「情深調合」的抒情作品。

綜上所述，彭氏熟諳行書技法，並領會行書的抒情特質；加上她的古典文學修養好，既能深入解讀詩文，又擅長撰文賦詩；當她濡墨揮毫，無論是書寫他人抑或自己的詩文，都能發揮書法的抒情性。

彭士驎書法的書卷氣與文化底蘊

彭士驎的書法，佘雪曼評為「秀麗天成」；張谷年則說：「娣（彭士驎）書，其秀在骨，一種清貴之氣，非學所能至也。」究竟彭氏書法的氣韻屬於哪一種「書氣」？此「書氣」又如何形成？

劉熙載《藝概》說：「凡論書氣，以士氣為上。若婦氣、兵氣、村氣、市氣、匠氣、腐氣、傖氣、俳氣、江湖氣、門客氣、酒肉氣、蔬筍氣，皆士之棄也。」劉氏所謂的「士氣」，即「書卷氣」。顯然，佘氏與張氏所謂的「秀麗」、「秀在骨，一種清貴之氣」即指「士氣」；換言之，彭氏的書藝具有「書

卷氣」。張萬才曾揭示：「書卷氣」源自書法家「優良的天賦」與「豐贍的學養」；前者，即佘氏與張氏所謂的「天成」與「非學所能至」；後者，即指書法家的文化底蘊。從體用的概念而言，詩文書畫等藝能，存在「道源、『文』體、藝用」的關係，而文化底蘊，即藝能創作不可或缺的本源。

彭士驎文化涵養的培育可分為兩段經歷：

一、神州的文化培育

彭士驎七歲接受家塾蒙學；十一歲轉入城南小學就讀五年級，上午接受新式的教育，下午隨家塾的老師唸《四書》，晚上則讀古詩文。中學時期，她曾經在方廣寺的學舍研習古

彭士驎行書：賀劉太希九旬華誕碑刻（照片提供：馬來西亞中華人文碑林）

籍。1947年，彭氏就讀廣州文法學院中文系，佘雪曼教授對她的詩詞、書法創作影響很深。此外，陶冶彭氏的，還包含神州的地緣文化。她曾遊覽岳麓書院、漵浦，到過湖南常德縣桃花源與洞庭湖泛舟，住過衡山、岳麓山、桂林等地。她也常常憑藉遊歷的景物印證詩文，體驗文學的意境。

二、南渡後的地緣文化

彭士驎南來，定居怡保，是錫產豐富的富庶之地，礦商既雅好書畫又大量收藏。香港與臺灣等地的書畫家來辦展覽，首先聯繫校長與新聞界，接著在校長引領之下拜會當地士紳與富商。1954至1978年，彭氏擔任怡保霹靂女中校長，多次協助籌備展覽，結識海外書畫家如趙少昂、于右任、葉醉白、潘受、曾後希、易君左、劉太希、林千石等人。因此，她有機會與藝文界前輩交流、請益書畫詩詞。1975年彭氏出版《掬翠園詩》，即獲得劉氏與易氏的協助。彭氏出版此詩集，處於馬華舊體詩蓬勃發展的時期，獲得詩壇的肯定；臺灣詩人鄭鴻善〈彭士驎詞長贈掬翠園詩集〉說：「海涯振鐸久聞名，一卷新詩金石聲。崇覘文章冠巾幗，易安才藻邁群英。」1990年，彭士驎擔任扶風詩社社長，也在霹靂嘉應會館開辦詩詞研究班。當時馬來西亞有南洲詩社、扶風詩社、檳江詩社與湖濱詩

社，合為「詩詞研究總會」，每年舉行一次雅集，賦詩吟詠；彭氏的行書《和己卯重九雅集詩》，即賦於湖濱詩社雅集。

　　綜上所述，彭氏的文化涵養，儲備自神州時期的研習與地緣文化的薰陶；南渡之後，因怡保特殊的地緣文化與她任職校長所促成的人脈與機遇，助長她在文化的承繼與拓展。這兩段經歷，既構成彭氏的文化涵養，也是她詩文書畫創作的文化底蘊，更是她能發揮行書抒情性與培育書藝「士氣」的關鍵因素。

延伸閱讀

華東師範大學古籍整理研究室（選編）（校點）《歷代書法論文選》（上海：上海書畫，1979）。

李慶年。《馬來亞華人舊體詩演進史》（上海：上海古籍，1998）。

李乾耀。〈詩文書畫的融通：道源、「文」體、藝用〉。胡月霞（編）：《2008年中國古典文學國際學術研討會論文集》（加影：新紀元學院中國語言文學系，2009），185-207。

李乾耀。〈彭士驎的書畫藝術：地緣文化的培育與傳統人文涵養的熔鑄〉。《翠園書畫集》（吉隆坡：梁焰祥，2017），27-39。

謝光輝、陳玉佩。《新加坡馬來西亞華文書法百年史》（廣州：暨南大學出版社，2013）。

張萬才。〈「文人書法」正義——兼論「文人書法」的創作原則〉。《書法》no.2(2021):54-57。

馬華文學大事記

張錦忠編

	歷史、政治、文化事件	文學、論述文本[＊]
1786	萊特（Francis Light）開闢檳榔嶼。	
1815	倫敦佈道會傳教士馬禮遜（Robert Morrison）在馬六甲創辦《察世俗每月統記傳》（*Chinese Monthly Magazine*, 1815-1821）。 主編米憐（William Milne）與刻工梁發抵馬六甲。	立義館出版《察世俗每月統記傳》。
1817	傳教士麥都思（Walter Henry Medhurst）抵馬六甲，協編《察世俗每月統記傳》。	
1818	馬禮遜在馬六甲創辦英華書院（Anglo-Chinese College），校長為米憐。書院附設鉛字印刷廠。1843年遷往香港。	
1819	萊佛士（Thomas Stanford Raffles）抵新加坡。	米憐編撰《張遠兩友相論》。 馬禮遜與米憐譯《舊約》。
1824	英荷條約，馬六甲交英國統治。 新加坡成為英國殖民地。	
1826	海峽殖民地（檳城、馬六甲、新加坡）成立。	林守駟譯撰《砂羅越國志略》。
1837	《東西洋考每月統記傳》由廣州遷至新加坡印刷出版。	

＊ 本表所列文學與文學論述文本僅為舉隅，而非該年度出版實錄。

1840	中英鴉片戰爭。	
1842	南京條約。	
1843	理雅各將英華書院與印刷廠遷往香港。	
1849	崇文閣成立，為新加坡最早私塾。	
1850	洪秀全舉事，建立太平天國（1851-1864）。	
1854	陳金聲創辦華文私塾萃英書院於新加坡。	
1873	葉亞來重建吉隆坡，受任為華人甲必丹。	
1877	清廷在新加坡設立領事館，首任領事為胡亞基（黃埔）。 英殖民政府設立華民護衛司。	
1881	左秉隆出任駐星領事。 薛有禮於新加坡創辦《叻報》，主筆為葉季允，1932 年停刊。	
1882	左秉隆成立會賢社，為東南亞華社首個文社。	
1884	葉亞來於吉隆坡開辦唐文義學。	
1885		李鍾珏著《新嘉坡風土記》。
1888		陳省堂著《越南遊記》。
1889	王會儀、童梅生等人創立會吟社。	
1890	古友軒印務館林衡南創辦《星報》於新加坡，1898 年停刊後改名《日新報》出版，業主為林文慶。1903 年停刊。	
1891	黃遵憲任駐星領事，並為三洲府（海峽殖民地）總領事。 黃遵憲成立圖南社。	

1893	張弼士出任檳榔嶼副領事。	
1894	中日甲午戰爭。 宋旺相等辦馬來文報紙《東方之星》 （*Bintang Timor*），翌年停刊。	
1895	清廷與日本訂立馬關條約，承認朝鮮獨立，割讓臺灣與澎湖列島予日本。 林華謙、黃金慶等創辦《檳城新報》 （1936年併入《光華日報》）。	
1896	邱菽園抵星。 邱菽園倡立麗澤社，隔年改名樂群文社。	
1897	宋旺相、林文慶創辦《海峽華人雜誌》 （*Straits Chinese Magazine*）。	邱菽園著《菽園贅談》。
1898	戊戌政變。 邱菽園創辦《天南新報》於新加坡，鼓吹維新，1905年停刊。	邱菽園編《紅樓夢絕句》。
1899	邱菽園、林文慶等創辦新加坡華人女子學校。 星馬興起「孔教復興運動」。	邱菽園著《五百石洞天揮麈》。 丘逢甲、王曉滄著《金城唱和集》。
1900	黃乃棠率眾懇闢砂拉越詩巫。 宋旺相、陳若錦、林文慶等人成立「海峽英籍華人公會」（Straits Chinese British Association）。 康有為、丘逢甲、梁啟超、孫中山、容閎南來新加坡、馬來亞。	
1901		邱菽園著《揮麈拾遺》。
1904	張弼士開辦「中華學校」於檳榔嶼。 張永福、陳楚楠創辦《圖南日報》。	
1905	張永福、陳楚楠創辦《南洋總匯報》 （1948年停刊）。	

1906	孫中山新加坡晚晴園設同盟會分部。 新加坡中華總商會成立。 陸佑開辦尊孔學校。	
1907	左秉隆抵新加坡再任新加坡兼轄海門等 總領事。 楊雲史赴新加坡領事館任書記官。	
1910	孫中山等人在檳城創辦《光華日報》	
1911	武昌起義。	
1912	中華民國成立。 中國國民黨成立「駐南洋英屬新嘉坡直 屬支部」。	
1913	邱菽園於新加坡創辦《振南日報》。	
1914	第一次世界大戰（1914-1918）。 《國民日報》於新加坡創刊。	
1917	胡適在中國《新青年》雜誌發表〈文學 改良芻議〉，後陳獨秀發表〈文學革命 論〉響應。	
1918	《新青年》全面採用白話文。	
1919	中國五四運動，引發新文化運動。 華僑中學於新加坡開辦。 《國民日報》改為《新國民日報》，設 有張叔耐編〔新國民雜誌〕副刊。 吳純民、彭澤民於吉隆坡創辦《益羣 報》（1936年停刊）。	
1921	中國共產黨成立。	
1922	曾聖提抵星（半年後返回中國，兩年後 赴印度）。	邱菽園著《嘯虹生詩抄》。
1923	陳嘉庚創辦《南洋商報》於新加坡。	宋旺相著《新加坡華人百年史》（*One Hundred Years' History of the Chinese in Singapore*）。

1924	邱菽園成立星洲檀社。	
1925	中國上海五卅慘案。 拓哥編《新國民日報・南風》副刊全面刊登新文學作品。 段南奎、鄒子孟編《叻報・星光》副刊。	
1926	禾草編《新國民日報・浩澤》副刊。 新馬土生華人劉貝錦在新加坡創辦「南洋劉貝錦自製影片公司」	邱菽園編《檀榭詩集》上下卷。
1927	寧漢分裂，國民黨清黨，左翼文人南移。 林連玉南來。 《南洋時報》於檳城創刊。 張金燕、黃振彝等於《新國民日報》推出〔荒島〕副刊（後移至《叻報》），主張南洋色彩文藝。 新馬首部本土攝製的無聲劇情片《新客》在新加坡戲院公映。	何采菽詩集《歸程》。
1928	萊佛士學院（Raffles College）創立。 許傑抵吉隆坡，任《益羣報》主筆兼〔枯島〕副刊主編，提倡新興文學。 陳鍊青、盧亦儂、盧一萍辦小報型雜誌《曉天》週刊（1928-1929）。 方北方南來。	
1929	胡文虎創辦《星洲日報》於新加坡。 傅無悶由檳城抵星，出任《星洲日報》編輯主任。 《檳城新報・椰風》副刊創刊。 陳鍊青接編《叻報・椰林》副刊，提倡南洋色彩文藝。 曾聖提編《南洋商報・文藝週刊》副刊，主張「以血與汗鑄造南洋文藝的鐵塔」。 何采菽編《新國民日報・昶旭》副刊。	

1930	世界經濟大蕭條。 中國左翼作家聯盟成立。 馬來亞共產黨在森美蘭瓜拉庇勞成立。 「十字街頭」文字案。 潘衣虹抵星，任〔椰林〕編輯，倡議新興文學。	譚雲山詩集《海畔》。
1931	中國九一八事件。	譚雲山詩集《印度洋上》。
1934	丘士珍（廢名）於《南洋商報・獅聲》副刊發表〈地方作家談〉，提出「馬來亞文藝」，引發論戰。 溫梓川編《檳城新報・詩草》詩副刊。	丘士珍中篇小說《峇峇與娘惹》。 王哥空短篇集《麵包及其他》。
1935	梁披雲任《益群報》總編輯。	林參天長篇小說《濃烟》。
1936	曾艾狄於《星洲日報・出版界》發表〈馬來亞文藝界漫畫〉，引發馬來亞本位思想論戰。	李詞傭詞集《檳榔樂府》。
1937	盧溝橋事件，中日戰爭爆發。 抗戰救亡戲劇興起。 戴隱郎編《南洋商報・南洋文藝》副刊。	李詞傭散文集《椰陰散憶》。
1938	郁達夫南來，編《星洲日報・晨星》副刊。 林學大南來，創辦南洋美專。 方修南來吉隆坡。	鐵抗中篇小說〈試煉時代〉。
1939	第二次世界大戰（1939-1945）。 胡文虎創辦檳城《星檳日報》（1986年停刊）。 鐵抗創辦《文藝長城》雜誌。 鐵抗編《總匯報・世紀風》副刊，提倡文藝通訊運動。 郁達夫的〈幾個問題〉論戰。	邱菽園著《菽園詩集初編》。
1940	許雲樵、郁達夫、張禮千、姚楠、劉士木等組南洋學會，出版《南洋學報》。 胡愈之南來，任《南洋商報》編輯主任。 管震民、許曉山等組檳榔吟社。	鐵抗短篇集《白蟻》。 鐵抗隨筆〈馬華文藝論〉。 管震民舊體詩集《蘆管吟艸》。

1941	日本偷襲珍珠港，太平洋戰爭爆發（1941-1945）。 日軍於十二月八日登陸哥打峇魯，為星馬日據時代之始。	
1942	毛澤東發表〈在延安文藝座談會上的講話〉。 日軍攻陷新加坡，易名「昭南」，展開肅清屠殺。 馬來亞共產黨建立馬來亞人民抗日軍（MPAJA）。 郁達夫避難蘇門答臘。	
1945	二次世界大戰結束，日本投降，英國殖民政府重返星馬婆。 馬來亞民主同盟（MDU）成立於新加坡。 馬來亞馬來國民黨（PKMM）成立。 胡愈之創辦《風下週刊》。 杏影（楊守默）抵星。 郁達夫在蘇門答臘失蹤。	
1946	殖民政府提出馬來亞聯邦（Malayan Union）計畫。 馬來民族成立政黨「巫統」（UMNO）。 印度族裔成立國大黨（MIC）。 陳嘉庚、胡愈之等創辦《南僑日報》於新加坡，1950年停刊。 新加坡中華電影製片廠出品首部新馬本土華語有聲劇情片《華僑血淚》（蔡問津導演）。 中國導演吳村於應新加坡邵氏機構之邀來新拍攝三部馬華電影。	陳嘉庚著《南僑回憶錄》。 鐵戈詩集《在旗下》。 杜邊劇本《明天的太陽》。 李西浪舊詩集《劫灰集》。
1947	PUTERA-AMCJA倡議「人民憲法」。 星華文藝協會舉辦「馬華文藝獨特性」座談會。 吳村攝製的馬華電影《星加坡之歌》、《第二故鄉》和《度日如年》公映。	許雲樵校注李鍾珏著《新嘉坡風土記》。 鄭子瑜編《達夫詩詞集》。 孫崧樵舊詩集《悔堂唱酬集》。

1948	政府頒布緊急法令，宣佈馬共為非法組織。 殖民政府提出馬來聯合邦（Federation of Malaya）計畫。 陳禎祿等成立華族政黨馬來亞華人公會（馬華公會）。 周容（金枝芒）發表〈談馬華文藝〉、〈也談僑民文學〉，星華文藝協會發布〈關於「馬華文藝獨特性」的一個報告〉，終結「僑民文學」論戰。	曾聖提著《在甘地先生左右》。 夏霖短篇集《靜靜的彭亨河》。 陳少蘇舊體詩詞《生春堂集》。
1949	中華人民共和國成立，中華民國政府退守臺灣。 馬來亞民族解放軍建立。 萊佛士學院與愛德華七世醫學院合併為馬來亞大學。 新加坡與吉隆坡「麗的呼聲」有線廣播開播。	姚紫中篇小說《秀子姑娘》。 管震民著《綠天廬吟艸》。 邱菽園著《菽園詩集》。 李俊承著《覺園集》。
1950	「布里士計畫」（Briggs Plan）迫遷華人新村行動。 《南方晚報》創刊，姚紫編〔綠洲〕副刊（至1953年）。	米軍詩集《熱帶詩抄》。 韓萌長篇小說《七洲洋上》。 謝松山舊詩集《血海》。 瘦鶴舊詩集《驚弓集》。 張永福舊詩集《觚園詩集》。
1951	馬來亞聯合邦華校教師會總會（教總）成立。 泛馬回教黨成立。 《巴恩教育報告書》（Barnes Report）出爐，推動設立國民學校，獨尊英語和馬來語。	苗秀長篇小說《新加坡屋頂下》。 吳進散文集《熱帶風光》。
1952	政府發布「一九五二年教育法令」。 劉本超、謝元藏等於詩巫創辦《詩華日報》。 劉以鬯南來。編《益世報・別墅》副刊，後至吉隆坡編《聯邦日報》，1957年返港。	

1953	巫統、馬華公會、國大黨組聯盟（Alliance）。 新加坡反黃色文化運動。 陳六使倡議創辦南洋大學，獲得華社響應捐款。 蕭遙天應韓江中學聘南來。 潘衣虹再抵星。 檳城「麗的呼聲」開播。 《兒童樂園》創刊。	洪鐘詩集《海潮集》。 溫梓川詩集《美麗的肖像》。 周粲詩集《孩子底夢》。 魯白野散文集《獅城散記》。
1954	越南奠邊府戰役，法國戰敗。 新加坡人民行動黨成立。 馬來亞華校董事聯合會總會（董總）成立。	許雲樵譯注《馬來紀年》（*Sejarah Melayu*）。 魯白野散文集《馬來散記》。 方北方中篇小說《娘惹與峇峇》。
1955	印尼萬隆會議（Bandung Conference）。 馬歇爾受委為新加坡首席部長。 首屆馬來亞立法議會選舉，聯盟勝出。 馬共與聯盟自治政府舉行「華玲會談」。 新加坡文化協會發起「愛國主義文化運動」。 南洋大學先修班開始上課。 友聯出版社南下新加坡，創辦《蕉風半月刊》，提倡純馬來亞化文藝，首任主編為方天。 林姍姍任《星檳日報》總編輯。	杜紅詩集《五月》。 管震民著《綠天廬詩文集》。
1956	東姑阿都拉曼率聯盟代表團赴倫敦談判、簽署馬來亞聯合邦獨立協定。 馬歇爾辭職，林有福成為首席部長。 政府發布「拉薩報告書」。 南洋大學本科生開始上課。 友聯出版社創辦《學生周報》。	韋暈短篇集《烏鴉港上黃昏》。 林連玉《華文教育呼籲錄》。
1957	馬來亞獨立，東姑阿都拉曼出任首相。 馬來亞社會主義人民陣線（社陣）成立，提出「走向一個新的馬來亞」政策綱領。 周瑞標創辦吉隆坡《馬來亞通報》。 蕉風出版社出版「蕉風文藝叢書。」 姚拓、白垚南來新加坡。	方天短篇集《爛泥河的嗚咽》。 蕭遙天《食風樓隨筆》。 常夫詩集《牆外集》。 鐵抗論述集《馬華文學叢談》。

1958	新加坡政府禁止中國及香港五十三家出版社之出版品進口。 婆羅洲文化局（Borneo Literature Bureau）成立。 周薦安主編《民報》創刊。 李汝琳主編青年書局「新馬文藝叢書」、「南方文藝叢書」。 《蕉風》自十一月第七十三期起改為月刊。 力匡（百木）移居新加坡，任教育英中學，兼編《南洋商報》副刊。 李微塵抵星，編《南洋商報‧商餘》。 「力匡式」新詩、香港風盛行。 砂拉越詩巫詩潮吟社成立。	漢素音長篇小說《餐風飲露》上卷，李星可譯。 樓文牧譯《馬來民族的詩》。 韋暈短篇集《都門抄》。
1959	新加坡成為自治邦。李光耀成為新加坡總理。 馬來亞第一屆全國大選，聯盟獲勝。 馬來亞大學設吉隆坡校區。 吉隆坡《虎報》創刊。 《蕉風月刊》第七十八期改版，提倡「人本主義的文學」、「個體主義文學」與「新詩再革命」，開啟馬華文學第一波現代主義運動。 楊際光南來，任《虎報》副總編輯。 《螞蟻》創刊。 《南洋兒童》創刊。	左秉隆著《勤勉堂詩鈔》。 威北華詩集《黎明前的行腳》。 黃崖詩集《敲醒千萬年的夢》。 鍾祺詩集《土地的話》。 白垚編《蕉風》附冊《美的 V 形》。 白垚詩作〈蔴河靜立〉。 易水評論集《馬來亞化華語電影問題》。
1960	政府發布「拉曼達立報告書」。 蕭遙天主編《教與學月刊》創刊。 杏影（楊守默）編《南洋商報‧青年文藝》。 黃思騁南來，主編《蕉風月刊》。 易水導演馬來亞化華語片《獅子城》公映。	苗秀長篇小說《火浪》。 韋暈長篇小說《淺灘》。 樓文牧編詩選集《愛詩集》。 金枝芒長篇小說《飢餓》。 凌叔華散文集《愛山廬夢影》。 憂草散文集《風雨中的太平》。 溫梓川散文集《文人的另一面》。
1961	馬來西亞計畫。 黃崖主編《蕉風月刊》。 《1961年教育法令》頒佈，賦予教育部長改變國民型小學為國民小學的權力。	趙戎長篇小說《在馬六甲海峽》。 許雲樵譯注《黃金半島題本》。 力匡詩集《燕語》。

1962	馬大吉隆坡校區成為「馬來亞大學」，馬大新加坡校區成為「新加坡大學」。新加坡國家語文局召開華巫英印四語「馬來亞作家會議」。	原甸詩集《青春的哭泣》。吳岸詩集《盾上的詩篇》。林綠編詩合集《我們的歌》。方修著《馬華新文學史稿》(三卷 [1962-1965])。
1963	馬來亞、新加坡、砂拉越、沙巴合組馬來西亞聯合邦。馬印對抗 (Confrontation)。砂沙汶共組織北加里曼丹人民解放軍。新加坡「冷藏行動」(Operation Coldstore)。王潤華、畢洛、葉曼沙等於臺北成立星座詩社。秋吟、喬靜等於《光華日報》創辦〔銀星詩刊〕。周喚在《學生周報》開闢〔詩之頁〕。	劉祺裕詩集《季節病》。黃懷雲詩集《流雲的夢》。柳北岸詩集《十二城之旅》。連士升著《海濱寄簡》。慧適散文集《海的召喚》。魯莽散文集《希望的花朵》。
1964	東京灣事件。新加坡發生華巫流血衝突。內政部褫奪華文教育鬥士林連玉公民權。鍾祺、林方、林綠等展開現代詩論戰。臺北星座詩社出版《星座詩刊》。新加坡大學中文學會出版《文藝季風》。怡保「麗的呼聲」開播。	白垚隨筆〈現代詩閒話〉。端木虹小說集《塞納姑娘》。
1965	美國軍隊進駐越南，介入越戰。中國「文化大革命」鬥爭運動。新加坡脫馬獨立。民主行動黨成立。《浪花》月刊創刊。	何乃健詩集《碎葉》。憂草與蕭艾詩合集《五月的星光下》。
1966	劉貴德（方秉達）與陳信友編古晉《中華日報》〔綠蹤詩網〕副刊，推動現代詩。	王葛詩集《雨天的詩》洪流文詩集《八月的火焰眼》。王潤華詩集《患病的太陽》。淡瑩詩集《千萬遍陽光》。林綠詩集《十二月的絕響》。葉曼沙詩集《朝聖之舟》。鄭光漢編舊詩集《蘭花集》。

1967	國會通過國語法令（National Language Bill）。 勞工黨於十一月廿四日發動檳城罷市。 金庸、梁潤之創辦《新明日報》。 杏影逝世（1912-1967）。 梁明廣編《南洋商報》副刊〔文藝〕與〔青年園地〕。	麥留芳詩集《鳥的戀情》。 孟沙詩集《青春獻歌》。
1968	法國五月學生運動。 陳瑞獻成立五月出版社，出版現代詩與小說集，作者群形成現代文學的「六八世代」。 梁明廣發表現代主義文學運動宣言論文二篇。 叔權等成立霹靂文藝研究會。	牧羚奴（陳瑞獻）詩集《巨人》。 英培安詩集《手術臺上》。 陳慧樺詩集《多角城》。 淡瑩詩集《單人道》。 苗秀著《馬華文學史話》。
1969	五月十三日，吉隆坡發生種族流血暴動的「五一三事件」。 最高元首宣布緊急狀態，國家行動理事會接管政府。 《蕉風》主編黃崖去職。 牧羚奴加入《蕉風月刊》編輯陣容，第202期推出革新號。 年紅、馬漢、端木虹等成立南馬文藝研究會。	牧羚奴短篇集《牧羚奴小說集》。 楊際光詩集《雨天集》。 泡蒂詩集《火的得意》。 黃潤岳隨筆集《龍引十四年》。
1970	東姑阿都拉曼辭職，阿都拉薩繼任首相。 陳雪風編《南洋商報‧青年文藝》副刊。 麥秀、李蒼、川谷等於檳城成立犀牛出版社。	李有成詩集《鳥及其他》。 賀蘭寧編《新加坡15詩人新詩集》。 方修編《馬華新文學大系：1919-1942》，十冊 [1970-1972]。
1971	緊急狀態解除，國會復會。 政府發布「贖武共產主義在西馬來西亞的復甦」白皮書。 政府實施新經濟政策。 文化、青年暨體育部召開「國家文化大會」，訂定國家文化政策，以馬來文及伊斯蘭文化為核心。 香港銀星藝術團來馬賑災演出。 砂拉越星座詩社成立，提倡現代詩。 梁明廣與陳瑞獻編《南洋商報》星期刊之〔文叢〕版。	思采散文集《風向》。 小菲編《牧羚奴詩二集》。 劉戈（白垚）編劇、陳洛漢作曲歌劇《漢麗寶》。 牧羚奴、梅淑貞譯《拉笛夫詩集：湄公河》。

1972	冰谷、宋子衡、菊凡、溫祥英等於大山腳組棕櫚出版社。 馬大華文學會創辦《大學文藝》。 馬大華文學會舉辦《春自人間來》文娛大匯演。 賴瑞和、林綠等在《中國時報・海外專欄》討論旅臺馬華作者的文化回歸與自我放逐現象。	梅淑貞著《梅詩集》。 李木香編《砂拉越現代詩選》〔上集〕。 宋子衡短篇集《宋子衡短篇》。 黃潤岳隨筆集《閒思錄》。 完顏藉隨筆集《填鴨》。 歹羊著隨筆集《點・線隨筆》。 依籐散文集《彼南劫灰錄》。 李廷輝、孟毅等編《新馬華文文學大系1945-1965》，八冊 [1972-1975]。
1973	北加里曼丹人民解放軍政委黃紀作與政府簽署「諒解備忘錄」。 溫任平、溫瑞安等組天狼星詩社。 《南洋商報・讀者文藝》創刊（取代〔青年文藝〕，編者數易其人後由鍾夏田擔任）。 《蕉風》刊載葉嘯等關於文化回歸與自我放逐討論。 梁園遇襲不治身亡（1939-1973）。 麻坡南洲詩社成立。	冰谷著《冰谷散文》。 艾文著《艾文詩》。 謝永就詩集《悲喜劇》。
1974	馬來西亞與中國建交。 砂拉越斯里阿曼行動結束。 國民陣線（Barisan Nasional）成立，取代聯盟。 政府禁止「春雷文藝大匯演」，查禁馬大華文學會。 雪蘭莪潮州八邑會館創設「學術文藝出版基金」贊助寫作人出書。	溫任平編《大馬詩選》。 溫任平編《馬華文學》。 溫祥英著《溫祥英短篇》。 方修著《馬華新文學簡史》。
1975	越南戰爭結束。 越南船民海上逃亡潮。 甄供（紀錚）編《星洲日報・文藝春秋》副刊創刊（編至1989年）。 馬來西亞詩詞研究總會成立。	吳天才編《馬華文藝作品分類目錄1934-1975》。 溫瑞安詩集《將軍令》。
1976	中國文化大革命結束。 溫瑞安於臺北成立神州詩社。 「是詩？非詩」論戰，後陳雪風編成《「是詩？非詩」論爭輯》。	李永平短篇集《拉子婦》。 菊凡短篇集《暮色中》。 方修著《戰後馬華文學史初稿1945-1956》。

1977	馬華公會成立「馬來西亞華人文化協會」。 商晚筠獲第二屆聯合報文學獎短篇小說佳作與《幼獅文藝》全國短篇小說大競寫優勝獎。 雪隆福建會館成立「雙福文學出版基金」，獎掖馬華優秀作品出版。 張景雲、沙禽、何啟良、飄貝零、黃學海等組人間詩社。 葉嘯、子凡、潘友來組鼓手文藝出版社。	溫任平散文集《黃皮膚的月亮》。 方娥真散文集《重樓飛雪》。 方娥真詩集《娥眉賦》。 張塵因詩集《言筌集》。 商晚筠短篇集《癡女阿蓮》。 紫一思著《紫一思詩選》。 孟沙詩集《櫥窗內外》。
1978	馬來西亞寫作人（華文）協會成立，會長為原上草（古德賢）（1985年改稱「馬來西亞華文作家協會」）。 《南洋商報》舉辦三大民族作家座談會。 商晚筠、李永平獲第三屆聯合報文學獎短篇小說佳作、張貴興獲第一屆中國時報文學獎短篇小說佳作。	張樹林編《大馬新銳詩選》。 溫任平詩集《流放是一種傷》。 王潤華詩集《內外集》。 何乃健詩集《流螢紛飛》。 田思詩集《赤道放歌》。 周清嘯、黃昏星詩合集《两岸燈火》。
1979	方北方編《星檳日報·文藝公園》副刊。	溫瑞安詩集《山河錄》。 劉放隨筆集《流放集》。 馬崙著《馬華寫作人剪影》。
1980	南洋大學併入新加坡大學成為新加坡國立大學。 華人文化協會出版《文道月刊》。	張貴興短篇集《伏虎》。 方北方長篇小說《頭家門下》。 方娥真長篇小說《畫天涯》。 溫任平編史料《憤怒的回顧》。
1981	首相胡申翁因健康因素辭職，馬哈迪繼位，成為馬來西亞第四任首相。	謝川成詩集《夜觀星象》。
1983	全國華團提呈「國家文化聯合備忘錄」予文化、青年及體育部。 雪蘭莪中華大會堂舉辦「馬來西亞華文文學史料展覽」。 大馬青年社於臺北成立，出版《大馬青年》，舉辦第一屆大馬旅臺文學獎。	陳政欣詩集《五指之內》。 潘雨桐等著《一九八一年度文選》。 《黃色潛水艇》叢刊。
1984	《學報半月刊》停刊。 馬來西亞中華大會堂總會（華總）主辦第一屆全國華人文化節。	馬崙編《馬華當代文學選：小說》。 林水檺與駱靜山編《馬來西亞華人史》。 謝詩堅論述集《馬來西亞華人政治思潮演變》。

1985	華社資料研究中心成立（後改稱華社研究中心）。 張景雲編《南洋商報》週日〔文會〕。 鍾夏田編《南洋商報・南洋文藝》副刊。 林連玉（1901-1985）逝世，以「族魂」立碑。 馬來西亞理科大學華文學會創辦第一屆大專文學獎。	梁放短篇集《煙雨砂隆》。 田農與李福安編《砂拉越華族史論集》。 潘受詩集《海外廬詩》。 溫任平總編纂《馬華當代文學選：散文・第1輯》、《馬華當代文學選：小說・第2輯》。
1986	砂拉越華文作家協會成立，首任會長為吳岸。 華社資料研究中心舉辦「國家文化研討會」。 《椰子屋》雙月刊創刊，後改為月刊。 黃學海創立十方出版社。	李永平短篇集《吉陵春秋》。 林連玉著《連玉詩存》。 張永修主編《成長中的6字輩》。
1987	政府展開逮捕異議人士的「茅草行動」。 《光明日報》於檳城創刊。 林金城、林若隱、陳紹安等人舉辦現代詩曲創作歌曲發表會「激盪之夜」，「激盪工作坊」成立。 陳再藩、陳徽崇推動，「傳燈」一曲開始傳唱，傳燈儀式成為華人文化節傳統。	陳祖排編《國家文化的理念》。 原甸著《馬華新詩史初稿（1920-1965）》。 潘雨桐短篇集《因風飛過薔薇》。 雅波短篇集《焚燒一卡車的憤怒》。
1988	詩巫中華文藝社成立。 吳岸主編《拉讓江文學》季刊。 歐宗敏、陳全興等創辦《青梳小站》。 陳徽崇創作「二十四節令鼓」。 張永修接編《星洲日報・星雲》。	楊松年著《新馬早期作家研究（1927-1930）》。 傅承得詩集《趕在風雨之前》。 葉誰短篇集《一九六四》。 戴小華劇作《沙城》。 曾沛短篇集《行車歲月》。
1989	馬共與泰國、馬來西亞政府簽署「合艾和平協議」。 游川與傅承得等發起「動地吟」現代詩朗唱運動。 王祖安接編《星洲日報・文藝春秋》。 馬來西亞華文作家協會、雪隆中華工商總會舉辦第一屆馬華文學節。 馬來西亞華文作家協會舉辦「馬華文學七十年的回顧與前瞻」研討會。	洪泉短篇集《歐陽香》。 梁放短篇集《瑪拉阿姐》。 潘雨桐短篇集《昨夜星辰》。 悄凌小品集《魚歡》。 潘碧華散文集《傳火人》。

1990	砂拉越華族文化協會成立。 《星洲日報》舉辦第一屆「花踪文學獎」。 南方學院成立於新山士古來，2012年升格成大學學院。	小黑短篇集《前夕》。 方昂詩集《鳥權》。
1991	首相馬哈迪提出「2020宏願」計畫。 時任淡江大學中文系教授李瑞騰辦「東南亞華文文學國際研討會」，開啟華文文學建制，林建國、黃錦樹、陳鵬翔等與會發表馬華文學論文，頗引起討論。	宋子衡短篇集《冷場》。 愛薇散文集《兩代情》。 馬崙著《新馬文壇人物掃描1825-1990》。 孫彥莊小說散文集《火車廂內外》。
1992	張永修於《星洲日報‧星雲》刊出禢素萊的〈開庭審訊〉，後闢「文學的激盪」欄刊登迴響，有沙禽、黃錦樹等人的回應。黃錦樹的〈馬華文學「經典缺席」〉進一步引發典律論爭。	李永平長篇小說《海東青：臺北的一則寓言》。 洪鐘詩集《池畔集》。 洪鐘詩集《塑像集》。 鞠藥如小說集《貓戀》。 柏一短篇集《粉紅怨》。 第六步詩坊詩合集《舊齒輪No.6：第六步詩坊合集》。 藍波詩集《變蝶》。
1993	美里筆會成立。	小黑中短篇集《白水黑山》。
1994	張永修編《南洋商報‧南洋文藝》副刊。 陳強華編《魔鬼俱樂部詩雜誌》創刊。	吳岸等合集《馬華七家詩選》。 黃錦樹《夢與豬與黎明》。 黑岩短篇集《荒山月冷》。 李錦宗史料集《馬華文學縱談》。
1995	雪蘭莪烏魯冷岳興安會館推出雲里風主編「德麟文叢」，每年一輯十二冊。 《南洋商報》出版「南洋文藝年選」叢書。	田農著《砂華文學史初稿》。 陳大為編《馬華當代詩選1990-1994》。 鍾怡雯散文集《河宴》。 林幸謙散文集《狂歡與破碎》。 駝鈴長篇小說《硝煙散盡時》。
1996		李錦宗著《80年代的馬華文壇‧史料集》。

1997	亞洲金融風暴。 香港回歸中國。 董教總教育中心創辦新紀元學院。 2017 年升級為大學學院。 吉隆坡「麗的呼聲」停播。	陳大為詩集《再鴻門》。 黃錦樹短篇集《烏暗暝》。 辛金順詩集《最後的家園》。
1998	新山南方學院設立「馬華文學館」。 副首相安華‧伊布拉欣被革職、逮捕下獄，引發「烈火莫熄」（Refomasi）運動。 教總出版鄭良樹著《馬來西亞華文教育發展史》四冊，至 2003 年齊。	黃錦樹論述集《馬華文學與中國性》。 賴觀福、林水檺、何啟良、何國忠編《馬來西亞華人史新編》。 黃錦樹編《一水天涯：馬華當代小說選》。 李慶年《馬來西亞華人舊體詩演進史（1881-1941）》。 張貴興長篇小說《群象》。 李永平長篇小說《朱鴒漫遊仙境》。 鍾怡雯散文集《垂釣睡眠》。 陳強華詩集《那年我回到馬來西亞》。 朵拉微型集《誤會寶藍色》。 夢揚詩集《星戀》
1999	全國十一華團向各政黨與政府提出「一九九九年馬來西亞華人團體大選訴求」。 公正黨（PK）成立。2003 年與人民當合併為人民公正黨（PKR）。 《蕉風雙月刊》出版至第四八八期後休刊。 黃俊麟編《星洲日報‧文藝春秋》副刊。 傅承得、傅興漢、林福南成立大將出版社。	黎紫書短篇集《天國之門》。 李天葆短篇集《南洋遺事》。 陳大為散文集《流動的身世》。 呂育陶詩集《在我萬能的想像王國》。 李錦宗著《殞落的文星‧史料集》。 劉育龍詩集《哪吒》。 葉觀仕編著《馬新報人錄 1806-2000》。
2000	華社研究中心出版《人文雜誌》雙月刊，主編為張景雲。	陳大為與鍾怡雯編《赤道形聲：馬華文學讀本 I》。 張貴興長篇小說《猴杯》。 楊松年著《新馬華文現代文學史初編》。 楊貴誼（Yang Quee Yee）譯，方修著 *Perkembangan Kesusasteraan Mahna Moden 1919-1965*。

2001	馬華公會收購《南洋商報》與《中國報》，引起華社輿論非議。 《星洲日報》舉辦第一屆「花踪世界華文文學獎」，得主為中國作家王安憶。 王宗麟創辦燧人氏公司於吉隆坡，出版張景雲隨筆集《見素小品》與《犬耳零箋》等人文與社會科學叢書。 華人文化協會推出《當代馬華文存（1965-1996）》十冊，由戴小華主編。	黎紫書短篇集《山瘟》。 李天葆短篇集《民間傳奇》。 陳大為詩集《盡是魅影的城市》。 黃錦樹短篇集《由島至島／刻背》。 雲里風主編《馬華文學大系（1965-1996）》，十冊。 許文榮著《極目南方：馬華文化與馬華文學話語》。
2002	新山南方學院馬華文學館接手出版《蕉風》，改為半年刊。 田思、石問亭、沈慶旺、藍波等提出「書寫婆羅洲」論述。 《東方日報》創刊。 埔里國立暨南國際大學東南亞研究所舉辦「重寫馬華文學史」研討會。	張永修、張光達、林春美編《辣味馬華文學：九〇年代馬華文學爭論性課題文選》。 潘雨桐短篇集《河岸傳說》。 李天葆短篇集《檳榔艷》。 李永平小說集《雨雪霏霏：婆羅洲童年記事》。 張少寬著《檳榔嶼華人史話》。
2003	SARS 非典疫情。 阿都拉‧巴達維（Abdullah Ahmad Badawi）成為馬來西亞第五任首相。 砂拉越啟德行創辦《東方日報》。 曾翎龍等新銳作者成立有人出版社。	《有本詩集：22 詩人自選》。 張錦忠著《南洋論述：馬華文學與文化屬性》。 曾翎龍編《有本詩集：22 詩人自選》。 張惠思詩集《站在遺忘的對岸》。
2004	莊華興與黃錦樹於《星洲日報‧文藝春秋》副刊》論辯「馬華文學與國家文學」。	陳大為、鍾怡雯與胡金倫編《赤道回聲：馬華文學讀本 II》。 黃錦樹、張錦忠編《別再提起：馬華當代小說選（1997-2003）》。 張錦忠編《重寫馬華文學史論文集》。 方路詩集《傷心的隱喻》。
2005	有人部落（got1mag.com）上架，獲臺灣《中國時報》全球華文部落格大獎藝文類首獎。 陳翠梅、李添興、劉城達和阿謬‧穆罕默德（Amir Muhammad）成立大荒獨立電影公司。	陳大為詩集《靠近羅摩衍那》。 假牙詩集《我的青春小鳥》。 黃錦樹短篇集《土與火》。 年紅著《年紅兒童文學四十年》。
2006	馬華新電影起跑，何宇恆拍攝劇情片《太陽雨》，陳翠梅拍攝劇情片《莫失莫忘》。	陳強華詩集《挖掘保留地》。 莊華興譯著《國家文學：宰制與回應》。 邢詒旺詩集《鏽鐵時代》。 林金城《知食分子》。

2007		田農編《馬來西亞砂拉越華文詩選》。 陳大為與鍾怡雯編《馬華散文史讀本 （1957-2007）》三卷。 白垚詩文集《縷雲起於綠草》。 游川著《游川詩全集》。 鍾怡雯散文集《野半島》。 陳大為散文集《火鳳燎原的午後》。 黃錦樹散文集《焚燒》。 曾翎龍詩集《有人以北》。 張少寬隨筆集《南溟脞談：檳榔嶼華人史 隨筆新集》。 愛薇長篇兒童小說《爺爺的故鄉》。 許通元編《有志一同：馬華同志小說選》。 馬漢編著《兒童文學五十年情》。
2008	「三〇八政治海嘯」：三月八日全國大 選，中北馬五州由「人民聯盟」（人民 公正黨、回教黨、民主行動黨）執政， 並否決執政黨國陣三分之二國會席次。	李永平長篇小說《大河盡頭》，上卷。 辛金順散文集《月光照不回的路》。 張錦忠、黃錦樹、莊華興編《回到馬來 亞：華馬小說七十年》。 呂育陶詩集《黃襪子，自辯書》。 杜忠全散文集《老檳城老生活》。 孫彥莊著《紅樓夢情結》。 沈慶旺著《哭鄉的圖騰》。 林離著《水印》。
2009	首相巴達維辭職，納吉（Najib Razak） 繼任，為馬來西亞第六任首相。 馬華公會黨爭。	溫祥英小說集《清教徒》。 田農編《馬來西亞砂拉越戰後華文小說選 （1946-1970）》。 鍾怡雯著《馬華文學史與浪漫傳統》。 陳大為著《馬華散文史縱論》。 林春美著《性別與本土：在地的馬華文學 論述》。 謝詩堅著《中國革命文學影響下的馬華左 翼文學（1926-1976)》。 張光達著《馬華現代詩論：時代性與文化 屬性》。 張光達著《馬華當代詩論：政治性、後現 代性與文化屬性》。 方北方全集出版工委會編《方北方全集》。 藍波著《砂拉越雨林食譜》。

2010	紅蜻蜓出版社舉辦第一屆紅蜻蜓少年小說獎。 日本京都人文書院出版日譯「臺灣熱帶文學」，包括《吉陵春秋》、《群象》。	李永平長篇小說《大河盡頭》，下卷。 黎紫書長篇小說《告別的年代》。 李天葆短篇集《綺羅香》。 陳大為與鍾怡雯編《馬華新詩史讀本（1957-2007）》三卷。 辛金順詩集《記憶書冊》。 邱琲鈞詩集《邀你私奔》。
2011	許文榮、陳政欣發起建置「馬華文學電子圖書館」。 《南洋商報‧南洋文藝》年底推出「文學反稀土廠特輯」。 新加坡「麗的呼聲」停播。	黎紫書短篇集《野菩薩》。 許裕全散文集《山神水魅》。 沙河詩集《樹的墓誌銘》。 李宗舜、周清嘯、廖雁平詩集《風依然狂烈》。
2012	臺北釀出版社出版楊宗翰策編「馬華文學獎大系」書系（姚拓、小黑、方北方、馬崙等十位文學獎得主作品集）。	賀淑芳短篇集《迷宮毯子》。 許友彬著長篇小說《大風吹》。 李天葆隨筆《珠簾倒卷時光》 許文榮和孫彥莊編《馬華文學文本解讀》。 沙禽詩集《沉思者的叩門：沙禽四十年詩綜》。 許裕全散文集《從大麗花到蘭花》。 朵拉極短篇集《巴黎春天的早晨》。 冼文光長篇小說《情敵》。 冰谷、李錦宗編《馬來西亞廣西詩文選集》。
2013	有人出版社創辦《什麼？！詩刊》。	黃錦樹短篇集《南洋人民共和國備忘錄》。 林春美與陳湘琳編《與島漂流：馬華當代散文選 2000-2012》。 龔萬輝短篇集《卵生時代》。 張錦忠、黃錦樹、黃俊麟編《故事總要開始：馬華當代小說選 2004-2012》。 李憶莙長篇小說《遺夢之北》。 梁靖芬短篇集《五行顛簸》。 李錦宗編《馬來西亞海南詩文選集》。 楊邦尼散文集《古來河那邊》。 陳耀威著《甲必丹鄭景貴的慎之家塾和海記棧》。

2014	香港雨傘運動。 梁靖芬接編《星洲日報・文藝春秋》副刊。	梁放長篇小說《我曾聽到你在風中哭泣》。 賀淑芳短篇集《湖面如境》 黃錦樹短篇集《猶見扶餘》。 李天葆短篇集《浮艷誌》。 黃遠雄著《詩在途中：黃遠雄詩選1967-2013》。 許裕全詩集《菩薩難寫》。 陳政欣散文集《文學的武吉》。 游俊豪著《新馬華人族群的重層脈絡》。
2015	高慧鈴等創辦三三出版社。 廖宏強創辦大河文化出版社。 馬來西亞創價學會SGM出版《許雲樵全集》二十三冊，由鄭良樹擔任總主編，2022年出齊。 《馬來西亞潮籍作家選集1957-2014》出版，分詩選、小說選、散文選三冊，分別由李宗舜、許友彬、辛金順主編。	李永平長篇小說《朱鴒書》。 黃遠雄著《走動的樹：黃遠雄詩選1967-2013》。 冰谷等編合集《膠林深處：馬華文學裡的橡膠樹》。 黃錦樹論述集《華文小文學的馬來西亞個案》。 黃錦樹短篇集《魚》。 黃錦樹散文集《火笑了》。 黃錦樹評論集《注釋南方》。 楊邦尼散文集《浮沉簡史》。 劉藝婉詩集《我用生命成就一首政治詩》。
2016	李永平獲國藝會頒發國家文藝獎。 臺灣國藝會舉辦「馬華長篇小說創作發表專案」，為期三年（2016-2018），先後獲補助者為黎紫書、賀淑芳、龔萬輝。 林韋地創辦文學評論刊物《季風帶》雙月刊，後改季刊，2019年停刊。	黃錦樹短篇集《雨》。 白垚著自傳體小說《縷雲前書》。 高嘉謙著《遺民、疆界與現代性：漢詩的南方離散與抒情（1895-1945）》。 方路著《方路詩選I》。 游以飄詩集《流線》。
2017	《南洋商報・南洋文藝》副刊紙本停刊（1985-2017）。	葉清潤編《金枝芒散文彙編》。 黃琦旺散文集《褪色》。 李錦宗著《馬華文壇作家與著作》。 戴小華紀實書寫《忽如歸》 海凡短篇集《可口的飢餓》。
2018	五月十日全國大選，希望聯盟（Pakatan Harapan）勝出，馬哈迪二度任相，組新政府。	張貴興長篇小說《野豬渡河》。 李有成詩集集《迷路蝴蝶》。 黃遠雄散文集《東北季候風中的歲月》。

2019	張永修主編陳志英張元玲基金會贊助出版「楓林文叢」。第一輯十五冊（作者包括溫祥英、艾文、飄貝零、梁園等）於 2021 年六月出齊。 鍾怡雯與陳大為主編《馬華文學批評大系》，收入李有成、陳鵬翔、張錦忠、林建國、張光達、潘碧華、黃錦樹、鍾怡雯、陳大為、魏月萍、高嘉謙十一人，每人獨立一冊。	黃錦樹短篇集《民國的慢船》。 陳大為與鍾怡雯編《華文文學百年選・馬華卷》。 林春美與高嘉謙編《野芒果：馬華當代小說選 2013-2016》。 林春美與陳湘琳編《爬樹的羊：馬華當代散文選 2013-2016》。 許文榮、孫彥莊編《馬華文學十四講》。 林離詩文集《此後文字》。 李錦宗《錦書宗筆之多元文壇鉤沉》。
2020	COVID-19 新冠肺炎疫情蔓延全球。 二月，希盟成員黨部份國會議員出走，馬哈迪辭職，希盟政府垮臺，聯邦政府由國民聯盟執政，國家陷入政治危機迄今。	飄貝零詩集《鬢邊的那朵梅花》。 黎紫書長篇小說《流俗地》。 范俊奇散文集《鏤空與浮雕》。 冰谷散文集《斑鳩斑鳩咕嚕嚕》。 梁金群散文集《野村少女：馬來西亞新村生活隨筆》。 五一三事件口述歷史小組編《在傷口上重生：五一三事件個人口述敘事》。 馬尼尼為譯、版畫《以前巴冷刀・現在廢爛鐵：馬來班頓》。 黃子堅《神山游擊隊：1943 年亞庇起義》。
2021	人文雜誌風興起，出現《無本》、《草稿》、《疫中人》、《麻河時光》等小誌。 政府推出「2021 國家文化政策」。	黃錦樹短篇集《大象死去的河邊》。 鄧觀傑短篇集《廢墟的故事》。 林春美著《蕉風》與非左翼的馬華文學》。 張景雲著《炎方叢脞：東南亞歷史隨筆》。
2022		龔萬輝長篇小說《人工少女》。 林健文編《帶很多的行李箱去海邊：馬華童詩集 2022》。 邢眉散文集《一樹花開》。 碧澄編著《新編馬華文學史 1880-2020》。 李瑞騰《砂拉越華文文學的價值》。 邢詒旺《墨汁和月色：邢詒旺詩選 1998-2013》。

後記
暗淡藍點的馬華文學

高嘉謙

《馬華文學與文化讀本》的誕生，以教學與研讀為目的，希冀對新馬、臺灣、港澳、中國大陸，以及廣泛對馬華文學感興趣的讀者，提供一本具有主軸線索，輔以多議題開展的文學論述讀本。因而這本書不冠以文學史的名義，不囿於常見的文學史論述框架，也不以教程、教科書規範寫作，而是觀照新馬華人文學與文化百餘年的歷史脈動，擇取關鍵議題、現象、個案，著眼其生成演繹的環境，理應關注，無法繞過，以及產生關鍵轉折、影響的文本、作家，以及文學現象，扼要清晰的介紹與勾勒，達到導讀之功效。

這是本書的寫作設定，也是跟各方作者邀稿提出的寫作要求與限制。因而本書各篇論述希望做到深入淺出，盡量去除學術注釋、不做長篇引述與論證，在一千至四千字不等的範圍內，夾敘夾議，引導讀者認識與掌握必要的馬華文學知識，入門而窺其堂奧。本書的作者組成，橫跨近三十年來在新馬、臺灣、中國、美國等地深耕新馬文學研究的學者、作家、研究生。他們應邀請撰述之主題，依照個人在既有的論述成果，或剪裁，或改寫，或重構，或新撰，為相關議題展開文獻、文本、文化相互勾連的脈絡。各篇作者都是自由論述和訂題，並無指導綱領與不容偏離的大旨，尊重作者展示一己之見。編者組織的十二個單元，兼顧議題和主體在文化與文學發展脈動的上下關聯，透過史觀、事件、思潮、議題等不同組合，開展歷史的重層與多面性。由於各篇文章受篇幅所限，行文難以面面俱到，但也力求呈現清晰的馬華文學與文化發展軌跡。需要說明的是，全書篇章有的節錄或改寫自個別作者已發表的著述成果或部分成果，皆由作者授權提供。文章為求曉暢易讀，以不列註解為原則。故行文若有引述、參考資料和他人觀點，相關出處都因統一體例被移至內文，或改以延伸閱讀方式呈現，或權宜性的移除。此非作者的刻意忽略，特此聲明。編者謹就文內所徵引字句和文獻資料，向原作者及出版者表達謝意。在行文與閱讀的周延考量下，各篇文字、配圖和書目都經主編做了最終版的修訂。

歷來認識馬華文學的進路各異，前人有斷代分期的文學史論述，有史料文獻

的編纂勾勒，有集結文本的選集、大系閱讀，也不乏教學設計的單元講授和文本解析。但本書的規畫兼有單元議題概念，也要求展示宏觀視野。故全書敘事始於碑銘、傳教士與使節書寫，從一個華人移民史的田野出發，描述新馬華人的漢語文化生產環境與生態。沿著歷史時空的發展，除了文學譜系內常見的重要議題，本書另著眼民間色彩的過番歌、粵謳、輓歌、竹枝詞、抗戰歌曲等口傳文學，以及兒童文學、青少年和類型寫作，同時兼及新馬華人文化形式的電影、廣播、劇場、書法等元素，為馬華文學與文化的座標，建立更繁複的歷史光譜。

　　本書集結六十六位作者，一百一十六篇文章，已是單冊書籍的極限容量。未及兼顧的文學議題和個案，在主編緒論或各單元緒言稍做勾勒，這是本書的遺憾，也是日後可補遺之處。但各篇有延伸書目可供讀者做知識的追蹤，同時提供更清楚的歷史時空對照線索，附有張錦忠編纂的馬華文學大事年表。雖簡明扼要，限於人力與篇幅，難以周全，但對各單元所述及或相關的脈絡，提供歷史經緯參考。這部分除了採集其餘二位主編的意見，另感謝許維賢、黃文車在專業領域對大事記提供資料。

　　此書從發想到出版，歷時八年。猶記得2014年夏天在臺灣埔里鎮的暨大校園，三位主編在7-11第一次討論了讀本要訂定的單元與撰稿者名單。但無米之炊難為，只能等待恰當時機。直至2018年末開始執行科技部（彼時仍稱科技部）南向計畫，此書有了活水注入，各種規畫也就陸續展開。2019年三位主編和助理在馬來西亞新紀元大學學院陳六使圖書館開了一次實務會議，正式邀稿後又碰上2020年的Covid-19疫情，世界變了一個樣，邀稿並不順遂，寫作也被拖延。終於在2021至2022兩年間一鼓作氣，重整邀約名單，歷經催稿、改稿、校對等耗神流程，時報文化出版公司慨然允諾2022年9月配合出版，終於如釋重擔。

　　此書的作者陣容跨國且龐大，寫作、編輯作業可以在兩年內完成，實賴各種因緣。首先必須感謝各位作者的賜稿與配合，再者葉福炎協助最初的邀稿，以及我的計畫助理劉雯慧接手後續的各項作者聯繫、校對、經費核銷等工作，既繁瑣又費時，任勞任怨，最終協助此書跑完最後一哩路。本書的書影有部分是本人多次走訪新紀元大學學院陳六使圖書館翻攝，莊璐瑜主任的熱心協助，其他出版同業、設計師不吝授權書封使用，編者尤其感激。砂拉越的林國水（林離）搬出私藏的《學生周報》讓我翻攝，他的熱心與熱情，令人感動。高端燦女士協助圖片的修飾，張斯翔、蘇仁和、黃國華、潘舜怡、劉泂嗪等人幫忙謄錄、校對，在此一併致謝。

　　另外，我們的同鄉好友時報文化出版公司總編輯胡金倫，曾是《星洲日報》

副刊編輯，亦是馬華作家。他對此書的支持與投入的熱情，讓出版環節如虎添翼。他綜整、把關編務的最後流程和細節，細心又負責，我們再三感謝！最後，活水的源頭，必須感謝國科會「南向華語與文化傳釋」計畫的贊助。這個計畫由我主持，張錦忠、黃錦樹、熊婷惠諸位老師為共同主持人。我們四人彼此有師生、師友、問學同好的情誼，四年來大家齊心協力完成了不少跨國講座、研習營和出版工作，此經驗甚為難得，也很珍惜。錦忠、錦樹二位師長如同引路人，婷惠和我南向同行。有燈就有人，編纂讀本，亦是相同的信念。因而此書除了落實我們三位主編多年前的構想，組成的作者群從資深學人到初涉學術的研究生，有其堅持，也有偶然性。編撰精神重在薪傳與接棒，眼前成果也體現了這一特質。更重要的，此書代表了我們執行計畫的具體和重要成果。讀本可以存續，其傳播效應也遠大於短暫的活動。藉此讀本回饋鄭毓瑜教授對我們計畫的支持。她對人文南向的鼓勵，銘感在心。同時感謝王德威教授為讀本寫序，他長期替馬華文學熱烈站臺，不僅為馬華文學把薪助火，更是忠實的讀者和評論人。在此致上我們由衷的敬意與謝忱。陳國球、梅家玲二位師長都是「馬華之友」，出版成果跟他們分享，感謝他們為讀本推薦。

　　張錦忠描述此書的單元設計像是星座圖般的敘述網絡。而我對馬華文學也有不同的天文學聯想。1990年，人類飛行最遠的太空探測器航海家一號，從六十四億公里外回望太陽系行星，拍下了天文學的著名照片，地球就像是懸浮在陽光裡一粒塵埃，一個暗淡藍點。2022年韋伯望遠鏡回傳宇宙深空照，透過紅外線觀測到宇宙歷史的光，照見了一百三十億年前恆星誕生的起點。馬華文學或許就像暗淡藍點，乍看渺小，卻在濾鏡下顯示出微弱亮點。如同微塵的地球是我們唯一的家園，馬華文學是目前僅見值得微觀細究，獨樹一幟的文學南方。讀本的努力，雖是距離外的觀望，但透過不同的觀測位置與分析工具，得以呈現文學與文化的繁複景觀。我們藉此映照出百餘年來離散或遷徙南方構成的華人社會，人與環境的動態耦合，文學與文化的軌跡也已是自成譜系或自足而觀。讀本展示的馬華文學視界，就在引領讀者識別方位，探幽取徑。

　　最後，感謝過去修習我的馬華文學相關課程的同學。同學們修課的興趣和需求，促成了我發想和參與讀本的編撰。馬華文學打開的一扇窗，讓我們更靠近熱帶的內在風土。這讓我勾連起2014年另一段的夏天記憶。彼時王德威教授和我從檳城南下半島，再會同錦忠、華興、婷惠諸位師友走訪馬六甲、波德申、芙蓉。今日推出馬華讀本，隱然迴響著那年在浩瀚山海，島與半島之間吹動的華夷風。僅此誌記跟眾師友們的馬華情誼。

編者簡介
（依姓氏拼音順序排列）

高嘉謙

國立臺灣大學中國文學系副教授，著有《遺民、疆界與現代性：漢詩的南方離散與抒情（1895-1945）》、《國族與歷史的隱喻：近現代武俠傳奇的精神史考察（1895-1949）》、《馬華文學批評大系：高嘉謙》等。

黃錦樹

生於馬來西亞柔佛州，國立暨南國際大學中國語文學系教授。著有論述集《馬華文學與中國性》、《論嘗試文》、《華文小文學的馬來西亞個案》、《時差的贈禮》等。另著有小說與散文集多種。

張錦忠

生於馬來西亞彭亨州，1980年代初來臺。臺灣師範大學英語系畢業，臺灣大學外國文學博士，現為國立中山大學外文系教授。著有短篇小說集《壁虎》、詩集《像河那樣他是自己的靜默》、隨筆集《時光如此遙遠》與《查爾斯河畔的雁聲》。

作者簡介
（依姓氏拼音順序排列）

白偉權

新山人，國立臺灣師範大學地理學系博士，在臺期間曾任中國地理學會秘書、東吳大學兼任助理教授，國立中央大學客家學院博士後研究員。現為馬來西亞新紀元大學學院中國語言文學系兼東南亞學系助理教授、馬來西亞董教總統一課程委員會地理科學科顧問、《當今大馬》專欄作者。研究旨趣包括馬來西亞區域地理、歷史地理、華人研究、地名學。著有《赤道線的南洋密碼：臺灣＠馬來半島的跨域文化田野踏查誌》（2022）、《柔佛新山華人社會的變遷與整合：1855-1942》（2015），主編《新山華族歷史文物館年刊》（2018-2021）。

蔡曉玲

馬來亞大學中文系高級講師，馬來西亞華文作家協會理事，深耕文學創作課程負責人。研究領域為當代文學與馬華文學。

陳大為

現任臺北大學中文系教授。著有詩集《洪治前書》、《再鴻門》、《盡是魅影的城國》、《靠近羅摩衍那》、《巫術掌紋》；散文集《流動的身世》、《句號後面》、《火鳳燎原的午後》、《木部十二劃》；論文集《亞細亞的象形詩維》、《亞洲中文現代詩的都市書寫》、《詮釋的差異：當代馬華文學論集》、《亞洲閱讀：都市文學與文化》、《思考的圓周率：馬華文學的板塊與空間書寫》、《馬華散文史縱論》、《風格的煉成：亞洲華文文學論集》、《最年輕的麒麟：馬華文學在臺灣》等，並主編《赤道形聲》、《赤道回聲》、《馬華散文史讀本1957-2007》、《馬華新詩史讀本1957-2007》、《華文文學百年選1918-2017》、《馬華文學批評大系1989-2018》等多部著作。

陳麗汶

現任香港嶺南大學中文系助理教授。獲新加坡南洋理工大學中文系學士、香港科技大學人文學哲學碩士、美國哈佛大學東亞語言與文明系博士。主要研究興趣包括現當代中國與東南亞華文文學、冷戰文化生產、以及東南亞華人歷史與文化。論文散見 *Prism: Theory and Modern Chinese Literature*、《中國現代文學》等期刊。

陳榮強（E. K. Tan）

紐約州立大學石溪分校英文系副教授，亞洲與亞美研究系系主任。畢業於伊利諾州立大學香檳分校世界與比較文學博士專業。主要研究領域包括華語語系研究、後殖民理論、離散研究、跨文化研究、新華與馬華文學研究、文化批評、酷兒理論等。著有專書 *Rethinking Chineseness: Translational Sinophone Identities in the Nanyang Literature World*。近作收錄於《中山人文學報》、《華語語系十講》、*Prism: Theory and Modern Chinese Literature* 等

陳志豪

現為國立臺灣大學戲劇學系博士生。研究領域為華文戲劇、中國近代戲劇史。著有學位論文《從邊緣到世界：郭寶崑的戲劇生命與劇本文學研究》。

鄧觀傑

馬來西亞人，畢業於臺大中文系、政大中文所。曾任《文訊》雜誌編輯，現為Youtuber團隊企畫，出版有小說集《廢墟的故事》。

杜忠全

馬來西亞拉曼大學中文系助理教授兼金寶校區系主任，馬來亞大學中文系哲學博士，迄今出版檳城本土及文化關懷書寫專書逾十五六本，近期關注近現代漢傳佛教論述及馬來（西）亞佛教史料挖掘與研究，參與「霹靂州怡保岩洞廟宇歷史調查」研究計畫並聯合主編出版《南洋華蹤：馬來西亞霹靂怡保岩洞廟宇史錄與傳說》，現參與蔣經國國際學術交流基金贊助之「英殖民時期馬來亞第一代佛教人物的歷史傳承」研究計畫，聚焦獨立前後南來漢僧的研究。

方美富

馬來西亞拉曼大學中文系助理教授，馬來亞大學哲學博士。研究方向為中國學術史與華文文學，尤其關注南來文人的文學史，學術史與教育史。

高嘉謙

國立臺灣大學中國文學系副教授，著有《遺民、疆界與現代性：漢詩的南方離散與抒情（1895-1945）》、《國族與歷史的隱喻：近現代武俠傳奇的精神史考察（18954-1949）》、《馬華文學批評大系：高嘉謙》等。

高俊耀

窮劇場藝術總監。當代劇場導演、編劇、演員。ACC亞洲文化協會受獎人。馬來西亞藝術學院戲劇系，中國文化大學藝術研究所畢業。因文學而劇場，在劇場以獨特的鏡頭美學意識來調度舞臺，深耕審美思辯。作品擅長以複聲語境流動敘事，探問晚期資本主義的主體建構，和歷經殖民歷史的華人離散及身分認同。曾獲臺灣牯嶺街小劇場年度節目、臺新藝術獎年度入圍、首屆臺北藝穗節明日之星大獎等殊榮。

賀淑芳

1970年生於馬來西亞吉打州。馬來西亞理科大學物理應用系學士，政大中文所碩士，新加坡南洋理工大學中文系博士。曾獲亞細安微型小說獎、中國時報文學獎、聯合報文學獎、九歌年度小說獎等重要獎項。著有《迷宮毯子》、《湖面如鏡》小說集。曾任《南洋商報》專題作者、拉曼大學中文系講師。2020年夏天遷移臺北。

胡玖洲

柔佛新山人，畢業於馬來西亞拉曼大學，曾任職於南方大學學院馬華文學館，目前為國立臺灣大學中文所碩士在讀，主要研究領域為現代詩。

胡星燦

1989年生，中國浙江人。文學博士、中山大學博士後。目前就職於中山大學，就任副研究員一職，研究方向為中國現當代文學、新馬華文學，在《文學評論》、《現代中國文化與文學》、《華文文學》、《世界華文文學論壇》、《華人研究國際學報》等期刊發表論文十餘篇，並著有《困境與策略：馬華文學主體性建構研究》。

黃國華

國立政治大學中文系兼任講師，目前就讀政大中文所博士班，研究興趣包括華文小說、華語電影和近現代報刊。著有碩士論文《浮城·鬼城·滅城：二十世紀末以來華文小說中的城市想像》，論文散見於《中國文學研究》、《中外文學》、《中國現代文學》、《依大中文與教育學刊》等期刊，以及《異代新聲：馬華文學與文化研究集稿》和《冷戰、本土化與現代性：

《蕉風》研究論文集》。

黃錦樹

生於馬來西亞柔佛州，國立暨南國際大學中國語文學系教授。著有論述集《馬華文學與中國性》、《論嘗試文》、《華文小文學的馬來西亞個案》、《時差的贈禮》等。另著有小說與散文集多種。

黃麗麗

復旦大學比較文學與世界文學博士，現任拉曼大學中華研究院助理教授。研究領域為比較文學、華文文學、馬來文學與文學創作，講授馬華文學、馬華文學與馬來文學比較、世界華文文學、東南亞華文文學專題、文學創作等課程。

黃其亮

砂拉越詩巫人。馬來西亞博特拉大學現代語文暨大眾傳播學院外文系文學碩士。研究興趣和方向為砂拉越社會冷戰史（包括政治、文學與文化）、馬華文學、地方移民與發展等。著有《冷戰時期的婆羅洲文化局與中文《海豚》雜誌（1961-1977）》。

黃琦旺

馬來西亞南方大學學院中文系副教授。研究領域為現當代華文文學並集中閱讀與整理馬華文學作品。評論文章散見於《蕉風》、《中文人》、《學文》、《當代評論》等馬來西亞華文文學與學人雜誌；學術論文被收入《馬華與現代性》、《南方大學學報》、《臺北大學中文學報》、《馬華文學讀本》、《歷史風華與文藝新象》以及《冷戰、本土化與現代性》。

黃萬華

浙江上虞人。山東大學文學院二級教授，現兼任中國世界華文文學學會監事長和多個全國性學會常務理事、理事。享受國務院特殊津貼專家。出有《新馬百年華文小說史》、《多源多流：雙甲子臺灣文學（史）》、《百年香港文學史》、《百年海外華文文學研究》等專著十七種。發表學術論文近四百篇。獲國家教學成果二等獎、省社會科學研究成果一等獎、首屆泰山文藝獎、首屆齊魯文學獎等。多次入選「中國哲學社會科學最有影響力學者」和「中國高貢獻學者」

黃文車

國立中正大學中國文學研究所中文博士。現任國立屏東大學中國語文學系副教授兼主任。曾擔任新加坡國立大學中文系（2011、2017）、馬來西亞拉曼大學中文系（2015）訪問學者。著有《地方作為田野：屏東民間知識圖像與在地敘說》、《易地並聲：新加坡閩南語歌謠與廈語影音的在地發展（1900-2015）》、《閩南信仰與地方文化》等專書及學術論文百多篇。編有《屏東縣閩南語民間文學集》、《屏東文學青少年讀本》、《下東港溪流域故事繪本》、《東南

亞家鄉記憶雙語故事繪本》等

李乾耀

臺灣大學學士、南洋理工大學碩士、香港大學博士，三個學位均修讀中文系課程。曾任職拉曼大學中華研究院助理教授，發表文字學、古典文學與書畫藝術、先秦儒道思想等多篇論文。遊心書法篆刻，多次獲獎，舉辦個展，參與國際展；並創辦心象藝坊教授書法，榮獲全球華人少年書法大會頒予「優秀園丁獎」。篆刻經歷載於《馬來西亞篆刻簡史》。現為書法家、專業書法導師、新紀元大學學院中華研究博士生導師、馬來西亞中華人文碑林顧問。

李樹枝

國立臺灣師範大學英語學系學士、南京大學中文系中國語言與文學專業碩士、馬來西亞拉曼大學中文系哲學（中文）博士。現任拉曼大學中華研究院中文系助理教授。著有《由島至島：余光中對馬華作家的影響研究》、《花開成塔：馬華文學論述》。撰寫〈記憶、風景、人文：論王潤華的南洋新馬人文山水景物書寫〉、〈歷史意識、新知感性：羅青詩作意象策略研究（1970-2000）〉等期刊論文。與辛金順合編《時代、典律、本土性：馬華現代詩論述》；與張錦忠、黃錦樹合編：《冷戰、本土化與現代性：《蕉風》研究論文集》。

李有成

曾任中央研究院歐美研究所特聘研究員兼所長，現任該所兼任研究員、中國現代文學學會理事長。退休前曾任國立臺灣大學與國立臺灣師範大學兼任教授、國立中山大學合聘教授，另曾擔任中華民國比較文學學會理事長；先後獲得科技部（含國科會）三次傑出獎、教育部學術獎等，並膺選為國立臺灣師範大學傑出校友。其學術近著有《在理論的年代》、《踰越：非裔美國文學與文化批評》、《他者》、《離散》、《記憶》等。另著有散文集《在甘地銅像前：我的倫敦札記》、《荒文野字》、《詩的回憶及其他》及詩集《時間》、《迷路蝴蝶》等。

廖冰凌

新加坡國立大學文學博士、英國愛丁堡大學亞洲研究所文學碩士、臺灣國立政治大學文學士，現為馬來西亞拉曼大學中文系副教授。研究領域為世界華文文學、現代文學、東南亞少兒文學、出版文化及教科書研究。著有《尋覓「新男性」：論五四女性文學中的男性形象書寫》、〈政治與文化禁忌：馬來西亞華文兒童讀物的翻譯與出版〉等專書和論文。曾獲大馬旅臺現代文學獎、香港青年文學獎、馬華兒童小說創作獎、冰心兒童文學新作獎。

廖卓豪

國立中興大學臺灣與跨文化研究國際博士學程助理教授，賓夕法尼亞大學比較文學與文學理論博士。曾獲臺灣獎助金在國立臺灣大學任訪問學者，與哈佛大學馬恆達人文研究中心博士後研究員。關於亞洲冷戰、後殖民、與華人移民的論文與非虛構書寫見於 *Critical Asian Studies*、*PR&TA Journal*、*The Margins by Asian American Writers' Workshop* 以及 *Mekong Review*。

林春美

新加坡國立大學中文系博士，現任博特拉大學外文系副教授。著有論文集《性別與本土：在地的馬華文學論述》、《《蕉風》與非左翼的馬華文學》；散文集《給古人寫信》、《過而不往》；編有《鍾情11》、《週一與週四的散文課》、《青春宛在》、《辣味馬華文學：90年代馬華文學爭議性課題選》、《我的文學路》、《與島漂流：馬華當代散文選（2000-2012）》、《爬樹的羊：馬華當代散文選（2013-2016）》、《野芒果：馬華當代小說選（2013-2016）》等書

林建國

1964年生於馬來西亞。美國羅徹斯特大學比較文學博士，國立陽明交通大學外國語文學系副教授。曾任臺灣財團法人國家電影資料館《電影欣賞學刊》總編輯。英文論文散見於 *Cultural Critique*、*Tamkang Review* 與《中山人文學報》，中文論文散見於《中外文學》，部分收錄於《馬華文學批評大系：林建國》（2019年元智大學中語系）。

林立

畢業於香港中文大學音樂系。後獲香港大學中文系碩士、加拿大英屬哥倫比亞大學亞洲研究系博士。曾任教於紐約大學、香港城市大學，現任新加坡國立大學中文系副教授。著有《滄海遺音：民國時期清遺民詞研究》、《二十世紀十大家詞選》及多篇關於古典詩詞的中英文論文，目前的研究方向為新加坡華文舊體詩。除學術研究外，尚從事古典詩詞創作，擔任全球漢詩總會副會長及新加坡本地詩詞刊物《新洲雅苑》之主編。

劉淑貞

政治大學臺灣文學研究所博士班畢業。現為東海大學中文系助理教授。近年研究關注華文現代主義與書寫主體、政治運動的連動關係。

劉泂嶸

國立臺灣師範大學國文系畢業，臺大中文所碩士班在讀。曾獲紅樓現代文學獎、花踪文學獎新秀獎、全國嘉應散文獎等。研究興趣為中國現代文學及馬華文學。

劉倩妏

現為新紀元大學學院國際教育學院執行員及兼任講師。畢業於馬來亞大學中文系學士，國立臺灣大學中國文學系碩士班。

劉雯慧

現為科技部「南向華語與文化傳釋」計畫專任助理。畢業於國立政治大學中國文學系、國立臺灣大學中國文學系碩士班。

潘舜怡

現為國立臺灣大學中國文學系博士研究生，著有學位論文《留聲南洋：南來華人的聲音、風土與文化建構（1895-1960）》以及學術期刊論文數篇。研究興趣為近現代文學與文化、華語語系文學、流行音樂與影視文化。曾授課於新紀元大學學院中文系與教育系、吉隆坡大學。

潘婉明

自由撰稿人、專欄作者，新加坡國立大學中文系博士。著有《一個新村，一種華人——重建馬來（西）亞華人新村的集體回憶》（2004），研究興趣包括馬共歷史、華人新村、左翼文藝、性別關係等。

邱繼來

生長於吉隆坡，現居新竹，國立清華大學中文系博士生。先後求學於新紀元學院、東海大學、上海復旦大學。現研究興趣為：馬華文學史，抒情傳統論述。碩士論文為《馬華文學史前史：20世紀以前碑銘與傳教士文本研究》，曾發表《基督教傳教士與馬華文學：論〈古今聖史紀〉與〈張遠兩友相論〉》等論文。

沈國明

現任馬來西亞「心向太陽劇坊」主席兼研究員，南京大學文學院戲劇戲曲學博士。2018年發起「搶救百年馬華話劇史料運動」，2019年擔任「馬來西亞華文話劇誕辰100週年」戲劇國際學術研討會籌委會主席，2020至2021年擔任國立臺北藝術大學戲劇學院訪問研究員。已編輯出版的書目達20部，包括《戲劇：文學・歷史・戰爭——我們站在馬來西亞的土地上發聲》（上下冊）；個人專著有《馬來西亞華文話劇簡史》、《從「中國話劇」到「馬來西亞話劇」——馬華話劇的身分轉換研究》等。

施慧敏

臺灣國立政治大學博士班。曾獲馬來西亞花蹤、海鷗文學獎散文首獎。

蘇穎欣

澳洲國立大學文化、歷史暨語言學院講師。研究興趣為東南亞歷史、文學與知識生產。與魏月萍合編《重返馬來亞》（中、英文版），譯有新加坡作家亞非言（Alfian Sa'at）的《馬來素描》。

湯崲厢

畢業於馬來亞大學語文暨語言學教育（中文）學士班、馬來亞大學文學碩士、拉曼大學哲學博士班（中文）。借用《聊齋誌異》裡頭〈鞠藥如〉的篇章名為筆名，出版了兩本小說集，《貓戀》和《泣犬》。2022年榮獲第二屆徐然小說獎。師範學院執教始，心思全放在教學工作上，鮮少創作。近年來對漢字教學、民俗研究頗感興趣。廣府歌謠的收集與研究是在攻讀博

士學位時的有心插柳，亦是記錄一個時代背影的承擔。

王德威

美國哈佛大學東亞語言與文明系暨比較文學系 Edward C.Henderson 講座教授。中央研究院
院士，美國國家藝術與科學院院士。著有《小說中國：晚清到當代的中文小說》、《如何現
代，怎樣文學？》、《後遺民寫作》、《現代「抒情傳統」四論》、《茅盾・老舍・沈從文：
寫實主義與現代中國小說》、《被壓抑的現代性：晚清小說新論》、《歷史與怪獸：歷史・暴
力・敘述》、《史詩時代的抒情聲音：二十世紀中期的中國知識分子與藝術家》、*Why Fiction
Matters in Contemporary China* 等，並主編多部著作。

魏月萍

新加坡國立大學中文系博士，曾任教於新加坡南洋理工大學中文系，現為馬來西亞蘇丹依
德理斯教育大學中文學程副教授。研究關懷為中國思想史、馬新文學與歷史。專著：《君師
道合：晚明儒者的三教合一論述》（2016）、《馬華文學批評大系：魏月萍》（鍾怡雯、陳大
為主編，2019）；與朴素晶合編：《東北亞與東南亞的儒學建構與實踐》（2017），與蘇穎欣
合編《重返馬來亞：政治與歷史思想》（2017），*Revisiting Malaya: Uncovering Historical and
Political Thoughts in Nusantara*（2020）。

溫明明

江西贛州人，文學博士，廣州暨南大學中文系副教授，碩士生導師，中國世界華文文學學會
理事，主要從事世界華文文學及中國現當代文學的教學與研究。近年在《文學評論》、《華僑
華人歷史研究》、《暨南學報》、（美國）《中外論壇》等刊物發表論文多篇，出版學術專著
《離境與跨界——在臺馬華文學研究（1963-2013）》，主持國家社科基金青年項目「馬華留臺
作家研究」。

翁菀君

生於1978年。畢業於國立臺灣大學中國文學研究所，目前從事文案撰寫與翻譯工作。著有個
人散文集《月亮背面》和《文字燒》，合著《按鍵回轉》。曾獲馬來西亞第十四屆馬來西亞優
秀青年作家獎、花踪文學獎、新加坡方修文學獎等。

吳小保

現任馬來西亞華社研究中心副研究員，負責楊貴誼陳妙華贈書藏書室的開發研究工作。吉隆
坡亞答屋84號圖書館（Rumah Attap Library and Collective）共同創辦人。研究方向與興趣是華
馬文化比較、馬華文學與馬華翻譯研究。文章散見於馬來西亞網絡媒體《當今大馬》、《當代
評論》。

伍燕翎

新紀元大學學院中文系副教授，新紀元大學學院文學院院長、博士生導師，馬來西亞華人作家協會副秘書。在大學講授「馬華文學」、「中國四大名著與現代管理」、「華人企業文化」等課。編著有《華文教科書上的馬華文學》（國中篇）、《新的紀元：東南亞華人新編》、《未完的闡釋：馬華文學評論集》、《西方圖像：馬來西亞英殖民時期史文論述》等。另有數十篇論文刊載在學術期刊和學術論文集。

謝征達

香港中文大學中國語言及文學系博士。目前是新加坡南洋理工大學人文學院副研究員。新加坡南洋理工大學中文系榮譽學士、碩士。曾擔任新加坡國家圖書館李光前研究員（2021），美國加州大學（洛杉磯分校）亞太中心訪問學者（2019）。曾榮獲2012年新加坡方修文學獎首獎與2017年中華民國（臺灣）周夢蝶詩獎三獎。出版書籍有《本土的現實主義：詩人吳岸的文學理念》（2018），與盧筱雯主編張揮詩集《詩的告示》（2021）。

熊婷惠

國立中山大學外文系文學博士，現為淡江大學英文系助理教授。研究領域為離散論述、文學與記憶研究、族裔文學及東南亞英語文學與華語文學。研究論文散見《中山人文學報》、《文山評論》與《臺灣東南亞學刊》等期刊。編有論文集《離散與文化疆界》（與張錦忠合編，2010）、《疆界敘事與空間論述》（與張錦忠合編，2016）及《學於途而印於心：李有成教授七秩壽慶暨榮退文集》（與王智明、張錦忠合編，2018）。目前進行的研究計畫從生命治理的角度閱讀當代馬來西亞離散英語小說。

徐蘭君

現任新加坡國立大學中文系副教授。研究興趣包括現代中國文學、兒童文化史，以及五六十年代中國、香港與新馬地區在電影、文學和出版等領域的跨國文化互動實踐與亞洲區域的冷戰政治之關係。出版有專著《兒童與戰爭：國族、教育及大眾文化》及合編論文集《兒童的發現：現代中國文學及文化中的兒童問題》、《建構南洋兒童：戰後新馬華語兒童刊物及文化研究》、*Chineseness and the Cold War: Contested Cultures and Diaspora in Southeast Asia and Hong Kong* 等。

許德發

馬大中文系畢業、新加坡國立大學中文系博士。現為馬來西亞蘇丹依德理斯教育大學中文學程主任、高級講師與華社研究中心學術董事、《馬來西亞華人研究學刊》編委。曾任華社研究中心研究員、臺灣漢學研究中心訪問學人。研究領域主要專注於中國近代思想史與馬來西亞華人與文化研究，近期關注於早期馬華文學與思想研究。近期發表論文有〈國粹教育與域外流寓者——論章太炎在馬來亞的演說〉、〈文學如何「現實」——馬華文學現實主義中的政治介面（1919-1930）〉、〈雷鐵崖在檳榔嶼：國粹論述與去國的華人〉與〈蔡元培的南洋跨境經

歷與華僑文化教育語境之探討〉等。

許通元

南方大學學院商系產業管理高級講師、馬華文學館主任、《蕉風》執行編輯等。著有小說集《雙鎮記》、《埋葬山蛭》、《我的老師是恐怖份子》、散文集《等待鸚鵡螺》及詩集《養死一瓶乳酸菌》。編著有《有志一同：馬華同志小說選》、《號角響起：馬華同志小說選2》、合編著《新加坡華文文學五十年》、《魯迅在東南亞》、《五四在東南亞》、《從婆羅洲到世界華文文學：李永平的文學行旅》等。2018年合導棋子的紀錄片《隱現之間》（Faham）

許維賢

新加坡南洋理工大學人文學院專任副教授，執教華語電影、性別研究與華文文學文化等課程，並獲得南洋理工大學南洋傑出教學獎。著有《重繪華語語系版圖：冷戰前後新馬華語電影的文化生產》（中英版）、《華語電影在後馬來西亞：土腔風格、華夷風與作者論》和《從豔史到性史：同志書寫與近現代中國的男性建構》，以及主編《備忘錄：新加坡華文小說讀本》（中英版）和《跨國華語電影：身體、慾望和倫理的挫敗》（英文版）。

葉福炎

東海大學社會學系博士生。畢業於國立中山大學社會學系、國立暨南國際大學中國語文學系碩士班，編有《異代新聲：馬華文學與文化研究集稿》（與熊婷惠、張斯翔合編）、《什麼？！詩刊》（與盧姵伊合編）。

曾維龍

生於馬來西亞雪蘭莪州加影市。馬來亞大學文學碩士，中國廈門大學文藝學博士。曾任教於新紀元學院中文系。2009年開始於拉曼大學中文系任講師、助理教授。主要的研究領域為文學批評、文化研究、馬華文學、馬來西亞本土研究等。著有《批判與尋路：九十年代馬來西亞華社評論寫作》（2011），編《黃絲帶飄揚：2006馬來西亞反對媒體壟斷運動實錄》（2007）。與羅彩綿共同編纂《翠鳥蟲鳴希望人間：雙溪毛糯麻風病院社區的故事》（2012）。

曾昭程

耶魯大學東亞語言與文學研究博士、新加坡國立大學中文系助理教授。研究興趣涵蓋中國現當代文學研究、華語語系研究（新馬文學專項）、離散研究與東南亞研究。其論文發表於期刊 *Modern Chinese Literature and Culture*、*SOJOURN: Journal of Social Issues in Southeast Asia* 和 *PRISM: Theory and Modern Chinese Literature*。英文專著 *Malaysian Crossings: Place and Language in the Worlding of Modern Chinese Literature* 將於2022年12月由哥倫比亞大學出版社出版。

詹閔旭

國立中興大學臺灣文學與跨國文化研究所副教授。曾任UCLA亞洲語言與文化系Fulbright訪問

學人、臺灣人文學社秘書長、臺灣文學學會秘書長。研究興趣為臺灣現當代文學、移民與種族研究。著作《百年降生：臺灣文學故事》（合著，2018），編著《中山人文學報》「全球南方華文文學」專輯（與吳家榮合編，2021）、《中外文學》「殖民、冷戰、帝國或全球化重構下的南方」專輯（與許維賢合編，進行中）。

張光達

祖籍福建同安，畢業於馬來亞大學。著有《風雨中的一枝筆》、《馬華現代詩論：時代性質與文化屬性》、《馬華當代詩論：政治性、後現代性與文化屬性》、《馬華文學批評大系：張光達》。另編有《辣味馬華文學：九○年代馬華文學爭論性課題文選》（與張永修、林春美合編）。學術論文刊於《中國現代文學》、《臺灣詩學學刊》、《蕉風》、《馬華文學評論》等。

張惠思

馬來西亞霹靂巴里文打人，北京大學文學博士，現為馬來亞大學中文系高級講師，馬大馬華文學研究中心主持人。研究方向為戲曲、近現代南來文人與馬華文學。出版詩集《站在遺忘的對岸》、散文集《心事紅紅》，發表論文包括〈遊記作為容器：侯鴻鑒南洋旅行書寫的文體形態和時代意義〉、〈近現代南洋的女子教育與知識圖像〉等。參與研究項目「形象、想象與影響：一九二○──一九四○南來文人研究」、「馬來亞大學馬華文學與學術發展」等。

張錦忠

生於馬來西亞彭亨州，一九八○年代初來臺。臺灣師範大學英語系畢業，臺灣大學外國文學博士，現為國立中山大學外文系教授。著有短篇小說集《壁虎》、詩集《像河那樣他是自己的靜默》、隨筆集《時光如此遙遠》與《查爾斯河畔的雁聲》。

張景雲

2007年退休前長期從事新聞工作，歷任《新通報》、《南洋商報》、《東方日報》總主筆。曾受聘為馬來西亞華社研究中心研究員，兼《人文雜誌》主編。參與創辦中文評論網站《燧火評論》。著有詩集《言筌集》（筆名張塵因）、散文集《見素小品》、《雲無心，水長東》、《犬耳零箋》、《反芻煙霞》、《炎方叢脞：東南亞歷史隨筆》。編著《馬來西亞建國三十五年華裔美術史料》、《當代馬華文存》、《威北華文藝創作集》等。

張康文

國立臺灣大學中國文學系博士候選人，馬來西亞蘇丹依德里斯教育大學中文學程學士、碩士。研究興趣為晚清小說、馬華文學、現代小說。

張斯翔

馬來西亞柔佛州新山人，國立臺灣大學中國文學系博士。研究領域為華語語系文學、馬華文學與文化、性/別研究及書法理論。著有學位論文《論馬華同志小說與同志文化》、《文與字·

書與寫：華夷混成語境下的華文文學與文化》；編有《異代新聲：馬華文學與文化研究集稿》（與熊婷惠、葉福炎合編）。

張松建

新加坡南洋理工大學中文系副教授，博士生導師。新加坡國立大學博士，北京清華大學博士後研究，美國哈佛大學、荷蘭萊頓大學、臺灣漢學研究中心、臺灣大學訪問學者。研究領域是中國現當代文學、海外華語文學、比較文學、批評理論。在海內外學術期刊上發表論文八十餘篇，出版《華語文學十五家：審美、政治與文化》、《抒情主義與中國現代詩學》、《現代詩的再出發》等六部專著。

張永修

曾任副刊主編，主編星洲日報《星雲》版、南洋商報《南洋文藝》、《商餘》版、文學雜誌《季風帶》、文學叢書《楓林文叢》等。先後獲得八屆黃紀達新聞獎之副刊編輯獎。編著有：《失傳》、《給現代寫詩》、《辣味馬華文學——九〇年代馬華文學爭論性課題文選》、《成長中的六字輩》等。

鍾怡雯

元智大學中語系教授。著有散文集《河宴》、《垂釣睡眠》、《聽說》、《我和我豢養的宇宙》、《飄浮書房》、《野半島》、《陽光如此明媚》、《鍾怡雯精選集》、《麻雀樹》；論文集《莫言小說：「歷史」的重構》、《亞洲華文散文的中國圖象》、《無盡的追尋：當代散文的詮釋與批評》、《靈魂的經緯度：馬華散文的雨林和心靈圖景》、《內斂的抒情：華文文學論評》、《馬華文學史與浪漫傳統》、《經典的誤讀與定位：華文文學專題研究》、《當代散文論I：雄辯風景》、《當代散文論II：后土繪測》、《永夏之雨：馬華散文史研究》；並主編《華文文學百年選》（16冊）、《馬華文學批評大系》（11冊）等多部選集。

莊華興

馬來西亞博特拉大學退休副教授，現為獨立研究員。研究專項為新馬左翼文學與文化、華馬比較文學、華馬翻譯與翻譯研究。以中文與馬來文撰寫論文，出版中文與馬來文編著與譯著數本，並有學術論文多篇。曾獲馬來西亞優秀青年作家獎（2006），馬來西亞學術書籍出版理事會與高教部最佳書籍獎（人文類）（2016）。

知識叢書 1123

馬華文學與文化讀本
Sinophone Malaysian Literature: A History through Literary and Cultural Texts

編　者──張錦忠、黃錦樹、高嘉謙
「浮羅人文」書系主編──高嘉謙
主　編──何秉修
特約編輯──蔡宜真
校　對──張錦忠、黃錦樹、高嘉謙、劉雯慧、劉河嗉、蔡宜真、張斯翔、潘舜怡、黃國華
責任企畫──陳玉笈
美術設計──倪旻鋒
內頁排版──立全電腦印前排版有限公司

總編輯──胡金倫
董事長──趙政岷
出版者──時報文化出版企業股份有限公司
一〇八〇一九 台北市和平西路三段二四〇號七樓
發行專線──(〇二)二三〇六六八四二
讀者服務專線──〇八〇〇二三一七〇五
(〇二)二三〇四七一〇三
讀者服務傳真──(〇二)二三〇四六八五八
郵撥──一九三四四七二四時報文化出版公司
信箱──一〇八九九臺北華江橋郵局第九九信箱
時報悅讀網──http://www.readingtimes.com.tw
時報文藝Literature & art臉書──https://www.facebook.com/readingtimesLiterature
法律顧問──理律法律事務所 陳長文律師、李念祖律師
印　刷──勁達印刷有限公司
初版一刷──二〇二二年九月三十日
定　價──新台幣六八〇元
(缺頁或破損的書，請寄回更換)

時報文化出版公司成立於一九七五年，
一九九九年股票上櫃公開發行，二〇〇八年脫離中時集團非屬旺中，
以「尊重智慧與創意的文化事業」為信念。

馬華文學與文化讀本 = Sinophone Malaysian literature : a
history through literary and cultural texts/張錦忠，黃錦樹，
高嘉謙編.-- 初版.-- 臺北市：時報文化出版企業股份有
限公司, 2022.09
588面；17×23公分.--(知識叢書；1123)

ISBN 978-626-335-857-7(平裝)

1.CST: 馬來文學 2.CST: 文化研究 3.CST: 文學評論
4.CST: 文集

868.707　　　　　　　　　111013286

ISBN 978-626-335-857-7（平裝）
Printed in Taiwan